Thordis Hoyos

STONEBOUND

Band 1

Liebe Angelika,
viel Spaß auf der Reise
ins geheimnisvolle Lebstein
wünscht
Thordis Hoyos

"Do not go gentle into that good night.
Rage, rage against the dying of the light."
(Dylan Thomas)

Thordis Hoyos

Stonebound
An die Sonne gebunden

New Adult Fantasy

Basierend auf einer Idee von Anna-Katharina Hoyos und Thordis Hoyos

Dieser Titel ist als E-Book erhältlich.

3. Auflage 2016
Erstmals als Taschenbuch Mai 2015
Copyright © 2014 by Thordis Hoyos
Independent Publishing, A-Geschwendt, www.stonebound.at
Lektorat: Christine Weber, textomio
Korrektur: Anja Gerevini
Satz: beesign.com
Illustration: Alexandra Zieger
Umschlaggestaltung: Sarah Buhr, Covermanufaktur,
nach dem Originaldesign von Alexandra Zieger
Druck und Bindung: booksfactory, Print Group Sp.z.o.o, P-Szczecin
ISBN: 978-3-9504335-0-0

Wir danken Suhrkamp für die Abdruckgenehmigung des Gedichts Im Nebel (Auszug), aus: Hermann Hesse, Sämtliche Werke in 20 Bänden. Herausgegeben von Volker Michels. Band 10: Die Gedichte.
© Suhrkamp Verlag Frankfurt am Main, 2002.
Alle Rechte bei und vorbehalten durch Suhrkamp Verlag Berlin.

Wir danken Bosworth Music GmbH für die Abdruckgenehmigung des Songtextes HELLS BELLS By Angus Young and Malcolm Young and Brian Johnson Copyright © 1980 by J. Albert & Son Pty., Ltd.
International Copyright Secured.
All Rights Reserved. Used by Permission.

Wir danken Bosworth Music GmbH für die Abdruckgenehmigung des Songtextes BOUND Words & Music by John Beck & Lauren Henson © Copyright 2013 BMG Rights Management (UK) Limited/XIX DB Songs Ltd. Universal Music Publishing Limited/BMG Rights Management (UK) Limited. All Rights Reserved. International Copyright Secured.
Used by Permission

www.stonebound.at

Für Anna,
die sich dieses Universum gewünscht hat

Wahrlich, keiner ist weise,
Der nicht das Dunkel kennt,
Das unentrinnbar und leise
Von allen ihn trennt.

(Hermann Hesse, Im Nebel)

Prolog

Ruckartig öffnet sie die Augen – entsetzt, erschrocken. Wagt es nicht, sich zu bewegen. Hält den Atem an. Adrenalin schießt durch ihre Adern. Der Geist will ihr entspringen. Der Körper ist wie erstarrt. Gespannt. Versteinert.

Sie versucht, in der Dunkelheit etwas zu erkennen. Durch die Finsternis zu sehen. Die Lunge presst und pumpt, das Herz springt und pocht. Klopft und hämmert.

Unsicher tastet sie um sich, spürt die Wärme der Bettdecke. Nur ein Traum?

Sie fürchtet sich vor dem Griff zum Lichtschalter. Noch will der Körper nicht, liegt ganz still und starr, während sich ihre Atmung allmählich beruhigt.

Mit einem Mal setzt sie sich auf und holt tief Luft. »Tristan«, flüstert sie.

»Tristan?« Etwas lauter.

Sie atmet wieder schneller. Will seinen Namen schreien. Hält die Luft an. Ihr Brustkorb brennt – droht, zu zerspringen.

Sie greift neben sich. Nichts. Ein Traum.

Und doch fühlt sie die Wärme seiner Nähe. Ein sanftes Glühen auf ihrer Haut. Niemals wird sie sich daran gewöhnen ...

Vorsichtig dreht sie am Schalter der Lampe neben dem Bett. Schleichend langsam wird es heller.

Mit dem Licht schwindet das Gefühl seiner Nähe. Ganz sacht entweicht es, wie ein warmer Nebeldunst. Zieht von ihr weg, schleicht aus dem Zimmer, unter dem Türspalt hindurch und ist fort. Erloschen. Ein weiteres Mal.

Die Erinnerung bleibt. Spielt ihrem Herz noch immer einen grausamen Streich. Und da ist es wieder: dieses Gefühl.

Leidenschaft, Verzweiflung, Liebe, Enttäuschung vereinen sich zu einem brennenden Knoten. Er drängt empor, schnell und scharf. Brennt und pocht. Wie um ihre Brust zu sprengen.

Tristan.

Ganz still, in ihrem Kopf. Die Lippen wagen nicht, sich zu bewegen, die Stimmbänder wollen sich nicht formen. Es hat ja doch keinen Sinn. Der Körper schützt das Herz.

Die Erinnerung verdrängt das intensive Gefühl des Traums. Die Vergangenheit ersetzt die Gegenwart. Der Schmerz wird dumpfer, weicht zurück, zieht sich zusammen. Nach innen in diese dunkle Ecke ihres Körpers.

Tristan!

Der Nebel will zurückströmen in jede einzelne Faser. Will bis in die Spitzen ihrer Finger drängen. Bis das Herz zerbirst.

Steh auf! Der Geist schützt den Körper. *Steh auf, beweg dich! Tu es! Jetzt!*

Fast hört es sich an wie seine Stimme. Doch der Verstand lässt sich nicht länger täuschen.

Sie weiß es längst: aufstehen, Fenster öffnen, Musik anstellen, weitermachen.

Sobald der Körper sich bewegt, immer weiter in eine Richtung, verzieht sich der Schmerz. Krümmt sich. Kauert sich zusammen in dieser dunklen Ecke. Tief unten im Verborgenen. Und lauert dort. Wartet geduldig. Wartet. Auf seine Zeit. Auf die Dunkelheit.

In der Finsternis schürt er seine Kraft. Im Schwarz gewinnt er Energie. In der Nacht.

***

1

»Elba!«

Die Stimme der Großmutter hallte durchs Haus. Melodisch und warm. Als würde sie singen.

»Elba, Kind, komm zu uns herunter!«

Erleichterung strömte durch Elbas Herz, als sie die Stufen hinabstieg. Das vertraute Knarren von Holz unter ihren Füßen. Der herrliche Duft nach frischem Brot. Sofort war alle Wehmut verflogen, und ein Gefühl der Geborgenheit umhüllte sie.

In der Küche stand die Großmutter vor dem Ofen, das ergraute Haar zu einem lockeren Knoten gebunden, eine Kochschürze über dem Kleid. Kaffeearoma erfüllte die Luft. Der Tisch war hübsch gedeckt. Schlicht. Mit Wiesenblumen und altem Geschirr. Silbernes Besteck umrahmte die zarten Porzellanteller auf der handbestickten Tischdecke. Inmitten filigraner Tassen stand eine Vase mit weißen Margeriten und rotem Mohn.

Elba ging am Tisch vorbei zu ihrer Großmutter.

»Guten Morgen, mein Schatz.« Sanft legte die alte Dame ihre weiche Hand an Elbas Wange, lächelte und strich ihr über das lange braune Haar. »Dein Kaffee steht auf dem Tisch, schwarz, mit Zucker.«

Wie jeden Morgen.

Durch das kleine Fenster der Küche erhellte die strahlende Morgensonne den Raum. Draußen auf der hügeligen Wiese wiegten sich die Blumen in der leichten Morgenbrise. Noch war es still. Der Tag hatte gerade erst begonnen.

Und es würde ein ganz fantastischer Tag werden. Für den Abend hatten sie eine Party geplant. Sie – Elba Teofinsen – und ihre Freunde. Sie wollten feiern, dass ein neuer Lebensabschnitt begann und ein alter nun vorüber war. Die neu gewonnene Freiheit nach dem Schulabschluss, den ruckartigen

Sprung, mit dem sie jetzt ganz eigenverantwortlich handelten, und die neuen Pflichten und Rechte, die mit der Volljährigkeit, dem Erwachsensein und dem lang ersehnten Ende der Kindheit verbunden waren. Da traf es sich geradezu perfekt, dass heute der Sonnwendtag anstand. Welch ein Symbol für ihre ganz persönliche Wende! Sofort waren sie sich einig gewesen, dass es gar keinen besseren Zeitpunkt für ihr Vorhaben geben konnte.

Gut gelaunt lächelte Elba die Großmutter an und trat zum Frühstückstisch. Ihr kastanienfarbenes Haar schimmerte in der Sonne. Als sie sich auf ihren Platz setzte, kam der Großvater herein. In einer Hand hielt er die zusammengefaltete Tageszeitung, die er eben hereingeholt hatte. Mit freundlichen grauen Augen spähte er spitzbübisch über die Gläser seiner Lesebrille hinweg, als er Elba anlächelte.

Unwillkürlich lächelte sie zurück. »Guten Morgen.«

Sie hatten einander immer schon ohne viele Worte verstanden. Mit einem fröhlichen »Guten Morgen« zwinkerte er ihr zu und ging zur Großmutter, um ihr ein Küsschen auf die Stirn zu hauchen. Dann setzten sich die beiden zu Elba an den Tisch.

Gedankenverloren nippte sie an ihrem Kaffee. Es gab keinen Grund, sich zu sorgen oder zu ängstigen. Alles nahm seinen gewohnten Lauf. Der Großvater las in der Zeitung, die Großmutter schmierte Brötchen, und sie selbst wartete darauf, dass das Koffein ihren Körper auf Trab brachte.

Für eine Weile aßen sie schweigend. Schließlich faltete der Großvater die Zeitung zusammen und legte sie neben sich auf den Tisch. Elba kam es so vor, als beobachtete er seine Frau schon eine ganze Zeit lang, auch jetzt wandte er den Blick nicht von ihr ab. Sein Gesichtsausdruck war mild und dennoch ernst. Als wäre er drauf und dran, ein Thema anzuschneiden, das ihm schwer im Magen lag.

War etwas nicht in Ordnung? Wich die Großmutter seinen Blicken aus? – Aber das musste sie nicht verstehen, dachte

Elba. Alles war gut. Wie immer. Sie schaute in ihre Tasse. Noch zwei Schlucke, dann würde das weiße Porzellan unter der braunen Brühe zu sehen sein.

»Wir müssen es ihr sagen.« Der Großvater sprach bedacht und ruhig und ließ seine Frau dabei keinen Moment aus den Augen. »Helene, sie muss es erfahren.«

Also doch! Elba sah auf.

Erst jetzt erwiderte die Großmutter seinen Blick. »Ed ...«, flüsterte sie eindringlich. Ein Schatten huschte über ihr Gesicht. War es Besorgnis? Angst?

Aber Edwin ignorierte ihren Versuch, das Gespräch abzuwenden. Stattdessen blickte er Elba nun direkt an.

»Meine Kleine, es ist so ...«, begann er zögerlich.

Elba richtete sich auf und holte tief Luft. Aus dem Augenwinkel nahm sie das Gesicht der Großmutter neben sich wahr. Wüsste sie es nicht besser, sie hätte schwören können, dass tatsächlich ein Ausdruck der Beunruhigung darauf lag. Aber das konnte nicht sein! Ihre Großmutter war stets voller Gleichmut. Stark und ausgeglichen. Jede schlechte Nachricht nahm sie mit Ruhe auf, jedem noch so schlimmen Ereignis vermochte sie etwas Positives abzugewinnen.

»Elba.« Die Stimme des Großvaters klang jetzt entschlossen. »Es ist so, dass unsere Mathilda, deine Tante Mattie, krank ist. Schwer krank, um ehrlich zu sein.«

Elba saß reglos da. Sie sah ihrem Großvater nur ins Gesicht und versuchte, in seinen Augen zu lesen.

Tante Mattie war also krank. Sie kannte die Tante eigentlich kaum. Natürlich war sie als kleines Kind einige Male bei ihr zu Besuch gewesen und hatte in dem großen alten Haus gespielt. In ihrer Erinnerung erschien es ihr ein wenig düster. Ja, fast schon geheimnisvoll, auch wenn wohl immer die Sonne geschienen hatte in diesen Sommermonaten in ihrer Kindheit.

An den großen Garten vor dem Haus hatte sie die wunderbarsten Erinnerungen. Zusammen mit Christian, einem goldblonden Jungen aus der Nachbarschaft, war sie zwischen den riesigen Bäumen hindurchgehuscht, hatte Verstecken gespielt oder Fangen und die fantastischsten Abenteuer erlebt. So unbeschwert und leicht waren die Gedanken an diese Zeit, dass sie sich darin verlor. Die Worte des Großvaters verblassten ...

Einmal hatte Christian ihr eine Krone aus Blättern gebastelt. Er hatte ihre Hand gehalten und sie zur Königin des Eichenreichs erklärt. Schon damals, als kleines Mädchen, hatte sie seine Gefühle in den fröhlichen Augen erkannt: Er war verliebt in sie. Es war ganz natürlich gewesen, ein wunderschönes Königspaar hatten sie abgegeben: Er mit seinem strohblonden Haar, den tiefgrün leuchtenden Augen und dem hellen Teint, und sie, die Dunkelhaarige mit hellbraunen Augen und sanft geschwungenen roten Lippen. Wie im Märchen.

Doch rückblickend hatte Elba schon oft überlegt, wie es so etwas überhaupt hatte geben können. Wie war es möglich gewesen, bereits in jüngster Kindheit solch große Gefühle zu entwickeln, wenngleich sie sich doch von den heutigen unterschieden? Sie waren viel ehrlicher, selbstverständlicher und ohne jeglichen Schmerz gewesen – gut und rein, und vor allem eines: einfach ...

Sie versuchte, sich wieder auf das Gesicht des Großvaters zu konzentrieren. Seine Lippen bewegten sich, aber sie hatte kein einziges Wort verstanden, seit sie in ihre Vergangenheit abgetaucht war.

Ein wenig schämte sie sich jetzt, dass sie ihm nicht zugehört hatte. Es schien ihm wirklich wichtig zu sein. Auch wenn es ihr selbst nicht besonders naheging, dass die alte Tante krank war, so erkannte sie doch den müden Schmerz in den Augen ihres Gegenübers. Und ein wacheres Gefühl: Besorgnis.

Dennoch begriff sie nicht ganz, weshalb er so behutsam mit ihr sprach. Und warum war die Großmutter deshalb so aufgewühlt?

»Elba? Kind!« Der Großvater berührte ihren Arm. Wie benommen blickte sie auf seine Hand.

»Für uns war es auch ein Schock«, fügte er hinzu und sah hilfesuchend zu seiner Frau.

Es war ihm also nicht aufgefallen, dass Elba gar nichts mitbekommen hatte – dass sie abgedriftet war.

»Was hat Tante Mattie?«, fragte sie schließlich und hoffte, dass er die Erklärung nicht bereits gegeben hatte.

»Nun ja, wie gesagt, sie ist alt. Sie –«

»Ihre Lebensenergie scheint verbraucht zu sein, mein Schatz«, unterbrach ihn die Großmutter.

Sie stirbt also, dachte Elba. *Eine Verwandte liegt im Sterben, und mich berührt das in keiner Weise. Die Schwester meines Großvaters, den ich über alles liebe, stirbt. Und ich fühle nichts. Kein bisschen. Was stimmt denn nicht mit mir?*

»Verstehst du, Elba?«, hakte die Großmutter nach.

»Ich denke schon«, erwiderte sie leise und wich ihrem Blick aus. Die Großmutter würde sich nicht täuschen lassen. Die beiden waren so bedacht darauf gewesen, ihr diese Nachricht schonend beizubringen. Elba fühlte sich schuldig. Arme Großeltern. Stets nahmen sie nur das Beste von ihr an.

»Wir müssen zu ihr fahren, Elba. Heute noch. Nach Lebstein«, hörte sie die Stimme des Großvaters.

Noch immer saß sie wie abwesend auf dem Stuhl. Ihr Blick glitt über den Frühstückstisch, während sie in sich hineinhorchte, auf der Suche nach einer ähnlichen Betroffenheit wie der ihrer Großeltern. Erst als sie aufsah, dämmerte ihr, was ihr Großvater da gerade gesagt hatte: Auch sie würde fahren! Die beiden wollten, dass sie mitkam. Ans Sterbebett von Tante Mattie. In das Haus aus ihrer Erinnerung. An diesen geheimnisvollen Ort. Nach Lebstein.

Aber: die Sonnwendfeier!

Dieser Gedanke kam so abrupt, dass sie damit beinahe laut herausgeplatzt wäre. Oder hatte sie ihn etwa laut ausgesprochen?

Eine unangenehme Röte stieg in ihre Wangen. Blitzschnell ließ sie den Blick zwischen den Großeltern hin- und herwandern. Keine Reaktion – Gott sei Dank!

»Natürlich«, sagte sie leise. Sie war traurig, aber nicht wegen ihrer Tante Mattie. Heute Abend wären sie alle da gewesen: all ihre Freunde aus der Schule. Schon nachmittags hätte sie sich mit ihren Freundinnen getroffen und alles für die Party eingekauft. Dann hätten sie sich gemeinsam dafür zurechtgemacht. In Hannas großem Badezimmer, mit einem Drink und jeder Menge Make-up. Von Sophias Smartphone hätten sie ihre Lieblingssongs abgespielt, sich über Jungs unterhalten und darüber, wie spektakulär der Abend wohl laufen würde. All das würde sie nun versäumen. Die Party würde ohne sie stattfinden. Was für eine Enttäuschung! Sicher auch für ihre Freunde. Sie beschloss, ihnen später eine Nachricht zu schreiben, jetzt war keine Zeit mehr dafür. Plötzlich hatten die Großeltern es furchtbar eilig.

Schnell packte sie eine kleine Reisetasche, setzte ihre feine rote Sommermütze auf, klemmte sich eine leichte Jacke unter den Arm und machte sich auf den Weg zu Großvaters silbernem VW Tiguan.

Von der Diele aus nahm sie im Vorbeigehen wahr, wie die Großmutter im Wohnzimmer den gewölbten Deckel der großen antiken Holztruhe schloss, in die Elba nie einen Blick hatte werfen dürfen, und ihre Handtasche darauf ablegte.

Was hatte sie denn vor? Wollte sie die Truhe mit zu Tante Mattie nehmen? Ein seltsames Gefühl beschlich Elba, ein Gefühl, das sie nicht zu deuten vermochte.

Ein paar Minuten später waren sie auch schon unterwegs. Die aufwendig verzierte Holztruhe mit den eindrucksvollen Eisenbeschlägen war nun hinter Elbas Sitz im Kofferraum des kleinen Geländewagens verstaut. Sie konnte ihre Anwesenheit hinter sich förmlich spüren. Eigentlich wollte sie die Großmutter fragen, was sich in der Truhe befand, aber aus irgendeinem Grund tat sie es nicht.

Zum ersten Mal in ihrem Leben nahm sie eine gewisse Distanz zwischen sich und den Großeltern wahr. Eine seltsame

Barriere. Sie hatten einander immer alles sagen können, und Elba hatte sich niemals geschämt, mit all ihren Problemen und Sorgen zu ihnen zu kommen. Doch nun hatte sie das unbestimmte Gefühl, dass etwas vor sich ging, wovon sie nichts wusste. Etwas, von dem die Großeltern sie ausschlossen. Und sie war sich noch nicht einmal sicher, ob sie überhaupt etwas davon wissen wollte. Ob sie wahrhaben wollte, dass irgendetwas sie trennte. Sie spürte die Veränderung, aber noch war sie nicht bereit dafür. Also schwieg sie.

Stattdessen nahm sie das Handy aus der Tasche und begann, ihren Freunden zu texten. Sie schluckte. Der Gedanke daran, was sie heute alles verpassen sollte, schnürte ihr die Kehle zu.

Als sie die letzte SMS verschickt hatte, stieß sie die Luft aus, stellte das Handy auf »Lautlos« und verstaute es wieder in ihrer schwarzen Ledertasche. Sie lehnte sich zurück und ließ die Landschaft an sich vorbeiziehen. Nach einer Weile schlief sie ein.

Als sie wieder aufwachte, sauste gerade das Ortschild *Lebstein* an ihnen vorbei. Sie richtete sich auf.

Schon passierten sie die ersten Häuser des Dorfes. Erstaunt stellte Elba fest, dass sich seit ihrer Kindheit hier nicht viel verändert hatte. Das Dorf mit seinen kleinen, entzückenden Häuschen wirkte ebenso verschlafen wie in ihrer Erinnerung. Nur dass heute die großen Fichten am Straßenrand feierlich geschmückt waren, mit Blumengirlanden und allerlei anderem offenbar selbst gebasteltem Schmuck. Am Ende der Straße waren einige Leute auf Leitern damit beschäftigt, Lichterketten an den Ästen zu befestigen. Sie lachten und unterhielten sich fröhlich.

Wie friedlich, dachte Elba und ein Gefühl von Leichtigkeit strömte zurück in ihr Herz. »Warum schmücken sie denn die Bäume?«

»Ja, hast du das denn vergessen, Schätzchen?« Die Großmutter drehte sich zu ihr um und lächelte sie an. »Das Johannisfest steht doch vor der Tür – das Mittsommerfest! Bestimmt werden wir auch noch Vorbereitungen für das ein oder andere Feuer sehen.«

Natürlich, das Sonnwendfeuer.

Auf dem Land wurde noch nach alten traditionellen Bräuchen gefeiert. Die ganze Gemeinde half mit. Heute Nacht würden die Bäume in bunten Farben leuchten, die Kinder singend von Baum zu Baum ziehen, und an kleinen Ständen würden Kakao und Kuchen angeboten werden. Am alten Rathausplatz würde ein riesiger Kranz hängen – geflochten aus Zweigen und Laub, geschmückt mit Blumen und Bändern und mit Rosen aus Seidenpapier: die Johanniskrone, von Kerzen erleuchtet. Und die Erwachsenen würden in ihrer Festtagstracht darunter tanzen, bis in die Morgenstunden.

Eine schöne Tradition, fand Elba. Als sie den Ortskern verließen, drehte sie sich noch einmal um und blickte zurück. Absolut undenkbar, dass hier jemals etwas Böses geschehen könnte.

Irgendwann endete der Asphalt, und der Geländewagen des Großvaters rumpelte über eine breite, geschotterte Foststraße, die weiter vorn in die Auffahrt von Tante Matties Haus münden sollte.

Das Haus lag ein ganzes Stück vom Ort entfernt. Elba sah großflächige grüne Wiesen vorbeiziehen, und am Horizont baute sich ein mächtiger Wald mit geradezu überdimensional erscheinenden Bäumen auf. Vor dem Wald ging der Forstweg nach rechts ab. Von dort aus war das Haus bereits in der Ferne zu sehen.

Ein klammes Gefühl beschlich Elba. Zugleich verspürte sie eine gewisse Aufregung. Sie hatte ganz vergessen, wie schön und wild romantisch die herrlich große, freie Gartenanlage war. Auf der Wiese wucherten Blumen und Moos zwischen kräftigen Eichen, die hellgrüne Blätter trugen, und immer wieder ragten vereinzelte wilde, weiße Rosen aus dem Wiesenmeer. Je näher sie dem Haus kamen, desto mehr Blüten konnte Elba ausmachen. Wahrscheinlich waren sie das Einzige, das hier von Menschenhand angepflanzt worden war.

Das Haus selbst wirkte ungeheuer groß, war jedoch eher hoch als breit. Mit seinen spitzen Türmchen und den verschnörkelten Fensterläden erinnerte es ein wenig an ein verwunschenes Märchenschloss, an dessen Gemäuer die Zeichen der Zeit nicht spurlos vorübergegangen waren: Die einst blaugraue Fassade war verblasst, und der Putz bröckelte an einigen Stellen ab. In dem Beet, das sich entlang der gesamten Hausfront zog, wuchsen unzählige weitere weiße Rosen, deren Triebe die Mauer emporkletterten. Auch einige der zarten Rosenblüten hatten sich mit in die Höhe gekämpft. Ein zauberhaft idyllischer Anblick.

Elbas Herz klopfte heftig in ihrer Brust, als sie erkannte, dass Onkel Hinrik, Tante Matties Mann, schon vor der geöffneten Haustür wartete. Wahrscheinlich hatte er ihren Wagen bereits kommen sehen.

Hinrik stammte eigentlich aus Skandinavien – Elba konnte sich nicht mehr daran erinnern, woher genau –, was man ihm auch auf den ersten Blick ansah. Obwohl sein volles blondes Haar bereits einen leichten Grauschimmer hatte, wirkte er, schlank und hoch gewachsen, in seinem karierten Hemd und den dunkelblauen Jeans noch immer sehr jugendlich für sein Alter.

Der Großvater parkte direkt vor den Steinstufen, die zum Hauseingang führten. Sie stiegen aus, und die Großeltern eilten strahlend auf Hinrik zu.

»Schön, dass ihr gut angekommen seid«, rief er ihnen entgegen und breitete die Arme aus.

Die Großmutter ließ sich von ihm umarmen und auf die Wange küssen. »Es ist so lange her!«

Elbas Großvater klopfte Hinrik auf die Schulter und schüttelte ihm dann die Hand. »Viel zu lange!«

Ans Auto gelehnt, beobachtete Elba still die herzliche Begrüßung. Die drei lachten und strahlten, sodass ihre Augen vor Freude funkelten. Erneut beschlich sie das unbehagliche Gefühl, nicht dazuzugehören, keinen Platz zwischen all den vertrauten Blicken und Umarmungen zu haben.

Verlegen konzentrierte sie sich auf ihre braunen Schuhspitzen, als Hinrik plötzlich das Wort an sie richtete: »Unsere kleine Elfenkönigin! Wie wunderschön du geworden bist, Elba. Komm nur her – es gibt gar keinen Grund, schüchtern zu sein. Lass dich umarmen, meine Liebe!«

Schon war er bei ihr am Auto und nahm sie lachend in den Arm. Elba war überrascht, wie wohl sie sich dabei fühlte. Sonst mochte sie es nicht besonders, von anderen Menschen umarmt oder berührt zu werden. Aber in diesem Moment war es das Natürlichste auf der ganzen Welt. Es fühlte sich an wie ... nach Hause kommen. Alle Anspannung wich aus ihrem zierlichen Körper, sie schmiegte sich an die Brust ihres Onkels und lächelte.

Er drückte sie, ließ sie los und zwinkerte ihr zu. »Lasst uns hineingehen! Ich habe Tee aufgesetzt, und ein Braten schmort schon im Ofen.«

Sie gingen den dunklen Gang entlang, vorbei an dem getäfelten Esszimmer mit seinem riesigen schwarzen Tisch aus Ebenholz, bis sie schließlich in der gemütlichen Küche angelangt waren. Durch das winzige Fenster konnte sich das Tageslicht kaum ins Innere kämpfen. Doch Hinrik hatte überall Kerzen aufgestellt, die den kleinen Raum wohlig warm erhellten. Keine Kerze schien der anderen zu gleichen – sie hatten die unterschiedlichsten Farben und Formen und waren scheinbar willkürlich im Raum verteilt worden.

Die Kücheneinrichtung stammte aus einer längst vergangenen Zeit. Der gusseiserne Herd wurde noch mit Holz und Kohlen beheizt. Den alten kreisrunden Tisch zierte eine selbstgehäkelte bunte Decke. Rustikale, henkellose Keramiktassen warteten schon auf sie.

»Helene, gieß uns doch bitte schon etwas Tee ein, während Edwin und ich das Gepäck aus dem Auto holen«, bat Hinrik die Großmutter.

Elba ließ sich ein wenig zögerlich am Tisch nieder und beobachtete, wie die Großmutter den eisernen Teekessel vom Herd nahm. Als alle vier Tassen gefüllt waren, sah sie ihren Onkel und den Großvater an der Küchentür vorbeigehen. Sie konnte gerade noch einen kurzen Blick auf die Holztruhe erhaschen, welche die beiden an den geschmiedeten Griffen ins Obergeschoss des Hauses trugen.

»Oma, was –«

Weiter kam sie nicht.

»Wo sind Helene und Elba?«, erklang von oben die schwache Stimme von Tante Mattie. »Helene? Meine Lieben, kommt doch herauf!«

Sie ließen den Tee unberührt stehen. Als Elba hinter ihrer Großmutter die düstere Treppe hinaufstieg, beschleunigte sich ihr Herzschlag erneut – als wäre sie auf einer Entdeckungsreise, auf einem aufregenden Abenteuer durch die eigene Kindheit.

Doch da regte sich noch ein weiteres Gefühl in ihr. Eigenartig. Beunruhigend, ohne dass sie es einordnen konnte. Woran das wohl lag? War es dieser Ort, dieses Haus, das diese seltsame Unruhe in ihr auslöste?

Oben angekommen, gingen sie über einen knarrenden Dielenboden an mehreren geschlossenen Türen vorbei, bis sie Tante Matties Zimmer erreichten. Ihre Tür stand als einzige weit offen. Elba hielt die Luft an. Sie hatte noch nie einen Menschen gesehen, der im Sterben lag.

Als sie den großen Raum betraten, seufzte sie erleichtert. Tante Mattie befand sich zwar im Bett, der Großteil ihres schmalen Körpers von Decken verhüllt, aber sie saß aufrecht, an eine Vielzahl weißer Kissen gelehnt, und sie sah eigentlich noch recht lebendig aus.

»Wie schön, dass ihr endlich hier seid!«

Ihr gewelltes Haar, das einmal schwarz gewesen sein musste, war zu einem langen Zopf geflochten. Sie lächelte ihnen entgegen, und das Sonnenlicht, das durch die hohen Fenster den gesamten Raum erstrahlen ließ, schmeichelte dem Teint ihrer schmalen Wangen.

Elba überlegte, wie alt die Tante inzwischen sein mochte. Irgendwie wirkte sie noch ziemlich jung. Dabei musste sie bestimmt schon an die achtzig Jahre alt sein.

Die Großmutter setzte sich unverzüglich auf den Stuhl neben dem handgefertigten Holzbett. »Mathilda, meine Liebe.«

Elba ergriff die ausgestreckte Hand der Tante und küsste sie schüchtern auf die Stirn.

»Was für eine Schönheit sie ist, Helene. Und dieses lange Haar – traumhaft. Einfach umwerfend!«

Die Worte der Tante machten Elba noch verlegener, als sie ohnehin schon war. Doch als sie in Tante Matties blaugraue Augen blickte, wusste sie, dass die Worte von Herzen kamen. Vielleicht war sie ja wirklich schön? Immerhin hörte sie das heute schon zum zweiten Mal. Sie selbst empfand sich ja bestenfalls als ganz süß. Recht passabel, würde man sagen. Eben das sympathische Mädchen von nebenan, das jeder mochte. Aber sich selbst als *schön* zu beschreiben, das wäre ihr bestimmt nicht eingefallen.

Die Tante drückte ihre Hand und ließ sie dann los, um sich wieder an die Großmutter zu wenden. Es entspann sich eine Unterhaltung über dies und das, den Alltag und die Leute aus der Umgebung.

Elba trat an eines der hohen Fenster. Von hier oben konnte sie die gesamte Gartenanlage überblicken und den langen Schotterweg, der vom Haus zum Horizont führte. Die alten Eichen kamen ihr nun wieder unendlich vertraut vor, und sie begann, die Rosen zu zählen, die vereinzelt auf der Wiese wuchsen. Schon bald sah sie im Geiste wieder sich und Christian zwischen den Bäumen herumtoben.

Ihr Haar wehte im Wind, und die Sonne schien so hell, dass sie am liebsten in ihrem Licht baden wollte. Christian versuchte, sie zu fangen und ihre Hand zu ergreifen, sie selbst stieß ein fröhliches Lachen aus und wich ihm geschickt aus. Ein Stückchen noch, schneller, noch ein Stück weiter, dann konnte sie bestimmt in den warmen See aus Gold springen und davonschwimmen. Immer wieder drehte sie sich nach Christian um und freute sich, dass er ihr folgte. Sie fühlte sich vollkommen leicht und unbeschwert, und doch spürte sie, dass sie zu langsam lief, sich noch mehr anstrengen musste, wenn sie jemals ans Ziel kommen wollte ...

Plötzlich wurde Elba aus ihren Gedanken gerissen. Da war doch etwas! Ihr Blick glitt zurück über die Baumstämme, bis sie es sah. Tatsächlich! Da vorn, unter einem Baum, nicht allzu weit vom Haus entfernt. Da stand jemand!

Sie kniff die Augen zusammen. Nein, sie täuschte sich nicht. Eine dunkle Gestalt lehnte an einer der großen Eichen, die Arme locker vor der Brust verschränkt, die Beine lässig überkreuzt. Ein Mann. Pechschwarzes Hemd, schwarze Jeans. Und er starrte zu ihr herauf.

Er musste bemerkt haben, dass sie ihn entdeckt hatte, denn er neigte ganz langsam den Kopf zur Seite, ohne jedoch den Blick von ihr abzuwenden. Verdutzt starrte Elba von oben zurück. Sein Haar war – wie seine Kleidung – kohlrabenschwarz, seine Haut dagegen auffallend hell.

Elba hätte nicht sagen können, wie lange sie einander so anstarrten, bis sie mit einem Mal ihr Herz spürte. Es pochte und pumpte mit aller Kraft das Blut durch ihre Adern. Schweiß bildete sich in ihren Handflächen, Hitze schoss durch ihren Körper. Ihr Sichtfeld engte sich ein.

Da nahm sie noch etwas wahr. Am Rande nur, ganz fern. Irgendetwas hatte sich dort draußen verändert. Es war dunkler geworden, und die weißen Rosen ...

Die Rosen, alle Rosen, waren plötzlich tiefrot! Sie schienen ihre Farbe verändert zu haben. Nein, wirklich, sie *hatten* ihre Farbe verändert. Und inmitten der dunkelroten Rosen stand er. Völlig ruhig und regungslos.

Die Hitze in ihrem Körper wurde unerträglich. Ihr Kreislauf schien zu versagen. In diesem Moment hörte sie Tante Mattie. Sie schnappte nach Luft, als drohte sie zu ersticken.

»Großmutter!« Elba fuhr herum. »Uns beobachtet jemand! Und die Rosen ... Sie haben die Farbe gewechselt!«

Die Großmutter lief zu ihr ans Fenster. Doch als Elba sich umwandte und wieder in den Garten hinaussah, war alles wie immer. Die Gestalt war verschwunden, die weißen Rosen wiegten sich im sanften Wind, und die Sonne strahlte hell und wach.

Irgendwo da draußen musste er doch sein! Er musste sich hinter einem Baum versteckt haben. Mit den Augen suchte sie jeden Winkel des Gartens ab. Kein Mann, keine einzige rote Rose. Sie hörte Tante Matties regelmäßige Atemzüge. Wenigstens hatte die alte Dame sich wieder von ihrer kurzen Atemnot erholt.

»Was ist denn los, Kind? Da ist doch nichts.« Besorgt sah die Großmutter ihre Enkeltochter an. »Ist alles in Ordnung, Schatz?«

Elba holte tief Luft. »Ja, ja, alles in Ordnung. Ich hab mich wohl getäuscht.«

Hatte sie sich das tatsächlich eingebildet? – Wahrscheinlich. Das Haus war voller Erinnerungen an all die Abenteuer in ihrer Kindheit. Kein Wunder, dass die Fantasie mit ihr durchging.

Das war immerhin eine Erklärung. Die andere Erklärung wäre natürlich, dass sie langsam verrückt wurde und nicht mehr zwischen Traum und Realität unterscheiden konnte. Dass sie immer weiter hinabgerissen wurde in die finstere Welt ihrer Träume, und diese sie sogar schon am helllichten Tag verfolgten.

Seit einigen Wochen kamen die Träume fast jede Nacht. Genau genommen war es immer wieder derselbe eigenartige Traum. Elba befürchtete, dass ihre Großeltern schon etwas davon mitbekommen hatten: Sie ahnte, dass sie im Schlaf mehrmals laut geschrien hatte. Die Träume fühlten sich so echt an, so real. Stets wachte sie schweißgebadet auf, und jedes Mal dauerte es ein wenig länger, bis sie sich wieder orientieren konnte. Aber bisher war sie noch nicht dazu bereit, ihren Großeltern davon zu erzählen.

Hör schon auf, Elba, befahl sie sich selbst. Sie drehte sich um, ließ die Großmutter am Fenster stehen und ging lächelnd zu ihrer Tante. Als sie sich auf den Stuhl neben dem Bett sinken ließ, um ein wenig mit ihr zu plaudern, nahm sie sehr wohl wahr, dass ihre Tante und die Großmutter verwunderte Blicke austauschten. Aber sie verloren kein Wort über das, was eben passiert war. Und auch Elba schwieg. Wenn die beiden sich dachten, dass sie nun endgültig verrückt geworden war, wollte sie es zumindest nicht wissen. Noch nicht.

Nach dem Essen beschloss Elba, sich ein wenig auf dem Anwesen umzusehen. Ob sich seit ihrer Kindheit viel verändert hatte? Bei ihrem letzten Besuch war sie höchstens neun oder zehn Jahre alt gewesen.

Die Mittagssonne glühte inzwischen heiß vom Himmel. Elba öffnete den obersten Knopf ihrer Bluse und schlenderte am Rosenbeet vor dem alten Gemäuer entlang. Von hinter dem Haus hörte sie die Stimmen ihres Großvaters und ihres Onkels. Dort stand eine kleine Scheune, vor der die Männer Holzscheite zerhackten.

Onkel Hinrik blickte auf. »Elba, komm nur zu uns!«

Der Großvater sah sie über die Brillengläser hinweg an und lächelte.

Elba begann, die einzelnen Scheite aufzusammeln und legte sie in einen geflochtenen Korb. Unterdessen unterhielten sie sich über den Schulabschluss und Elbas Pläne für die Zukunft.

»Wie wäre es denn mit einem Praktikum während der Ferien? Dabei könntest du den einen oder anderen Beruf ein wenig kennenlernen«, schlug der Onkel vor.

»Hervorragende Idee«, stimmte der Großvater zu.

Elba hatte sich bisher über ihre Zukunft nicht allzu viele Gedanken gemacht. Trotzdem gefiel ihr die Idee, und die körperliche Arbeit wirkte beruhigend auf sie. Als ein gespaltenes Stück Holz nach dem Axthieb wie lebendig auf Elba zusprang, lachte sie ausgelassen, und all ihre Sorgen fielen Stück für Stück von ihr ab.

Nach einer Weile hörten sie das Geräusch eines schweren Motors und den Klang breiter Reifen auf Schotter.

»Ah«, freute sich Onkel Hinrik, »das muss Christian sein. Er hilft uns mit dem Haus.« Verschwörerisch zwinkerte er dem Großvater zu.

Elbas Herz tat einen kleinen Freudensprung, stockte und hüpfte wieder in die Höhe, als würde es kleine Purzelbäume schlagen. Sie spürte, wie ihre Wangen rot anliefen, als ein gelber Pick-up vor der Scheune zum Stillstand kam. Schwungvoll öffnete sich die Fahrertür, und ein blonder junger Mann kletterte heraus. *Christian.*

Den Blick nach unten gerichtet, fuhr er sich durch das zerzauste Haar. Dann sah er auf und grinste Elba verschmitzt an.

»Na? Ist die Elfenprinzessin ins Feenreich zurückgekehrt?« Er biss sich auf die Unterlippe und tat sich sichtlich schwer, ein heftiges Prusten zu unterdrücken.

Elba meinte, noch niemals in ihrem Leben so leuchtend grüne Augen gesehen zu haben. Die Farbe war so intensiv und strahlend, dass es aussah, als würden seine Augen tanzen.

»Ich hoffe doch, ihr habt im Reich nach dem Rechten gesehen, Prinz Rotenstein?«, antwortete sie und zog scheinbar entschuldigend die Schultern hoch. *Wie albern!*

»Ach komm her, Elbarina!«, rief er schließlich, und sie fielen einander lachend um den Hals. Er hob sie hoch und wirbelte sie im Kreis herum, bis sie beide außer Atmen waren.

»Gut, dass du endlich da bist«, flüsterte er ihr zu und knuffte sie liebevoll. »Elbarina Elfenprinzessin Teofinsen.«

»Christian Prinz Rotenstein Surtsen.« Elba lachte. Jahre waren vergangen, seit sie sich das letzte Mal gesehen hatten, und doch fühlte es sich an, als wäre es erst gestern gewesen.

Gemeinsam gingen sie los, um durch den verwilderten Garten zu spazieren. Dabei neckten sie sich unentwegt, stießen sich von der Seite an und schubsten sich freundschaftlich.

Bevor sie hinter dem Haus verschwanden, wandte Elba sich noch einmal um.

Mit der flachen Hand klopfte Hinrik auf Edwins Schulter. »So muss es sein, mein Freund, so muss es sein.« Seine blauen Augen lachten fröhlich.

Der Blick des Großvaters blieb hingegen ernst, er runzelte die Stirn und blieb noch eine Weile unbeweglich stehen, bevor er sich mit Hinrik wieder an die Holzarbeit machte. Seinen merkwürdigen Ausdruck, sein Zögern vermochte Elba nicht zu interpretieren. Noch nicht.

Als sie später vergnügt ins Haus zurückkehrte, fand sie die Esszimmertür geschlossen vor. Eigentlich hatte sie der Großmutter gleich mitteilen wollen, dass Christian sie für den Abend eingeladen hatte. Er und all seine Freunde hatten am Waldrand eine Feuerstelle vorbereitet, um das Mittsommerfest als Anlass für eine Party zu nutzen.

Erst hatte sie sich geziert, weil sie niemanden kannte, aber schließlich hatte er sie überredet. Ihr war aufgefallen, dass sein Shirt und seine Jeans schon etwas verschlissen waren. Außerdem musste er bis zum Abend noch arbeiten und bei den Vorbereitungen für das Fest im Dorf mithelfen. Offensichtlich musste er sich sein Geld hart verdienen.

Elba bekam ein schlechtes Gewissen, denn sie hatte noch nie arbeiten müssen, um sich etwas kaufen zu können. Die Großeltern waren nicht eben reich, aber sie versuchten, ihr stets ihre Wünsche zu erfüllen. Und außer ein paar Arbeiten im Haus zu erledigen und zur Schule zu gehen, genoss sie – wie all ihre Freunde – ein sorgenfreies Leben.

Christian hatte schon vor über einem Jahr die Schule abgeschlossen und hielt sich nun mit kleineren Jobs über Wasser. Seine Einnahmen teilte er mit seiner Mutter, mit der er in einem kleinen Häuschen am Rande des Dorfes lebte. Sein Vater war früh verstorben, und so hatten er und seine Mutter immer nur einander gehabt. Dennoch wirkte er glücklich und zufrieden mit seinem Leben.

Sie lauschte. Durch die verschlossene Tür des Esszimmers hörte sie die leisen Stimmen der Großeltern. Auch Onkel Hinriks Stimme konnte sie ausmachen, und sogar Tante Mattie schien bei den dreien zu sein. Elba griff nach der Türklinke, hielt dann jedoch inne. Sie konnte nicht verstehen, worum es ging, sondern nur einzelne Sätze aufschnappen.

»Er wird kommen und sie holen!« Die Großmutter klang besorgt. »Sie ruft seinen Namen schon im Schlaf, Mattie.«

»Er gehört nicht ihr«, wandte der Onkel ein.

»Das weiß sie nicht. Und er weiß es auch nicht«, schaltete der Großvater sich ein.

»Wir müssen ihn vertreiben«, entgegnete der Onkel.

Nach einer kurzen Pause erhob sich Tante Matties müde Stimme: »Das wird nicht möglich sein. Er sucht den Stein. Er wird nicht eher Ruhe geben, bis –«

Elba hörte Schritte, die sich ihr näherten. Wie ein kleines Kind, das unartig gelauscht hatte, lief sie, so geräuschlos sie konnte, zur Haustür hinaus. Als sie die Bäume auf der Wiese erreichte, verlangsamte sie die Schritte.

Was stellst du dich so an, Elba? Das ist doch lächerlich!

Weshalb war sie nicht einfach in das Esszimmer spaziert und hatte rundheraus gefragt, worum es ging? Sie ließ sich unter einem der Bäume nieder, lehnte sich an den dicken Stamm und kramte ihr Handy aus der Hosentasche. Bestimmt hatten sich Hanna und Sophia bereits bei ihr gemeldet.

Tatsächlich! Das Display zeigte fünfzehn ungelesene Nachrichten an. Sie öffnete eine nach der anderen und las, wie bedauerlich es alle fanden, dass sie heute nicht an der Party teilnahm. Schnell wählte sie Sophias Nummer.

Als sie das gleichmäßige Läuten an ihrem Ohr hörte, blickte sie verwundert auf. Es regnete weiße Blüten von den Bäumen! So viele, dass es den Eindruck machte, es würde Schnee fallen.

Am anderen Ende der Leitung hörte sie Sophias genervte Stimme: »Na endlich, Elba! Wo bist du denn?«

Mit einem Mal glitt ihr das Handy durch die Finger und fiel zu Boden. Da war er wieder! Das schwarze Hemd, die schwarze Hose, die schwarzen Haare. Derselbe Mann, den sie schon vom Fenster aus gesehen hatte, stand an der Ecke vor dem Haus und starrte sie durchdringend an. Wieder hielt er die Arme vor der Brust verschränkt. Fast wirkte er arrogant und überheblich, so gelassen und selbstverständlich, wie er sie taxierte. Etwas Erhabenes umgab ihn. Und etwas Unheimliches.

Langsam stand sie auf. Er beobachtete jede ihrer Bewegungen, musterte jede ihrer Regungen.

»Elba! Elba Teofinsen! Verdammt noch mal!« Sophias Stimme kreischte aus dem im Gras liegenden Handy.

Elba kümmerte sich nicht darum. Die letzten Blüten segelten von den Bäumen herab. Da verschwand die Gestalt mit einer geschmeidigen Bewegung hinter der Hausecke. Elba rannte los.

In ihrem Kopf erschien das Bild eines schwarzen Panthers. Sie lief auf das Haus zu. Diesmal würde er ihr nicht entkommen! Sie würde beweisen, dass sie nicht verrückt war, dass sie sich das nicht nur einbildete.

Das Herz schlug ihr bis zum Hals. In ihren Ohren rauschte das Blut. Die Arme fest an den Körper gepresst, befahl sie ihren Beinen, so schnell zu laufen, wie sie nur konnten. Doch schon nach wenigen Metern fühlte sie, dass ihr die Puste ausging. Sie würde es nicht schaffen.

Mach schon!, befahl sie sich und rannte dicht an der Hausecke vorbei in Richtung Holzscheune. Verdammt, wo war er?

»He!«, rief sie zornig ins Leere. »Bleib stehen!«

Das durfte ja alles nicht wahr sein! Hatte sie sich das wirklich wieder nur eingebildet? Abrupt stoppte sie, schwankte und kämpfte damit, nicht vornüberzufallen.

Da saß er. Seelenruhig. Auf einem der Baumstümpfe, auf denen ihr Onkel und ihr Großvater Holz gehackt hatten. Lässig. Locker. Und grinste sie unverschämt an, sichtlich belustigt über ihren Auftritt. Jetzt wurde sie richtig wütend. Völlig außer Atem stand sie da, und ihre Wangen glühten.

Und er? Saß einfach nur da – ganz gelassen – und lachte. Die oberen beiden Knöpfe seines Hemdes standen offen, die Ärmel waren bis zur Hälfte des Unterarms hochgekrempelt. Er reckte den Kopf zum Himmel und blinzelte der grellen Sonne entgegen. Elba war sicher, niemals zuvor in ihrem Leben einen so schönen Mann gesehen zu haben. Seine Erscheinung wirkte dermaßen anziehend auf sie, dass es ihr nun völlig den Atem verschlug.

Er zog die rechte Augenbraue hoch, wandte sich ihr zu und begann zu sprechen: »Nun, kleine Miss *Ich-krieg-dich-schon*, darf ich fragen, warum du mich verfolgst?«

Perplex starrte Elba ihn an. Beim Klang seiner Stimme sauste ein Schwarm Schmetterlinge durch ihren Magen. Bis hinauf in ihren Kopf, wo er ihren Verstand umschwirrte. Ihr Mund öffnete sich einen Spaltbreit, sie brachte aber kein Wort heraus.

Die Farbe seiner Augen war so ungewöhnlich, dass sie ihren Blick nicht abwenden konnte. Sie waren hellblau, schimmerten jedoch beinahe grün – einerseits stechend hoben sie sich deutlich von den tiefschwarzen Pupillen und den schwarzen Haarsträhnen, die ihm ins Gesicht fielen, ab. Andererseits erschienen sie milchig, ja fast durchsichtig. Unwillkürlich musste Elba an zwei blaugrüne kristallene Aquamarine denken, durch die das Sonnenlicht schien. Wie alt mochte er sein? Zwanzig? Fünfundzwanzig?

Sie nahm wahr, dass er eine Hand nach ihr ausstreckte und mit dem Kopf zur Seite deutete. Jetzt erst bemerkte sie das schwarze Auto, das neben der Scheune stand. Seine Handfläche zeigte nach oben, als wolle er sie zum Tanz auffordern. Instinktiv streckte sie ihre Hand der seinen entgegen.

An zwei Fingern trug er große silberne Ringe, was ihm eine gewisse Eleganz verlieh. Magnetisch fühlte sie sich von ihm angezogen. Kurz bevor sich ihre Hände berührten, hörte sie hinter sich ein Donnerwetter.

»Verschwinde!«

Sie wirbelte herum.

»Mach, dass du wegkommst!«, brüllte ihr Großvater.

Noch nie hatte sie ihn so wütend gesehen. Er wirkte riesengroß, und seine Halsschlagader pochte. Seine Hände waren zu Fäusten geballt.

Ein langgezogenes »Edwin!« ertönte hinter ihr, sodass sie sich wieder halb umwandte. Amüsiert betrachtete der Fremde den Großvater und ließ ganz langsam die ausgestreckte Hand auf den Oberschenkel zurücksinken. »Komm schon –«

»Hau endlich ab!«, wetterte der Großvater.

Wie ein Schuljunge, der bei einem Streich ertappt wurde, stand der Unbekannte auf und ging zu seinem Wagen. Er bewegte sich geräuschlos auf den schwarzen Buick zu, die Schultern zurückgenommen, das Kinn stolz nach vorn gereckt. Der Wagen war ein Oldtimer, ein 1968er Wildcat. Wieder tauchte der Panther vor Elbas innerem Auge auf.

Geschmeidig glitt er auf den Fahrersitz, der Motor heulte auf, und der Wagen brauste los. Im Vorüberfahren nickte der Fremde dem Großvater zu, schon war der Buick verschwunden.

Fassungslos sah Elba ihren Großvater an. Ihr Hirn begriff nicht, was eben passiert war. Hatte sie etwa vorgehabt, mit diesem Fremden mitzufahren? Wie verrückt! Und dennoch: Fast war sie darüber aufgebracht, dass Edwin dazwischengegangen war. In gleichem Maße fühlte sie sich beschämt. Als wäre sie bei etwas Intimem, Verbotenem erwischt worden. Sie konnte ihre eigenen Emotionen nicht mehr einordnen.

»Was ...?« Sie suchte nach Worten. Doch der Großvater kam ihr zuvor.

»Lass uns hineingehen, Elba. Du bist bestimmt schon hungrig.« Er drehte sich um und ging aufs Haus zu.

Verwundert runzelte sie die Stirn und schüttelte den Kopf. Wie konnte er jetzt vom Essen sprechen? Trotzdem folgte sie ihm ins Haus und trottete widerwillig hinter ihm her ins Esszimmer.

Die anderen saßen bereits am Tisch. Wortlos schob die Großmutter Elbas Handy zu ihr hinüber. Offenbar hatte sie es unter dem Baum gefunden. Elba war fest entschlossen, nun ein paar Fragen zu stellen.

Letztendlich stellte sich aber heraus, dass alles wesentlich harmloser schien, als sie nach der Reaktion des Großvaters befürchtet hatte. Der Unbekannte war angeblich nur ein reicher »Nichtsnutz und Weiberheld«, wie die Großmutter ihn verächtlich nannte, der sich wohl des Öfteren am Grundstück herumtrieb. Er hege irgendeine besondere Affinität dem Haus gegenüber, was anscheinend mit seiner Familiengeschichte zu tun hatte. Er habe Elbas Tante und Onkel auch schon diverse Angebote für den Kauf ihres Anwesens gemacht, jedoch wären sie nicht an einem Verkauf interessiert, schilderten die Großeltern ihr. Seither käme er immer mal wieder vorbei und versuche hartnäckig, sie zum Verkauf zu überreden. Eine einfache Geschichte. Eine alltägliche Angelegenheit.

Alle wirkten zufrieden.

Nur Tante Mathilda sah kein einziges Mal von ihrem Teller auf.

2

Barfuß lief Elba über den Dielenboden im Obergeschoss. Während sie die Stufen hinabstürmte, zog sie das Haarband fest, das ihren Pferdeschwanz zusammenhielt. Unten im Flur schlüpfte sie in ihre blauen Stoffballerinas und lief dann hinaus.

Christian wartete bereits in seinem gelben Pick-up. Von innen stieß er die Beifahrertür auf. »Elbarina!« Er lachte. »Kann's losgehen?«

»Klar!« Fragend deutete sie auf ihr hautenges blaues Top und die mindestens ebenso engen grauen Jeans.

»Perfekt!« Christian nickte bestätigend.

Sie war sich ganz und gar nicht sicher gewesen, welches Outfit sich am besten für die Feier eignen würde. Allerdings hatte der Inhalt ihrer kleinen Reisetasche auch nicht besonders viel Auswahl erlaubt.

Sie kletterte auf den Sitz, und Christian fuhr los.

Elba war erleichtert, wie herzlich Christians Freunde sie aufnahmen. Auf der Fahrt zur Party hatte sie sich ein wenig Sorgen gemacht, dass sie sich wie eine Außenseiterin fühlen würde. Christian musste es ihr angesehen haben, denn er hatte einen Scherz nach dem anderen gerissen, um sie aufzumuntern und sich sichtlich bemüht, sie abzulenken. Wie feinfühlig er doch war! Einmal hatte er sogar kurz ihre Hand gehalten und erklärt, wie sehr er sich über ihren Besuch freue. Er war solch eine Frohnatur. Sie fühlte sich unbeschreiblich wohl in seiner Gegenwart. Alles schien so leicht und einfach mit ihm.

Trotzdem fürchtete sie, dass sonst niemand auf der Feier daran interessiert sein könnte, sich mit ihr zu unterhalten. Doch genau das Gegenteil trat ein: Christian hatte seinen Freunden wohl schon von ihr berichtet, denn sobald sie aus dem Pick-up gestiegen waren, wollten alle sie kennenlernen. Zwar war es noch nicht dunkel, dennoch war das Feuer schon angezündet worden. Elba stellte sich vor, wie die Unmengen an aufgestapeltem Brennholz später lodern würden.

Gut gelaunt plauderte sie mit Christians Freunden. Die Getränke erwiesen sich als nicht allzu stark – gemischt mit viel Limo. Genau richtig, um die Stimmung zu heben, ohne Gefahr zu laufen, dass die Situation außer Kontrolle geriet. Sie war erstaunt, wie viele junge Leute gekommen waren. Einige Baumstümpfe dienten als Sitzgelegenheiten, doch viele von ihnen saßen im Gras, standen ums Feuer herum oder gingen zusammen am Waldrand spazieren.

Da Elba sich blendend amüsierte, mischte sich Christian unter seine Freunde. Dabei ließ er sie jedoch niemals lange aus den Augen, und immer mal wieder warfen sie sich vertraute Blicke zu, während sie sich mit allen möglichen Leuten unterhielten.

Mittlerweile war es dunkel geworden, und das Feuer schlug ungezügelt in den nachtschwarzen Himmel hoch. Schnell hatte Elba zwei überdrehte, extrovertierte Mädchen gefunden, mit denen sie auf Anhieb auf einer Wellenlänge lag. Die eine, Sarah, war nicht sonderlich groß und ein wenig rundlich. Ihr hellbraun gelocktes Haar reichte ihr bis zu den Schultern, die fahlblauen Augen strahlten fröhlich. Die andere, Marie, war gertenschlank und überragte Elba um gut einen Kopf. Sie trug ihr halblanges platinblondes Haar streng nach hinten gebunden, ihre haselnussbraunen Augen glitzerten. Beide waren völlig aufgekratzt, lachten und redeten ohne Unterlass. Sie berichteten Elba der Reihe nach alles Wissenswerte über die anwesenden Jungs und verrieten sämtlichen Klatsch und Tratsch über laufende Liebesgeschichten.

Inmitten der Schilderung einer besonders prekären Geschichte, deren Hauptdarsteller sich in einer brisanten Dreiecksbeziehung verstrickt hatten, hörte Elba das Motorengeräusch eines nahenden Autos, das auf der Wiese hinter ihr zum Stehen kam. Und noch bevor sie sich umdrehte, wusste sie: Es war der schwarze Wildcat von heute Nachmittag! Ein Schwarm Schmetterlinge flatterte wieder in ihr hoch.

Es war komplett still geworden, und alle hatten sich gespannt in Richtung des Buick gedreht, der kurz vor der Feuerstelle anhielt. Fahrer- und Beifahrertür wurden aufgestoßen, und laute Musik drang aus dem Wageninneren: *Seven Nation Army*, die White Stripes. Auf der Beifahrerseite stieg ein großer junger Mann aus – dunkelblondes Haar, grünes Shirt. Der schwarzhaarige Unbekannte von heute Nachmittag kletterte auf der anderen Seite aus dem Wagen.

Blitzschnell jagte der Schwarm Schmetterlinge durch Elbas Magen.

Sarah pfiff anerkennend. »Jetzt kann die Party so richtig losgehen!«, flüsterte sie grinsend.

Der Schwarzhaarige öffnete die hintere Wagentür und reichte einem Mädchen die Hand. Eine groß gewachsene, elegante junge Frau kam zum Vorschein. Dunkelbraunes Haar fiel gewellt über ihren Rücken. Das weiße kurze Kleid mit den flatternden langen Ärmeln ähnelte eher einem Hemd, ließ sie aber scheinbar gerade deshalb besonders sexy erscheinen. In ihrer Hand baumelten silbrig glänzende Sandalen mit hohen Absätzen. Unverzüglich begannen sie und der Dunkelhaarige, sich zur Musik zu bewegen.

Der große Blonde half einem weiteren Mädchen aus dem Auto: einer blonden langhaarigen Schönheit, deren gelbes Sommerkleid perfekt zu ihrer gebräunten Haut passte. Auch sie hielt ihre High Heels in der Hand und sobald sie ihre langen Beine aus dem Auto befreit hatte, tanzte sie im Takt der Musik barfüßig auf ihre Freundin zu.

Sie kümmerten sich nicht im Geringsten darum, dass sie von allen beobachtet wurden. Die anderen schienen für sie überhaupt nicht zu existieren.

Der Blonde, dessen Gesichtsausdruck ein wenig ernster war als der seiner Begleiter, ging unterdessen zum Kofferraum und öffnete ihn. Zum Vorschein kamen zwei Kisten Bier, eine davon hievte er heraus und trug sie in Richtung des Feuers.

Die anderen drei folgten ihm schließlich. Der Schwarzhaarige legte die Arme lässig um die Schultern der beiden Mädchen. In seiner rechten Hand baumelte eine Flasche Bourbon, die er aus dem offenen Kofferraum gezogen hatte.

Sarah hauchte voller Bewunderung: »Himmel, ist der nicht heiß?«

»Die sind beide verdammt heiß«, pflichtete die platinblonde Marie ihr bei.

»Ja, ich kann mich gar nicht entscheiden, welcher mir besser gefällt«, scherzte Sarah.

»Wer sind die zwei?«, erkundigte sich Elba leise, ohne den Blick von den Neuankömmlingen abzuwenden.

»Die sind neu in der Gegend«, hörte sie Christian sagen und drehte sie sich nach ihm um. »Vor einiger Zeit hierhergezogen. Wohnen in dem verlassenen Haus der verstorbenen Witwe Ruid. Reiche Typen, aber ganz in Ordnung. Für jeden Spaß zu haben und lassen immer ordentlich was springen. Sind bei jeder Feier dabei. Wo sie diese Mädchen aber immer auftreiben, haben wir noch nicht rausgefunden.« Er lachte über Sarahs wehleidigen Blick.

»Anstatt sich mit einer von uns zufriedenzugeben ...«, seufzte sie und lief mit Marie zu ihrer blonden »Beute« hinüber, um sich von dieser breitschultrigen Erscheinung – Marke Wikinger in der Ausführung Männermodel – ein Bier geben zu lassen.

Die Autotüren des Buick standen weit offen, und die meisten Anwesenden begannen, zu der Musik zu tanzen, die so laut aus dem Wagen tönte, dass Elba zu dem Schluss kam, es müsse sich bei dem Autoradio um eine Spezialanfertigung handeln. Der Schwarzhaarige ließ die beiden Schönheiten los und steuerte direkt auf sie und Christian zu.

Elbas Herz setzte für einen Schlag aus. Sie bemühte sich krampfhaft, sich nichts anmerken zu lassen, befürchtete allerdings, dass die Mission *Cool-bleiben-im-Angesicht-des-Fleischgewordenen-Mädchentraums* kläglich misslang.

Die Schatten des flackernden Feuers in seinem Gesicht ließen ihn noch geheimnisvoller und attraktiver wirken. Er begrüßte Christian mit einem freundschaftlichen Schulterklopfen.

»Und wen haben wir denn da?«, wandte er sich direkt an Elba. Ein spöttisches, beinahe überhebliches Grinsen umspielte seine Mundwinkel.

Christian setzte dazu an, sie vorzustellen: »Das –«

Allerdings unterbrach der Fremde ihn im Ansatz: »Du wirst schon Bescheid wissen, nehme ich an?«

Elba brachte kein Wort heraus.

»Tristan, das ist Elba, eine langjährige Freundin von mir.«

Bloß gut, dass Christian das Wort ergriff!

Tristan ignorierte ihn. Er musterte Elba von oben bis unten.

Ihr wurde glühend heiß. Während er sie begutachtete, beugte er sich so weit zu ihr, dass sie befürchtete, er könnte sie jeden Moment im Gesicht streifen. Die Bemühungen ihrer Mission zerfielen Stück für Stück in ihre Einzelteile. Ihre Wangen färbten sich knallrot, der Rest ihres Körpers erstarrte zu einer Statue mit zweifelsohne außergewöhnlich dämlichem Gesichtsausdruck. Peinlicher ging es ja wohl kaum!

»Ich glaube, Elba braucht einen Drink. Hol uns doch etwas, Chris! Der Wagen ist voll mit Fusel«, befahl der Schwarzhaarige in höflichem, aber bestimmtem Ton.

Christian nickte und marschierte unverzüglich in Richtung Buick.

Elba fühlte sich furchtbar unwohl bei dem Gedanken, Tristans Blicken auch nur eine Sekunde länger ausgeliefert zu sein. Sobald ihre Beine wieder spurten, lief sie daher los, um Christian noch einzuholen. Hinter sich hörte sie Tristans warmes Lachen. Wie Musik schallte es durch die laue Nacht.

Am Wagen stießen Christian und Elba mit zwei Bierflaschen an. Die Fröhlichkeit, die Christian ausstrahlte, steckte sie sofort an, und sie begannen beide zu tanzen. Bald waren sie in der Menge untergegangen. Elbas Zopf lockerte sich, und einige Haarsträhnen fielen ihr ins Gesicht. Sie fühlte sich berauscht und vollkommen frei. Ein wunderbares Gefühl!

Ein Stück entfernt sah sie Tristan ausgelassen mit der hübschen Braunhaarigen tanzen. Er küsste das Mädchen am Hals und strich ihr übers Haar, umfasste schließlich ihr Gesicht mit beiden Händen und küsste sie leidenschaftlich. Auf eine unbestimmte Art erregte Elba dieser Anblick. So sehr, dass sie einfach nicht wegsehen konnte. Da schaute er ihr unvermittelt direkt in die Augen. Er bewegte sich kein bisschen mehr, sondern taxierte sie nur unnachgiebig.

Gerade, als sie beschämt den Blick senken wollte, wandte er sich wieder dem Mädchen zu und fuhr mit der Zunge ihren Hals entlang. Ihr Gesicht verzog sich – aber nur für den Bruchteil einer Sekunde. Dann entspannte sich ihre Mimik und wechselte unversehens in einen Ausdruck der Ekstase.

Irritiert drehte Elba sich weg und war froh, dass Christian ihre Hände nahm und unbeschwert weitertanzte. Sie sprangen auf und ab, Elbas langes Haar wirbelte wild durch die Luft, die Arme streckte sie weit dem Nachthimmel entgegen, während sie sich ganz und gar dem Rhythmus der Musik hingab.

Mit einem Mal wurde sie von hinten am Arm gepackt. Verblüfft drehte sie sich um. Tristan hielt sie fest und starrte auf ihr Handgelenk.

»Wo hast du das her?« Seine Stimme klang nüchtern und kalt, geradezu schroff.

Sie folgte seinem Blick und erkannte, dass es ihr Armband war, für das er sich interessierte. An einer schmalen antiken Silberkette war an einem kleinen Stift ein dunkelgrüner Stein mit winzigen roten Einsprenkelungen – ein Heliotrop – mit einer Silberöse befestigt.

Als sie erklären wollte, dass sie das Armkettchen am Abend von ihrer Tante bekommen hatte, fuhr er fort: »Komm mit, ich muss dir jemanden vorstellen!«

Das klang eindeutig wie ein Befehl, nicht nach einer Einladung. Allerdings ließ er ihr keine Zeit, zu protestieren und zog sie hinter sich her durch die Menschenmenge. Ihr Handgelenk hielt er so fest umschlossen, dass es fast wehtat, und sie musste aufpassen, nicht unbeholfen zu stolpern, weil er es so eilig hatte, sie hinter sich her zu seinem Freund zu zerren.

Am Ziel angekommen, zog er ihre Hand hoch und deutete auf das Armband. »Siehst du das?«

Der große Blonde blickte unbeeindruckt auf Elbas Handgelenk und dann in Tristans Gesicht. »Lass sie los, Tristan.«

Widerwillig ließ er ihren Arm los. Er schien aufgebracht zu sein. Elba bekam eine Gänsehaut.

»Das darf doch nicht wahr sein!«, knurrte Tristan. Sein Mund bewegte sich kaum, doch seine Züge spiegelten eine Bitterkeit wider, wie sie nur durch maßlose Enttäuschung entstand.

»Bitte entschuldige meinen Freund. Sein Temperament geht manchmal mit ihm durch.« Der Blonde warf Tristan einen zurechtweisenden Blick zu. »Und er hat auch nicht die feinsten Manieren ...« Jetzt lächelte er Elba an. »Mein Name ist Aris. Tristan kennst du ja bereits.«

Aris streckte ihr entschuldigend die Hand entgegen. Sein Gesicht war das eines Mannes Mitte zwanzig, aber irgendetwas an ihm wirkte wesentlich reifer.

»Elba«, erwiderte sie zögernd.

Aris wirkte selbstsicher und ausgeglichen, dennoch spürte sie, dass ihn eine innere Unruhe umgab. Er war groß und muskulös. Das fahlgrüne T-Shirt schmeichelte seinem athletischen Körper. Sein dunkelblondes Haar war von helleren Strähnen durchzogen, von denen ihm einige in die Stirn fielen. Nicht nur der Dreitagebart, sondern auch dieses Funkeln in seinen grünen Augen, die ab und zu einen Stich ins Braune zu haben schienen, ließen ihn schon ziemlich sexy erscheinen. Umgehend verlor Elba sich vollkommen darin. Sie erkannte, dass braune Punkte in dem moosfarbenen Grün verteilt waren. Wie Farbtupfer nach einem zu übermütigen Pinselschwung.

»Hast du den Stein gesehen?«, mischte Tristan sich ungeduldig wieder ein. »Verflucht, jetzt sieh dir den Stein an! Es ist der falsche!«

Elba war verwirrt. Und seltsam benebelt, was sie jedoch den vielen Getränken zuschrieb. Haarsträhnen klebten in ihrem vom Tanzen erhitzten Gesicht. Sie versuchte, sich zu konzentrieren. »Was ist damit?«, richtete sie sich unsicher an Aris, der ihr vertrauenswürdiger und vernünftiger als Tristan vorkam, und hielt ihm das Handgelenk mit dem Armband unter die Nase.

Der Stein war eigentlich dunkelgrün mit vereinzelten roten Sprenkeln. Doch mit einem Mal schien er rötlich zu leuchten. Diesen Eindruck musste der Schein des lodernden Feuers erzeugen. Eine Sinnestäuschung?

Aris schaute auf den Heliotrop und drehte sich dann blitzschnell um.

»Siehst du?«, fragte Tristan. »So schlimm, hm?« Der belustigte Unterton hatte sich wieder in seine Stimme geschlichen.

Nach einer Sekunde sah Aris ihn wieder an. Seine Züge verrieten rein gar nichts über seine Gedanken, nur seine Augen hatten sich verdunkelt. »Geh, Tristan. Lass uns allein!«

Tristan neigte den Kopf zur Seite und zog dann die Schultern hoch. Ein breites Lächeln erhellte sein Gesicht, und so verschwand er rückwärts zwischen Christians tanzenden Freunden.

Aris wandte sich Elba zu: »Nun, Liebes, woher hast du das Schmuckstück?«

Liebes? Ihre Augen suchten nach Tristan, der in der Menge untergetaucht war. »Meine Tante hat es mir gegeben«, antwortete sie abwesend.

»Mathilda? Und was hat sie dir darüber erzählt?« Aris fixierte sie, sodass sie gezwungen war, ihre gesamte Aufmerksamkeit wieder auf seine Augen zu lenken. Ihr Hirn verdrängte seine Frage dabei in den hintersten Winkel ihres Kopfes. Ihr Blick fiel auf seinen Mund, und plötzlich verspürte sie das eigenartige Verlangen, ihn zu berühren. Diesen Mund.

Was war denn nur los mit ihr?

»Elba?«

Um sie herum drehte sich alles.

»Elba, sieh mich an! Was weißt du über den Stein?«

Sie suchte Halt in seinen Augen und sah in ihnen, dass er bereits wusste, dass es keinen Sinn machte, heute noch eine ernsthafte Unterhaltung mit ihr zu führen. Plötzlich spürte sie, dass jemand sie von hinten umarmte. Christian. Gleichzeitig sah sie die Missbilligung in Aris' Augen. Doch Christian hob sie schon aufgekratzt in die Höhe. Ehe er sie mit Schwung herumwirbelte, rief sie Aris zu: »Nichts! Ich weiß gar nichts!«

Sie lachte dabei, und Christian drängte sie, mitzukommen, um mit ihr wieder in der Nähe des Feuers zu tanzen.

»Amüsierst du dich, Elbarina?«

»Ganz großartig!« Ausgelassen warf sie den Kopf in den Nacken. »Ich amüsier' mich prächtig!«

Ruckartig ließ sie ihn los, sprang rückwärts in die Menge und tanzte übermütig. Ihr Körper fühlte sich weich und unverletzlich an – fast taub. Als würde sie in Watte schweben. All die anderen lachten ihr zu. Was für ein rauschender Abend!

In diesem Augenblick wechselte die Musik. *Resistance* von Muse drang durch die Nacht. Erst langsam und leise, dann mit zunehmendem Tempo. Laut und unbändig. Wie die Kraft verbotener und scheinbar endloser Liebe, von welcher der Text erzählte.

Als Elba sich umdrehte, stand Tristan direkt vor ihr. Reglos starrte er ihr in die Augen. Fordernd und unnachgiebig. Sie hielt die Luft an. Er umfasste ihre Taille, zog sie an sich heran und streifte mit dem Mund ihr Haar. Sie hörte, wie er ihren Duft tief einsog. Was er ihr dann zuraunte, konnte sie nicht ganz einordnen.

»Hast du schon mal eine so unbändige, alles verschlingende Liebe erlebt, Elba?«, flüsterte er ihr ins Ohr. »Eine Liebe, die versucht, alle Ketten zu sprengen, und es am Ende doch nicht kann? Eine Liebe, die Hoffnung sät, am Ende aber nichts zurücklässt als Zerstörung?« Bezogen sich seine Worte auf den Songtext?

Er begann, sich zur Musik zu bewegen. Ihr Körper gehorchte dem seinen wie ein Magnet. Schwindelerregende Hitze ergriff sie, als müsste sie verbrennen und mit ihm verschmelzen. Ihr Atem stockte, ihr Herz raste, die Umgebung verschwamm zu einem schwarzen Nichts.

Er legte die linke Hand an ihre Wange, strich mit dem Daumen über ihre Lippen. Ihr Körper schrie danach, seinen Finger mit der Zunge zu berühren. Da hielt er inne, und sein Mund kam dem ihren so nahe, dass sie seinen Atem spürte.

In diesem Moment sah sie aus dem Augenwinkel, dass Aris sie beobachtete. Er war wohl der Einzige, der nicht tanzte. Stattdessen betrachtete er Tristan und sie mit verschränkten Armen.

Sofort ließ Tristan sie los und wandte sich nach seinem Freund um. Entschuldigend grinste er ihn an, zuckte mit den Schultern und tanzte dann unbekümmert weiter. Aus seiner Gestik sprach aber auch eine Art Aufforderung, die Elba nicht genauer deuten konnte. Als sie wieder in Aris' Richtung schaute, war dieser verschwunden.

Verflucht, war das eigenartig gewesen!

Mit einem Mal stieg Übelkeit in ihr hoch. Ihre Beine drohten nachzugeben. Sie versuchte, nach Tristans Arm zu greifen, um Halt zu finden, da wurde ihr auch schon schwarz vor Augen. Sie sackte zusammen und kippte nach hinten über. Kurz bevor sie auf dem Boden aufprallte, fing jemand sie auf. Er musste direkt hinter ihr gestanden haben.

»Alles in Ordnung, Elba?«, fragte Christian besorgt.
»Ich glaub, ich … hab … zu viel getrunken«, stammelte sie.
»Kannst du mich nach Hause bringen? Bitte, Christian –«
Dann versagte ihr Kreislauf endgültig und alles um sie herum wurde schwarz.

Als sie wieder zu sich kam, befand sie sich in Christians Pick-up.
»Na, wieder da, Elbarina?« Er strich ihr eine Haarsträhne aus dem Gesicht und lächelte ihr zu.
Sie konnte nicht antworten, nickte aber verlegen und lehnte sich in den Sitz, um sofort wieder einzuschlafen.
Er weckte sie erst, als er vor dem Haus der Tante geparkt hatte. Christian ging um den Wagen herum und öffnete ihr die Tür. Die kalte Nachtluft schlug ihr entgegen und rief ihre Lebensgeister wieder zurück.
»Komm, ich bring dich rein«, schlug er vor.
Sie vertraute ihren Beinen noch nicht ganz, aber als sie ausstieg, stellte sie fest, dass sie einwandfrei funktionierten. Sie fühlte sich ausgezeichnet, frisch und wach. Wie seltsam!
Hand in Hand gingen sie zur Haustüre. Als sie unter dem schwachen Licht des Eingangs stehen blieben, küsste Christian sie flüchtig auf den Mund. »Wir sehen uns morgen, Elfenprinzessin!« Er zwinkerte ihr zu und verabschiedete sich mit einem angedeuteten Handkuss.
Elba wartete noch, bis der Pick-up aus ihrem Sichtfeld verschwunden war. Als sie sich daran machte, die schwere Tür aufzuschließen, hörte sie hinter sich: »Im Ernst? Dieser Landbursche?«
Beim Klang der amüsierten Stimme musste sie unwillkürlich grinsen. Sie wusste, dass sie zu Tristan gehörte. Langsam wandte sie sich zu ihm um. »Was machst du hier? Verfolgst du mich?«
Nun gehorchte ihr Körper ihr also plötzlich? Sie schüttelte lächelnd den Kopf.

»Wie könnte ich anders?«, gab er lachend zurück.

Ihr war klar, dass sie ihn nicht ernst nehmen konnte. Dennoch war sie seinem Charme erlegen. »Und jetzt?«, fragte sie übermütig. Konnte sie es also doch noch – die Sache mit dem Flirten!

»Lass uns einen kleinen Spaziergang machen, hm?«, erwiderte er und bot ihr einen Arm.

Sie war so guter Dinge, dass sie fand, dass eigentlich nichts dagegen sprach, und hakte sich bei ihm unter. Nachdem sie einige Meter zwischen den mächtigen Bäumen hindurchspaziert waren, kam ihr die Situation jedoch etwas merkwürdig vor und sie zog ihren Arm zurück. Um ihre Verlegenheit zu überspielen, fragte sie rundheraus, warum er es ausgerechnet auf das Haus ihrer Verwandten abgesehen hatte.

Über die offene und umfassende Erklärung war sie mehr als überrascht. Jeglicher ironischer Unterton war aus seiner Stimme verschwunden. Tristan erzählte ihr, dass seine Familie bereits vor langer Zeit verstorben war. Aus den Dokumenten des Nachlasses ging hervor, dass seine Vorfahren früher auf diesem Anwesen gelebt hätten. Nachdem er nun alle Angehörigen verloren hatte, war dieses Haus seine letzte reale Verbindung zu seinen Verwandten und seiner eigenen Geschichte.

Sie fühlte, dass ehrliche Traurigkeit in seiner Stimme mitschwang und konnte gut verstehen, dass er davon angetrieben war, mehr über seine Familie zu erfahren. Beinahe empfand sie Mitleid für die aufgesetzte, ungehobelte Fröhlichkeit, die er bisher an den Tag gelegt hatte, und verspürte das tiefe Bedürfnis, ihm zu helfen.

Sie blieben unter einer der großen Eiche stehen, und als sie ihm direkt ins Gesicht sehen konnte, stellte sie wieder fest, dass seine perfekten Züge und der verwegene Ausdruck seiner Augen unnatürlich schön und anziehend auf sie wirkten.

Was die Natur alles zustande bringt, dachte Elba bei sich – und erschrak ein wenig über ihre eigenen Gefühle. Am liebsten hätte sie sein Gesicht umfasst, es zärtlich liebkost und ihn tröstend in die Arme genommen. Einen vollkommen Fremden. Das war ja verrückt!

Er beäugte ihren Zopf, der ihr vorn über die Schulter fiel. Unvermittelt nahm er eine Haarsträhne in die Hand und wickelte sie wortlos um die Spitze seines Zeigefingers. Wieder und wieder glitt ihr Haar dabei über seinen Finger.

Als er innehielt, sprudelte es aus ihr heraus: »Komm doch morgen Abend zu uns zum Essen! Dann kannst du dir das Haus zumindest mal genauer ansehen.«

Im Mondlicht konnte sie sehen, wie sich seine Augen überrascht weiteten. Er schüttelte ungläubig den Kopf – allerdings wie gewohnt breit grinsend. »Wenn du darauf bestehst ...«

Es klang fast, als würde er sich über sie lustig machen. Doch noch bevor sie etwas erwidern konnte, ließ er von ihr ab und verschwand in der Dunkelheit. Sie war jedoch zu müde, um sich darüber zu wundern, und ging zurück zum Haus.

Elbas Gästezimmer befand sich direkt neben Tante Matties Schlafzimmer. Möglichst geräuschlos schlich sie hinein und sank vollkommen erschöpft ins Bett, wo sie sofort einschlief.

Die Albträume, die sie in jener Nacht verfolgten, ließen sie jedoch nicht zur Ruhe kommen. In regelmäßigen Abständen schrak sie hoch. Sobald sie wieder einschlief, träumte sie genau an der Stelle weiter, wo die Geschichte zuvor geendet hatte. Dieser Traum überstieg das Grauen ihrer bisherigen Albträume bei Weitem: Blutverschmierte Menschen liefen panisch schreiend an ihr vorbei. Sie versuchte, sich zu orientieren. Befand sie sich in einem alten Dorf? Sie drehte sich im Kreis herum, zählte sechs Holzhäuser in ihrer unmittelbaren Nähe und noch zwei weitere ein Stück weit entfernt. Die Häuser waren eher lang als breit. Auf ihren Dachgiebeln erkannte sie das typische Wikingersymbol – zwei gekreuzte Drachenköpfe. Sie blickte an sich hinab. Über weißem langärmeligem Leinenstoff trug sie ein schlichtes hellgrünes Trägerkleid. Sie fühlte den feuchten, schlammigen Boden unter den nackten Füßen und einen rauen Wind, der an ihrem geflochtenen Haar zerrte. Hysterische Unbekannte rannten kreuz und quer an ihr vorbei. Sie sahen übel zugerichtet aus: Ihre Gewänder trieften vor Blut. Einige flüchteten in die Häuser, andere flohen in Richtung des karg bewachsenen Hügels außerhalb des Dorfes. Was war hier geschehen?

Ihr Instinkt befahl ihr, zu laufen und sich zu verstecken, doch in dem Augenblick, als das Adrenalin ihren Körper endlich überzeugt hatte, wurde ihr klar, wovon die Menschen gejagt wurden, wovor sie flohen: Am Ende des Dorfes erschien eine Horde Männer zu Pferde.

Elba erstarrte. Die Angst brachte jede Zelle ihres Körpers zum Stillstand.

Die Reiter mit gehörnten Helmen und wehenden Umhängen ritten auf sie zu. Langes Haar und düstere Bärte verdeckten die grimmigen Gesichter. Von ihren Äxten, Hämmern, Schwertern tropfte Blut.

Ihr Anführer, der als Einziger keinen Helm trug, brüllte wie von Sinnen: »*Niemand* widersetzt sich Aris, dem Mächtigen!«

Wahllos schlugen die Männer auf alles ein, das ihnen unterkam. Sie sprangen von den Pferden, traten Haustüren auf und zerrten die verzweifelt schreienden und flehenden Menschen ins Freie. Elba stockte der Atem, das Blut hämmerte in ihrer Halsschlagader, dann setzte ihr Herz aus und schlug mit einem Mal wieder so heftig, dass sie es gegen ihren Brustkorb trommeln hörte.

Einer der Männer trennte einem Jungen mit einem Axthieb den Arm ab und lachte laut und grausam, als der Blutschwall auf seinen Oberkörper spritzte.

Der helmlose Anführer durchtrennte mit seinem Schwert einer knienden Frau die Kehle und fing das hervorquellende Blut in einem Kelch auf. Während er einen Schluck daraus nahm, trat er mit dem Fuß gegen ihren Körper, sodass dieser leblos zu Boden kippte. Dann schleuderte er den Kelch von sich und fixierte Elba.

Abscheuliche Gewissheit stieß in ihr hoch. Nun stand ihr das gleiche Schicksal bevor. Der Krieger kam auf sie zu. Und da erkannte sie sein Gesicht: Es war Aris! Seine Augen waren eiskalt und leblos, seine Gesichtszüge hinter dem dunkelblonden Bart wie versteinert. Er hob sein Schwert. Elba sank auf die Knie, holte tief Luft und machte sich auf den Schmerz gefasst.

Doch Aris hielt inne und stierte auf den Stein an ihrem Armband. Sie blickte hoch und erkannte an seinem Oberarm einen Armreif aus Silber, in den ein flacher Stein so eingearbeitet war, dass er direkt auf der Haut auflag. Es war der gleiche Stein wie an ihrem Armband: ein dunkelgrüner Heliotrop mit roten Sprenkeln! Bevor Elba begriff, wie ihr geschah, wandte Aris sich ab, um zu seinem nächsten Opfer zu schreiten.

Warum hatte er sie verschont?

Ihr Blick fiel auf das gegenüberliegende Haus. In der offenen Tür lehnte Tristan – in schwarzen Jeans, lässig und völlig unbeteiligt. Fassungslos starrte sie ihn an. Die Schmerzensschreie um sie herum verstummten.

»Warum so kompliziert?«, wollte er wissen.

Machte er sich lustig über sie?

»Warum suchst du hier, wenn die Antworten doch so nah bei dir zu finden sind? Liegen alle fein säuberlich sortiert in der Holztruhe!«

Mit einem Ruck fuhr Elba im Bett hoch. Sie war komplett verschwitzt. Ängstlich blickte sie sich um, stellte aber schließlich fest, dass sie sich in den sicheren Wänden des Familienhauses befand, und die Mittagssonne bereits das Zimmer flutete. Ärgerlich schüttelte sie das schockierende Gefühl des Traumes ab und schwang sich aus dem Bett.

Ihr Handydisplay zeigte zwei versäumte Anrufe von Christian an. Sie hörte die Sprachnachrichten ab und schmunzelte, als seine Stimme erklang. Wie liebevoll er sich nach ihr erkundigte! Weniger erfreut nahm sie zur Kenntnis, dass er den ganzen Tag zu arbeiten hatte, und sie sich somit nicht sehen konnten. Allerdings schlug er vor, morgen Abend gemeinsam auf das Dorffest zu gehen.

Nachdem Elba geduscht und sich angezogen hatte, machte sie sich auf den Weg ins Erdgeschoss. Als sie an Tante Matties Zimmer vorbeikam, blieb sie stehen und spähte durch den offenen Türspalt. Das Zimmer war leer. Auf Zehenspitzen schlich sie hinein. Beim Anblick der schweren Holztruhe erinnerte sie sich unweigerlich an Tristans Worte aus dem Traum.

Das geöffnete Schloss wirkte beinahe wie eine Einladung. Der Deckel knarrte verräterisch, als sie ihn vorsichtig anhob. Sie fühlte sich ein wenig unbehaglich, als würde sie hinter dem Rücken der Großeltern spionieren. Ihr Pulsschlag beschleunigte sich, sie sog scharf die Luft ein und sah in die Truhe.

Erleichtert stellte sie aber sogleich fest, dass sich nichts Außergewöhnliches darin befand. Diverse Schmuckstücke lagen auf einem Stapel alter, in Leder gebundener Bücher – allesamt verziert mit unterschiedlich bearbeiteten Edelsteinen. Sicherlich Familienerbstücke.

Sie nahm einen der Bände heraus und schlug ihn auf. Die vergilbten Seiten waren handbeschrieben, mit schwarzer Tinte. Den Großteil des Textes verstand sie nicht, da er in einer ihr unbekannten Sprache verfasst war, nahm aber an, dass sich der Inhalt um irgendwelche alten Mythen und Märchen drehte.

Sie fühlte sich gehörig kindisch. Aufgrund eines albernen Traumes durchwühlte sie das Hab und Gut ihrer Großeltern! Daher legte sie das Buch wieder zurück in die Truhe, schloss leise den Deckel und schlich aus dem Zimmer in Richtung Treppe, um nach unten zu den anderen zu gehen. Sie musste endlich etwas in den Magen bekommen! Sie hatte schrecklichen Durst und einen Bärenhunger. Und noch ein Gefühl nagte in ihr. Ein Gefühl, das sie aber nicht näher deuten konnte. Noch nicht.

3

Am Abend hatten sich alle im Esszimmer versammelt. Onkel Hinrik war dabei, einen seiner berühmten Schmorbraten zuzubereiten. Elba hatte Tante Mattie geholfen, sich anzuziehen. Sie wirkte heute besonders schwach, und zum ersten Mal hatte Elba das Gefühl, dass die Tante ernsthaft krank war. Nun saß sie neben ihr am Esszimmertisch und lächelte müde, an der Unterhaltung der Großeltern konnte sie sich jedoch nicht beteiligen.

Plötzlich ertönte das Klopfen des schweren Eisenringes an der Außenseite der Haustür. Wie ein Blitz traf es Elba: Tristan!

Sie hatte den ganzen Tag lang hinausgezögert, ihrer Familie zu erzählen, dass sie ihn eingeladen hatte. Zwar hatte sie sehr wohl einige Male dazu angesetzt, sich dann aber nicht getraut, die Großeltern zu fragen, ob sie mit seinem Kommen einverstanden wären. Sie waren ihm gegenüber so feindselig eingestellt, dass sie befürchtet hatte, sie würden es verbieten. Irgendwann war es so spät geworden, dass sie beschloss, es einfach darauf ankommen zu lassen. Jetzt allerdings wurde ihr bewusst, dass das wohl nicht gerade eine ihrer besten Ideen gewesen war.

Trotzdem breitete sich ein freudig-aufgeregtes Gefühl in ihr aus bei dem Gedanken, ihn gleich zu sehen. Für Erklärungen war es nun natürlich zu spät, Onkel Hinrik hatte bereits die Tür geöffnet.

»Guten Abend, Hinrik!« Als sie Tristans Stimme hörte, strömte unkontrolliert Adrenalin durch ihre Adern. Ihr ganzer Körper begann zu kribbeln.

Die Großeltern sahen sich erstaunt an, standen wortlos auf und gingen ebenfalls in den Flur. Nur Elba und die Tante blieben zurück.

»Ich hab ihn eingeladen, Tante Mattie. Bitte entschuldige!«, murmelte Elba.

»Natürlich hast du das, Kind«, antwortete die Tante verständnisvoll und drückte kraftlos Elbas Hand. Sie schien darüber gar nicht aufgebracht zu sein.

Draußen allerdings entflammte ein heftiger Streit. Elba hörte Onkel Hinriks Stimme, sie triefte vor Geringschätzung. »Hast du immer noch nicht verstanden, dass wir nichts mit dir zu tun haben wollen?«, feindete er Tristan verächtlich an. »Wenn du nicht umgehend das Grundstück verlässt, dann –«

Elba sah sich gezwungen, zur Türe zu laufen und einzugreifen.

»Bitte entschuldige! Onkel Hinrik, ich habe ihn gebeten, zu kommen. Es tut mir leid. Ich hab vergessen, mit euch darüber zu sprechen«, rief sie, noch bevor sie die Haustür erreicht hatte.

»Elba, du musst verstehen, dass wir nicht daran interessiert sind, dass er –«

»Es ist alles ganz anders, Onkel, wirklich. Er will nur etwas über seine Familiengeschichte erfahren«, unterbrach sie ihn.

»Lasst ihn herein.« Elba hatte nicht bemerkt, dass Tante Mattie ihr gefolgt war. »Er ist Elbas Gast. Also soll er auch reinkommen«, seufzte sie erschöpft. »Es macht doch keinen Sinn, zu streiten.«

Elba sah hinaus ins Freie, wo Tristans Buick direkt vor dem Haus stand. Die Beifahrertür ging auf, und aus dem Wagen stieg Aris.

Bestürzung spiegelte sich in den Augen der Großmutter. »Aris!«, flüsterte sie dem Großvater geschockt zu. Irritiert sah Elba sie an. Sie kannte ihn?

Aris schritt selbstsicher und würdevoll auf das Haus zu. Sein Gesichtsausdruck war vollkommen stoisch.

»Na, dann kommt doch gleich *alle* herein und setzt euch mit uns an den Tisch!« Großvaters Stimme war die Verachtung deutlich anzuhören.

»Edwin.« Aris streckte ihm die Hand entgegen, um anschließend jeden einzelnen kurz und höflich zu begrüßen. Dann ging er unaufgefordert an ihnen vorbei, voraus ins Esszimmer.

»Das darf ja alles nicht wahr sein!«, zischte die Großmutter, als sie die Tür schloss, um ihm zu folgen.

Onkel Hinrik brachte murrend zwei weitere Gedecke. Der Großvater schenkte zwei Gläser Bourbon ein und reichte sie den Gästen. Danach bereitete er weitere Getränke für alle anderen zu.

Sie stießen an und plauderten oberflächlich und förmlich miteinander, als hätte es niemals Streit gegeben. Als wäre nie etwas geschehen – wie bei einem mehr oder weniger willkommenen Nachbarschaftsbesuch. Elba war dankbar, dass sie sich ihretwegen so zu bemühen schienen, denn die Abneigung ihrer Verwandten den beiden Gästen gegenüber war unübersehbar gewesen.

Die ganze Zeit über konnte sie die Augen nicht von Tristan lassen, der übertrieben fröhlich Smalltalk betrieb. Immer wieder sah er sie dabei unauffällig an, was ihr kleine heiße Schauer über den Rücken jagte.

Aris verhielt sich zurückhaltender und sprach nicht viel. Seine Ausstrahlung war unnahbar und geheimnisvoll. Irgendetwas in seiner Stimme bewirkte, dass Elba eine gehörige Portion Respekt ihm gegenüber verspürte. Das lag weniger an dem, was er sagte, sondern vielmehr an der Art, wie er es tat. Er wirkte stark und selbstbewusst, und es schien sonnenklar, dass er der Typ Mann war, der für gewöhnlich alles bekam, was er haben wollte.

Nach einer Weile nahmen sie alle Platz, Aris Elba gegenüber. Neben ihr saß Tristan. Er hatte seinen Stuhl so nah an ihren herangerückt, dass sie seine Körperwärme wie eine weiche Berührung förmlich auf der Haut spüren konnte. Sein angenehmer Duft strömte unaufhaltsam und hartnäckig durch ihre Nase in ihren ganzen Körper: herb und süß zugleich, männlich und doch schmeichelhaft – was auf eine unmissverständliche Art und Weise die unwiderstehliche Gegensätzlichkeit in Tristans Persönlichkeit widerspiegelte.

Ihm gegenüber saß Tante Mathilda. Sie schüttelte strafend den Kopf, als Tristan Elba amüsiert etwas zuflüsterte. Seine offensichtlichen Flirtversuche schienen ihr eindeutig zu missfallen.

Nachdem Onkel Hinrik den Braten gebracht hatte, und sie zu essen begannen, meinte Elba, die Absichten ihrer Einladung nochmals verdeutlichen zu müssen.

»Ich habe Tristan versprochen, dass ich ihn nach dem Essen durch das Haus führe und ihm alles zeige.« Sie ignorierte den Einspruch erhebenden Blick ihrer Großmutter und das missfällige Seufzen des Onkels. »Er hat herausgefunden, dass das Haus früher einmal im Besitz seiner Familie war.«

Die Großmutter verdrehte die Augen.

»Und was verspricht Tristan sich davon?«, stöhnte der Großvater mit gequältem Tonfall.

Tristan wandte sich ihm direkt zu. »Nun Edwin, *Tristan* verspricht sich davon einige Antworten auf seine Fragen!« Er zog die Augenbrauen hoch und grinste dann überheblich.

»Wie zum Beispiel?«, wollte die Großmutter von ihm wissen.

»Wie zum Beispiel gewisse Familienerbstücke in euren Besitz kommen. Ich meine damit nicht das Haus, sondern diverse Schmuckstücke ...« Er schien nun angriffslustiger. »Schmuckstücke wie zum Beispiel dieses hier!« Ruckartig zerrte er Elbas Arm in die Höhe, an dem ihr Armband mit dem Stein hing.

Mit einem Mal meinte sie, die Aufregung zu verstehen, in die er wegen dieses alten Schmuckstücks geraten war. Sofort machte sie sich daran, den Verschluss des dünnen Armkettchens zu öffnen. Beide Großeltern schossen hoch.

»Nein, Elba! Du nimmst das Armband auf keinen Fall ab!«, befahl der Großvater.

»Tante Mattie hat es mir geschenkt. Und wenn es die Ursache für all den Wirbel ist und für Tristan eine solch große Bedeutung hat, dann soll er es haben! Meine Güte«, wehrte sie verärgert ab.

»Du nimmst es nicht ab!«, beschwor der Großvater sie.

Tristan lächelte unergründlich.

»Inszenier hier in unserem Haus nicht so eine künstlich dramatische Show, Tristan! Sag einfach, was du willst«, fuhr der Onkel ihn an.

Tristans Züge verhärteten sich. »*Ich* inszeniere eine Show? *Ich?* Wir wollen nur einige Antworten! *Ich* will einige Antworten! Das ist alles.« Sein Blick streifte Aris. »Die Frage ist nur, was es bedarf, um sie von euch zu bekommen!«

Er stand auf und stellte sich hinter Elbas Stuhl. Mit den Fingern der Linken berührte er wie beiläufig ihren Nacken, während er mit der anderen Hand in einer bedeutenden Geste ihr Haar zur Seite strich, um ihren Hals zu entblößen.

»Nicht, Tristan!«, klagte Tante Mattie. Ihr Oberkörper schwankte.

»Dann sag mir, wie zur Hölle das möglich ist! Warum trägt deine Nichte Aris' Stein? Was geht hier vor, verdammt noch mal?«

Elba zuckte zusammen unter dem Klang seiner Stimme.

»Die einzig mögliche Erklärung wäre, dass sie nicht mit euch verwandt ist.« Tristan stockte. »Ist das die Erklärung?«

Er beugte sich zu Elba hinunter. Sie spürte seinen erhitzten Atem in ihrem Nacken. Unweigerlich überlief eine Gänsehaut die Stelle. Sie hielt die Luft an. Der Blick ihrer Großeltern verriet ihr, dass Tristan etwas Furchterregendes vorhaben musste. Etwas, das ihnen erhebliche Angst bereitete.

»Das wagst du nicht!«, warnte der Großvater ihn, blieb aber an Ort und Stelle stehen.

»Kennst du mich so schlecht, Edwin?« Tristan sah ihn herausfordernd an.

»Alles, was ich will, ist finden, was zu mir gehört«, sagte er dann. Und sein Tonfall kippte wieder ins Höhnische, als er hinzufügte: »Damit ich endlich eine Verbindung zu den Meinen aufbauen kann. Damit auch ich erfahren kann, was Liebe ist.« Er verdrehte die Augen und blickte dann vielsagend auf Elba hinab.

Die Lage im Raum schien sich etwas zu entspannen, meinte sie für einen Moment.

»Du bist gar nicht fähig zu lieben!«, brach es jedoch aus Hinrik heraus. Sie hatte sich offensichtlich geirrt!

»Nun, wir werden sehen, nicht wahr?« Tristan streichelte lächelnd Elbas Wange. »Willst du es darauf ankommen lassen?«

Widerwillig schüttelte sie seine Hand ab. »Lasst mich ihm doch einfach das Armband geben! Für mich hat es sowieso keine Bedeutung.«

Tristan lachte schallend auf, bevor seine Gesichtsmuskulatur augenblicklich erstarrte und er die Augen bedrohlich aufriss. »Keine Bedeutung? Habt ihr Dummköpfe ihr wirklich überhaupt nichts erzählt?«

Die Situation schien nun vollkommen zu eskalieren. Elba zitterte. Ihr Herz pochte wie wild. Das war alles nur ihre Schuld! Sie war den Tränen nahe.

Da stand Aris auf. »Genug jetzt!« Sein Tonfall blieb ruhig, und doch war er so energisch und bestimmt, dass alle sofort verstummten. Er langte über den Tisch und berührte Elbas Hand.

Sie fühlte, wie ihr Herzschlag sich unwillkürlich verlangsamte. Jede Anspannung in ihr löste sich unweigerlich. Sie schaute zu Aris auf, und ein himmlisches Gefühl von Sicherheit und Stärke stieg in ihr empor. Einen Moment lang fürchtete sie, sich in seinen Augen zu verlieren. Sie schienen sie zu sich zu rufen. Doch gerade, als ihr Verstand kapitulieren wollte, lenkte etwas an Aris' Arm ihre Aufmerksamkeit auf sich. Der Ärmel seines Shirts war ein wenig hochgerutscht und an seinem Oberarm kam ein Armreif zum Vorschein. Er war aus Silber, in seiner Mitte schien ein Stein eingefasst zu sein. Flach und dunkelgrün mit roten Sprenkeln. Es musste ein Heliotrop sein. Unfassbar! Wie in ihrem Traum.

Was sie aber wirklich irritierte, war die Tatsache, dass der Stein bei Aris' Berührung ihrer Hand zu leuchten begonnen hatte. Sie blickte zu ihrem Armband hinab und stellte fest, dass der Stein daran ebenfalls seine Farbe gewechselt hatte: Er leuchtete nun dunkelrot. Schlagartig zog Aris seine Hand zurück.

Im selben Augenblick verlor Tante Mattie das Gleichgewicht, schwankte und drohte vornüberzukippen. Tristan eilte zu ihr und fing sie gerade noch auf, bevor sie auf dem Boden aufschlug.

Verflucht! Wie schnell konnte er sich denn bewegen?

In seinen Armen flüsterte Mathilda: »Tristan, Elba, bitte bringt mich nach oben.«

Wortlos gehorchten die beiden, und Tristan trug Tante Mattie über die Treppe hinauf in ihr Schlafzimmer. Elba folgte ihm. Sie fand es wahnsinnig sexy, wie er die Tante auf seinen Armen nach oben trug – vollkommen mühelos, als wäre sie so leicht wie eine Feder.

Als sie das Zimmer erreicht hatten, blieb Elba im Türrahmen stehen, während Tristan die Tante vorsichtig auf dem Bett absetzte. Elba war gerührt von dem Anblick, wie er die Kissen zurechtrückte und Mattie behutsam half, sich hinzulegen. Er selbst setzte sich auf den Stuhl neben dem Bett und nahm dann ihre Hand.

»Ich bitte dich, Mathilda, gib mir den Stein!« Seine Worte klangen nun sanft und kein bisschen mehr so forsch wie zuvor. »Wenn du keine blutsverwandten Nachfolger hast, ist er bei mir sicherer aufgehoben.« Eindringlich sah er ihr in die Augen. »Was soll sonst werden, Mathilda? Willst du, dass ich so leben muss? Habe ich dich so sehr enttäuscht?«

Elba war überrascht über die tiefe Zuneigung, die von Tristan ausging. Wie merkwürdig. Er und Tante Mattie kannten sich ja kaum. Oder war ihr irgendetwas entgangen? Das Gefühl, dass ihre Verwandten ihr etwas verschwiegen, erhärtete sich allmählich zu unbarmherziger Gewissheit. Hinter der Angelegenheit um Tristan und seinem Interesse für das Haus musste wesentlich mehr stecken, als sie ihr erzählt hatten. Es war keinesfalls mehr zu bestreiten, dass sich Tristan und Tante Mathilda wesentlich besser kannten, als sie angenommen hatte.

Tristan hatte die ganze Zeit über Tante Matties Hand nicht losgelassen, und Elba stellte fest, dass an einem der Ringe, die er trug, ein Stein eingearbeitet war. Ein blaugrüner Aquamarin. Der gleiche Stein befand sich in Form einer eingefassten Kugel an der langen Kette, die Tante Mathilda immer offen um den Hals trug. Elba hätte schwören können, dass beide Steine im Augenblick der Berührung der beiden nahezu unnatürlich hellblau aufleuchteten.

Mit besänftigender Stimme sagte Mathilda: »Hab Vertrauen, Tristan. Es ist noch nicht an der Zeit.«

Schlagartig verdunkelten sich seine Züge wieder. Er ließ Mathildas Hand fallen, stand auf und drängte sich wortlos an Elba vorbei aus dem Raum. Zweifelsohne tat er das, weil er seine Emotionen nicht im Griff hatte.

Elba, die alles still beobachtet hatte, holte jetzt Luft. »Tante Mattie, was hat es auf sich mit den alten Schmuckstücken? Und diesen Steinen?«

»Du hast in die Truhe gesehen, nehme ich an?«

Wie peinlich!

»Es tut mir leid, ich w-wollte nicht schnüffeln, aber ...«, stotterte sie verlegen.

»Schon gut«, beruhigte die Tante sie. »Setz dich zu mir aufs Bett, Elba. Ich werde dir von den Steinen und ihrer ganz eigenen Magie erzählen.«

Magie? Was für eine Magie? Ob die kranke Tante langsam den Verstand verlor? Vielleicht hätte sie nicht fragen sollen, dachte Elba. Aber sie konnte nicht leugnen, dass sie neugierig war. Und irgendetwas Seltsames ging hier ja wohl eindeutig vor sich. Oder zumindest bildete sie sich das ein.

Mathilda klopfte mit der Hand auf die Bettdecke neben sich, und Elba ließ sich auf dem wunderbar weichen Bett nieder.

»Du musst wissen, dass es eine uralte Legende zu den Steinen und ihrer Bedeutung für den Menschen gibt. Sie berichtet über einen Mythos zur Entstehung der Liebe.«

Jetzt war Elba wirklich gespannt.

»Steine existieren schon seit Anbeginn der Geschichte. Lange Zeit, noch vor dem Menschen, haben die Götter bei der Erschaffung der Erde die Steine erschaffen. Sie sollten stark sein, hart, nahezu unzerstörbar. Sie sollten für immer die Zeit überdauern und ewig existieren – wie die Götter selbst. Und so haben sie einen Teil ihrer göttlichen Energie und Kraft in diese Steine gebannt.«

Elbas Blick fiel auf Tante Matties Halskette. »Edelsteine wie der Aquamarin und der Heliotrop?«

Die Tante nickte, bevor sie fortfuhr. »Der Geschichte zufolge wurden erst viel später die Menschen erschaffen. Die Götter erschufen sie paarweise. Sie sollten gegensätzlich sein und sich doch ähneln. Sie sollten sich ergänzen, eine Einheit bilden und somit im Gleichgewicht leben. Doch das menschliche Wesen war schwach und zerbrechlich. Eine unglückliche Kreatur. Daher beschlossen die Götter, jedes Menschenpaar, das zusammengehörte, mit einem der göttlichen Steine auszustatten. Ihre Kraft und Energie übertrug sich auf die Betreffenden, und sie wirkten nun glücklich und zufrieden. Nach kurzer Zeit wurden die Menschen jedoch übermütig und waghalsig, da sie sich durch den Schutz ihres Steines in ständiger göttlicher Sicherheit wähnten. Sie fühlten sich unverwundbar und wurden darüber hochmütig. Die Paare trennten sich, da sie nicht das Gefühl hatten, sich gegenseitig zu brauchen. Sie vergaßen die Bedeutung des Steines für ihre Existenz und begaben sich weit entfernt von dessen Schutz in Gefahr, wodurch sie ihrer tragischen Sterblichkeit ausgesetzt waren. So kam es, dass sie an Energie verloren, sich verletzten und sogar starben. Und weil sie sich nicht oder nur geringfügig selbstständig vermehrten, mussten die Götter immer weitere Paare schaffen, um sie vor dem Aussterben zu bewahren. Irgendwann entschieden sie, jeden Stein in zwei Hälften zu teilen. Das Leben jedes Menschen verknüpften sie mit einer dieser Hälften. Bei der Erschaffung der Paare erhielt jeder Mensch schließlich die Hälfte des Steines, an die das Leben des zugehörigen Partners geknüpft war.«

Für immer aneinandergekettet durch das Schicksal, durchfuhr es Elba.

»Die Steine selbst strebten nach ihrer einstigen Ganzheit, da sie ihre Urkraft nur gemeinsam mit ihrer zweiten Hälfte entfalten konnten. Sobald ein Paar getrennt war, litt es unter seiner Unvollständigkeit. Dadurch sehnten sich die Menschen nach Vereinigung und vermehrten sich bald auch eigenständig. Schließlich wandelten mehr und mehr von ihnen auf Erden, und mit der Zeit geriet die Bedeutung der Steine in Vergessenheit.

Doch auch, wenn es uns gar nicht bewusst ist, so sind wir stets auf der Suche, so sehnen wir uns immer nach irgendetwas. Nach Ganzheit. Und wir verbringen unser Leben damit, zu suchen, was uns fehlt: unsere zweite Hälfte.«

Elba überlegte. War auch sie auf der Suche?

»Was wir jedoch nicht wissen, ist, dass die Steine selbst uns auf unseren Wegen leiten. Sie suchen sich, um sich wieder vervollständigen zu können. Jeder Stein findet unweigerlich zu seinem Träger und zu seiner anderen Hälfte. Damit ist das Schicksal jedes einzelnen Menschen vorbestimmt. Denn die beiden Steine werden sich früher oder später immer finden, um sich auf ewig zu verbinden. Wir müssen uns nur darauf einlassen. Die Liebe findet uns, und nicht wir sie. So einfach ist das.«

Die Vorstellung, dass es die Steinhälften eigenständig zu ihrer großen Liebe ziehen würde, fand Elba äußerst romantisch. Als sie nachdachte, fiel ihr die Szene im Esszimmer wieder ein. Aris, ein völlig Fremder, trug den gleichen Stein wie sie.

»Wenn das wirklich alles wahr ist, dann bedeutet das ...«, sie wagte fast nicht, es auszusprechen, »... also, es bedeutet, dass Aris und ich solch eine Einheit sind? Dass wir verbunden sind?« Den Gedanken fand Elba dann doch eher belustigend.

»Und was ist mit dir und Tristan?« Also, das war ja wohl regelrecht lächerlich!

»Meine Liebe, das ist, was sich die Legende erzählt«, seufzte Tante Mathilda. »Was der Mensch daraus macht, ist ganz ihm überlassen«, erklärte sie mit einem zuversichtlichen Lächeln. Ihre Augen schimmerten müde.

Elba merkte, dass Mattie jetzt wirklich Ruhe brauchte. Ein wenig verwirrt, aber doch in dem Glauben, der Wahrheit nähergekommen zu sein, wünschte sie ihr eine gute Nacht und verließ das Zimmer – beruhigt darüber, dass es der Tante wesentlich besser zu gehen schien.

Sie schloss vorsichtig die Tür und wanderte durch den langen, stockdunklen Flur zur Treppe. Plötzlich berührte in der Dunkelheit jemand ihre Hand. Sie wollte vor Schreck einen lauten Schrei ausstoßen, erstarrte stattdessen aber lautlos.

»Pssst ...«

Tristan! Ihr Herz begann wieder zu schlagen. Er musste die ganze Zeit im Flur gestanden und ihr Gespräch belauscht haben. Offenbar hatte er auf sie gewartet und zielsicher nach ihrer Hand gegriffen. Verflucht, war das gruselig! Und eigenartig. Und auf eine nicht zuordenbare Art und Weise verdammt heiß.

Er zog sie langsam, aber bestimmt zu sich heran. Sie spürte, dass es zwecklos war, Widerstand zu leisten. Und aus Gründen, die sich ihrem Verstand vollkommen entzogen, wollte sie das auch gar nicht.

Seine Finger umschlangen die ihren. So führte er sie wortlos durch die Finsternis nach unten ins Erdgeschoss. Dort drängte er sie fordernd gegen die Wand des Flurs und strich ihr Haar nach hinten. Dabei streiften seine Finger ihren Hals.

»Nun, Elba? Was denkst du über die ganze Geschichte?«

Sein Atem glitt mit jedem Wort über ihre Wange bis an ihr Ohr und löste ein Kribbeln aus, das blitzschnell über ihren Nacken rieselte und bewirkte, dass sich ihr Puls sprunghaft beschleunigte.

Sie war so elektrisiert von seiner unerwarteten, ganz unmissverständlichen Begierde, dass sie nicht imstande war, zu antworten. Wie war das möglich? Sie kannte ihn kaum, dennoch wollte sie ihn. Mehr, als sie jemals zuvor irgendetwas, irgendjemand gewollt hatte.

»Es tut mir furchtbar leid, wie der Abend verlaufen ist. Ich hab mir das alles ganz anders vorgestellt«, hauchte sie letztlich unbeholfen.

Daran schien er allerdings nicht im Geringsten interessiert zu sein. Danach hatte er ja eigentlich auch gar nicht gefragt, aber in ihrem Kopf war es zappenduster geworden. Als hätte sein Atem jeden Gedanken in ihr hinweggefegt. Als hätte er selbst mit seiner körperlichen Präsenz das Licht in ihrem Gehirn ausgeknipst.

Er grinste. Seiner Wirkung auf sie war er sich offenbar nur allzu bewusst. Er legte beide Hände an ihre Wangen und presste seinen Körper an den ihren. Sie schnappte nach Luft. Da berührten seine Lippen schon die ihren. Erst ganz vorsichtig und zärtlich, sodass sie die Berührung nur erahnen konnte. Sein Atem glühte auf ihrer Haut. Immer wieder fühlte sie die kurze, sanfte Berührung seiner Lippen.

Himmel! Was stellte er bloß mit ihr an? Ihr Sehnen nach seinem Körper wurde so stark, dass sie zu zerspringen drohte.

Dann wurde sein Drängen fordernder, seine Zunge suchte den Weg in ihren Mund. Als ihre Zungenspitzen sich kurz und beinahe unwirklich berührten, schoss ein Hitzestrahl durch ihren Körper, der so heftig war, dass sogar ihre Fingerspitzen zuckten. Ein unkontrollierbares Verlangen brach aus ihr heraus. Sie hatte das aussichtslose Bedürfnis, sich ihm mit Haut und Haar auszuliefern.

Stürmisch drückte er sie gegen die Wand des Flurs und drang mit seiner Zunge so tief in sie ein, dass sie fürchtete, er könnte sie verschlingen. Irgendwie fühlte es sich an wie die leidenschaftliche Erlösung ihres Sehnens, dachte Elba kurz. In diesem Augenblick nahm sie ein Räuspern wahr.

Aris' Stimme erhob sich aus der Dunkelheit: »Lass es gut sein, Tristan!«

Hatte er sie beobachtet?

»Es ist Zeit zu gehen«, fügte er hinzu.

Jede Faser ihres Körpers flehte, dass Tristan nicht aufhörte. So war sie noch nie zuvor geküsst worden!

Doch Tristan entgegnete lediglich spöttisch: »So so, na, dann lass ich es mal gut sein.«

Elba stellte fest, dass das belustigte Grinsen, das er aufgesetzt hatte, rein gar nichts mit ihr zu tun hatte und nur Aris galt. Tristan musste gewusst haben, dass sein Freund ebenfalls in dem finsteren Flur gestanden hatte.

»Süße Träume, Elba!«, flüsterte er ihr amüsiert zu und drückte seine Lippen ein letztes Mal auf die ihren, wobei er Aris nicht aus den Augen ließ.

Der nickte ihr zum Abschied kurz zu, und dann verschwanden die beiden zur Vordertüre hinaus. Elba bebte am ganzen Körper. Vollkommen durcheinander blieb sie allein in der Dunkelheit des langen Flures zurück.

Als sie später in ihrem Bett lag, versuchte sie, sich auf die Geschehnisse des Abends einen sinnvollen Reim zu machen. Sie konnte jedoch keinen einzigen klaren Gedanken fassen. In ihrem Kopf herrschte heilloses Chaos.

Sie ahnte, dass das Geheimnis um die Steine wesentlich tiefer reichte, als sie es sich zum jetzigen Zeitpunkt vorstellen konnte. Und immer wieder lebte die Erinnerung ihrer leidenschaftlichen Begegnung mit Tristan in ihr auf.

Lächelnd fuhr sie mit dem Zeigefinger über ihren Mund. Sie spürte fast noch seine Lippen auf den ihren. Es war herrlich gewesen, ihn zu küssen. Dennoch störte sie etwas. Sie musste an Aris' Augen denken, als dieser ihre Hand berührt hatte. Die Kraft, die dabei durch sie hindurchgeflutet war, hatte sich so magisch und mächtig angefühlt. So ... richtig.

Was war es bloß mit diesen beiden, das sie dermaßen zu ihnen hinzog und sie gleichzeitig abstieß? Instinktiv schien ihr Verstand sie warnen zu wollen. Doch ihr aufgeregtes Herz genoss die Gegenwart der beiden in vollen Zügen.

4

Den nächsten Tag verbrachte Elba mit Sarah und Marie, die sie auf der Party am Waldrand kennengelernt hatte. Sie ging davon aus, dass Christian die beiden beauftragt hatte, sie zu beschäftigen.

Sie holten sie bereits am späten Vormittag ab, um mit ihr ins Zentrum von Lebstein zu fahren. Dort bummelten die Mädchen durch die kleinen Gassen und landeten schließlich in einem gemütlichen Café.

Elba hätte ihnen nur zu gern von ihren gestrigen Erlebnissen erzählt. Immerhin kannten die zwei Tristan und Aris auch, und sie sehnte sich fürchterlich danach, über ihre Gefühle zu sprechen. Am Ende zwang sie sich aber dazu, es sein zu lassen. Noch war sie nicht sicher, wie gut die beiden mit Christian befreundet waren. Und es war denkbar, dass es ihn enttäuschen könnte, von ihren Gefühlen zu erfahren. Nichts stand ihr ferner, als ihn zu verletzen.

Daher lenkte sie das Thema auf den bevorstehenden Abend.
»Christian hat mir von einem Fest im Dorf erzählt.«
»Ja!« Marie strahlte vor Begeisterung. »Du musst unbedingt mitkommen. Alle werden dort sein!«

Elba freute sich, dass Sarah und Marie ebenfalls auf das Fest gehen wollten. »Was zieht ihr denn an? Ich glaube, ich habe gar nichts Passendes dabei.«

»Shopping!« Sarah rieb sich die Hände. »Wir besorgen dir ein richtig heißes Outfit! Wäre doch gelacht, wenn wir unserem Christian nicht mal ordentlich den Kopf verdrehen.«

Maries Augen blitzten, während sie eifrig nickte und der Kellnerin winkte, um zu zahlen.

Sie machten sich einen Spaß daraus, in einer feinen Boutique sämtliche Abendkleider anzuprobieren und sich ausgiebig von der Verkäuferin beraten zu lassen.

Ein kurzes Cocktailkleid aus schwarzem Chiffon hatte es Elba ganz besonders angetan. Der Stoff war an der Brust ein wenig gerafft, um dann weit und luftig einige Zentimeter oberhalb der Knie zu enden. Die breiten Träger waren mit silbernen Applikationen geschmückt, die unter der Brust zusammenliefen.

Aber natürlich würde es keinen Anlass geben, sich dermaßen schick zu machen. Daher entschieden sie sich letztlich dafür, zwei schlichte Sommerkleider und verschiedene klassische Oberteile für Elba zu kaufen. Auf dem Heimweg beschlossen sie, am Haus des alten, verwitweten Herrn Trat vorbeizufahren. Christian sollte dort heute das Dach reparieren.

In Sarahs weißem VW Käfer sangen sie lauthals die Lieder aus dem Radio mit. Stellenweise glichen ihre Gesangsversuche eher einem Grölen und Kreischen, aber das tat ihrer ausgelassenen Stimmung keinen Abbruch. Unter schallendem Gelächter stiegen sie schließlich vor dem baufälligen Haus aus.

Christian stand ungesichert auf dem Dach. Um seine Hüften schlang sich ein Werkzeuggürtel, Hammer und Nägel hielt er in der Hand.

Als er die drei sah, lachte er strahlend. »Faszinierend, wie glücklich und zufrieden eine Shoppingtour euch Frauen machen kann.«

Selbstverständlich hatte er davon gewusst! Elba war sofort klar gewesen, dass er hinter der Geschichte steckte. Es störte sie ein wenig, dass er so weit weg dort oben stand. Wie gern hätte sie ihn überschwänglich umarmt und sich bei ihm bedankt.

»Wir haben ganz tolle Sachen für heute Abend besorgt!«, rief sie ihm zu.

»Alkohol und Drogen? Nichts Illegales, hoffe ich!«, gab er zwinkernd zurück.

»Klamotten!« Elba musste lachen.

»*Natürlich!* Was sonst?« Christian tat so, als wäre er von selbst nie darauf gekommen und bemühte sich, wohlerzogen zu klingen.

Marie und Sarah holten die Kleidungsstücke aus den Tüten und winkten ihm kichernd damit zu. Sarah drehte sich mit einem der Kleider mehrmals im Kreis und versuchte, übertrieben sexy zu wirken.

Christian fasste sich mit der Hand an die Brust und nickte dabei bewundernd. »Na, das kann ja was werden!«

Elba war hingerissen von der Fröhlichkeit in seinen Augen. Diese natürliche Verbindung zwischen ihnen war so wertvoll und leicht!

Als der alte Trat, angetrieben von dem Lärm, zornig aus dem Haus gelaufen kam und versuchte, sie mit seinem Gehstock zu vertreiben, sprangen die Mädchen unter heiterem Gelächter ins Auto, winkten Christian aus den offenen Fenstern zu und brausten davon.

Zu Hause angekommen, lief Elba mit ihren Einkaufstüten direkt hinauf in ihr Zimmer. Ihre Verwandten schienen ausgegangen zu sein. Das Haus war leer.

Sobald sie die Zimmertür öffnete und ihr Blick aufs Bett fiel, stockte sie. Dort lag ein großer schwarzer Geschenkkarton, zugebunden mit einer silberfarbenen Schleife. Auf der kleinen Karte stand lediglich ihr Name: *Elba*. Zaghaft löste sie die breite Schleife und hob den Deckel des Kartons an.

Sie traute ihren Augen nicht, als sie den Inhalt sah: Es war das schwarze Cocktailkleid, das sie in der Boutique anprobiert hatte. Fein säuberlich zusammengelegt lag es vor ihr. Obenauf lag ein Briefkuvert. Sie nahm es und zog eine Einladung aus dem schwarzen Umschlag hervor. In rot glänzenden Lettern stand auf schwarzem Hintergrund:

Blutrausch

Aris und Tristan laden Euch herzlich ein, heute Nacht mit ihnen das Ende der dämonenfreien Zeit zu feiern. Alle blutrünstigen Kreaturen der Schattenwelt sind ab Einbruch der Dunkelheit im Ruid-Haus willkommen, um sich einem unvergleichlichen Rausch hinzugeben!
Sterblichen sei der Zutritt ab 22:00 Uhr gewährt.

Darunter war handgeschrieben hinzugefügt:

Nichts würde mich glücklicher machen, als Dich heute Abend in diesem Kleid zu sehen!
Tristan

Sie musste lächeln und schüttelte den Kopf. Das Motto der Party war durchaus einfallsreich, fand sie. Das Sonnwendfeuer sollte ja alle bösen Geister und dunklen Kräfte fernhalten. Direkt danach mit »Dämonen« im Blutrausch zu feiern hatte auf jeden Fall etwas für sich.

Sie legte die Einladung auf das Bett, befreite das Kleid vorsichtig aus dem Karton, trat damit zum Spiegel und hielt es vor sich hoch. Mit einem tiefen Seufzer stellte sie fest, dass es wirklich zauberhaft aussah.

Unverhofft stieg die Erinnerung an Tristans Berührungen in ihr hoch, und sie spürte, wie ihr Körper bebte. Sie schloss die Augen und gewann das Gefühl, dass er direkt hinter ihr stand. Sie konnte seine Nähe förmlich fühlen, spürte, wie seine Finger über ihre Haut glitten, roch seinen verführerischen Duft. Fühlte seine weichen, unersättlichen Lippen auf ihrem Hals und ganz plötzlich – einen heftigen Schmerz. Sie riss die Augen auf. Nichts. Hektisch drehte sie sich um und suchte mit den Augen jeden Winkel des Zimmers ab. Wirklich, da war nichts. Herrgott, was richtete dieser Typ bloß mit ihrem Verstand an?

Reiß dich zusammen, ermahnte sie sich selbst. *Christian wird dich bald abholen. Vergiss die Party, vergiss Tristan! Er ist nicht gut für dich. Er kann nicht gut sein für dich. Er raubt dir den letzten Funken Verstand – und das, obwohl er dich gar nicht kennt!*

Elba hing das Kleid über eine Stuhllehne und ging ins Bad, um sich für den Abend zurechtzumachen. Dort mühte sie sich ab, ihr Haar in Form zu bringen. Sie wollte es heute unbedingt offen tragen, und das erforderte einen erheblichen Aufwand. Auch für das Make-up benötigte sie mehr Zeit als üblicherweise. Sie hatte vor, Christian den Atem zu rauben und legte sich dafür mächtig ins Zeug.

Als sie sich schließlich in engen Jeans und einem der neuen Shirts vor dem Spiegel drehte, stellte sie unzufrieden fest, dass irgendetwas nicht passte. Ihr Blick fiel auf den Stuhl mit dem schwarzen Kleid. Nach kurzem Zögern stieß sie die Luft aus, zuckte die Schultern und schnappte es sich. Warum denn nicht? Immerhin war es ein Geschenk! Warum es nicht anziehen?

Und das Ergebnis war wahrlich atemberaubend. Sie sah einfach umwerfend aus! Um nichts in der Welt würde sie das Kleid wieder ausziehen. Auch nicht auf die Gefahr hin, am Dorffest maßlos overdressed zu sein. Auch nicht auf die Gefahr hin, damit ein gewisses Zugeständnis abzugeben.

Als Christian vor dem Haus angekommen war, rief sie ihm vom Fenster aus zu, dass er doch hereinkommen sollte. Eilig raffte sie Schuhe und Jacke zusammen und lief voller Vorfreude die Treppe hinab.

Christian stand wie angewurzelt unten am Treppenabsatz und beobachtete jede ihrer leichtfüßigen Bewegungen.

»Elbarina ... mir fehlen die Worte«, gestand er schließlich und breitete die Arme aus, um sie zu begrüßen.

Volltreffer, dachte sie und flog ihm mit einem selbstsicheren Lachen um den Hals. »Danke!«, flüsterte sie ihm übermütig ins Ohr.

Er hauchte ihr ein Küsschen auf die Stirn, dann spazierten sie vergnügt zu seinem Pick-up. Sie fühlte sich prächtig in seiner Gegenwart. Wie immer.

Auf dem hell erleuchteten Marktplatz herrschte reges Treiben. Die Dorfbewohner standen in kleinen Grüppchen beieinander, tranken Bier und unterhielten sich blendend. Ringsum waren Verkaufsstände aufgebaut, wo Getränke und Speisen angeboten wurden. In der Mitte des Platzes hing an einem Mast die riesige Johanniskrone.
Sarah und Marie stießen zu den beiden und begrüßten sie überschwänglich. Sie waren bester Dinge. Als sie Elbas Kleid sahen, tauschten sie einen schnellen Blick aus, kümmerten sich aber nicht weiter darum und zerrten die zwei mit zu ihren Freunden.
Drei Jungen und zwei Mädchen begrüßten sie gut gelaunt. Sie reichten Elba eine Flasche Bier und stießen mit ihr an. Christian schlang ganz selbstverständlich von hinten die Arme um Elba. Sorglos lehnte sie sich zurück. Die Situation war so natürlich, dass es den anderen nicht mal aufzufallen schien. Sie plauderten ungezwungen über belanglose Dinge.
Als einige Leute begannen, unter der Johanniskrone volkstümliche Tänze zu vollführen, waren Sarah und Marie Feuer und Flamme. Unter johlendem Gelächter und Gekicher drängten sie die Gruppe dazu, mitzutanzen. Widerstand war zwecklos! So ließ Elba sich von Christian zur Tanzfläche führen. Ihr Körper schien sich sofort an die Bewegungsmuster und Schrittfolgen aus ihrer Kindheit zu erinnern. Immer wieder hob Christian sie hoch und wirbelte sie im Kreis herum. Sie fühlte sich genauso unbefangen und unbeschwert wie damals als kleines Kind.
Später nahmen sie alle an einem der Biertische Platz, um ein Trinkspiel zu spielen. Sarah und ein sehr robust wirkender, rotwangiger Junge namens Mike brachten ein Glas und eine Flasche mit klarem, hochprozentigem Alkohol.

Christian saß dicht neben Elba. Es war schön, mit anzusehen, wie sehr er in seinem Freundeskreis geschätzt wurde. In seinen Augen schimmerte nichts als Fröhlichkeit. Elba stellte sich vor, wie bunt seine Aura aussehen mochte, wenn sie denn farbig wäre. Er wirkte vollkommen im Reinen mit sich selbst. Bestimmt war er der aufrichtigste und gutherzigste Mensch auf der ganzen Welt!

Sie legte den Kopf auf seine Schulter, als Marie die Spielregeln erklärte. Es ging darum, reihum eine kleine Münze von der Tischkante aus in das Glas in der Mitte zu schnipsen. Hatte jemand nicht getroffen, wurde das Glas gefüllt und musste in einem Zug ausgetrunken werden. Ein schwieriges Unterfangen, das wohl nur einem Zweck diente: die Spieler möglichst schnell betrunken zu machen.

Elba stellte sich allerdings ziemlich geschickt an und manövrierte die Münze so gut wie jedes Mal in das Glas. Nur die arme Marie musste einen Schnaps nach dem anderen kippen. Und auch der gute Christian blieb nicht verschont bei diesem Spiel. Elba musste jedes Mal lachen, wenn er sich nach dem Trinken wegen des scharfen Geschmacks schüttelte. Nach geraumer Zeit waren die meisten unter ihnen ziemlich beschwipst.

Zu diesem Zeitpunkt brachte Sarah etwas zur Sprache, das Elba längst vergessen hatte: die Party im Haus von Aris und Tristan. »Habt ihr auch diese abgefahrene Einladung bekommen?«, fragte sie in die Runde und verzog dabei das Gesicht.

Elba nahm an, sie wollte geheimnisvoll wirken. Diese Absicht misslang aber kläglich und endete in einer überaus lustigen Grimasse. Elba verkniff sich ein Prusten, musste sich dazu aber fest auf die Unterlippe beißen.

Es stellte sich heraus, dass jeder aus der Runde eine Einladung erhalten hatte. Sarah und Marie waren nicht mehr aufzuhalten. Aufgeregt hatten sie nur noch ein Ziel vor Augen: möglichst schnell zu dieser Party zu gelangen.

Elba hatte die ganze Zeit über zu dem Thema geschwiegen.

Einerseits fand sie den Gedanken, auf die beiden geheimnisvollen und anziehenden Männer zu treffen und zu sehen, wie sie wohnten, extrem verlockend. Andererseits jedoch fühlte sie sich nicht ganz wohl dabei, diesen gemütlichen und lockeren Abend gegen die mysteriöse, beängstigende Verwirrung einzutauschen, welche die zwei in ihr auslösten. Insgeheim hatte sie Angst, wieder nicht Herrin ihrer Sinne zu sein. Und jedes Mal, wenn die beiden dann nicht mehr in ihrer Nähe waren, hatte sie das unangenehme Gefühl, dass irgendetwas mit ihnen nicht stimmte. Sie kam nicht darauf, was es sein mochte. Aber in Elba keimte der Verdacht auf, dass sie irgendein dunkles Geheimnis hüteten.

Am Ende gab sie dem Drängen der beiden Freundinnen jedoch nach. Sie schwangen sich auf Christians Pick-up, und Tom, der als Einziger nüchtern geblieben war, mimte den Fahrer. Tom war ein großer, schlaksiger Junge mit dunklem Haar, der sich in seiner stillen Art als Meister der Geschicklichkeit entpuppt hatte. Es war ihm erstaunlicherweise jedes Mal gelungen, die Münze direkt in das kleine Glas zu befördern, und so hatte er keinen einzigen Schluck aus der Flasche nehmen müssen.

Vier unter ihnen mussten auf der Ladefläche mitfahren, und Elba war dankbar, dass sie zu den fünf zählte, die einschließlich Tom in der Fahrerkabine Platz fanden. Auf der kurzen Fahrt wurde ihr ganz flau im Magen. Alles in ihr zog sich zusammen, ihr Puls raste. Sie war so angespannt und aufgeregt, dass sich ihr ganzer Körper verkrampfte. Sie bereute es nun, Tristans teures Geschenk angenommen zu haben. Was sagte es über sie aus, dass sie wie gewünscht in dem Kleid erschien?

Doch als sie in die Einfahrt vor dem Haus einbogen, war der kurze Panikanfall wie weggeblasen. Das Haus konnte von der Straße aus nicht eingesehen werden, da das Grundstück von riesigen, dicht bewachsenen Nadelbäumen umgeben war. Umso größer war der Wow-Effekt, als Tom den Pick-up durch die Baumlücke in die Auffahrt lenkte. Der Anblick, der sich ihnen bot, machte sie allesamt sprachlos.

Links und rechts entlang des breiten Schotterweges steckten brennende Fackeln in der Erde, die den Weg zum Haus erhellten. Vor dem Eingangsbereich waren zwei überdimensionale, kelchartige Schalen aufgestellt, in denen ungezügeltes Feuer loderte. Die hohen Fenster und Türen des Hauses standen weit offen, sodass die laute Musik hinaus in die Nacht schallte. Am Nachthimmel schien der Vollmond durch die Wolken: ein faszinierendes und gleichzeitig unheimliches Szenario.

Als sie kichernd aus dem Wagen geklettert waren, trat Aris auf die weitläufige Terrasse vor dem Eingang. Scheinbar gleichmütig ließ er den Blick über die Gruppe schweifen, um ihn dann auf Elba ruhen zu lassen.

Seine Erscheinung war dermaßen ehrwürdig und einvernehmend, dass sie sich unbeholfen und unsicher vorkam. Sie konnte keinerlei deutbare Gefühlsregung in Aris' Miene erkennen. Unwillkürlich erschien ein Löwe vor ihrem geistigen Auge. Aris war für sie ganz eindeutig der Inbegriff eines Alpha-Tieres. Und das schüchterte sie ein wenig ein.

Er begrüßte sie mit einem schlichten und rauen »Elba« und einem angedeuteten Nicken. »Christian. Schön, dass ihr gekommen seid.« Aris' Züge lockerten sich, und er begann zu lächeln. Er legte eine Hand wohlwollend auf Christians Schulter und wies ihnen mit der anderen Hand in einer großzügigen Geste den Weg ins Haus.

Elba stellte fest, dass das Haus äußerst nobel und elegant, aber nicht übertrieben pompös oder protzig eingerichtet war. Schwere antike Möbel, wertvolle Bilder in alten Goldrahmen und geschmackvolle Kronleuchter vermochten einen ausreichenden Eindruck über den Lebensstil seiner Bewohner zu vermitteln. Besonders interessant fand sie die deckenhohen Regale, die mit Tausenden Büchern gefüllt sein mussten.

An einer der Wände hingen zwei gekreuzte Schwerter mit Gravuren an den Griffen, an einer anderen eine Axt und ein riesiger Hammer, die ebenfalls gekreuzt befestigt waren. Elba meinte außerdem, sich erinnern zu können, dass über der Eingangstür ein Wappen angebracht war. Daher ging sie davon aus, dass Aris und Tristan aus einer Adelsfamilie stammen mussten. Oder zumindest einer der beiden. Sie nahm sich vor, es später noch genauer zu inspizieren und eventuell mit ihrem Handy ein Foto von dem Wappen zu machen. Vielleicht konnte sie dann im Internet etwas über die beiden auskundschaften.

Die Party war bereits in vollem Gange. Die meisten der vielen Gäste stammten bestimmt nicht aus der Gegend. Sie unterschieden sich deutlich von den Leuten aus dem Dorf. Elba versuchte gerade, sie einzuordnen, als sie Tristan erspähte. Hemmungslos flirtete er mit einem bildhübschen Mädchen. Seine Augen blitzten animalisch, und er lächelte so charmant und schelmisch, dass es Elba schier den Boden unter den Füßen wegriss. Wie ein Raubtier, das um seine Beute schleicht, dachte sie.

Was sie nun sah, erlebte sie fast wie in Trance: Tristan hob den Arm des Mädchens an und führte ihr Handgelenk zu seinem Mund. Einen Moment hielt er inne und fixierte sie dämonisch, dann saugte er sich daran fest. Elba wollte sich gerade irritiert wegdrehen, als Tristan sie erblickte. Umgehend ließ er den Arm des Mädchens fallen und marschierte zielsicher auf sie zu.

Sie spürte, wie ihre Knie weich wurden, und sie wand sich unter seinem stechenden Blick. Aus seinen Augen schienen Funken zu sprühen, er grinste jetzt gefährlich. Elba verschlug es den Atem. Ihr Körper erstarrte unter den konträren Befehlen, die ihr Gehirn aussendete. Einerseits wollte sie auf schnellstem Wege die Flucht ergreifen, andererseits brannte ein unbändiges Verlangen in ihr, ihm direkt in die Arme zu springen und ihn leidenschaftlich zu küssen. Diese Widersprüchlichkeit ihrer Gefühle löste Panik aus und endete in einer vollständigen Bewegungsunfähigkeit ihres Körpers.

»Du solltest immer solche Kleider tragen«, stellte Tristan fest und schmunzelte dann belustigt. »Du siehst umwerfend aus«, fügte er ernst hinzu.

Elba errötete. Er ergriff ihre Hand, um einen Kuss auf ihren Handrücken zu hauchen. Seine Augen schimmerten abgrundtief, als er dabei zu ihr hochsah. Dann zuckte wieder dieses spöttische Grinsen über sein Gesicht.

»Bereit für eine richtige Feier, kleine Elba?«, fragte er herausfordernd. »Das ist keine Party für kleine Kinder, musst du wissen. Es wird ein berauschendes und exzessives Spektakel, und ich kann keine Garantie für seinen Ausgang übernehmen. Keine Regeln, Elba! Kannst du damit umgehen?«

Sie war nicht sicher, ob das eine ernsthafte Warnung sein sollte oder ironisches Geplänkel. Verdutzt stellte sie fest, dass ihr Gehirn noch immer zu keiner Reaktion fähig war.

Tristan beugte sich zu ihr herunter und flüsterte nochmals eindringlich: »Keine Regeln!«

Dann drängte er sich an Elba vorbei und ließ sie stehen. Als sein Körper den ihren streifte, lief umgehend eine Gänsehaut über ihren Nacken. Verdammt!

Als sie sich wieder gesammelt hatte, ließ sie den Blick erneut über die Gäste schweifen. Sie hatte bereits am Rande wahrgenommen, dass sie sich von den Bewohnern aus dem Dorf unterschieden. Irgendetwas an ihnen war – anders. Elbas Unterbewusstsein hatte registriert, dass generell irgendetwas nicht passte, etwas störte, irgendetwas stimmte einfach nicht. Aber sie kam beim besten Willen nicht darauf, was es war.

In dem Haus herrschte dichtes Gedränge. Sie versuchte, die anwesenden Menschen einzeln zu mustern. Einige erkannte sie vom Sonnwendfeuer wieder. Auch die beiden Schönheiten, die Tristan und Aris begleitet hatten, waren unter ihnen. Sie waren diesmal noch aufreizender gekleidet als zwei Tage zuvor. Die Blondine trug ein hautenges schwarzes Kleid und schwarze Schuhe mit extrem hohen Absätzen. Das trägerlose

Kleid endete direkt unterhalb ihres Hinterns. Jede Rundung ihres Körpers war deutlich zu erkennen, und Elba befürchtete ständig, dass beim nächsten Tanzschritt das Minikleid ganz hochrutschen würde.

Die Brünette konnte sie nur von hinten sehen. Auch ihr extrem kurzes Kleid lag eng an dem wohlgeformten Körper an. Es hatte einen weiten Rückenausschnitt, der bis zum Ansatz ihres Allerwertesten reichte. Sie stand neben einem der Sofas, ein Bein auf dem Couchtisch. Vor ihr auf dem niedrigen Tisch, zwischen einer Menge Gläser, saß Aris. Seine rechte Hand lag auf ihrem Knie. So gut wie sein gesamter Kopf war von ihrem Oberschenkel verdeckt. Auf Elba machte es den Eindruck, dass Aris ihr Bein küsste, während die schöne Brünette den Kopf zurücklegte, um Rotwein direkt aus der Flasche zu trinken.

Tristan stieß zu den beiden und setzte sich Aris gegenüber auf die Couch. Aus seiner Hosentasche zog er ein Taschenmesser und klappte es auf. Mit einem Schlag ging alles so schnell, dass Elbas Gehirn einfach zu langsam war, um es zu verarbeiten: Tristan beugte sich vor, führte das Messer zum Bein des Mädchens, hielt ein Glas, das er sich vom Tisch schnappte, unter ihren Schenkel und fing darin das herabtropfende Blut auf.

Dann nahm er ihr die Flasche aus der Hand und kippte ein paar Schlucke Rotwein ins Glas. Als er damit fertig war, verließen die Brünette und Aris den Platz.

Scheiße! Was machten die denn da? War das eben wirklich geschehen?

Da die Sicht nun frei war, trafen sich Tristans und Elbas Blicke, als er das Glas ansetzte und zu trinken begann. Hämatophilie!, schoss es Elba durch den Kopf. Ihr Gehirn arbeitete auf Hochtouren. *Blutliebe* hatte ihr Lehrer im Psychologieunterricht diese Krankheit genannt. Die Betroffenen fühlten sich zu Blut hingezogen. Häufig wurde diese Neigung auch als »Vampirismus« bezeichnet, eine Form des Fetischs, eine Affinität zum Blutsaugen. Beim Beißen des Partners oder Trinken seines Blutes empfänden Betroffene ein Lustgefühl, nach dem sie süchtig waren.

Ihr fiel das Motto der Party wieder ein: Blutrausch. Tristans Warnung ergab nun einen Sinn. Es traf sie wie ein Schlag ins Gesicht. Diese Süchtigen gab es wirklich, und mit einem Mal befand sie sich mitten unter ihnen!

Als sie sich nun umblickte, sah sie alles mit anderen Augen: die überschminkten, zum Verzweifeln anmutigen Schönheiten mit ihren wilden, langen Locken, die am Nacken der jungen Männer knabberten, und die charismatischen, selbstsicheren Männer, die lustvoll an den Handgelenken ihrer Begleiterinnen leckten. Sie alle mussten Mitglieder eines übertriebenen Fetischrings sein. Dazwischen kippten die Jugendlichen aus dem Dorf vergnügt ein Getränk nach dem anderen. Sie wirkten wie unbeholfene Statisten in dieser Szene. Alle schienen ihren Spaß zu haben, nur sie selbst stand immer noch wie angewurzelt an derselben Stelle. War sie tatsächlich so viel naiver und unerfahrener als ihre Freunde? Oder fiel ihnen gar nicht auf, was hier vorging?

Tristan fixierte sie nach wie vor. Ihr Erstaunen schien ihm größtes Vergnügen zu bereiten. Schließlich winkte er ihr, zu ihm herüberzukommen. Automatisch gehorchte sie und nahm verunsichert neben ihm auf der Couch Platz.

»Na, kleine Elba, bist du jetzt schockiert?«

In ihr brodelten so viele Gefühle gleichzeitig, dass sie die Frage nicht mal beantworten konnte. »Du ... trinkst das Blut eines anderen Menschen?«, fragte sie stattdessen.

»Warum denn nicht, Elba?« Tristan zuckte lässig mit den Schultern.

Warum nicht? Was sollte denn das für eine Antwort sein? Sie starrte ihn entgeistert an.

»Willst du's nicht mal probieren?« Er hielt ihr sein Glas entgegen.

Es schien ganz natürlich für ihn zu sein. Wenn sie sich jetzt keinen Ruck gab, würde sie Tristan niemals wirklich nah sein, das begriff sie in dem Moment. Daher atmete sie tief ein und schnappte sich das Glas. Sie schnupperte daran, doch es roch nur nach Rotwein. Vorsichtig nahm sie einen winzigen Schluck.

Tristan grinste.

Überrascht stellte sie fest, dass sie lediglich den Wein schmeckte. Sie war fast ein wenig enttäuscht und merkte erst jetzt, dass sie sich auf die neue Erfahrung beinahe gefreut hatte. Aber gleichzeitig war sie auch erleichtert. Sie wusste nicht, ob sie schon bereit war, in eine so neue, abgrundtiefe Welt einzutauchen.

»Hm«, grummelte Tristan, als könnte er ihre Gedanken lesen. Seine Augen glitzerten und er lächelte spitzbübisch. »Ich glaube, wir versuchen etwas anderes ...«

Er hob eines der Gläser vom Tisch hoch, schwenkte es und hielt es gegen das Licht. Es war deutlich zu erkennen, dass die rote Flüssigkeit darin dickflüssiger war. Es musste sich um unverdünntes Blut handeln. Elba erschauerte. Sie war so gespannt und aufgeregt, dass sie Angst hatte, zu zerspringen.

»Reich mir deine Hand«, befahl er. Brav folgte sie. Wie hätte sie auch anders gekonnt?

Er nahm Zeige- und Mittelfinger ihrer linken Hand und führte sie zu seinen Lippen. Sie zitterte, als ihre Finger seinen Mund berührten. Vorsichtig nahm er ihre Fingerspitzen, sanft umspielte er diese dann mit der Zunge. Elba hielt die Luft an. Tristan begann, ganz leicht an ihren Fingern zu saugen und sah sie dabei an. Jetzt reichte es! Sie hielt es kaum noch aus. Sie rückte näher an ihn heran, doch er schüttelte den Kopf.

»Warte«, flüsterte er. Und bevor sie begriff, wie ihr geschah, tauchte er ihre beiden Finger in das Glas. Die Flüssigkeit fühlte sich warm an. Dann leckte er das Blut von ihren Fingern.

Himmel! Hier und jetzt verstand sie die erotische Faszination ein klein wenig.

Als er jeden Tropfen von ihren Fingern ableckt hatte, tauchte er ihren Zeigefinger erneut ein Stückchen in das Glas ein und führte ihn diesmal zu ihrem Mund. Instinktiv öffnete sie die Lippen und kostete von der roten Flüssigkeit.

Ekel übermannte sie. Sofort füllte Tristan Wodka in zwei kleine Gläser und reichte ihr eines. Sie stießen an und tranken den Inhalt in einem Zug aus. Sogleich war der Geschmack von Blut aus ihrem Mund verschwunden.

»Es gibt einige Stämme, die jeden Tag frisches Blut trinken. Sie mischen es mit Milch. Ist gesund«, erklärte Tristan und stand auf. »Tierblut allerdings!«, fügte er dann hinzu, grinste und verschwand zum Zimmer hinaus.

Gern hätte sie ihn zu sich gezogen und geküsst. Doch sie wurde einfach nicht schlau aus ihm. Seine Anziehungskraft wirkte wie ein Sog auf sie, der ihren Körper in einen unkontrollierbaren Wirbel zog. Auf der anderen Seite rüttelte ihr Verstand jedoch an ihr, versuchte zu verhindern, dass sie sich ins unbekannte Zentrum dieses Wirbelsturmes mitziehen ließ.

Sie machte sich auf die Suche nach ihren Freunden und traf sie schließlich draußen auf der Terrasse. Auf dem steinernen Geländer hatten sie eine Flasche Wodka und Energydrinks abgestellt. Christian mixte ihr ein Getränk. Sarah und Marie waren bereits sturzbetrunken und tanzten zur Musik, während sie sich lallend unterhielten. Als *Wild Love* von Rea Garvey ertönte, zerrten sie Elba mit sich ins Hausinnere, um dort mit ihr ausgelassen in der Menge zu tanzen.

Bald gesellte sich ein großer, langhaariger Typ zu ihnen. Er hatte es mit seinen Annäherungsversuchen eindeutig auf Elba abgesehen, und nach einer Weile deutete er ihr wortlos, ob sie etwas trinken wolle. Sie nickte und folgte ihm. Nachdem er ihr ein Glas gereicht hatte, machten sie sich bekannt und tauschten Oberflächlichkeiten aus, seine Komplimente nahm sie desinteressiert zur Kenntnis.

Sie realisierte, dass Aris und Tristan sie von der anderen Seite des Raumes aus beobachteten. Beide hielten die Arme vor den Körpern verschränkt und schauten skeptisch zu ihr hinüber. Sie war sich sicher, dass sie Mittelpunkt des Gesprächs der beiden war, und wunderte sich etwas, dass sich diese beiden *Erscheinungen* von Männern für sie interessierten. Gleichzeitig spornte sie der Gedanke an, und sie begann, mit dem langhaarigen Typen zu flirten. Diese Aufforderung nahm er natürlich freudig auf und wurde immer aufdringlicher. Schnell fand sie sich in einer unangenehmen Situation wieder. Der Typ versuchte, sie an sich zu ziehen und zu küssen. Sie konnte gerade noch den Kopf wegdrehen. Der Kuss landete auf ihrem Ohr. Sie versuchte, rückwärts auszuweichen, stieß aber an die Wand hinter sich.

Oje! So war das nicht geplant!

Mit aller Kraft schubste sie den Kerl von sich weg. »Nein! Das ist … keine gute Idee«, presste sie heraus.

»Was ist los?«, fragte er, ohne die Antwort wissen zu wollen. »Ich will doch nur einen kleinen Schluck kosten. Du duftest einfach herrlich!« Er bleckte die Zunge vor ihrem Gesicht.

Wie ekelhaft!

Elba spürte, dass sie nicht stark genug war, um ihn von seinem Vorhaben abzuhalten. Sie bereute zutiefst, diesem widerlichen Kerl Hoffnungen gemacht zu haben. Hilfe suchend schaute sie sich um und sah, dass Tristan überaus verärgert schien, aber keinerlei Anstalten machte, ihr zu Hilfe zu eilen. Er redete auf Aris ein. Dabei ließ er sie nicht aus den Augen. Aris jedoch schwieg, während Tristans Ausdruck stetig wütender und seine Stimme lauter wurde.

»Lässt du das zu?«, hörte sie ihn jetzt bis zu sich herüber. Als Aris immer noch nicht reagierte, wetterte er: »Herrgott, Aris!« Mit großen Schritten stapfte Tristan auf Elba zu. Schon von Weitem brüllte er den langhaarigen Kerl an: »Loslassen! Lass sie los! Sofort!«

Der Typ ließ daraufhin zwar von ihr ab, machte jedoch keine Anstalten, sich zu verdrücken. »Sie will das doch –«

»Finger weg, hab ich gesagt!« Tristan stieß ihn aggressiv ein Stück zurück.

»Sag's einfach gleich, wenn sie dir gehört«, blaffte der Kerl.

Abrupt änderte sich Tristans Mimik, und er grinste überlegen. »*Ganz* vorsichtig«, wies er ihn von oben herab an. »Wir beruhigen uns jetzt erst mal alle wieder.« Es klang immer noch wie eine Drohung. Mit einer Hand gab er dem Kerl zu verstehen, dass der Abstand zu halten hätte, während er die andere nach Elba ausstreckte. »Komm her.«

Dankbar fiel sie ihm in den Arm. Tristan strich über ihren Kopf und warf dem Typen dabei einen warnenden Blick zu.

Schließlich gab dieser auf. »Wenn das so ist ...«, murmelte er entschuldigend und verzog sich.

Sobald der Fremde außer Sichtweite war, stieß Tristan Elba von sich. »Was ist los mit dir?«, beschimpfte er sie. »Du benimmst dich wie ein kleines Kind und bringst dich selbst in Gefahr! Was denkst du dir dabei, dich so zu benehmen? Wie kannst du es zulassen, dass dir etwas geschieht?«

Er war aufgebracht und wirkte dabei dermaßen einschüchternd, dass sie am liebsten zu weinen begonnen hätte. Sie fühlte sich wirklich wie ein kleines Mädchen.

Er packte sie grob am Ellbogen und zerrte sie an die frische Luft. »Du tust mir weh!«, jammerte sie.

Zornig ließ er ihren Arm los. Er öffnete den Mund, um zur nächsten Rüge anzusetzen, als Aris ihm von hinten die Hand auf die Schulter legte.

»Es ist genug, Tristan.«

Unverzüglich richtete Tristan seinen Zorn auf ihn. »Was ist aus dem mächtigen Aris geworden?«, schrie er ihn an. »Ein Feigling! Dem großen Aris wird alles zu Füßen gelegt. Doch er will es nicht, weil er Angst hat wie ein schwaches Weib! Ihr beide habt euch wirklich verdient!«

Elba spürte, dass sich ihre Furcht in Wut umwandelte. Was glaubte Tristan, wie er sie behandeln konnte?

»Und was läuft eigentlich bei dir falsch?«, richtete sie sich jetzt lautstark an ihn. »Wie kommst du dazu, andere Menschen so zu behandeln?« All ihre angestauten Gefühle explodierten plötzlich und brachen aus ihr heraus. Zum ersten Mal konnte sie Erstaunen in Tristans Augen lesen. Es fiel ihr nicht einmal auf, dass ein kräftiger Wind aufgekommen war. Sie sah nur, wie Tristan nach oben gen Himmel blickte.

Ihre Lungen hatten sich bereits wieder mit Luft gefüllt, um ihn erneut anzubrüllen. In diesem Augenblick ging ein so starker Regenschwall auf sie nieder, dass alle Fackeln erloschen. Es schüttete unbarmherzig aus allen Kannen. Doch auch diese Naturgewalt konnte die brennende Wut in ihr nicht löschen.

Da begann Tristan zu lachen. »Das passt ja genau!«, schrie er laut in den Nachthimmel, während das Wasser auf sein Gesicht prasselte.

»Was passt? Um Himmels willen, was ist jetzt schon wieder?«, donnerte Elba. Sie spürte, dass sie ihren Zorn nicht mehr im Griff hatte und ihr gesamter Körper auf Angriff umrüstete.

Plötzlich berührte Aris sie behutsam am Arm und sah sie an. Elbas Verstand schwirrte durch den Irrgarten seiner Augen. Hügeliges grünes Moos mit vereinzelten braunen Blumen tat sich vor ihrem inneren Auge auf. Sie merkte, wie ihr Herzschlag sich beruhigte und die Anspannung aus ihr wich. Im selben Moment sah sie, wie der Stein an Aris' Armreif zu leuchten begann. Ihre Atmung wurde ruhiger und gleichmäßiger. Der Wind legte sich, und die restlichen Regentropfen trudelten als kleine Schneeflocken tanzend zu Boden. Dann wurde es still.

Ängstlich befreite sich Elba von Aris' Berührung.

»Herrgott noch mal, reißt euch zusammen«, schnauzte Tristan. »Ihr seid euch gar nicht bewusst, was für ein Geschenk euch gemacht wurde.« Er deutete zwischen den Steinen der beiden hin und her.

Sie fühlte sich zu kraftlos und gleichgültig, um noch etwas zu entgegnen.

»Das ist kein Geschenk. Es ist ein Fluch, Tristan«, konterte Aris. »Und das ist kein Spiel. Wir sind Monster! Wir trinken

Blut! Wir saugen das Leben aus den Menschen und stehlen ihre Energie, wir sind –«

Elba erstarrte. »Vampire«, beendete sie seinen Satz und sah in seinen Augen, dass es die Wahrheit war.

Und mit einem Mal ergab alles einen Sinn!

Ein Gefühl aufkommender Übelkeit breitete sich in ihr aus. Musste sie sich etwa übergeben? Ihre Hände waren schweißnass.

Christian stieß zu ihnen. »Was ist los, Elba? Soll ich dich nach Hause bringen?«

»Du kannst nicht fahren. Du hast zu viel getrunken«, gab Aris nüchtern zurück.

Christian wechselte einen Blick mit Elba, um die Situation auszuloten. »Irgendwas stimmt hier doch nicht. Ich bringe Elba nach Hause!« Entschlossen streckte er eine Hand nach ihr aus.

Blitzschnell positionierte sich Aris zwischen Christian und sie. »Keinesfalls«, stellte er kühl klar. In seiner Stimme schwangen keinerlei Gefühlsregungen.

Christian hingegen konnte sich nur schwer beherrschen. »Geh mir aus dem Weg, Aris. Ich meine es ernst!«

Tristan begann höhnisch zu lachen. »Das alles entwickelt sich langsam zu einem ausgewachsenen Teenie-Drama. Sehr interessant, Aris!«, spottete er.

»Du bist widerlich«, flüsterte Elba.

»Ich weiß!«, erwiderte Tristan amüsiert. Er zog dabei ein Gesicht, als hätte man ihm ein Kompliment gemacht.

»Es ist genug! *Ich* fahre sie heim.« Es war klar, dass Aris keine Widerrede duldete. Er zog einen Autoschlüssel aus seiner Hosentasche, und als er locker über das Geländer der Terrasse sprang, ertönte das Piepen eines Wagens.

Im nächsten Augenblick schon fuhr er mit einem riesengroßen grauen Dodge vor und öffnete von innen die Beifahrertür. »Elba«, rief er einladend und winkte ihr.

Ohne dass sie wusste, warum eigentlich, gehorchte ihr Körper, und sie kletterte zu Aris in das monströse Gefährt.

Nach einer kurzen, wortlosen Fahrt erreichten sie ihr Ziel. Am Ende der Auffahrt stellte Aris den Motor ab, sodass der schwere Wagen die letzten Meter lautlos zurücklegte. Das Licht über der Eingangstüre brannte hell, sonst war es stockdunkel.

Elba fühlte sich erschöpft und ausgelaugt. Ihr war zumute, als hätte sie nächtelang nicht geschlafen. Sie schaffte es nicht, ihren Körper unter Kontrolle zu bringen.

Benommen versuchte sie, die Autotür zu öffnen, es gelang ihr aber nicht, sie zu entriegeln. Ungeschickt tastete sie die Innenseite des Wagens ab. Ihr war schummrig und flau. Sie konnte gar nicht begreifen, weshalb sie sich in dieser Verfassung befand.

Mit einem Satz glitt Aris um den Dodge herum und hielt ihr die Beifahrertür auf. Elba wollte aussteigen, doch ihr Körper spurte nicht.

»Was ist los mit mir?«, wisperte sie.

»Pst, nicht aufregen. Du musst dich schonen. Du bist es noch nicht gewohnt, mit diesen Kräften umzugehen.«

Aris packte sie und hob sie aus dem Sitz.

»Kräfte? Welche Kräfte?«

Aris seufzte tief und gequält. »Ich werde dir alles erklären. Bald!«

Elba fühlte sich sicher in Aris' starken Armen – und leicht wie eine tanzende Feder im Wind. Die beängstigenden Sorgen über ihren körperlichen Zustand schienen zu verfliegen in der Gegenwart eines quasi Fremden. Himmel, war das eigenartig! Obwohl ihr die Skurrilität der Situation bewusst war, spürte sie, dass in diesem Moment alles genau richtig war. Seine Arme waren der einzige Ort, an dem sie jetzt sein konnte.

Er drückte mit dem Ellbogen die Klinke hinunter und die Tür auf, trug Elba ins Haus bis hinauf in ihr Zimmer. Den Kopf an seine Brust gelehnt, durchströmten sie eine merkwürdige

Zufriedenheit und Zuversicht. Aris setzte sie auf dem Bett ab und wich einen Schritt zurück. Er beäugte Elba prüfend.

Übelkeit überkam sie. »O Gott, ich muss mich übergeben!« Aris trat wieder näher ans Bett heran und legte eine Hand auf ihre Schulter. Wieder seufzte er. »Besser?«

»J-ja«, antwortete sie wahrheitsgemäß, aber verwundert.

Aris stöh nte fast unhörbar. Sie konnte ihm ansehen, dass er mit sich rang.

»Elba, ich werde mich jetzt zu dir legen«, warnte er sie schließlich.

Verständnislos sah sie zu ihm hoch. Was sollte das nun wieder bedeuten? Ihr Herz begann wild zu klopfen, als sie die Entschlossenheit in seinen Augen erkannte. Der Gedanke, dass dieser unverschämt gut aussehende Mann ihr nahekommen könnte, löste ein flammendes Gefühlschaos in ihr aus.

Sie musterte ihn von den Füßen aufwärts. Sein Körper musste perfekt geformt sein. Er war groß und muskulös, aber dennoch schlank und sportlich. Die lässige Jeans und das dünne Shirt betonten in ihrer Unauffälligkeit erst die außergewöhnliche Anziehungskraft seiner natürlichen Schönheit. Seine Gesichtszüge waren markant und unterstrichen in ihrer Rauheit seine Männlichkeit. Die einzigartigen, tiefgründigen Augen blickten sie verheißungsvoll an.

Sie bemerkte, wie sie eine Hand nach ihm ausstreckte. Ihr Ziel waren Aris' Lippen. Ihn ein Mal kurz berühren, drängte eine leise Stimme in ihr. *Die blonden Haarsträhnen aus den Augen streichen, um besser zu verstehen, was sie dir sagen wollen. Nur ein Mal seine Haut berühren ...* Erschrocken gab sich Elba einen Ruck und zog die Hand wieder zurück. War sie vollkommen übergeschnappt? Was war bloß los mit ihr?

»Elba, es ist mein Ernst. Ich werde jetzt zu dir ins Bett kommen«, hörte sie Aris' Stimme.

Nicht umkippen! Reiß dich zusammen, befahl sie sich.

»Ich hoffe, dir ist klar, dass ich dich keineswegs bedrängen werde. Aber deine Gesundheit und deine Sicherheit haben momentan Vorrang, und ich kann dir nicht anders helfen.«

Da passierte es! Anmutig stieg Aris in ihr Bett. Ohne zu zögern, nahm er sie in die Arme, sodass ihr Gesicht wieder auf seiner Brust ruhte. Seine Linke legte er auf ihren Kopf. Vertrauen und Hoffnung flossen durch sie hindurch, und eine wunderbare innere Ruhe ließ ihre Augen schwer werden. Sie nahm wahr, dass sich ihr Körper mit jeder Minute erholte und zu neuen Kräften gelangte. Ihre Atmung passte sich der seinen an. Aris' Stein leuchtete jetzt so hell, dass er durch seinen T-Shirt-Ärmel hindurchstrahlte.

»Wie fühlst du dich?«, erkundigte er sich nach einer Weile. »Du musst viele Fragen haben.«

Um ein Haar wäre sie eingeschlafen. Das Tor zur Welt der Träume hatte bereits weit offen gestanden, der melodische Klang seiner Stimme holte sie zurück in die Gegenwart. Sie überlegte, ob sie stark genug war für dieses Gespräch. Sie wog ab, ob sie schon bereit war für die Unheil bringende Wahrheit. Eine innere Stimme bemühte sich verzweifelt, sie davor zu schützen. Allerdings war sie zu müde, um weiterhin mit sich zu hadern.

»Die Steine ...«, murmelte sie. »Was hat es mit diesen Steinen auf sich?« Da er nicht sofort antwortete, fügte sie hinzu: »Meine Tante Mathilda hat mir erzählt, dass –«

»Ich weiß, was sie dir erzählt hat.«

Sie hob ihr Kinn, damit sie ihn ansehen konnte.

Er schien ihre Gedanken zu lesen. »Ich habe euch nicht belauscht. Wir verfügen über einige – wie soll ich sagen? – animalische Instinkte und sind in vielen Dingen einem Tier sicherlich ähnlicher als einem Menschen. Dazu zählt auch ein ausgeprägter Gehörsinn.« Wieder seufzte er fast unmerklich.

Ihr war klar, dass ihm dieses Gespräch nicht angenehm war, und er ihr sicherlich nur so viel zumuten würde, wie ihm zum jetzigen Zeitpunkt angemessen erschien.

»Deine Tante hat ein Detail der Geschichte ausgelassen. Nämlich das des blasphemischen Daseins meinesgleichen. Die sündhafte Geschichte der gotteslästernden Existenz der Unendlichkeit und Unverwundbarkeit der Wesen der Dunkelheit – von uns Vampiren.«

Elba schossen die Ereignisse des Abends durch den Kopf. Eigentlich hätte sie sich fürchten müssen, sie tat es aber nicht.

»Jeder Vampir trägt den Stein eines bestimmten Menschen und der jeweilige Mensch den des Vampirs. So ist das ewige Leben, die Unsterblichkeit, letztlich doch an das Vergängliche – an die Sterblichkeit – gebunden. Und gleichzeitig ist die zerbrechliche Sterblichkeit des Menschen geschützt durch die mächtige Unsterblichkeit des Vampirs. Die Steine ermöglichen die Verbindung beider Wesen zu einer beinahe unbezwingbaren Einheit.«

»Das Leben gewisser Menschen ist an das eines Vampirs gebunden? *Mein* Leben ist an einen Vampir gebunden?«

»Ja, wir nennen diese auserwählten Menschen Steinträger. Bei der Erschaffung der Menschen war es wohl niemals geplant, ein Wesen zu zeugen, das für immer in unvergänglicher Jugend und Schönheit auf Erden wandelt wie ein grauenhaftes, ekelerregendes Abbild der Götter selbst. Um diesen Fehler wieder auszumerzen, wurde die Seele jedes Vampirs an einen Stein gebunden, der von einem gegengeschlechtlichen Menschen gehütet werden muss. Umgekehrt muss der Vampir immer den Stein des betreffenden Menschen schützen. Die Steine selbst besitzen magische Kräfte, die sich auf ihre Träger ausbreiten. Wird der Stein des Vampirs, der vom Menschen getragen wird, jedoch zerstört, stirbt auch der Vampir, da seine Seele an ihn gekettet ist. Das Gleiche passiert mit dem Menschen, wenn sein Stein nicht ausreichend geschützt werden kann. Er stirbt und wird unsterblich, ein Vampir – angeblich.«

»Angeblich?«

»Nun, das habe ich noch nie erlebt. Ich glaube nicht, dass so etwas möglich ist. Was aber zutrifft, ist Folgendes: Stirbt der menschliche Steinträger, so wird der betreffende Vampirstein an einen seiner Erbfolger weitergegeben. Der Stein selbst findet für gewöhnlich zum auserwählten Menschen. Sofern dieser Fall jedoch nicht eintritt, besteht die Gefahr, dass der Vampir der Sterblichkeit ausgesetzt ist und wieder zu einem verwundbaren Menschen wird. Zumindest erzählt dies die Legende. Denn auch diesen Umstand, dass ein Vampir wieder menschlich wird, habe ich noch niemals erlebt.«

»Die Steine leuchten, wenn sie sich verbinden?«, flüsterte Elba.

»Richtig«, seufzte Aris.

Durch Elbas müden Kopf schwirrten wirre Gedanken bei dem Versuch, die neuesten Geschehnisse dieser Erklärung zuzuordnen.

Aris' gleichmäßige Atmung bewirkte allerdings, dass sie sich nicht aufregen konnte und ihre Augenlider nur immer schwerer wurden. Sie sehnte sich danach, endlich einzuschlafen.

Morgen war auch noch Zeit, über all das nachzudenken.

5

Als Elba am nächsten Morgen durch die hellen Sonnenstrahlen geweckt wurde, war Aris verschwunden. Nichts deutete darauf hin, dass er überhaupt jemals da gewesen war.

Sie sah sich um und überlegte einen Augenblick, ob sie sich die ganze Geschichte bloß eingebildet hatte. Vielleicht hatte sie das alles wieder einfach nur geträumt?

Körperlich fühlte sie sich vollkommen erholt. Sie war ausgeschlafen und hellwach. Als Erstes musste sie mit ihren Großeltern sprechen. Sie hatte so viele Fragen, erwog jedoch, zuvor nochmals den Inhalt der alten Holztruhe anzuschauen. Offensichtlich hatten ihre Großeltern ihr bewusst vieles verschwiegen. Das Unterbewusstsein quälte sie mit dem abscheulichen Verdacht, dass sie keine Blutsverwandte dieser Familie war. So, wie Tristan es gemutmaßt hatte. Und sie selbst beugte sich allmählich dieser Vermutung. Läge Tristan falsch, würde sie wohl kaum einen anderen Stein tragen als Mathilda. Aris hatte erklärt, dass die Steine über Generationen weitergegeben würden. Und Tante Mattie trug einen Aquamarin, keinen Heliotrop. Wenn jede Steinart nur einer Familie zugehörig war, dann ...

Sie schüttelte den Gedanken ab. Er war zu absurd. Und zu schmerzhaft.

Als sie sich die Spuren des Vorabends aus dem Gesicht gewaschen, geduscht und sich umgezogen hatte, machte sie sich auf die Suche nach den übrigen Bewohnern des Hauses. Sie stellte jedoch bald fest, dass sie allein war.

In der Küche fand sie neben einer Kanne Kaffee einen Zettel mit einer kurzen Nachricht: *Liebes Kind, wir sind mit Tante Mathilda im Krankenhaus. Bitte mache dir keine Sorgen. Wir sind bald zurück. Kuss, Oma.*

O je, hoffentlich nichts Ernstes. Aber dann hätten ihre Verwandten sie gewiss geweckt! Und immerhin verschaffte ihr das wahrscheinlich genügend Zeit, sich ungestört dem Inhalt der Holztruhe zu widmen.

Sie schenkte sich eine Tasse Kaffee ein und schlenderte damit ins Esszimmer. Dort blieb sie vor einem der hohen Fenster stehen und nippte an dem heißen Getränk. Leben strömte durch ihre Adern.

Der Wunsch, Christian anzurufen, drängte in ihr empor. Gerne hätte sie mit ihm geplaudert, doch was sollte sie sagen? Was, wenn er ihr unangenehme Fragen stellte? Erst musste sie selbst noch einige Antworten finden. Gedankenverloren ließ sie den Blick über den wilden Garten mit all seinen weißen Rosen schweifen.

Und dort unter den Eichen, inmitten der Blumen, stand er wieder. So schwarz gekleidet wie seine finstere, unergründbare Seele. Tristan fixierte sie eisern. Doch zum ersten Mal hielt sie seinem Blick stand. Sie schaffte es, regelmäßig weiterzuatmen und sogar eine gelangweilte Miene aufzusetzen.

Als er den Kopf zur Seite neigte, tat sie es ihm gleich. Das Bild des geheimnisvollen Tristans, umgeben von den weißen Rosen, jagte ihr einen Geistesblitz durchs Gehirn. Sie erkannte in den Blumen das Symbol der Verschwiegenheit – und Argwohn und Misstrauen stiegen in ihr hoch. Das Bündel an nicht zu klassifizierenden Gefühlen und Ängsten spitzte sich zu, um die eindeutige Kontur von herzloser Wut anzunehmen. Etwas Unheimliches, schier Unglaubliches ging hier vor sich, und alle um sie herum wussten Bescheid, nur sie selbst nicht!

Wie ein schwarzer Todesengel stand Tristan unter einer der unsterblichen mächtigen Eichen, die seine überwältigende Kraft und Männlichkeit in ihrer eigenen Symbolik bestärkten. Seine Lippen bewegten sich, doch sie konnte nicht hören, was er sagte. Wollte er sie warnen?

Ein bitterer Vorgeschmack auf das, was kommen wird, dachte sie unvermittelt. Umgeben von all diesen Unglück verheißenden Omen fühlte sie sich wie in einem surrealen Traum. Ein unheilvoller Bote ihres zukünftigen Lebens versuchte, sich in ihren Geist zu flüstern.

Sie war erstaunt über sich selbst. Erstaunt, wie gelassen sie ihrem vermeintlichen Schicksal entgegensehen konnte. Wahrscheinlich, weil sie noch gar nicht recht begriff, sich noch gar nicht wirklich ausmalen konnte, was dies alles bedeutete. Ihr Verstand hielt noch hartnäckig die Barriere zwischen der bekannten Wirklichkeit und dieser übernatürlichen Welt aufrecht. Doch sie bröckelte bereits.

Als Tristan sich grazil zu bewegen begann, erschien vor ihrem geistigen Auge wieder das Bild des schwarzen Panthers. Ihr fiel ein, was sie vorhin im Bett gegoogelt hatte. Im Internet hatte sie Informationen zu Vampiren, Steinen und der Bedeutung unterschiedlicher Symbole nachgeschlagen. Sie war dabei auf eine interessante Seite gestoßen, auf der von der psychologischen Rolle des Panthers die Rede war: Er kündigte in seiner Schönheit und Anmut eine drohende Gefahr an, die dunkle Verstrickungen und Leid hervorrief. Auch wenn man sich der Gefahr bewusst sei, sich mit gefährlichen Menschen zu umgeben, wende man sich nicht von diesen ab, da man von ihrer Wildheit und Kraft fasziniert sei, hieß es dort. Die Beschreibung passte haargenau zu Elbas Empfindungen.

Tristan schritt entschlossen auf das Haus zu und spazierte dann zu ihr ins Esszimmer. Ganz selbstverständlich nahm er auf einem der Stühle Platz und ließ die Hände über die dunkle Tischplatte gleiten.

Elba blieb von ihm abgewandt am Fenster stehen. Eine böse Vorahnung bahnte sich den Weg in ihren Kopf. Dennoch schaffte sie es, ruhig zu bleiben und Tristan keine Fragen zu stellen. Eigentlich wollte sie gar nicht mehr wissen. Sie sehnte sich nach der Unschuld und Behaglichkeit, die ihr Leben bis vor Kurzem noch bestimmt hatten.

Ihr Schweigen wurde durch die Ankunft der Großeltern unterbrochen. Tante Mattie war so schwach, dass Elbas Onkel und der Großvater sie stützen mussten, als sie ins Haus kamen.

Hinrik stöhnte bei Tristans Anblick. »Du schon wieder?«

»Der Stein«, entgegnete Tristan nur trocken. »Ich bin hier, um den Stein zu holen. Es geht dem Ende zu. Er ist nicht mehr sicher bei euch. Ich werde ihn jetzt mitnehmen!«

»Einen Dreck wirst du! Scher dich raus hier!«

Tristans Blick fiel auf den Aquamarin an Tante Mathildas Halskette. Sein Kinn spannte sich an, ein Feuer loderte in seinen Augen auf.

Das wird nicht gut ausgehen, ahnte Elba, und im Handumdrehen prallten Hinrik und Tristan auch schon aufeinander.

»Nicht! Aufhören!«, rief die Großmutter hysterisch.

»Wir können den leichten Weg wählen, Hinrik, oder den harten. Sag mir nur, wie es dir lieber ist!« In Tristans Augen tobte ein Sturm. Wie ein Raubtier schlich er um Tante Mathilda herum.

»Du selbstherrlicher Mistkerl kannst an nichts anderes denken als an dich selbst!«, brüllte Hinrik voller Abscheu.

»Ein letztes Mal: Gebt mir den Stein! Ihr könnt ihn freiwillig rausrücken, oder ich hole ihn mir mit Gewalt, aber mitnehmen werde ich ihn so oder so!« Er legte von hinten die Hände um Mathildas dünnen Hals. »Willst du es wirklich darauf ankommen lassen?«

Seine Oberlippe zuckte, und zum ersten Mal sah Elba scharfe Reißzähne darunter hervorblitzen. Sie erschrak. Verflucht, war das abgefahren!

Mit aller Kraft schlug Hinrik zu. Tristan taumelte einen winzigen Schritt zurück, grinste anerkennend und verzog dann sein Gesicht zu einer gehässigen Fratze.

Ein Angstschauer jagte durch Elbas Körper.

Mit gefletschten Zähnen sprang Tristan auf Hinrik zu. Dieser ging zu Boden, und Tristan kniete sich triumphierend über ihn.

»Das bereust du«, flüsterte er. Er hielt Hinrik am Boden und wandte sich Mathilda zu. Die begann zu keuchen und nach Luft zu ringen.

»Sofort aufhören!«, schrie die Großmutter.

Tante Mattie sackte zu Boden.

Als der Großvater Hinrik zu Hilfe eilen wollte, richtete Tristan sich auf und schleuderte ihn in die andere Ecke des Raumes.

Mathilda schnappte nach Luft.

»Das Spiel hat jetzt ein Ende!«, knurrte Tristan eisig und riss Mathilda die Kette vom Hals.

Elba wusste, dass sie etwas unternehmen sollte. Doch nicht nur ihre Enttäuschung über den vermeintlichen Verrat hielt sie davon ab, Partei zu ergreifen. Ihr Körper war wie gelähmt.

Onkel Hinrik raffte sich auf und versetzte Tristan einen heftigen Tritt. Dieser schüttelte sich und lachte teuflisch. »Wirklich? Hast du noch nicht genug?« Er stürzte sich auf ihn und biss ihn erbarmungslos in den Hals.

Plötzlich flammten alle Kerzen im Raum kurz auf. Erschrocken ließ Tristan von Hinrik ab und wandte sich, plötzlich besorgt, nach Mathilda um. Doch es war zu spät: Mit den Kerzen erlosch auch das Licht in ihren Augen.

Tristan lief zu ihr und flehte: »Nicht sterben, ich bitte dich, Mathilda, nicht! Ich hab es nicht so gemeint. Nimm den Stein. Nimm ihn!«

Niedergeschmettert wollte er ihr die Kette in die Hand drücken. Aber ihre Finger blieben schlaff, und der Stein rollte mit einem lauten Geräusch über den Boden.

»Was habt ihr angerichtet?«, wimmerte die Großmutter.

Ein Schimmer erfüllte Tristans Augen. Überrascht stellte Elba fest, dass er Tränen unterdrückte. »Das wollte ich nicht, es tut mir leid!« Der verzweifelte Ausdruck in seinen Augen zerriss ihr das Herz. Resigniert sank er neben Mathilda zu Boden.

»Raus hier!«, donnerte der Großvater.

»Ich –«, stotterte Tristan und starrte erschüttert auf Mathildas leblosen Körper.

»Raus!«

Tristan verließ das Haus ohne weiteren Einspruch. Und ohne Stein.

Die Großmutter begann bitterlich zu weinen. Elba stand unter Schock. Ein Mensch war vor ihren Augen gestorben! Wortlos ging Hinrik zu der toten Mathilda, hob sie hoch und trug sie in ihr Zimmer. Der Großvater legte einen Arm um Elba. Sie schüttelte ihn jedoch ab und marschierte stumm in den Flur und zur Haustür hinaus.

Es hatte zu regnen begonnen, als würde der Himmel in tiefer Trauer stehen. Elba rannte los. Ohne Ziel durch den Regen. Sie lief immer weiter. Die klatschnasse Kleidung saugte sich an ihrer Haut fest, die Haare klebten ihr am Gesicht. Ihr Herz pumpte unaufhörlich glühend heißes Blut durch ihre Adern. Es fühlte sich gut an, jede Faser ihres Körpers zu erschöpfen, dem Gefühlschaos zu entfliehen und es in Gleichgültigkeit zu wandeln. Immer schneller. Immer weiter. Einfach weg.

Sie wusste nicht, wie lange sie gelaufen war, als sie vor Aris' und Tristans Haus ankam. Aris stand bereits in der Eingangstür. Er breitete die Arme aus, und Elba flog dankbar hinein.

»Es ist schon gut«, beruhigte er sie und streichelte ihren Kopf.

Hier und jetzt glaubte sie ihm jedes Wort. Sie fühlte sich geborgen und sicher. Doch dann kämpfte sich die Wut erneut in ihr hoch, und sie befreite sich aus seiner Umarmung. Unaufgefordert ging sie ins Hausinnere.

Dort stand Tristan, in der Hand ein Glas Bourbon, das er mit einem Zug leerte, um sich umgehend nachzuschenken. Aris schloss die Tür und kam zu ihnen ins Wohnzimmer.

»Euch beide kann man wirklich nicht allein lassen«, rügte er sie kopfschüttelnd, als würde er mit kleinen Kindern sprechen.

»Sie werden kommen, um uns zu vernichten, Aris!«, brauste Tristan auf. »Das ist das Ende!« Fast schon wehleidig sah er Aris an. Nach einer Sekunde änderte sich sein Ausdruck aber wieder, und er wirkte eher genervt als besorgt – als ginge es um irgendeine lästige Kleinigkeit.

Von einem ganz neuen Mut gepackt, griff Elba nach der Flasche und schenkte sich auch ein Glas ein, bevor sie sich damit auf eines der beiden Sofas sinken ließ.

Aris seufzte und ließ sich ebenfalls auf die Couch fallen. »Es ist, wie es ist. Daran lässt sich nichts mehr ändern.« Schließlich versicherte er: »Wir werden eine Lösung finden.«

»Wer wird kommen?«, fragte Elba und bemühte sich, gefasst zu klingen. Tristan und Aris tauschten Blicke. »Wer wird kommen?«

Als die beiden sich noch immer nicht anschickten, ihr zu antworten, stand sie auf und knallte das Glas auf den Tisch. Sie hatte genug! Genug von den Geheimnissen. Genug von den mysteriösen Geschehnissen. Sollten sie sich doch alle zum Teufel scheren! Sie beschloss, zu gehen.

Da griff Aris nach ihrer Hand. »Setz dich«, befahl er mild.

Elba gehorchte.

Tristan nahm ihnen gegenüber auf der zweiten Couch Platz. Er griff sich mit beiden Händen an den Kopf, legte ihn in den Nacken und stöhnte. »Wir sind Tiere, Elba. So sieht das aus. *Tiere!* Und Tiere leben in Rudeln, in ihrem Territorium.« Er musterte sie und wartete auf eine Reaktion.

»Und?«, fragte sie aber nur.

»Das Alphatier führt mit seiner stärksten Gefolgschaft seine Gruppe und verteidigt das Territorium, um das Überleben der eigenen Gemeinschaft zu sichern. Wird die Anführerschaft schwach oder krank, wird ein anderes starkes Tier versuchen, die Herrschaft an sich zu reißen.«

»Hört sich an wie die Geschichte der Menschheit«, erwiderte Elba.

Tristan grinste und nickte. »Nur nicht ganz so zivilisiert und gesittet ... und wahrscheinlich auch weniger komplex.«

»Komm zur Sache, Tristan!«, mischte sich Aris ein.

»Eine Gruppe ist nur so stark wie ihr schwächstes Glied. Und das bin nun wohl ich. Wir sind angeschissen! Andere Vampire werden davon erfahren, sie werden die Schwäche förmlich riechen und gnadenlos über uns herfallen!« Offensichtlich spielte Tristan auf den Tod seiner Steinträgerin an. Auf Mathildas Tod.

»Andere?« Elba wunderte sich. Wie viele von ihnen gab es denn?

Tristan ignorierte sie. »Was, wenn es keine Erbfolgerin gibt? Wenn Mathilda wirklich keine Blutsverwandten hat ...« Die Frage galt Aris.

»Das ist lächerlich, Tristan. Du wirst kein Sterblicher. Das ist unmöglich.«

Elba geriet in Versuchung, einzuwerfen, dass sie momentan rein gar nichts für unmöglich hielt, ließ es aber sein.

»Das ist ein Mythos, ein Ammenmärchen, dass sich die Menschen ausgedacht haben. Wie so vieles.«

»Ich bin mir nicht sicher, ob mich *das* beruhigt«, sagte Tristan mit aggressivem Unterton.

»Nun, dann werden wir eben herausfinden, ob es weitere Blutsverwandte gibt.« Aris drehte sich zu Elba um.

Nach einer kurzen Denkpause wurde ihr klar, dass die beiden offenbar eine Antwort von ihr erwarteten.

»Du bist es ja offensichtlich nicht!« Tristans Stimme klang abfällig.

»Und das ist meine Schuld? *Ich* bin die Letzte, die irgendetwas weiß!«, zischte sie. »Ich kann nicht glauben, dass ich nicht mit ihnen verwandt sein soll, und sie mir das die ganze Zeit über verschwiegen haben.« Ein zu ungeheuerlicher Vertrauensbruch, um ihn wahrhaben zu wollen.

»Das bringt uns nicht weiter.« Tristan setzte sich auf den Couchtisch vor Elba, holte tief Luft und fasste nach ihrer Hand. Mit verführerisch süßem Blick sah er ihr in die Augen. »Du *musst* in der Holztruhe nachsehen. Tust du das für mich, Täubchen?«

Sicherlich konnte er jede Frau um den Finger wickeln. Um ein Haar wäre sie auch wieder dahingeschmolzen und schwach geworden, doch stattdessen zog sie ihre Finger aus seiner Hand. Ihr war bewusst geworden, dass er sich nicht im Geringsten für sie interessierte. Er benutzte sie nur, um seine eigenen egoistischen Ziele zu verfolgen.

»Wie kommst du darauf, dass sich dort Informationen befinden, die eure Belange betreffen?«, fragte sie spitz.

»Deine Großeltern sind Wächter. Beobachter«, versuchte Aris, sie zu besänftigen. »Ihre Aufgabe besteht darin, alle Dokumente zu übernatürlichen Vorgängen zu sammeln und zu archivieren und sie von Generation zu Generation weiterzugeben. Sie halten alle Ereignisse fest, die zu ihrer Zeit geschehen, dokumentieren alle Informationen über uns Vampire und über unsere Steinträger. Für die Nachwelt.«

Ja, klar, *was sonst*? Ihre Großeltern wussten offensichtlich über alles Bescheid und hatten sie nicht eingeweiht. Unglaublich! Elba überlegte einen Augenblick und wechselte dann das Thema: »Ich habe immer gedacht, Vampire sind grauenhafte Gestalten aus Fiktionen, die nur in der Dunkelheit existieren und sich von Blut ernähren. Wie kommt es also, dass ihr –«

»... so normal erscheint?«, beendete Aris ihren Satz und lächelte.

»Wir *sind* grauenhafte Gestalten, wir sind grausame und kaltblütige Jäger, und wir trinken Blut!« Tristans Augen weiteten sich. »Und wir töten. Aus Leidenschaft, aus Spaß – das liegt in unserer Natur!« Ganz eindeutig beabsichtigte er, ihr Angst einzujagen, und das gelang ihm auch. »Wir spielen mit den Menschen wie die Katze mit der Maus. Unsere äußere Erscheinung dient einzig und allein dem Zweck, Beute anzulocken und gefügig zu machen!« Er lachte grimmig.

Elba musste an Tante Mathilda denken. Zum ersten Mal ergriff der Schmerz des Verlustes sie so heftig, dass sie zu zittern begann.

»Ich bitte dich, schau nicht so traurig!« Tristan klang wieder genervt und ungeduldig.

»Tristan wollte deine Tante nicht töten. Das war nie seine Absicht«, beschwichtigte Aris sie, zutiefst überzeugt.

»Das weiß ich.« Elba erinnerte sich an Tristans verzweifelten Ausdruck beim Anblick der toten Tante.

»Ach ja? Aris sucht immer das Gute in mir.« Tristan verdrehte die Augen. »Aber Fakt ist, dass ein Menschenleben mir nichts bedeutet. Rein gar nichts! Was sind sie denn schon für uns außer Nahrung? Zerbrechliche, dumme Kreaturen, die nicht auf sich selbst aufpassen können!«

»Genug, Tristan!«, fauchte Aris. Dann erklärte er, an Elba gerichtet: »Das Märchen mit dem Sonnenlicht haben die Vampire selbst verbreitet, um sich zu tarnen. So konnten sie sich ungestört unter den Menschen aufhalten, ohne dass diese Verdacht schöpften, und ihre blutrünstigen Streifzüge zu jeder Zeit ausleben. Wir sind weder am Leben noch tot. Wir benötigen Blut als Lebensenergie. Je mehr wir davon trinken, desto stärker werden wir, und umso größer wird wiederum unser Verlangen danach. Es ist ein teuflischer Kreislauf. Blut wirkt auf uns wie eine unwiderstehliche und mächtige Droge.«

»Nur mit religiösen Relikten und Riten haben wir's nicht so«, warf Tristan grinsend ein. »Wir zählen nicht unbedingt zu den Lieblingen der Götter.« Er zuckte gleichgültig mit den Schultern.

»Kreuze?« Elba grübelte.

»Kruzifixe, Weihwasser, Kirchen – alles nicht unser Ding!«
Tristans aquamarinblaue Augen funkelten belustigt.

Er wirkte so selbstsicher und stark – als könne ihm nichts und niemand ein Leid zufügen. Und doch spürte Elba, dass ihn eine ungewohnte Unruhe ergriffen hatte.

»Durch die Steine und ihre Träger können wir uns mit der Natur verbinden«, fuhr Aris fort, »und die Elemente beeinflussen – wie auch sie uns beeinflussen können.«

Elba fiel ein, dass in der vergangenen Nacht Schneeflocken vom Himmel getanzt waren – und das mitten im Sommer. Und sie musste an die Rosen in Mathildas Garten denken, die mit einem Mal ihre Farbe verändert hatten. Anscheinend war sie doch nicht ganz verrückt geworden.

»Unsere Sinne sind wesentlich geschärfter als die der Menschen, es fällt uns leichter, unseren Geist zu erweitern und instinktiv die in uns verborgenen Fähigkeiten zu nutzen«, fuhr Aris fort. »Wir überwinden damit die Grenzen der gewöhnlichen Wahrnehmung, wodurch sich unbeschreibliche Möglichkeiten in einer unvorstellbaren Realität ergeben.«

Tristan runzelte die Stirn über Aris' ausgeschmückte Darstellung der Fertigkeiten eines grausamen Raubtieres. Nichts Erstrebenswertes oder Romantisches lag in ihrem Dasein. Ihm war es lieber, die schonungslose Wahrheit gleich direkt auf den Punkt zu bringen und keine hochtrabenden Erwartungen in anderen zu schüren. Denn dies führte unweigerlich zu Enttäuschungen. Bei der Präsentation eines Sachverhaltes hielt er es wie mit dem Abziehen eines Pflasters: Er wählte stets die kurze, schmerzhafte Methode des Abreißens mit einem schnellen Ruck, anstatt es behutsam nach und nach abzulösen. Man musste nichts unnötig in die Länge ziehen und damit Hoffnungen in anderen wecken, wo es keine gab. Nichts erschien ihm schlimmer, als dass andere hohe Erwartungen an ihn stellten, und ihn dann mit enttäuschten Gesichtern ansahen, wenn er diese nicht erfüllen konnte – oder wollte.

»Wir manipulieren Menschen. Und Tiere und Pflanzen. Die gesamte Natur. Sie liegt uns zu Füßen«, ergänzte Tristan scharf. »Aber die Luft ist dünn hier oben an der Spitze der Nahrungspyramide.«

Seine Augen wirkten nach wie vor kalt. Er grinste jedoch frech. Offensichtlich hatte er seinen Spaß daran, Elba zu schockieren und erfreute sich an ihrem gleichermaßen verwirrten und angewiderten Gesichtsausdruck. Trotzdem wusste sie, dass es die Wahrheit war.

Ihr Handy klingelte, auf dem Display leuchtete die Nummer ihres Großvaters auf. Sie zögerte einen Augenblick. Tristan deutete ihr, abzunehmen. Daher tippte sie auf den Touchscreen.

»Elba? Elba, wo bist du?«, klang es durch das Telefon.

Sie antwortete nicht, sog die Luft ein und hielt den Atem an.

»Komm nach Hause, Kind. Wir brauchen dich hier«, bat der Großvater.

»Ich bin bei Aris und Tristan«, antwortete sie schließlich, nicht zuletzt in der Absicht, ihn zu verletzen.

Schweigen.

Sofort bereute Elba ihre kindische Reaktion. Ihr passiv-aggressives Verhalten würde niemandem weiterhelfen. Sie musste ihre Bedenken den Großeltern gegenüber direkt ansprechen. Aber dafür war momentan nicht der richtige Zeitpunkt, immerhin hatte der Großvater gerade eben seine Schwester verloren. Sie alle hatten einen geliebten Menschen verloren.

»Ich komme«, verabschiedete sie sich daher kurz angebunden, legte auf und wandte sich zum Gehen.

»Ich fahre dich«, schlug Aris vor.

»Nein, danke. Ich laufe!« Sie hatte das dringende Bedürfnis, alleine zu sein. Sie musste ihre Gedanken ordnen.

»Sei nicht albern«, stöhnte Tristan kopfschüttelnd.

Aris las in ihrem Gesicht und reichte ihr seinen Autoschlüssel. »Nimm meinen Wagen. Steht vor dem Haus.«

Ohne zu zögern, schnappte sie sich den Schlüssel. An jedem anderen Tag wäre ihr wahrscheinlich übel geworden bei der Aussicht, diesen riesigen Dodge zu lenken. Doch heute war nichts wie sonst. Und sie bezweifelte, dass es jemals wieder so werden würde.

Wenig später stieg sie in den gigantischen Pick-up und startete den Motor. Das dröhnende Geräusch vermittelte ein gewisses Maß an Kraft und Sicherheit. Als sie das Grundstück verließ, sah sie im Rückspiegel Tristan, der auf der Terrasse stand, ihr mit zusammengekniffenen Augen nachstarrte und dann den Himmel musterte.

Der Regen hatte nachgelassen, dennoch war es grau und düster. Dunkle Wolken zogen vom Wind getrieben über den Himmel. Unweit der Straße sah Elba in den Bäumen eine Schar Raben, die sich schließlich aufmachte und davonflog. Der Anblick dieser großen, schaurigen Vögel löste ein mulmiges Gefühl in ihr aus. Aus unerfindlichen Gründen konnte sie den Blick aber nicht von dem seltsamen Bild lösen. So, als würde ihr jeden Moment bewusst werden, was genau daran sie in solch Unbehagen versetzte.

Als sie sich wieder der Straße zuwandte, stand er plötzlich vor ihr!

Elba trat mit voller Wucht auf das Bremspedal, und der Wagen kam ruckend zum Stillstand. Sie stieß einen erstickten Schrei aus. Direkt vor ihr stand ein Fuchs auf der Straße und starrte sie an. Er war blitzschnell aus dem Straßengraben gekommen und ihr vor das Auto gelaufen. Regungslos sah er sie an.

Elba drückte auf die Hupe und fuhr bei dem lauten Geräusch selbst zusammen. Der Fuchs lief weiter zur gegenüberliegenden Straßenseite und verschwand im hohen Gras. Sie atmete durch. Das Wetter musste die Tiere nervös machen. Bestimmt spürten sie, dass ein Unwetter bevorstand. Oder ein Unheil, schoss es ihr durch den Kopf.

»Reiß dich zusammen!«, ermahnte sie sich laut und fuhr weiter.

Als der Waldrand vor ihr auftauchte, erkannte sie rund ein Dutzend Rehe, das aus dem Wald über die Wiese floh. Elba erwartete, dass jeden Moment ein Raubtier hinter ihnen auftauchte, denn die Rehe machten den Eindruck, als würden sie gejagt werden. Doch nichts geschah. Die Tiere waren wohl einfach unruhig. Wie bei einem bevorstehenden Waldbrand. Irgendetwas regte ihren Fluchtinstinkt an.

Der Wind spitzte sich zu einem eisigen Sturm zu und rüttelte von Außen am Auto. Kurz vor der Einfahrt zum Haus wartete Christian auf sie. Er lehnte an seinem Pick-up, der am Straßenrand geparkt war. Wie lange stand er wohl schon dort?

Elba hielt den Wagen an und kletterte aus der Fahrerkabine. Er lächelte ihr zu, aber sie bemerkte gleich, dass seine Miene ernster war als sonst.

Er kam ein Stück auf sie zu und umarmte sie freundschaftlich. Dann betrachtete er nachdenklich den grauen Dodge. »Ist das nicht Aris' Wagen?«

»Ja.« Sie vermied es, ihm in die Augen zu sehen.

»Habt ihr ...? Seid ihr ...?« Offensichtlich fehlten ihm die richtigen Worte. Er dachte wohl daran, dass Aris sie gestern Nacht nach Hause gebracht hatte.

»Ja«, stammelte sie verlegen und korrigierte gleich darauf: »Nein. Nichts. Ach, ich weiß auch nicht! Was wolltest du überhaupt fragen?« Sie gab auf. Was sollte sie denn sagen? Sie wusste ja selbst nicht, in welcher Beziehung sie zu Aris stand. Oder zu Tristan. Geschweige denn, dass sie diese merkwürdige Verbindung überhaupt hätte beschreiben können.

»Es ist nichts geschehen. Ich war bei Tristan und Aris zu Besuch und musste dringend nach Hause. Deshalb hat mir Aris dieses Monstergefährt geliehen. Alles in Ordnung!«

Sie überlegte, warum sie sich überhaupt rechtfertigen musste. Zwischen ihr und Aris war technisch betrachtet überhaupt nichts passiert. Doch sie wusste, dass das nicht wirklich stimmte. Zwischen ihnen bestand eine so starke Bindung, wie Elba sie noch nie zuvor gespürt hatte. Daher konnte sie sie auch nicht erklären. Sie konnte es sich ja nicht einmal selbst erklären. Aris und sie kannten einander kaum, und trotzdem fühlte es sich an, als wären sie alte Gefährten. Und sie hatte auch schon bemerkt, dass sie sich mehr und mehr nach seiner Nähe sehnte. Sobald sie zusammen waren, fühlte sie sich gut: sicher und glücklich. Diese Gefühle gingen aber über die einer Freundschaft weit hinaus. Sie fühlte sich über alle Maßen von ihm angezogen. Körperlich und geistig. Irgendwie verstand sie ja selber nicht, was in ihr vorging. Sie hatte das unbeschreibliche Verlangen, sich mit ihm zu verbinden, mit ihm ... zu verschmelzen, Teil seiner selbst zu werden. Eine Einheit. Das war es! Genauso fühlte es sich an! Als wollte sie mit Aris zu einer Einheit werden.

Und Tristan? – Er war einfach unwiderstehlich. Das Wort »Schönheit« beschrieb nicht annähernd sein Erscheinungsbild. Natürlich fühlte sie sich zu ihm hingezogen! Diese Anziehungskraft schien aber rein körperlicher Natur zu sein, dennoch war sie so stark, dass sie drohte, Elba zu verschlingen. Sie spürte, dass sie damit nicht umgehen würde können – und es auch gar nicht wollte. Das war einfach eine Liga zu hoch für sie! Außerdem fühlte sie sich irgendwie abgestoßen von seinen impulsiven, selbstherrlichen und beinahe obszön ambivalenten Charakterzügen.

Sollte sie das jetzt mit Christian diskutieren? Wohl kaum!

Er sah sie nachdenklich an, wechselte dann aber das Thema: »Es tut mir leid, Elba, dass deine Tante Mattie ...« Wieder rang er nach Worten. »Ich habe meine Mutter zu euch gefahren und wollte dich dann eigentlich abholen. Dein Großvater hat mich aber gerade angerufen und informiert, dass du bereits auf dem Weg bist. Die Totenwache hat schon begonnen, und die anderen warten auf uns.«

Totenwache? Aus Christians Mund klang das so selbstverständlich. Elba hatte zwar schon davon gehört, jedoch noch niemals eine Totenwache miterlebt.

In Christians Gesicht zeichnete sich ehrliche Trauer ab. Sie sah ihm an, dass er müde gegen die aufsteigenden Tränen ankämpfte. Armer Christian! Bestimmt traf der Verlust ihn mindestens genauso hart wie sie. Vielleicht sogar noch härter.

Der Sturm zerrte schonungslos an ihren Haaren und peitschte unerbittlich gegen ihre Haut.

»Fahren wir!«, rief sie nur. Fröstelnd schlang sie die Arme um den eigenen Oberkörper, als sie wieder zur Fahrertür des Wagens eilte.

Hintereinander fuhren sie die Einfahrt entlang. Die Bäume ringsum bogen sich wie schmerzverzerrt im Wind. Die Geräuschkulisse, die dabei entstand, klang, als stöhnten und ächzten sie wehklagend.

Mit einem Mal ertönte ein markerschütterndes Krachen. Elba blickte zur Seite. Einer der großen, alten Bäume stürzte mit einem ohrenbetäubenden Knall zu Boden. Entsetzt riss sie die Augen auf. Die Erde bebte. Um Himmels willen, wollte die Welt denn untergehen?

Christian sprang aus seinem Wagen und lief ihr entgegen. »Alles okay? Was für ein Unwetter!«

Sie rannten die letzten Meter zur Haustüre. Im Hausinneren erwartete sie eine bedrückende Stimmung. Elba fand es scheußlich, den leblosen Körper ihrer Tante nach wie vor im Haus zu wissen.

Bekannte und Verwandte aus der gesamten Umgebung waren zugegen. Sämtliche Männer aus dem Dorf hatten sich im Esszimmer versammelt. Sie erzählten abwechselnd Anekdoten aus Mathildas Leben und tranken und aßen dabei.

Elba fiel auf, dass alle Uhren im Haus angehalten worden waren. Sie zeigten schauerlich anklagend die Zeit von Mathildas Todeseintritt: als hätte die Welt daraufhin ebenfalls aufgehört zu existieren und verharrte nun im Stillstand. Sämtliche Spiegel waren außerdem mit dunklen Tüchern verhüllt worden. Sie sah Christian fragend an.

»Du musst nach oben gehen, damit ihr Frauen mit dem Totengesang beginnen könnt«, ermutigte er sie. »Du weißt schon – das Lamento, bei dem die Seele zur Seelenwanderung aufgefordert wird, zum Verlassen der sterblichen Hülle.«

Sie sträubte sich innerlich vehement dagegen. Die Vorstellung, mit dem Leichnam in einem Raum zu sein, löste nichts als Unbehagen in ihr aus. Aber sie wusste, dass sie keine Wahl hatte, daher atmete sie tief durch und stieg die düsteren Treppen hinauf.

Als sie Mathildas Zimmer betrat, winkte die Großmutter sie zu sich. Die Frauen der Gemeinde hatten Tante Mathildas toten Körper, in ein weißes Gewand gehüllt, auf dem Bett aufgebahrt. Sobald Elba zu ihnen stieß, begannen sie unverzüglich mit dem Gesang.

Zögerlich stimmte sie mit ein. Der Anblick des Leichnams war nur schwer zu ertragen. In der Hand der Tante erkannte sie einen Rosenkranz. Die Kette mit dem Aquamarin konnte sie aber nicht ausfindig machen.

Nach einer Weile wurde der Gesang unterbrochen, und die Großmutter las aus dem Totenbuch vor. Einige Frauen verließen den Raum, um nach unten zu wandern. Offenbar war es an dieser Stelle erlaubt, sich zurückzuziehen. Elba nutzte die Gelegenheit, um in ihr Zimmer zu gehen. Dort setzte sie sich aufs Bett und atmete tief aus. Wie viel würde, wie viel konnte sie heute noch verkraften?

Eine fixe Idee brannte sich in ihren Kopf: Sie musste Aris sehen, unbedingt! Es war verrückt, aber sie fühlte, dass dann alles leichter und einfacher werden würde. Sie nahm den schlanken nusshölzernen Kerzenständer von ihrem Nachtkasten und zündete die dünne fliederfarbene Kerze an. Dann stellte sie ihn ins Fenster und blickte hinaus in den Garten. Es war ihr unverständlich, wie sie darauf kam, dass Aris dieses Zeichen verstehen würde. Aber aus irgendeinem Grund war sie sicher, dass er ihre Gefühlslage wahrnahm. Zwischen ihnen bestand irgendeine unerklärliche Verbindung, und seine Gegenwart bewirkte aus einem ebenso unerfindlichen Grund, dass sie sich besser fühlte. Deshalb wollte sie ihn unbedingt sehen. Es war ihr in diesem Moment vollkommen egal, was wirklich dahintersteckte. Es kümmerte sie nicht, was er war oder wer er war, und auch nicht, was all ihre Gefühle zu bedeuten hatten. Sie würde sich besser fühlen, das war alles, was gerade zählte.

Sie starrte in das Grau des Unwetters. Und tatsächlich erkannte sie fernab zwei Gestalten unter den Eichen. Es mussten Aris und Tristan sein, die zu ihr hochblickten. Einen Augenblick später sah sie Christian, der auf die beiden zumarschierte und eine Weile mit ihnen sprach.

Sie lief die Treppe hinunter, zur Türe hinaus in den unbarmherzigen Sturm und zu den Bäumen, wo die drei standen. Hoffnungsvoll schaute sie Aris in die Augen, während ihr Haar wild im Wind wirbelte.

»Nimm dich zusammen!« Tristan warf ihr einen feindseligen Blick zu. »Man wächst mit seinen Aufgaben«, versicherte er.

Seine taktlose, raue Art ging ihr langsam auf die Nerven. Konnte er nicht einfach den Mund halten? Sie beschloss, ihn zu ignorieren. Sie hatte sowieso nur Augen für Aris. Warum sagte er nichts? Warum nahm er sie nicht mit in die heile Welt seiner Arme? Er stand nur reglos da.

»Wir können nicht mit dir ins Haus kommen«, informierte Tristan sie. »All die religiösen Rituale verbieten es uns. Kein Dämon wird heute Nacht euren Wohnsitz betreten können. Nicht, solange die Totenwache abgehalten wird.«

»Christian wird mit dir gehen und für dich da sein. Er wird dir beistehen«, bestätigte Aris.

»Yep. Dafür hat er gesorgt!« Tristan grinste.

Was sollte das wieder heißen? Hatte Aris darüber mit Christian gesprochen, bevor sie zu ihnen gestoßen war? Verständnislos sah Elba ihn an.

»Lass uns zurückgehen«, schlug Christian vor und legte beschützend seinen Arm um ihre Schultern.

Aber Elba war noch nicht bereit. Sie wollte noch nicht zurück in dieses trostlose Haus. Sie wollte bei Aris sein, fieberte nach dem Rausch der Glückseligkeit seiner Berührung. Verzweifelt machte sie einen Schritt auf ihn zu und streckte die Hand nach ihm aus. Die Kälte in seinen Augen traf sie unverhofft und scharf. Er wich einen Schritt zurück.

»Er kann nicht«, flüsterte Tristan ihr genugtuend zu und grinste übers ganze Gesicht. »Du wirst dich wohl doch zusammenreißen und die Angelegenheit alleine überstehen müssen. So wie jeder andere auch.«

Elba verstand nicht.

»Du weißt nicht, welcher Gefahr ich dich sonst aussetze. Zu deinem eigenen Schutz, Elba, geh mit Christian«, verlangte Aris emotionslos.

Sie spürte, dass es zwecklos war, gegen die Mauer anzukämpfen, die Aris um sich herum errichtet hatte. Tristan lachte. Sie warf ihm einen angewiderten Blick zu, drehte sich dann aber um und ging mit Christian zurück zum Haus.

Ganz offensichtlich wollte Aris ihr nicht helfen, wollte nicht mit ihr zusammen sein. Aber weshalb wollte er das nicht? Und warum wollte sie es so sehr?

Noch bevor sie die Eingangstüre erreichten, begann sie hemmungslos zu weinen. Endlich brach alles aus ihr heraus. All die angestauten, verwirrenden Gefühle, die sie in den letzten Tagen so plötzlich verfolgt hatten. Die Enttäuschung, der Verrat, das Unbegreifliche. Aber auch das Sehnen, die Begierde, die Wut und die Verzweiflung über diese neue schwere Bürde, die sie fühlte und die unaufhaltsam auf sie zurollte. Tränen strömten über ihre Wangen. Sie beweinte das Ende ihrer Kindheit und der Unschuld, den Verlust der Liebe und den Schmerz der Versäumnis. Sie selbst trug die Verantwortung dafür, ihre Tante nicht öfter besucht und sie nicht besser kennengelernt zu haben. Sie selbst war schuld daran, dass nun mit einem Mal alles über sie hereinbrach.

Christian umarmte sie tröstend und streichelte vorsichtig über ihren Kopf, bis das heftige Schluchzen versiegte und sich eine angenehme Leere in ihr ausbreitete.

Elba wusste nicht, dass Aris ihren Schmerz genauso gnadenlos und durchdringend spürte wie sie selbst. Ihre Verzweiflung quälte ihn ebenso schonungslos und intensiv. Seinem Alter und seiner Erfahrung war es zuzuschreiben, dass er wusste, wie vergänglich und kurzlebig diese Empfindungen waren. Trotzdem konnte sein Verstand sich kaum der Schärfe dieser jugendlichen und unverfälschten Gefühle erwehren, und er litt nahezu so sehr wie Elba selbst.

Er stieß ein abgehacktes Stöhnen aus, stützte sich auf Tristans Schulter und gab ihm zu verstehen, was er brauchte. Ein einziges Wort kam über seine Lippen: »Blut!«

Tristan wusste sofort, wonach Aris verlangte. Er nickte voll animalischer Vorfreude bei dem Gedanken an den bevorstehenden Blutrausch, und die beiden liefen los.

Elba spürte, dass Christian sie gerne noch länger festgehalten hätte, dennoch löste er die Umarmung. „Es tut mir leid, aber unsere Aufgabe duldet keinen Aufschub." Er wich einen Schritt zurück. »Du musst zu deiner Tante hinaufgehen und die anderen Frauen bei der Aufforderung zur Seelenwanderung unterstützen. Je mehr ihr seid, desto stärker ist der Effekt. Die Kraft jeder Einzelnen wird zu einer gemeinsamen Einheit gebündelt.«

Elba sah ihn mit leerem Blick an. Sie hatte nicht die geringste Ahnung, wovon er sprach.

»Du hast das noch nie gemacht?«, fragte er ungläubig. Sie schüttelte den Kopf. Christian ließ sich auf den Stufen vor der Haustüre nieder und reichte ihr die Hand, um sie zu sich auf den Steinboden zu ziehen. Ausgelaugt setzte sie sich neben ihn, sie musste erfahren, worum es ging bei dieser Totenwache. Sie musste wissen, was so unheimlich wichtig war an der Seelenwanderung.

Der Wind pfiff ihnen um die Ohren und zerrte an ihrer Kleidung, aber sie nahmen es kaum wahr. Christian blickte pflichtbewusst in den vom Sturm gebeutelten Garten hinaus. Er brauchte einige Sekunden, um abzuwägen, wo er beginnen sollte, und entschied, mit dem springenden Punkt in dieser Angelegenheit zu starten: »Bevor die materielle Hülle eines Verstorbenen beerdigt werden kann, muss die Seele seinen Körper verlassen haben. Bis dahin darf der Tote nicht allein gelassen werden. Es muss sichergestellt sein, dass sich keine bösen Kräfte seiner Seele bemächtigen können.«

Böse Kräfte? Wovon sprach er eigentlich? Elba starrte ihn an.

»Durch ein Mantra wird die Seele möglichst rein gehalten und schließlich zum Verlassen der sterblichen Hülle aufgefordert.«

Na gut, wahrscheinlich sollte sie sich einfach auf diesen Hokuspokus einlassen! Wahrscheinlich würde sie sich sowieso nicht davor drücken können. »Mantra?« Elba kam das Wort bekannt vor, sie konnte sich jedoch nicht an seine Bedeutung erinnern.

»Mantren sind formelhafte Wortfolgen, die in einer alten Sprache – in Sanskrit – gesprochen werden. Sie dienen dem Schutz des Geistes. Die Wiederholung dieser kurzen, heiligen Formeln kann spirituelle Energien freisetzen. Der Geist bindet sich an ihre positiven Inhalte und wird so vor schädlichen Kräften geschützt«, erklärte Christian, als wäre es das Normalste auf der Welt.

»Und du warst bei diesen Ritualen schon öfter dabei?«

Er nickte. »In unserer Gegend ist das eigentlich immer Bestandteil der Totenwache. Die Aufforderung zur Seelenwanderung wird allerdings nur von Frauen übernommen. Von weiblichen Bekannten und Verwandten der Verstorbenen – von erfahrenen, älteren Familienmitgliedern und Freunden. Angeblich wirkt das Ritual aber schneller und stärker, wenn auch junge Frauen beteiligt sind. Hat etwas mit ihrer Lebensenergie zu tun.« Christian musterte Elbas Gesichtsausdruck, stellte aber fest, dass sie ihn nur unbeteiligt ansah. Sie schien nicht zu begreifen, was er ihr klar machen wollte. Daher legte er nach: »Du besitzt von allen anwesenden Frauen sicher die größte und am ehesten unverbrauchte Lebensenergie.«

Herrje, jetzt kapierte sie es! Aber sie wollte überhaupt nicht noch einmal in den Raum mit der toten Tante!

»Du bist sehr stark, Elba. Auch wenn du das selbst nicht glaubst, aber ich weiß, dass du das kannst«, ermutigte er sie.

»Aber wo soll die Seele denn hinwandern, wenn sie den Körper verlassen hat?« Elba wusste noch nicht recht, was sie von der ganzen Angelegenheit halten sollte. Und der Gedanke, noch einmal mit der Leiche in einem Raum sein zu müssen, bewirkte, dass ihr furchtbar elend zumute wurde.

Der Großvater kam aus dem Haus und ließ sich ebenfalls auf dem kalten Stein der Treppe nieder. Er musste ihr Gespräch mit angehört haben, denn er begann umgehend mit einer Erklärung: »Die vedische Lehre der Seelenwanderung basiert auf dem Verständnis, dass der Mensch unsterblich ist, da seine Seele, sein Selbst, ewig lebt. Nur der Körper, die äußere Hülle des Menschen – das Aufbewahrungsgefäß der Seele – ist vergänglich. Der Tod bedeutet demnach, dass die Lebensenergie des Körpers verbraucht ist, er nicht mehr benutzt werden kann und stirbt. Nun muss die Seele diesen verlassen, um weiterbestehen und irgendwann in einen neuen Körper wechseln zu können. Sobald die Seele vom Leichnam befreit ist, können die sterblichen Überreste verbrannt und bestattet werden.«

Elba rauchte der Kopf.

Über ihnen öffnete sich ein Fenster, und die Großmutter rief nach ihr: »Elba, es ist an der Zeit. Wir brauchen dich hier oben!«

Sie erinnerte sich jetzt, dass ihr die Großmutter früher oft von solchen Ritualen berichtet hatte. Allerdings hatte sie die Geschichten für Märchen gehalten, die sich die Großmutter ausgedacht hatte, um sie zum Einschlafen zu bringen. Es hatte ihr als Kind viel Vergnügen bereitet, mit der Großmutter wieder und wieder die einsilbigen Wörter in der gleichen Reihenfolge zu wiederholen oder zu singen. Sie war sich dabei vorgekommen wie eine kleine Hexe, die Zaubersprüche aufsagte. Und meist war sie mitten in diesem Spiel eingeschlafen.

Die Wirklichkeit holte sie ein, als Christian ihre Hand drückte. »Stell dir einfach vor, dass deine Tante noch hier ist. Nur ihr Körper ist zu müde geworden. Du musst ihr jetzt helfen, ihren Geist am Leben zu halten und aus den sterblichen Überresten zu befreien. Das packst du!«

Elba stand auf. Ja, das packte sie! Musste sie ja wohl oder übel auch. Bevor sie ins Haus ging, beugte sie sich zu Christian hinab und küsste ihn auf die Stirn. »Danke!«, murmelte sie und lief hinein.

In Tante Mathildas Zimmer hatten sich die Frauen in einem Kreis auf den Boden gesetzt und hielten einander an den Händen. Elba reihte sich zwischen der Großmutter und Christians Mutter ein, die ihr aufmunternd zuzwinkerte.

Als die Großmutter zu sprechen begann, schlossen alle die Augen.

»Äther – Seele der Welt und Element allen Lebens, Göttin des grenzenlosen Lichts, wir rufen deine Elemente: Luft, Feuer, Wasser, Erde. Nimm unsere Mathilda auf. Om ham ami dewa hri. Om yam ram vam lam. Om Mathilda ami dewa hri.«

Und als die Großmutter das Mantra ein zweites Mal wiederholte, stimmten alle mit ein. »Om ham ami dewa hri Om yam ram vam lam Om Mathilda ami dewa hri.«, wiederholten sie immer wieder in derselben Tonlage.

Elba schloss schließlich die Augen und gab sich ebenfalls der meditativen Trance hin, die diese ständige Wiederholung der Worte auslöste. Zeit und Raum verwandelten sich zu einem einzigen Lichtball. Sie fühlte, wie pure Energie durch sie hindurchfloss, von einer Hand durch ihren Körper in ihre andere Hand und weiter im Kreis von Frau zu Frau. Sie fühlte sich erhaben und dennoch ehrfürchtig, weit weg und dennoch gegenwärtig. Ihre äußere Hülle schien zu schmelzen und das Licht ihres Geistes vermengte sich mit dem der anderen.

Plötzlich hörte sie eine leise Stimme. Sie öffnete die Augen und erblickte auf dem Bettrand sitzend Mathilda, die die Hand einer Frau hielt und glücklich lächelte. Die beiden sahen so jung und unbeschwert aus. Mathilda drehte den Kopf und sah sie direkt an.

»Elba, sieh nur! Deine Mutter ist gekommen, um mich abzuholen. Wir gehen gemeinsam ins Reich des Lichts.«

Mathilda sah erleichtert und zufrieden aus. Und ihre eigene Mutter ... sie war wunderschön, und ihre Stimme klang warmherzig und rein. »Mein Kind, du musst dich deinem Schicksal stellen. Dein mutiges Herz wird es annehmen und meistern. Aris in der Kiste ist die Antwort auf deine Fragen!«

Elba spürte ein tiefes Verlangen danach, mit ihrer Mutter und Mathilda zu gehen. Sie sah sich selbst aufstehen und ihren eigenen Körper verlassen. Fest umklammerte sie dieses Gefühl der Geborgenheit und des Friedens. Innerlich wusste sie, dass die beiden jeden Moment dem Raum entschwinden würden, und begann selbst zu schweben. Sie spürte bereits die Wärme und das Licht.

»Nehmt mich mit«, rief sie den beiden in Gedanken nach. »Lasst mich nicht hier!«

Als Mathilda immer heller und durchsichtiger wurde, drehte sie sich ein letztes Mal nach Elba um und schüttelte lächelnd den Kopf.

Mit einem Mal wurde sie gepackt und heftig gerüttelt.

»Elba!«, rief die Großmutter laut. »Komm zurück, Elba! Hörst du mich? Elba!«

Diese sog die Luft ein, als hätte sie für einen Moment aufgehört zu atmen. Sie fühlte ihr Herz wieder kräftig schlagen, zuvor hatte es für einige Takte ausgesetzt. Als sie die Augen aufriss, schaute sie ins Gesicht der Großmutter. Sie musste sich orientieren. Ihr wurde kalt, und die Realität schlug auf sie ein wie ein Vorschlaghammer.

Als die Großmutter sah, dass mit ihr alles in Ordnung war, seufzte sie erleichtert und umarmte Elba, die sich immer noch nicht recht damit anfreunden konnte, wieder in der Wirklichkeit gelandet zu sein. »Es ist geschafft! Wir haben Mathildas Seele befreit. Sie wird nun ewig leben.«

Elba merkte, dass sie beinahe böse war, dass die anderen sie zurückgeholt hatten in diese kalte Welt, in der sie so vieles nicht verstand und in der sie sich in letzter Zeit so alleine fühlte. Wie gern wäre sie mit Mathilda und ihrer Mutter gegangen!

Im nächsten Moment schüttelte sie über sich selbst den Kopf. Und je weiter das Erlebnis in die Ferne rückte, desto weniger konnte sie ihre eigenen Gefühle nachvollziehen. Das Universum begann, sich weiterzudrehen. Von unten drangen die heiteren Stimmen und das laute Gelächter der Männer zu ihnen herauf. In regelmäßigen Abständen hörte sie die Stimmen weiterer Gäste, die nach und nach ins Haus kamen und die anderen gut gelaunt begrüßten. Alle Menschen aus der Umgebung wollten Anteil nehmen, Mathilda feiern und ihr Leben würdigen. Schon jetzt hörte es sich nach einem ausgelassenen Fest an. So hatte Elba sich den Tod und seine Begleiterscheinungen gewiss nicht vorgestellt! Die Großmutter machte sich mit den anderen Frauen auf den Weg nach unten, um an der

Feier teilzunehmen. Elba versicherte, dass sie in einer Minute nachkommen würde.

Sie blickte auf Mathildas leeren Leichnam und setzte sich auf den Stuhl neben dem Bett. Ausgelaugt starrte sie erst Mathildas Körper und dann die Holztruhe unter dem Fenster an. Aris in der Kiste ist die Antwort, schoss es ihr durch den Kopf. Was sollte das wohl bedeuten?

In diesem Augenblick klopfte Christian gegen den Türstock und grinste sie munter an. »Na, Elbarina?« fragte er. »Willst du nicht nach unten kommen? Es gibt Alkohol in rauen Mengen. Vielleicht genau das Richtige im Moment ...«

Einen Augenblick lang sah sie Christian nachdenklich an. »Ich habe meine Mutter gesehen.«

»Deine Mutter?« Er runzelte die Stirn und zog einen zweiten Stuhl heran, um Elba gegenüber Platz zu nehmen. »Sie ist doch schon lange tot, hab ich gedacht. Oder etwa nicht?«

Sie nickte, und jetzt, da sie es laut ausgesprochen hatte, klang die Geschichte auch für sie lächerlich und unglaubwürdig.

Christian beugte sich vor und nahm ihre Hände. »Woher weißt du, dass es deine Mutter war?«, hakte er nach. Er wusste, dass ihre Mutter so früh gestorben war, dass Elba keine einzig greifbare Erinnerung an sie besitzen konnte.

Sie wich seinem Blick aus. »Von Mathilda. Ich habe sie beide gesehen. Bei dieser Zeremonie. Gerade eben.« Fast wollte sie noch hinzufügen, wie sehr sie sich gewünscht hatte, mit ihnen ins Licht zu gehen. Aber das konnte sie dem armen Christian nicht zumuten. »Sie hat etwas zu mir gesagt. Meine Mutter.«

Christian warf ihr einen fragenden Blick zu.

»Es muss etwas mit dieser Holzkiste zu tun haben.« Elba deutete auf die schwere Truhe. Außen an dem Verschluss war nun ein Schloss angebracht, sodass sie nicht geöffnet werden konnte.

Christian überlegte. »Du brauchst dringend was zu trinken! Bestimmt ist es nicht gesund, hier allein im Dunkeln mit einer

Toten zu sitzen. Komm, wir bringen dich auf andere Gedanken!«, sagte er schließlich, um von dem obskuren Thema abzulenken.

Wahrscheinlich hielt er sie für verrückt. Und wahrscheinlich hatte er sogar recht damit!

Er griff nach Elbas Hand und zog sie mit sich aus dem düsteren Raum. Offensichtlich glaubte er, dass sie nun vollkommen übergeschnappt war. Sie sollte so einen Mist wirklich für sich behalten!

Im Erdgeschoss war es erdrückend heiß. Elba war überrascht von dem Trubel im Haus. Alle Gäste schienen unverständlicherweise ausgesprochen fröhlich zu sein. Sie erzählten sich lustige Geschichten, hin und wieder stimmte einer unter ihnen ein Lied an, in das alle einfielen. Nach jedem Trinkspruch prosteten sie sich zu, und es wurde ein Schnapsglas geleert, das mit einem lauten Knall wieder auf der Tischplatte zum Stehen gebracht wurde.

Christian schenkte Elba ein. Ein älterer Mann und seine Frau stiegen auf den Esszimmertisch. Elba bemerkte, dass sie barfuß waren. Die meisten anderen Gäste zogen ebenfalls ihre Schuhe aus und stellten sich um den Tisch herum auf. Christian gab Elba zu verstehen, dass sie sich auch ihrer Schuhe entledigen sollte. Ein wenig genervt schlüpfte sie aus ihren Ballerinas.

Das Paar auf dem Tisch klatschte rhythmisch in die Hände, und als die Menge im Chor zu singen begann, tanzten sie auf der Tischplatte los. Es musste sich um einen volkstümlichen, traditionellen Tanz handeln.

Christian stupste Elba beschwingt an. Es war nicht schwer, die Schrittfolge zu erlernen, und bald spürte sie, dass es ihr gut tat, all den Schmerz aus sich heraustanzen. Reihum kletterte jeweils ein neues Paar auf den Tisch und gab die Tanzschritte vor.

Zu spät entdeckte Elba, dass sie als Nächstes an der Reihe war und auf den Tisch steigen musste. Sie stockte, als es ihr bewusst wurde. Doch als Christian sie mit seinem Lachen ansteckte und sie einfach zu sich auf den Tisch hochzog, begann sie ohne Zögern, lebhaft mit ihm zu tanzen. Ein berauschend schwereloses Gefühl durchströmte sie, das erst unterbrochen wurde, als es plötzlich an der Tür klopfte.

Die Leute hielten inne und drehten sich nach Hinrik um. Er öffnete zwei schwarz gekleideten Männern, die mit einer Bahre vor der Tür warteten und eintraten.

»Wer ist das?«, flüsterte Elba Christian zu.

»Sie holen deine Tante ab.«

»Sie – was?«

»Sie bringen die Leiche zur Verbrennungsanlage.«

Den Gedanken fand Elba widerlich, und sie traute ihren Augen nicht, als die Menschen hinter den beiden Männern im Flur eine Schlange bildeten. Allen voran ihre Großeltern, die ihnen tanzend und singend ins Obergeschoss folgten.

Begleitet von der singenden Trauergemeinschaft, wurde Mathildas Leichnam dann hinausgetragen und in den schwarzen Wagen verfrachtet. Der Wind hatte sich gelegt, und am versöhnten Nachthimmel funkelten Tausende Sterne. Während der Zeremonie zur Seelenwanderung hatten die Männer vor dem Haus einen mächtigen Scheiterhaufen errichtet, den der Großvater nun entzündete.

Als der Leichenwagen langsam abfuhr, tanzte die Trauergemeinschaft meditativ um das Feuer herum. Die Flammen lösten in Elbas Kopf das surreale Bild der brennenden Mathilda aus. Die Vorstellung, wie das Feuer Stück für Stück das Fleisch von den Knochen ihrer Tante löste, erzeugte eine solch heftige Übelkeit in ihr, dass sie sich übergeben musste. Gerade noch gelang es Christian, ihr das lange Haar zurückzuhalten und sie zu stützen.

»Du verträgst wohl keinen Korn, Elbarina!« Christian lachte herzlich, als er ihr den Rücken tätschelte.

»Ekelhaft!«, ärgerte Elba sich und schubste ihn freundschaftlich ein Stückchen von sich weg. »Ich bin so ein Weichei!«

»Die beste Medizin ist, gleich noch einen zu trinken, damit der Körper sich daran gewöhnt«, versicherte Christian vergnügt.

»Oh, bitte nicht. Bloß nicht!« Sie musste jetzt ebenfalls lachen. »Können wir nicht von hier verschwinden?« Sie hatte wirklich genug von alledem, und der Gedanke, wieder ins Haus zurückzukehren und diesen eigenartigen übernatürlichen Dingen ausgesetzt zu sein, war mehr als abstoßend.

»Wir könnten zu mir fahren«, schlug Christian vor und musterte seine tanzende Mutter. »Die wird nicht so schnell heimkommen.«

Eine fantastische Idee! Der Vorschlag rief echte Begeisterung in Elba hervor. Sie war schon früher immer gerne in dem kleinen, gemütlichen Häuschen von Christian zu Gast gewesen. Sie mussten sich nur ungesehen davonstehlen. Aber das stellte sich als einfaches Unterfangen dar. Ihre Familien waren viel zu beschäftigt, als dass sie auf sie geachtet hätten. Unbemerkt liefen sie still und leise zu Christians Pick-up.

Als sie nach kurzer Fahrt ihr Ziel erreicht hatten, stellte Elba fest, dass sich seit ihrer Kindheit im Haus nichts verändert hatte. Dieselben Möbel, dasselbe Geschirr, dieselben alten Familienfotos an den Wänden, auf denen Christian als Kind mit seinen Eltern abgebildet war. Der Inbegriff eines wohligen Zuhauses.

»Hunger?«

Elba nickte. Erst jetzt realisierte sie, dass sie seit einer Ewigkeit nichts mehr zu sich genommen hatte.

Sie aßen belegte Brote und tranken naturtrüben Apfelsaft. Bodenständig, einfach, unkompliziert. Alles, was man brauchte, um glücklich zu sein. Freundschaft, Akzeptanz und schlichtes Essen, das den Magen füllte.

Sie lösten die Kreuzworträtsel aus der Tageszeitung, die auf dem Küchentisch gelegen hatte, und zogen sich gegenseitig mit ihrem Unwissen auf. Und als Elba eigentlich schon längst satt war, servierte Christian noch einen großen Becher Vanilleeis mit Schokoladensoße. Der Zucker kroch in jeden Winkel ihres Körpers und tat unaufhaltsam seine Wirkung. Mit jedem Löffel kehrten Elbas Heiterkeit und Unbeschwertheit zurück.

Nach einer Weile verschwand Christian in seinem Zimmer und kam mit einer DVD in der Hand wieder zurück. »Erinnerst du dich?« Er schwenkte die Hülle vor Elbas Augen hin und her.

Natürlich erinnerte sie sich! Ronja Räubertochter! Als kleine Kinder hatten sie die Geschichte bestimmt hundertmal zusammen angesehen. Wie oft hatten sie im umliegenden Wald den Inhalt nachgespielt und als Ronja und Birk wilde Abenteuer erlebt.

»Wollen wir?« Christian grinste erwartungsvoll.

»Unbedingt!« Elba schnappte sich die DVD und lief in Christians kleines Zimmer. Sie legte den Film ein, und die beiden machten es sich auf der winzigen Couch bequem. Gemeinsam in die Kissen gekuschelt, malte Elba sich aus, wie herrlich normal und schön es wäre, ganz einfach Christians Freundin zu sein. Doch sie fühlte, dass das nicht möglich war. Und sie konnte die Liebe und Freundschaft zwischen ihnen nicht durch Leichtfertigkeit aufs Spiel setzen. Daher beschloss sie, den Augenblick zu genießen und sich keine weiteren Gedanken darüber zu machen.

Als sie wieder aufwachte, war es mitten in der Nacht. Am Fernseher flimmerte das Titelbild des Hauptmenüs zu einer Endlosschleife der Filmmusik. Christian schlief friedlich neben ihr, zusammengekrümmt auf dem wenigen Platz, den die Couch hergab.

Elba rüttelte behutsam an seinem Bein, um ihn aufzuwecken. »Christian?«

Am liebsten hätte sie sich auch wieder umgedreht und weitergeschlafen. Allerdings war für den Vormittag die Beerdigung angesetzt, was die Option ausschloss, hier zu übernachten.

»Christian?«

Er rappelte sich auf und schaute sich verdattert um. »Wie spät ist es?«

»Ein Uhr. Ich muss nach Hause.«

Christian stand auf und tastete seine Hosentaschen auf der Suche nach dem Autoschlüssel ab.

»Auf dem Küchentisch.« Elba lächelte.

»Genau! Lass uns fahren.«

Schlaftrunken wankten sie hinaus zu Christians altem Pickup. Neben seinem Wagen parkte der kleine violette Renault Twingo seiner Mutter. Keiner der beiden hatte gemerkt, dass sie nach Hause gekommen war. Musste ihnen die Situation peinlich sein? – Egal!

Müde machten sie sich schweigend auf den Weg. Elba lehnte ihren Kopf gegen die Fensterscheibe. Die Vorstellung, neben Mathildas leerem Zimmer schlafen zu müssen, trieb ein unangenehmes Gefühl in ihr hoch. Mathilda, die verbrannt worden war. Mathilda, die zu diesem Zeitpunkt nichts anderes mehr war als ein Häufchen Asche. Mathilda, die mit ihrer Mutter davongeflogen war.

Heilige Scheiße! Ein merkwürdiger Anblick riss sie aus ihren Gedanken. Vor ihnen auf der Straße zeichneten sich die dunklen Umrisse eines Geländewagens ab. Sie konnte die unscharfen Konturen einiger Gestalten ausmachen.

Elba kniff die Augen zusammen, um schärfer zu sehen. Wortlos schaltete Christian die Scheinwerfer ab und verriegelte mit einem schnellen Handgriff von innen die Türen. Dieses unerwartete Verhalten löste ziemliche Angst in Elba aus. Ein eindeutiges Zeichen, dass etwas ganz und gar nicht stimmte!

Ungläubig und fassungslos starrte sie erst auf Christian und dann auf die Straße. »Was ...?« Die Worte erstickten in ihrem Hals.

Nahezu geräuschlos und unauffällig ließ Christian den Pickup an dem Geländewagen vorbeirollen. So, als könnten sie dadurch unbemerkt bleiben oder würden gar unsichtbar sein.

Elba erkannte jetzt Aris, der mit beiden Beinen auf dem Dach des Geländewagens stand und so furchterregend aussah, dass ihr fast ein Schrei entfahren wäre. Was zur Hölle war hier los? Selbst in der Dunkelheit erkannte sie, dass seine Kleidung blutverschmiert war. Er schien aggressiv und angriffslustig, sie meinte, ein Funkeln in seinen Augen zu erkennen. Seine animalische Erscheinung strahlte brutale Entschlossenheit aus, sein ganzer Körper signalisierte Kampfbereitschaft. Elba hatte ihn noch nie so gesehen. Sie hatte überhaupt noch nie irgendjemanden so gesehen. Nicht im wirklichen Leben.

Christian hielt ihr blitzschnell eine Hand vor den Mund, sodass jeder Laut erstickte. Als sie den Kopf auf Höhe des geparkten Wagens zur Seite wandte, sah sie Tristan, der mit verschränkten Armen an der Fahrertür lehnte und sie angrinste. Doch selbst wenn der Moment viel zu kurz war, stellte sie fest, dass bitterer Ernst in seinen Augen lag. Es schien, dass er etwas verbergen wollte, das sich im Inneren des Geländewagens befand.

Christian beschleunigte. Mindestens drei weitere Gestalten lauerten vor dem Geländewagen und drehten sich bedrohlich nach ihnen um. Aus irgendeinem Grund war Elba sofort klar, dass dies keine Menschen waren. Und schon machte einer von ihnen sich auf und rannte hinter ihnen her. Sein langer Mantel wehte im Fahrtwind. Christian gab Gas, doch der Mann ließ sich nicht abschütteln. Wie schnell konnte der denn laufen?

Elbas Körper pumpte unaufhörlich Adrenalin durch ihren Leib. Sie drehte sich um und sah entsetzt mit an, wie das *Etwas*, das sie verfolgte, mit einem Satz auf der Ladefläche des Pick-ups landete. Sie schrie laut auf. Ruckartig trat Christian das Gaspedal durch, der Verfolger verlor das Gleichgewicht und prallte hinter dem Auto auf die Straße. Zu Elbas Erstaunen rappelte er sich jedoch umgehend wieder auf und setzte zum nächsten Sprint an. Wie aus dem Nichts tauchte Aris aus der Dunkelheit auf. Er packte den Unbekannten von hinten und riss ihm in einer einzigen schnellen Bewegung mit beiden Händen den Kopf vom Körper.

Elba schrie jetzt so laut, dass ihre Brust fast zersprang. Das konnte nicht wirklich geschehen sein!

Christian drückte sie mit seinem Arm in den Sitz zurück, sodass sie den Blick nach vorne richten musste, schaltete das Licht wieder an und brauste zielstrebig mit Vollgas die Landstraße entlang.

»Was ... war das?«, keuchte Elba entsetzt.

»Falscher Zeitpunkt, falscher Ort.« Christian hielt seinen Blick stur geradeaus auf die Straße gerichtet. Sie starrte ihn entgeistert an. »Aris hat mich davor gewarnt«, fügte er hinzu, ohne sie anzusehen.

»Was meinst du? Wovor hat er dich gewarnt?« Ihre Stimme überschlug sich.

»Sie sind hinter dir her, Elba.«

»Hinter mir? Wer ist hinter mir her?« Hektisch drehte sie sich wieder um, doch es war nichts zu erkennen. Alles lag still und ruhig ins schwere Schwarz der Nacht gehüllt.

»Du weißt von Aris und Tristan?«, fragte sie dann.

»Ich kann eins und eins zusammenzählen. Die volkstümlichen Geschichten über übernatürliche Wesen werden in dieser Gegend mit großer Tradition gepflegt. Es fällt nicht schwer, sie zu glauben, wenn man von Kindheit an von ihnen gehört hat.«

»Du weißt, was sie sind?«, flüsterte sie ungläubig.

»Wir brauchen es nicht laut auszusprechen, Elba. Ich würde es ein *stillschweigendes Agreement* nennen. Ich will das alles gar nicht so genau wissen, weißt du. Mich interessiert nur das Verhalten der Leute. Solange sie sich korrekt benehmen, gibt es keinen Grund für mich, Fragen zu stellen. Jeder ist, was er ist.«

»Wie kannst du so ruhig bleiben?« Sie konnte nicht fassen, was sie da hörte.

»Was bleibt uns denn übrig? Was könnten wir denn schon gegen sie ausrichten? Und welche Veranlassung bestünde dazu? Die beiden haben sich gegenüber den Menschen, die mir wichtig sind, stets gut benommen.«

»Aber ...« Sie suchte nach Worten. »Aber sie sind ...« stammelte sie. »Vampire!«, spuckte sie endlich aus. »Hast du das die ganze Zeit gewusst?«

»Jetzt weiß ich es«, antwortete Christian, so als wollte er mit alledem nichts zu tun haben. »So wie du, Elba.« Jetzt sah er sie einen kurzen Moment lang an. Als hätte sie ein Geheimnis vor ihm gehabt. Es lag jedoch kein Vorwurf in seinem Ausdruck. Er akzeptierte die Welt einfach so, wie sie war. Elba schwieg. »Sie sind hinter dir her, weil sie sich an Aris rächen wollen. Du musst vorsichtig sein.«

»Aber warum –«

»Er hat befürchtet, dass andere seiner Art kommen werden, um ihn und Tristan zu stürzen. Und du bist ihr wunder Punkt. Du bist die einfachste Möglichkeit, Aris zu vernichten. Deshalb musst du auf der Hut sein. Du darfst nicht jedem und allem vertrauen.«

»Warum ich?«

»Du weißt, warum.«

Er hatte recht, sie wusste es.

»Hör mir gut zu, Elba! Sobald wir ankommen, möchte ich, dass du aussteigst und so schnell du kannst ins Haus läufst. Drinnen wirst du sicher sein.«

»Kommst du nicht mit?«

»Möchtest du, dass ich mitkomme?«

»Es ist zu gefährlich für dich, allein wieder heimzufahren. Das Haus ist groß. Wir haben genug Platz. Was, wenn sie noch immer dort warten?«

»Sie werden mir nichts tun. Ich bin uninteressant für sie.«

Das klang nicht besonders überzeugend für Elba. Immerhin hatte Aris Christian eingeweiht. Und immerhin lauerten fremde *Vampire* dort draußen, die sich von Menschenblut ernährten.

»Ich möchte, dass du bleibst. Ich würde mich wesentlich wohler fühlen, wenn du im Haus wärst.«

Christian nickte stumm. Er parkte möglichst nahe vor dem Haus, und wie besprochen rannten sie zum Eingang.

Kurz darauf verriegelte Christian von innen die Tür. Sie sahen sich einen Moment außer Atem an. Die Gedanken in Elbas Kopf überschlugen sich. Sie befürchtete, dass Christian in ihnen lesen konnte. Sie wusste, dass ihm gar nicht gefallen würde, was sich da abspielte.

»Elba?«, fragte er, als kannte er die Antwort bereits.

»Ich muss wissen, ob es ihm gut geht.« Entschuldigend zog sie die Schultern hoch. Es kam ihr selbst absurd vor. Vor wenigen Minuten hatte sie Aris als blutrünstiges Monster erlebt, und dennoch kreisten ihre Gedanken nur um ihn.

»Er weiß sich selbst zu helfen, Elba. Du brauchst dir darüber keine Sorgen zu machen. Die einzige Gefahr für ihn besteht darin, dass dir etwas geschieht.«

Ihr war klar, dass Christian recht hatte. Trotzdem brannte ein solch starkes Bedürfnis in ihr, dass Vernunft und Verstand nicht dagegen ankamen. Sie musste ihn sehen. Mit eigenen Augen sehen, dass es ihm gut ging. Das war verrückt, das wusste sie. Aber es war nun eben mal so!

»Lass uns versuchen, noch etwas Schlaf zu bekommen«, drängte Christian müde.

»Okay«, willigte Elba ein – in der Gewissheit, dass es sinnlos war, weiter zu diskutieren.

Sie machten sich auf den Weg ins Obergeschoss. Eigentlich hatte sie vorgehabt, Christian eines der vielen Gästezimmer herzurichten, doch sie spürte, dass er sie keine Minute aus den Augen lassen würde. Nicht, solange er wach war. Er würde nicht zulassen, dass sie sich bei nächster Gelegenheit aus dem Haus schlich. Daher trugen sie eine zweite Matratze in Elbas Zimmer und legten sie auf den Boden neben ihrem Bett. Bevor sie sich hinlegte, zündete sie wieder die Kerze an und stellte sie hoffnungsvoll ins Fenster. Auch wenn sie bereits ahnte, dass es nicht die Kerze gewesen war, die Aris früher am Abend zu ihr gerufen hatte. Sie selbst war es gewesen. Dann löschte sie alle übrigen Lichter und wartete darauf, dass Christian einschlief.

Als es endlich so weit war, setzte sie sich im Bett auf und hüstelte einige Male leise, um zu überprüfen, ob er nicht gleich wieder aufwachte. Doch er schlief tief und fest. Auf Zehenspitzen stieg sie über Christians Matratze und tappte zur Tür. Sie betete, dass das alte Holz nicht zu laut knarren würde. Während sie langsam, Stück für Stück, die Türe öffnete, vergewisserte sie sich mit einem Blick zurück, ob Christian wirklich weiterschlief. Dann huschte sie aus dem Zimmer.

Unten im Flur durchsuchte sie zielsicher Großvaters Jackentaschen, und tatsächlich hielt sie umgehend den Schlüssel des silbernen Tiguan zwischen den Fingern. Einige der starren Gewohnheiten ihrer Großeltern, die sie sonst nervten, waren anscheinend doch ganz brauchbar!

Sie schlich zur Haustür und entriegelte vorsichtig das Schloss. Ihr Herz pochte. Schließlich holte sie tief Luft und streckte den Kopf hinaus. Sie hatte gehofft, Aris irgendwo zu erspähen. Hatte gehofft, er würde ihr Sehnen gespürt haben und ihre Nähe suchen. So wie das letzte Mal. Aber sie konnte nichts erkennen. Es war totenstill und dunkel.

Sie dachte an die grässlichen Gestalten auf der Landstraße. Sie waren in der Überzahl gewesen. Wenn Aris und Tristan nun etwas zugestoßen war?

Der Weg zum Auto war weit. Der Großvater hatte es hinter das Haus neben die Holzscheune gestellt. Aber es half nichts, sie musste nach hinten laufen. Ihr würde schon nichts geschehen! Wer wusste auch schon, ob das, was Christian ihr erzählt hatte, überhaupt stimmte. Sie konnte sowieso nicht recht glauben, dass irgendjemand ihr nach dem Leben trachtete.

Elba atmete ein letztes Mal tief ein und sprintete los. Sie war bereits um die Ecke des Hauses gelaufen und konnte die Scheune schon sehen, als sie hinter sich ein Knacken hörte. Panisch drehte sie sich im Laufen um. Sie konnte nicht erkennen, woher das Geräusch gekommen oder wer sein Verursacher gewesen war. Aber irgendetwas war da! Oder irgendjemand! Adrenalin puschte ihren Körper. Eine Heidenangst ergriff sie. Da rannte sie in jemanden hinein. Sie prallte gegen jemanden, und zwar heftig. Ein leiser Schrei entfuhr ihr. Panisch wandte sie sich um.

Aris. Gott sei Dank! Sie war in Sicherheit.

»Was suchst du hier draußen?«, rügte er sie verärgert. »Du musst sofort wieder zurück ins Haus!«

Elba sah ihm an, dass er einen Kampf hinter sich hatte.

»Ich wollte sehen, ob alles in Ordnung ist«, flüsterte sie und musterte ihn aufmerksam.

»Es ist nicht sicher hier draußen.« Er schob sie in Richtung des Hauses.

»Ich gehe nicht zurück!«, protestierte sie aufgebracht.

Sie registrierte das Blut, das an seinen Händen und seiner Kleidung klebte. Aber es war zu finster für ihre Augen. Unmöglich konnte sie ausmachen, ob es sein eigenes Blut war oder das von jemand anderem.

»In der Scheune gibt es Licht und einen alten Verbandskasten.« Entschlossen marschierte sie los.

Aris seufzte. »Mir geht es gut. Mach, dass du ins Haus kommst!«

Elba schenkte seinen Worten keine Beachtung.

Nach einem flüchtigen Zögern kam er schließlich hinter ihr her, reichlich verärgert allerdings. Aber wahrscheinlich war er sich inzwischen im Klaren darüber, dass sie keine Ruhe geben würde, bis er nachgab.

In der Scheune knipste sie die kleine Glühbirne an. Reflexartig drehte er sich von ihr weg. Sie rechnete mit dem Schlimmsten. Sein Anblick musste entsetzlich sein. Für einen Rückzieher war es nun jedoch zu spät! Sie griff nach seiner Hand und führte ihn zu einem wackeligen Schemel, ohne ihn genau anzusehen. Aus irgendeinem Grund war ihm das offensichtlich unangenehm.

Er setzte sich. Sie suchte mit den Augen rasch die kleine Scheune ab, langte nach dem ersten Plastikeimer, den sie sah, und füllte ihn mit Wasser. Aus einem kleinen Regal nahm sie ein sauberes Tuch, dann schnappte sie sich einen Holzstuhl und setzte sich vor Aris. Auch ohne ihn richtig anzusehen, wusste sie, dass sich eine Menge Blut auf seiner Haut befand.

Sie tauchte das Tuch ins kalte Wasser und wischte sanft über Aris' blutverschmierten rechten Arm. Er zuckte zurück. Sie nahm davon keine Notiz, zog seine Hand wieder zu sich und machte weiter.

Erleichtert stellte sie fest, dass sich unter all dem Blut keine Anzeichen für Verletzungen befanden. Das bedeutete, dass das Blut wohl nicht von ihm stammte; es bedeutete aber auch, dass Aris mit seinen Kontrahenten ein regelrechtes Blutbad angerichtet haben musste. Elba wusste nicht, wie sie das finden sollte, versuchte aber, sich nichts anmerken zu lassen. Sie runzelte lediglich die Stirn.

»Unsere Wunden schließen sich gleich wieder«, unterbrach Aris ihre Überlegungen.

Selbstverständlich, dachte Elba. *Wie dumm von mir.* Sie alterten ja auch nicht oder starben auf natürliche Art und Weise. Ihre Zellerneuerung musste auf Hochtouren arbeiten. Dennoch begriff sie noch immer nicht das ganze Ausmaß dieser neuen Welt, in die sie nun eingetaucht war. Wie hätte sie das auch gekonnt? Es war einfach viel zu abgefahren für das Hirn eines normalen Menschen. Aber war sie das überhaupt? Normal?

Nachdem sie seinen rechten Arm gesäubert hatte, reinigte sie den linken. Aris spannte die stahlharten Muskeln unter der weichen Haut an. Er sagte kein Wort. Sie beide schwiegen. Aber sie spürte, dass er sie genau beobachtete. Was dachte er wohl über sie?

Elba wechselte das rot gefärbte Wasser gegen frisches und machte sich daran, vorsichtig seine Wange abzutupfen. Der Stein an Aris' Armreif begann zu leuchten, und Elba erkannte, dass sich eine Gänsehaut auf seinem Unterarm ausbreitete. Dieser Reflex wirkte durch seine eindeutige Aussagekraft so anziehend auf sie, dass sie automatisch auf der Sitzfläche ihres Stuhles weiter nach vorn rutschte. Unwillkürlich fuhr sie sich mit der Zunge über den Mund. Sie tauchte das Tuch erneut ins Wasser und tupfte dann behutsam seine Lippen ab, die ebenfalls mit Blut befleckt waren.

Bei der Berührung öffnete Aris unbewusst den Mund. Die sanfte Haut, das glänzende Haar, das jugendliche Rot auf ihren Wangen, die Echtheit und Reinheit ihrer Emotionen – all das löste Empfindungen in ihm aus, denen er seit Jahrzehnten widerstanden hatte. Und denen er auch jetzt nicht nachgeben wollte. Selbst wenn die Verlockung noch so groß war, selbst wenn Tristan ihn mit allen Mitteln dazu bewegen wollte, dieser Versuchung nachzugeben, auch wenn es sich richtig anfühlte. Sein Verstand würde sich davon nicht täuschen lassen.

Elba erkannte den Zwiespalt in seinen Augen und einen unerklärlichen Schmerz, den Aris zweifelsfrei hartnäckig verbarg. Was war es, das in ihm vorging? Sie berührte mit ihren Fingern zärtlich und schüchtern seine Lippen. Das Tuch glitt ihr durch die Hand und fiel zu Boden. Erstaunen und Überraschung ließen Aris erstarren. Diesen Moment der Schwäche nutzte Elba. Mit einer raschen Bewegung schwang sie sich auf seinen Schoß. Sie verstand nicht, was in sie gefahren war, aber es fühlte sich genau richtig an. Gleich würden ihre Lippen sich berühren. Gleich würde sie seine Zunge spüren und endlich in seiner Umarmung versinken. Wie ein Magnet bäumte sich sein Körper ihr entgegen.

Aber anstatt sie zu umarmen oder sie zu küssen, stand Aris ruckartig auf und schnappte Elba. Sie wusste gar nicht, wie ihr geschah. Schon hielt er sie auf seinen Armen und trug sie zielstrebig aus der Scheune zum Haus zurück.

Sobald ihr bewusst wurde, was er vorhatte, begann sie zu zappeln und zu strampeln. Sie wollte sich wehren und sich aus seinen Armen befreien, doch er schwang sie nur wortlos über eine Schulter und hielt sie mit eisernem Griff fest. Hilflos baumelte sie kopfüber.

Er wusste, dass sie nicht schreien würde. Die Aufmerksamkeit ihrer Familie wollte sie gewiss nicht auf sich lenken. Allerdings trommelte sie mit den Fäusten zornig gegen seinen Rücken. Er sollte offenbar ruhig wissen, dass sie nicht damit einverstanden war, gegen ihren Willen durch die Gegend getragen zu werden. Das veranlasste ihn aber lediglich zu dem Anflug eines Lächelns.

Mit einer Hand drückte er die Tür auf und setzte sie mit der anderen schwungvoll im Flur ab. »Du bleibst im Haus!«

Wütend stieß Elba die Luft aus. Verflucht! Sie hatte große Lust, lauthals zu schreien, wollte aber die Großeltern nicht wecken.

»Das hier, das zwischen uns, das kannst du gleich wieder vergessen. Eines muss dir klar sein: Wir werden niemals zusammen sein. Nicht so. Nicht, wie du dir das vorstellst. Ich bin nicht wie die kleinen Jungs, die du kennst. Du hast keine Ahnung, worauf du dich einlassen würdest. Ich weiß, was du dir wünschst, aber das wird zwischen uns beiden nicht stattfinden.« Er sah ihr fest in die Augen, um seinen Worten Nachdruck zu verleihen und um zu sehen, ob sie verstanden hatte.

Elbas Wangen glühten, beschämt sah sie zu Boden.

Er ließ sie im dunklen Flur zurück. Als die Tür ins Schloss fiel, zuckte Elba zusammen. Sie war jedoch so perplex, dass sie sich nicht von der Stelle rühren konnte.

6

Als Elba am nächsten Morgen in ihrem Bett aufwachte, starrte sie an die hölzerne Zimmerdecke über sich. Sie begriff nicht, warum Aris sie zurückwies. Sie wurde nicht schlau aus ihm.

Sie hatte in ihrem bisherigen Leben noch nicht viel Erfahrungen in der Liebe gesammelt. Trotzdem hatte sie stets den Eindruck, dass sie einigermaßen interessant auf Jungs wirkte. Auch wenn sie eher schüchtern und zurückhaltend war, machte es ihr Spaß, mit ihnen zu flirten.

Sie dachte an die widersprüchlichen Signale, die Aris ihr sandte. Wahrscheinlich hatte sie sich einfach getäuscht und die Zeichen falsch interpretiert. Wahrscheinlich entsprangen ihre Auslegungen seines Verhaltens nur ihren eigenen Wünschen und Vorstellungen. Aris war ja nun wirklich kein Junge mehr. Er war ein Mann. Erfahren, selbstbewusst, gut aussehend. Bestimmt konnte er jede Frau haben, die er begehrte. Frauen, die ihm ebenbürtig waren und wussten, was sie taten.

Oder lag es an Tristan? Lag es daran, dass sie seinen Freund geküsst hatte? Aber das konnte sie sich beim besten Willen nicht vorstellen! Es war sonnenklar, dass Tristan sich nicht wirklich für sie interessierte. Für ihn war alles nur ein Spiel und eine richtige Bindung zu ihm aufzubauen sicherlich unmöglich. Ganz anders als bei Aris. Außerdem fühlte sie sich von Tristans ungehobelter, selbstherrlicher Art abgestoßen. Auch wenn er verdammt gut aussah, das musste sie zugeben. Aber als Freund kam er ja nun wirklich nicht in Frage.

Sie atmete schwer aus und rollte sich zur Seite, um nach Christian zu sehen. Er schlief noch immer friedlich. Von ihrer törichten, nächtlichen Aktion hatte er Gott sei Dank nichts mitbekommen!

Die unverbrauchte, strahlende Morgensonne blies allmählich die Schwermut der vergangenen Nacht weg. Nur ein schaler Nachgeschmack blieb in Elbas Mundhöhle zurück. Und ein dumpfes Ziehen auf der Haut, das an die schrecklichen Ereignisse erinnerte. Aber auch diese Andenken würde das warme Wasser einer ausgiebigen Dusche wegwaschen. Die Großmutter hatte ihr für das Begräbnis ein schlichtes schwarzes Kostüm ins Badezimmer gehängt. Ein frischer, starker Kaffee würde dann Wunder wirken. Das war es, was sie jetzt brauchte!

Unten im Haus herrschte bereits emsiges Treiben. Die Vorbereitungen für die Beisetzung von Mathildas sterblichen Überresten waren in vollem Gange. Im Garten waren vor einer der Eichen mehrere Reihen schwarzer Stühle aufgestellt. Der Baum selbst war feierlich geschmückt. Im Bereich seiner Wurzeln klaffte ein tiefes Loch. Den Anblick fand Elba Mitleid erregend. Er erinnerte sie an eine schmerzhafte offene Wunde.

Während sie, die Kaffeetasse in der Hand, aus einem der großen Fenster des Esszimmers blickte, trat Onkel Hinrik an sie heran.

»Wir bestatten unsere Mathilda in ihrem geliebten Garten. Mitten in der Natur, die ihr so viel bedeutet hat«, erklärte er. Seine blauen Augen wirkten traurig.

Trotzdem war Elba der Ansicht, dass er einen erstaunlich gefassten Eindruck machte. »Direkt unter dem Baum?«

»Ja, im Wurzelbereich. Ihre äußere Hülle kann so wieder in den Naturkreislauf aufgenommen werden. In dieser Eiche wird sie ewig weiterleben. Zumindest für mich. Es ist tröstlich, sie in der Umgebung des Hauses zu wissen. Im Schutz der Eiche.«

Elba überlegte, ob der Baum die Asche früher oder später in sich aufnehmen und diese so bis in die Spitzen der Äste und Blätter gelangen würde. In ihrer Vorstellung war die Tante dann gefangen, als Teil des Baumes. Sie schüttelte den Kopf, um den Gedanken wieder loszuwerden. Sicher fanden die meisten Menschen diese Vorstellung als romantisch, sie selbst aber sicherlich nicht!

Nach und nach trudelten die schwarz gekleideten Trauergäste ein, sprachen der Familie ihr Beileid aus und verteilten sich auf die Stühle unter dem Baum. Ein leichter Wind wehte durch den Garten. Im Gegensatz zum Vorabend wirkten die Leute heute betreten und bedrückt. Die Augen der meisten waren gerötet, die Lider angeschwollen. Die Großmutter weinte unaufhörlich während der gesamten Zeremonie und musste vom Großvater gestützt werden.

Elba war ein wenig irritiert über ihre eigene Gefühlskälte. Sie verspürte nicht den geringsten Drang, auch nur eine Träne zu vergießen. Vielleicht würde sie den Verlust erst später richtig realisieren. Vielleicht lag es auch daran, dass sie die glückliche Mathilda davonfliegen gesehen hatte. Vielleicht hatte sie der Tante aber auch gar nie so nahegestanden wie die anderen. Oder vielleicht lag es daran, dass sich in ihrem Inneren die Familienbande langsam lösten. Das wollte sie jedoch gar nicht so genau wissen. Noch nicht.

In dem Moment, als die abbaubare Urne in den Boden gelassen wurde, spürte sie eine kühle Brise im Nacken. Sie sah sich um und entdeckte Aris und Tristan, die in schwarzen eleganten Anzügen an der Hausecke standen. Sie waren in Begleitung von zwei faszinierend schönen Frauen. Genau von der Sorte, die Elba sich heute Morgen im Bett an der Seite von Aris vorgestellt hatte: stilvoll, klassisch, unnahbar und doch sinnlich. Genau das Gegenteil von dem, wie sie sich selbst wahrnahm.

Sie konnte sich nicht vorstellen, dass sie selbst jemals so eine Wirkung auf andere haben würde. Mehr als je zuvor fühlte sie sich wie ein albernes, junges Ding. Kein Wunder, dass Aris nichts mit ihr zu tun haben wollte.

Eine der beiden Schönheiten hatte sich bei Tristan eingehakt. Um die Taille der anderen hatte Aris seinen Arm gelegt. Sie war anmutig, groß und schlank und hatte langes kupferrotes, seidig schimmerndes Haar. Ihr Gesicht war markant: große Augen, hohe Wangenknochen, volle Lippen. Geknickt stellte Elba fest, dass sich Eifersucht in ihr Herz schlich. Zu gerne wäre sie an Stelle dieser Frau gewesen.

In diesem Augenblick wurde sie von etwas abgelenkt. Ihr Unterbewusstsein hatte irgendetwas registriert. Die Anwesenheit einer weiteren Gruppe von Personen. Sie drückten sich an der gegenüberliegenden Hausseite herum, sodass Aris und Tristan sie sicherlich nicht sehen konnten.

Die Fremden wirkten unheimlich und düster. Sie schienen das Geschehen genauestens zu beobachten. Sobald Elba sie jedoch taxierte, verschwanden sie hinter dem Haus. Der Pfarrer spendete seinen Segen und beendete die Grabrede. Einige Gäste machten sich auf den Weg zum Baum, um nochmals persönlich Abschied zu nehmen und Blumen niederzulegen. Elba hatte bemerkt, dass auch Tristan eine Blume in seiner Hand hielt. Eine weiße Rose.

Sie blieb auf ihrem Stuhl sitzen und betrachtete die alte Eiche. Ein Meer aus hellblauen Bändern wehte an den Zweigen sanft im Wind. Die Farbe erinnerte Elba an die des Aquamarins, und sie fragte sich, wo Mathildas Stein wohl abgeblieben sein mochte.

Sie ließ den Blick durch den märchenähnlichen Garten schweifen. Plötzlich nahm sie den Schwanz eines Fuchses wahr, der durch das hohe Gras huschte und hinter den Bäumen verschwand. Elba gruselte sich ein wenig. Das war bereits das zweite Mal, dass ihr ein Fuchs über den Weg lief. Was veranlasste ihn wohl, in die Nähe der Menschen zu kommen und sich bei Tageslicht zu zeigen?

Sie drehte den Kopf, um Aris einen besorgten Blick zuzuwerfen. Doch ihre Aufmerksamkeit wurde von einer weitaus absurderen Sache gefesselt. Entgeistert riss sie die Augen auf und starrte zum Dach des Hauses hinauf. Am Schornsteinrand saßen zwei der Gestalten, die vorhin ums Haus geschlichen waren. Sie erkannte jetzt, dass es sich um zwei Frauen handelte. Die eine grinste sie bedrohlich an, die andere verzog das

Gesicht zu einer bösartigen Fratze. Sie glich einer fauchenden Katze. Dann lachte sie lautlos.

Aris folgte Elbas Blick. Er trat ein Stück zurück, um aufs Dach sehen zu können. Seine Gesichtszüge gefroren. Er gab Tristan ein Zeichen, und die zwei rannten hinter das Haus. Sofort verzogen sich die beiden Gestalten.

Ein flaues Gefühl sammelte sich in Elbas Magengrube. Unauffällig stand sie auf und eilte ebenfalls hinters Haus. Dort war jedoch keine Spur von den unheimlichen Frauen zu sehen.

»Wo sind sie hin?«, fragte sie Aris und Tristan.

»Weg – entwischt«, blaffte Tristan gereizt. »Das ist nicht gut. Das ist *gar* nicht gut. Sie wissen jetzt, wo Elba wohnt, und sie werden umgehend Bericht erstatten«, wandte er sich an Aris. »Am besten, sie kommt mit uns.«

»Nein.« Er schüttelte den Kopf, seine Stimme war kalt.

»Aber es ist zu gefährlich für sie hier allein.«

Aris ließ sich nicht erweichen. »Es ist besser, sie hat nichts mit uns zu tun. Wären wir nur niemals hergekommen!« Sein grimmiger Gesichtsausdruck verlieh den harten Worten zusätzlichen Nachdruck.

Elba spürte, dass eine unerbittliche Wut in ihm brannte. Den Grund dafür konnte sie allerdings nicht erahnen.

»Es ist zu spät, Aris. Finde dich damit ab! Damit müssen wir jetzt leben. Wir *alle*.« Tristan warf Elba einen vielsagenden Blick zu.

»Lasst uns gehen«, mischte sich die Rothaarige ein, die mittlerweile neben den beiden stand.

Aris nickte und marschierte mit der Fremden los, ohne Elba eines Blickes zu würdigen.

Tristan seufzte und folgte ihnen zu seinem Wagen. Als er schon fast eingestiegen war, machte er kehrt und übergab Elba die Rose. »Bitte leg sie für mich auf ihr Grab«, bat er. »Ihre Lieblingsblume.«

Elba erkannte Bedauern in seinen Augen. Und noch etwas anderes: Zweifel. Was hatte das nun wieder zu bedeuten?

Sie wollte etwas sagen, doch da war Tristan schon weg.

Der Leichenschmaus verlief ohne weitere Vorkommnisse. Elba verhielt sich die ganze Zeit über zurückhaltend und still. Irgendwie fühlte sie sich gar nicht gut. Selbst Christian konnte sie nicht aufmuntern. Aris' Zurückweisung nagte an ihr. Es war offensichtlich, dass er nichts mit ihr zu tun haben wollte. Selbstzweifel plagten sie. Aus irgendeinem Grund fühlte sie sich deprimiert. Sie ahnte, dass mehr hinter diesem Gefühl steckte.

Nach dem Essen verkroch sie sich in ihrem Zimmer, streifte das Trauergewand langsam ab und zog ein dunkelblaues Sommerkleid über.

Bestimmt machte ihr nur der Schlafentzug zu schaffen. Sie ließ sich aufs Bett fallen und schloss die Augen. Erst jetzt merkte sie, wie erschöpft sie eigentlich war. Schlaf würde ihr gut tun.

Wie schön wäre es doch, einzuschlummern und im Haus der Großeltern wieder aufzuwachen! Festzustellen, dass alles nur ein Traum gewesen war. Oder die Zeit rückwärts laufen zu lassen und in der Geborgenheit des eigenen Zimmers zu erwachen. Sorgenfrei. Am Tag der Sonnwendfeier. Vor der verhängnisvollen Fahrt hierher. Weit entfernt von diesem geheimnisvollen Ort. Weit weg von mysteriösen Wesen und irgendwelchen Vampiren, die es auf sie abgesehen hatten.

Die Großmutter, die Elba über alles liebte, würde das Frühstück zubereiten, und abends würde sie sich mit ihren Freunden aus der Schule treffen. Sie würden gemeinsam feiern, am darauffolgenden Tag telefonieren und über den Abend plaudern. Sie würde sich mit ihren Freundinnen treffen, vielleicht einen Film anschauen. Die Vorstellung beruhigte Elba. Sie entspannte sich und döste weg.

Da piepte ihr Handy. Es zeigte die SMS einer unbekannten Nummer an: *Wir müssen reden! Tristan.* Ihr Herz klopfte wie verrückt. Aufgeregt setzte sie sich auf, sofort war sie wieder hellwach. Tausend Gedanken schossen ihr durch den Kopf. Worüber wollte er bloß mit ihr reden? Ihre Hand zitterte nervös, als sie eine Antwort eintippte: *Wann? Wo?* Aufgewühlt lief sie im Zimmer auf und ab und starrte gespannt auf das Telefon.

Minuten verstrichen, bis endlich das Zeichen einer eingehenden SMS ertönte. *Später ... Ich komme vorbei.* Warum später, warum nicht gleich?, dachte sie. Und wann war überhaupt »später«?

Sie konnte nicht erwarten, zu hören, was er mit ihr besprechen wollte. Ging es um Aris? Ging es um diese düsteren Gestalten? Ging es um ihn selbst? Sie zersprang beinahe vor Neugierde. An Schlaf war nicht mehr zu denken. Ungeduldig trat sie von einem Bein aufs andere und kaute nervös an den Fingernägeln. Nach einer Weile hatte sie sich jedoch wieder gesammelt. Es blieb ihr einfach nichts anderes übrig als zu warten.

Und sie wartete eine gefühlte Ewigkeit. Stunden vergingen, ohne dass etwas geschah. Es war zum Aus-der-Haut-Fahren! Sie ertrug es nicht länger, untätig auf ihrem Bett zu hocken. Sie musste wissen, was los war. Nervös ging sie nach unten. Es war chancenlos, bei Tageslicht unbemerkt aus dem Haus zu kommen. Sie musste wohl oder übel offiziell um Erlaubnis bitten, den Wagen ausleihen zu dürfen, daran führte kein Weg vorbei. Sie fand die Großeltern im Garten vor. Sie saßen vor dem Haus und tranken mit Hinrik Tee. Der Großvater las in der Tageszeitung.

Elba gab sich einen Ruck und fragte, ob sie sich kurz das Auto ausleihen dürfe. Sie bemühte sich, so unschuldig und unbekümmert wie nur möglich zu klingen. Der Großvater spähte sie über die Brillengläser hinweg an.

»Wo willst du denn hin?«, wollte die Großmutter wissen. Sie wirkte besorgt. Kein gutes Zeichen.

»Zu Christian«, log Elba. »Wir wollen uns mit ein paar Freunden treffen«, baute sie die Lüge weiter aus.

Der Großvater musterte sie, er sagte noch immer kein Wort.

»Kann er dich denn nicht abholen?«, fragte die Großmutter.

Sie hatte offenbar den Braten gerochen. Elba atmete tief aus und drehte sich wortlos um. Sie musste sich einen anderen Plan einfallen lassen.

Unerwartet meldete Hinrik sich zu Wort: »Du kannst meinen Wagen nehmen.« Als Elba sich wieder umwandte, streckte er ihr den Schlüssel entgegen.

Die Großmutter sah ihn vorwurfsvoll an. Der Großvater wandte seinen Blick nicht von Elba ab, er musste sie durchschaut haben. Natürlich. Sie hatte ihm noch nie etwas vormachen können. Allerdings hatte bisher auch niemals die Notwendigkeit dazu bestanden.

Elba schnappte sich den Schlüssel und bedankte sich höflich. Sie zwang sich, ein Lächeln aufzusetzen, entschied aber, die Gefahrenzone möglichst schnell zu verlassen. Sie wollte der Musterung des Großvaters keinesfalls länger ausgesetzt sein als nötig.

»Hinter der Scheune. Dieselmotor. Gangschaltung!«, rief Hinrik ihr hinterher.

Es dauerte eine Weile, bis sie den alten Motor zum Starten brachte. Das ganze Auto vibrierte und stieß schwere Rauchwolken aus. Als sie schließlich am Haus vorbeifuhr, winkte sie den Verwandten zu. Sie tat vergnügt, hatte jedoch ein schlechtes Gewissen.

Als sie vor Aris' und Tristans Haus ausstieg, trat Tristan auf die Terrasse und zog die Glastür hinter sich zu. »Kannst du nicht ein Mal tun, was man dir sagt?«, zischte er. »Warum kommst du hierher?«

Elba wurde bewusst, dass es ein Fehler gewesen war, einfach unangekündigt aufzutauchen. Ihr wurde klar, dass er hier nicht reden konnte. Nicht in Aris' Gegenwart. Hilflos sah sie ihn an.

»Oh bitte, lass diesen Bambi-Blick! Schau mich nicht so an wie ein verletztes Reh.« Er machte einen genervten Eindruck, hob jedoch machtlos die Hände.

»Du wolltest reden ...«, flüsterte sie.

»Und ich habe gesagt, dass ich vorbeikomme! Nicht, dass du hierherkommen sollst, Miss Ungeduld!« Er warf einen prüfenden Blick über die Schulter ins Hausinnere. Elbas Anwesenheit war ihm sichtlich unangenehm.

Sie war ein wenig irritiert von seinem Verhalten. Es machte den Anschein, als ob er irgendetwas verbergen wollte. Sie konnte nur nicht deuten, ob er etwas vor ihr zu verstecken versuchte, oder ob er ihre Anwesenheit vor jemandem im Haus geheim halten wollte.

»Ist Aris da?«, fragte sie vorsichtig.

Jetzt setzte Tristan wieder sein typisch belustigtes Grinsen auf. »Nun, wie soll ich sagen?« Er ließ sich Zeit mit der Antwort. »Aris ist derzeit ... nicht verfügbar.«

»Nicht verfügbar? Meine Güte, Tristan, was soll das wieder heißen?« Das geheimnisvolle Getue ärgerte sie.

»Vielleicht, dass du deine diagnostisch relevante Fixierung überdenken solltest!« Er zog eine Augenbraue hoch und lächelte dann spöttisch. »Danke für deinen Besuch, aber du musst jetzt wieder gehen«, drängte er dann rasch und ernst, bevor sie etwas erwidern konnte.

Sie versuchte, an Tristan vorbeizuspähen. Es musste einen Grund geben, warum er sie so schnell abwimmeln wollte. Geschickt versperrte er ihr die Sicht, packte sie an den Schultern und schob sie sanft, aber bestimmt in Richtung des Wagens. Besorgt schaute er zum Himmel. Die Dämmerung hatte bereits eingesetzt. Bald würde es dunkel werden. »Wir reden später!

Auf Wiedersehen!«

Von drinnen drang Gelächter aus dem Haus. Langsam wurde es Elba zu bunt. Sie hörte Aris lachen. Flink duckte sie sich und schlüpfte unter Tristans Armen hindurch. Schnurstracks flitzte sie auf die Terrassentüre zu, doch bevor sie den Türgriff erwischt hatte, holte Tristan sie ein.

»Herrgott, seid ihr verheiratet, oder was?«

Er drängte sie beiseite und öffnete nun selbst die Tür. Laute Musik schlug ihnen entgegen. In der Luft stand der Geruch von Alkohol und Rauch.

Tristan schritt voran in den Wohnbereich. »Wir haben einen weiteren Gast!«, verkündete er unüberhörbar.

Elba erstarrte bei dem Anblick, der sich ihr bot. Zwei Mädchen tanzten aufreizend und ungezügelt miteinander. Sie streichelten einander immer wieder gegenseitig und küssten sich. Auf einem der beiden Sofas saß ein ihr fremder Mann, der sich ungeniert seinerseits mit zwei Frauen amüsierte. Wo war sie nun wieder hineingeraten? Unfassbar, wie hemmungslos sie waren! Unvorstellbar, dass sich in ihrem eigenen Freundeskreis jemand so schamlos verhalten würde. Aber das hier waren ja auch nicht ihre Freunde. Es waren Vampire. Glasklar. Sie befand sich inmitten eines Haufens Blutsauger!

Auf dem zweiten Sofa sah sie Aris – mit der rothaarigen Schönheit von heute Vormittag. Sie küssten sich leidenschaftlich. Elba stockte das Herz.

Als er Tristan und Elba bemerkte, ließ Aris von der jungen Frau ab und wandte sich scheinbar gleichgültig zu ihnen um. Es war Elba unmöglich, in seiner Miene zu lesen.

Eine weitere Frau näherte sich dem Sofa. Sie warf Aris einen anzüglichen – nein, eigentlich schon schmutzigen – Blick zu und grinste dann lasziv. Aris zog sie am Arm zu sich, und Elba musste mit ansehen, wie ihre Zungen sich umschlangen. Die Frau setzte sich auf Aris' Schoß, während die Rothaarige seinen Hals liebkoste. Das Gesicht der Frau, die sich an seinen

Lippen festgesaugt hatte, kam Elba bekannt vor. Tatsächlich! Es gehörte einer der beiden furchterregenden Gestalten, die heute Vormittag vom Dach aus das Begräbnis beobachtet hatten. Elba verstand gar nichts mehr. Sie kannten sich? Heute Vormittag hatte es nicht den Anschein gemacht, als wären sie alte Freunde. Ganz im Gegenteil. Und jetzt feierten sie miteinander ... eine Orgie?

Noch immer stand Elba wie angewurzelt am selben Fleck. Tristan zog die Augenbrauen zusammen und setzte dazu an, etwas zu sagen, doch in diesem Augenblick kam ein Mädchen auf sie zu. Sie hielt Elba ein Getränk entgegen, strich ihr das Haar nach hinten und zog mit den Fingerspitzen die Kontur ihres Halses nach. Elba war zu keiner Reaktion in der Lage.

Tristan nahm das Glas ruppig an sich und deutete dem Mädchen mit einer energischen Kopfbewegung, zu verschwinden.

Endlich fühlte Elba sich imstande, ihren Körper wieder zu bewegen. Sie riss Tristan das Glas aus der Hand und leerte es bis auf den letzten Tropfen. »Gibt's noch mehr?«

Tristan seufzte mürrisch und führte sie in die Küche. Aus einem Schrank angelte er eine Flasche Whisky und schenkte ihr und auch sich ein. Nachdem sie wortlos angestoßen hatten, kippte Elba in einem Zug alles, was Tristan eingegossen hatte, in sich hinein. Ihr Gesicht verzog sich vor Ekel.

Tristan lachte. »Du weißt, dass deine Gefühle für ihn vielleicht gar nicht echt sind?«

»Was meinst du?« Sie hoffte, diesem unangenehmen Gespräch zu entkommen.

»Du weißt ganz genau, was ich meine!« Er blickte sie strafend an und füllte ihr Glas auf. »Du kennst Aris eigentlich gar nicht. Kommt dir das nicht seltsam vor?«

Als Elba erneut ansetzte, griff er nach ihrer Hand, um sie davon abzuhalten.

»Hey-hey. Immer langsam.« Er grinste sie an, seine Augen blitzten. »Mir ist klar, dass dein Herz voll ist mit aufregenden

Klein-Mädchen-Träumen vom großen, starken Ritter in glänzender Rüstung. Unzertrennlich Hand in Hand über Blumenwiesen hüpfen, der Sonne entgegen unter nervigem Vogelgezwitscher.« Er lachte jetzt laut und zynisch. Elba verdrehte die Augen. »Aber es muss doch selbst dir auffallen, dass man sich nicht in so kurzer Zeit so maßlos verliebt!« Er sah sie eindringlich an.

»Glaubst du denn gar nicht an die große Liebe? An die Liebe auf den ersten Blick?«, wollte Elba wissen.

»Oh, bitte! Was bin ich? – Ein zwölfjähriges Mädchen?«, gab er übertrieben ironisch zurück.

Jetzt musste Elba lachen. Dieses Bild passte wirklich nicht zu Tristan. Er war sexy, charmant und impulsiv, und es bereitete ihm maßloses Vergnügen, andere aus der Fassung zu bringen. Nein, sie konnte sich wirklich nicht vorstellen, dass er sich aufrichtig und ehrlich verliebte. Für ihn war alles nur ein Spiel. Ein Spiel ohne Regeln. Ein Spiel, das er nach seiner Laune und seinem Gutdünken bestimmte.

Sie stellte ihr Glas ab, nahm Tristan die Flasche aus der Hand und lächelte ihn frech an, bevor sie einen kräftigen Schluck daraus trank.

Er schüttelte belustigt den Kopf.

Sie schwang sich auf die Anrichte und ließ ihn dabei nicht aus den Augen. »Du warst also noch niemals verliebt?«

Gekonnt wich er ihrer Frage aus und kam direkt auf den Punkt: »Du willst also spielen? Bist du dir sicher?«

Er strich mit seinem Finger über ihren nackten Oberschenkel und biss sich auf die Unterlippe.

In diesem Augenblick betrat Aris die Küche. Elbas Herz stockte wieder. Er klopfte Tristan auf die Schulter. »Natürlich war unser Tristan verliebt. Spricht nur nicht gern darüber.« Der Ausdruck in seinen Augen änderte sich, und er blickte Tristan fast ein wenig herablassend an. »Oder sind manche Dinge nur wertvoll, wenn sie vergänglich sind?«

Elba fühlte sich ausgeschlossen. Sie hatte keine Ahnung, worauf Aris anspielte. Und auch wenn die Situation nicht wirklich ernst war, lag ein Tropfen Gemeinheit in der Luft. Aris wollte Tristan aus irgendeinem Grund auf seinen Platz verweisen. Das war unmissverständlich.

Tristan hob die Schultern ein wenig, als wüsste er keine Antwort auf die Frage, und lächelte.

»Ich will tanzen«, warf Elba ein.

»Sie will tanzen«, wiederholte Tristan und sah Aris herausfordernd an.

Elba verstand genau, dass sie gleich mit Tristan tanzen würde, wenn Aris nicht umgehend reagierte. Doch zu ihrer Verblüffung packte Aris sie an der Taille und hob sie von der Anrichte.

»Und wir wollen doch nicht, dass unser Überraschungsgast sich langweilt!«

Seine Finger glitten über ihr Kinn. Schmunzelnd hielt er einen Moment inne und lachte dann. Er nahm ihre Hand, wirbelte Elba einmal im Kreis um sich herum und führte sie ins Wohnzimmer. Die ganze Zeit über ließ er ihre Hand nicht los. Elbas Herz schlug ihr bis zum Hals.

Tristan folgte ihnen grinsend und schnappte sich ein Mädchen, mit dem er wild zu tanzen begann. Aris zog Elba an sich heran. Er musterte hungrig ihr Gesicht, ihre Augen, die Wangen, und schließlich verweilte sein Blick auf ihrem Mund. Sofort reagierten ihre Lippen und ganz automatisch öffneten sie sich einen winzigen Spalt. Ihr wurde heiß. Seine Augen glühten gefährlich. Elbas Knie wurden schwach. Sie bekam Angst. Das Feuer, das in seinen Augen brannte, würde sie niemals stillen können. Sie zitterte unwillkürlich. Ihre Atmung beschleunigte sich. Als sich seine Hüften an ihrem Körper bewegten, presste sie sich an ihn und übernahm ganz selbstverständlich seinen Rhythmus. Sie hörte sich selbst heftig ausatmen. Die Blutzufuhr zu ihrem Gehirn war vollständig gekappt. Aris neigte den Kopf zur Seite und grinste sie unanständig an. Das Blut schoss in ihre Wangen. Seine Augen wurden wieder beunruhigend schmal, und mit einem Ruck zog er sie noch enger an sich heran. Elba befürchtete zu ersticken. Sie spürte ihn an ihrem ganzen Körper. Hart. Leidenschaftlich. Alles verschlingend. Er schob seine Hand in ihren Nacken und kurz darauf spürte sie seinen Atem an ihrem Hals. Er griff in ihr Haar und zog ihren Kopf zurück, sodass sie gezwungen war, ihn direkt anzusehen. Erschrocken hörte sie sich selbst kurz und leise wimmern. Er leckte sich mit der Zunge über die Lippen. Himmel! Gleich würde er sie küssen.

In diesem Augenblick näherte sich ein Mädchen, schon wieder eine der abstoßenden Gestalten von heute Morgen. Sie tanzte von hinten an Aris heran und schmiegte sich wie eine Katze an ihn. Gleichzeitig warf sie Elba einen verächtlichen Blick zu. Mit den Fingern fuhr sie seinen Arm entlang, streckte sich und ließ ihre Zunge dann über seinen Hals gleiten. Dann drehte sie Aris zu sich um, und die beiden versanken in einem intensiven Kuss.

Perplex gaffte Elba die beiden an. Ihr Körper hatte sich noch immer nicht beruhigt. Und ihr Gehirn wollte keinen Zugang zu ihrem Verstand legen.

Dankbar bemerkte sie schließlich, dass Tristan nach ihr griff. Er hatte das Mädchen von vorhin stehen gelassen und tanzte mit Elba weiter. Amüsiert grinste er sie an, in ihrer Wahrnehmung lachte er sie jedoch aus. Trotzdem wirkte seine Heiterkeit ansteckend.

Aris und die Unbekannte landeten unterdessen wieder auf der Couch, die kupferrote Schönheit gesellte sich zu ihnen. Und dann ging plötzlich alles so schnell, dass Elbas Verstand nicht in der Lage war, es zu verarbeiten.

Aris warf Tristan einen Blick zu. Die Rothaarige nickte unmerklich. Tristan stellte sich vor Elba und hielt sie fest. Da packte Aris den Kopf der Fremden, die mit ihm auf der Couch saß. Das Knacken ihrer brechenden Wirbelsäule konnte selbst von der Musik nicht übertönt werden. Mit einem gewalttätigen Ruck brach Aris ihr das Genick und stieß den leblosen Körper zu Boden. Die Rothaarige stürzte sich blitzschnell darauf und rammte einen Holzpflock in die Brust der fremden Vampirin. Mitten ins Herz, durch den gesamten Körper bis in den Boden.

Sofort reagierten die anderen Vampire. Wie Tiere nahmen sie instinktiv eine Verteidigungshaltung ein, hielten jedoch abwartend inne. Nur die grausige Gefährtin der Toten warf sich schreiend auf Aris.

Mit einer Hand an ihrer Kehle fing er den Sprung ab. »Das wagst du nicht!«, knurrte er eiskalt.

»Warum hast du das getan? Wir hatten nicht die Absicht, zu Duris zurückzukehren. Wir haben uns euch angeschlossen!«, jammerte sie, bewegungsunfähig in seinem Griff.

Duris? Wer war Duris? Elba verstand die Welt nicht mehr.

»Ein Bündnis interessiert mich nicht. Ich verlange absolute und vollkommene Unterwerfung!« Aris schleuderte sie von sich.

»Es werden mehr und mehr kommen. Selbst wenn ihr uns Späher alle tötet – gegen Duris' Armee seid ihr machtlos!« Sie warf Elba einen hasserfüllten Blick zu. »Und dein wertvolles Menschenkind wird er, ohne mit der Wimper zu zucken, in der Luft zerreißen. In Tausende einzelne Stücke! Wenn du dich ihm nicht wieder anschließt.«

Der Zorn, der sich in Aris' Augen spiegelte, war von grausamer Härte. »Du kannst Duris ausrichten, dass er seinen Kampf haben kann. Es wird keine Verbrüderung geben. Nie wieder.«

Aris stellte sich hinter Elba und schlang einen Arm um ihren Oberkörper, um sie zu fixieren. Dann riss er ihr das Armband vom Handgelenk. Er hielt das Kettchen mit dem Stein daran hoch. »Und du kannst ihm noch etwas bestellen: Meinetwegen kann er mit dem Mädchen machen, was er will. Sie bedeutet mir nichts! Nicht das Geringste!« Er ließ den Stein in der Hosentasche verschwinden.

Elba riss die Augen auf, als ihr klar wurde, dass er von ihr sprach. Obwohl sie Aris' schützenden Arm spürte, hatte sie panische Angst vor ihm.

Tristan blickte zu Boden. Er schien zu überlegen. Als die Frau sich an ihm vorbeidrängen und fliehen wollte, versperrte er ihr den Weg. »Es tut mir leid, aber das kann ich nicht zulassen.« Sein Gesicht verzog sich diabolisch, und er fletschte die Zähne. Schlagartig stieß er eine Hand in ihre Brust, und als ihr lebloser Körper zu Boden sackte, hielt er etwas in den Fingern. Ihr Herz!

Elba bekam keine Luft. Alles in ihr war erstarrt.

Aus der anderen Ecke des Raumes war ein Fauchen zu hören, aber niemand wagte, sich zu bewegen. Die übrigen fünf Vampire verharrten in Abwehrhaltung.

»*Gegen* Aris oder *für* Aris?«, brüllte Tristan wie von Sinnen in den Raum. Er ließ das blutige Herz fallen.

Die Reaktion folgte sofort. Einer nach dem anderen kniete nieder und senkte den Kopf. Sie beugten sich vor Aris. Nur seine rothaarige Begleitung blieb aufrecht stehen.

Aris atmete aus und sah zu Tristan hinüber. Dieser schüttelte langsam den Kopf. Die Geste veranlasste die Rothaarige dazu, eines der Schwerter von der Wand zu reißen und es Tristan zuzuwerfen. Dann griff sie nach der Axt und schleuderte sie quer durch den Raum. Aris fing sie auf.

In Sekundenbruchteilen hackten die beiden jeder knienden Person im Raum den Kopf von den Schultern. Barbarisch und gnadenlos. Sie waren ihnen wehrlos ausgeliefert. Wer hätte auch damit rechnen können? Es ging alles viel zu schnell.

Jetzt schrie Elba aus voller Lunge: »Seid ihr völlig geisteskrank?« Aris, Tristan und die Rothaarige drehten sich überrascht nach ihr um, als hätte sie sie aus einem Traum zurück in die Realität gerufen. »Was zur Hölle ...? Was soll das? Seid ihr vollkommen wahnsinnig?«

Tristans Mundwinkel formten sich wieder zu einem Grinsen. »Ein bisschen vielleicht ...«

Sie starrte ihn an. Was? Er konnte nicht einmal jetzt ernst bleiben? Was war bloß los mit ihm? Mit ihnen allen? Offenbar hatten sie sich keineswegs mit den anderen Vampiren verbrüdert, so wie Elba es anfangs angenommen hatte. Sie hatten alle in ihr Haus gelockt, in diese Falle, um sie zu töten. Und zwar jeden von ihnen! Hatten sie vorab diesen Plan ausgeheckt, oder war das eine spontane Aktion? – Egal! Sie waren Tiere, Raubtiere! So, wie Tristan es ihr gesagt hatte. Er hatte sie gewarnt, aber sie hatte es sich einfach nicht vorstellen können.

Stille.

Schweigend reichte Aris ihr das Armband. Bis auf ein einziges Kettengliedschien es vollständig intakt zu sein. Sie starrte ihn an. Erst hatte sie Tristan angestarrt, jetzt ihn. Außer vom einen zum nächsten zu starren, brachte sie nichts weiter zustande.

»Wir hatten keine andere Wahl, Elba. Sie hätten Duris hierhergeführt«, erklärte Aris ruhig und streckte die Hand nach ihrer Schulter aus.

Reflexartig wich sie einen Schritt zurück, damit er sie nicht berühren konnte. Duris? Vor ihm hatten sie also Angst? Doch bevor sie in ihren Gedanken auch nur ein einziges Stück weiterkam, zog sich ihr Magen abrupt zusammen, und sie erbrach sich. Ihr Körper wusste einfach nicht, wohin mit all den grauenerregenden Empfindungen.

Die Rothaarige legte Aris sanft eine Hand auf den Rücken.

Ihr Blick war so weich, dass Elba beinahe nicht mehr glauben konnte, dass dieselbe Person gerade eben noch jemandem einen Pflock in die Brust gerammt hatte.

»Beruhige dich.«

Ihre Stimme galt Elba. Oder galt sie Aris? Sie klang liebevoll und zuversichtlich, einfach herrlich beruhigend. Wie konnte das sein? Gab es vielleicht wirklich keinen Grund, sich zu fürchten?

»Komm. Wir machen dich erst mal sauber.«

Erst jetzt entdeckte Elba, dass die gesamte Vorderseite ihres Kleides blutbespritzt war. Der Anblick des blutbesudelten Kleides katapultierte sie mit einem Schlag zurück in die Realität, in ihre Realität, in eine Realität, in der niemandem der Kopf abgeschlagen wurde. Sie musste hier weg! Sofort!

Die Rothaarige lächelte sie nachsichtig an und erklärte mit butterweicher Stimme: »Du kannst nicht nach Hause. Es ist zu gefährlich.«

Sie erriet exakt Elbas Gedanken. Wie machten die das nur immer? Elba blickte von einem zum anderen und erkannte, dass sie keine Wahl hatte. Sie würden sie nicht gehen lassen. Und sie stellte noch etwas fest, nämlich, dass Tristan keuchte. Irgendetwas stimmte nicht mit ihm.

»Komm!« Die Rothaarige legte ihre Hand auf Elbas Schulter. »Ich leihe dir eines meiner Kleider.«

Sie führte Elba ins Obergeschoss. Als sie in einem der Gästezimmer angekommen waren, öffnete sie den Kleiderschrank, holte ein weißes Kleid mit zierlichen Blumenstickereien daraus hervor und reichte es Elba. »Ein wenig zu groß vermutlich, aber es wird ganz wunderbar deinen unschuldigen Typ betonen.«

Elba hatte keine Ahnung, was sie sagen sollte. Stand sie unter Schock?

Die Rothaarige deutete auf eine Tür. »Im Badezimmer kannst du dich umziehen.«

Elba gehorchte. Nachdem sie die alten Klamotten abgelegt und das weiße Kleid angezogen hatte, wusch sie sich mit eiskaltem Wasser das Gesicht. Besser. Dann ließ sie sich auf den Rand der Badewanne sinken. Sie fühlte sich so leer. Sie spürte nichts. Rein gar nichts. Nicht einmal ein einziger Gedanke ließ sich in ihrem Kopf formen.

Ein Klopfen. Die Rothaarige betrat lächelnd das Bad und nahm eine Haarbürste aus dem Regal. »Komm!«

Wieder ließ Elba sich von ihr leiten und nahm wie gewünscht auf dem Bett Platz.

»Viel besser«, hörte Elba die makellose Vampirin sagen, als sie sich zu ihr setzte. Sie bürstete ihr das braune Haar und band es zu einem Zopf. Wie eine Puppe ließ es Elba widerstandslos über sich ergehen.

»Mein Name ist Ofea.« Ihre Stimme klang wie das Rauschen des Meeres. Gleichmäßig und sorglos.

Und sie bewirkte, dass Elba sich nicht aufregen konnte. Sie wusste, dass all das hier Wahnsinn war. Vollkommen unnatürlich. Sie hätte sich eigentlich zu Tode fürchten müssen, tat es aber nicht. Sie kam sich vor wie in einem bösen Traum.

Als sie sich später wieder auf den Weg nach unten in den Wohnbereich machte, kam sie an Tristans Zimmer vorbei. Er lag ausgestreckt auf dem Bett und stierte gedankenverloren zur Decke.

Vorsichtig betrat Elba den Raum. Er wirkte modern mit seinen großen Glasfronten. Die alten Holzdielen, die antiken Möbel und die luxuriöse Ausstattung erinnerten jedoch daran, wie alt das Haus sein musste. Das riesige Bett aus schwerem, dunklem Holz bildete den stilvollen Mittelpunkt des Zimmers.

Tristan hielt die Arme hinter dem Kopf verschränkt und atmete ruhig und gleichmäßig. »Weiß steht dir«, stellte er fest, ohne dass Elba bemerkt hätte, dass er sie angesehen hatte.

Elba tappte um das Bett herum. Sie legte sich neben ihn und atmete durch. Aus irgendeinem unerfindlichen Grund fühlte sie sich wohl in seiner Gegenwart. Und auch wenn er der sarkastischste und unberechenbarste Typ war, den sie jemals getroffen hatte, so schien er doch mehr er selbst zu sein als jeder andere, den sie kannte. Und er war ehrlich auf seine skurrile Art und Weise.

»Woher kennt ihr Ofea?« Sie betrachtete ebenfalls die Zimmerdecke. Im Holz befanden sich wunderschöne Reliefschnitzereien. Ihre feudale Eleganz verströmte eine außergewöhnlich bezaubernde, altmodische Atmosphäre.

»Sie war Aris' Geliebte. Früher. Sie waren ein Paar, über viele Jahre.«

Natürlich. Darauf hätte sie auch selbst kommen können. Die beiden passten perfekt zusammen.

Tristan verzog keine Miene. Er wirkte müde und ausgelaugt. »Ist lange her. Noch bevor er und ich uns getroffen haben.«

»Wie habt ihr euch kennengelernt?«, fragte Elba.

»Aris hat mich verwandelt. Als ich im Sterben lag. Mich vor dem Tod gerettet. Sozusagen.« Eine kurze Pause verdeutlichte, dass er nachdachte, wie viel er ihr erzählen sollte. »Duris wollte mich töten.« Jetzt grinste Tristan wieder, als er fortfuhr: »Ich glaube, er mag mich nicht besonders.«

Den Namen hatte sie nun bereits mehrmals gehört. Er schien der Kontrahent zu sein, den Aris und Tristan fürchteten.

»Offensichtlich mag er euch beide nicht besonders.«

»O-oh, ganz im Gegenteil. Er mochte Aris sogar sehr, bevor der ihn verlassen hat. War ganz verrückt nach ihm.« Er wandte den Kopf zu ihr. »Mit Zurückweisungen kann er wohl nicht besonders gut umgehen. Anstrengender, fanatischer Typ. Seine narzisstische Ader macht ihn nicht gerade zu einer spaßigen Gesellschaft.« Tristan lachte. »Hab noch nie verstanden, was Aris an ihm gefunden hat. An dieser selbstverliebten, unerträglichen Nervensäge.«

»Sie waren also Gefährten? So wie Aris und du?« Elba drehte sich um und sah Tristan nun direkt an.

»Duris hat ihn verwandelt. Um sich einen ebenbürtigen Kameraden zu erschaffen. Angeblich. Aus purer Langeweile, würde ich aber tippen. Oder weil er nicht so verdammt alleine sein wollte. Der egozentrische Mistkerl.« Tristan zuckte gleichgültig mit den Schultern.

Elba überlegte. »Wann war das?«

»Hm ... Das muss so um 882 gewesen sein. Plus, minus ein paar Jahre.«

»*Achthundertzweiundachtzig*?«, wiederholte Elba fassungslos.

»Nach Christus?« Sie konnte es nicht glauben. Zwar hatte sie geahnt, dass Aris alt sein musste. Aber dass er bereits so lange lebte, hätte sie sich nicht träumen lassen.

»So um den Dreh«, bestätigte Tristan lässig. »Du stehst auf ältere Männer, hm?« Er lachte und stieß sie von der Seite an. »Keine Sorge, ich achte schon darauf, dass er frisch und knackig bleibt.«

Sie strafte ihn mit einem bösen Blick. »Und ist Ofea auch so alt?«

»Nicht ganz. Sie stammt ursprünglich aus England, aus einer Adelsfamilie. Sie hat sich den beiden auf einem ihrer Beutezüge angeschlossen. Seither war sie Aris stets treu ergeben.« Tristan sah Elba unverwandt an. »In jeglicher Hinsicht«, sagte er dann betont amüsiert.

Elba verstand die Anspielung genau. Sie fand es gar nicht lustig, dass er wieder einmal auf ihre Kosten seinen Spaß hatte, versuchte aber, es sich nicht anmerken zu lassen. Ihr Gesichtsausdruck musste jedoch Bände sprechen. Diese Informationen musste sie erst einmal verdauen. Tausend Gedanken schossen ihr durch den Kopf. »Welche Beutezüge?«, fragte sie letztlich, um irgendwo zu beginnen.

»Duris und Aris haben ganz Skandinavien unterjocht, in einer tyrannischen Schreckensherrschaft. Und weil ihnen das nicht genug war, haben sie sich dann auf den Weg durch Europa gemacht, um alle übrigen Länder an sich zu reißen. Macht ist eine berauschende, abgrundtief hässliche Droge. Eine trügerische, Seelen fressende Geliebte. Verlockend und unwiderstehlich, aber vor allem eins: unersättlich. Sie verführt und verbindet – wie die Liebe selbst. Sie macht ebenso blind und frisst dich auf. Blendet dich mit ihrem Glanz und ihren Illusionen. Gleichzeitig macht sie einsamer und ärmer und verletzt tiefer als alles andere. Und wenn sie dich ausgespuckt hat, bist du nicht mehr du selbst.«

Es war sonnenklar, dass er längst nicht mehr von Aris und seiner Auslebung von Macht sprach. Elba betrachtete eingehend Tristans Gesicht. Er hatte den Blick jetzt wieder an die Decke geheftet. Aber auch wenn er es zu verbergen versuchte, konnte Elba eindeutig den Schmerz darin ablesen. Eine bittere, harte Verletzung musste ihn einst getroffen haben. Die Verwundung saß tief und war noch nicht verheilt. Der Anblick versetzte ihr einen Stich. Sie überlegte, ob innere Wunden bei Vampiren möglicherweise langsamer heilten als bei Menschen – sozusagen als Ausgleich für ihre äußere Unverwundbarkeit.

Tristan stieß die Luft aus. »Wir müssen den Stein finden, Elba. Die Sterblichkeit zehrt an mir. Ich verwese bei lebendigem Leib.«

Ein abscheulicher Vergleich. Seinem Wesen entsprechend überdramatisiert. Aber Elba wusste, was er meinte. Sie spürte seine Schwäche und wie er dagegen ankämpfte.

»Wenn Duris uns beide – dich und mich – erst aus dem Weg geräumt hat, ist sein Weg zu Aris frei. Und das gönnen wir ihm nicht. Nicht wahr?« Er zwinkerte Elba zu.

»Ich fahre nach Hause und versuche, aus meinen Großeltern herauszubekommen, wo sich Mathildas Stein befindet«, versprach sie.

»Morgen, Täubchen. Heute Nacht verlässt keiner von uns das Haus. Das wäre das reinste Selbstmordkommando. Ruf sie an und erzähl ihnen, dass du bei deinem kleinen Loverboy übernachtest. Das schlucken sie bestimmt. So, wie er dich anschmachtet, das Milchgesicht.«

Ein unverschämtes Grinsen breitete sich auf seinem Gesicht aus. Elba fand es abstoßend, wie er über Christian sprach. Er musste allem Guten eine negative Note verleihen.

Tristan musterte sie einen Augenblick aufmerksam. Er schien genau zu wissen, was sie dachte. Dann flüsterte er: »Glaub mir, es ist nicht alles, wie es scheint.«

Verwirrt öffnete sie den Mund, um etwas zu erwidern. Doch da sah sie Aris am Türstock lehnen.

Er warf Tristan einen strengen Blick zu. Dann wandte er sich an Elba: »Ofea hat ein Abendmahl für dich zubereitet. Du musst etwas essen.«

Elba hatte überhaupt keinen Hunger. Sie konnte sich nicht mal vorstellen, auch nur einen Bissen hinunterzuwürgen. All der Wahnsinn in jüngster Zeit hatte ihren Körper vollkommen durcheinandergebracht. Dennoch wagte sie es nicht, Aris zu widersprechen.

Tristan stand auf und reichte ihr die Hand: »Darf ich bitten?«

Natürlich durfte er. Unbedingt sogar. Sie nahm seine Hand und ließ sich von ihm aufhelfen. Er ging voran, Aris folgte ihnen. Die beiden eskortierten sie nach unten.

Diese Szene brachte Elba ins Grübeln. Sie überlegte, ob das ab jetzt immer so sein würde. Dass die beiden ihr vorgaben, wie sie sich zu verhalten hatte. Über ihr Leben bestimmten. Sie konnte sich zwar Schlimmeres vorstellen, dennoch war es merkwürdig. Ein seltsames Gefühl überfiel sie. Es fühlte sich an wie damals als kleines Kind, als ihre Großeltern ihr eingebläut hatten, dass sie von Fremden niemals Süßigkeiten annehmen durfte. Doch dafür war es nun zu spät. Sie hatte bereits mit beiden Händen voll zugegriffen.

Auch wenn ihr mulmig zumute war, musste ein Teil in ihr insgeheim lächeln. Sie, die kleine unauffällige Elba, spazierte mit diesen beiden Wundern der Natur den Flur entlang. Sie spürte, dass die zwei sie beschützen würden. Aus irgendeinem Grund war sie ihnen wichtig, sie gehörten nun zusammen. Trotzdem hegte sie Bedenken. Das Leben der beiden war schrecklich kompliziert. Die beiden selbst waren schrecklich kompliziert. Sie konnte wirklich nicht abschätzen, ob sie sich in ihrer Welt zurechtfinden würde.

Unten angekommen, wies Aris auf den großen Tisch. »Bitte. Setz dich.«

Jegliche Spuren der grausamen Geschehnisse von vorhin waren beseitigt. Elba konnte sich kaum noch vorstellen, was vor Kurzem hier passiert war.

Ofea hatte sich über ihr elegantes Abendkleid eine Kochschürze gebunden. Sie trug Perlenohrringe, war perfekt geschminkt und sah einfach wunderschön aus. Nur die Kochschürze wollte nicht so recht ins Bild passen.

Sie hatte sich viel Mühe gegeben mit der Zubereitung des Abendmahls. Es schien ihr Spaß zu machen, in die Rolle der fürsorglichen Gastgeberin und Hausfrau zu schlüpfen. Ein Stück Realität, ein Hauch Normalität in ihrem außergewöhnlichen Dasein.

Elba malte sich aus, dass Ofea eine wundervolle Mutter abgeben musste. Der Schluss, dass sie niemals Kinder haben würde, dass ihr als Vampir die Chance auf eine echte Familie für immer verwehrt bleiben würde, weckte Mitleid in ihr. Sie spürte, dass Ofea insgeheim diesen Wunsch hegte.

Missmutig stocherte Elba auf ihrem Teller herum. Sie verspürte keinerlei Appetit.

Tristan versprühte gut gelaunt seinen Charme und machte Ofea unentwegt Komplimente zu ihren Kochkünsten und dem gelungenen Essen. Nebenbei ließ er zuckersüße Bemerkungen über ihr gutes Aussehen fallen. Sie genoss seine Aufmerksamkeit sichtlich, ließ Aris jedoch keine Sekunde aus den Augen.

Elba konnte nicht verhindern, dass sie sich Ofea und Aris als junges, stylisches Ehepaar vorstellte. So eines, wie man es aus Hochglanzmagazinen kannte – mit geradezu unverschämt gut aussehenden Kindern.

Jedes Mal, wenn Ofea sprach, berührte sie Aris unauffällig und kurz mit einer Hand. Ob ihr das selbst überhaupt auffiel? Elba überlegte, was wohl der Grund gewesen war, weshalb die beiden sich getrennt hatten.

Dabei bemerkte sie, dass Aris sie offenbar schon seit geraumer Zeit betrachtete. Sie fühlte sich ertappt. Wusste er, was sie dachte?

»Du musst etwas zu dir nehmen, Elba«, wies er sie an. »Dein Körper braucht Nahrung.«

Und dein Körper braucht Blut, dachte Elba, sagte jedoch kein Wort. Wie absurd das alles hier war! Sie stopfte eine Ladung Erbsen in sich hinein. Augenblicklich kämpfte sie mit einem Würgreflex. Ihr Körper wehrte sich vehement gegen die Nahrungsaufnahme. Ein voller Bauch konnte schließlich auch hinderlich sein bei möglicherweise notwendigen, unerwarteten Fluchtversuchen.

»Es tut mir leid, Ofea. Ich möchte wirklich nicht unhöflich sein –«, begann sie, wurde jedoch von Aris unterbrochen.

Er seufzte. Dann streckte er eine Hand über den Tisch nach der ihren aus. Ohne ein Wort.

Elbas Herz tat einen so gewaltigen Sprung, dass sie zusammenzuckte. Oje! Damit hatte sie nicht gerechnet. Ihr Köper befahl ihr, die Hand zurückzuziehen. Aris versuchte, ihren Blick aufzufangen. Sie nahm ein Flackern in dem unergründlichen Moosgrün wahr. Alles um sie herum verschwand. Sie spürte förmlich den Sog, der sie zu ihm hinzog.

Und da geschah es: Er nahm vorsichtig und zärtlich ihre Hand. Ganz behutsam und kaum merklich streichelte er sie. Ihr Körper wehrte sich nicht mehr. Ein sinnlicher Rausch aus Entspannung und Erleichterung floss unaufhaltsam durch sie hindurch. Wärme und Licht breiteten sich in ihr aus. Als sie diesmal wahrnahm, dass der Stein an Aris' Armreif zu leuchten begann, spürte sie die erlösende Gewissheit: Er gehörte zu ihr. *Nur* zu ihr.

Alle Bedenken, alle Zweifel, die Furcht und jegliche Anspannung erloschen. Sie lösten sich auf, als hätten sie niemals existiert.

Als Aris langsam seine Hand wieder zurückzog, sank sie zufrieden und sorglos in ihren Stuhl zurück. Dieses Gefühl wollte sie unbedingt öfter erleben. Fürs Erste jedoch musste sie den riesigen Hunger stillen, den sie plötzlich empfand. Unverzüglich begann sie, innerlich lächelnd, zu essen.

Tristan schüttelte lachend den Kopf. Elbas Wangen färbten sich zartrosa. Aus irgendeinem Grund kroch Verlegenheit in ihr hoch, als hätte Tristan sie bei etwas sehr Privatem beobachtet. Zum Glück ging er – nach einem letzten spöttischen Blick – unverzüglich wieder dazu über, gewitzten Smalltalk mit Ofea zu betreiben.

Nach dem Essen räumten Aris und Ofea den Tisch ab und trugen das Geschirr in die Küche. Sie ließen Tristan und Elba allein im Esszimmer zurück.

»Ruf deine Großeltern an«, verlangte Tristan nach einer Weile.

Elba fiel ein, dass ihr Handy draußen im Wagen lag. »Ich muss mein Telefon aus dem Auto holen.« Sie stand auf. Noch bevor sie die Türe erreicht hatte, war Tristan an ihrer Seite.

»Ich begleite dich«, flüsterte er verschwörerisch.

»Hast du Angst, dass ich abhaue?« fragte sie lächelnd.

»Ich habe Angst, dass du abgehauen wirst.«

»Dass ich *abgehauen* werde?« Sie lachte.

»Dort draußen laufen düstere Gestalten umher. Gruselige Vampire zum Beispiel. Wie unnatürlich! Deine Familie wäre entsetzt!«

Seine theatralische Gestik und sein ironisches Grinsen waren hinreißend. »Danke, aber ich gehe alleine. Ich bin schon groß.« Sobald sie den Satz ausgesprochen hatte, war sie aber gar nicht mehr so sicher, ob das tatsächlich zutraf.

»Das kann ich nicht erlauben. Ehrlich nicht.« Tristans Tonfall wurde jetzt forsch und autoritär.

Machten sie das absichtlich, Aris und er? Dass sie immer gleich so schroff und bestimmend klangen? Wollten sie mit diesem Befehlston jeglichen Widerspruch im Keim ersticken? Elba schluckte. Was war denn los dort draußen? Und was war an ihr überhaupt so interessant? Nahm Tristan ernsthaft an, dass jemand sie direkt vor ihrem Haus entführen würde, oder Schlimmeres? Das war doch lächerlich.

Dann dachte sie an die grauenhaften Szenen, die sich heute vor ihren Augen abgespielt hatten. Wahrscheinlich lediglich ein Vorgeschmack auf das, was sie noch erwarten würde. Daher beschloss sie, Tristan artig zu folgen, und trat neben ihm in die Nacht hinaus.

Während sie die Nummer des Großvaters wählte, saß Tristan lässig auf dem Terrassengeländer und beobachtete sie wachsam.

»Elba?«

In der Stimme des Großvaters schwang eine Vorahnung. Nicht gut!

»Ja, ich bin's«, antwortete sie zögerlich.

Tristan runzelte die Stirn. Sie musste die Geschichte glaubwürdig verkaufen. Jedes Zögern konnte dabei nur hinderlich sein.

Sie kehrte ihm den Rücken zu. Beim Lügen auch noch betrachtet und kontrolliert zu werden, war einfach zu viel. »Ich rufe nur an, weil ich euch sagen wollte, dass ich heute nicht mehr nach Hause komme.«

»Wo bist du, Elba? Ist alles in Ordnung?«

Der Großvater klang besorgt. Aber Elba hätte schwören können, dass auch Verärgerung in seiner Stimme mitschwang. Sie glaubte nicht, dass es ihr gelingen würde, ihn hinters Licht zu führen. Trotzdem musste er einfach akzeptieren, dass sie nun beginnen würde, ihre eigenen Entscheidungen zu treffen. Allerdings sah sie sich momentan nicht in der Lage, dies auszudiskutieren. Deshalb entschied sie, den einfachsten Weg zu gehen. Tristans Weg.

»Mir geht es gut. Ich bin bei Christian.« Schweigen am anderen Ende der Leitung. Elba schloss die Augen. Die Sache mit dem Lügen lag ihr absolut nicht. »Wir schauen alte Filme an. Ich bin schon ziemlich müde. Ich glaube, es ist besser, wenn ich heute nicht mehr fahre.« Absichtlich formulierte sie keine Frage.

»So? Sollen wir dich abholen?«

Mist! Das hätte sie vorhersehen müssen. »Nein, ist schon gut. Ich kann auf der Couch schlafen. Christian hat schon alles vorbereitet. Außerdem wollen wir den Film noch zu Ende sehen.«

Jetzt dachte er mit Sicherheit, dass zwischen ihnen etwas lief. Es musste sich so anhören, als wollte sie um jeden Preis bei Christian schlafen. Wahrscheinlich, um *mit* ihm zu schlafen. Wie peinlich.

Schweigen.

Elba hörte richtiggehend, wie der Großvater überlegte. Gut, dass sie ihm nicht gegenüberstand. Sie holte tief Luft und fuhr dann unvermittelt fort: »Gute Nacht euch allen. Bis morgen!« Sie musste das Gespräch beenden, bevor weitere Fragen aufkamen.

»Gute Nacht, Elba.«

Vor ihrem inneren Auge sah sie genau, wie er den Kopf schüttelte. Seinem Tonfall entnahm sie, dass ihm ihre Mitteilung entschieden missfiel. Er legte nicht auf. Sein Verhalten sollte ihr mitteilen, dass er nicht einverstanden war mit ihren Entscheidungen, er aber wünschte, dass sie es selbst einsah und ihre Meinung änderte. Und normalerweise funktionierte seine Strategie einwandfrei. Heute würde diese Rechnung jedoch nicht aufgehen: Normal war gestern. In den letzten Tagen hatte sich alles verändert. Sie hatte sich verändert. Daher beendete sie wortlos das Telefonat, drückte auf das Display und drehte sich zu Tristan um.

Was Elba allerdings nicht wissen konnte, war, dass Christian direkt neben dem Großvater stand und ihn fragend ansah. Keine unkonventionelle Erziehungsmaßnahme hatte ihn schweigen lassen, sondern die Verwunderung über ihre Lüge. Da sie niemanden aus der Gegend kannte, schon gar niemanden, der Veranlassung zur Geheimhaltung gab, war es glasklar, in welcher Gesellschaft sie sich befand.

Tristan warf Elba einen zustimmenden Blick zu.

Unbewegt blieb sie stehen und betrachtete ihn. Das Lächeln in seinem Gesicht war so unheimlich attraktiv, dass es unmöglich war, ihm zu widerstehen. Dieses äußere Erscheinungsbild war eine hinterhältige, trügerische Waffe. Sie dachte an Motten, die hilflos ins Licht schwirrten und bei dessen Berührung verbrannten. Er verkörperte eine einzige süße, verlockende Falle. Dieser Wirkung war Tristan sich vollends bewusst und setzte sie auch schamlos zu seinem Vorteil ein, so viel stand fest.

Ein seltsames Geräusch riss Elba aus ihren Überlegungen. Auch Tristan fuhr herum. Ganz in der Nähe der Terrasse ertönte ein *heiseres, fast bellendes Geräusch*. Die Laute waren einerseits tonlos, andererseits schwang Aggressivität und Aufforderung darin. Tristans Gesichtsausdruck beunruhigte Elba.

Da war es wieder, das Bellen. Diesmal klang es noch lauter.

Tristan sprang auf und stand mit einem Satz dicht neben ihr. Entschieden, aber langsam drängte er sie hinter sich zur Eingangstüre. Rückwärts, Schritt für Schritt, die Augen suchend auf die Terrasse gerichtet.

»Was ist das?«, flüsterte sie.

»Ein Fuchs«, antwortete er leise.

Ein Fuchs? Was war an einem Fuchs dermaßen beängstigend? Schon stand er vor ihnen auf der Terrasse. Elba hätte schwören können, dass es derselbe Fuchs war, den sie bereits zwei Mal gesehen hatte. Zumindest glich er diesem aufs Haar. Er starrte sie an.

Ihr blieb keine Zeit, sich zu wundern. Tristan stieß sie rückwärts ins Haus hinein, und während er die Türe verriegelte, brüllte er ohrenbetäubend laut nach Aris.

Elba traute ihren Ohren nicht: Von draußen drang ein kaum wahrnehmbares, gehässiges Lachen zu ihnen ins Haus.

Aris und Ofea kamen aus der Küche gestürmt. Aris warf Tristan einen fragenden Blick zu.

»Vulpes«, knurrte dieser. »Er hat tatsächlich Vulpes geschickt.« Tristan fuhr sich mit der Hand durchs Haar.

Eine Mischung aus Zorn und Ehrfurcht lag in seinen Worten.

Aris' Gesichtszüge verzogen sich zu einer grimmigen Maske. Die Muskeln seines Körpers spannten sich an. Seine spitzen Zähne kamen zum Vorschein. Bedrohlich, dachte Elba. Wie bei einem Löwen vor dem Kampf. Sein Ausdruck wirkte einschüchternd und gefährlich.

Ofea versuchte, ihn am Arm zurückzuhalten. »Nicht!«, beschwor sie ihn.

Er schüttelte sie ab, öffnete die Türe und trat hinaus.

»Aris, alter Kamerad! Endlich ...«, hörte Elba eine dünne Stimme süffisant sagen.

Aus den Schatten der Nacht trat eine schmale, aber drahtige Gestalt in den Schein des Lichts. Ein groß gewachsener, unheimlicher Mann. Sein dunkelrotes Haar war zerzaust, und die bernsteinfarbigen Augen erinnerten Elba an angriffslustige Katzenaugen.

»Was willst du hier, Vulpes?« Aris fletschte die Zähne.

»Begrüßt man so einen alten Freund?« Die windige Gestalt grinste scheinheilig.

Aris antwortete nicht, schritt stattdessen entschlossen auf ihn zu.

»Ist ja gut«, lenkte Vulpes ein und machte eine Bewegung, als wollte er sich ducken. »Duris schickt mich, um dir einen Vorschlag zu unterbreiten.«

»Ich bin an keinen Vorschlägen interessiert«, entgegnete Aris gleichgültig.

»Duris hat große Pläne. Er will dich dabei an seiner Seite wissen. Er ist bereit, dein Menschenkind zu verschonen. Und deinen geliebten Tristan.« Vulpes warf Tristan einen geringschätzigen Blick zu. »Aber der wird es ohnedies nicht mehr lange machen, nicht wahr?« Wieder grinste er abscheulich.

»Man kann den Tod bereits riechen.« Er rümpfte angewidert die Nase.

»Und was ist der Preis dafür?«, unterbrach Aris ihn unbeeindruckt.

Überhaupt schien er nicht die Art Mann zu sein, die sich schnell beeindrucken ließ, das hatte Elba mittlerweile schon festgestellt. Genauso wenig, wie er die Art Mann war, die verschwenderisch mit Worten umging. Er schien stets genau abzuwägen, worüber er sein Gegenüber in Kenntnis setzen wollte, und wann es sich überhaupt auszahlte, etwas laut zu sagen.

»Du kommst mit mir. Jetzt sofort. Und schließt dich Duris an.« Vulpes legte eine bedeutungsvolle Pause ein und fügte dann hinzu: »Und händigst uns Ofea aus. Als Zeichen deines guten Willens.« Er sah Ofea niederträchtig an.

Jetzt trat auch Tristan zu ihnen auf die Terrasse. »Hm ... Lass mich mal kurz überlegen ...« Gekünstelt locker grinsend neigte er den Kopf. Dann richtete er sich auf. »Nein. Ich glaube nicht. *Nein*«, sagte er hart. Im nächsten Augenblick zwinkerte er Vulpes zu und lächelte wieder. »Aber danke für das Angebot.«

Der Rotschopf sah ihn verächtlich an und wandte sich wieder Aris zu.

Der zuckte mit den Achseln. »Du hast die Antwort gehört.« Herablassend sah er sein Gegenüber an.

»Wenn das dein Ernst ist, muss ich die Kleine mitnehmen.«

Schlagartig änderte sich der Ausdruck in Aris' Augen.

»Niedlich sieht sie aus. Zuckersüß. Und sie duftet einfach herrlich.« Vulpes leckte sich die Lippen. Dann streckte er die Hand nach Elba aus. »Komm!« Seine Stimme klang süß wie Honig.

Elba bemerkte, dass ihr Körper reagierte und sie einen Schritt nach vorn machte. Wie in Trance. Ohne bewusste Kontrolle. Ihr Verstand konnte nicht das Geringste ausrichten gegen die magische Anziehungskraft, die von diesem tückischen Geschöpf auf sie wirkte. Sie streckte ihm die Hand entgegen.

Kurz bevor sich ihre Finger berührten, wetterte Aris: »Genug jetzt!« Seine Augen hatten sich zu Schlitzen verengt. Er umfasste Elbas ausgestreckte Hand und zog sie mit einem Ruck an sich heran.

Ein heftiges Donnergrollen erklang über ihnen, gefolgt von einem taghellen Blitz, der knapp neben Vulpes in den Boden krachte.

Erschrocken fuhr Elba zusammen. Aris hielt ihre Hand so fest, dass ihre Finger brannten. Es roch nach verbranntem Fleisch. Und dann begann es wie aus Eimern zu schütten.

Vulpes gab ein erbärmliches Jaulen von sich und verschwand unter leisem Wimmern zwischen den Bäumen hinter der Terrasse. Der Blitz musste seinen Körper gestreift haben.

Aris zog Elba mit sich ins Haus, wo er sie fest an seine Brust drückte.

Sie fühlte sich unendlich geborgen und beschützt in der Wärme seiner Umarmung. Ihre Ohren dröhnten von dem Lärm des Naturschauspiels, und ihre Kleidung klebte klatschnass an ihrer Haut. Trotzdem glühte ihr Körper vor Erhitzung.

Tristan verschloss die Tür wieder, und Ofea starrte Elba erstaunt an. »Sie ist stärker als die anderen Steinträger. Sie kann eure Kräfte schneller bündeln. Und das ohne Übung.« Die Vampirin klang überrascht, gleichzeitig nickte sie anerkennend.

Dennoch konnte Elba in ihren wunderschönen dunkelblauen Augen einen Funken Eifersucht erkennen. Ofea hätte das sicher niemals gezeigt, und doch war dieses Funkeln da, dessen war Elba sich gewiss. Es bestätigte Elba ihre außergewöhnliche und enge Verbindung zu Aris.

»Wir sollten alle Fenster und Eingänge verbarrikadieren«, schlug Ofea vor.

»Nun ja, zumindest die Fensterläden schließen«, pflichtete Tristan ihr zwinkernd bei. Die beiden machten sich auf den Weg ins Obergeschoss.

Aris und Elba standen immer noch unbeweglich an derselben Stelle. Irgendwann löste Aris vorsichtig die Umarmung und gab sie frei.

Elba hätte nicht sagen können, ob es nach einigen Sekunden, Minuten oder Stunden war. Sie wusste nur, dass ihr kalt wurde und sie sich zurück in seine Arme sehnte. Unerwartet taumelte sie. Auf dem Weg zurück in die Realität wurde ihr schwindelig, alles drehte sich und eine bereits bekannte, dumpfe Übelkeit überkam sie.

Besorgt streckte Aris seinen Arm nach ihr aus.

»Es geht schon«, keuchte Elba und stützte die Hände auf die Oberschenkel, während sie sich nach vorn beugte. Durfte ja nicht wahr sein, dass sie sich nicht selbst in den Griff bekam!

Aris legte trotzdem, ein wenig zaghaft, eine Hand auf ihren Rücken und beobachtete sie aufmerksam.

Sie atmete tief durch. Besser.

»Entschuldige bitte, Elba. Das ist meine Schuld. Ich hätte dich nicht überrumpeln dürfen. Aber es schien mir die effektivste Methode, diesen hinterhältigen Fuchs loszuwerden. Er wirkt harmlos, aber das täuscht. Er ist einer der Ältesten und Listigsten unter uns. Daher kann er sich auch so schnell verwandeln. Das macht ihn wesentlich gefährlicher, als es den Anschein hat.«

Er konnte sich in ein Tier verwandeln? In einen Fuchs? Was brachten diese Geschöpfe denn noch alles zustande? Sie lebten wirklich in einer ganz anderen Welt – in einem Paralleluniversum, das die längste Zeit neben dem ihren existiert hatte. Elba runzelte die Stirn.

Langsam erahnte sie allerdings den Zusammenhang zwischen den Steinen, ihrer Verbindung zu Aris und ihrem körperlichen Befinden. Ihre Emotionen entfachten irgendeine magische Kraft, die mit dem Heliotrop gekoppelt war. Dennoch hatte sie das unangenehme Gefühl, dass etwas mit ihr passierte, worüber sie keine Kontrolle besaß. »Welche Wirkung haben die Steine?«, fragte sie schließlich erschöpft.

»Der Heliotrop ist darauf ausgerichtet, Feinde abzuwehren. Seine Kraft entfaltet sich durch deine Empfindungen. Sobald du dich angegriffen fühlst, wecken deine Emotionen die Magie des Steines. Die alten Griechen glaubten, dass das Tragen des Blutjaspis' eine Beziehung zu den Göttern der Erde und des Wassers herstellt. Die Manifestation seiner Magie kann jedoch sehr unterschiedlich ausfallen. Du scheinst momentan das Element Wasser am meisten anzusprechen, aber das wird sich noch ändern. Das Wetter reagiert auf dich. Du besitzt eine besonders starke Verbindung zur Natur. Irgendwann wirst du die Kraft der Sonne für dich nutzen können.« Bewunderung breitete sich auf seinem Gesicht aus. »Der Zustand der Atmosphäre lässt sich von dir lenken. Allerdings fehlen dir die Erfahrung und die Übung, um gezielt damit umgehen zu können. Aber unsere Steine können sich miteinander verbinden. Dadurch kann ich deine Gefühle und Kräfte beeinflussen. Mir ist es möglich, Energie zu steuern. Ich kann deine Empfindungen und somit deine Magie reduzieren oder verstärken oder ... zum Explodieren bringen. Wie gerade eben.« Jetzt lächelte er beinahe unmerklich. Die Grübchen neben seinen Mundwinkeln verrieten ihn jedoch.

Der Gedanke, dass Aris ihre Gefühle explodieren ließ, trieb Elba eine verräterische Röte in die Wangen. Aris' Augen funkelten. Seine Ernsthaftigkeit war für einen Moment verflogen. Er hatte seinen Schutzwall aus stählerner Selbstkontrolle eingerissen, und zum Vorschein trat dieser nahbare Mann, der Gefühlsregungen zuließ.

Er zwinkerte ihr zu und sagte dann wieder ernst: »Ofea hat recht. Wir müssen alle Zugänge ins Haus verriegeln.«

Elba holte Luft und trottete hinter ihm her ins Wohnzimmer. Es würde nicht einfach werden, die vielen Glasfronten zu sichern. Sie bezweifelte, dass die alten Holzbalken für irgendjemanden ein Hindernis darstellen würden. Aber immerhin würde ihr Öffnen laute Geräusche verursachen, und sie könnten so Zeit schinden.

Sie beobachtete Aris, der geschickt mit den uralten Balken hantierte. Die Muskulatur unter seinem Armreif spannte sich immer wieder an, und wenn er sich nach oben streckte, rutschte sein Shirt ein wenig hoch, und ein klitzekleiner Bereich seines muskulösen Bauches wurde sichtbar. Elbas Atmung wurde flacher, und sie ermahnte sich, ihn nicht anzustarren.

Nachdem sie im Wohnzimmer fertig waren, gingen sie in die Küche. Dort führte ebenfalls eine Glastür ins Freie, deren Riegel Aris vorschob. Oberhalb der Küchenzeile befand sich ein kleines Fenster, das angekippt war. Elba schlüpfte aus ihren Schuhen und kletterte auf die Arbeitsplatte, um den Griff zu erreichen. Obwohl sie mit beiden Beinen auf der Platte kniete, musste sie sich weit nach oben recken, um das Fenster zu erreichen. Jetzt erst bemerkte sie, dass ihr Kleid für dieses Vorhaben erheblich zu kurz geschnitten war. Sie fragte sich, ob es schon so weit hochgerutscht war, dass ihr Höschen zum Vorschein gekommen war, doch für solche Gedanken war es jetzt zu spät. Je schneller und unauffälliger sie das Fenster schloss, desto besser. Mit einem Ruck drückte sie mit den Fingerspitzen die Scheibe zu. Geschafft. Sie sank auf die Fersen, blickte hinter sich und sah direkt in Aris' Augen, der unmittelbar hinter ihr stand.

Ihre Köpfe befanden sich nun erstmals auf gleicher Höhe. Elbas Wangen füllten sich mit Blut. Aris sagte kein Wort. Verlegen blickte sie zu Boden. Um aus der Verrenkung zu entkommen, setzte sie sich auf die Arbeitsplatte, befreite umständlich ihre Beine und drehte sich um. Ihre Füße baumelten an den Schränken unter ihr herab.

Aris stand so dicht vor ihr, dass es keine Ausweichmöglichkeit gab. Wie in einem Traum nahm sie wahr, dass er ihr Gesicht berührte. Ihr Herz hämmerte wie verrückt gegen ihre Brust. Er beugte sich noch ein Stück weiter vor. Elba hielt die Luft an. Hatte er tatsächlich vor, sie zu küssen?

Sein Geruch ... Er lehnte die Stirn gegen ihre, während er noch immer ihr Gesicht umfasste. Seine Lippen befanden sich in verlockender Reichweite. Ihr Körper bereitete sich auf die sinnliche Berührung vor.

»Was stellst du bloß an mit mir?« Sein Flüstern hörte sich hilflos an.

In diesem Moment betrat Ofea die Küche. »Aris?« Ihre Stimme klang fragend und strafend zugleich.

Aris seufzte. Langsam hob er den Kopf. Seine Hände glitten über Elbas Arme hinunter. Er schaute sie ein letztes Mal an, dann trat er zurück und wandte sich Ofea zu.

Elba atmete aus. Ein wenig zu deutlich, befürchtete sie.

»Ofea?«, fragte Aris ruhig, als wollte er wissen, was sie ihm zu sagen hatte.

»Wir haben Elbas Zimmer vorbereitet.« Sie richtete ihren Blick auf Elba. »Es liegt direkt neben Tristans Schlafzimmer. Ich habe trockene Kleidung aufs Bett gelegt.« Als sie wieder in Aris' Richtung schaute, fügte sie hinzu: »Wir wollen schließlich nicht, dass sie sich verkühlt.« Die Eifersucht in ihr war nun, trotz aller offensichtlicher Bemühungen, nicht mehr zu kaschieren.

Erst als sie an sich hinabsah, fiel Elba auf, dass sie vollkommen durchnässt war. Und da eindeutig feststand, dass Ofea den Raum nicht wieder verlassen würde, entschied sie, von der Küchenzeile zu klettern und nach oben zu gehen. Im Hinausgehen entging ihr nicht Ofeas besorgter Gesichtsausdruck: Ihre Augen schimmerten feucht. Beinahe gewann Elba den Eindruck, als würde sie den Tränen nahe sein.

Als sie aus der Küche ging, nahm sie im Augenwinkel wahr, dass Aris auf die Vampirin zuschritt und Ofea in den Arm nahm. Elba drehte sich um. Und da standen sie, in inniger Umarmung. Sie sahen unendlich vertraut aus. Das Bild hätte ein wunderschönes Gemälde abgegeben. Dann wohl mit dem Titel: *Die Schönheit der Liebe*.

Ofeas Kopf lehnte an Aris` Schulter. Er hatte die Augen geschlossen und streichelte über ihr kupferrotes Haar und über ihren Rücken. Sie hielt ihn mit beiden Armen fest umschlungen. Der Stich in Elbas Herz signalisierte ihr, dass sie nicht dazugehörte und es wahrscheinlich auch niemals würde. Es war ihr selbst nicht wirklich klar, warum sie das dermaßen berührte, ja, sie regelrecht verletzte. Tristan hatte recht: Sie kannte Aris kaum. Und nichts war zwischen ihnen vorgefallen. Zumindest nichts Greifbares.

Auf halbem Weg nach oben blieb Elba stehen und setzte sich auf die Treppe. Sie wusste, dass es unhöflich war, zu lauschen, aber sie konnte nicht anders.

»Ich habe Angst«, wisperte Ofea.

»Ich weiß«, erwiderte Aris ebenso leise.

»Ich will nicht zu ihm zurückkehren. Ich kann es nicht.« Verzweiflung lag in Ofeas Stimme.

Soweit Elba von oben noch erkennen konnte, hielt Aris sie jetzt ein Stück von sich weg, um sie anzusehen. »Das musst du auch nicht. Keiner von uns«, versicherte er. Dann küsste er sie zärtlich auf den Mund und streichelte über ihre Wange. »So weit wird es nicht kommen.« Er zog sie wieder zu sich heran und umarmte sie.

Elba stand geräuschlos auf und schlich auf Zehenspitzen ins Obergeschoss. Tristans Zimmer war geschlossen. Die nächste Tür stand offen, und an der Kleidung auf dem Bett erkannte sie, dass sie in diesem Raum übernachten sollte. Sie schmiss sich aufs Bett, vergrub das Gesicht in den Händen und begann lautlos zu weinen. Noch niemals in ihrem Leben hatte sie sich so einsam gefühlt.

Nach einer Weile nahm sie ein Geräusch wahr und blickte auf. Es war Tristan, der im Türrahmen stand und sich räusperte. Eilig erhob sie sich vom Bett und stellte sich, ihm den Rücken zugewandt, vors Fenster. Sie versuchte, sich unauffällig die Tränen von den Wangen zu wischen – schließlich wollte sie nicht, dass er sie heulen sah. Vergebens.

»Welcher Gruppendynamik haben wir es zu verdanken, dass plötzlich jeder weint?« Obwohl Sarkasmus in seiner Stimme lag, klang sie weich.

Elba wusste, dass sie jetzt nicht sprechen konnte. Die Gefahr war zu groß, dass dann ein Meer aus Gefühlen und Tränen aus ihr herausbrechen würde.

»Ach, komm schon, ich bitte dich!« Der genervte Unterton hatte sich wieder eingeschlichen. Er konnte es offensichtlich nicht ertragen, jemanden weinen zu sehen. »Möglicherweise existieren deine Gefühle gar nicht in der Art und Weise, wie du denkst.«

Ging es noch komplizierter?

»Möglicherweise gehen sie lediglich von dem Stein aus. Nicht, dass das eine schlechte Sache wäre. Sie ist ... funktional. Aber weitaus weniger dramatisch, als du es empfindest.«

Elba nahm das Armband ab und legte den Stein vor sich auf das Fensterbrett.

»Das hingegen ist eine dumme Sache.« Tristan trat neben sie und hob das Armband hoch. »Du musst nur lernen, damit umzugehen.«

Gern hätte sie ihm gesagt, dass ihr Schmerz, ihre Einsamkeit nicht nur von Aris abhing, dass es um wesentlich mehr ging. Dass sie Angst hatte. Angst vor dem, was um sie herum geschehen war. Angst vor dem, was kommen würde. Angst vor dem, was aus ihr werden könnte. Aber sie schaffte es nicht.

Erst als er sie berühren wollte, um ihr den Stein zurückzugeben, wich sie einen Schritt zurück und schüttelte den Kopf.

»Es hat mit mir zu tun?«, fragte er ungläubig. »Du weinst wegen mir?« Verwunderung zeichnete sich auf seinen Zügen ab. »Warum solltest du das tun?«

»Wie gefühllos und selbstverliebt kann man eigentlich sein?«, zischte Elba.

Ihre Worte überraschten sogar sie selbst. Sie war es von sich nicht gewohnt, ein Ventil zu suchen, um ihre Wut abzulassen.

Und gewiss war auch er nicht die Ursache für die unerträgliche Verwirrung in ihr. Auf jeden Fall nicht die einzige. Trotzdem war es nicht zu bestreiten, dass er sie benutzt hatte. Er hatte sie umgarnt und sie geküsst, nur um seine eigenen Ziele zu verfolgen. Er hatte sie zu einer Figur in einem Spiel gemacht. Natürlich hätte sie nicht darauf einsteigen müssen. Sie hatte deutlich gespürt, dass es gefährlich war, sich mit ihm einzulassen. Neugierig und aufgeregt war sie aber über all ihre innerlichen Stopptafeln hinweggefegt. Sie hatte der Versuchung einfach nicht widerstehen können. Sie selbst – als Frau – hatte ihn jedoch bestimmt nicht interessiert. Und auch hier und jetzt galt Aris' und Tristans Interesse sicherlich nicht ihr persönlich. Der Stein hatte sie hierhergeführt und zu einem Teil dieses Albtraums gemacht. Sie badete in grenzlosem Selbstmitleid und versuchte, sich mit Zorn zu schützen.

»Elba ...« Er atmete ein. »Es war nicht meine Absicht, dich zu kränken. Ich habe versucht, Aris wachzurütteln. Mein Ziel war es, ihn eifersüchtig zu machen, und das ist mir gelungen. Er hat etwas gebraucht, wofür es sich lohnt zu kämpfen. Es ist überlebensnotwendig, dass sein Stein in Sicherheit ist, und ihr eure Kräfte bündelt. Das ist unser aller Schutz. Dafür werde ich mich nicht entschuldigen!« Trotz seiner harten Worte lag Bedauern in seinen Augen.

Woher wusste er überhaupt schon wieder, woran sie dachte? War sie so einfach zu durchschauen?

»Außerdem hat es dir doch gefallen, oder?« Der unverschämte Ausdruck lag wieder in seinen Augen.

»Du bist ekelhaft!«

»Ja. Aber irgendjemand muss es sein! Wie heuchlerisch ihr Menschen seid mit euren falschen Moralvorstellungen.« Er drückte ihr das Armband in die Hand. »Leg es an«, fauchte er.

Mit einem Mal brachen die Tränen dermaßen heftig aus Elba heraus, dass sie am ganzen Körper zitterte.

Sofort war jeglicher Ärger aus Tristans Zügen wie weggeblasen. Unverzüglich bedauerte er, nicht gefühlvoller mit ihr umgegangen zu sein.

Sie sah ihm an, dass es ihm unglaublich leid tat und er sie gern umarmt hätte. Dennoch ging er diesem Impuls nicht nach.

»Von mir wirst du dir ohnehin nicht helfen lassen. Und ich bin wohl auch nicht derjenige, mit dem du zusammen sein willst. In Wirklichkeit bist du überhaupt nicht auf mich wütend oder von mir enttäuscht. Von mir hättest du dir gar nichts anderes erwartet!«

Elba stutzte. War er gekränkt? Hatte er den Spieß tatsächlich umgedreht? Oder wollte er sie nur zurechtweisen?

In diesem Augenblick stieß Aris zu ihnen, der Tristan einen zornigen Blick zuwarf.

»*Ich* habe sie nicht zum Weinen gebracht. Das hast du schon ganz allein geschafft!«, schnauzte Tristan ihn an, bevor Aris etwas sagen konnte.

»Lass gut sein.« Aris ließ sich nicht aus der Ruhe bringen.

Tristan schüttelte entnervt den Kopf, und nach einer abfälligen Handbewegung verließ er ohne weitere Worte das Zimmer.

Elba drehte sich wieder um und starrte aus dem Fenster in die Dunkelheit. Aris legte von hinten seine Arme um sie. »Ist schon gut«, flüsterte er und hauchte einen Kuss auf ihr Haar.

Sie wollte sich losreißen, sich befreien. Doch er hielt sie so fest, dass sie sich kaum noch rühren konnte. Schließlich kapitulierte sie und gab sich hilflos den Tränen hin.

Sie hätte nicht sagen können, wie lange sie so vor dem Fenster gestanden hatten. Irgendwann spürte sie, dass sie keine Tränen mehr übrig hatte und sich eine erschöpfte Leere in ihr ausbreitete. »Warum bist du so?« fragte sie leise.

»Ich weiß es nicht«, erwiderte er kaum hörbar. »Es ist alles nicht so einfach, wie du es dir vorstellst.« Wieder schwiegen sie, verharrend in derselben Position. »Ich weiß, dass du dich einsam fühlst. Ich weiß, dass du glaubst, niemandem mehr vertrauen zu können. Aber das wird vergehen«, beruhigte er sie schließlich.

Das konnte sie sich kaum vorstellen.

»Du musst ein wenig schlafen.«

Ihr Magen zog sich zusammen, als sie daran dachte, alleine und schutzlos in der Finsternis zu liegen.

»Soll ich bleiben?«

Elba nickte.

Er nahm ihr das Armkettchen aus der Hand und band es wieder um ihr linkes Handgelenk.

»Du musst das ausziehen.« Er deutete auf ihr nasses Kleid und drehte sich um.

Auf dem Bett fand Elba ein dunkelblaues Seidennachthemd, das sie überstreifte, nachdem sie sich ohne Widerrede der nassen Sachen entledigt hatte. Aris schlug die Decke zurück und zog Elba mit sich ins Bett. Er legte sich hinter sie und schlang die Arme um ihren zierlichen Körper. Langsam wich die Angst aus ihr und schlich Stück für Stück aus dem Zimmer. In seiner Umarmung fühlte sie sich vollkommen sicher.

Sie drehte sich um und vergrub das Gesicht an seiner Brust. Jetzt, da sie mit dem Ohr direkt an seinem Herz lag, bemerkte sie, dass es beträchtlich schlug. Er versuchte, ruhig und gleichmäßig zu atmen, es wollte ihm jedoch nicht gelingen. Sie spürte seinen inneren Kampf. Er unterdrückte mit aller Macht den Impuls, sie von sich zu stoßen und sich aus dieser Nähe zu befreien. Ihr war bewusst, dass er sich nur ihretwegen dieser Situation aussetzte, sie verstand jedoch nicht, was in ihm vorging. Trotzdem schmiegte sie sich enger an ihn heran. Die Wärme seiner starken Umarmung tat unendlich gut. Sie rückte ein kleines Stückchen höher. Arbeitete sich langsam vor, bis ihr Gesicht seine Wange berührte.

»Elba ...«, flüsterte er. Es klang wie eine Ermahnung, der wehrlose und gequälte Unterton nahm ihr jedoch jegliche Schärfe.

Sie spürte, dass er ihr nah sein wollte, es sich aber nicht erlaubte und beinahe Angst vor ihrer Zuneigung hatte. Dieser starke Mann fürchtete sich vor irgendetwas. Und es hatte mit ihr zu tun.

Ihre Lippen kamen seinem Mund so nahe, dass sie die Luft aus seinem Körper einatmete.

»Bitte, Elba, ich kann nicht.«

Sie hörte ihn kaum. Mit den Fingern zog sie die Form seiner Lippen nach. Dann hielt sie inne und legte ganz vorsichtig ihre Lippen auf die seinen. Langsam und sachte steigerte sie die Intensität der Berührung und küsste ihn zärtlich. Aris entwich ein Stöhnen. Und mit einem Mal erwiderte er ihren Kuss, leidenschaftlich und stürmisch. Seine Hände vergrub er in ihrem Haar. Als sich ihre Zungen zum ersten Mal berührten, durchzuckte Elba ein Blitz aus Verlangen und Begierde. Sie schlang ein Bein um seine Hüfte und drückte sich an ihn. Sie hatte das brennende Bedürfnis, sich ihm mit Haut und Haar hinzugeben.

Bedingungslos. Ausgeliefert. Rückhaltlos. Ergeben.

Doch schon spürte sie, wie Aris sich ihr wieder entzog. Sein Körper wurde starr und er ließ von ihr ab.

»Es ist zu gefährlich, Elba. Je näher wir uns kommen, desto interessanter wirst du für Duris. Das kann ich nicht zulassen.«

Sie fühlte den erhitzten Luftstrom jedes einzelnen Wortes auf ihrer Haut. Seine Stimme klang weich, aber die Härte der Entschlossenheit veranlasste Elba, sich auf den Rücken zu rollen und resigniert an die Decke zu starren. Es würde keinen Sinn machen, zu protestieren. Außerdem war sie zu müde und ausgelaugt, um irgendeine Diskussion anzufangen.

Nach einer Weile zog Aris sie erneut in seine Arme, wo sie sich vollkommen erschöpft ins Land der Träume begab.

Sie träumte davon, über eine einsame, verlassene Blumenwiese zu spazieren. Das Gras reichte ihr bis an die Oberschenkel, die Sonne wärmte ihre Haut. Mit den Handflächen strich sie über die Spitzen der Halme, während sie durch ein Meer aus Gras und wilden Blumen watete. Vereinzelte Blätter und Gräser hatten bereits einen gelblichen Farbton angenommen. Es war ein perfekter Spätsommertag. Die frische Luft und das weiche Licht fühlten sich herrlich an.

Ein Stück entfernt zeichnete sich ein alter Holzzaun ab: bestimmt eine ehemalige Begrenzung für Pferde, die hier gehalten worden waren. Elba spazierte auf den Zaun zu. Vielleicht diente er auch heute noch als Einzäunung für Pferde, und sie könnte sie beim Grasen beobachten. Sie schlenderte über die hügelige Landschaft auf ihr Ziel zu, als sie eine Gestalt wahrnahm, die auf dem Zaun saß. Es war ein eleganter, junger Mann.

Je näher Elba kam, desto weniger vermochte sie den Blick von ihm abzuwenden. Er sah verloren aus, gequält, verletzt. Sein langes hellbraunes Haar fiel ihm glänzend über die Schultern. Seine Haut war blass, fast weiß, und wirkte leblos. Sein Gesicht schien wie aus Marmor gemeißelt. Die sinnlichen, vollen Lippen waren jedoch tiefrot und spiegelten das Leben wider. Seine Augen stachen dermaßen hellblau hervor, dass sie beinahe durchsichtig erschienen.

Elba hatte noch nie zuvor so helle, farblose Augen gesehen. Seine scharfen, edlen Züge wirkten trotz ihrer Härte zerbrechlich wie Glas. Hohe Wangenknochen standen in einem atemberaubenden Kontrast zu seiner geraden Nase und den dunklen, geschwungenen Augenbrauen.

Seine betörende Schönheit erweckte alle nur denkbaren Sinne in ihr. Und die Einsamkeit und der Schmerz in seinem Ausdruck zerrissen ihr schier das Herz. Sein Anblick erinnerte Elba an eine Beschreibung auf dem Umschlag eines der Bücher von Anne Rice: »*Er ist schön wie ein gefallener Engel, und wenn er lacht, bersten die Spiegel, doch seine Tränen sind bitter, und sein Lebenselixier ist – Blut.*«

Ein engelsgleicher Fürst der Finsternis.

Unter dem aufgeknöpften weißen Hemd baumelte an seiner bleichen Brust ein schwarzer Hämatit. Ein Blutstein.

Als er sie fixierte, übertrug sich mit einem Mal sein gesamter Schmerz auf sie, und sie fühlte ein unerträgliches Brennen, das sich durch ihre Brust bohrte.

Doch plötzlich wurde der Ausdruck in seinen Augen kalt und bösartig. Elba drehte sich um. Hinter ihr stand Aris. Die beiden starrten sich an.

»Duris«, begrüßte Aris den finsteren Engel tonlos.

Elba fuhr erschrocken herum. Das war Duris? Der gefährlichste aller Vampire? Der grauenhafte Schreckensherrscher, von dem alle sprachen?

»Aris«, erwiderte er langsam.

Mit dem Klang seiner Stimme begann der Himmel zu singen. Die personifizierte göttliche Versuchung hockte direkt vor ihr auf einem heruntergekommenen Holzzaun! Elba konnte es nicht fassen. Wie grausam die Natur doch war! Diesem prachtvollem Geschöpf musste jeder und alles hilflos ausgeliefert sein. Wer oder was hätte sich diesem Anblick erwehren können? Sie hatte sich Duris furchterregend, brutal, roh, abstoßend und hässlich vorgestellt – seinem inneren Wesen entsprechend. Das Bewusstsein über den Facettenreichtum des Lebens traf Elba wie ein harter, unbarmherziger Schlag. Welch düstere Perversion diese engelhafte Erscheinung darstellte. Die Dunkelheit, gekleidet in Licht. Der Teufel, getarnt als Engel. Was für ein ungerechter Vorteil. Welch geschmackloser Scherz. Elba war schockiert.

»Warum bist du hier, Duris?«

Aris' Blick blieb standhaft und erhaben. Ebenbürtig und ohne Furcht sah er sein Gegenüber an.

Die Welt erhob sich abermals zu einem himmlischen Gesang, als sich Duris' Lippen öffneten. »Nostalgie. Sentimentalität.« Aus seinen Augen sprach eine abgrundtiefe Sehnsucht, die Aris zu gelten schien. Nach einer kurzen Pause fuhr er fort: »Und um ein Versprechen einzulösen, das ich dir gegeben habe.«

Elbas Sinne waren wie berauscht. Diese Stimme berührte das Innerste ihrer Seele und nahm sie auf großen Schwingen mit hinauf, über die Realität hinweg.

»Habe ich dir nicht versprochen, dass ich dich finden werde, Aris?« Schlagartig änderte sich die Situation. Zum Vorschein kam der leibhaftige Dämon. »Und die Menschen vernichten, auf die du dich einlässt? Sie quälen, töten und genussvoll zerreißen, sodass du dich niemals verbünden und verbinden kannst? Habe ich dir nicht geschworen, dass du nie wieder zu deiner ursprünglichen Kraft und Macht gelangen wirst? *Geliebter Bruder.*«

Sein Antlitz verzerrte sich zu einer abartig abscheulichen Fratze. Die verabscheuungswürdigste, ekelerregendste Widerwärtigkeit trat ans Licht und verschlang selbiges unaufhaltsam.

Panik ergriff Elba, doch ihr Körper war wie gelähmt. Die Augen weit aufgerissen, beobachtete sie, wie Duris den Kopf kreisen ließ, seine Schultern hob und sich an Ort und Stelle in einen riesigen, feuerspeienden Drachen verwandelte.

Die Erde bebte unter seinem Aufstampfen. Sein ohrenbetäubendes Gebrüll verursachte einen turbulenten Sturm. Er breitete die mächtigen, vernarbten Schwingen aus. Seine scharfen Klauen packten Elba und schleuderten sie hoch in die Luft.

Sie nahm noch war, dass Aris loslief, um Duris, der sich vor ihr aufbäumte, aufzuhalten. Doch es war zu spät. Schon traf sie der gleißend heiße Feuerstrahl.

7

Weit entfernt hörte Elba ein Klatschen und fuhr aus dem Schlaf hoch. Hektisch wandte sie sich nach Aris um. Seine Augen waren weit aufgerissen. Elba wusste sofort, dass er exakt den gleichen Traum gehabt hatte wie sie. Aber noch bevor sie Worte fand, fiel ihr Blick auf Tristan.

Er stand am Fußende des Bettes und klatschte in die Hände, um sie zu wecken. »Aufstehen, ihr süßen Turteltäubchen!« Er lachte laut auf. »Heute ist der Tag, an dem Tristan und Aris diesem sadistischen Hurensohn von Duris in den Arsch treten! Wir werden ihn aus seinem Versteck locken und diesem Spiel ein Ende setzen. Auf! Auf! Wir haben einiges vor. Ich erwarte euch in fünf Minuten unten zur Lagebesprechung.«

Tristan öffnete die Fensterläden und warf Elba ihr blaues Sommerkleid aufs Bett. Es war vollständig gereinigt. Keine Spur von Blut mehr.

Elba musste blinzeln, als die grellen Sonnenstrahlen sie trafen. Aris stand unverzüglich auf und verließ mit Tristan das Zimmer. Ohne sie anzusehen. Ohne ein Wort.

Am Frühstückstisch wurde entschieden, dass die oberste Priorität darin bestand, Tristans Stein zu finden. Der Aquamarin an Tante Mathildas Kette musste in sichere Obhut gebracht werden – die Gefahr war zu groß, dass er in falsche Hände geraten und zerstört werden könnte. Es war davon auszugehen, dass dies den sicheren Tod für Tristan bedeuten würde. Das wusste Duris bestimmt auch.

Die Hauptverantwortung dieser Aufgabe lag bei Elba. Sie musste herausfinden, wo ihre Verwandten den Stein verwahrten. Außerdem nahm sie sich vor, die geheimnisvolle Truhe zu suchen und sich ihren Inhalt genauer vorzunehmen, um der Wahrheit zumindest auf die Spur zu kommen. Immerhin hatte sie bereits mehrfach den Hinweis erhalten, dass das, was in der Holztruhe lagerte, der Schlüssel zu einem Geheimnis war. Sie musste an den merkwürdigen Satz des Geistes ihrer Mutter denken, Aris in der Kiste sei die Antwort auf ihre Fragen.

Elba war klar, dass dies auch völliger Humbug sein konnte, der lediglich ihrer kranken Fantasie entsprungen war. Dennoch erhoffte sie sich, ein wenig Licht in all die schattigen Mysterien bringen zu können. Sie nahm einen kräftigen Schluck Kaffee aus einer großen, dicken Porzellantasse. Die anderen tranken aus den gleichen Behältnissen Blut, bemühten sich jedoch, dies möglichst unauffällig vor Elba zu verbergen. Aber allein der Gedanke schlug ihr auf den nüchternen Magen. Trotzdem versuchte sie, sich nichts dergleichen anmerken zu lassen.

Irgendwo in einer entlegenen Ecke ihres Gehirns tauchte die Frage auf, woher das Blut überhaupt stammte, wurde aber sogleich von wichtigeren Dingen verdrängt. Aris verhielt sich kühl und distanziert. Nicht die geringste Spur der Nähe, die sich gestern Nacht zwischen ihnen entwickelt hatte, war noch zu erkennen.

Ofea stand die meiste Zeit hinter seinem Stuhl. Ihre Hand auf seiner Schulter deutete Elba als Besitzanspruch. Natürlich konnte sie sich auch irren. Vielleicht suchte Ofea ganz unbewusst den Kontakt zu ihm. Aus alter Gewohnheit heraus. Tristan hingegen riss Witze und ging in Selbstironie auf, um dem gefährlichen Unterfangen, das ihnen bevorstand, wenigstens scheinbar den Ernst zu nehmen.

Während Ofea und sie später das Geschirr in die Spülmaschine räumten, beschloss Elba, ihr einige Fragen zu stellen. Schließlich war sie nun unausweichlich in diese Situation verwickelt und hatte somit das Recht auf einige Antworten. Und selbst wenn sie von vielen dieser seltsamen Dinge lieber nichts gewusst hätte, schien es ihr doch wichtig und vor allem auch sicherer, so viel wie nur möglich zu erfahren und zu verstehen.

Als Ofea sich nach oben streckte, um Geschirrspültabs aus dem Schrank zu nehmen, wurde der Blick auf ihren Stein frei. Sie trug – wie Aris – einen schmalen, eleganten Armreif, in den ein veilchenfarbener Fluorit eingefasst war.

»Wo ist *dein* Mensch, Ofea?«, fragte Elba vorsichtig. »Ich meine die Person, die deinen Stein trägt. Ist es nicht gefährlich, ihn nicht in deiner Nähe zu wissen?«

Ofea platzierte ein Tab in der Maschine und startete den Spülgang. Dann wandte sie sich langsam um und sah Elba mit ihren großen blauen Augen an. In der Tiefe dieses dunkelblauen Ozeans verbarg sich das Leid einer schweren Bürde. Diesen Schmerz hatte Elba nun bereits im Blick jedes Vampirs wahrgenommen, den sie bisher kennengelernt hatte. Ein langes Leben brachte wohl auch eine Serie an nicht unerheblichen Verletzungen mit sich.

»Der Stein ist an einem sicheren Ort. Sein Träger ist noch ein Kind. Es wird einige Jahre dauern, bis er mit seinem Schicksal vertraut gemacht werden kann. Die Entscheidung, ob er dieses annimmt, und wie er dieses gestaltet, bleibt jedoch ihm überlassen.«

Verwirrt blickte Elba Ofea an. »Du meinst also, dass es durchaus möglich ist, sich gegen diese Art des Lebens zu entscheiden?«

»Natürlich. Allein die Kontrolle über die Steine ist ausschlaggebend. Solange sie in Sicherheit sind, ist es durchaus auch machbar, dass Vampir und Mensch getrennte Leben führen. Aber es liegt in der Natur der Sache, dass die meisten eine Vereinigung anstreben. Dies hat seinen Ursprung nicht nur im Bestreben nach persönlicher Befriedigung und Erfüllung. Es hat auch viel damit zu tun, dass eine enorme Kraftquelle darin liegt und somit ein ungemeiner Machtzuwachs erreicht werden kann.«

Sie lehnte sich an die Geschirrspülmaschine. »Manche Vampire leben aber auch ohne die Gewissheit über den Verbleib ihres Steines. Sie nehmen das Risiko in Kauf. So, wie Aris es viele Jahre lang getan hat. Nach seiner Trennung von Duris hat er lange Zeit keinen Kontakt mehr zu seinen Steinträgern aufgenommen. Bis jetzt. Bis er dir begegnet ist.«

Huschte etwa der Anflug eines Vorwurfes über Ofeas Gesicht? Elba konnte es nicht eindeutig beurteilen.

»Viele Vampire sind ohnehin müde und ausgelaugt durch dieses lange Leben und wenden sich von dieser Lebensart so weit wie möglich ab. Andere wiederum kosten die dunkle Seite ihres Daseins bis ins Letzte aus. Sie ziehen die Menschen mit sich in die Finsternis, teilweise sogar unter massivem und skrupellosem Zwang.« Ofea wandte sich wieder von Elba ab. Beinahe, als schämte sie sich für ihre Artgenossen.

Elba hatte das Gefühl, dass sie immer noch nur die Hälfte verstand. »Warum hat Aris sich entschlossen, sein Leben ohne Steinträger zu führen? Ich dachte, die Steine finden sich, die Sehnsucht leitet sie oder etwas in der Art?«

Sobald Elba die Frage ausgesprochen hatte, ahnte sie schon, dass sie die Antwort bereits kannte. Aus ihrem Traum. Aus Duris' Worten.

»Aris sehnte sich danach, sich zu befreien. Von Duris, von den Schlachten, dem Töten, dem dekadenten Leben, den Ausschweifungen, dem Blutrausch, dem Machthunger, der Jämmerlichkeit seiner eigenen monströsen Existenz. Der Sinn einer satanistischen Ewigkeit geht allzu leicht verloren, wenn man alles besitzt, was man sich jemals gewünscht hat. Wenn man alles erreicht hat, wofür es sich zu kämpfen lohnt.« Ofea atmete ein, dann fuhr sie fort. »Zu Beginn seines Lebens wurde Aris angetrieben vom Durst nach Rache, vom Verlangen nach Vergeltung. Er war besessen von der Idee, seinesgleichen zu rächen und deren Gegner zu bestrafen und zu vernichten. Diese Bedürfnisse konnte Duris stillen, indem er ihn zu einem allmächtigen Wesen gemacht hat. Und er hat diese Triebe in Aris stets weiter gepflegt und genährt.«

Elba überlegte. Was hatte Aris denn in solch einen Racheengel verwandelt?

»Wofür wollte er sich denn rächen?«, fragte sie.

Ofea sah sie nachdenklich an, dann begann sie zu erzählen: »Aris' Familie lebte bereits auf Island, noch bevor die ersten Wikinger das Land besiedelten. Sein Vater Máttur war der friedliche Anführer einer kleinen Gemeinschaft, die abgeschieden vom Rest der Welt in rauer Natur ihr Leben meisterte. Um 870 nach Christus entdeckten norwegische Wikinger das Land für sich. Einige Jahre darauf übernahm einer unter ihnen, der Norweger Isólfur, das Zepter und tötete Aris' Vater. Zur Abschreckung und zur Demonstration seiner Überlegenheit ließ er dessen Kopf aufgespießt auf einem Pfahl vor dem Dorf verrotten. Anschließend ließ er Aris' Mutter und Schwester hinrichten und warf ihre Gliedmaßen den Tieren vor, die sie in alle Himmelsrichtungen verstreuten. Nur Aris verschonte er, schenkte ihm das Leben. Als starker, junger Krieger sollte dieser untertänig in seinem Heer kämpfen und gleichzeitig als lebendiges Symbol für Isólfurs Gnade dienen. Ein Mahnmal für all die Zweifler seiner Herrschaft. Erst zu spät sollte ihm bewusst werden, dass dies sein größter Fehler gewesen sein sollte, denn Aris schürte im Verborgenen seinen Zorn und zog daraus Energie und Kraft. Als Sohn eines Geschlechts aus Anführern wartete er weise auf den richtigen Zeitpunkt für den alles entscheidenden, vernichtenden Vergeltungsschlag. Im Geheimen rottete er eine Schar Gleichgesinnter als Gefolgschaft zusammen. Und eines Tages erhoben sie sich, um ihr Land zurückzuerobern und ihr Fleisch und Blut zu befreien. Die Grausamkeit, mit der dieser Schlag erfolgte, war von beispielloser Brutalität.«

Ofea blickte zu Boden, dann sah sie Elba wieder an.

»Die Genugtuung währte allerdings nur kurz. Und so führte Aris, der zum Häuptling gekrönt worden war, die besiegten Wikinger weiter in Schlachten, die sich bis nach Norwegen ausbreiteten. Um den Ursprung des Übels auszumerzen. Der Schmerz über den Verlust seiner Lieben und die erlittenen Qualen ließen sich dennoch nicht mildern, doch schließlich erreichte er einen unvergleichlichen Sieg gegen die norwegische Macht. Zum Wikingerkönig berufen, eilte ihm ein sagenhafter Ruf über seine unbarmherzige Herrschaft voraus. Diese Kunde erreichte auch Duris, der schon immer einen Gleichgesinnten in seiner Gier nach Macht gesucht hatte. Einen Gefährten, der ohne Gewissen und Reue tötete. Einen Kameraden, mit dem er seinen Irrsinn teilen konnte. Er verfolgte die wahnwitzige Vorstellung, sich als Vampir über die Menschheit zu erheben und sie zu unterwerfen. Zu dieser Zeit nahm Aris die Idee begeistert auf, als unsterbliches Wesen sein Lechzen nach Blut und Verderben bis ins Letzte auszukosten, und ließ sich von Duris in ein mächtiges Geschöpf der Dunkelheit verwandeln. In einen Vampir. Er wurde fortan Aris, der Mächtige, genannt.«

Elba musste an ihren Traum denken, in dem sie sich inmitten eines barbarischen Massakers wiedergefunden hatte. Aris und dessen Gefolgschaft hatten wahllos wehrlose Dorfbewohner abgeschlachtet. Sein Ausruf drängte sich in ihren Kopf. »Niemand widersetzt sich Aris, dem Mächtigen«, flüsterte sie. War es tatsächlich möglich, dass ihre Träume die Geschehnisse aus jener Zeit widerspiegelten?

Verwundert sah Ofea sie an. »Du hast davon gewusst?«

»Ich habe es geträumt ... Ist das überhaupt möglich?«

»Natürlich. Alles in dieser Welt ist, auf die eine oder andere Weise, miteinander verbunden und verwoben«, bestätigte Ofea. Sie nahm ein Glas aus dem Küchenschrank und füllte es mit Wasser, bevor sie sich Elba wieder zuwandte.

»So habe ich Aris kennengelernt. Seite an Seite eroberten Duris und er Land um Land, Volk um Volk. Die stärksten und vielversprechendsten Soldaten machten sie zu Vampiren, um ihr Heer weiter auszubauen. Die neu erschaffenen Vampire dienten ihren Herren loyal bis in den Tod. Bis im Laufe der

Zeit Aris' Verlangen nach blinder Rache und Macht gestillt war, und er keinen Sinn mehr in seinen Handlungen und Taten sehen konnte.« Ofea holte Luft. »Ich denke, dass die Liebe ihn verändert hat. Dass sie seine Menschlichkeit und sein wahres Wesen wieder zum Vorschein gebracht hat.« Sie nahm einen Schluck Wasser.

»Die Liebe?«, fragte Elba.

»Die Liebe zwischen uns war unvorstellbar. Tiefer und stärker als alles andere auf dieser Welt. Größer als der Tod und reiner als das Leben. Wir waren füreinander geschaffen. Eine Einheit, der die Verbindung mit Duris nicht ebenbürtig war. Ich glaube, dass es diese Liebe war, die die Mauern des erschreckenden Bündnisses mit Duris durchbrochen hat.« Wieder nahm Ofea einen Schluck Wasser. Ihre Hände zitterten dabei. Die Erinnerung zauberte einen Ausdruck auf ihr Gesicht, der Elbas Herz schmerzhaft berührte.

Und bevor Elba ihre Überlegungen aussprechen konnte, bevor sie fragen konnte, weshalb die Beziehung zwischen den beiden zerbrochen war, erklärte Ofea mit erstickter Stimme: »Es war meine Schuld, dass wir sie verloren haben, diese Liebe. Diese Schuld werde ich bis in alle Ewigkeit in mir tragen.« Das Zittern ihrer Hände verstärkte sich, sodass Elba befürchtete, das Glas könnte Ofea entgleiten.

»Ich habe ihn ziehen lassen. Ich hatte nicht den Mut, Duris und dem gesamten Vampirclan die Stirn zu bieten. Er ist ein wirklich mächtiger Vampir, musst du wissen. Er verfügt über Fähigkeiten, von denen wir anderen Vampire nicht einmal träumen können. Und er war außer sich. Der Verlust seines geliebten Bruders, der selbst geschaffenen Erfüllung seiner Sehnsüchte und Träume, und der hässliche Schmerz der Verschmähung mündeten in abgrundtiefem Zorn. Duris versuchte verzweifelt, das Unausweichliche abzuwenden, Aris mit allen Mitteln dazu zu bewegen, nicht zu gehen. Aber als er schließlich erkannte, dass er auf verlorenem Boden kämpfte und ihn nicht halten konnte, gab er Aris ein letztes grauenhaftes Versprechen, als dieser ihn verließ: Er würde jeden Funken Liebe in seinem Leben ersticken, und er würde jede Seele vernichten, die Aris teuer und wichtig werden könnte. Seine unschuldigen Steinträger würde er foltern, zermahlen, töten. Er würde Aris dazu verdammen, ein machtloses, einsames Leben auf der Flucht zu führen.« Ofea schluckte. Sie kämpfte mit den Tränen. Das Zittern ihrer Hand breitete sich auf ihren gesamten Arm aus, gleich würde das Wasser aus dem Glas überschwappen.

Elba wusste nicht, wie sie sich verhalten sollte. Sollte sie sie trösten? Sie in den Arm nehmen? Bevor sie jedoch eine Entscheidung treffen konnte, sprach Ofea weiter.

»Mir hat Duris gedroht, dass er auch Aris selbst qualvoll töten würde, sollte ich mit ihm gehen. Er hat gewusst, dass ich Aris aus diesem Grund verlassen würde. Meine Angst war einfach zu groß.« Das Glas bebte in ihrer Hand, das Wasser schwappte über den Rand.

Elba streckte den Arm aus, um nach dem Glas zu greifen, da fiel es schon zu Boden und zersprang. Ofea kümmerte sich nicht darum. Elba starrte auf die Scherben in der kleinen Wasserpfütze und nahm dann ein Geschirrtuch, das auf einem der Küchenschränke hing. Da Ofea jedoch keine Anstalten machte, ihre Erzählung zu unterbrechen, blieb sie unschlüssig mit dem Tuch in der Hand stehen.

»Aber auch das war Duris nicht genug. Er hat mich Vulpes zur Braut versprochen und mich gezwungen, in diese Verbindung einzuwilligen. Um ihn zu quälen, musste ich Aris glaubhaft vermitteln, dass ich ihn nicht liebte, dass ich ihn gegen unsere Abmachung nicht begleiten würde, dass ich bleiben und aus freien Stücken Vulpes' Weib werden wollte.« Tränen rannen über Ofeas bleiche Wangen. »Ich habe keinen anderen Ausweg gesehen ...« Sie wandte sich ab. Dann atmete sie durch und wischte sich die Tränen ab.

Elba war geschockt. Sie war froh, dass Ofea schnell wieder ihre Fassung errang. Was für eine widerliche und traurige Geschichte!

»So weit ist es allerdings nicht gekommen. Er hat mich nicht wirklich dazu gezwungen, Vulpes zu heiraten. Duris wollte nur Aris in diesem Glauben lassen. Einige Jahre nachdem Aris gegangen war, verlor er das Interesse an mir und ließ mich frei.« Ofea nahm Elba das Tuch aus der Hand. »Duris hat uns allen schreckliche Dinge angetan. Tristan hat mich vor einiger Zeit gefunden und mich schließlich überredet, hierherzukommen. Und ich werde mit all meiner Kraft versuchen, ihm beizustehen bei seinem Vorhaben, Duris in die Schranken zu weisen.« Als sie feststellte, dass Elba keine Worte fand, fügte sie hinzu: »Du musst Tristans Stein finden. Wir dürfen ihn nicht verlieren.«

Ihr eindringlicher Blick rüttelte Elba wieder wach.

Aris kam zu ihnen in die Küche. Er trug verwaschene Jeans und ein grünes T-Shirt, aus seiner schwarzen Mütze lugten die blonden Haarsträhnen heraus. Zwischen den Fingern hielt er Onkel Hinriks Wagenschlüssel. Er nahm Elbas Hand und legte den Schlüsselbund hinein.

Bei der Berührung setzte ihr Herz für einen Schlag aus. Ihre Haut begann zu knistern, und ihre Wangen röteten sich.

Aris sah ihr nur für den Bruchteil einer Sekunde in die Augen und wandte sich dann unverzüglich Ofea zu, die sich hingekniet hatte, um die Scherben aufzusammeln.

»Wir werden Tristan bestimmt nicht verlieren. In all den Jahren habe ich noch nie erlebt, dass ein Vampir wieder zu einem Menschen geworden wäre. Das ist nahezu unvorstellbar. Ein alberner Mythos. Und noch dazu ein zweischneidiges Schwert.«

Als Aris daraufhin Ofea ansah, flackerte ein Funke in ihren Augen auf. Sie schien zu begreifen, was er damit meinte. Elba selbst hatte nicht die geringste Ahnung, worauf er anspielte.

»Einige Vampire sehnen ihr menschliches Leben zurück«, murmelte Ofea. Sie biss sich auf die Unterlippe und zog die Augenbrauen zusammen.

»Und wir hätten mit Sicherheit erfahren, wenn ein Vampir eine ganze Generation Menschen ausgerottet hätte, um sein Schicksal zu ändern«, gab Aris zu bedenken. »Trotzdem sollten wir den Stein finden. Niemand will, dass er in falsche Hände gerät und zerstört wird. Denn *das* würde mit Sicherheit Tristans Tod bedeuten.«

Er drehte sich nach Elba um und wies sie an: »Fahren wir!«

Elba trat hinter Aris hinaus in die Morgensonne. Sie strahlte so hell und unschuldig, dass sie all das Dunkel verdrängte, das sich in Elbas Herz angesammelt hatte. Das Licht und die sanfte Wärme bewirkten, dass sie sich wieder stark und sicher fühlte. Es tat gut, die klare, frische Luft einzuatmen.

Tristan lehnte bereits an Aris' Dodge und wartete. Natürlich würden sie Elba nicht unbeaufsichtigt nach Hause fahren lassen. Daran hätte sie auch selbst denken können. Nach der ganzen Geschichte war ihr allerdings nicht wohl dabei, dass Ofea alleine zurückbleiben sollte. Ihr war klar, dass diese als Vampirin über enorme Kräfte verfügte. Dennoch schien es ihr gefährlich. Für Duris und seine Gehilfen musste es ein Leichtes sein, sie aus dem Haus zu entführen.

Elba stockte und blickte unsicher zur Terrasse zurück. »Ich fahre allein«, sagte sie schließlich bestimmt. »Die Strecke ist kurz, und es ist auch besser, wenn meine Großeltern euch nicht sehen. Ich muss in Ruhe mit ihnen reden.«

»Keinesfalls«, erwiderte Aris trocken und gab Tristan ein Zeichen, einzusteigen. »Wir fahren hinter dir her.«

Ungeduld lag in seinen Worten, sodass Elba sich nicht traute, ihm zu widersprechen. Tristan zuckte mit den Schultern, grinste sie an und kletterte in den Wagen. Seine Gestik besagte eindeutig, dass es keinen Zweck hatte, zu diskutieren.

Im Konvoi fuhren sie die Landstraße entlang. Sie mussten ein lustiges, beinahe skurriles Bild abgeben: Elba in der kleinen, alten Rostschüssel ihres Onkels und dahinter die beiden atemberaubend schönen Männer in dem monströsen grauen Pick-up.

Bevor Elba in die Einfahrt zum Haus einbog, hielten Aris und Tristan an. Aus der Ferne beobachteten die beiden, wie das rostige Auto den Schotterweg entlangholperte, dann wendeten sie und brausten davon.

Das märchenschlossähnliche Haus lag friedlich im Sonnenschein vor ihr. Elba sah Hinrik, der an Mathildas Grab unter dem Baum etwas säte – Blumen wahrscheinlich. Sie parkte den Wagen und ging zu ihrem Onkel. Schweigend setzte sie sich ins Gras und lehnte sich gegen den dicken Baumstamm.

Hinrik putzte die schwarze Erde von seinen Gartenhandschuhen ab und ließ sich neben ihr nieder. Wortlos übergab Elba ihm die Wagenschlüssel. Er steckte sie in die Hosentasche und blickte zwischen den Ästen hindurch zum Himmel hinauf. Nach einer Weile fragte er: »Was bedrückt dich, Elba?«

Sie schwieg und überlegte, wo sie hätte anfangen sollen.

Schließlich wandte Hinrik den Kopf zu ihr. »Ich weiß, dass du letzte Nacht nicht bei Christian gewesen bist. Ich gehe davon aus, dass du bei Aris und Tristan übernachtet hast?« Wieder legte er eine Pause ein, um abzuwarten, ob Elba etwas erwidern wollte. »Was ist nur los mit dir?«

Nichts. Stille.

»Ich bitte dich, Elba, sag mir, was los ist!«

Sie wusste noch immer nicht, wo sie anfangen sollte. Aber sie musste jetzt antworten. »Ich liebe ihn, Onkel Hinrik.« Sie begriff selbst nicht recht, weshalb sie das sagte.

»Du meinst, du bist verliebt in ihn«, korrigierte Hinrik stirnrunzelnd.

»Nein. Es ist viel mehr als das. Ich glaube, ich liebe Aris.« Sie sah ihn jetzt ernst an.

Er schüttelte den Kopf. »Bist du dir sicher?«

Und wie sie das war. Sie verstand es nicht, aber sie war sich sicher.

»Weißt du, was du da tust?«

Elba atmete tief aus. Nein, sie wusste bestimmt nicht, was sie da tat. Oder was wirklich um sie herum geschah. Sie konnte nichts von alledem begreifen, aber irgendetwas in ihr schien es einfach zu akzeptieren. Es fühlte sich beinahe normal an. Aber vielleicht lag es nicht daran, dass es normal war, das konnte es ja nicht sein – vielleicht lag es schlicht und ergreifend daran, dass sie selbst verrückt war. »Nein, ich bin mir nicht sicher«, gab sie kleinlaut zu.

»Er wird dich verletzen, Elba. Emotional und physisch.« Hinrik blickte wieder zu den Ästen des mächtigen Baumes empor. Es hörte sich nicht an wie eine Warnung, es klang wie eine Tatsache.

Elba wollte ihm gerne widersprechen, konnte es aber nicht. Sie war sich selbst über so vieles nicht im Klaren.

»Das liegt in der Natur der Sache. Ich will gar niemandem den Schwarzen Peter zuspielen. Aber ich glaube, wir Menschen können unser Bett nicht mit einem Raubtier teilen. So, wie auch das Raubtier nicht friedvoll neben seiner Beute ruhen kann.«

Natürlich ergaben seine Worte Sinn. Aber Aris kam Elba so menschlich vor. Sie konnte sich nicht vorstellen, dass er sie absichtlich verletzen würde.

»Weißt du«, fing Hinrik an, »als ich Mathilda kennenlernte, war ihr Leben erfüllt von Schmerz. Sie steckte fest in einem obskuren Verhältnis zu Tristan. Sie quälte sich, weil sie ihm nicht gerecht werden konnte, und er konnte ihr ebenfalls nicht gerecht werden. Die Liebesbeziehung der beiden bestand aus Leid, Obsession, Aggression und Besitzdenken. Mathilda war damals ein unerfahrenes, junges Mädchen. So, wie du es heute bist. Unschuldig und naiv. Und Tristan war alt. Verbittert und verbraucht. Auch wenn es nicht den Anschein machte: Er hatte in seinem langen Leben bereits so viel Schmerz erfahren, dass er gar nicht mehr imstande war, eine blühende und erfüllte Beziehung aufzubauen. Sein Verhalten ist heute wie damals geprägt von destruktiven Handlungen – gegen andere und gegen sich selbst. Gepaart mit der Macht und den Fähigkeiten eines Vampirs, ausgestattet mit den Instinkten eines Raubtieres, birgt dies eine immense Gefahrenquelle. Vor allem für uns Menschen.«

Hinrik musterte sie. »Geblendet von seiner Schönheit und seinem Charme, hat deine Tante stets angenommen, dass sie ihn ändern könnte. Ihm helfen, ihn heilen und glücklich machen. Sie hatte dabei übersehen, dass lediglich der Stein Tristan an sie band. Und dass es nur der Stein war, der Tristan wahrlich interessierte. Sein Überlebensinstinkt und sein Kontrollwahn hatten ihn veranlasst, Mathilda an sich zu binden und zu beherrschen.«

Elba musste an Tristans Worte denken. Er hatte davon gesprochen, dass ihre Zuneigung zu Aris möglicherweise nur den Steinen zuzuschreiben war. Aber das konnte sie nicht glauben.

»Mathilda hat sich in ihrer Unerfahrenheit sofort in diesen gut aussehenden, geheimnisvollen Mann verliebt. Sie war ihm vollends erlegen. Sie hat sich ihm hingegeben und mit Haut und Haar ausgeliefert. Erst viel zu spät hat sie bemerkt, dass er nicht in der Lage war, ihre Liebe zu erwidern. Ihren Schilderungen zufolge hat er es sehr wohl versucht, es wollte ihm jedoch nicht gelingen. Er konnte es nicht. Sobald sie sich näherkamen, hat er sie brutal und rücksichtslos von sich gestoßen und sie dabei tief verletzt. Um sich selbst zu schützen. Um nichts an sich heranzulassen, was ihn verletzen könnte. Dieses Gezerre, das ewige Hin und Her, diese Hassliebe hat deine Tante fast aufgefressen. Tristan hat ihr ihre Unschuld genommen, ihr Blut getrunken und ihr fast den Verstand geraubt.« Hinrik sah Elba mit festem Blick an.

»Morgens beispielsweise, im Bett, hatten sie zärtlich und verliebt davon geträumt, wie schön es wäre, eine Familie gründen zu können, und über ihre gemeinsame Zukunft fantasiert. Und abends fand sie Tristan in demselben Bett vor. Nur diesmal mit mehreren anderen Frauen. Wenn sie ihn zur Rede stellen wollte, beschimpfte er sie oder lachte sie aus oder ignorierte sie schlichtweg. An einem Tag schwor er Besserung, weinte in ihrem Schoß und bemitleidete sich selbst, am nächsten war er bereits wieder Hauptakteur irgendeiner kranken Orgie. Es war eine Spirale aus inniger Nähe und kalter, gefühlloser Distanz. Weder das eine noch das andere konnte Tristan jedoch ertragen. So konnte er Mathilda auch nicht gehen lassen. Sie musste sich erst selbst aus seinen Fängen befreien. Ich habe ihr dabei geholfen. Aber es hat lange gedauert, bis die Wunden verheilt waren. Ihr Körper blieb übersät mit den winzigen Narben seiner Reißzähne. Doch die Narben in ihrer Seele waren wesentlich größer. Ich glaube, dass sie ihn dennoch weiter geliebt hat. Bis zum Ende. Und ich denke, dass diese verfluchten Steine die Ursache dieses ganzen Übels waren.«

Hinriks wütender Ausdruck verflog auf der Stelle wieder, als er Elbas trauriges Gesicht sah. »Niemand wird grausam geboren oder unfähig zu lieben, weißt du. Natürlich nicht. Die Summe der Erlebnisse prägt den Charakter. Aber es ist unnatürlich für uns Menschen, mit dem ewigen Leben zurechtzukommen. Es widerspricht unserer Natur. Die Unsterblichkeit verändert die Persönlichkeit und das Verhalten. Diese Geschöpfe unterscheiden sich dermaßen von uns, dass es unmöglich wird, eine Brücke zu schlagen und gemeinsames Glück zu finden. Im Grunde gehören sie einer vollkommen anderen Spezies an.«

»Aber was hat Tristans Charakter so negativ geprägt? Was hat ihn dazu gebracht, die Liebe aus seinem Leben zu verdammen?«

»Das lässt sich mit einem Wort zusammenfassen: Duris.«

Elbas Augen weiteten sich.

»Deiner Reaktion entnehme ich, dass du bereits von ihm gehört hast?«

Sie nickte.

»Nun ja«, sagte Hinrik und schwieg eine Weile nachdenklich. »In Wahrheit ist die Geschichte natürlich komplexer. Vor vielen Jahren – vor vielen Jahrhunderten, besser gesagt – war Tristan unsterblich verliebt. Damals, es war 1652, war er noch ein Mensch. Ein junger Mann, der sich in ein wunderschönes Mädchen namens Mina verliebte. Er war fasziniert von ihrem dunklen Haar, den beinahe schwarz glänzenden Augen, den vollen, sinnlichen Lippen und ihrem leicht olivfarbenen Teint. Arglos und vorurteilsfrei war er ihr begegnet und verfiel ihrer Lebensfreude. Und ihr erging es umgekehrt ebenso. Nur eines konnte Tristan nicht ahnen: Zu dieser Zeit war seine Angebetete bereits einem anderen versprochen. Einem herzlosen Tyrann, den sie verabscheute und niemals lieben würde. Als Tristan davon erfuhr, brannten die beiden durch und heirateten im Verborgenen, fernab ihrer Heimat. Sie ließen alles hinter sich. Die Annehmlichkeiten des Adels, die Geborgenheit der Familie und die Vertrautheit des Bekannten. Sie führten ein schlichtes Leben auf dem Land in inniger Zweisamkeit. Sie hatten nur noch sich, und das war auch das Einzige, das sie wirklich brauchten. Zusammen lebten sie zufrieden und glücklich. Nach einiger Zeit krönte sogar ein gemeinsamer Sohn ihre Liebe. Soviel ich weiß, vergötterte Tristan seine Mina. Sie und das neue Leben, das sie ihm geschenkt hatte. Es dauerte Jahre, bis der rachsüchtige Tyrann die beiden ausfindig machte. Und dann geschah das Unfassbarste, das Schrecklichste, wovon ich jemals gehört habe.«

Hinrik blickte auf seine Gartenhandschuhe, dann richtete er den Blick wieder auf Elba. »Eines sonnigen Tages, kurz nach der Mittagszeit, hörte Mina draußen vor dem Haus herannahendes Huftrappeln. Tristan, sie und ihr kleiner Sohn hatten soeben das Essen beendet. Mina stand auf und sah aus dem

Fenster. Entsetzen spiegelte sich in ihrem Gesicht, als sie sah, wer auf ihr Haus zukam. Auf den Pferden, die sie gehört hatte, saßen Duris und dessen Männer. Duris, der bekannt war für seine Grausamkeit und Brutalität, war eigens gekommen, um Mina zurückzuholen. Damals wussten sie und Tristan noch nicht, dass er ein Vampirdasein führte. Sie hatten nur gewusst, dass sie sich liebten und in Kauf genommen, sich für den Rest ihres Lebens vor diesem Schlächter verstecken zu müssen. In ihrem Glück hatten sie nicht erwartet, dass er sie jahrelang suchen und tatsächlich finden würde." Hinrik sah prüfend in Elbas Gesicht. Er wog ab, ob er ihr die Geschichte wirklich zumuten konnte, beschloss aber schließlich, fortzufahren.

»Leichenblass drehte Mina sich zu ihrem Mann um und flüsterte Duris' Namen. Tristan zerrte sie vom Fenster weg und griff instinktiv nach einem Messer, um seine Familie zu schützen. Seine Frau geriet in Panik. Sie war besessen von der Angst, in die Hände dieses Barbaren zu geraten. Und mit einem Mal wurde sie ganz still und ruhig. Sie flüsterte, dass es keinen Ausweg mehr gäbe, dass sie Duris nicht entrinnen könnten. Und sie flehte Tristan an, sie und das Kind zu töten, bevor sie der Folter und dem Grauen durch Duris ausgeliefert sein würden. Denn es stand fest, dass er nicht gekommen war, um sie noch zu ehelichen. Rache allein war sein Antrieb, und Rache sollte er bekommen.

Tristan versuchte, sie zu beruhigen, doch Mina war außer sich, drohte ihm, es selbst zu tun. Sie würde das Kind und sich selbst töten. Lieber wollte sie ihren Sohn tot wissen als den Qualen durch Duris' Männer ausgesetzt. Und sie selbst würde sich eher das Leben nehmen, als die Schmach und das Leid, mit denen sie rechnen musste, über sich ergehen zu lassen. Am Ende würde er sie alle ohnehin töten. Das Einzige, was sie daran hinderte, diese Tat selbst auszuführen, war ihr strenger Glaube. Einem Selbstmörder war das Tor ins Himmelsreich auf ewig verwehrt. Schließlich überzeugte sie Tristan davon, dass sie zu töten den einzigen Ausweg darstellte. Im Tode würden sie drei dann wieder vereint sein. Sie würden sich lieben und für immer zusammen sein. Und so nahm Tristan seiner Frau, seiner Geliebten, seiner Liebe die Schuld und die Bürde dieser Todsünde ab.

Die Haustüre krachte bereits unter den Tritten der Männer, als Tristan seinen Sohn schnappte, ihn ein letztes Mal auf die Stirn küsste und ihm den Hals durchtrennte. Das Leben in den Augen des Jungens erlosch. Als Mina und Tristan sich unter Tränen verabschiedeten, drängten die brüllenden Männer schon die Treppe empor. Als sie das Esszimmer stürmten, durchschnitt Tristan auch Minas Kehle. Er sank auf die Knie, um sich seinem Schicksal zu ergeben, und wehrte sich nicht, als die Männer auf ihn einprügelten. Am Boden liegend, hielt er den Blick fest auf die leblosen Körper seiner Liebsten gerichtet und sehnte sich nach dem Tod. Das war wohl auch das Letzte, woran er sich erinnerte, bevor er das Bewusstsein verlor. Bevor er als Vampir zu neuem Leben erwachte.« Hinrik sah Elba besorgt an.

Die schluckte schwer. Tristan tat ihr unendlich leid, und sie verstand nun, warum er niemanden mehr an sich heranlassen wollte. Sie konnte sich kaum vorstellen, wie viel Kraft es erfordert haben musste, eine solche Tat zu begehen. Dennoch drängte sich eine Frage in ihre Gedanken. »Wie genau wurde er zu einem Vampir?«

»Mathilda hat mir erzählt, dass der Biss eines Vampirs und das Aussaugen des gesamten menschlichen Blutes – obgleich das zwingend notwendig wäre – allein nicht ausreichen, um solch eine Verwandlung zu vollziehen. Auch das Blut des Vampirs muss vom Menschen getrunken werden. Viel Blut. So viel, dass das des Menschen vollkommen durch das des Vampirs ersetzt wird. Durch den Verlust seines eigenen Blutes stirbt der Mensch. Danach wird sein lebloser Körper unter der Erde begraben. Der Kreislauf der Natur versucht, sich zu schließen und, wie nach jeder Beerdigung, den Körper in sich aufzunehmen. Stattdessen erwacht das Geschöpf durch das Blut des Vampirs jedoch wieder zu neuem Leben. Einem Leben zwischen dem Reich der Toten und dem der Lebenden. Auf diese Weise findet auch die Aktivierung der Steine statt. Die letzten Tropfen Blut des Menschen dringen vereint mit dem Lebenssaft des Vampirs in die Erde ein, und es kommt zur Aktivierung des Gesteins, wodurch jedem Untoten, jedem neuen Vampir, ein spezifischer Stein zugeordnet wird.«

Elba erschauerte. Die Vorstellung, begraben zu werden und dann unter der Erde wieder zu erwachen, fand sie widerwärtig. Doch im Moment erforderten wesentlich bedeutendere Dinge ihre Aufmerksamkeit. Das Stichwort der Steine nahm sie auf, um Hinrik über den Verbleib von Tristans Aquamarin zu befragen. Immerhin musste er ja wohl wissen, wo er war.

»Also, eigentlich bin ich hier, um Tristans Stein zu holen. Weißt du, wo er ist? Es ist wirklich wichtig, dass er ihn zurückbekommt. Bitte, gib ihn mir.«

Hinrik seufzte und blinzelte, als ihn ein Sonnenstrahl traf, der durch die Äste fiel. Es machte den Eindruck, als wünschte er sich selbst weit weg. »Ich habe das Gefühl, dass du wissen solltest, was sich in der Holztruhe deiner Großeltern befindet. Ihr Inhalt wird dir über Vieles Aufschluss geben. Du musst entscheiden, ob du solch ein Leben führen möchtest. Geteilt mit diesen Kreaturen der Dunkelheit. Das wünsche ich dir ehrlich nicht. Wenn es jedoch dein Wille ist, kann es dir niemand verbieten. Aber bevor du diese Entscheidung triffst, musst du mehr erfahren.«

Hinrik stand auf, reichte Elba die Hand, und sie ließ sich hochziehen. »Lass uns ins Haus gehen und mit deinen Großeltern sprechen.« Er warf einen letzten Blick auf Tante Matties Grab, dann gingen sie durch das grüne Gras auf das Haus zu.

Noch bevor sie es erreichten, kamen die Großeltern herausgelaufen und eilten auf sie zu.

Die Großmutter begrüßte Elba aufgeregt. »Gut, dass du zu Hause bist, Kind, ich hab mir solche Sorgen gemacht!«

Elbas Großvater sagte kein Wort, beäugte die Enkelin nur misstrauisch über seine Brillengläser hinweg.

Helene schloss sie in die Arme. »Wo bist du bloß gewesen? Wir werden dich wegbringen von hier. Dieser Ort ist nicht gut für dich. Wir reisen noch heute ab!«

Elba befreite sich aus der Umarmung und sah Hinrik Hilfe suchend an.

»Es ist zu spät. Wir müssen ihr erzählen, was wir wissen«, forderte Hinrik. »Wir müssen ihr die Wahrheit sagen. Die ganze Wahrheit.« Verdutzt starrte die Großmutter ihn an, doch er fuhr fort: »Sie muss den Inhalt der Truhe sehen – daran führt kein Weg mehr vorbei, Helene.«

Er bemerkte an ihrem Gesichtsausdruck aber gleich, dass es keinen Sinn hatte, mit ihr darüber zu sprechen, und wandte sich daher an Edwin. »Sie hat sich bereits mit Aris verbunden.«

Edwins Blick sprach Bände.

»Einer Verbindung mit Aris werden wir nicht zustimmen«, brauste die Großmutter auf.

»Das liegt nicht in eurer Hand, das weißt du. Das ist Elbas Entscheidung. Sie ist kein Kind mehr. Umso wichtiger ist es, dass sie abschätzen kann, worauf sie sich einlässt.«

»Sie wird sich auf gar nichts einlassen!«, entgegnete die Großmutter aufgebracht. »Aris ist ein gefährlicher Mann.«

»Genau deshalb muss sie wissen, womit sie es zu tun hat.«

»Je weniger sie weiß, desto besser. Genau das war der Grund, weshalb wir sie nicht mehr an diesen Ort gebracht haben. Bring sie jetzt nicht auf dumme Ideen, Hinrik!«

»Wollt ihr sie denn blind in ihr Verderben laufen lassen? Sie alleine ihrem Schicksal ausliefern?«

»Ganz gewiss nicht. Wir werden sie von alledem fernhalten. Sie wird Aris nicht wieder sehen.«

»Noch mal: Dafür ist es zu spät. Das weißt du ganz genau.

Sie ist mit ihm verbunden. Du kannst die Augen nicht davor verschließen, nur weil sie euer Enkelkind ist. Wir müssen jetzt sehen, wie sie diese Geschichte möglichst unbeschadet übersteht.« Hinrik atmete durch, versuchte, sich wieder zu beruhigen. »Die Truhe! Sie muss sie sehen«, setzte er dann mit Nachdruck hinzu.

»Unfug«, rief die Großmutter kopfschüttelnd. »Niemand außer uns muss den Inhalt der Truhe sehen. Wir fahren nach Hause und lassen all das weit hinter uns.«

»Merkst du denn nicht, dass es keinen Zweck hat, ihr noch weiter etwas vorzumachen? Wollt ihr denn, dass sie so endet wie Mathilda? Oder wie ihre Mutter?«

Ihre Mutter?

Hinrik sah die Großmutter eindringlich an. Keiner der beiden Großeltern sagte ein Wort. Hinrik packte Elba am Arm und marschierte mit ihr los. »Komm mit mir nach oben. Wenn sie es nicht tun, zeige ich es dir.« Die beiden machten sich auf den Weg ins Haus.

»Bleibt hier«, rief Helene ihm verärgert nach. »Nicht! Wir dürfen uns nicht einmischen, es ist uns verboten!«

Als die Großeltern feststellen mussten, dass Hinrik sich nicht erweichen ließ, liefen sie ihm und Elba hinterher.

Im Gehen drehte Hinrik sich um. »Elba ist keine x-beliebige Steinträgerin. Sie ist euer Enkelkind, und die Einmischung hat bereits vor vielen Jahren begonnen.«

Sie erreichten den Treppenaufgang.

»Damals wussten wir noch nicht, dass sie diese Bürde in sich trägt«, wandte die Großmutter verteidigend ein.

»Jetzt wisst ihr es!«

»Eine Einmischung kann verheerende Folgen nach sich ziehen«, versuchte die Großmutter, ihm den Ernst der Lage zu verdeutlichen.

»Fürchtet ihr euren eigenen Tod mehr als ihren? Das kann ich mir nicht vorstellen.« Er stürmte mit Elba im Schlepptau die Treppe zu Mathildas Zimmer hinauf.

»Du weißt ja nicht, wovon du sprichst, Hinrik! Wir haben einen Schwur geleistet«, mischte der Großvater sich jetzt zornig ein. »Du hast keine Ahnung, was eine Einmischung bedeuten würde! Es geht um viel weitreichendere Konsequenzen als unseren eigenen Tod. Wir dürfen das Abkommen nicht brechen, das könnte einen Krieg zwischen Wächtern und Vampiren auslösen.«

»Und aus diesem Grund opfert ihr Elba? Das werde ich nicht zulassen! Das wird nicht passieren. Ihr könnt nicht gegen das Schicksal ankommen.«

Die Großmutter schrie ihn jetzt an: »Richtig, das wird nicht passieren, weil wir es nicht so weit kommen lassen werden. Das ist nicht deine Sache, Hinrik. Halte dich da raus!« Ihre Stimme überschlug sich. »Duris wird uns alle vernichten, wenn wir uns in diese Angelegenheiten einmischen. Und nicht nur uns. Wir dürfen den Frieden zwischen Menschen und Vampiren nicht gefährden. Ich bitte dich, versteh doch –«

Aber die Worte erreichten Hinrik nicht mehr. Er und Elba hatten bereits das Zimmer erreicht, in dem die Holztruhe stand.

Allerdings war keine Spur von ihr zu sehen. Eilig bückte Hinrik sich, um unters Bett zu sehen. Nichts. Hektisch öffnete er den Schrank. Nichts. Die Kiste war verschwunden.

Die Großeltern betraten das Zimmer. »Wo habt ihr die Truhe hingebracht?«, wollte Hinrik wissen.

»Sie war die ganze Zeit hier«, antwortete der Großvater ehrlich erstaunt.

»Und wo ist sie jetzt?«

»Ich weiß es nicht. Wirklich. Sie war ja immer hier«, entgegnete Edwin sichtlich überrascht.

Hinrik suchte weiter das Zimmer ab. Ergebnislos.

Für den Bruchteil einer Sekunde warf Edwin seiner Frau einen musternden Blick zu. Sie musste wissen, wo die Truhe war!

Wut stieg in Elba hoch. Sie hatte genug. Sie wollte nun endlich wissen, was die Großeltern vor ihr verbargen. Hysterisch begann sie zu schreien: »Ihr sagt mir jetzt endlich die Wahrheit! Was versteckt ihr vor mir? Was verheimlicht ihr?«

Die Großeltern waren zu keiner Antwort fähig. Sie waren zu verblüfft von Elbas plötzlichem Ausbruch.

»Ist es wahr, dass ich nicht einmal euer Enkelkind bin, dass wir nicht blutsverwandt sind? Habt ihr mich all die Jahre belogen?«

Hinrik stellte sich bestärkend hinter Elba und legte er ihr als Zeichen seiner Unterstützung die Hände auf die Schultern.

Die Großmutter fing an zu weinen. Sie streckte beschwichtigend ihre zitternde Hand nach Elba aus, diese schlug sie jedoch zornig weg.

»Antwortet mir!«, schrie sie erneut und warf Edwin einen wütenden Blick zu.

»Beruhige dich, Elba.« Die Stimme des Großvaters klang streng. »Siehst du nicht, wie sehr du deine Großmutter aufregst?«

Die Zurechtweisung erreichte Elba nicht. »Ihr sollt mir antworten!« Zornesträen schossen ihr in die Augen. Sie ertrug den Anblick ihrer Großeltern nicht länger. Sie ertrug die Lügen nicht mehr. Den Verrat. Die Enttäuschung.

Verzweifelt lief sie aus dem Zimmer, rannte die Treppe hinab und aus dem Haus hinaus. Sie lief weiter den Schotterweg hinauf, am Garten entlang, bis sie das Anwesen hinter sich gelassen und endlich die Landstraße erreicht hatte. Erschöpft blieb sie stehen, völlig außer Atem. Verflucht! Sie musste sich sammeln, zurückgehen und den Stein finden. Sie konnte jetzt doch nicht einfach wegrennen.

Gerade, als sie wieder umkehren wollte, um sich der unangenehmen Situation zu stellen – gerade, als sie beschlossen hatte, dass es keine Lösung mehr sein konnte davonzulaufen, hörte sie den Motor eines Autos.

Christians Pick-up tauchte vor ihr auf der Straße auf. Er hielt neben ihr an und kurbelte die Fensterscheibe hinunter.

»Was machst du hier, Elba? Was ist los?«, fragte er verwirrt.

»Nichts«, entgegnete sie. »Nichts. Ich hab nur mit den Großeltern gestritten. Ein dummer Streit. Das ist alles.« Schnell wischte sie sich die Tränen aus dem Gesicht und fuhr sich mit den Fingerspitzen durchs Haar.

»Soll ich dich zurückfahren?« Er sah sie aufmunternd an.

Elba schüttelte den Kopf. Sie wusste, dass sie eigentlich zurückmusste. Aber sie wollte nicht. Und wahrscheinlich würde es sowieso nichts bringen, denn offensichtlich hatten ihre Großeltern nicht vor, ihr zu helfen. Und Onkel Hinrik wollte ihr auch den Stein nicht einfach so aushändigen.

»Willst du vielleicht mit mir kommen?« Fröhlich zwinkerte er ihr zu. Sein Haar glänzte wie Gold in der prallen Sonne, und seine Augen leuchteten unbeschwert.

Ja. Genau das wollte sie! Genau diese Leichtheit. Genau das brauchte sie mehr denn je. Und sie würde Christian alles erzählen. Und er würde einen Rat wissen. Er würde wissen, was zu tun war. Der einzig normale Mensch in ihrer Umgebung. Der Einzige, mit dem sie jetzt sprechen konnte.

Erleichtert über den Einfall, kletterte sie in seinen Wagen. Er begrüßte sie mit einem Küsschen auf die Wange und gab ihr einen sanften Schubs.

»Das wird schon wieder, Elba. Alles halb so wild. Bestimmt.« Sein Lachen wirkte ansteckend, und die Schwermut verflüchtigte sich schlagartig aus Elbas Herz. Zustimmend nickte sie. Ganz unwillkürlich musste sie lächeln. Noch ein klein wenig gezwungen, aber ein befreiendes Gefühl breitete sich schon langsam in ihr aus. Bestimmt hatte er recht!

Christian stieg aufs Gas, und sie brausten los. Der Fahrtwind zerrte an Elbas Haar und wehte ihre Sorgen davon.

»Wir könnten Sarah und Marie in der Stadt treffen. Sie sind im Café und tauschen den neuesten Klatsch und Tratsch aus.

Das willst du sicher nicht verpassen«, schlug Christian vor und grinste heiter. »Hast du Lust?«

Natürlich hätte sie Lust gehabt. Nichts wäre ihr lieber, als mit anderen Jugendlichen in einem Kaffeehaus zu sitzen und die Sommerferien zu genießen. Wie sie es sonst auch immer getan hatte. Wie herrlich war das Leben vor Kurzem doch noch gewesen. Aber sie musste sich konzentrieren. Es gab jetzt keine Ausflucht mehr, sie hatte eine Aufgabe zu erledigen. Es gab keine Zeit zu vergeuden. Vielleicht konnte Christian ihr helfen.

»Ist deine Mutter zu Hause?«

Christian zögerte. »Nein. Wieso?«

»Dann lass uns zu dir fahren. Wir müssen reden. Ungestört.«

»Das klingt ernst.«

Elba nickte.

»Hat es etwas mit mir zu tun?«

»Nein, nicht wirklich. Es hat mit mir zu tun. Aber vielleicht kannst du mir helfen. Du bist der einzige Mensch, dem ich noch vertraue.«

Christian sah sie verständnislos an, stellte aber keine Fragen.

Saftige Wiesen und grüne Bäume zogen an ihnen vorüber. Was für ein schöner Sommertag das hätte sein können …

In Christians kleinem Häuschen nahmen sie in seinem Zimmer auf dem Sofa Platz. Die Fenster waren weit geöffnet, und Blumenduft wehte von draußen herein.

Christian brachte Eistee, und Elba überlegte, wo sie zu erzählen beginnen sollte. Christian kannte ihre Verwandten gut. Vielleicht sogar besser, als sie selbst es tat. Es war durchaus möglich, dass er etwas wusste. Und wenn sie tatsächlich nicht zu dieser Familie gehörte, würden die Leute aus dem Dorf dies wahrscheinlich auch wissen.

Und mit einem Mal brach alles aus ihr heraus.

Christian saß nur ruhig da und betrachtete sie. Die gesamte Zeit über sprach er nicht ein Wort. Er hörte nur zu. Sein Körper war gespannt, fast erstarrt, während all die unfassbaren Dinge seine Ohren erreichten. Aufmerksam nahm er jede von Elbas Gefühlsregungen wahr, die sich bei den lebhaften Schilderungen in ihrem Gesicht abzeichneten.

Als sie auf die Großeltern zu sprechen kam und ihre Bedenken äußerte, dass sie möglicherweise nicht deren Enkeltochter war, lehnte Christian sich zurück. Er runzelte leicht die Stirn und blickte zu Boden. Da wusste Elba, dass es der Wahrheit entsprach. Jetzt war sie diejenige, die sein Verhalten scharf beobachtete.

Sie musste sich eingestehen, dass er sich wirklich zu einem sehr attraktiven Mann entwickelt hatte. Voller Leben und so nahbar, so real. Aus Fleisch und Blut, zum Greifen nahe. Nicht wie Tristan oder Aris, deren außergewöhnliche Schönheit und Eleganz sie trotz ihrer Anziehungskraft vom Rest der Welt distanzierten.

»Was weißt du?«, bohrte sie ungeduldig.

»Gar nichts eigentlich. Ich hab lediglich davon gehört, dass …« Er hielt inne und strich sich durchs Haar.

»Wovon hast du gehört? Christian!« Elbas Geduld hatte ihre Grenze erreicht.

»Gerüchte. Die Leute hier reden viel, wenn der Tag lang ist, Elba …« Er wollte nicht so recht mit der Sprache herausrücken.

»Sag mir, was du weißt. Was reden die Leute?« Ihre Wangen glühten. Schweiß bildete sich auf ihren Handflächen. Sie kannte die Antwort. Und auch wenn sie es eigentlich gar nicht wollte, sie musste sie hören. Sie musste sie laut ausgesprochen hören.

Christian klang unsicher. »Sie erzählen sich, dass deine Mutter dich als Baby bei ihnen abgegeben hat. Bei deinen Großeltern. Sie selbst sei jedoch nicht ihre leibliche Tochter gewesen.«

Elba hielt die Luft an. »Dann stimmt es also«, flüsterte sie, ohne Christian anzusehen. »Und alle wissen es.«

»Die Leute reden jede Menge Unsinn. Und bauschen Geschichten gerne auf«, versuchte Christian, abzuwehren.

»Ich denke, es ist wahr«, entgegnete Elba nüchtern.

Einen Moment sah der Freund sie nachdenklich an. »Ja, ich auch«, gab er dann zu. »Aber du musst das mit ihnen selbst klären, Elba. Du musst mit deinen Großeltern darüber sprechen. Nicht mit mir.«

»Ja. Natürlich.« Es hörte sich abwesend an und etwas zerstreut. Sie wunderte sich, dass diese Gewissheit keine Gefühlsausbrüche in ihr auslöste. Irgendwie war sie nicht sicher, ob sie es nicht richtig begreifen konnte oder ob es daran lag, dass sie es ohnedies schon geahnt hatte.

Sie musste verächtlich lächeln und stieß die Luft aus zu einem lautlosen Lachen. »Ich bin allein. Vollkommen allein auf dieser Welt«, sagte sie mehr zu sich selbst als zu Christian.

»Das ist doch Quatsch, Elba!«, beteuerte er fast ein wenig ärgerlich.

Und es brachte auch nichts, sich weiter Gedanken darüber zu machen. Schon klar. Außerdem gab es momentan Wichtigeres, Dringlicheres als ihre persönliche Familiengeschichte.

Nach einer kleinen Pause fragte sie Christian um Rat: »Was meinst du, wie ich an die Truhe kommen kann? Wo könnten sie sie versteckt haben? Sicher befindet sich Tristans Stein dort drin. Und sag mir nicht, dass ich mit ihnen reden soll! Das bringt nichts. Sie werden mir die Truhe niemals freiwillig überlassen.«

»Hast du dir schon mal überlegt, dass es dafür einen guten Grund geben könnte, Elba? Deine ... Großeltern wollen bestimmt nur das Beste für dich.« Christian wand sich unter Elbas missbilligendem Blick.

»Und wenn sie gar nicht wissen, was das Beste für mich ist? Wenn sie eine Fehlentscheidung treffen? Dann kostet das vielleicht mehrere Leben.«

»Wahrscheinlich sollten wir uns einfach raushalten. Wir sind nicht dafür geschaffen, in dieser übernatürlichen Welt mitzuspielen. Überleg doch mal, wie lange Tristan und Aris auch ohne unsere Unterstützung überlebt haben. In deren Leben sind wir Eintagsfliegen, Elba.«

Sie fuhr zusammen. Daran hatte sie noch gar nicht gedacht. Erst jetzt wurde ihr ihre eigene Sterblichkeit bewusst, Christian hatte ins Schwarze getroffen. Ihr kurzes Leben musste vergleichsweise wie der Flügelschlag eines Schmetterlings wirken. Die beiden hatten Jahrhunderte überlebt ohne ihre Hilfe. Aber sie hatte zugesichert, ihnen den Stein zu bringen, und daran würde sie sich halten. Aris würde stolz auf sie sein, und sie würde etwas beitragen im Kampf gegen Duris.

Sie startete einen neuen Versuch. »Du kennst das Haus von Tante Mattie und Onkel Hinrik wie deine eigene Westentasche. Sag, wo könnten sie die Truhe aufbewahren?«

Christian schnaubte abfällig, als er zur Kenntnis nahm, dass Elba sich nicht von ihrem Vorhaben abbringen lassen würde. »Das Haus ist riesig ... Und natürlich könnte die Truhe sich auch außerhalb des Hauses befinden.«

In diesem Augenblick klingelte das Handy in seiner Hosentasche. Elba deutete ihm, dass er ruhig abheben sollte. Auf dem Display leuchtete Maries Name auf. Freundlich begrüßte Christian sie und verließ mit dem Telefon am Ohr das Zimmer.

Elba erhob sich von der Couch und wanderte im Raum umher. An einer der Wände hing ein altes Schwarz-Weiß-Foto von Christians Vater. Er trug ein Fußballdress und posierte mit einem Freund. Einst war er ein kräftiger, lebensfroher Mann gewesen. Wie vergänglich das Leben doch ist, dachte Elba. Er lag nun seit vielen Jahren unter der Erde, und alles, was von ihm übriggeblieben war, waren Fotos und Erinnerungen. Und Christian. Er sah seinem Vater sehr ähnlich. Obgleich seine Züge etwas weicher waren. Mehr wie die seiner Mutter.

Ein weiteres Bild zeigte Christians Eltern an ihrem Hochzeitstag. Es war eindeutig zu erkennen, dass sie sich sehr geliebt haben mussten. An der gegenüberliegenden Wand neben dem Kleiderschrank hing ein großes gerahmtes Foto, auf dem

Christian mit den Eltern bei seiner Taufe abgebildet war. Elba musste lächeln. Niedlich sah er aus in dem weißen Taufkleid.

Mit einem Mal fiel ihr ein, dass sie selbst nicht einmal wusste, wer ihr Vater war. Auch die Großeltern hatten ihn angeblich nicht gekannt, sondern ihr nur einmal erzählt, dass ihre Mutter großen Liebeskummer gehabt hatte. Dass ihr Herz gebrochen war, und sie sich aus diesem Grund nicht um sie kümmern konnte. Das war alles. Elba hatte nie viele Fragen gestellt. Die Großeltern waren die einzigen Eltern, die sie kannte, und sie hatte nie irgendetwas vermisst. Sie hatte sich stets geborgen und geliebt gefühlt.

Als sie im Vorbeigehen ihre Hand über das Holz des großen Schranks gleiten ließ, knarrte die Tür und öffnete sich einen Spalt. Von draußen hörte Elba immer noch Christian, der mit Marie schwatzte. Eines der Bilder, die er an die Kastentüre geklebt hatte, segelte zu Boden. Elba griff danach, um es wieder anzubringen. Als sie es aufhob, fesselte jedoch etwas ihre Aufmerksamkeit. Durch den Türspalt des Kastens konnte sie etwas Massives, aus Holz Gefertigtes, erkennen. Sie hielt die Luft an. Im Dunkel des Schranks befand sich ein Gegenstand, der ihr vertraut vorkam. Und als sie die Türe weiter öffnete, erschrak sie so sehr, dass ihr der Mund aufklappte. Die Holztruhe ihrer Großeltern! Sie konnte es nicht fassen.

Christian war noch immer nebenan. Tausend Gedanken schossen ihr durch den Kopf. Was hatte das zu bedeuten? Überraschung und Enttäuschung mischten sich zu einem bedrückenden Gefühlschaos.

Rasch schloss sie den Schrank wieder, montierte das Bild an seine alte Stelle und kramte hastig ihr Handy aus der Tasche. Eilig tippte sie eine SMS, während sie die Zimmertür nicht aus den Augen ließ. Der Inhalt war an Tristan gerichtet: *112. Truhe gefunden.*

Ihr war klar, was sie zu tun hatte. Unmöglich konnte sie die Truhe alleine tragen und unauffällig nach draußen schaffen. Sie musste Christian unter einem Vorwand aus dem Haus locken, damit Tristan und Aris das alte Möbelstück ungestört holen konnten. Sie würde jetzt keine Fragen stellen und nicht mit Christian darüber diskutieren. Sie musste ihre Gefühle ihm Zaum halten und fokussiert bleiben.

Schnell sandte sie die Infos an Tristan und ärgerte sich ein wenig, dass sie lediglich seine Nummer hatte. Sie kannte weder Aris' noch Ofeas Telefonnummer.

Noch bevor sie sehen konnte, ob eine Antwort eingegangen war, kehrte Christian zu ihr ins Zimmer zurück. Sie bemühte sich, unauffällig zu lächeln, als er sie vergnügt anstrahlte.

»Marie und Sarah fahren zum Waldsee«, verkündete er. »Sie haben einige Freunde zusammengetrommelt und gefragt, ob wir auch kommen. Es wird gebadet und gegrillt. Wird sicher lustig. Lass uns auch hinfahren. Die Ablenkung tut dir bestimmt gut. Einfach relaxen und abhängen.«

Der Vorschlag kam Elba sehr gelegen. Aber Christian durfte nicht misstrauisch werden.

»Ich habe keine Badesachen dabei«, gab sie zu bedenken.

»Dann kaufen wir einen Bikini und kommen nach. Ich gebe Marie Bescheid.« Christian war sichtlich erleichtert, dass sie keine Einsprüche erhob. Er wirkte so fröhlich und heiter. Man konnte sich kaum vorstellen, dass er ein Geheimnis hütete und sie nach Strich und Faden belog.

Er packte einige Sachen in eine große Tasche, während Elba sich von ihm erklären ließ, wo der See lag. Sie gab vor, ihre Großeltern informieren zu wollen. Als sie zu Christians Wagen gingen, sandte sie jedoch eine Nachricht mit den wichtigsten Infos an Tristan.

Nachdem sie einen schlichten roten Bikini gekauft hatten, fuhren sie zum See. Eine abenteuerliche Forststraße führte sie durch den dichten Wald, bis sich vor ihnen eine Lichtung auftat, in deren Mitte der See lag.

Die Wasseroberfläche glitzerte in der Sonne. Mehrere Autos parkten am Waldrand. Marie und Sarah plantschten bereits vergnügt, und ein paar Jungs liefen grölend in das spritzende Wasser. Auf der kleinen Wiese war eine Feuerstelle vorbereitet, und jemand hatte Wasserwannen aufgestellt, in denen Bierflaschen kühlten.

Direkt daneben breiteten Christian und Elba ihre Badetücher aus. Marie und Sarah winkten ihnen zu. Christian streifte sein T-Shirt ab und zog die Jeans aus. Elba setzte sich auf eines der Badetücher und beobachtete, wie er sich in seinen Badeshorts ins Wasser warf.

Sie fragte sich, was nur in ihm vorging. Warum hatte er die Truhe an sich genommen und ihr nichts davon erzählt?

Übermütig hob er Marie hoch und schmiss sie zurück ins Wasser. Sie quietschte vor Vergnügen. Dann schwamm er zu Sarah, um sie unterzutauchen. Die anderen Jungs feuerten ihn an, während Sarah nach Luft japste und ihrerseits versuchte, Christian unter Wasser zu ziehen.

Elba kontrollierte ihr Handy. Nichts. Keine Nachricht von Tristan. Sie beschloss, ebenfalls eine Runde zu schwimmen, und schälte sich aus ihrem Kleid.

Das Wasser war kalt und der Untergrund des Sees schlammig. Sie hielt die Luft an und tauchte mit einem Mal ganz unter, dann schwamm sie an Christian und der tobenden Gruppe vorbei ans gegenüberliegende Ufer. Sie war sicher, dass Christian ihr folgen würde. Und sie sollte recht behalten.

An einer Stelle ragte ein großer Fels aus dem Wasser. Elba hielt sich daran fest und wartete auf Christian, der sich ihr kraulend näherte. Als er sie erreichte, bespritzte er sie mit Wasser und rief: »Na, wie gefällt's dir?«

Sie spritzte zurück. »Es ist fantastisch, verdammt schön hier!«

Christian schwamm näher an sie heran. »*Du* bist verdammt schön, Elba.«

Wie bitte?

Sein Blick glitt über ihr nasses Haar hinab zu den nackten Schultern, die aus dem Wasser ragten. Elba war verunsichert. Musste sie gleich mit einem Annäherungsversuch rechnen?

Da lachte Christian laut auf, griff nach ihrem Kopf und tauchte sie mit einem Schwung unter Wasser. Als sie spuckend wieder an die Oberfläche kam, lachte er immer noch herzlich. »Du lässt dich wirklich leicht verwirren, Elbarina. Traust du mir echt eine so plumpe Anmache zu?«

Er spritzte ihr noch mal ins Gesicht und schwamm dann zurück zu seinen Freunden. Elba folgte ihm. Sie sah, dass er aus dem Wasser stieg und sich auf dem Handtuch neben der Feuerstelle in die Sonne setzte.

Am Ufer angekommen, wrang sie ihr Haar aus und ließ sich neben ihn fallen. Die Sonne trocknete die Wasserperlen auf ihrer Haut. Elba streckte sich aus und blickte in den blauen Himmel: Keine einzige Wolke trübte das Wetter. Hin und wieder zogen Vögel vorüber. Die Welt hier draußen lag still in einer wunderbar friedlichen Blase, die sie von der Realität abschirmte. Lediglich die Geräusche der tobenden Jungs im Wasser durchdrangen diese Stille, und das Gekicher der Mädchen.

Plötzlich hörte sie den Motor eines sich nähernden Autos. Oje! Sie setzte sich auf und wandte den Kopf in Richtung der Schotterstraße. Ihr stockte der Atem, als sie den Wagen erkannte, der aus dem Wald auftauchte. Tristans schwarzer Buick. Der Antrieb des Oldtimers schnurrte gleichmäßig, als er auf sie zurollte. Tristan stellte den Wagen nicht neben den anderen Autos ab, sondern fuhr direkt vor bis zur Feuerstelle. Ein nervöses Kribbeln breitete sich in Elbas Magengrube aus.

Die beiden Vordertüren öffneten sich gleichzeitig, und unter den Klängen von *Hotel California* stiegen Aris und Tristan aus. Der Anblick war unwirklich – wie bei einer gottverdammten Modelshow! Himmel, war das Leben unfair!

Auf den Gesichtern der beiden ließ sich keinerlei Gefühlsregung ablesen.

Wie passend die Musik doch war, der Text spiegelte Elbas momentane Gefühlswelt haargenau wider. Sie war durch das Licht angezogen und geblendet worden, hatte sich verführen lassen, und jetzt gab es kein Zurück mehr. Sie war in Versuchung geraten, ihren dunkelsten Wünschen nachzugeben, den Geschmack des Abenteuers zu kosten, doch den Rückweg in ihr altes, normales Leben würde sie nicht wieder finden. Ihr wurde ein wenig bang zumute.

Beide Männer nickten ihr begrüßend zu und ließen sich dann links und rechts von Christian nieder. Ihre Anmut und die Überlegenheit in der Art und Weise, sich zu bewegen, trennte sie ganz zweifelsfrei vom gesamten Rest der Welt. Die Aura, die sie umgab, wirkte wie ein alles verschlingender Sog, der jedes Lebewesen zu ihnen hinzog, und gleichzeitig wie ein durchsichtiger Schutzwall, der sie von ihnen abschirmte.

Aris, der sich zwischen Elba und Christian gesetzt hatte, stützte sich nun im Gras ab, legte den Kopf in den Nacken und musterte schweigend den Himmel. Dabei saß er so nah neben Elba, dass sie immer nervöser und unsicherer wurde. Gleichzeitig fühlte sie sich jedoch unheimlich von ihm angezogen. Diese Mixtur aus widersprüchlichen Gefühlen würde ihr noch den Verstand rauben, so viel war sicher.

Tristan betrachtete Christian einen Augenblick von der Seite. »Sieh einer an, wen wir hier gefunden haben!« Seine Stimme klang angriffslustig. Er riss kurz die Augen auf und kniff sie umgehend wieder zu bedrohlichen Schlitzen zusammen.

Elba hatte ein unangenehmes Gefühl. Sie befürchtete, dass die beiden Christian in die Mangel nehmen würden. Und immerhin hatte sie das zu verantworten. Sie wünschte sich jetzt, mit ihm darüber gesprochen zu haben, ihn gefragt zu haben, was seine Beweggründe gewesen waren, die Truhe bei sich zu verstecken. Aber dafür war es nun zu spät. Sie hatte sich genau wie alle anderen auf dieses Spiel eingelassen und die Konsequenzen folgten auf den Fuß.

Christian hatte die ganze Zeit über weder Aris noch Tristan angeschaut. Daher gewann Elba den Eindruck, dass er genau wusste, weshalb die beiden gekommen waren. Wie war das möglich? Was verschwieg er?

Tristan rückte ein Stück näher an Christian heran und zischte dann leise, aber messerscharf: »Riechst du das?« Und dann lauter: »Was ist das wohl für ein Geruch, Aris? Was meinst du?« Missbilligend rümpfte er die Nase.

Aris hielt den Blick in die Höhe gerichtet und antwortete mit butterweicher Stimme: »Ja. Ich kann es auch riechen.«

Der Knoten in Elbas Magen schnürte ihr die Eingeweide zusammen. Da nahm sie wahr, wie Aris die Hand nach ihr ausstreckte und sanft mit dem kleinen Finger den ihren streichelte. Eine überschäumende Welle rollte blitzschnell durch ihren Körper. Wie ein Stromschlag, der sie von Kopf bis Fuß durchzuckte. Sie starrte seine Hand an. Ihr Stein flackerte auf. Der Nebel in ihrem Gehirn machte jede Zelle bewegungsunfähig, lähmte jeglichen Gedankengang. Die Stimmen um sie herum verstummten beinahe vollständig, sie konnte die einzelnen Worte, die gesprochen wurden, nicht mehr unterscheiden. Ihr wurde so heiß, dass es kaum erträglich war. Was war denn nur los mit ihr?

Dann sammelte sie die letzten Funken ihrer kaum noch funktionstüchtigen Sinne zusammen und entzog Aris mit einem Ruck ihre Hand. Schlagartig normalisierte sich alles. Klar und deutlich hörte sie wieder jede Stimme und jedes Geräusch. Verflucht, war das seltsam!

»Das ist der Gestank des Verrats!«, giftete Tristan aggressiv.

»Gut möglich«, kommentierte Aris seelenruhig.

»Was sagst du dazu, Christian?« Tristans Augen loderten feindselig. Am liebsten wäre Elba aufgestanden und weggegangen.

»Ich nehme an, es geht um die Truhe?« Christian klang klar und nüchtern – furchtlos.

»Schlaues Kerlchen! So dumm ist er gar nicht. Oder doch?«, raunte Tristan gehässig.

»Abwarten«, gab Aris gelassen von sich. »Mal sehen, was er uns erzählen möchte.«

»Ich bewahre sie nur auf. Für langjährige und gute Freunde. Menschen, die mir nahestehen und die stets gut zu mir waren.« Dann beugte Christian sich nach vorn, um Elba anzusehen, und fügte eindringlich hinzu: »Menschen, denen ich vertraue.«

Elba merkte, dass sie rot wurde und beschämt auf ihre Hände starrte. Sie ärgerte sich darüber, wie einfach es ihm gelang, den Spieß umzudrehen. Schließlich hatte er sie angelogen. Eigentlich sollte *er* sich schämen. Aber die Welt war eben nicht schwarz oder weiß, und sie konnte davon ausgehen, dass Christian triftige Gründe für sein Handeln hatte. Oder spielte er darauf an, dass sie den Großeltern vertrauen sollte? Dass sie hinnehmen sollte, wie sie sie behandelten und wie viel sie ihr erzählten, weil sie sicherlich wussten, was am besten für sie war.

Tristan riss sie aus ihren Überlegungen. Er drohte, die Beherrschung zu verlieren. »Schluss jetzt mit dem Gefasel! Komm zum Punkt! Was hast du damit zu schaffen?«

Zum ersten Mal erkannte Elba in Christians Zügen einen Anflug von Verärgerung. Der Gleichmut wich aus seinen Augen. »*Ich* habe rein gar nichts damit zu schaffen. Die Frage ist, was *ihr* damit zu schaffen habt? Soweit ich weiß, gehört die Truhe nicht euch!« Er hielt Tristans zornigem Blick stand, auch wenn jegliche Farbe aus seinem Gesicht verschwunden war.

»Du kleiner Drecksack!«, entfuhr es Tristan.

Elba fuhr erschrocken zusammen. Sie befürchtete, er würde Christian gleich an die Gurgel fahren. Doch bevor er einen Schritt weiter gehen konnte, unterbrach Aris ihn. Er hörte sich nach wie vor mild und freundlich an, und langsam dämmerte Elba, was für ein Spiel die beiden trieben: guter Bulle, böser Bulle. Wirklich überzeugend. »Was uns eigentlich interessiert, ist, wo du den Schlüssel zu der Truhe aufbewahrst.«

Elba sah Christian an, dass er zum ersten Mal etwas von einem Schlüssel hörte.

»Ich hab keinen Schlüssel dafür«, antwortete er. »Die Kiste gehört mir ja auch nicht. Ich werde bestimmt nicht hineinsehen. Wenn sie nicht möchten, dass irgendjemand nachschaut, was sich darin befindet, muss ich das akzeptieren. Wenn ihr Genaueres wissen wollt, fragt ihr Elbas Großeltern selbst.«

»So? Muss man das akzeptieren?«, fragte Tristan aggressiv.

»Ich denke, ja«, gab Christian zurück.

»Und du weißt ganz sicher nichts von einem Schlüssel?«, wollte Aris wissen.

Christian schüttelte unsicher den Kopf.

»Dann hast du den hier auch niemals zuvor gesehen?«

Tristan zog einen großen, eisernen Schlüssel aus seiner Hemdtasche. »Kommt mir seltsam vor!« Er drehte den Schlüssel in seiner Hand.

Der Griff bestand aus diversen Verschnörkelungen. Die Verzierungen sahen aus wie die Ränder kleiner Kleeblätter. Auf dem Stiel, der den Griff mit dem Bart verband, befanden sich eine Reihe eingravierter Buchstaben. Bei genauerer Betrachtung ergaben die Buchstaben einen Namen: *Dorian*.

Christians Gesicht wurde kalkweiß. Er versuchte, nach dem Schlüssel zu greifen, doch Tristan schloss schnell seine Hand und schob ihn in seine Hosentasche. »Ist das also nicht der Name deines Vaters?«

»Wo habt ihr den her?« Christian war sichtlich perplex.

»Was meinst du wohl, du kleiner Dummkopf? Haben wir in deinem Haus gefunden! Und ganz zufällig passt er genau in das Schloss«, knurrte Tristan ungeduldig. »Entweder du sagst uns jetzt auf der Stelle, was du weißt, oder ich prügele es aus dir heraus. Mir reißt langsam der Geduldsfaden!« Tristans Worte schnitten kalt und hart die Luft zwischen ihnen.

»Ich glaube nicht, dass ich ihn daran hindern kann. Er ist dabei, völlig auszuflippen«, gab Aris zu bedenken.

»Der Schlüssel gehörte meinem Vater. Das stimmt. Aber ich schwöre, dass ich nicht gewusst habe, für welches Schloss er gemacht ist.« Christians Antwort klang ehrlich.
Sie schwiegen eine Minute.
»Lasst uns gehen«, bestimmte Aris schließlich. Aus irgendeinem Grund war er erstaunlich gut gelaunt.
Tristan nickte. Sie standen beide auf und warteten kurz. »Du kommst mit uns, Milchgesicht!«, befahl Tristan und deutete Christian abfällig mit dem Kopf, dass er ihn meinte.
»Pack deine Sachen, Elba«, wies Aris sie freundlich an.
War es überhaupt möglich, freundlich Befehle auszuteilen? Nun, offenbar schon.
Während Christian sich mit einer fadenscheinigen Ausrede von seinen Freunden verabschiedete und Elba ihr Zeug zusammenraffte und in die Badetasche stopfte, flüsterte sie Aris zu: »Aber wenn ihr den Schlüssel für die Truhe habt, wofür müssen wir Christian dann mitnehmen?«
»Wir können sie nicht öffnen. Der Schlüssel passt, aber die Truhe lässt sich von uns nicht aufschließen«, antwortete er leise.
»Und ihr meint, dass er es kann?«, fragte sie ungläubig.
»Wir werden sehen.«
»Könnt ihr sie nicht einfach aufbrechen? Ich meine, mit euren Kräften und so ...« Sie wünschte sich, dass sie Christian irgendwie aus der ganzen Sache raushalten konnte.
»Nope. Geht nicht. Haben wir versucht.« Seine Mundwinkel verzogen sich zu dem Anflug eines Lächelns. Aber Elba vermochte nicht zu deuten, was seine Ursache war.
Christian kam zurück. Aris öffnete ihm die Beifahrertür und nahm dann mit Elba auf der Rückbank von Tristans Wagen Platz. Als der Motor startete, ertönte wieder *Hotel California*, in dem eine Männerstimme darüber sang, dass dies die Hölle sein könnte – oder der Himmel.
Aris' Nähe verwirrte Elba. Es kam ihr vor, als würden Tausende kleine Flimmerlichter durch ihren Körper schwirren. Sie

seufzte still. Jetzt, da sie die Bedeutung des Songtextes begriff, ja, förmlich spürte, konnte sie dem Lied nichts Folkloristisch-Romantisches mehr abgewinnen. Denn auch sie war die Gefangene eines Albtraumes – aus eigener Entscheidung heraus. Ganz genau! Sie war aus freien Stücken auf diesen Zug aufgesprungen. Doch jetzt hatte sie Christian mit sich in diesen Strudel gerissen.

Sie blickte zur Seite und erschrak, als sie bemerkte, dass Aris sie beobachtete. Als sie ihn ertappte, schaute er nach vorn, und als sie seiner Bewegung folgte, traf sie Tristans Blick im Rückspiegel, der grinste und belustigt den Kopf schüttelte. Sie und Aris schienen ihn eindeutig zu amüsieren.

Nach geraumer Zeit hielten sie vor dem Haus der beiden. Ofea begrüßte Aris so überschwänglich, als wäre er eine Ewigkeit weg gewesen. Als wäre sie erleichtert, dass er unbeschadet wieder nach Hause zurückgekehrt war.

War das echt?

Sie schmiegte sich an ihn und küsste ihn auf die Wange. Er legte sanft eine Hand um ihre Taille, und sie verharrten eine ganze Weile in dieser Position. Ofeas glänzendes, langes Haar fiel wie ein kupferroter Wasserfall über seinen Arm. Elba versuchte, den winzigen Stich in ihrem Herzen zu ignorieren.

Sie gingen alle gemeinsam ins Wohnzimmer, wo die Holztruhe auf dem Couchtisch stand.

Tristan reichte Christian den Schlüssel und deutete ihm unfreundlich, sich ans Werk zu machen. Dieser setzte sich wortlos auf das Sofa vor dem Tisch und führte den Schlüssel langsam in das Schloss. Er hakte ein wenig, wollte nicht recht hineinpassen. Christian sah Tristan fragend an, doch der hatte keine Augen für ihn. Wie sie alle, starrte er nur gebannt auf den Schlüssel.

Leise pfiff er durch die Zähne. »Wow, gruselig!«

Als Christian ebenfalls auf den Schlüssel blickte, stellte er fest, was die anderen in Erstaunen versetzte. Die Inschrift auf dem Stiel hatte zu glühen begonnen, und direkt vor ihren Augen änderte sich die Gravur. Aus *Dorian* wurde *Christian*.

Tatsächlich hatte sich der Name auf dem Schlüssel geändert. In kleinen verschnörkelten Buchstaben war nun Christians Name zu lesen, wo zuvor der seines Vaters gestanden hatte.

Mit einem Ruck glitt der Schlüssel ins Schloss. Erschrocken ließ Christian ihn los. Das Glühen erlosch mit einem Mal, doch sein Name blieb weiterhin auf dem Stiel bestehen, der aus dem Schloss ragte.

Elba nahm wahr, wie Ofea überrascht in Aris' Richtung flüsterte: »Er ist ein Wächter.« Mehr konnte sie nicht verstehen.

»Los, sperr schon auf!«, kommandierte Tristan.

Christian tat, wie ihm befohlen, und öffnete unter einem leisen Knarren den Holzdeckel. Sie alle beugten sich neugierig vor, um den Inhalt der Truhe in Augenschein zu nehmen.

Nur Elba kannte den Anblick bereits, hatte sie ja schon einmal in die Kiste gesehen, als sie noch unverschlossen in Mathildas Zimmer gestanden hatte. Eine Unmenge alter Bücher stapelte sich darin. Ihre Ledereinbände wirkten vergilbt und gezeichnet von der Zeit. Außerdem lagerte eine Menge kleiner Schmuckschatullen und Kästchen in der Truhe, die mit Jahreszahlen versehen waren – oder mit Namen. Mitunter waren Stoff- und Ledersäckchen zu erkennen, in denen sich ein oder mehrere Steine befanden, wie sich herausstellte. Darüber hinaus lagen kreuz und quer diverse Schmuckstücke, mit Steinelementen verziert, einfach frei herum.

Fasziniert beugte Tristan sich vor und versuchte, nach einer Schatulle zu greifen, auf der die Zahl *1656* eingeschnitzt war. Das Jahr, in dem er zu einem Vampir geworden war. Als er eine Hand in die Kiste streckte, erhielt er einen solch kräftigen Stromschlag, dass ein Zischen ertönte, er nach hinten kippte und unsanft auf dem Boden landete.

Überrascht starrten die anderen ihn an. Tristan ächzte und verzog missmutig das Gesicht.

Belustigt hob Aris die Augenbrauen. »Na, zumindest können wir jetzt sicher sein, dass du nach wie vor ein Vampir bist.« Er lachte, als Tristan ihm einen abfälligen Blick zuwarf. Seine Zähne strahlten reinweiß, die grünen Augen leuchteten, und die Sonnenstrahlen, die sich durch die hohen Fenster ins Wohnzimmer kämpften, schienen auf den blonden Haarsträhnen zu tanzen. Seine Erscheinung war einfach von märchenhafter Schönheit: sinnlich, stark und sexy zugleich. Es war wunderbar, ihn so zu sehen. Unbeschwert, befreit und gut gelaunt.

Elba fragte sich, woher diese Gesinnung plötzlich kam und ob sie etwas mit Ofea zu tun hatte. Waren die beiden am Ende wieder ein Paar? Hatten sie sich etwa entschlossen, ihre Beziehung neu aufleben zu lassen? Vorhin, draußen vor dem Haus, hatte es ja ganz danach ausgesehen. Wieder spürte sie diesen kleinen, fiesen Stich in ihrem Herz. Und genau in diesem Augenblick bedachte Aris sie für einen winzig kurzen Moment mit einem ernsten Blick. Mitfühlend? Gleich fühlend? Ermahnend?

Doch noch bevor sie darauf kam, was der Ausdruck in seinen Augen wohl bedeutet hatte, sagte er: »Christian, Elba, seid so gut – wir sollten den Inhalt auf dem Boden ausbreiten.«

Elba verstand jetzt, dass es den beiden als Vampire nicht möglich war, in die Truhe hineinzufassen, um Tristans Stein zu suchen. Deshalb ersuchte Aris sie beide – als Menschen –, dies zu übernehmen. Sie wünschte, Christians Gedanken lesen zu können. Er hatte die gesamte Fahrt über und seit sie im Haus waren kein einziges Wort verloren. Ohne die geringste Miene zu verziehen, machte er sich daran, den Inhalt der Truhe auszuräumen. Elba hatte ihn noch nie so still erlebt. Sicherlich machte er sich Gedanken darüber, was es mit dem Schlüssel und seinem Vater auf sich hatte. Diese Gedanken wollte er offenbar jedoch nicht mit ihnen teilen.

Während Christian sämtliche Bücher auf dem Teppich ausbreitete, begann sie selbst, ein Schmuckkistchen nach dem anderen zu öffnen. Sie legte die Steine einen nach dem anderen auf den Boden: einen Lapislazuli, einen Saphir, einen Smaragd, danach einen grün gestreiften und einen tiefblauen Stein.

»Die sind alle blau oder grün... Sie haben nur diese beiden Farben. Ist das möglich?« Je mehr Edelsteine sie aus ihren Aufbewahrungsbehältnissen befreite, desto größer wurde ihr Verwunderung.

»Und der Aquamarin?«, wollte Aris wissen.

Elba schüttelte den Kopf. Bisher hatte sie Mathildas Kette mit Tristans Aquamarin noch nicht gesehen. Und insgeheim befürchtete sie bereits, dass sich der Stein nicht in der Kiste befand. Sie wusste nicht, warum. Es war einfach so ein Gefühl.

Tristan lehnte neben einem der Fenster an der Wand, die Arme verschränkt, den Kopf nach hinten gegen die Mauer gestützt, die Augen geschlossen. Er schien nachzudenken.

Die Ruhe vor dem Sturm, kam es Elba in den Sinn. Die Tragik seiner schwarzen Eleganz berührte sie dermaßen unvermittelt, dass es beinahe wehtat.

Aris setzte sich aufs Sofa und beobachtete sie und Christian, Ofea setzte sich neben ihn, zog die schlanken Beine hoch und lehnte den Kopf an Aris' Schulter.

Wieder musste Elba an ein Gemälde denken. Titel: *Friedvolle Liebe an einem Sommersonntag.*

Zum Kotzen!

Sie bemühte sich, die beiden nicht zu offensichtlich anzugaffen, merkte aber, dass es ihr nicht recht gelang.

Bald hatten sie den gesamten Inhalt der Truhe auf dem Boden ausgebreitet. Elba war noch damit beschäftigt, die kleinen Stoffsäckchen auszuleeren, in der Hoffnung, dass aus einem der hellblaue Aquamarin schlüpfen würde, als sie Tristan flüstern hörte: »Es ist zwecklos. Er ist nicht hier. Ich kann es fühlen.«

Er öffnete die blaugrün stechenden Augen und marschierte zum Teppich. Elba sah ihm an, dass seine Stimmung jeden Moment kippen würde. Sein Körper war angespannt, und er rang sichtlich um Beherrschung. Enttäuschung und Wut stiegen in sein Gesicht. Den Ausdruck kannte Elba: Es war derselbe wie an jenem Abend am Feuer, als er ihr Armkettchen entdeckt hatte. Auch damals war er bitter enttäuscht gewesen, dass sie nicht seinen Stein trug, so wie er es erwartet hatte. Und auch damals hatte sich diese Frustration über den Rückschlag umgehend in Ärger und Aggression verwandelt. Kontrollverlust schien ihm ein unerträglicher Gräuel zu sein. Negative Empfindungen passiv zu ertragen oder aber offen zu zeigen war ihm unmöglich.

Er griff nach einigen ungeöffneten Schatullen und leerte ihren Inhalt ungeduldig auf den Boden. Gleichzeitig blickte er immer wieder auf die kleinen Säckchen, deren Steine Elba in ihre Hand gleiten ließ. Schließlich erhob er sich und schmetterte eines der leeren Kästchen mit voller Wucht gegen die Wand, sodass das Holz zersplitterte. Elba zuckte zusammen. Christian duckte sich instinktiv.

»Das hat doch keinen Sinn!«, rief Tristan wutentbrannt und stürmte aus dem Wohnzimmer.

Aris wollte aufstehen, doch Ofea hielt ihn zurück und schüttelte beschwichtigend den Kopf. Die Haustür knallte ohrenbetäubend.

Da niemand Anstalten machte, Tristan zu folgen, stand Elba auf und lief ihm hinterher. Im Freien angelangt, sah sie, dass er sich daranmachte, in seinen Wagen zu steigen. So schnell sie konnte, rannte sie zu ihm und griff nach seinem Arm. »Was hast du vor?«

Tristan hielt einen Moment inne, bevor er sich nach ihr umdrehte.

»Ich fahre zu Hinrik und werde ein für alle Mal Klarheit schaffen. Diese Stümper denken, dass sie uns verarschen können. Das klären wir jetzt auf der Stelle.«

Elba wusste, dass sie ihn in dieser Verfassung nicht fahren lassen durfte. Es war zu gefährlich. Zu gefährlich für Hinrik. Zu gefährlich für ihre Großeltern. Und zu gefährlich für ihn selbst. Er würde etwas Dummes anrichten. Etwas, das nicht mehr rückgängig zu machen sein würde. Etwas, das er bereuen würde, sobald er wieder bei Sinnen war.

»Nicht, Tristan. Bitte«, flehte sie. »Tu das nicht. Nicht so. Nicht jetzt.«

»Ich habe nichts zu verlieren. Und diese Schwachköpfe werden schon sehen, was sie davon haben, uns zu belügen und uns zu bevormunden! Ist ja lächerlich, dass sie annehmen, sie könnten etwas gegen uns ausrichten!« Seine Augen blitzten vor Zorn, der Himmel verdunkelte sich.

Elba erkannte, dass sich die Pflanzen in ihrer Umgebung schwarz färbten. So schwarz wie sein Haar, so abgrundtief dunkel wie seine Seele, so finster wie sein Zorn. Der Tod und das teuflische Grauen in seinen Gedanken übertrugen sich auf die Natur um ihn herum. Elba war fasziniert von dem Schauspiel. Und sie bekam Angst. Sie musste dem Drang, sofort wegzulaufen, mit aller Kraft standhalten. Sie musste ihren Körper zwingen, sich nicht zu rühren und Tristan in die Augen zu schauen.

Die Wut hatte nicht nur ein Feuer in seinem Inneren entfacht, sondern auch seine Reißzähne zum Vorschein gebracht. Elbas Körper rüstete sich ganz automatisch für den bevorstehenden Schmerz. Sie ging davon aus, dass er die Explosion seiner Entrüstung direkt auf sie lenken würde.

Als einzigen Ausweg, der ihr in den Sinn kam, hob sie die Hand und legte sie ihm auf die Wange. »Natürlich hast du etwas zu verlieren«, flüsterte sie.

Tristan beugte sich zu ihr hinunter. »Ihr Menschen mit euren absurden Moralvorstellungen. Gefühle wie Gewissen und Reue, so wie ihr sie kennt, besitzen wir nicht, Elba«, zischte er so nah an ihrem Ohr, dass sie seinen Atem spürte und ein Schauer über ihren Rücken kroch. Sie ärgerte sich, dass sie in seiner Gegenwart ihre körperlichen Reaktionen nicht im Griff hatte.

Mit den Spitzen seiner Zähne fuhr er langsam ihren Hals entlang. Elba erzitterte. Sie spürte das Blut, das in ihrer Halsschlagader hämmerte. Würde er sie beißen? Sie aussaugen? Seine Wut auf sie richten und sie zerfleischen? Ihr Innerstes war hin- und hergerissen, in einer Mischung aus Panik und Erregung.

Doch er verharrte still, direkt dort an ihrem Hals. Dann zogen sich seine Zähne zurück. Fast unmerklich berührte sein Mund ihre Haut.

Was hatte er vor?

Er ließ von ihr ab und trat einen Schritt zurück. »Du sorgst dich um deine Großeltern, diese *ehrlichen* und *treuen* Seelen?«

Elba antwortete nicht, sondern sah ihn nur an.

Tristan musterte sie eingehend. Er neigte den Kopf zur Seite. So, wie er es immer tat, wenn er überlegte. »Du sorgst dich um mich?« Ungläubig starrte er sie an. Sie brachte immer noch kein Wort hervor. »Warum solltest du das tun?«

Elba war nicht fähig zu antworten. Das lächerliche Gefühlschaos, in dem sie sich seit ihrer Ankunft an diesem Ort befand, in Worte zu fassen schien unmöglich.

Plötzlich beugte er sich vor. Verlangen spiegelte sich in seinen Augen.

Auch diesen Ausdruck kannte Elba bereits. Doch noch ein weiteres Gefühl hatte sich an die Oberfläche geschlichen: Zuneigung. Als sie realisierte, was er vorhatte, wich sie zurück.

»Hab ich es doch gewusst«, schnauzte er.

»Du musst lernen, deine Emotionen zu beherrschen«, sagte sie leise, aber bestimmt.

»Muss ich das?« Sein Lachen dröhnte in ihren Ohren.

Er war jetzt eindeutig wütend auf *sie*. So, als hätte sie ihm irgendetwas vorgespielt, ihn zum Narren gehalten. Sie konnte nicht vorhersehen, was als Nächstes folgen würde. Erleichtert nahm sie jedoch wahr, dass der Himmel wieder aufgeklart hatte.

Tristan wandte den Kopf in Richtung Terrasse. Aris stand vor der Tür und beobachtete sie mit ernster, ja fast gebieterischer Miene. »Tristan!«, rief er herrisch und kühl.

Elba gewann den Eindruck, dass er verärgert war.

Tristan stöhnte gequält, verdrehte die Augen und schlug lieblos die Tür des Wagens zu. Im nächsten Augenblick grinste er, zuckte mit den Schultern und wanderte zurück zum Haus.

Elba folgte ihm. Sie war froh, dass er sich wieder im Griff hatte.

Tristan verschwand durch die Eingangstüre. Aris wartete, bis Elba vor ihm stand, dann zog er sie an sich.

Ihr Inneres sträubte sich ein wenig dagegen, dennoch sehnte sie sich nach seiner Berührung.

»Du sollst nicht allein draußen umherlaufen«, murmelte er liebevoll. »Lass Tristan ruhig meine Sorge sein. Ich kümmere mich um ihn.«

Sie hob den Kopf und sah ihm unverwandt in die Augen. Zuversicht und Stärke glühten in ihnen.

»Du darfst nicht davon ausgehen, dass unsere Empfindungen den euren gleichen. Und schon gar nicht, dass unser Verhalten und unsere Handlungen den euren ähneln. Das kann gefährlich für dich werden. Für alle von euch.«

Elba verzog den Mund. Sie konnte seinen Worten keinen Glauben schenken. Gerade, als sie es aussprechen wollte, rügte er sie mit einem Lächeln auf den Lippen: »Ungläubiges, kleines Mädchen. Ich liebe deine Naivität und dein reines Herz!«

Er schloss sie fester in die Arme. Ihr Kopf ruhte auf seiner kräftigen Brust, und sie spürte seinen Herzschlag. Diesen Augenblick der Nähe versuchte sie sich genau einzuprägen, denn bestimmt würde er nicht lange andauern. Wie sollte sie glauben können, dass er ein lebloses Raubtier war? Undenkbar!

Ofea öffnete die Türe, um sie ins Haus zu rufen. Als sie Aris und Elba erblickte, versteinerte sich ihr Gesicht, Aris' Arme erschlafften und der vertraute Augenblick war verflogen.

Elba richtete sich auf. Sein Lächeln wirkte jetzt wehmütig, fast schon traurig. Seine Augen waren auf Ofea gerichtet, die ihrerseits Elba anstarrte und sich dann bemühte, sie freundlich anzulächeln. Anscheinend sah sie in Elba ein kleines, schutzbedürftiges Kind, mit dem es nachsichtig zu sein galt. Dennoch war Elba die Kälte in ihrem Blick nicht entgangen. Sie erkannte darin Ofeas Befürchtung, dass dieses Kind ihr den Mann stahl, auch wenn er ihr längst nicht mehr gehörte. Aber die Bande, die die beiden verknüpfte, waren nach wie vor stark, und sie waren sichtbar.

Elba kam sich fehl am Platz vor. Wie ein Parasit, ein Eindringling, der sich an Aris geheftet hatte. Gegen diese Verbindung zwischen ihm und Ofea würde sie niemals ankommen. Wie hätte sie auch mit solch einer Frau in Konkurrenz treten können? Chancenlos.

Entmutigt stahl sie sich an Ofea vorbei ins Haus. Als sie den Wohnbereich betrat, stand Christian mit verschränkten Armen mitten im Raum. Seine finstere Miene musste irgendetwas mit Tristan zu tun haben, der ihn seinerseits herablassend angrinste. Die Spannung zwischen den beiden knisterte förmlich in der Luft.

Beide drehten sich für einen Augenblick nach Elba um. Christians Blick versetzte ihr einen Stich.

Dann rempelte Tristan ihn an. »Mach schon!«, knurrte er.

Christian schwankte, und plötzlich stieß er mit aller Kraft zurück, gegen Tristans Brust. So fest, dass dieser einen Schritt zur Seite wankte.

Elba hielt die Luft an. Was ging zwischen den beiden vor?

Tristan lachte kurz auf, dann wetterte er: »Ich meine es ernst! Mach!«

Christian ließ Elba nicht aus den Augen. »Ich weiß nichts, Herrgott noch mal! Das hab ich doch schon gesagt«, schnaubte er.

»Bullshit! Ich seh doch, wenn mir jemand etwas vormacht«, blaffte Tristan.

»Ich weiß nichts! Sie haben mir weder hiervon noch von einem Stein erzählt«, wiederholte Christian.

Tristan atmete hörbar ein, kniff die Augen zusammen und legte genervt den Kopf in den Nacken. Als er sich wieder aufrichtete, legte er Christian eine Hand auf die Schulter. »Nun schön. Wir haben uns immer gut verstanden, oder nicht? Du und deine Freunde, ihr seid jederzeit willkommene Gäste in unserem Haus gewesen.« Tristan sah ihn eindringlich an.

Christian seufzte, hielt seinem Blick jedoch stand. »Ja, ihr wisst, wie man Partys feiert«, entgegnete er.

Noch immer ruhte die Hand auf seiner Schulter. Sie sorgte dafür, dass der Blickkontakt zwischen ihnen nicht abbrach. Tristan schmunzelte jetzt und lächelte süß. Wie schnell seine Emotionen umschlagen konnten! Mit einer beschwichtigenden Handbewegung tat er die Worte geschmeichelt ab: »Jahrhundertelange Übung.« Er grinste übers ganze Gesicht. Christian wirkte verunsichert.

»Wir haben euch nie Schaden zugefügt, nicht wahr? Wir haben stets alles mit euch geteilt«, fuhr Tristan fort. »Und jetzt, da wir ein Mal eure Hilfe erbitten … wie werdet ihr euch verhalten? Was definiert euer Dasein? Welche Art von Mensch zu sein entscheidet ihr euch?«

Die Worte zeigten unmittelbar ihre Wirkung. »Ehrlich, Tristan, ich weiß nichts. Nichts von alledem. Selbst wenn ich euch helfen wollte, ich kann es nicht.«

Die Ehrlichkeit in Christians Stimme offenbarte Elba den Kern seines Charakters. Für sie war klar, dass es hier nichts zu holen gab, dass Christian nichts weiter verbarg.

Tristans eben noch versteckte Verärgerung hingegen steigerte sich ins Unermessliche. Blanke Wut spiegelte sich in seinen Augen. »Muss man euch immer erst drohen? Könnt ihr Menschen nicht ein einziges Mal unterscheiden, wofür es sich lohnt, eure Energie zu verschwenden? Ist es den Kraftaufwand wert, hier und jetzt zu lügen?« Er schenkte Christians Antwort keinen Glauben. »Erkennst du nicht selbst die Tragweite dieser Ereignisse, siehst du nicht selbst, dass unser Wohlergehen auch euer Bestes bedeutet?«

Christian legte die Stirn in Falten. Elba sah ihm an, dass er geholfen hätte, läge es in seiner Macht.

Tristan trat an sie heran. »Siehst du nicht unser gemeinsames Ziel?«, fragte er Christian. »Wenn wir es nicht sind, werden andere Vampire kommen, und sie werden nicht so zimperlich mit euch umgehen. Für sie werdet ihr nichts weiter als Frischfleisch sein! Überdimensionale, umherlaufende Chicken McNuggets, um es mit Spikes Worten auszudrücken. Da bekommt der Begriff Fast Food eine ganz neue Bedeutung, nicht wahr?« Sein linker Mundwinkel schnellte zu einem Grinsen hoch, dann gefror seine Miene.

Er trat zur Seite, strich Elba das Haar über eine Schulter, sodass ihr Nacken frei lag. »Willst du riskieren, dass deinem geliebten Täubchen etwas zustößt?« Er legte eine Pause ein und beäugte lüstern Elbas Hals. »Denn genau das wird geschehen. Auf die eine oder andere Art und Weise.« Langsam legte er einen Kuss auf ihre Haut, direkt neben die Halsschlagader. Dabei ließ er Christian nicht aus den Augen.

Eifersucht und Verachtung zeichneten sich auf Christians Zügen ab. Er bemühte sich, ruhig zu bleiben und gleichgültig zu wirken, das wollte ihm jedoch nicht glücken. Er wusste, dass er gegen Tristan nichts ausrichten konnte und keine andere Wahl hatte, als dieses Theater über sich ergehen zu lassen.

Tristans Mundwinkel verzogen sich wieder, und er zwinkerte Christian zu. »Wir sind die Guten. Vergiss das nicht.« Jetzt blickte er wieder auf Elbas Hals. Und ganz langsam senkte er seine Zähne in das junge, straffe Fleisch.

8

Elba wollte zusammenzucken, als der Schmerz sie wie ein Stich traf. Doch Tristan hielt seinen Arm so fest um sie geschlungen, dass sie sich nicht rühren konnte. Ihr Gesicht verzog sich schmerzerfüllt. Er biss sie! Tatsächlich biss er sie!

Es war nur eine Frage der Zeit gewesen, bis dies geschehen würde. Das hatte sie bereits geahnt. Und jetzt war es so weit.

Der Schmerz durchfuhr sie, allerdings weitaus weniger dramatisch als erwartet. Und dann verharrte Tristan – die Zähne in ihr Fleisch gesenkt – und rührte sich nicht. Würde er jetzt … von ihr trinken?

Er sah Christian auffordernd an, wartete auf die Bandbreite seiner Reaktion.

Christian öffnete den Mund, um etwas zu sagen, es kam jedoch kein Laut heraus. Seine Augen waren weit aufgerissen, sein Körper reagierte unmittelbar – allerdings ohne bewusste Koordination.

Tristan zog die Zähne zurück. Mit einer Hand hielt er Elba jedoch weiterhin am Oberkörper fest, die andere wanderte nun am Nacken entlang und durch ihr Haar. Dann packte er sie am Schopf und zog ihren Kopf grob zurück.

Der Schmerz konzentrierte sich nun genau auf die Stelle, an der er ihr Haar festhielt. Sie bemühte sich, kein Wimmern über ihre Lippen zu lassen. Diese Genugtuung wollte sie Tristan nicht gönnen und Christian nicht zumuten.

»Ist dir doch noch etwas eingefallen?«, fragte Tristan. Blut floss aus Elbas Bisswunde und perlte ihren Hals hinab. Er starrte die roten Tropfen an. Seine Oberlippe zuckte.

»Du kannst aufhören«, stieß Christian hervor. »Du wirst sie sowieso nicht töten. Hör schon auf mit dem Theater!«

»Touché«, gab Tristan lächelnd zu. »Aber es ist ein weiter Weg durchs Tal der Qualen bis zum Eintritt des Todes.« Demonstrativ leckte er das Blut von Elbas Hals.

Die Berührung seiner Zunge an dieser empfindlichen Stelle verursachte eine Welle der Erregung in ihrem Körper. Sie ärgerte sich maßlos über diese unwillkürliche Reaktion, war ihr aber hilflos ausgeliefert.

Ofea und Aris betraten den Raum. Aris wollte auf Tristan zulaufen, doch Ofea hielt ihn am Arm zurück. Und tatsächlich blieb er stehen und wartete ab.

Tristan schaute Christian scharf an. Als dieser jedoch keine Reaktion zeigte, verzog sich sein Gesicht zu einer abscheulichen Grimasse, wie zu der eines Raubtiers: die Zähne gefletscht, die Augen zu Schlitzen verengt. Er packte Elbas Kopf so fest, dass ihr nun doch ein Schmerzenslaut entfuhr.

»Aa-aah«, presste sich leise und abgehackt aus ihrem Mund. Und Tristan biss zu.

Hart und ruckartig stieß er die Zähne jetzt in ihren Hals. Unbarmherzig und grob, keineswegs so vorsichtig und beinahe zärtlich wie beim ersten Mal.

Elbas Hals brannte vor Schmerz. Sie versuchte, sich aus seinem Griff zu winden.

»Hör auf – aufhören!«, schrie Christian. »Ich fahre zu ihren Großeltern und finde heraus, was du wissen willst! Lass sie los, um Himmels willen!«

Auf der Stelle ließ Tristan von Elba ab, trat einen Schritt zurück und wischte sich das Blut von den Lippen.

Elba fuhr herum und starrte ihn an. Mit der Hand drückte sie auf die Wunde, holte aus und trat mit aller Wucht gegen Tristans Schienbein. »Was stimmt nicht mit dir, verfluchte Scheiße?«, brüllte sie. Tristan lachte.

Ernst wandte er sich dann an Christian: »Los, hau ab! Du bist zurück, noch ehe die Sonne untergeht.« Christian streckte

Elba die Hand entgegen. »Das kannst du vergessen. Sie bleibt hier!« Tristans Worte duldeten keinen Widerspruch.

Wortlos verließ Christian das Haus. Er warf Elba nur einen besorgten Blick zu, als er an ihr vorbeilief.

»Und wehe, du wagst es, es dir anders zu überlegen. Dann wird dein Goldstück hier mir heute Nacht viel Vergnügen bescheren«, rief Tristan ihm ungehalten hinterher.

Die widerliche Bemerkung registrierte Elba schon gar nicht mehr.

Als die Tür ins Schloss fiel, stürmte Aris auf Tristan zu und versetzte ihm einen Schlag gegen den Hinterkopf. »Reiß dich zusammen!«

»Ich mach's wieder gut«, entgegnete Tristan honigsüß.

Aris eilte zu Elba und hob ihre Hand vom Hals, um die Verletzung zu begutachten. Er warf Tristan einen wütenden Blick zu.

»Jetzt können wir zumindest sicher sein, dass der kleine Hosenscheißer uns nichts vormacht. Anscheinend weiß er wirklich nichts.« Tristans Stimme klang selbstzufrieden.

Wieder bedachte Aris ihn mit einem verärgerten Blick, widersprach ihm aber nicht. Es erweckte vielmehr den Eindruck, als wollte er gar nicht Tristans Verhalten strafen, sondern ihm lediglich mitteilen, dass er den Mund halten solle.

Tristan trat wieder näher an Elba heran. Angewidert wich sie vor ihm zurück. »Ich mach es wirklich wieder gut«, flüsterte er samtweich. »Wortwörtlich!« Seine Augen weiteten sich vielsagend. Dann hob er einen Arm und biss sich selbst ins Handgelenk. Blut quoll daraus hervor.

Angeekelt verzog Elba den Mund, als Tristan ihr sein blutendes Handgelenk entgegenstreckte. »Trink«, befahl er.

Elba blickte ihn zornig an. Nie im Leben würde sie von seinem Blut trinken!

»Im Ernst, trink, bevor sich die Wunde wieder schließt.«

Ohne ein Wort zu sagen, ließ sie ihn stehen und marschierte in die Küche. Aris folgte ihr. Sie drehte den Wasserhahn auf und befeuchtete eines der Geschirrtücher. Den Stoff mit dem kalten Wasser presste sie gegen die Wunde. Nach wie vor floss Blut ihren Hals hinab. Ein dumpfer Schmerz breitete sich aus, der sich stetig verstärkte, da die Adrenalinausschüttung gestoppt war.

Aris strich ihr sanft über den Kopf und nahm ihr das Tuch vom Hals. »Sieht böse aus«, murmelte er. »Du musst von unserem Blut trinken. Die Wundheilung wird sich dadurch rapide beschleunigen«, erklärte er und zog ein Messer aus dem Küchenblock. Er schnitt sich ins Handgelenk und fing die rote Flüssigkeit in einem Glas auf, das er Elba reichte. »Stell dir vor, es ist Medizin. Ein kleiner Schluck wird reichen, damit alles verheilt.« Als er ihr Zögern sah, fügte er hinzu: »Keine Panik, du wirst deshalb nicht gleich eine von uns.«

Der Blick, den sie Aris zuwarf, war pure Enttäuschung. Sie verstand nicht, warum er sie zwang, dies alles über sich ergehen zu lassen. Oder es zumindest billigte. Denn auch wenn er nicht aktiv daran beteiligt gewesen war, so hatte er doch nichts dagegen unternommen. Er hatte zugesehen, wie sie den Schmerz und die Demütigung über sich ergehen lassen musste. Nur, um sein Ziel zu verfolgen. Elba hätte ihm auch so bestätigen können, dass Christian nichts wusste. Aber das wäre offensichtlich nicht genug gewesen.

Ihr Körper befahl ihr dennoch, das Glas zu nehmen und zu trinken.

Die Wirkung war unbeschreiblich. Ein winziger Schluck reichte aus, um ihren gesamten Körper auf ein ganz neues Level an Empfindungen zu heben. Ihre Atmung beschleunigte sich. Die Erregung, die durch sie hindurchdrang, war beinahe unerträglich – ein unvergleichlicher Rausch durchflutete sie. Sie befürchtete, die Besinnung zu verlieren, musste sich aber vollständig diesem Gefühl hingeben. Eine köstlich helle

Woge schwemmte durch sie hindurch, trug sie weit weg von diesem Ort, reizte ihre Nerven bis zum Äußersten. Ihre Haut begann zu prickeln, Angst und Verzückung mischten sich zu einem ekstatischen Gefühlscocktail, als ihre Muskeln sich anspannten.

Diese neuartigen Empfindungen lösten tiefe Ängste vor dem spürbar nahen Kontrollverlust aus. Doch der herrlichen Süße dieses orgiastischen Gefühls konnte, ja, wollte sie sich unmöglich entziehen. Und mit einem Mal ließ sie los, um sich der köstlichen Verzückung hinzugeben. Die Welt um sie herum hörte schlagartig auf zu existieren, ein weiteres Mal zogen sich all ihre Muskeln zusammen. Sie stieß die angestaute Luft aus, und mit einem Mal lösten sich ihre Muskeln unter einer ungeheuren Explosion, gefolgt von einer Welle der wunderbarsten, erlösendsten Gefühlsregungen. Alle Moleküle in ihrem Innersten zersprangen zu winzigen Stückchen, sprühten wie Funken und rieselten auseinander. Erschöpft und aufgelöst sackte sie zusammen.

Sie musste sich am Waschbecken abstützen. Ihre Beine gaben nach. Aris zog sie an den Armen langsam herum, hob sie hoch und trug sie zu dem kleinen Küchentisch, um sie behutsam auf einem der Stühle abzusetzen. Er strich ihr die Haarsträhnen aus dem Gesicht und lächelte sie an.

»Na?« Ein Schimmer der Belustigung huschte durch sein Gesicht. Seine Augen leuchteten jedoch liebevoll, und er drückte ihr einen flüchtigen Kuss auf die Wange.

Sie war zu müde, um zu antworten oder zu reagieren.

Aris kontrollierte ihren Hals und nickte zufrieden. Die Verletzung hatte sich geschlossen.

Noch niemals in ihrem Leben hatte Elba sich so zufrieden und glücklich gefühlt. Auch wenn sie die Augen kaum offen halten konnte.

Aris' Hände glitten unter ihren Körper, um sie aus dem Stuhl zu heben. Er trug sie aus der Küche zur Treppe, die ins Obergeschoss führte.

Als Tristan sie sah, grinste er und prostete Aris mit einem Whiskyglas zu. Der bedachte ihn nur mit einem letzten strafenden Blick und schritt mit Elba die Treppe hinauf in den ersten Stock. Oben brachte er Elba in sein Schlafzimmer.

Sie war noch nie zuvor in diesem Raum gewesen. Das Zimmer war riesig, das große Bett bombastisch.

Er legte sie in die seidigen Laken des handgefertigten Himmelbetts. Dann verschwand endgültig die Welt um sie herum. Sobald ihr Körper das Bett berührte, schlief sie ein.

Aris setzte sich neben sie auf die Decke, zog ihren Oberkörper auf seine Brust und strich sanft über ihren Kopf.

Unten im Erdgeschoss hatte Ofea sich daran gemacht, die alten Bücher aus der Truhe vom Boden aufzuheben, zu sortieren und auf dem Couchtisch zu stapeln. Tristan stellte das Whiskyglas ab und hob die übrigen Bücher vom Boden auf. Sie alle waren in geprägte Ledereinbände gefasst, die gehämmerten Metallecken und die verschnörkelten Ornamente unterschieden jedoch jedes Buch grundlegend vom anderen. In der Mitte jedes vorderen Buchdeckels prangte ein flacher Stein, eingebettet in unterschiedliche Ornamente.

Tristan griff nach einem Buch mit einem blauen Topas an der Vorderseite. Als er es aufschlug, stand auf der ersten Seite in Goldbuchstaben etwas geschrieben: *Topas-Stamm*. Er legte es zurück, schlug ein weiteres auf, das mit einem tiefblauen Lapislazuli verziert war, und las *Lapislazuli-Stamm*. Eine Vorahnung durchströmte ihn. Er öffnete ein Buch nach dem anderen, bis er das Buch in den Händen hielt, auf dessen erster Seite das Wort *Aquamarin-Stamm* leuchtete.

Mit den Büchern verhielt es sich wie mit den Schmuckstücken: Unter ihnen befanden sich nur solche mit blauen oder grünen Steinen. Lediglich ein einziges Buch – ein besonders dickes Werk – passte nicht zu den anderen. Sein Ledereinband war schwarz, die Ornamente in Schwarzgold gearbeitet, und in ihrer Mitte ruhte ein spiegelnd schwarzer Hämatit – ein Blutstein. Der Stein, den Duris trug. Dieses Buch mit der Inschrift *Hämatit-Stamm* reichte Tristan an Ofea weiter und setzte sich neben sie auf das Sofa.

Sie verdrehte die Augen, als sie den Titel las. »Der Blutstein? Ausgerechnet dieses Buch gibst du mir? Das Buch über die Linie der Hämatit-Träger?«

»Könnte aufschlussreiche Informationen enthalten, nicht wahr?«, flüsterte Tristan verschwörerisch grinsend. Er drehte das Aquamarin-Buch, das er noch in der anderen Hand hielt, in ihre Richtung und tippte mit dem Zeigefinger auf den Titel. Ofea nickte und stand dann auf.

»Ich glaube, dafür brauche ich auch einen Schluck.« Sie ging zu dem Schrank, in dem Tristan die Gläser für Drinks aufbewahrte. Ganz oben in der Ecke befanden sich die Whisky-Gläser. Zu hoch oben, als dass Ofea sie erreichen konnte. Sie stellte sich auf die Zehenspitzen und streckte sich, so weit es möglich war, um eines der gewünschten Gefäße zu erwischen.

Tristan kräuselte die Lippen, als ihr hellblaues Shirt hochrutschte und die schneeweiße Haut darunter zum Vorschein kam. Genussvoll musterte er ihren schlanken Körper. Mit einem Satz war er bei ihr am Schrank. Als sein Blick auf ihren Bauch fiel, zog Ofea das Shirt nach unten. Dennoch hatte er das Piercing an ihrem Bauchnabel erspähen können. Es war ein winziger Drache aus altem Silber. Sein Auge bestand aus einem schwarz glitzernden Stein.

Tristan zog die Augenbrauen zusammen. Dann schob er sich an Ofea vorbei, holte ihr ein Glas aus dem Schrank und schenkte ihr ein. Als er ihr das Glas reichte, strich er langsam über ihre Finger und biss sich auf die Unterlippe.

»Versuchst du gerade, mich anzumachen?«, fragte sie ihn ohne Umschweife.

»Bist du es nicht leid, auf Aris zu warten?«

»Du meinst, da wir beide nicht bekommen, was wir uns wünschen, sollten wir uns zusammentun?« Sie schüttelte lächelnd den Kopf.

»So? Was wünsche ich mir denn?« Spitzbübisch weiteten sich Tristans Augen. Er ließ seine Finger über ihre Schultern gleiten.

»Ach, komm schon.«

»Komm schon – was?« Tristan ließ seine Unterlippe los und fuhr sich mit der Zunge über den Mund.

»Oh bitte ...« Ofea verkniff sich ein Lachen.

»Du brauchst nicht zu bitten, Liebes. Sag mir einfach, was du willst.« Seine Finger begannen mit ihren Haarsträhnen zu spielen.

»Elba –«

»Elba?«, fiel er ihr sichtlich überrascht ins Wort.

»... ist, was *du* dir wünschst«, flüsterte Ofea ihm spöttisch ins Ohr.

»Elba?«, wiederholte er verdutzt, ohne jedoch von ihr abzulassen.

»Du bist verknallt in sie.«

»Bestimmt nicht!«

»Ganz bestimmt sogar.« Sie lachte.

»Nein.«

Ofea zuckte mit den Schultern. »Wie du meinst ...«

Ruckartig griff Tristan mit beiden Händen nach ihrer Taille und zog sie enger zu sich heran. Als er sie auf den Mund küsste, rührte sie sich nicht, erwiderte seinen Kuss aber auch nicht. Sie blieb nur unbewegt stehen. Ein wenig verblüfft sah er sie an.

»Wir beide –«, stellte Ofea eher fest, als dass sie fragte, »ich glaube nicht.« Sie befreite sich aus seinen Armen. »Ganz bestimmt sogar *nicht*.« Grinsend schüttelte sie erneut den Kopf.

»Spielverderberin!«

Sie klopfte ihm aufmunternd auf die Schulter. »Lass uns nachsehen, was in den Büchern steht.« Sie ließ ihn stehen und ging zurück zum Couchtisch.

Beide nahmen wieder auf dem Sofa Platz und schlugen die Bücher auf. Als Ofea sich in die Zeilen vertiefte, betrachtete Tristan sie noch eine Weile von der Seite, dann blickte er nachdenklich durch eines der hohen Wohnzimmerfenster. Die Sonne war bereits untergegangen. Und Christian war noch nicht wieder zurückgekehrt. Schließlich wandte er sich aber dem Inhalt des Buches zu. Der Titel ließ ihn hoffen, hier alles über die Linie der Aquamarin-Träger zu erfahren.

Umso größer war seine Enttäuschung, als er bemerkte, dass der Großteil des Buches in einer ihm vollkommen fremden Sprache verfasst war. Der Inhalt vereinzelter Stellen, die er verstand, war durch merkwürdige Gedichte verschleiert. Es musste sich um Rätsel handeln.

Er warf einen Blick auf Ofea, die in gleichmäßigen Rhythmus Seite um Seite des Hämatit-Buches umblätterte. Tristan konnte nicht beurteilen, ob sie in dieser Geschwindigkeit las oder sich lediglich einen Überblick verschaffte. Er zog eine Augenbraue hoch und lehnte sich zu ihr, um den Text des Buches zu mustern.

»Kannst du das lesen? Kennst du diese Sprache?«

»Nein.« Sie klappte das Buch zu und legte es beiseite.

Tristan schleuderte das seine über den Aquamarin-Stamm auf den Tisch, wo es offen liegen blieb, und raufte sich die Haare. Ein Knurren entfuhr ihm. »Es ist zum Aus-der-Haut-Fahren!« Er schrie dermaßen laut, dass das Zimmer unter seinem Donnerwetter zu beben schien. In einem der Fenster klirrte die Scheibe, zersprang aber nicht.

Er zog sein Handy aus der Hosentasche und wählte Christians Nummer. Es läutete eine Ewigkeit, bis sich die Mobilbox einschaltete. Außer sich vor Zorn schleuderte Tristan das Handy quer durch den Raum.

Ofea schnappte sich das Hämatit-Buch und steuerte geradewegs auf die Treppe zu.

»Was hast du damit vor?«, rief Tristan ihr übellaunig hinterher. »Du bleibst schön hier!« Er lief zu ihr und packte sie am

Arm. »Hinlegen! Ich meine es ernst. Keines der Bücher verlässt den Raum.«

Ofea riss sich los. »Beruhige dich.« Sie drückte ihm das Buch in die Hand. »Du misstraust mir?« Tristan zuckte mit den Brauen. Verwunderung zeichnete sich auf Ofeas Gesicht ab. »Wir sollten Aris um Rat fragen. Er ist der Älteste und Erfahrenste unter uns.«

»Ich wollte sowieso zu ihm. Sein kleiner Schatz muss das Milchgesicht anrufen.«

»Sicherlich ist sie noch zu erschöpft.«

»Na, dann warten wir lieber bis morgen früh. Und machen uns bis dahin einen gemütlichen Abend.« Tristan lächelte. Im nächsten Augenblick verhärteten sich seine Züge. Er wandte sich zur Treppe. »Kommst du?«, fragte er trocken. Ofea zögerte. »Das war keine Bitte. Los, komm!«

Ofeas Nasenflügel bebten, doch sie folgte ihm nach oben.

Ohne zu klopfen, stürmte Tristan in Aris' Schlafzimmer. Ofea blieb im Türrahmen stehen.

»Was ist los?«, fragte Aris leise. Er wollte Elba nicht wecken. Sie schlummerte friedlich auf seiner Brust.

»Zeit, aufzustehen.« Tristan deutete auf Elba. Er gab zu verstehen, dass die Angelegenheit keinen Aufschub duldete.

»Ist das jetzt wirklich notwendig?«

»Ist es!«, entgegnete er knapp und trat ans Bett heran.

Als Aris sich aufsetzte, öffnete Elba verschlafen die Augen.

Tristan hockte sich neben das Bett. Sein Kopf befand sich nun auf gleicher Höhe mit Elbas. »Aufwachen, kleines Täubchen.« Er lächelte sie zuckersüß an und strich ihr eine Haarsträhne aus dem Gesicht.

Ofea hob entschuldigend die Arme, als Aris sie fragend ansah.

Elba spürte ihren Körper nicht so recht. Ihre Haut fühlte sich taub an, die Muskeln schlaff. Alle Sinne wirkten wie betäubt, in ihrem Kopf hatte sich ein dumpfer Schmerz breitgemacht.

Wasser! Was würde sie für einen Schluck Wasser geben!
»Wo ist dein Handy?«, erkundigte sich Tristan unfreundlich.
Sie überlegte.
»Du musst Loverboy anrufen. Der Mistkerl versucht, sich aus der Affäre zu ziehen. Offensichtlich liegt ihm doch nicht so viel an dir, wie ich angenommen habe.«
Tristans Stimme dröhnte in Elbas Schädel.
Als sie nicht reagierte, stand er auf. »Steh auf!«, befahl er. »Ich weiß, die Welt ist schrecklich ungerecht. Und Tristan ist ein widerlicher, gemeiner Schuft. Ein abscheuliches Ekelpaket, ein verabscheuungswürdiges, rücksichtsloses Arschloch. Ohne Herz und Gefühl. Hab ich etwas vergessen?«
Sein charmantes Lachen klang hell und mitreißend. Fast hätte sie geschmunzelt.
Dann verdrehte er die Augen. »Schluck's runter, und mach!«
Elba rappelte sich auf. Sie erkannte, dass Ofea und Aris die Situation ein wenig unangenehm war. Aber sie vertrauten Tristan, deshalb tastete sie ihre Kleidung nach dem Handy ab. »Es muss unten sein. In meiner Tasche.«
Ungeduldig deutete Tristan mit der Hand zur Zimmertür. Langsam krabbelte Elba aus dem Bett. Schritt für Schritt ging sie im Zeitlupentempo vor den anderen her die Treppe hinunter.
»Fühlt sich an, als wärst du high, hm?« Tristan lachte.
Sie drehte sich nach ihm um und öffnete den Mund, wusste allerdings nicht, was sie sagen wollte.
Aris rief hinter Tristan: »Hör auf!«
»Will ich aber gar nicht!«
Aris versetzte Tristan einen kleinen Stoß.
»Uuuh.« Tristans Gestik drückte gespielte Ehrfurcht aus. »Die Spaßpolizei!« Wieder lachte er.
Die Tasche lehnte im Wohnzimmer an einem der Sofas. Elba kramte völlig neben sich darin umher. Ihr Körper wollte einfach nicht wach werden.

Tristan riss ihr die Tasche aus der Hand und leerte den Inhalt auf den Couchtisch. Er griff nach dem Handy, das in dem Häufchen aus Kosmetika, Taschentüchern und Geldstücken zum Vorschein kam, suchte Christians Nummer heraus und wählte. Dann hielt er Elba das Handy ans Ohr.

Das Klingeln kam ihr schier endlos vor. Sie atmete schwer. Das Blut rauschte in ihren Ohren, hämmerte gegen ihre Schädelwand. Tristan neigte den Kopf zur Seite. *Oje.* Was hatte das zu bedeuten? Bestimmt würde gleich einer seiner Ausbrüche folgen.

Diesmal war Aris zur Stelle: Noch bevor Tristan agieren konnte, stellte er sich zwischen Elba und ihn. Sofort flachten Tristans Emotionen wieder ab.

Die Mobilbox mit der Aufforderung, eine Nachricht zu hinterlassen, schaltete sich ein. Zögernd legte Elba auf. Sie sah, dass das Display zwei versäumte Anrufe von ihrem Großvater anzeigte, löschte sie aber und legte das Handy auf den Tisch.

Aris' Blick fiel auf die Bücher. Er beugte sich nach vorn, um die aufgeschlagenen Seiten des Aquamarin-Buches zu begutachten. Schließlich nahm er es und ließ sich damit auf dem Sofa nieder. Er musterte das Buch von allen Seiten und blätterte es durch, dann legte er es beiseite und griff nach einem anderen Buch, das vor ihm auf dem Tisch lag.

Erwartungsvoll starrte Tristan ihn an.

»Davon habe ich gehört«, murmelte Aris, während er ein Buch nach dem anderen aufschlug. »Das ist eine Ewigkeit her.« Er warf Ofea einen kurzen Blick zu, und sie schien als Einzige zu verstehen.

Wahrscheinlich hatte es etwas mit *damals* zu tun. Mit ihrer Zeit bei Duris. Mit diesem anderen Leben, das sie einst geführt hatten.

Aber Elba war zu müde, um auf dieses wortlose Verständnis zwischen den beiden neidisch zu werden.

»Was ist das für eine Sprache?«, wollte Tristan wissen, während er Aris gegenüber Platz nahm.

»Das ist keine Sprache.«

»Keine Sprache? Was meinst du?«

»Nun, wie soll ich sagen?« Aris überlegte. »Es ist mehr eine Art Code. Eine spezielle Verschlüsselung.«

Tristan runzelte die Stirn. Und plötzlich hellten sich seine Gesichtszüge auf. »Natürlich!« Er klopfte sich auf die Stirn. »Wächterisch!« Er legte den Kopf in den Nacken und stöhnte.

»Wächterisch?« Elba verstand kein Wort.

Tristan hielt ihr eines der Bücher unter die Nase, sodass sie einige Zeilen lesen konnte.

Aicis foi ipvtvijaph apf isjemvaph fis eraenesop-mopoi.
Wun astqsaph fis tviopgopfaph apf ipvfidlaph tiopis nehoi.

Für Elba sahen die Sätze aus, als stammten sie vielleicht aus dem Slawischen. Sie hätte ohne Weiteres geglaubt, dass es sich um eine tatsächlich existierende, lebendige Sprache handelte. Aber dies hier zu übersetzen stellte ein weitaus komplizierteres Unterfangen dar.

Das Blitzen in Tristans Augen wäre ein Hinweis dafür gewesen, dass er eine Idee hatte, dass sich ein Plan zur Zielerreichung abzeichnete. Dass er etwas Übles vorhatte, um zu bekommen, was er wollte: die Lüftung des Geheimnisses um den Buchinhalt, die Übersetzung der Inschriften und somit die Lösung der Rätsel. Allerdings war Elba viel zu geschlaucht, um dies zu bemerken. Sie war nicht in der Lage, zu kombinieren, dass ihre Großeltern und Christian das entsprechende Werkzeug für dieses Vorhaben darstellen sollten.

Ofea verschwand in der Küche und kam mit einem Tablett wieder zurück, auf dem sich vier Gläser befanden. Sie reichte Aris und Tristan je eines, das mit Blut gefüllt war. Ihr eigenes stellte sie auf dem Wohnzimmertisch ab, Elba gab sie ein Wasserglas und eine Aspirin. »Das wird Tristan wieder ins Gleichgewicht bringen«, flüsterte sie ihr zu. »Er hat schon zu lange nichts Anständiges mehr zu sich genommen.«

An diese speziellen Ernährungsgewohnheiten würde sie sich bestimmt nicht so schnell gewöhnen. Elba schluckte die Aspirin und spülte sie mit reichlich Wasser hinunter.

Aris widmete sich wieder dem Aquamarin-Buch. Ein Teil ganz am Anfang war für sie alle noch verständlich. Er handelte vom Ursprung des Steins und von seiner Bedeutung. Aris begann, laut vorzulesen:

»*Alte Seefahrer erzählen bis heute die tragische Geschichte einer verwunschenen Meerjungfrau vor der Küste Griechenlands, welche gleichsam bezaubernd wie auch gefährlich war.*

Es wurde einst, vor langer Zeit, in dem griechischen Dorf Memina ein wundersames Geschöpf geboren – ein Aufsehen erregendes Mädchen, dessen Äußeres es auf unerklärliche Weise von seinen kleinen Artgenossen unterschied. Denn sein Haar glänzte blond wie Gold, seine Augen schimmerten blau wie das Meer, und seine Haut war so weiß wie die Blüten der Rosen. Seiner elfenhaften Erscheinung verdankte das Mädchen, dass die Dorfbewohner es als Fee bezeichneten und ihm den Namen Neraida gegeben hatten.

Als die Jahre vergingen und das Mädchen zu einer jungen Frau heranwuchs, entfachte unter den heiratswilligen Männern des Dorfes ein bitterer Wettstreit um ihre Gunst. Von ihrer Schönheit geblendet und ihrer engelsgleichen Stimme betört, wetteiferten sie um ihre Hand und kämpften um sie bis in den Tod.

Um diesem Übel ein Ende zu setzen, entschied der Rat der Frauen, Neraida aus dem Dorf zu vertreiben. Eines Nachts jagten sie sie in die nahegelegene Hafenstadt und trieben sie bis ins Meer, wo sie Neraida ihrem Schicksal überließen.

Pontos, der Gott der Wellen und des Meeres, nahm sich diesem lieblichen Geschöpf jedoch an. Er befahl seinen Meerjungfrauen, es vor dem Tod zu bewahren und es mit sich in ihr Reich zu nehmen. Und so brachten sie Neraida zu dem mächtigen Aquamarin des Pontos, einem riesigen Gestein tief am Meeresgrund, das ihnen durch seine Heil bringende Energie ewiges Leben bescherte. Mit seiner Hil-

fe verwandelte der Meeresgott Neraida zu einer Meerjungfrau. Um sie am Leben zu erhalten, legte er ihr, wie jeder seiner Meerjungfrauen, ein kleines Stück des Aquamarins in Form eines Schmuckstückes um den Hals. Und so begab es sich, dass Neraida fortan glücklich und zufrieden im Meer lebte.

Eines Tages aber sank ein schiffbrüchiger Seefahrer hinab in das Reich der Meerjungfrauen, und Neraida verliebte sich auf den ersten Blick in diesen Not leidenden Mann. Um ihm das Leben zu retten, kämpfte sie gegen die gewaltigen Wellen an und hob ihn mit sich zurück an die Wasseroberfläche. Vergebens wartete sie darauf, dass seine Lungen sich wieder mit Luft füllten und sein Herz wieder zu schlagen begann.

Als nichts dergleichen geschah, zog sie seinen erschlafften Körper auf einen Fels, der aus der Brandung ragte. Das Sonnenlicht spiegelte sich in dem Aquamarin an ihrem Hals. Und als das Leuchten des Steins sich stetig verstärkte und seine Energie sie ergriff, wusste Neraida mit einem Mal, was zu tun das Schicksal von ihr verlangte. Sie tauchte hinab ins Meerjungfrauenreich und stahl ein Stück des großen Aquamarins.

An der Wasseroberfläche legte sie es dem geliebten Seemann auf die Brust und hielt erwartungsvoll seine Hand. Das Licht der Steine umhüllte sie beide und durchdrang ihre Körper und Seelen. Nach geraumer Zeit öffnete der Seemann seine Augen und ward zu neuem Leben erweckt.

Erzürnt über den Diebstahl, verbannte der Meeresgott Neraida aber aus seinem Reich und verdammte sie zu einem sirenenähnlichen Dasein. Zur Strafe für die verräterische Rettung ihres Geliebten musste die Meerjungfrau sich fortan vom Blut der Seefahrer ernähren.

Die Liebe zwischen Neraida und dem Seemann entpuppte sich damit gleichermaßen als Segen und als Fluch. Da sie als Meerjungfrau nicht an Land zu gehen vermochte und er als Mensch nicht in die Tiefen des Meeres, verdammte sie das Schicksal auf ewig zu einem Leben auf dem Fels.

Um zu überleben, lockte Neraida seit diesem Tage mit ihrem Gesang verirrte Seefahrer an und zog sie in ihren Bann. Opferten sie ihr einen ihrer Männer, damit sie sich als in ihren Augen dämonisches Meeresgeschöpf von dessen Blut ernähren konnte, ließ sie die restliche Mannschaft ziehen.

Tapfere Seefahrer überlegten sich jedoch schließlich eine List: Sie verschlossen einem ihrer Gefährten die Ohren mit weichem Kerzenwachs, damit er den verführerischen Klängen nicht erlag, und schickten ihn als vermeintliches Opfer auf den Fels. Dort jedoch entriss er Neraida den Aquamarin und schwamm zurück zu seinem Schiff.

Augenblicklich entwichen der Meerjungfrau die Lebensgeister, und ihr Körper fiel ins Meer. Um sie zu retten, tauchte ihr Geliebter hinab in das dunkle Gewässer, tiefer und tiefer, bis sie beide vereint ein nasses Grab fanden.

Dem Dorf Memina, dessen Bewohner diesen Schicksalsschlag durch die Verbannung des einst unter ihnen lebenden Mädchens zu verantworten hatten, gaben die Seefahrer fortan den Beinamen Neraida, um stets an die Tragödie zu erinnern.

Der Aquamarin wird seither verehrt als Symbol für Liebesglück wie auch für Liebesleid. Denn er verkörpert ein Mahnmal dafür, wie nahe beides zusammenliegt. Der Stein vermag nicht nur Licht und Freude zu bringen, sondern auch Schatten und Leid.

Zwei wahrhaft Liebende, deren reine Herzen durch das Schicksal zusammengeführt wurden, verbindet er ewiglich in Glück. Es sei jedoch gewarnt: In falschen oder gar verdorbenen Händen kann er allzu leicht zum Werkzeug böser Kraft werden. Darum sei er stets gehütet wie ein Schatz. Kommt er abhanden, steht große Gefahr bevor. Das Herz verliert seine reine Kraft, die Liebe und das Leben wenden sich von dem einstigen Träger ab.«

Dann begannen die Vers-ähnlichen Rätsel und Reime, die schließlich in codierten Zeilen endeten:

»*Sei auf der Hut vor dunkler Macht,*
die durch Hitze und Feuer wird entfacht.
Zurück an den Ursprung musst du kehren
und den Stein dort treu verehren.
Den Weg zurück kannst du nur alleine finden,
sonst wird die Macht der Finsternis ihn an sich binden.

Navoh, siop apf tdjpimm
gopfi fip xih opt jimm.
Uiggpiv todj fit echsapft siohip,
fesgtv fa poinemt gasdjv ojn biohip.
Ponn iomoh nov opt modjv,
xet podjv opt tdjxesb hijuisv,
xoi fis xopf ciwus is it bistvuisv.«

Seitenlang ging es Wort für Wort und Satz für Satz in dieser Form weiter. Tausende und Abertausende verschlüsselter Textzeilen füllten Seite um Seite. Aris blätterte weiter, bis wieder vereinzelte rätselhafte Reime in verständlicher Sprache auftauchten.

Tristan nahm ihm das Buch aus der Hand und mit zusammengekniffenen Augen las er die nächste Stelle vor, die er entziffern konnte:

»*Dort am alten Koboldsweg,*
wo blutend rot die Eiche steht,
wenn starker Wind gen Osten weht,
wirst du den Wald erspäh'n
aus tausend schwarzen Kräh'n.
Und wenn Gesang gar düster schallt,
Lichtvogels helles Lied erhallt:

den rechten Weg wird er dir weisen,
und über Todesschwingen kreisen.
Geschmeide dort erweckt im Licht:
das Zeichen, welches er erpicht.

Wenn Blut des Waldes Krall'n berührt,
er dich sodann zur Lichtung führt.
So friedlich liegt er da, der See,
des' Lilien blühen selbst im Schnee.
Hier, wo Grün und Blau verführen,
wird dein Herz sich endlich rühren
und den Glanz der Ewigkeit erspüren.

Verborgen liegt, wo nichts sein darf,
worauf Drachwolf seinen Schatten warf.
Wenn Licht und Dunkelheit vereint sich lieben,
muss das Tor der Welt sich weit verschieben.
Wo Wasser nicht von Wellen zerrüttet,
ist der Weg zum Grunde auch nicht verschüttet.
Hier hütet Finsternis das Hell,
welches ist des Geheimnis' Quell.
Ein mutig Herz, das rein sein mag,
erkennt auch, wo der Ursprung lag.
Wenn Wasser und Steine sich berühren,
wirst du den Weg zur Lösung spüren.«

Tristan legte das Buch zurück auf den Tisch. Er stand auf, sein Blick jagte über den Boden des Wohnzimmers. »Irgendjemand eine verdammte Ahnung, was das bedeuten soll?«, fragte er, während er durchs Zimmer marschierte.

»Es muss eine Wegbeschreibung sein«, überlegte Aris.

»In verquerem Wächterisch?« Tristan legte sich auf den Boden, um den Arm unter den antiken Schrank zu strecken. Mit einiger Mühe angelte er sein Handy hervor, setzte sich wieder auf und begutachtete es von allen Seiten. Schließlich lächelte er zufrieden und kehrte zu den anderen zurück, die um den Couchtisch versammelt saßen.

»Was mag sich hinter den Reimen verbergen?«, murmelte er und fotografierte die betreffenden Zeilen mit seinem Handy ab.

Elba fühlte sich noch immer leicht benommen. »Na ja, offensichtlich sollst du einen See finden, der hinter einem Wald liegt. Dann wird sich ein Geheimnis lüften, das scheinbar irgendetwas mit deinem Stein zu tun hat.«

Tristan nickte. Gleichzeitig lächelte er, da diese Antwort wohl bereits auf der Hand lag. »Danke für die Wortmeldung, Sonnenschein!« Er grinste bis über beide Ohren.

»Koboldsweg, Koboldsweg ...«, sinnierte Ofea nachdenklich vor sich hin. »Das kommt mir so bekannt vor. Ich komme einfach nicht drauf.«

Tristan sah sie eine Minute abwartend an. Schließlich öffnete er das Foto auf seinem Handy und klickte darauf, um es als Nachricht zu verschicken. »Mal sehen, ob Milchgesicht uns weiterhelfen kann.«

Gerade, als er unter seinen Kontakten Christians Nummer auswählte, nahm Aris ihm das Telefon aus der Hand. »Ich denke nicht, dass das eine gute Idee ist, Tristan.«

»Aber –« Er stutzte.

»Er hat zwei Mal eure Anrufe nicht beantwortet. Wer weiß, was der Grund dafür ist. Wer weiß, wo er sich befindet.«

Das Argument war schlüssig. Möglicherweise hatte Christian sein Handy gar nicht mehr bei sich. Denkbar, dass ein anderer die Nachricht las. Tristan legte seine Hand in den Nacken. »Dann werde ich ihn suchen. Mir reicht es allmählich!«

»Ich glaube nicht, dass er uns weiterhelfen kann«, mischte sich Aris wieder ein.

»Keine Sorge. Dazu werde ich ihn schon bringen!«

Aris verzog keine Miene. Elba wurde einfach nicht schlau aus ihm. Langsam wandte sie sich Tristan zu und musterte ihn. Ganz allmählich erst drang die Bedeutung des Ausdrucks seiner Augen in ihr Gehirn vor. Sie kannte Tristans Mimik inzwischen recht gut. Es war nicht schwer für sie, seine Gefühlsregungen zu deuten. Aber es dauerte ein wenig, bis sich die dumpfe Gleichgültigkeit, die sie momentan beherrschte, verdrängen ließ. Sie holte tief Luft. Sie musste endlich wieder richtig wach werden. Sie nahm noch zwei Schlucke aus dem Wasserglas, dann legte sie eine Hand auf Tristans Arm. Überrascht fuhr er herum.

»Ich spreche mit ihm«, versuchte Elba, sein aufschäumendes Gemüt zu besänftigen.

»Das hat uns bisher auch nicht weitergebracht.«

»Weil er nichts weiß.« Sie ließ ihre Hand wieder sinken.

»Aber es liegt in seiner Macht, etwas zu erfahren.« Wieder weiteten sich Tristans Pupillen, um sich umgehend zu kleinen schwarzen Funkelkreisen zusammenzuziehen. »Das ist seine Aufgabe. Er wird bald über alles Bescheid wissen, was uns interessiert. Und diesen Prozess werde ich jetzt mal beschleunigen.«

Die Vorstellung, was Tristan vorhaben könnte, beunruhigte Elba. Sie warf Aris einen Hilfe heischenden Blick zu, doch der blickte nur abwesend auf die Bücher.

Tristan griff nach seinem Handy, das Aris vor sich auf dem Tisch abgelegt hatte. Er steckte es in die Hosentasche und wandte sich zum Gehen.

Elba streckte wieder die Hand nach seinem Arm aus, um ihn zurückzuhalten, erwischte aber seine Hand. Ihre Finger umschlossen die seinen. »Bitte, Tristan«, flüsterte sie.

Er starrte auf ihre Hände.

»Lass mich mit ihm reden«, bat sie.

Noch immer starrte er wortlos auf ihre Finger. Er sog die Luft ein und zog die Augenbrauen zusammen. Eine Ewigkeit schien zu vergehen. Dann neigte er den Kopf und fixierte Elba. »Wie kommst du auf die Idee, dass deine Gefühle mir irgendetwas bedeuten?«

Das kam unverhofft! Sie verstand aber exakt, worauf er abzielte. Sie hatte seine Hand nicht losgelassen, weil sie hoffte, etwas in ihm auszulösen. Sie wollte die Wichtigkeit dessen unterstreichen, dass *sie* Christian finden und mit ihm sprechen wollte. Ohne die Gefahr einer impulsiven Gewalteskalation durch Tristan. Natürlich konnte das nur funktionieren, wenn ihm ihre Gefühle irgendetwas bedeuteten. Oder aber sie verdeutlichen konnte, dass ihr Plan besser war als seiner.

Doch noch wollte sie an Variante Eins festhalten. Daher bewegte sie unauffällig ihren Daumen in seiner Hand auf und ab und setzte den besten Unschuldsblick auf, den sie je benutzt hatte. Keinesfalls durfte er denken, dass sie ihn hintergehen oder als Mittel zum Zweck benutzen wollte. Es war ihm ohnedies nur schwer möglich, die Kontrolle abzugeben und anderen zu vertrauen. Außer Aris gab es wohl niemanden auf der Welt, der dieses Privileg genoss. Und Elba war klar, dass sie sich eigentlich viel zu kurz kannten, um in Tristans Kreis der vertrauenswürdigen Menschen aufgenommen zu werden. Aber immerhin spielte sie eine entscheidende Rolle in diesem Spiel, und sie schien für Aris äußerst wertvoll zu sein. Sie hoffte, dass dies ausreichen würde. Noch wusste sie nicht, dass sie ganz allein die Fähigkeit besaß, Gefühle in Tristan auszulösen. Und dass genau das der Knackpunkt war, der ihr Vorhaben zum Scheitern verurteilte.

Tristan war bereits bewusst, dass sie ihm mehr bedeutete, als ihm lieb war. Der Umstand, dass sie diese Gefühle nicht erwiderte, machte sie zu einer potenziellen Gefahrenquelle für ihn, verschaffte ihr sogar eine gewisse Macht über ihn. Und über Aris. Ein Zustand, der unerträglich war für Tristan.

Als ihr Finger sich sanft, beinahe unmerklich in seiner Handfläche bewegte, musste er für den Bruchteil einer Sekunde den Atem anhalten. Ruckartig entzog er ihr seine Hand und trat einen Schritt zurück.

Verdammt! Verloren. Jetzt musste Elbas Verstand auf Hochtouren nach Argumenten suchen.

Tristan machte sich auf den Weg, das Wohnzimmer zu verlassen. Nachdem er den Raum zur Hälfte durchquert hatte, hob Aris den Blick. »Tristan. Setz dich.«

Sofort hielt der inne und wandte sich nach ihm um.

»Das bringt nichts.« Aris schüttelte langsam den Kopf und deutete Tristan, wieder zu ihnen zurückzukommen. »Selbst wenn er uns helfen könnte, darf er es nicht. Und so, wie wir ihn kennengelernt haben, schätze ich nicht, dass er der Typ ist, der es trotzdem tut. Gewaltandrohungen wirken bei ihm kaum. Und Gewalt*demonstrationen* scheinen ihn auch nicht grade zu beeindrucken, wie wir heute gesehen haben. Obwohl er so jung und unerfahren ist, bewahrt er einen kühlen Kopf. Das wird sich noch verstärken, wenn er erst in den Kreis der Wächter aufgenommen ist. Er wird spüren, dass es oberste Priorität hat, das Wissen der Wächter zu schützen, und sein Gefühl wird ihm sagen, dass es nicht richtig ist, mit uns zu kooperieren. Wahrscheinlich wird noch heute Nacht seine Aufnahmezeremonie stattfinden.«

Tristan nahm Aris gegenüber Platz und lehnte sich vor, um ihm eindringlich in die Augen zu sehen. »Es interessiert mich nicht im Geringsten, was er für Gefühle oder Überzeugungen hat. Das interessiert mich einen Dreck. Ich werde die Kooperationswilligkeit schon aus ihm rausprügeln.«

Aris hielt seinem Blick stand, er ließ sich nicht aus der Ruhe bringen. »Die Wächter haben einen Schwur geleistet. Dieser Schwur bindet sie an ein Abkommen mit uns Vampiren.«

Elba musste daran denken, dass ihr Großvater bei dem Streit mit Onkel Hinrik ein solches Abkommen erwähnt hatte. »Worum geht es dabei?«, fragte sie. »Was für ein Abkommen ist das?«

»Duris und der älteste aller Wächter, Cornelius, haben einst stellvertretend für ihre jeweilige Spezies einen Vertrag unterzeichnet, um den Frieden zwischen Vampiren und Wächtern wiederherzustellen. Und damit einen langen, grausamen Krieg beendet.«

Elba dachte an ihre Verwandten. Es überraschte sie nicht, dass Wächter und Vampire auf entgegengesetzten Seiten gestanden hatten und es im Grunde nach wie vor taten.

»Die Wächter, deren ursprüngliche Aufgabe darin bestand, die Steinträger zu schützen, haben sich bereit erklärt, diese Bestimmung aufzugeben und sich nicht mehr aktiv in die Angelegenheiten der Vampire einzumischen. Sie haben sich dazu verpflichtet, ihre Geheimnisse zu hüten und sie nicht an Personen außerhalb des Wächterordens weiterzugeben. Darüber hinaus ist es ihnen verboten, Vampire zu töten. Im Gegenzug ist es den Vampiren untersagt, in Wächterangelegenheiten einzugreifen oder einen Wächter zu töten. Ein Verstoß gegen dieses Abkommen wird hart und endgültig bestraft – mit dem Tod. Denn der Bruch des Vertrages würde auch einen potenziellen Auslöser für einen neuerlichen Krieg darstellen.« Aris' Blick fiel wieder auf Tristan. »So einfach wird es demnach nicht, einen Wächter zu einer Kooperation zu zwingen, die eine apokalyptische Schlacht verursachen könnte. Der Preis ist zu hoch.«

»Der Preis?«, blaffte Tristan. »Was kostet das Leben? Den Tod? Die Apokalypse? Denn irgendjemand wird den Preis zahlen müssen. Und mir wäre lieber, wenn das keiner von uns ist – das werde ich verhindern. Koste es, was es wolle!« Die Partie um seine Augen zuckte. »Noch ist das Milchgesicht das schwächste Glied in ihrer Kette und somit unsere beste Option. Dieser kleine Bengel hat noch nicht die geringste Vorstellung davon, wie überzeugend ich sein kann.« Tristan grinste selbstgefällig. »Er weiß noch längst nicht, wie weit Gewalt gehen kann. Ich werde ihm eine kleine Vorstellung davon verschaffen, einen Vorgeschmack auf das, womit er es zu tun bekommt. Ich bin mir sicher, dass ihn die Kostprobe beeindrucken wird.«

Die Härchen auf Elbas Unterarmen stellten sich auf.

»Aufnahmezeremonie?«, unterbrach plötzlich Ofea die angespannte Situation. »Die Wächter haben eine Aufnahmezeremonie?«

Tristans Mundwinkel schnellten in die Höhe. »Um ihrem Club beizutreten?«

Elbas Körper entspannte sich.

»In der Zeremonie wird der Wächter mit den Steinträgern verbunden«, erklärte Aris. »Die Magie der Steine verwebt sich mit der Lebensenergie der Wächter.«

Ein Raunen drang aus Tristans Kehle. »Ist es denn nie genug? Wie viel Absicherung gegen unser Dasein haben sich die Götter denn noch ausgedacht?« Im Gegensatz zu Elba schien er auf der Stelle die Tragweite dieser Tatsache zu erfassen. Er lehnte sich zurück gegen die Couchlehne und vergrub das Gesicht in den Händen.

»Stirbt der Wächter gewaltsam, verlieren die Steine ihre Magie«, fuhr Aris fort. »Tötet also ein Vampir einen Wächter, zerstört das die betreffenden Steine. Die Folge ist nicht schön anzusehen.«

»Romanek?«, fragte Tristan.

Aris nickte.

»Romanek?« Elba verstand kein Wort.

»Ist bei lebendigem Leibe elendig verbrannt«, antwortete Tristan.

»Verbrannt?« Sie begriff noch immer nicht.

»Vor einigen Jahren versuchte eine Reihe Vampire, den Wächtern Geheimnisse zu entlocken«, erzählte Aris. »Als diese jedoch nicht bereit waren, ihr Wissen preiszugeben, töteten sie einen Wächter. Daraufhin verbrannte ein Vampir namens Romanek.«

»Sicher kein geschmackvoller Anblick«, fügte Tristan naserümpfend hinzu. »Hat wohl stundenlang gedauert und widerwärtig gestunken.«

»Was wollten die Vampire von den Wächtern?«, fragte Elba.

»Sie versuchten, Informationen über Duris in Erfahrung zu bringen«, vergegenwärtigte Aris. »Sie hatten von ihm gehört, wollten sich ihm anschließen und dann nach einer Möglichkeit suchen, ihn zu vernichten. Ihm nacheifern. Seinen Platz als Herrscher über die Vampire einnehmen und dem Ursprung seiner Macht auf die Schliche kommen.«

»Nun, diese Stümper dachten, dass sie seine Idee aufnehmen und eine Dämonenherrschaft über die Welt ausbreiten könnten«, ergänzte Tristan und zwinkerte Elba zu. Es war ihm anzusehen, dass er es als überaus lächerlich empfand, dass eine Gruppe stinknormaler Vampire sich solch ein anmaßendes Unterfangen erlaubt hatte.

»Hatten sie sich etwas einfacher vorgestellt.« Tristan lachte. »Wobei der Ansatz dieses Planes durchaus Charme hatte. Waren aber wohl nicht gerissen genug. Sie gingen davon aus, wertvolle Informationen darüber zu gewinnen, wie ein Vampir zu solch enormen Kräften gelangen konnte. Und sie wollten Duris' verwundbare Stelle finden, um ihn anzugreifen und aus den Angeln zu heben. Es wird erzählt, dass seine gesamte Kraft auf denjenigen übergeht, dem es gelingt, ihn in die Knie zu zwingen und zu töten. Hat angeblich irgendetwas mit seinem Stein zu tun: dem Blutstein. Es machten Gerüchte die Runde, dass der Schlüssel dazu in den Büchern der Wächter zu finden sei. Insofern war der Gedanke nicht gerade von schlechten Eltern. In der Umsetzung mangelte es aber offensichtlich dann doch an Ideenreichtum. Hätten sich ein wenig besser vorbereiten sollen –«

»Die Wächter sind dazu verpflichtet, ihre Geheimnisse und ihr Wissen mit ihrem Leben zu verteidigen«, fiel Aris ein. »Bis in den Tod.«

»Hat in einem grausigen Massaker geendet. Sie haben einen der Wächter vor den Augen der anderen zerstückelt. Fein säuberlich zerkleinert.« Tristan erfreute sich an Elbas Ekel. »Romanek – als treibende Kraft – stellte sich vor, dass es die anderen Wächter überzeugt, wenn er einen von ihnen zerlegt. Kurz darauf begann der Gute, Feuer zu fangen. Ist auf kleiner Flamme vor sich hingeköchelt. Seine Kumpels haben versucht, ihn zu löschen. Erfolglos, würde ich sagen.«

Als Aris erkannte, dass Tristan vorhatte, die Geschichte noch weiter auszuschmücken, fügte er schnell selbst hinzu: »Seine Steinträgerin, Alexandrina, bemühte sich verzweifelt, die Elemente zu beschwören. Aber die Magie der Steine war verflogen. Der Akt der Verbrennung hat Stunden gedauert. Und als Romanek schließlich verendet war, verbrannte auch Alexandrina. Angeblich verwandelte sie sich davor qualvoll und unnatürlich in einen Vampir, auf dem Weg in einen langsamen und widerwärtigen Tod.«

»Unterm Strich lernen wir also daraus: Wächter töten ist nicht die beste Idee«, Tristan schmunzelte. »Aber wie gesagt, es ist ein langer Weg durchs Tal der Qualen bis zum Eintritt des Todes ...«

Ofea ignorierte die Anspielung und warf eine nicht unwesentliche Wortmeldung ein: »Bedeutet das nicht, dass wir damit rechnen können, dass demnächst eine Reihe Wächter an unsere Türe klopft?«

Elba sah den beiden anderen an, dass sie sich darüber bisher keine Gedanken gemacht hatten. Aber zweifelsohne würden die Wächter versuchen, die Truhe und deren Inhalt wieder in ihren Besitz zu bringen.

»Sehr gut.« Tristan rieb sich die Hände. »Das erleichtert unser Vorhaben ungemein. Wir müssen sie nicht suchen, nur abwarten. Das wird ein Fest!«

Die Vorstellung gefiel Elba gar nicht. Tristan war unberechenbar. Und ihre Großeltern und Christian würden die Leidtragenden dieser Unberechenbarkeit sein. Sie stand auf und ging in Richtung Ausgang.

Aris und Tristan tauschten Blicke aus. Tristan schüttelte ernst den Kopf, was Aris veranlasste, ebenfalls aufzustehen.

»Wo willst du hin, Elska min? Liebes?« Aris eilte ihr hinterher.

Wie auch immer er sie gerade genannt hatte, es war ihr egal. »Ich suche sie. Ich suche Christian. Ich muss wissen, was da vor sich geht.« Entschlossen schritt sie zur Haustüre.

Bevor sie jedoch nach der Klinke greifen konnte, legte Aris seinerseits die Hand auf den Türgriff und hielt ihn fest. »Elba, das geht nicht. Das weißt du.«

»Natürlich geht das. Ich werde nicht warten, bis ein Unglück geschieht.«

»Nein, Liebes, wirklich nicht. Es ist zu gefährlich. Duris ist irgendwo dort draußen. Er hat Macht über die anderen Vampire, und sie würden alles für ihn tun.«

»Ja, was auch immer.« Elba versuchte, sich an ihm vorbeizudrängeln.

Aris drückte sie mit der Hand ein Stück von sich weg und schüttelte den Kopf. »Gerät die Truhe in seine Hände, bedeutet das unser Ende.«

»Die Truhe interessiert mich nicht! Mich interessieren lediglich die *Menschen*leben, die auf dem Spiel stehen. Verstehst du das nicht?«

»Das verstehe ich sogar sehr gut. Und eines dieser Menschenleben ist deines. Deshalb werde ich dich sicher nicht gehen lassen. Gott weiß, was dir zustoßen könnte, allein dort draußen.«

Elba stellte fest, dass er allmählich böse wurde. »Irgendjemand muss jetzt aber etwas unternehmen. Das ist doch Irrsinn, das alles! Es wird sich doch eine vernünftige Lösung finden lassen. Ein Kompromiss. Christian wird mich verstehen. Keinesfalls werde ich zulassen, dass er schon wieder in Tristans Hände gerät!«

»Tristan ist jetzt wirklich unsere geringste Sorge. Ich habe dir gesagt, dass ich mich um ihn kümmere.«

»Ja, das habe ich gesehen!« Jetzt wurde Elba stinksauer. Ihre Enttäuschung darüber, dass Aris nicht eingegriffen hatte, als Tristan sie verletzt hatte, brach nun mit aller Wucht aus ihr heraus.

»Elba, du musst verstehen –«

»Was muss ich verstehen? Dass du tatenlos zusiehst, wie er auf mich und meine Freunde losgeht, wie er sich an uns vergreift? Ohne dass du einschreitest, ohne dass du etwas unternimmst? Ja, das verstehe ich jetzt allzu gut. Ich verstehe, was dein Wort wert ist!« Sie begann vor Wut zu zittern. »Was bedeutet ein Menschenleben schon für euch?«

»Sehr viel. Du bedeutest mir sehr viel, glaube mir. Ich darf aber das größere Ziel nicht aus den Augen verlieren. Ich darf mich nicht von Emotionen leiten lassen.«

Elba konnte es nicht fassen. »Ich weiß ganz genau, was ich dir bedeute!« Sie lachte sarkastisch auf. »Meine Bedeutung als Mittel zum Zweck eröffnet mir eine ganz neue Welt, ich darf mich wohl auch noch geehrt fühlen, was?«

»Verstehe doch, dass ich nur dein Leben schützen möchte.«

»Und was ist dir dieses Leben wert – so viel wie dein eigenes? Genau darum geht es doch. Nur darum, nicht wahr?«

»So ist das wirklich nicht, Elba.«

»Und wie ist es dann? Wie ist es, Aris? Bitte erklär's mir.«

Aris zögerte. Offensichtlich wusste er nicht, was er auf diese Frage erwidern sollte.

»Hab ich mir doch gedacht«, zischte sie und drehte sich um.

Blitzschnell griff er nach ihrer Hand und hielt sie zurück. »Es tut mir leid, Elba. Ich kann mir vorstellen, wie schwer das alles für dich sein muss.« Seine Stimme wurde weich. »Es ist einfach viel zu lange her ... Es ist schon viel zu lange her, dass ich solche Gefühle zugelassen habe. Und ... es darf auch nicht sein. Ich weiß nicht, wie ich damit umgehen soll.«

»Womit?« Ihre Wut verhinderte, dass sie verstand, wovon er sprach.

»Mit dir, mit mir, mit dem, was zwischen uns passiert ...« Er rang nach Worten. Als Elba ihn herausfordernd anschaute, atmete er tief ein und blickte einen Moment zur Zimmerdecke. »Hvað ert þú að gera við mig?«, flüsterte er auf Isländisch, ohne sich direkt an sie zu wenden. Dann sah er ihr in die Augen. »Damit, dass ich mich in dich verliebe.« Entwaffnet wie ein kleiner Junge wartete er auf ihre Reaktion.

Ihre Atmung setzte aus. »Du –« Die Gedanken rasten durch ihren Kopf.

»Ja, Elba, so ist es, und ich kann nichts dagegen tun.«

Entgeistert starrte sie ihn an. Sie konnte einfach nicht glauben, dass dieser Mann in sie verliebt sein sollte. Unmöglich! Ausgerechnet in sie? In das kleine, unerfahrene Mädchen? Und dennoch tat ihr Herz einen aufgeregten Sprung. Im nächsten Augenblick erfasste sie Panik. Wie sollte sie damit umgehen? Dieser wahnsinnig attraktive, erwachsene Mann hegte Gefühle für sie.

»Es tut mir so leid, Elba. Die Gefahr, der ich dich damit aussetze, ist undenkbar. Unzumutbar.«

Elbas Verstand setzte endgültig aus. Wie angewurzelt stand sie neben Aris und hoffte inständig, dass ihr Mund nicht offenstand. Mit einem Mal machte er einen Schritt auf sie zu und zog sie zu sich heran. Elba stockte der Atem.

Er presste ihre Hand an seine Brust. »Spürst du das?«, flüsterte er.

Elba fühlte sein Herz unter ihrer Handfläche klopfen.

»Spürst du, was du mit mir machst?«

War es möglich, dass er durcheinander war? Ihretwegen? Da kam er noch näher. Was hatte er vor?

Im nächsten Augenblick erhielt sie die Antwort. Er beugte sich zu ihr herunter und küsste sie zärtlich. Unwillkürlich öffnete sich ihr Mund einen Spalt. Eine Woge der Leidenschaft erfasste sie, als ihre Zungen sich berührten. Instinktiv presste sie sich an ihn. Dann umfasste er ihr Gesäß und hob sie hoch, sodass sie die Beine um seine Hüften schlingen konnte. Sein Verlangen raubte ihr den letzten Funken Verstand. Eine Blase der Lust stülpte sich über sie. Sie küssten sich wieder und wieder. Leidenschaftlich. Begierig.

Schlagartig riss das Klirren eines Glases sie aus ihrer Welt. Aris ließ Elba so plötzlich los, dass sie unsanft auf dem Boden landete. Und somit in der harten, kalten Realität.

Überrascht drehte sie sich um und erkannte Ofea, die unmittelbar hinter ihnen stand. Ihr Gesicht war kreidebleich und zeichnete sich deutlich von dem Rot der Blutlache auf dem Boden ab, die sich um das zerbrochene Glas gebildet hatte.

Sofort fand Elba sich wieder in dieser bizarren Welt des Übernatürlichen wider. Ganz unvermutet fühlte sie sich wieder fehl am Platz, wie eine Außenseiterin, ein Eindringling. Sie lief feuerrot an.

Eine Ewigkeit lang starrten sie sich wortlos an. Dann fand Ofea ihre Fassung wieder. »Ich bin Tristans Meinung. Wir müssen aktiv werden.«

Schweigend wartete Aris auf weitere Ausführungen.

Da tauchte Tristan mit einem schiefen Lächeln auf. »Können wir die weiteren Besprechungen aus der Schmuseecke wieder ins Wohnzimmer verlegen?«

»Hvað í helvítis? Was habt ihr vor?«, wollte Aris wissen.

»Wir mischen ein paar Wächter auf. Beim Eintrittsritual in ihren Pony-Club werden sie ja bestimmt alle mitspielen.« Tristans Augen flackerten angriffslustig auf.

»Ich dachte, wir warten darauf, dass sie uns einen Besuch abstatten«, entgegnete Aris.

»Ach, und geben ihnen die Genugtuung eines geplanten Überraschungsangriffes? Ich denke nicht.« Ofea war offenbar gar nicht zu Scherzen aufgelegt. »Das Überraschungsmoment nutzen wir besser für uns.«

Tristan lachte. »Das und großkalibrige Waffen!«

»Ich glaube nicht, dass das ein besonders guter Plan ist«, erwiderte Aris.

»Zieh nicht schon wieder den Schwanz ein«, schnauzte Tristan ihn an.

Aris' Miene verdunkelte sich. Ein leises Knurren galt Tristan als Warnung.

Das konnte ja nicht wahr sein! »Ich rufe meinen Großvater an«, warf Elba ein und zückte ihr Handy. Sie wählte und lauschte, aber er nahm nicht ab. Wie eigenartig. »Ich versuche es bei Onkel Hinrik.«

Tristan stöhnte. Ganz offensichtlich freute er sich auf einen Kampf.

Elba wählte Hinriks Nummer. Er antwortete unverzüglich.

»Elba?«

»Ja, ich bin's. Ist Christian bei euch?«

»Nein, er war den ganzen Tag nicht hier. Eigentlich hätte er einige Reparaturen im Haus vornehmen sollen, aber er ist nicht aufgetaucht. Äußerst ungewöhnlich ...«

»Kannst du mir Oma geben?«

»Die ist auch nicht hier.«

»Und Opa?«

»Elba, ich weiß nicht, wo sie sind. Sie sind wie vom Erdboden verschluckt. Ich hab keine Ahnung, wo sie sein könnten. Ich mache mir Sorgen, Elba. Geht's dir gut?«

»Ja, mir geht es gut. Aber ich muss dringend mit den Großeltern sprechen.«

»Wo bist du?«

»Bei Aris.«

»Gut, am besten bleibst du auch dort! Er wird auf dich aufpassen. Irgendetwas geht hier vor sich. Ich habe ein echt ungutes Gefühl.«

»Hast du denn gar keine Idee, wo sie sein könnten?«

»Elba, sie sind spurlos verschwunden! All ihre Sachen sind noch hier. Die Tür stand sperrangelweit offen, als ich heimkam. Deine Großmutter hat nicht einmal ihre Handtasche mitgenommen, das ist äußerst untypisch.«

Elba fasste ihren gesamten Mut zusammen. »Ist es ... ist es möglich, dass sie irgendwo Christians ... Aufnahmezeremonie abhalten?«

Schweigen.

»Onkel Hinrik, es ist wirklich wichtig!«

»Elba, es tut mir leid. Aber ich kann dir ehrlich nicht helfen.

Ich glaube nicht, dass sie ein Treffen abhalten. Ich befürchte vielmehr, dass ihnen etwas zugestoßen ist.«

Sie schluckte. Hinrik klang überaus besorgt, die Lage war ernst. Ein Kloß bildete sich in ihrem Hals. »Verstehe«, presste sie heraus. Ratlos drehte sie sich zu Aris um. »Wo finden denn diese Zeremonien normalerweise statt?«

Wieder schwieg Hinrik einen Moment.

»Sag schon, bitte!«

»Auf einer Waldlichtung steht eine verfallene keltische Kirche. Dort werden die Rituale durchgeführt. Ich bin mir aber ziemlich sicher, dass sie nicht dort sind. Ich befürchte das Schlimmste!«

Elbas Lippen zitterten, und ihre Augenlieder flatterten. Sie schnappte nach Luft.

Aris nahm ihr das Handy aus der Hand. »Ich werde auf sie achten, Hinrik. Mach dir keine Sorgen«, sagte er, beendete das Telefonat und legte einen Arm um Elba.

»Ich weiß, wo sich diese Ruine befindet«, verkündete Tristan.

Elba musterte ihn. Natürlich hatte er jedes Wort verstanden, das sie mit Hinrik gewechselt hatte. Sein Gehörsinn war wesentlich ausgeprägter als der eines Menschen.

»Dann lass uns das jetzt erledigen«, forderte Ofea. Tristan nickte.

»Und wie willst du das *erledigen*?« Aris sah seinen Freund genervt an.

»Ich dachte, ich versuche es mit Gewalt«, gab Tristan grinsend zurück.

Elba warf Aris einen gequälten Blick zu.

»Tristan und ich fahren zu dieser Kirche –«, meldete Ofea sich zu Wort.

»… und mischen den Laden mal ein wenig auf.« Tristan rieb sich die Hände.

»Du machst mich krank!«, fuhr Elba ihn an.

»Niemand mischt hier irgendetwas auf!«, bestimmte Aris fest. »Uns fehlen zu viele Informationen. Ein Schnellschuss macht keinen Sinn. Habt ihr euch mal überlegt, dass ihr wahrscheinlich gar keinen Zutritt zu den Gemäuern der Kirche haben werdet?«

Ofea schüttelte den Kopf. Sie wollte offenbar nichts davon hören. Zum ersten Mal erkannte Elba den unmenschlichen Vampir in ihr, denn Ofea funkelte Tristan auffordernd an.

Bevor dieser jedoch reagieren konnte, würgte Aris ihn ab: »Wir beruhigen uns jetzt alle. Ein wenig Schlaf wird uns gut tun. Niemand verlässt das Haus.« Der Befehlston in seiner Stimme klang endgültig.

Tristan zuckte mit den Schultern und ging zurück ins Wohnzimmer.

Ofea blieb wie erstarrt stehen und wandte ihre Augen nicht von Aris ab. »Entschuldigst du uns bitte, Elba?« Sie würdigte Elba keines Blickes.

Aris ließ den Arm sinken und gab Elba frei. Ein unmissverständliches Zeichen, dass sie die beiden alleine lassen sollte.

Als Elba außer Hörweite war, begann Ofea, auf Aris einzureden: »Aris, was tust du da?«

»Was tue ich denn?«

Ofea sog scharf die Luft ein. »Du hast Gefühle für sie? Ist das dein Ernst? Wie kannst du das zulassen?«

»Ofea ... Ich wollte nicht –«

»Dann stell es wieder ab! Du musst etwas dagegen tun. Das weißt du.«

»Ja, ich weiß.« Gleichmütig sah er ihr in die Augen.

Sie ging einen Schritt auf ihn zu und legte die Hand sanft auf seine Brust. »Aris, ich bitte dich. Erwecke dein altes Ich, erwecke das Unbezwingbare in dir. Den großen Krieger. Den mächtigen Anführer. Du wirst all die Stärke in dir brauchen, wenn du ihm begegnest. Duris. Tu es. Für mich. Für Tristan. Für alle von uns. Wir brauchen dich. Deine Stärke, deine Kraft ...«

Aris legte seine Hand auf ihre Wange. »Ich kann nicht, Ofea.«

»Aris, du *musst*!«

Er wich ihrem eindringlichen Blick aus und blickte zu Boden.

»Ich bitte dich, Aris. Erinnere dich. Erinnere dich, Geliebter. Ich flehe dich an, in dir steckt wahre Größe. Wir alle brauchen dein Sieg verleihendes Geschick! Du beherrschst alle Vorzüge taktischer Kriegsführung. Einst warst du ein Imperator, und das bist du noch!«

»Ofea, ich war ein Tier, ein Ungeheuer. Ich weiß nicht, ob ich dieses Monster in mir kontrollieren kann.«

»Du konntest es schon einmal, du kannst es wieder. Erinnere dich, Aris. Als wir beide zusammen waren, warst du ein außergewöhnlicher Herrscher und hast trotzdem Kontrolle über deine Handlungen besessen.«

»Ich war ein Schlächter, ein Mörder. Das war ich. So bin ich nicht mehr.«

»Ich kann dir helfen, Aris. Ich kann dir helfen, die Bestie in dir zu kontrollieren und zu deinem Vorteil zu nutzen. Du kannst dich auf mich stützen. Ich kenne die Grenzen.«

»Das war damals, Ofea. Als wir uns liebten.«

»Ich bin bereit, dir alles zu geben. Meinen Verstand, mein Herz, meinen Körper, meine Kraft, meine Liebe. Liebster. Du musst es nur zulassen.« Sie legte ihre Hand auf seine Wange.

»Das ist lange vorbei. Versteh doch.«

Sie ließ die Hand sinken. »Nein. Du musst dich nur erinnern. Tauche ein in die Gefühle dieser Zeit! Sie sind stark, allumfassend. Sie werden dich wieder zu dem machen, was du bist.«

»Das ist nicht gut. Es ist nicht richtig. Unsere Liebe ist gegangen. Und sie wird nicht wieder kommen.«

»Man kann nicht von einem Tag auf den anderen aufhören, jemanden zu lieben, Aris! Unsere Liebe war … episch. Monumental! Das hört nicht einfach auf.«

»Sie hat nicht einfach aufgehört.«

»Schau mir in die Augen. Sieh mich an und sag mir, dass du mich nicht liebst. Sag mir, dass du alles vergessen hast. Verleugne dich selbst. Dich. Und mich. Uns. Verleugnest du das Leben, die Liebe, den Grund unseres Daseins?« Sie deutete um sich. »Es ist nichts von alledem. Nichts ist bedeutend. Allein die *Liebe* ist es, Aris. Der Ursprung von allem.«

»Ich kann nicht, Ofea.«

»Doch. Du kannst. Ich weiß, dass du kannst. Und ich weiß, dass es schmerzt. Aber du kannst es ertragen. Wir beide können es, und es wird der Schlüssel sein, der Schlüssel zu allem. Fürchte dich nicht, Liebster.«

Der Ausdruck in Aris' Augen war gequält und schmerzerfüllt, er rang mit sich selbst. Er wusste, was seine Aufgabe war. Wusste, dass es an ihm lag, etwas zu unternehmen. Dass er für all das die Verantwortung trug. Dass es um ihn ging. Ihn, nur ihn wollte Duris. Ihn wollte er verletzen. Ihn wollte er zerschmettern. Ihn wollte er besitzen. Alle anderen waren nicht wichtig für ihn. Kollateralschäden, die er mit Vergnügen in Kauf nehmen würde, um ihn zu quälen und zu foltern, ihn in die Knie zu zwingen, bis er kapitulierte. Aris kannte Duris nur zu gut: Er würde niemals aufgeben. Tristans Metapher vom Tal der Qualen tat sich vor Aris auf. Genau darum ging es Duris, und er würde alles und jeden rundum vernichten. Es lag an ihm, an Aris, ihn aufzuhalten. Er war der Einzige, der Duris stoppen konnte.

Aber es musste doch einen anderen Weg geben! Es konnte nicht richtig sein, Feuer mit Feuer zu bekämpfen, das war es noch nie. Und noch war er nicht bereit dazu, gegen seine Überzeugung zu handeln und sich in das Wesen zu verwandeln, nach dem Duris lechzte. Es quälte Aris, dass andere seinetwegen leiden würden. Es war seine Schuld, seine Schuld allein. Und der Geschmack dieser sündhaften Schuld war bitter, denn er kannte das Leid, das Duris über alles und jeden brachte.

Doch seine Angst davor, den Löwen in sich zu erwecken, war zu groß. Aris wagte nicht, die Gefühle in sich zum Verstummen zu bringen, den Menschen in sich zu verdrängen und zu diesem Monster zu werden. Er hatte Angst, sich zu verlieren – sein Verstand würde nur noch wie der eines Raubtieres arbeiten, dabei würden unzählige Seelen zerstört und noch mehr Körper zerschmettert werden.

Ofea griff nach seinem Arm und holte ihn zurück ins Jetzt. Er sah sie an. Sie war damals sein Rettungsanker gewesen. Sie hatte ihn ans Licht gezerrt und ihm das Leben gezeigt. Damals, vor einer Ewigkeit. Und als er dort gewesen, mit beiden Beinen ins Licht getreten war, hatte es kein Zurück mehr gegeben. Nicht einmal, als sie ihn verlassen hatte. Er hatte sich verändert und war zu einem neuen Leben erwacht. Ihr hatte er es zu verdanken gehabt, dass er sich von Duris lösen konnte. Die Furcht, dass er wieder Gefallen finden würde an der Grausamkeit, an der unbändigen Lust zu töten, an der grenzenlosen Macht und der Finsternis, saß tief. Außerdem würde er sich einem unberechenbaren Blutrausch hingeben müssen. Und um seine gesamte Stärke wiedererlangen zu können, würde er auch Elbas Blut trinken müssen. Die Folgen würden nicht absehbar sein.

»Aris, du darfst die Angst nicht über dich herrschen lassen. Es steht in deiner Macht. Es ist an der Zeit. Vertraue mir, ich kann es spüren.«

Sie waren sich so vertraut. Ofea war die einzige Liebe in seinem Leben gewesen. Doch alles hatte sich verändert seither. *Er* hatte sich verändert.

»Ich kann nicht«, wiederholte er. »Es tut mir leid. Es tut mir so furchtbar leid.« Er küsste sie auf die Stirn, wo er mit den Lippen auf ihrer zarten Haut verharrte. Sie hob den Kopf und küsste ihn auf den Mund. Aris strich über ihr Haar, dann versprach er: »Es wird dir nichts geschehen. Ich sorge dafür, dass du sicher bist.«

Ofea trat einen Schritt zurück und sah ihn einen Moment nur an. Er versuchte, zu deuten, was in ihr vorging. Irgendetwas in ihren Augen war erloschen.

Bevor er darauf kam, wandte sie sich von ihm ab.

Als Ofea das Wohnzimmer betrat, schüttelte sie fast unmerklich den Kopf.

Tristan musterte sie aufmerksam. Das Zeichen galt ihm. Er sah zum Eingang des Wohnzimmers, als Aris eintrat. Aufgebracht sprang er von der Couch auf. »Aris, komm schon! Du weißt, dass sie recht hat. Daran führt kein Weg vorbei.«

Was zur Hölle ging hier vor? Elba hatte keinen Schimmer, worum es ging. Sie schaute Aris an. Und alles, was ihren Kopf füllte, war das Verlangen nach ihm. Sie wollte ihn berühren. Ihn riechen, ihn schmecken, sich mit ihm verbinden. Aber irgendetwas war mit ihm geschehen. Seine Augen waren kalt. Beinahe leer. Tot, schoss es Elba in den Kopf, und sie hielt kurz die Luft an.

»Genug jetzt!«, donnerte Aris.

Tristan blieb aufrecht stehen. Elba sah ihm an, dass es für ihn keineswegs genug war. Dennoch wagte er es wohl nicht, zu widersprechen.

Aris drehte sich um und eilte zur Treppe.

Ofea richtete sich an Tristan: »Es liegt jetzt an dir!« Dann folgte sie Aris.

Als die beiden verschwunden waren, wandte Tristan sich gereizt an Elba: »Das ist deine Schuld! Ich hoffe, das ist dir klar!« Seine Stimme klang hasserfüllt. Er hatte es darauf abgesehen, sie zu verletzen.

»Was?« Elba spürte, dass blanke Verärgerung durch ihre Adern strömte. »Was läuft eigentlich schief bei dir?«

»Du«, knurrte er mit gedämpfter Stimme. »Du bist es! Du! Wegen dir läuft alles schief! Und ich dachte, du bist die Lösung. Ich Idiot!«

»Hast du es nötig, immer so gemein zu werden?«, fragte sie verächtlich.

»Oh ja, den süßen, charmanten Tristan magst du lieber, nicht wahr? Das wissen wir beide. Aber mach dir nichts vor. Die Gefahr hat dich angezogen, das Geheimnis. Das Dunkle.

Das war es, das du wolltest. Und wie du es wolltest!«

»Du bist ekelhaft!«

»Ach, komm! Es hat dir doch gefallen.« Er schlich um sie herum. »Und wie es dir gefallen hat.«

Am liebsten hätte Elba ihm ins Gesicht gespuckt. Aber in einer dunklen Ecke in ihr meldete sich die Befürchtung, dass es stimmte, was er sagte.

»Ganz scharf warst du auf mich. Ich wette, so hast du dich noch niemals gefühlt wie in dem Moment, als unsere Körper sich verschlingen wollten. Gib es zu. Du hast nur so um Erlösung gebettelt. Nicht wahr, Täubchen? Dein Verstand hat sich abgeschaltet. Und jede Faser in dir hat nur nach einem geschrien ...« Er beugte sich vor.

Sie spürte seinen Atem auf ihrer Haut. Sie war wie erstarrt.

»Nach mir!«, sagte er dann langsam.

Ja, es stimmte. Und selbst jetzt zitterte ihr Körper und rief nach ihm.

Da ließ er von ihr ab. Er lachte, als er sich zum Gehen wandte. Bevor er das Zimmer verließ, drehte er sich noch einmal um. Sein Ausdruck gewann jetzt an Aufrichtigkeit. »Ich würde dir niemals ernsthaft wehtun, Elba. Sei dir dessen gewiss. Aber du musst noch viel erfahren. Über dich. Über Aris. Über uns.«

Elba wunderte sich einmal mehr, wie schnell er zwischen den unterschiedlichsten Emotionen hin- und herwechseln konnte.

Sein Blick streifte eines der Bücher. Elba bemerkte, dass es sich um ein bestimmtes Buch handeln musste: Der Einband war umrahmt mit goldenen Ornamenten und Verzierungen.

Als Tristan weg war, griff sie danach. Ein grüner Stein mit roten Sprenkeln prangte vorn in der Mitte. Sie schlug es auf und las *Heliotrop-Stamm*. Es musste sich um das Buch über Aris' Linie handeln. Gespannt setzte sie sich und blätterte die ersten Seiten durch. In dem Buch befanden sich Dutzende Zeichnungen, fast allesamt Darstellungen von Aris. Und auch wenn sie die Texte nicht verstehen konnte, so schlug ihr doch die Bedeutung der Bilder ins Gesicht. Sie zeigten Aris in Schlachten und bei Hinrichtungen. Bei der Ermordung wehrloser Menschen. Der Ausdruck in seinen Augen war befremdend.

Als sie weiterblätterte, blieb ihr Blick auf einem bestimmten Bild haften. Es zeigte eine junge Frau, die flehend vor Aris kniete. Ihr Gesicht wirkte schmerzverzerrt und verzweifelt. Die Frau blickte hoffnungslos verloren, aber dennoch bittend zu Aris empor, der sich herzlos von ihr abwandte. Das Gesicht, sie kannte es! Geschockt griff sie sich an den Hals. Es war das Gesicht ihrer Mutter.

Ihre Kehle schnürte sich zu. Elba war völlig sicher: Sie war es, daran gab es keinen Zweifel. Auf dem Bild war ihre Mutter abgebildet. Zusammen mit Aris.

Aufgeregt blätterte sie zwischen den Seiten hin und her. Doch aus den Zeichnungen ließ sich nichts weiter deuten. Es war die einzige Abbildung ihrer Mutter in dem dicken Buch.

Sie ärgerte sich, dass sie die Texte nicht verstehen konnte. Zu gerne hätte sie gewusst, was über ihre Mutter berichtet wurde. Offensichtlich musste sie den Stein, das Armband mit dem Heliotrop, vor ihrer Tochter getragen haben. Ein grässlicher Gedanke schoss Elba durch den Kopf: Vielleicht war ihre Mutter eines gewaltsamen Todes gestorben, und vielleicht stand ihr Ableben in Zusammenhang mit Aris.

In diesem Moment betrat Aris das Wohnzimmer und räusperte sich. Elba klappte erschrocken das Buch zu und sah auf.

Sie musste die Luft anhalten. Sein Anblick war atemberaubend. Er war barfuß und trug lediglich Jeans, die verheißungsvoll tief auf seinen Hüften saßen. Sein nackter Oberkörper war muskulös, nur der silberne Armreif zierte seinen Oberarm. Sein Haar war feucht. Er musste unter der Dusche gewesen sein. Elba fiel auf, dass sich vom Rücken her über seine Schulter eine riesige Tätowierung zog.

Als er sich näherte, strömte sein Duft in ihre Nase, kroch in jeden Winkel ihres Körpers und nahm Besitz von ihr. Es war eine verflucht heiße Mischung aus dem Geruch von Duschgel, Wassertropfen auf seiner Haut und seinem eigenen maskulinen Duft.

Es war unmöglich für sie, dieses Bild mit dem des Aris aus dem Buch abzugleichen. Eine Schranke in ihrem Gehirn versagte ihr den Schluss, dass es sich um ein und dieselbe Person handelte. Ihr Körper und ihr Geist zeigten solch heftige Reaktionen auf seine Erscheinung, dass sie nicht greifen konnte, dass der Mann, den sie so sehnsüchtig begehrte, etwas zu tun hatte mit der grauenhaften Kreatur auf den Zeichnungen.

»Kommst du ins Bett?«, fragte er mit gesenkter, rauer Stimme.

Elbas Herzschlag beschleunigte sich. Er streckte ihr die Hand entgegen, und sofort nahm ihr Körper die Einladung willig an. Langsam zog Aris sie vom Sofa hoch.

Als ihm bewusst wurde, dass sie in dem Buch gelesen hatte, verharrte er einen Augenblick. »Das bin ich nicht mehr, Elba. Aber ich kann nicht verleugnen, wer ich war, und was immer noch in mir schlummert.«

Elba hörte die Worte, aber ihr Verstand weigerte sich, sie aufzunehmen. Als er sich umwandte, und sie Hand in Hand durch das Wohnzimmer schlenderten, konnte sie die Tätowierung auf seinem Rücken beäugen. Elba zog die Augenbrauen zusammen.

Das Abbild begann über der linken Schulter und zog sich linksseitig über den gesamten Rücken bis unter den Bund seiner Jeans. Es zeigte ein überdimensionales, Furcht einflößendes Mischwesen. Auf den ersten Blick schien es, als handelte es sich um einen gigantischen Drachen. Bei genauerer Betrachtung fielen Elba jedoch einige weitere Details auf. Das Tier auf Aris' Rücken besaß zwar sämtliche Merkmale eines Drachens, aber auch die eines weiteren Raubtieres. Wenn sie sich nicht täuschte, Elemente eines Löwen.

Elba hatte gelernt, dass der Drache zwar einerseits ein Herrschaftsbild darstellte, das große Macht verkörperte, andererseits aber für das personifizierte Böse, das Schlechte, für Chaos und Finsternis stand. Er versinnbildlichte den Teufel, der die Welt verführte und ins Verderben trieb. Der Bibel zufolge wurde der Drache vom Erzengel Michael dereinst im Himmel besiegt und mitsamt seiner Engel von dort verstoßen. Er wurde auf die Erde geworfen, wo er seither für alles Übel und Leid verantwortlich war. Ein ewiger Kampf zwischen diesem Bösen und dem Guten entflammte, in dem der Gläubige mit Gottes Hilfe den Unheil bringenden Drachen aber besiegen und töten konnte. Um ihn zu verjagen, genügten angeblich schon religiöse Symbole wie Kreuze, Weihwasser oder auch Gebete. Und die Liebe selbst vermochte natürlich ebenfalls das Finstere in Licht zu verwandeln, das Böse aus dem Ungeheuer zu vertreiben.

Elba überlegte, was Aris dazu veranlasst haben mochte, sich dieses Fabelwesen auf den Leib zu tätowieren. Plötzlich musste sie an ihren Traum denken, in dem Duris sich in einen abscheulichen Drachen verwandelt hatte. Und selbst die Parallelen des dämonischen Vampirdaseins und der religiösen Riten ließen sich nicht verleugnen. Elba schauderte bei dem Gedanken, wie alt Aris war und wie alt dann erst Duris sein musste. Sie mochte sich nicht ausmalen, dass die alten Mythen ihren Ursprung in einer wahren Geschichte fanden.

Sie beobachtete, wie der Drachenlöwe unter Aris' Muskelspiel bei jeder seiner Bewegungen zum Leben erwachte. Fast so, als bewegte er sich eigenständig. Elba musterte Aris von Kopf bis Fuß. Er gab ihr so viele Rätsel auf. Die meiste Zeit über hatte sie nicht den leisesten Schimmer, was in ihm vorging. Und sie war sicher, dass dies nicht nur daran lag, dass er ein übernatürliches Wesen war, ein Vampir. Seine Persönlichkeit zu ergründen würde auch unabhängig davon ein langes Abenteuer werden, das spürte sie. Und sie spürte auch, dass diese Tätowierung ein Teil dieses Abenteuers war.

Sie erinnerte sich, dass der Drachenkampf nicht nur den Kampf mit dem Bösen außerhalb, sondern auch innerhalb der eigenen Person symbolisierte. Einen Kampf mit den Dämonen und Monstern der eigenen Seele, dem Schlechten in einem selbst.

Irgendetwas daran stimmte sie traurig. Ein Gefühl von Mitleid breitete sich in ihr aus. Sie spürte Aris' Ringen mit sich selbst, seine geplagte Seele. Seine Selbstbeherrschung, seine Erfahrung und auch seine Erziehung gestatteten ihm aber nicht, dies zuzugeben. Sie entzog ihm ihre Hand und berührte mit den Fingern vorsichtig den Drachen. Aris blieb wie angewurzelt stehen.

Er drehte sich um. Elbas Hand verharrte in der Luft, genau an der Stelle, an der sie zuvor die Umrisse der Tätowierung nachgezeichnet hatte. Langsam umschlang er ihre Finger und küsste sie, während er ihr in die Augen sah. Eine der feuchten Haarsträhnen fiel ihm in die Stirn.

»Ein Relikt aus meiner Zeit mit Duris«, sagte er schließlich, ohne dass Elba eine Frage gestellt hatte.

Er las in ihr wie in einem offenen Buch, und sie selbst konnte nichts in ihm zuordnen. »Ein Drache? Wie in dem Traum?«

»Ja. Nach Duris' Verwandlung wurde seine Seele mit der eines Wolfes verbunden. Da er aber von Beginn an über unermessliche Kräfte verfügte, konnte er sich schon bald auch körperlich in dieses Lebewesen verwandeln. Wie bei allen Vampiren nahm seine Macht jedoch über die Zeit noch erheblich zu, und der Wolf allein war ihm nicht mehr genug. Es gelang ihm, sein Leben zusätzlich mit dem eines Drachen zu verbinden. Eine uralte Sage erzählt von einem brutalen Krieg zwischen Wölfen und Drachen, den ein Wolf und ein Drache nach ewigen Zeiten beenden wollten. Daher sprangen die beiden gemeinsam in eine heilige Quelle, in der die Götter sie zu einem einzigen Lebewesen vereinten. So entstand ein Wolfsdrache, und mit ihm konnte dem Krieg ein Ende gesetzt werden. Daraufhin verwandelten die Götter weitere Drachen und Wölfe zu einem einzigen Wesen, um den Frieden zu erhalten. Eine neue Rasse entstand. Die Eigenarten der beiden Tiere vermengten sich.

Die Götter erschufen aber so eine überaus gefährliche Kreatur. Sie vereinte das Schlechte, die Finsternis beider Wesen zu einem unbesiegbaren Übel. Diese Kreatur war mächtiger und grausamer als alle anderen Lebewesen und beherrschte die Natur. Um diesen Fehler zu korrigieren, unterstützten die Götter das Gute in einem unermüdlichen Kampf gegen dieses Böse mit dem Ziel, diese Kreaturen wieder auszulöschen. Duris blieb als Einzigem die Fähigkeit, sich trotzdem in solch ein Mischwesen zu verwandeln. Es steht ihm offen, sich in einen Wolf, in einen Drachen oder in einen Wolfsdrachen zu verwandeln. Ein Umstand, der ihn gefährlicher macht als jeden anderen Vampir.«

»Und dein Tier ist ein Löwe?«, wollte Elba wissen.

»Wenn man so will ... In Wirklichkeit ist es vielmehr so, dass ich in gewisser Weise ein Löwe *bin*. Ich kann mich nicht nur in ein Raubtier verwandeln, in gewisser Weise bin ich eines. Der Löwe ruht in mir. Selbst in dieser Gestalt. In der Gestalt eines Untoten.«

»Du kannst dich in einen Löwen verwandeln?« Elba war baff. »Ist das nicht schmerzhaft?«

»Nur zu Beginn. Mit der Zeit wird dieser Vorgang ganz natürlich.«

»Aber die Tätowierung zeigt eine Mischung aus Drache und Löwe, oder nicht?«

»Ein Symbol unserer Vereinigung.«

Aris forschte in Elbas Augen. Was suchte er? Spuren der Furcht?

Er schien beruhigt, dass er keine fand. Sie hatte sich bereits an die übernatürlichen Vorgänge gewöhnt, von denen sie nun umgeben war. Ein Zeichen dafür, dass sich ihr Geist schon ihrem Schicksal fügte. Zum ersten Mal spürte sie, dass es wirklich richtig war, sich mit ihm zu verbinden. Diesem Gefühl konnte sie trauen. Es war tief und rein. Und irgendetwas in seinem Blick sagte ihr, dass er ganz genau das gleiche empfand.

Er beugte sich vor und küsste sie. Elba fühlte, wie seine Macht sich auf sie übertrug. Dieses Gefühl war berauschend. Sie wollte ihn so sehr! Sie verlangte nicht danach, ihn zu besitzen. Auch nicht danach, von ihm beherrscht zu werden. Sie wollte sich mit ihm verbinden. Mit ihm verschmelzen.

Ihre Zungen verschlangen sich. Wieder hob er sie hoch. Sie schlang die Beine um seinen Körper und presste sich an ihn. Er trug sie die Treppe hinauf, während er sie unentwegt küsste. Und noch bevor sie begriff, wie ihr geschah, landeten sie in seinem Zimmer. Auf seinem Bett.

Als sie unter ihm lag, glitten seine Hände ihre Oberschenkel hinauf. Er kniete sich zwischen ihre Beine, hob mit einer Hand ihren Oberkörper leicht nach vorn und streifte ihr dann mit der anderen das Sommerkleid über den Kopf. Elba schnappte nach Luft. Ohne darüber nachzudenken, stützte sie sich auf und löste die Knöpfe seiner Jeans, in der sich seine Erregung deutlich abzeichnete. Im gleichen Atemzug öffnete Aris ihr Bikinioberteil, hielt einen Moment inne und betrachtete mit kindlichem Erstaunen ihre Brüste. Dann umfasste er sie. Elba stöhnte auf. Sie legte den Kopf in den Nacken. Vorsichtig berührte er mit seiner Zungenspitze ihre rechte Brustwarze. Ein sinnlicher Blitz durchzuckte ihren Leib. Wieder und wieder umkreiste seine Zunge ihre erregte Brust. Ihre Beckenmuskulatur begann zu zucken, als seine Berührungen fordernder wurden. Wieder küsste er sie leidenschaftlich, und sie ließ sich zurück auf die Kissen sinken. Mit beiden Händen zog er ihr Becken an sich heran, rutschte ein Stück zurück und streifte ganz langsam ihr Bikinihöschen über ihren Po. Sie beobachtete, wie er es über ihre Schenkel zog und schließlich aus ihren Füßen befreite. Behutsam drückte er ihre Beine ein wenig auseinander. Dann beugte er sich vor und küsste ihren Bauch. Umspielte mit seiner Zunge ihren Bauchnabel. Wieder entfuhr ihr ein Stöhnen, das vielmehr wie ein sehnsüchtiges Wimmern klang.

Seine Zunge wanderte über ihren Körper hinauf bis zu ihrem Busen. Instinktiv wölbte sie sich seiner Erektion entgegen. Ein unbeschreibliches Gefühl. Als seine Zunge über ihren Hals glitt, machte sie sich drängend daran, ihm die Hose abzustreifen. Sie musste ihn spüren, ganz und gar. Jetzt. Sofort.

Mit einer einzigen Bewegung rollte er sie beide herum, sodass sie nun auf ihm lag. Sie küsste ihn begierig, bevor sie ihn aus den Jeans befreite und wieder in seine Arme sank. Er nahm ihr Gesicht in beide Hände und hielt es fest. Ihre Atmung ging schnell und stoßweise.

»Bist du sicher? Bist du sicher, dass du das willst, Elba?«

Was für eine Frage! Jede Faser ihres Körpers schrie förmlich danach.

Zärtlich strich er ihr das Haar aus dem erhitzten Gesicht und sah sie an. Sie nickte.

»Du bist so jung«, flüsterte er.

Sie wollte sich vorbeugen. Wollte ihn küssen, doch sein fester Griff ließ es nicht zu. Durchdringend sah er sie an. Sie spürte, wie ihr Körper sich nach Erlösung sehnte. Und überrascht stellte sie fest, dass Tränen ihre Wangen hinabrannen. Sie konnte nichts dagegen tun.

»Du bist nicht bereit, Liebes«, hörte sie Aris' Stimme. Entschlossen schüttelte sie den Kopf. Nein, das war nicht wahr! Ich bin bereit, bitte hör jetzt nicht auf, flehte ihr Verstand.

»Noch nicht«, flüsterte Aris. Seine Arme erschlafften. Ihr Kopf sank seinem Gesicht entgegen, und er küsste sie zärtlich.

»Wenn wir das tun, gibt es kein Zurück mehr«, raunte er.

Sie wollte überhaupt kein Zurück. Sie wollte ihn. Sofort. »Doch! Es ist ganz genau, was ich will. Es ist genau das, wozu ich bereit bin«, entgegnete sie leise.

Er seufzte. »Ich weiß.«

»Ist es denn nicht das, was du willst?«

»Natürlich will ich es. Natürlich will ich dich. Aber ...«, er suchte nach Worten, »es ist nicht gut für dich.«

Nicht gut für sie? Warum übernahm er immer die Beurteilung darüber, was gut für sie war und was nicht? Ihre körperliche Erregung fand nun ihr Ventil in Verärgerung. Sie schaute sich um und erspähte ihr Kleid, das auf dem Boden lag. Mit einem Mal hatte sie das dringende Bedürfnis, sich wieder anzuziehen. Rasch streckte sie sich, hangelte nach dem Kleid, griff es und streifte es über. Dann stand sie auf und eilte zur Zimmertür.

»Elba«, bat Aris. »Ich bitte dich, bleib. Elska –«

Zornig wandte sie sich zu ihm um. »Warum versuchst du ständig, über mein Leben zu bestimmen? Es ist mein Leben! Meine Entscheidung!«

»Natürlich ...« Aris war sichtlich überrascht, dass sie ihm widersprach. Dass jemand seine Entscheidungen anzweifelte.

»Ich denke, dass deine Besorgnis nur deiner eigenen Furcht entspringt!«, herrschte sie ihn ungebremst an.

Aris schien zu überlegen. Er stand nun seinerseits auf und ging auf sie zu. Es war ihm nicht im Geringsten unangenehm, nackt vor ihr zu stehen. In seiner vollen Pracht.

»Du widersprichst mir?« Stählern sah er sie an.

Elba hatte keine Lust, mit ihm zu diskutieren. Sie wusste, dass es zwecklos war. Wortlos verließ sie das Zimmer und ließ die Tür hinter sich laut ins Schloss fallen.

Unwillkürlich musste Aris lächeln.

9

Missmutig stapfte Elba wieder zurück ins Wohnzimmer. Auf der Couch wickelte sie sich in eine Wolldecke und nahm sich Tristans Buch vor, das über den Aquamarin-Stamm. Irgendetwas an Aris' Worten hatte sich in ihrem Gehirn festgesetzt und sie an etwas erinnert. Sie suchte die Seite mit der rätselhaften Wegbeschreibung, die Tristan fotografiert hatte, und las sie nachdenklich durch.

»Dort am alten Koboldsweg,
wo blutend rot die Eiche steht,
wenn starker Wind gen Osten weht,
wirst du den Wald erspäh'n
aus tausend schwarzen Kräh'n.
Und wenn Gesang gar düster schallt,
Lichtvogels helles Lied erhallt:
den rechten Weg wird er dir weisen,
und über Todesschwingen kreisen.
Geschmeide dort erweckt im Licht:
das Zeichen, welches er erpicht.

Wenn Blut des Waldes Krall'n berührt,
er dich sodann zur Lichtung führt.
So friedlich liegt er da, der See,
des' Lilien blühen selbst im Schnee.
Hier, wo Grün und Blau verführen,
wird dein Herz sich endlich rühren
und den Glanz der Ewigkeit erspüren.

Verborgen liegt, wo nichts sein darf,
worauf Drachwolf seinen Schatten warf.
Wenn Licht und Dunkelheit vereint sich lieben,
muss das Tor der Welt sich weit verschieben.

Wo Wasser nicht von Wellen zerrüttet,
ist der Weg zum Grunde auch nicht verschüttet.
Hier hütet Finsternis das Hell,
welches ist des Geheimnis' Quell.
Ein mutig Herz, das rein sein mag,
erkennt auch, wo der Ursprung lag.
Wenn Wasser und Steine sich berühren,
wirst du den Weg zur Lösung spüren.«

Drachwolf. Elba überlegte. Drachwolf, das war es! Es musste sich um eine Anspielung auf Duris handeln. Aris hatte ihr erzählt, dass Duris sich in solch ein Wesen verwandeln konnte. Auch Aris musste das Wort aufgefallen sein, aber er hatte nichts gesagt. Allerdings konnte sie sich keinen Reim darauf machen, was die Anspielung bedeuten sollte. Der Schatten musste eine Metapher sein. Elba spürte, dass sie eindeutig schon zu müde war. Ihre Augenlider wurden schwer.

Ein Geräusch riss sie aus dem Schlaf. Es war stockfinster. Erschrocken blickte sie sich um. Wer hatte das Licht gelöscht?

Scheiße! Jemand stand vor ihr.

Christian! Es war Christian. Gott sei Dank! Es war zu finster, um ihn genau zu sehen, aber er war es tatsächlich. Er stand direkt vor ihr, in Aris' und Tristans Haus.

Sie sprang auf und umarmte ihn erleichtert. »Wo bist du gewesen? Warum hast du dich nicht gemeldet? Ich habe dich ein Dutzend Mal angerufen.«

Christian legte schnell einen Finger auf ihre Lippen, um ihr zu bedeuten, dass sie nicht so laut sprechen sollte. »Komm«, flüsterte er. »Wir verschwinden von hier.«

»Was? Nein. Ich –«

»Komm, Elba! Wir müssen abhauen, bevor es zu spät ist!«

»Nein. Aris ... ich ... ich kann nicht, Christian.«

»Vergiss Aris!« Er griff nach ihrer Hand.

»Christian, bitte! Das hat doch keinen Sinn. Ich kann ihn nicht einfach wieder vergessen. Mein Schicksal, mein Leben ist mit ihm verbunden. Wir müssen das gemeinsam durchstehen. Und als Erstes müssen wir Tristans Stein finden.«

»Elba ...« Christian zerrte an ihrer Hand, um sie zum Gehen zu bewegen.

»Auch dein Schicksal hängt daran, auch dein Leben ist mit ihren verknüpft, Christian! Das müssen wir akzeptieren. So einfach kommen wir da nicht mehr raus. Wir können nicht einfach wieder verschwinden.« Sie stemmte sich gegen seine Versuche, sie in Richtung Tür zu ziehen.

»Elba, du weißt so vieles nicht. Ich meine es wirklich nur gut. Sie werden uns im Endeffekt mehr schaden als nutzen. Sie werden *dir* schaden! Aris wird dir schaden. Er ist nicht gut für dich. Vertrau mir jetzt einfach!«

Doch Elba konnte nicht. Auch wenn sie sich dies alles nie gewünscht hatte, sie konnte jetzt die Augen nicht verschließen. Nicht mehr. Sie musste ihren Beitrag leisten, musste Aris helfen. Und Tristan. Er war wichtig für Aris, wichtig für sie alle, denn sie brauchten ihn im Kampf gegen Duris. Sie würde nicht zulassen, dass Duris Aris holte und mitnahm. Und schon gar nicht, dass er ihn verletzte, den Entschluss hatte sie längst gefasst. Dafür brauchten sie Tristans Stärke, seine treibende Kraft. Außerdem verband Aris eine tiefe Beziehung mit ihm. Er würde es nur schwer verwinden, wenn Tristan etwas zustieße. Dafür lohnte es sich zu kämpfen. Für Aris. Aber letztlich auch für sich selbst.

»Ich werde ihn nicht verlassen, Christian. Ganz bestimmt nicht. Das stehen wir durch!«

»Meine Güte, Elba. Wie lange kennst du ihn jetzt – ein paar Tage? Das ist doch Irrsinn, komm jetzt, er wird dich nur verletzen! Ist dir nicht selbst aufgefallen, was da zwischen ihm und Ofea läuft? Die beiden lieben sich, das steht fest.«

Elba musste schlucken. Man sah es ihnen also an. Ohne es zu wissen, sah man es ihnen an. Christian hatte es gesehen.

»Das ist verrückt. Das wird immer so sein. Willst du mit ihnen in einer Dreiecksgeschichte leben? Das ist doch Blödsinn.«

»Das ist doch so nicht wahr«, entgegnete Elba. »Er mag mich wirklich.«

»Möglich. Das ändert aber nichts an den Tatsachen. Ich versuche nur, dich zu schützen. Wir müssen hier weg!«

»Warum versucht ständig jeder, mich zu schützen?«, zischte sie. »Ich habe mein Leben ganz gut selbst im Griff!« Als sie sich losriss, ging das Licht an.

Tristan lehnte seelenruhig an der Wand neben dem Lichtschalter. »Na, wen haben wir denn hier?«, sagte er langsam, fast tonlos.

»Ich nehme Elba jetzt mit. Wir verschwinden«, wetterte Christian.

Tristan kam auf sie zu und stellte sich neben Christian. »Ganz. Bestimmt. Nicht. Dein Täubchen bleibt bei uns. Schmink dir deine Schmetterlinge im Bauch ab. Sie gehört jetzt zu uns. Sie gehört Aris.« Er grinste hämisch. »Du wirst sie nie bekommen, Milchgesicht.«

»Das werden wir noch sehen!« Christians Augen funkelten.

So kannte Elba ihn gar nicht. Er musste stinkwütend sein.

Wie eine Raubkatze schnellte Tristan an ihn heran. »Es muss dich ganz verrückt machen, dass ich sie zuerst hatte«, flüsterte er ihm ins Ohr.

»Ach, halt die Schnauze, Tristan«, stieß Christian angewidert hervor.

»Hm, und es hat ihr gefallen, Milchgesicht. Sie hat sich regelrecht nach mir verzehrt. Ihr kleiner Körper hat gebebt und gezittert vor Verlangen. Hat danach gebettelt, dass ich sie so richtig rannehme.« Tristan leckte sich über die Lippen. »Und wie süß sie schmeckt, unsere Kleine. Hinreißend!«

»He ...!« Weiter kam Elba nicht.

Ohne Ankündigung holte Christian aus und schlug ihm ins Gesicht.

Tristan formte eine Grimasse und lachte dann lauthals. »So eifersüchtig?« Überheblich musterte er Christian. »Und weißt du was?« Er legte eine bedeutungsschwere Pause ein. Dann verzog sich sein Gesicht zu einem breiten und schmutzigen Grinsen. »Als Nächstes ist Aris dran. Und wenn er sie satt hat ... wer weiß?«

Elba setzte bereits zu einer Schimpftirade an, als plötzlich Aris hinter ihnen herrschte: »Þetta er nóg! Tristan!«

Dieser zuckte wie immer mit den Schultern und ließ sich selbstgefällig auf das Sofa sinken. Er griff nach seinem Glas, das noch vom Abend auf dem Couchtisch stand, und leerte es in einem Zug. Dann stand er wieder auf und schlenderte zu dem Schrank mit den Getränken. Er schenkte sich reichlich Bourbon ein und fragte in die Runde: »Sonst noch jemand?« Dabei wiegte er die Flasche in der Hand.

Aris ignorierte ihn. Daher stellte er die Flasche zurück und schlenderte mit seinem Glas zu Aris. »Nun, was machen wir jetzt mit ihm?«, fragte er. »Großer Aris?« Es war eindeutig, dass er selbst bereits eine ausgeprägte Vorstellung davon besaß, was er mit Christian anstellen wollte.

Aris holte tief Luft. »Setz dich, Christian. Bitte!«, sagte er schließlich und wies auf die Couch.

Christian murrte. Er wusste jedoch, dass es keinen Sinn hatte, zu protestieren. Daher nahm er Platz.

»Wir brauchen deine Hilfe«, fuhr Aris fort. »Und verstehe mich nicht falsch. Ich bitte dich darum. Jetzt. Und ich wünsche mir wirklich nicht, dass dir oder einer anderen Person ein Leid geschieht. Aber letztlich wird es darauf hinauslaufen, wenn du mir diese Bitte abschlägst.« Aris' Stimme war ruhig und klar, doch es bestand kein Zweifel daran, dass er es ernst meinte und seinen Worten Taten folgen lassen würde.

Er reichte Elba die Hand, als er sich ebenfalls setzte. Automatisch griff sie danach, und er zog sie neben sich auf das Sofa. Ihre Hand ließ er nicht los, sondern beließ sie unter seiner, als diese auf seinem Oberschenkel ruhte. Ein unmissverständliches Zeichen. Ein Zeichen für Christian, dass sie nun zusammengehörten. Und ein Zeichen für Elba, dass ihre alberne Auseinandersetzung keine Bedeutung mehr hatte.

Erstaunt stellte sie fest, dass sie erleichtert darüber war.

»Nun, Christian. Wir müssen Tristans Stein finden, wie du weißt.« Aris' Blick wanderte über den Tisch. Er suchte Tristans Buch. »Wenn wir Duris nicht aufhalten, wird er alles vernichten. Alles, was dir im Leben jemals wichtig gewesen ist. Daher müssen wir dafür sorgen, dass Tristans Stein in Sicherheit ist, und er über all seine Stärke verfügt. Um Elba zu schützen.« Er neigte sich vor und begann, einige Bücher hochzuheben und zur Seite zu legen. Das Buch über die Aquamarin-Linie war jedoch nicht dabei. »Wir brauchen einen Rat von dir. Du musst uns helfen, ein Rätsel zu lösen.«

Inzwischen hatte er jeden Einband begutachtet. Irritiert sah er Tristan an. Dann wandte er sich an Elba: »Wo ist das Buch?« Er klang, als wäre er sicher, dass sie die Antwort kannte.

»Es war vorhin noch hier«, entgegnete sie und tastete die Couch ab. War es zwischen die Kissen gerutscht, nachdem sie eingeschlafen war? Aber auch da fand sie es nicht. Offensichtlich war es verschwunden.

Tristan schloss die Augen. »Das glaub ich ja nicht – wie kann ich nur so dumm sein!« Er sprang auf und schleuderte sein Glas gegen die Wand. Dann brüllte aus vollem Hals: »Ofea!« Keine Antwort. Er eilte durchs Wohnzimmer zur Treppe. Wieder schrie er nach ihr.

Nichts.

»Ofea?«

Nichts. Er rannte die Treppe hinauf. Kurz darauf hörten sie eine Türe knallen, und Tristan stürmte zurück ins Wohnzimmer. Er fixierte Aris. »Sie ist weg!«

»Was meinst du mit ‚Sie ist weg'?«

»Dass sie weg ist. Abgehauen!«

Die Nachricht traf Aris wie ein Schlag. Er musste sich selbst davon überzeugen und hetzte ins Obergeschoss. Als er zurückkehrte, war sein Gesichtsausdruck kalt.

»Und sie hat das Buch mitgehen lassen«, schnauzte Tristan. Er durchsuchte abermals die Bücher. »Yep. Und das Buch des Schweinehundes auch!«

»Sie hat Duris' Buch mitgenommen?« Aris traute seinen Ohren kaum.

»So sieht's aus!«

»Warum sollte sie das tun?«

Elba sah in seinen Augen, dass Aris die Antwort auf seine eigene Frage bereits kannte.

»Ich habe es geahnt«, stöhnte Tristan. »Ich habe es geahnt und nichts unternommen.«

»Was meinst du?«

»Sie trägt sein Zeichen. Ich hab es gesehen. Und wenn du dich dazu durchgerungen hättest, sie in letzter Zeit auch nur einmal auszuziehen und ihr ihren sehnlichsten Wunsch zu erfüllen, hättest du es auch gesehen!«

»Sie trägt … das Piercing?«

Tristan ignorierte die Frage. Die Antwort lag auf der Hand. »Was hast du zu ihr gesagt? Was hast du zu ihr gesagt, dass sie lieber zu ihm rennt, anstatt bei dir zu bleiben?«

»Sie geht nicht zu Duris. Unmöglich.«

»Wach auf, Aris! Diese Gutmütigkeit hört jetzt auf der Stelle auf. Verflucht! Hättest du ihr nicht zumindest vorspielen können, dass du sie liebst?« Tristan trat gegen den Couchtisch.

»Sie fürchtet Duris. Nach allem, was er ihr angetan hat, kehrt sie ganz sicher nicht zurück zu ihm.«

»Zurück? Vielleicht war sie ja nie weg von ihm. Gibt es irgendwelche handfesten Beweise dafür, dass sie ihn jemals wirklich verlassen hat?«

Elba sah, dass der Stachel des Verrats Aris tief getroffen hatte. Auch er erkannte, dass es tatsächlich möglich war, dass Duris Ofea als Spitzel bei ihnen eingeschleust hatte oder dass sie selbst abgewogen hatte, auf welcher Seite zu kämpfen lohnender sein würde. Nachdem Aris ihr beigebracht hatte, dass sie kein Paar mehr werden würden, hatte sie wahrscheinlich keinen Grund gesehen, auf der schwächeren Seite zu kämpfen und sich gegen Duris zu stellen.

Aris strich sich die Haarsträhnen aus dem Gesicht. »Sei es, wie es ist«, sagte er. »Zeig Christian das Foto, das du gemacht hast«, forderte er Tristan auf und versuchte, sich die Enttäuschung nicht anmerken zu lassen.

Tristan holte sein Handy aus der Hosentasche und hielt es Christian hin, ohne ihn anzusehen. Langsam nahm der es ihm aus der Hand. Am Touchscreen vergrößerte er das Foto des Rätsels aus dem Buch. Wortlos las er es, dann legte er das Handy auf den Tisch und schaute Tristan missbilligend an. »Und was willst du jetzt von mir?«

»Hm, tja, keine Ahnung ... Vielleicht, dass du uns etwas zu der Reimform erklärst, uns ihre Struktur und ihr Schema erläuterst?« Hinter dem Sarkasmus verbarg sich ungeduldige Gereiztheit. »Oder möglicherweise, dass du uns sagst, was damit gemeint ist?«

»Ich habe keine Ahnung, was das bedeuten soll.« Christian lächelte.

»Wo könnte dieser Ort sein, von dem die Rede ist?«, mischte Aris sich ein. Er sah Christian fest an. »Wo könnte dieser Koboldsweg sein?«

Christian lehnte sich lächelnd zurück. »Ich weiß es wirklich nicht.«

Elba hörte, wie Aris einmal tief durchatmete. Was dann folgte, ließ ihr das Blut in den Adern gefrieren: Mit einem Satz sprang Aris über den Couchtisch auf Christian zu und packte ihn am Hals. »Dann lässt du dir besser schleunigst etwas einfallen!« Sein Gesicht verzog sich zu der diabolischen Maske eines Raubtiers. Er fletschte die Zähne. Christian war unter seinem Körper fixiert. »Schaff mir seine Mutter her!«, befahl er Tristan.

Dieser erhob sich unverzüglich. »Endlich!«

»Was ...?« Elbas Stimme brach.

Tristan lief zum Haus hinaus. Elba starrte Aris an.

Ohne ihr zu antworten, richtete der sich an Christian: »Ich hoffe, sie ist nicht allzu empfindlich. Du musst wissen, dass ich jede Kunst der Folter beherrsche. Ich habe es geliebt, Menschen zu foltern und zu quälen. Und es funktioniert immer! Du kannst dich auf mein Wort verlassen! Dass man immer erst Gewalt anwenden muss, um euch Menschen zu überzeugen. Du hast keine Vorstellung davon, wie viele unterschiedliche Wege es gibt, einem Menschen Schmerzen zuzufügen. Mit dem menschlichen Körper kenne ich mich wirklich hervorragend aus. Und es dauert immer ein wenig, bis das Gehirn ihn verarbeiten kann, den Schmerz, den Schock. Bis der Mensch begreift, was mit ihm passiert. Ein herrlicher Moment, wenn der erste Schock vorbei ist, wenn die Adrenalinausschüttung abflacht.«

Aris betrachtete Christians kalkweißes Gesicht. Dann griff er nach seiner Hand. »Weißt du, wie lange es dauert, bis ein Mensch versteht, dass ihm eine Gliedmaße abgetrennt wurde? Bis der Schmerz von ihm Besitz ergreift?« Aris' Augen glühten. »Mindestens dreißig Sekunden. Es dauert ganze dreißig Sekunden. Manchmal sogar mehrere Minuten! Je größer das Trauma, desto länger puscht das Adrenalin ...« Dann brach er mit einem Ruck Christians kleinen Finger.

»Aris ...!«, schrie Elba.

Christian starrte nur auf den Finger, der sonderbar von seiner Hand abstand. Nach einer ganzen Weile stieß er einen gellenden Schrei aus.

Aris gab ihn frei und stellte sich neben ihn. »Ja. Dreißig Sekunden. War auch nicht besonders schlimm, nicht wahr? Ist ja noch alles dran.«

Elba sah ihm an, dass es noch nicht vorbei war. Noch bevor sie reagieren konnte, hörte sie ein weiteres Knacken: Er hatte Christians Ring- und Mittelfinger ausgerenkt. Wieder schrie dieser auf, doch Aris packte ihn und schleuderte ihn zu Boden. »Na, bekommst du langsam eine Vorstellung davon, wie wichtig uns diese Angelegenheit ist?« Christians Gesicht verzog sich. »Sollen wir warten, bis deine Mutter hier ist und dich so sieht?«

Elba wurde übel. Da öffnete sich bereits die Haustüre. Aris schnappte Christian und setzte ihn zurück auf das Sofa. Er deutete ihm, sich gerade hinzusetzen.

Christians Mutter betrat den Raum. Aris lächelte sie freundlich an. Höflich ging er auf sie zu. »Danke, dass Sie so schnell kommen konnten, meine Liebe! Wir sind Ihnen zu aufrichtigem Dank verpflichtet, dass Sie zu dieser Stunde unser Gast sind!«

»Ihr Freund meinte, es sei dringend. Sie und Christian würden meine Hilfe benötigen.«

»So ist es, Verehrteste. Bitte nehmen Sie doch Platz.« Aris wies ihr den Weg. »Dürfen wir Ihnen etwas anbieten?«

Christians Mutter überhörte die Frage. »Christian, Schatz. Ist alles in Ordnung? Elba?«

Ihr Sohn nickte, besorgt nahm sie neben ihm Platz. »Wie kann ich Ihnen helfen?«

»Ich bin Aris. Darf ich Sie Greta nennen?«

»Bitte«, stimmte sie zu.

»Greta, wir möchten Ihnen etwas zeigen. Wir denken, dass Sie uns dabei behilflich sein könnten.« Er zeigte ihr auf Tristans Handy den abfotografierten Textauszug aus dem Buch. »Es ist überaus wichtig für uns, zu erfahren, von welchem Ort hier die Rede ist.«

Schweigend las sie. »Was habt ihr denn nur vor? Mitten in der Nacht ...« Beunruhigt blickte sie Christian an.

Er wusste, dass es nun an ihm lag. »Mum, bitte. Es ist wirklich wichtig. Bitte vertraue mir.«

Wieder sah sie auf das Handy. »Ja, ich denke, ich weiß, wo das ist«, verkündete sie schließlich. »Am besten, ich zeichne euch den Weg auf. Er ist schwer zu finden.«

Tristan brachte ihr Papier und Bleistift. Als sie den Stift nahm, blickte sie in die Runde. Dann ließ sie ihren Blick auf Aris ruhen. »Ich werde euch helfen. Hiermit. Aber ihr solltet euch darüber im Klaren sein, dass ich das Christian und Elba zuliebe tue. Ich wünsche nicht, dass ihr sie in Gefahr bringt. Ich kann mir denken, was ihr vorhabt. Mein Mann hat mit dem Leben bezahlt, weil er sich in derartige Angelegenheiten eingemischt hat, obwohl es ihm verboten war. Er wollte das Richtige tun und hat darüber den Schwur der Wächter gebrochen. Und jetzt ist er tot.«

»Ja, Greta, dessen sind wir uns bewusst. Und wir sind Ihnen zu großem Dank verpflichtet!«, versicherte Aris.

Elba starrte Christians Mutter verdutzt an. Sie hatte die ganze Zeit davon gewusst?

Greta fertigte eine Skizze an und übergab sie Tristan. Er faltete das Papier zusammen und ließ es in seiner Hosentasche verschwinden. »Ich bringe Sie wieder sicher nach Hause, Greta.« Tristan forderte sie zum Gehen auf. Als sie aufstand, blieb ihr Blick an Christian hängen.

Aris erhob das Wort, bevor sie etwas sagen konnte: »Er muss bei uns bleiben, Greta, wie Sie sicherlich verstehen.« Sie nickte.

»Wir passen auf ihn auf!«, fügte Tristan süß hinzu. Ohne weitere Einwände verließ Christians Mutter mit ihm das Haus.

Aris lächelte Christian selbstzufrieden an. »Sollen wir deine Finger wieder richten, hm?«, fragte er freundlich und mild. Christian warf ihm einen abfälligen Blick zu.

»Komm her. Das kann man doch nicht so lassen! Das tut doch weh.« Aris setzte sich neben ihn und nahm seine Hand. Unter einigem Widerstand zog er sie auf die Tischplatte. »Dauert nur einen kurzen Moment!«, murmelte er. »Bereit?«

Ohne die Antwort abzuwarten, legte Aris seine eigenen Hände aufeinander und stemmte sich mit seinem gesamten Gewicht auf Christians ausgebreitete Finger. Christian schrie auf, als seine Knochen ein krachendes Geräusch von sich gaben, während sie eingerenkt wurden.

»Besser du bandagierst dir trotzdem die Hand!«, schlug Aris vor. Er holte Verbandszeug und warf es Christian zu. »Was fangen wir nun mit dem Rest des Abends an?«, fragte er anschließend.

In diesem Moment summte Elbas Telefon. Eine unbekannte Nummer. Sie nahm ab. Als sie das Handy ans Ohr hielt, durchflutete sie eine sinnesraubende Woge.

»Schönheit, es ist an der Zeit, dass wir uns kennenlernen.«

Wie in ihrem Traum begann beim Klang der Stimme der Himmel zu singen. Engelsgleich tanzten die Töne durch ihr Ohr und schwangen durch ihren ganzen Körper.

Sofort merkte Aris, dass etwas mit ihr nicht stimmte. »Gib mir das Handy, Elba! Sofort! Gib mir sofort dein Telefon!«

Sie war zu keiner Reaktion fähig. Die meditativen Schwingungen lösten eine himmlische Trance in ihr aus. Die Schwingen überwältigender Glückseligkeit ergriffen sie und reizten ihre Nervenbahnen, bis Tränen in ihre Augen traten.

Aris griff nach ihrer Hand. Elba hielt das Handy so fest umklammert, dass er mit Gewalt ihre Finger öffnen musste, um es ihr wegzunehmen.

»Duris, ert þú loksins skriðinn út úr feli staðnum þínum? Wenn du etwas willst, dann sprich mit mir, und *nur* mit mir! Sie hat nichts damit zu tun!« Danach sagte Aris nichts mehr. Er hörte nur zu – mit unbewegter Miene, die nicht die geringste Gefühlsregung verriet.

Nach einer Weile legte er auf, und das Piepen einer eingehenden SMS ertönte. Aris kopierte den Inhalt und gab ihn in die Navigations-App ein. Er atmete durch und verkündete: »Wir gehen, Christian! Elba, Liebes, komm.«

Aris nahm sie an der Hand. Sie verließen das Haus und stiegen in seinen grauen Dodge. Resigniert setzte Christian sich auf den Rücksitz. Es war ihm anzusehen, dass es ihm gewaltig gegen den Strich ging, Aris irgendwohin zu begleiten. Aber er wusste genau, dass er sowieso keine Wahl hatte.

Als Aris losfuhr, griff er wieder nach Elbas Hand. Seine Berührung wirkte gleichermaßen entspannend und befreiend auf sie. »Liebes, schau mich an! Ich möchte, dass du jetzt ganz ruhig bleibst«, verlangte er.

Elba sah ihn an.

»Duris hat deine Großeltern. Wir fahren zu ihm, um sie zu holen.«

Elbas Verstand sagte ihr, dass dies eine äußerst beunruhigende Nachricht war. Doch ihr Körper konnte nicht entsprechend reagieren. Sie konnte sich nicht aufregen. Stattdessen fühlte sie sich vollkommen ruhig, fast gelöst. Als sie begriff, dass das an Aris lag, versuchte sie, ihm ihre Hand zu entziehen. Aber er hielt sie so fest umschlossen, dass es ihr nicht gelang.

Christian stöhnte gequält auf. Aris warf ihm durch den Rückspiegel einen scharfen, strafenden Blick zu.

»Elba«, fuhr er dann zärtlich fort, »es ist überaus wichtig, dass du die ganze Zeit über bei mir bleibst und meine Hand nicht loslässt, wenn wir ankommen.« Elba schaute ihn fragend an. »Er wird versuchen, uns zu trennen. Seine Kräfte und Fähigkeiten sind unbeschreiblich. Duris wird dich dazu bringen, alles zu tun, ja, alles zu fühlen, wonach er verlangt. Er wird versuchen, deine Gedanken zu kontrollieren. Und nicht nur das: Er ist fähig, deine Sinne und deine Wahrnehmung zu täuschen. Diese Fertigkeiten wird er mit Sicherheit einsetzen. Deshalb darfst du dich unter keinen Umständen von mir entfernen. Das gilt für euch beide!« Wieder warf er Christian einen kurzen Blick zu. »Sonst kann ich euch nicht schützen. Hast du verstanden, Liebes?«

Elba stellte erneut fest, dass die Emotion der Besorgnis nicht zu ihr durchdrang.

»Elska!«

»Ja, verstanden!«, gab sie endlich zurück. »Meine Großeltern?«

Aris blickte aus dem Seitenfenster. Er konnte sie nicht ansehen. »Es wird alles gut«, sagte er dann.

Die Fahrt schien eine Ewigkeit zu dauern. Und doch nicht lange genug. Elba graute vor der Begegnung mit Duris und vor dem, was geschehen würde. Aber ihr gleichmäßiger Herzschlag untersagte ihrem Nervensystem, auszuflippen.

Elbas Handy navigierte sie einen langen Hügel hinauf. Ganz oben auf der Anhöhe tat sich ein gigantisches, modernes Haus mit riesigen Glasfronten auf. Die gesamte Umgebung war mit Flutlichtern ausgeleuchtet.

Aris parkte den Dodge direkt vor dem übergroßen Eingang. Das Gebäude wirkte nicht wie ein Wohnhaus, vielmehr wie eine Festung. Unverzüglich machten sich drei fein gekleidete Männer auf den Weg, um ihnen die Autotüren zu öffnen.

Aris beugte sich blitzschnell über Elba und verriegelte von innen die Beifahrertür des Wagens. Im nächsten Augenblick stieß er die Fahrertür dermaßen heftig auf, dass der Mann, der bereits nach ihrer Schnalle gegriffen hatte, rücklings zu Boden fiel. Sofort ließen die anderen beiden Männer von dem Wagen ab. Aris stieg eilig aus und öffnete Christian die Tür. Gemeinsam schritten sie um das Auto herum, und Aris half Elba, auszusteigen.

Höflich nickten die Männer ihm zu. Einer von ihnen, ein großer, dunkler Typ in elegantem Anzug, der augenscheinlich das Oberhaupt dieses Begrüßungskomitees war, wies ihnen den Weg. »Duris erwartet Sie bereits, mächtiger Aris.«

Dieser nickte nun seinerseits und ging erhobenen Hauptes mit Elba voran in das Haus. Christian folgte ihnen, seine Augen schossen unablässig von links nach rechts, um die Umgebung auszukundschaften. Elba meinte, dass er schon ziemlich blass geworden war seit ihrer Ankunft vor diesem einschüchternden Anwesen. Sie war froh, dass Aris ihre Hand hielt, bestimmt wäre ihr sonst ebenfalls übel vor Angst geworden.

Sie betraten eine gewaltige Halle. Elba kam sich vor wie ein Miniaturmensch, so hoch war das Deckengewölbe. Als sie die Halle durchquert hatten, kamen sie allerdings in einen noch größeren Raum, in dessen Mitte sich ein Brunnen befand. Ein Steinbrunnen, wie eigenartig!

An den Wänden hingen Fackeln und erleuchteten den gesamten Saal. Am Ende des Raumes führten Stufen auf eine Art Podest, auf dem ein imposanter Thron aus Stein stand. Er war mit Fellen und rotem Samt ausgekleidet. Ein Mann mit langem blutrotem Umhang saß darauf. Zu seinen Füßen kauerten mehrere spärlich bekleidete Frauen. Sie wirkten wie hungrige Tiere, die darauf warteten, dass ein Stück Fleisch für sie abfiel. Ihr Bild ergab einen paradoxen Kontrast zu der statuenhaften, majestätischen Gestalt auf dem Thron. Seine Erscheinung war von unwirklicher, aber dennoch engelhafter Schönheit.

Ohne sich auch nur einen Millimeter zu bewegen, richtete er den Blick zuerst auf Aris, dann auf Elba. Seine blassblauen Augen bohrten sich direkt in ihre Seele. Sein Ausdruck spiegelte in seiner Anmut und Eleganz einen tiefen Schmerz wider.

Ein unerträglicher Mix aus Trauer und Glückseligkeit reizte Elbas Gefühlswelt. Sie verspürte das unbändige Verlangen, sich von Aris zu lösen und zu diesem einnehmenden Mann zu laufen. Seine Augen wirkten wie himmlische Magnete auf sie. Das war Duris! Sagenhaft, was für eine Engelsgestalt!

Aris umklammerte ihre Finger und drückte einmal kräftig ihre Hand, sodass sie sich wieder auf ihn konzentrieren musste. Sie zählte sechs weitere männliche Vampire, die kerzengerade an den Wänden des Saales standen, als gehörten sie zur Dekoration. Das Einzige an ihnen, das lebendig erschien, waren ihre wachsamen Augen.

Duris lächelte und erhob sich. Er breitete die Arme aus, stieg von dem Thron und schritt auf Aris zu. »Endlich, bróðir minn! Endlich sehen wir uns wieder, großer Aris.« Durch den Umhang erweckte es den Anschein, als würde er seine Schwingen entfalten. Wie Engelsflügel. Er küsste Aris auf die Stirn und berührte sanft dessen Schultern.

Wieder sah er Elba an. »Schönheit, welch ein Glück Aris hat. Ich kann deine Stärke regelrecht spüren. Wahrlich außergewöhnlich!«

Alle Moleküle in Elbas Körper begannen zu schwingen und sich im Klang seiner Stimme zu wiegen. Aris zog sie näher an sich heran. Sofort war der Bann gebrochen. Ihr Herz wurde kalt, als würde der Tod selbst es durchfluten.

»Durch ihre Adern fließt das reine Leben« wandte er sich dann wieder an Aris, »eine wahrlich ungewöhnliche Energie. Die Macht, die ihr Blut dir verleiht, wird kolossal sein! Wollen wir also beginnen?«

Beginnen? Womit beginnen? Elba hatte keine Ahnung, wovon er sprach.

»Diese Art von Macht interessiert mich nicht mehr, Duris«, gab Aris nun frostig zurück.

Duris lächelte. »Das wird es, Geliebter. Das wird es! Du wirst zu noch nie dagewesener Größe aufsteigen.«

»Nein, Duris.«

»Nein?«

»Ich bin nicht gekommen, um das Ritual durchzuführen und eine derartige Verwandlung zu durchleben.«

Ritual? Elba verstand nicht.

»Nicht?« Duris' Stimme blieb ruhig und erhaben. »Was denkst du, warum du gekommen bist, Aris?« Erneut streifte sein Blick Elba. Wieder verstärkte sich Aris' Griff.

»Fürchtest du, dass ich sie an mich nehme?«, fragte Duris. »Nun, ganz recht. Das werde ich. Aber es liegt an dir, was das für sie bedeuten wird.« Er betrachtete Aris, dann gab er einem seiner Männer ein kaum wahrnehmbares Zeichen. Dieser verschwand augenblicklich im Hintergrund, während Aris und Duris sich weiterhin erbittert anstarrten.

Im nächsten Augenblick brachte der Mann Elbas Großeltern in den Saal. Elba stockte der Atem bei ihrem Anblick. Willenlos taumelten sie in Richtung des Brunnens in der Mitte des Raumes. Sie waren leichenblass und wirkten blutleer.

»Großvater«, murmelte Elba.

Die beiden zeigten keine Reaktion. Sie erkannten ihre Enkeltochter nicht.

»Nicht doch, Schönheit, du ängstigst dich grundlos. Aris wird dafür sorgen, dass euch nichts geschieht.« Nach einer kurzen Pause richtete Duris sich an ihn: »Aris!« Seine Stimme hallte laut durch den Raum.

Elba schaute Aris an. Sie wollte herausfinden, was all dies zu bedeuten hatte, doch ihr Beschützer verzog keine Miene.

Duris ließ sich von einem der Männer ein Schwert bringen und reichte es Aris in einer großzügigen Geste.

Dieser nahm das Schwert und betrachtete es. Im nächsten Moment holte er aus und schlug dem Mann an Duris' Seite ohne jegliche Vorwarnung mit nur einem Hieb den Kopf von den Schultern. Ohne offensichtlichen Auslöser, ohne Grund. Ein roher Gewaltakt zu Demonstrationszwecken.

Elba zuckte zusammen. Sie wollte schreien, aber aus ihrer Kehle drang kein Laut. Eine stählerne Hand griff ihr in den Magen und ballte in ihren Eingeweiden eine Faust. Aris hatte sie losgelassen. Panik durchfuhr sie.

»Die Klinge scheint scharf zu sein«, kommentierte Aris seine Handlung, den Blick auf Duris gerichtet.

Unverzüglich gingen alle anwesenden Vampire in Angriffshaltung über und entblößten ihre Zähne. Duris lachte schallend. Er signalisierte ihnen, anzugreifen. Und schon gingen sie auf Aris los. Dieser bewegte sich kein Stück von Elba weg, als er sich verteidigte. Duris' Männer jedoch waren seinem Kampfgeschick machtlos ausgeliefert. Unter Duris grausamem Gelächter richtete er einen nach dem anderen hin.

Duris klatschte begeistert in die Hände. »Grandios! Exzellent, mein Lieber, exzellent!«

Christian machte den Eindruck, als müsse er sich jeden Moment übergeben. Sein weißes T-Shirt war vollgespritzt mit Blut. Er beugte sich vor und erbrach sich, allerdings schien niemand Notiz davon zu nehmen. Elba stand unter Schock.

Duris rannte zu einer der Wände, sprang hoch und packte mit einem Schwung die Sense, die dort unter einem umfangreichen Waffenarsenal hing. Dann stürmte er auf Aris zu, stoppte abrupt und rief: »Lass uns sehen, was du noch auf dem Kasten hast, alter Freund!« Seine Augen strahlten vor Erwartung, und dennoch verbargen sich auch Aggression und Hass darin.

Aris trat einen Schritt zurück und schüttelte den Kopf. Man sah ihm an, dass er einen Kampf vermeiden wollte.

Aber Duris blieb hartnäckig. Er schwang die Sense nach Aris, sodass diesem keine andere Möglichkeit blieb als sich zu wehren. Das Schwert und die Sense klirrten, als sie mit voller Wucht aufeinanderprallten. Die beiden lieferten sich einen unerbittlichen Kampf. Duris traf Aris am Arm. Unaufhaltsam floss Blut aus der langen, klaffenden Schnittwunde. Duris lief zu dem Brunnen mitten im Raum und sprang auf dessen Rand. Aris lief ihm hinterher, sprang hoch und landete mit einem Satz in der Flüssigkeit des Beckens.

Elba konnte nicht glauben, was da an ihm hochspritze. Es war Blut! Der Brunnen war mit Blut gefüllt!

»So gefällt mir das!«, schrie Duris begeistert.

Aris war über und über mit Blut besudelt. Schlagartig erkannte Elba das Raubtier in ihm. Seine gesamte Erscheinung hatte sich verändert. Er leckte sich berauscht das Blut, das ihm bis ins Gesicht gespritzt war, von den Lippen. Dann holte er aus und zielte auf Duris' Kopf. Der lehnte sich pfeilschnell zurück, sodass die Spitze des Schwertes lediglich ein Stück seiner Wange aufschlitzte.

Zu Elbas Erstaunen schloss sich die Wunde jedoch unverzüglich wieder.

Dann traf Duris Aris' Beine. Dieser sank auf die Knie. Den Moment nutzte Duris. Mit einem Satz stand er hinter Elba. Sie war komplett überrumpelt von seiner Geschwindigkeit. Er packte sie von hinten und fragte, an Aris gewandt: »Möchtest du deine Kooperationsbereitschaft noch mal überdenken?«

»Duris!«, knurrte Aris warnend. Er blickte sich um und fixierte eine Frau, die neben dem steinernen Thron stand und das Geschehen beobachtete. Er streckte einladend den Arm nach ihr aus, umgehend marschierte sie auf Aris zu.

Als sie näher kam, erkannte Elba den Stein, der ihre Halskette zierte. Es war ein Hämatit, ein Blutstein. Die Frau musste Duris' Steinträgerin sein – Elba verstand nicht, warum sie sich in Aris' Hände begab, offensichtlich konnte sie den Blick nicht von ihm abwenden.

»Fühlst du, wie deine Kraft zurückströmt, Aris?«, wollte Duris wissen. »Deine Gedanken sind beinahe wieder ebenso stark wie dein Körper.«

Aris blitzte ihn herausfordernd an.

Duris wirbelte Elba umher, als wollte er mit ihr tanzen. Er summte ein Lied, seine Hand ruhte auf ihrem Nacken. Gleichzeitig sog er ihren Duft ein.

Elba bemerkte, dass seine Reißzähne zum Vorschein kamen.

»Was nun, Aris?«, fragte er.

»Lass sie in Frieden!«

»Was sonst? Was wirst du sonst tun? Zu einem Monster werden und einen unschuldigen Menschen töten?«

Duris ritzte mit dem Fingernagel die Haut an Elbas Hals auf. Sie spürte, wie das Blut aus dem Riss hervortrat, doch sie empfand keinen Schmerz.

»Ist das nicht wundervoll, Schönheit? Ich kann dir jeden Schmerz nehmen. Jegliches Leid und alle Qualen, versprochen!«, flüsterte er und leckte das Blut von ihrem Hals. »Köstlich!« Ekstatisch warf er den Kopf in den Nacken und kostete den Geschmack aus.

Aus Aris' Gesicht wich der letzte Funke an Emotionen. Unter der steinernen, kalten Maske schwoll unermesslicher Zorn an. Er holte aus und biss der Frau, die er festhielt, wie ein Tier in den Hals. Mit einem Ruck riss er ihr das Fleisch aus der Kehle. Ein Blutschwall schoss aus ihrer Halsschlagader, bevor sie leblos zu Boden sackte.

Elba riss die Augen auf. Sie konnte nicht fassen, was gerade geschehen war. Aris hatte direkt vor ihr einen Menschen getötet. Ihn ausgelöscht. Wahnsinn stand in seinem Gesicht. Ein Blutrausch hatte ihn übermannt, der seine Wirkung nicht verfehlte.

Augenblicklich ließ Duris Elba los. Aris rief sie, und ohne nachzudenken, rannte sie los. Zu ihrem Beschützer. Ihrem Liebhaber. Einem blutverschmierten Monster. Einem Mörder. Die Sinneswahrnehmungen vermochten nicht, in ihren Verstand durchzudringen. Was ihre Augen sahen, konnte ihr Gehirn nicht verarbeiten.

Aris riss dem Leichnam zu seinen Füßen den Stein vom Hals und warf ihn Duris zu.

Der sog scharf die Luft ein, als er ihn mit einer Hand auffing. »Langsam nimmt der Abend interessante Formen an!« Er schien keineswegs betroffen vom Tod seiner Steinträgerin. »Nun, Schönheit, wollen wir fortfahren?«, wandte er sich schließlich an Elba. »Erkennst du allmählich die wahre Gestalt deines Geliebten? Er ist ein Prädator, ein Untier. Er ist zu einem Schlächter geboren! Zum Dominator über die Raubtiere.« Er lachte. »Es gibt nur einen einzigen Weg, wie er dich und deine Liebsten retten kann. Es ist ganz einfach. Nicht wahr, Aris?« Er warf Aris einen Blick zu. »Er muss nur zu dem werden, der er war. Zu seinem ursprünglichen, wahren Ich zurückfinden und seiner Bestimmung folgen. Du bist nur noch einen Schritt davon entfernt, Aris. Nur noch eine Zutat fehlt, um dieses archaische Ritual zu beenden. Willst du es ihr erklären oder soll ich?«

Welches Ritual?

»Lass sie aus dem Spiel!«, herrschte Aris.

Wieder lachte Duris.

»Wir lassen den Löwen in ihm auferstehen, Schönheit.« Seine Augen weiteten sich blitzartig, als er Elba zulächelte. Dann richtete er sich unverzüglich wieder an Aris. »Niemand kann seinem vorbestimmten Schicksal entrinnen. Nicht einmal du. Die letzte Zutat, um diese Wandlung zu vollziehen, ist hier im Raum.« Duris blickte bedeutungsschwer um sich. »Das Blut eines Wächters!«

Elba starrte Aris ungläubig an.

»Irgendwelche Freiwilligen?«, fragte Duris zuckersüß in die Runde und drehte sich mit einem engelhaften Lächeln von einem zum nächsten. »Nein?« Wieder ein Lachen. »Nun, das habe ich nicht anders erwartet. Dann liegt es an dir, Aris. Du hast die Wahl! Ich empfehle das Blut aus dem frischen Herz des Neulings.«

Entsetzen spiegelte sich in Elbas Gesicht wider. »Aris, nicht. Ich bitte dich. Nicht!«, flehte sie. Ihr war sofort bewusst, dass es darum ging, Christians Blut zu trinken. Wie sollte das funktionieren? Wie sollte er Blut aus dessen Herzen trinken, ohne ihn zu töten?

»Pst ... Nicht doch, Schönheit. Nicht aufregen. Du musst ihm gut zureden, er wird dich sonst niemals wahrlich schützen können. Weißt du denn immer noch nicht, worauf du dich eingelassen hast? Willst du denn so enden wie deine liebe Mutter?«

Fassungslos sah Elba ihn an. Was hatte ihre Mutter damit zu tun?

»Oh. Du weißt es also gar nicht. Aris! Das ist aber nicht besonders nett von dir, so gar nicht uneigennützig Informationen zurückzuhalten ...«

Aris wandte sich Elba zu. »Du darfst ihm keinen Glauben schenken, Liebes. Er versucht, uns zu entzweien. Das ist alles.«

»Wirklich, Aris?«, meldete Duris sich wieder zu Wort. »Ist es nicht ihr Blut, das an deinen Händen klebt? Klebt nicht das Blut ihrer Mutter an deinen Händen?«

Als Aris seine Hände hob, sah Elba, dass sie blutverschmiert waren.

»Ganz recht, Schönheit! Es ist das Blut deiner Mutter an seinen Händen. Er hat sie auf dem Gewissen. Er hat sie getötet!«

Aris umfasste mit beiden Händen Elbas Gesicht.

Sie meinte, das warme Blut an ihren Wangen zu spüren. Hysterisch begann sie zu schreien und versuchte, sich zu befreien.

Doch Aris ließ nicht locker. »Beruhige dich, Elba. Das ist nicht real! Nichts von all dem ist real! Es ist eine Sinnestäuschung. Er bringt deinen Verstand dazu, diese Dinge zu sehen und zu fühlen.«

»Tz-tz-tz. Aris. Warst nicht du an ihrem Tod schuld? Hast nicht du sie in den Wahnsinn getrieben? Hast nicht du sie dazu gebracht, sich das Leben zu nehmen?«

»Hör nicht auf ihn, Elba!«

Ekel und Grauen erfassten sie. Sie war angewidert von Aris, sie ertrug seine Berührung nicht länger.

»Schönheit, Liebste, komm zu mir«, forderte Duris sie auf. »Ich mache es wieder gut. Alles.«

Elba wünschte sich nichts sehnlicher, als ihm in die ausgebreiteten Arme zu fallen. Sie verspürte einen grässlichen Hass auf Aris, doch dieser hielt sie mit aller Kraft zurück.

»Setz dem ein Ende, Duris! Es ist genug!«, brüllte er.

»Nein, *du* setzt dem ein Ende, Aris!«, schrie dieser zurück. Es klang wie ein unbändiges Donnergrollen, wie die Naturgewalt selbst. Die Wände zitterten. »Du setzt dem ein Ende! Ich schwöre, ich töte sie sonst. Sie alle!« Außer sich blickte er Christian und Elbas Großeltern an. »Ist das dein Wunsch? Ich habe Untergebene hier, die nur darauf warten – Menschen mit Waffen, die einen Körper zerreißen wie Papier. In Tausende kleine Fetzen.«

»Was verlangst du?«, fragte Aris schließlich demütig.

»Wähle! Jetzt!«

Aris zögerte.

Duris bewegte kaum wahrnehmbar Zeige- und Ringfinger der rechten Hand. Wie aus dem Nichts hallte ein ohrenbetäubender Schuss durch den Raum. Elbas Großvater sank auf die Knie. Die Kugel hatte ihn am Bein getroffen.

Duris sah Aris unbarmherzig an, dann ging alles ganz schnell. Aris lief brüllend auf Christian zu und rammte ihm das Schwert in die Brust. Christian fiel zu Boden.

Elba schrie, so laut sie konnte. So laut, dass es wehtat.

Aris zog das Schwert wieder aus Christians Brust und leckte die Klinge ab. Letztlich schluckte er und keuchte.

Duris lachte. »*Viel* besser!« Er ging zu Aris und klopfte ihm auf die Schulter. Dann hob er den Arm und biss sich die Pulsschlagader auf. Er zwang den sterbenden Christian, das Blut aus seinen Adern zu trinken.

»Wir wollen ja nicht, dass du verbrennst, mein Bruder, nur weil ein bedeutungsloser Wächter stirbt«, erklärte Duris.

Aris' Augen waren blutunterlaufen. Das Licht aus ihnen wich der Dunkelheit.

Elba lief zu ihm. So verrückt es auch war, aber plötzlich wollte sie ihn trösten, sein Leid lindern. Aber er stieß sie von sich.

Duris fing sie auf und streichelte über ihren Kopf. »Es wird alles gut, Schönheit. Er braucht dich jetzt. Mehr denn je zuvor«, flüsterte er. Seine Stimme klang beruhigend und zuversichtlich.

Als ihr Geist den besänftigenden Schwingungen erliegen wollte, zog er ein Messer aus der Hosentasche, packte Elbas Handgelenk und schnitt ihren Arm der Pulsader entlang auf. Mit aufgerissenen Augen starrte sie auf ihr auseinanderklaffendes Fleisch. Unwirklich pumpte ihr Herz das Blut daraus hervor. Als sie ohnmächtig zu werden drohte, und ihre Beine versagten, trug Duris sie zu dem Brunnen und ließ sich mit ihr im Arm auf dessen Rand nieder. Fast schon liebevoll glitt seine Hand über ihr Gesicht.

»Es ist gleich vorbei, Schönheit«, versprach er.

Da verlor Aris die Beherrschung. Er stürmte auf Duris zu und wuchtete sich mit ihm in das Becken. Elba fiel rücklings ebenfalls hinein. Das Blut aus ihrer aufgeschnittenen Ader strömte in das Becken, vermischte sich mit dem des Brunnens. Aris drückte Duris unter die Flüssigkeit.

Als dieser sich wieder hochkämpfte, waren seine Arme in zwei pechschwarze Flügel verwandelt. Er schnaubte und brüllte. Als er lautstark prustete, spritzte das Blut aus seinem Mund quer durch den Raum. Dann lachte er unwirklich.

»So emotional, Aris?« Die Flügel bildeten sich zurück.

Aris hob Elba hoch und stieg mit ihr aus dem Brunnen. Beide trieften vor Blut. Er legte Elba auf dem Steinboden ab, biss sich ins Armgelenk und flößte ihr sein Blut ein. Unverzüglich schloss sich ihre Schnittwunde.

»Was für eine Schweinerei!«, rief Duris begeistert, während er ebenfalls aus dem Brunnen stieg. »Schafft mir die nutzlosen Körperteile aus den Augen!«, befahl er seinen Leuten und deutete auf die toten Vampire. Er selbst ging zu seiner Steinträgerin und trug den toten Frauenkörper aus dem Raum.

Aris hob Elba wieder hoch. Christian begann, sich wieder zu regen.

Da kehrte Duris schon zurück und schrie einen Namen: »Selina!«

Ein junges Mädchen mit langem blondem Haar und blassem Teint erschien. Er drückte ihr den Stein in die Hand, den Aris ihm zuvor zugeworfen hatte. »Deine Zeit ist gekommen!«, offenbarte er ihr gleichgültig. Das Gesicht des Mädchens blieb wie versteinert.

Aris drehte sich verblüfft nach Duris um.

»Hast du ernsthaft gedacht, dass ich so wenig vorausschauend handeln und nicht für Nachschub sorgen würde?«, fragte der. »Du musst doch wissen, dass ich niemals ohne Sicherheitsnetz fliege. Und dass Menschen mir nichts bedeuten. Ich sorge schon dafür, dass sie sich vermehren. Ich züchte sie! Sicherlich werde ich nicht warten, dass die Erblinie unterbrochen wird.«

Sein Lachen klang grimmig und gehässig. Elba graute. Sie bemühte sich mit aller Kraft, bei Sinnen zu bleiben und sich nicht von dem Rausch, den Aris' Blut in ihr auslöste, überwältigen zu lassen.

»Es ist euch freigestellt, zu gehen«, teilte Duris ihnen großzügig mit. Es war offensichtlich, dass er die Lust an seinem Spielzeug verloren hatte. »Wir hatten genug Spaß für eine Nacht! Bei Tag sollten Fledermäuse schlafen.« Ein kaum wahrnehmbares Grinsen huschte über seine Züge. »Nimm dein Pack mit, Aris. Schaff sie mir aus den Augen! Wir sollten uns bald wiedersehen, mein Freund, allerdings ohne diesen ganzen sterblichen Ballast!« Er wandelte zu Elbas Großmutter und sah ihr in die Augen. Kurz darauf begann Hysterie sie zu ergreifen. Sie kniete sich zu ihrem Mann und schluchzte.

»Ich bitte dich Aris, stell das ab, bevor ich es tue!« Duris rieb sich genervt die Schläfen.

Aris deutete Christian, den Großeltern zu helfen. »In den Wagen, auf der Stelle!«, knurrte er und trug Elba aus dem Saal. Die Großmutter und Christian stützten Edwin und brachten ihn hinter Aris her ins Freie.

Die Sonne war aufgegangen und strahlte unerträglich hell und warm. Aris startete den Motor. Schweigend fuhren sie los.

Aris brachte sie zum Haus der Großeltern. Mit Hinriks Hilfe beförderten sie Edwin ins Obergeschoss. »Die Kugel muss entfernt werden«, erklärte Aris sachlich und deutete auf Edwins Bein. Er wartete, bis Hinrik nickte, dann verschwand er wortlos.

Elba lief ihm schleppend zur Haustür nach. Wie in einem Traum streckte sie die Hand nach ihm aus und berührte ihn an der Schulter.

Aris zuckte zurück. »Nicht, Elba. Fass mich nicht an!«

»Aber –«

»Es ist zu gefährlich! Lass mich gehen. Du bleibst hier bei deinen Großeltern.«

»Aber du musst bleiben. Du musst uns schützen!«

»Im Moment bin ich eine größere Gefahr für euch als alles andere. Ich habe zu viel Blut getrunken. Jede Faser meines Körpers schreit nach mehr. Nach mehr Blut. Nach *deinem* Blut. Und nach Tod und Verderben. Ich bin nicht mehr derselbe, ich bin nicht ich selbst! Ich habe den Tod gekostet, das Tier in mir ist erwacht.«

»Durch das Ritual?«

»Ja. Es verdrängt den menschlichen Anteil unserer Seele. Das Blut eines Unschuldigen, das Blut eines Wächters und das Blut der Steinträgerin. Dein Blut. Es wird mich nicht mehr ruhen lassen, ich kann es nicht kontrollieren. Mein Körper verlangt nach mehr. Nach viel mehr!«

»Du bist stärker als das, Aris. Du bist stärker als Duris. Ich weiß es!« Wieder griff Elba nach seinem Arm. Woher wusste sie das? Was gab ihr diese Zuversicht?

»Nein, lass das! Das ist jetzt vorbei. All das ist vorbei.«

Die Kälte in seinen Augen, das unmenschliche Böse, ließ sie erschrocken zurücktreten. Aris drehte sich um und ging. Elba wusste nicht, was sie tun sollte. Im ersten Moment wollte sie ihm nachlaufen. Sie wünschte sich, bei ihm zu sein. Sie verspürte das Verlangen, ihm zu helfen, doch irgendetwas hielt sie zurück. Sie konnte nicht begreifen, was geschehen war. Eine einsame, traurige Leere breitete sich unaufhaltsam in ihr aus. Elba ließ sich auf die Steinstufen sinken und war nicht mehr imstande, sich zu rühren. Sie fühlte sich unendlich verlassen und allein. Und missbraucht. Aber sie hatten es überlebt. Hatten Duris überlebt. Fürs Erste.

Tristan kreuzte ihre Gedanken. Wo er wohl war? Ob es ihm gut ging? Sie blickte auf. Und da stand er. Wie an dem Tag ihrer ersten Begegnung. Er lehnte an einer der Eichen und beobachtete sie. Wie lange stand er wohl schon dort?

Beinahe gelang es der Morgensonne, die durch die Äste auf sein Gesicht strahlte, Elbas Sorgen zu vertreiben und Erstaunen in ihr zu wecken. Wie schön dieser Mann doch war!

Langsam kam er auf sie zu. »Was soll das lange Gesicht?« Seine Stimme klang weich und liebevoll.

Elba sah ihn hilflos an. Sie spürte, wie Tränen in ihre Augen stiegen. Er setzte sich neben sie.

»Elba?«

»Duris«, presste sie schluchzend hervor.

»Was?« Tristan verstand nicht. Er neigte den Kopf zur Seite. Dann dämmerte es ihm. »Ihr seid Duris begegnet?« Seine Augen weiteten sich. Elba nickte. Zorn stieg in Tristans Züge.

»Natürlich!« Jetzt erst begriff er den Zusammenhang mit Elbas äußerer Erscheinung. Nach wie vor klebte überall an ihr getrocknetes Blut. »Was hat er getan?«

Sie konnte ihn nicht ansehen.

»Elba! Was hat dieser Schweinehund getan? Sag mir, was passiert ist!«

»Aris ...«, murmelte sie.

»Aris? Er hat Aris?«

Elba schüttelte den Kopf.

»Was hat er mit ihm gemacht? Herrgott, sprich mit mir!«

»Ein Ritual, er hat –« Ihre Stimme versagte.

»Steh auf! Wir fahren zu ihm. Ich muss Aris sehen!« Tristan

reichte ihr die Hand. Elba war zu müde, zu ausgelaugt, um sie zu ergreifen.

Tristan seufzte. Dann hob er Elba hoch. »Tut mir leid, Süße. Aber jetzt ist nicht die Zeit, um sich auszuruhen und sich die Wunden zu lecken.« Er trug sie die Auffahrt hoch zu seinem Auto und half ihr, auf dem Beifahrersitz Platz zu nehmen.

Als sie an Tristans und Aris' Haus ankamen, stand die Eingangstür sperrangelweit offen. Im Inneren herrschte Chaos. Tische und Stühle waren umgestoßen, einer der großen Spiegel zerschmettert, Gemälde von der Wand gerissen. Mitten in dem heillosen Durcheinander stand Aris und drehte sich mit verächtlichem Blick nach ihnen um.

»Du bringst sie hierher?«, schrie er Tristan an. »Schaff sie hier weg!« Er sprang auf sie zu.

Tristan stellte sich instinktiv vor Elba, und Aris prallte gegen ihn.

Elba fiel zu Boden, als Tristan gegen sie stieß. Aris versuchte, sich auf sie zu stürzen, Tristan hielt ihn zurück. O Gott! Ein schnellender Adrenalinstoß sorgte dafür, dass sie wieder hellwach war.

»Reiß dich zusammen!«, brüllte Tristan Aris an.

Der stemmte sich gegen Tristans Versuche, ihn von Elba fernzuhalten. Sein Gesicht wirkte verzerrt wie das eines tollwütigen Tieres, seine Zähne waren gefletscht. Er lechzte nach Blut, nach ihrem Blut.

Elba kroch am Boden rückwärts, um aus der Schusslinie zu gelangen. Sie rappelte sich auf und lief, so schnell sie konnte, zu Tristans Wagen. Aris hatte recht gehabt: Er war nicht mehr er selbst. Sein gesamter Ausdruck hatte sich verändert, jegliche Selbstbeherrschung war von ihm abgefallen – er hatte die Kontrolle verloren. Elba spürte ihr Herz rasen, das Blut rauschte in ihren Ohren. Sie rannte, was das Zeug hielt. Rannte um ihr Leben. Vom Fluchtinstinkt gepuscht, hechtete sie in Richtung des Wagens. Doch in ihrem Inneren wusste sie bereits, dass es zwecklos war: Sie würde das Auto niemals vor Aris erreichen können. Es war unmöglich, schneller zu laufen als er, in den Wagen zu springen und den Motor zu starten. Sie griff nach der Autotür und riss sie auf.

Im selben Augenblick erreichte Aris sie und knallte die Tür wieder zu. Er grinste sie diabolisch an. Das Herz drohte ihr aus der Brust zu springen. Würde er sie jetzt anfallen? Seine Augen blitzten animalisch. Die Jagd schien ihm sichtlich Vergnügen zu bereiten.

»Was nun, Elba?«, fragte er, während er wie eine Raubkatze um sie herumschlich. »Du hättest nicht kommen sollen!« Er packte sie am Hals und drückte sie gegen das Auto. Dabei sog er ihren Duft tief ein und stöhnte lüstern.

Elba rang unter seinem festen Griff nach Luft. Sie begann zu zappeln. Daraufhin verstärkte Aris den Druck, sodass sie Angst bekam, zu ersticken. Er beugte sich vor zu ihrem Hals.

In diesem Moment hörte Elba ein Zischen. Es war das Geräusch eines Pfeils, der durch die Luft schnitt und Aris' Rücken durchbohrte. Elba sah die Pfeilspitze aus seiner Brust hervortreten. Aris sackte vor ihr zusammen.

Sie sah Tristan auf der Terrasse stehen, in den Händen eine Armbrust. Er hatte tatsächlich auf Aris geschossen. Augenblicklich kam er zu Elba gelaufen.

»Schaffen wir ihn ins Haus!«

Sie stand unter Schock. War Aris tot? Hatte Tristan ihn getötet?

»Alles okay. Der wird schon wieder«, beruhigte er sie, fasste nach dem Pfeil und riss ihn mit einem Ruck aus Aris' Körper. »So etwas tötet uns nicht. Das Herz mit Holz zu pfählen oder mit Silber, das schon, oder uns den Kopf abzutrennen. Und zu verbrennen tut uns auch nicht gut. Natürlich die Vernichtung des Steins, das tötet uns. Aber ein Pfeil in der Brust, das nicht.« Er griff unter Aris' Achseln und schleppte ihn zum Haus. Zögerlich folgte Elba ihm.

Tristan legte Aris auf die Couch im Wohnzimmer. »Er wird bald aufwachen. Die Wundheilung hat bereits eingesetzt. Du musst mir jetzt genau erzählen, was passiert ist!«

Er holte sich ein Glas Bourbon und reichte Elba ebenfalls eines. Sie stellte das Glas unberührt auf dem Couchtisch ab, als sie sich setzten, dann begann sie, der Reihe nach alle Geschehnisse der Nacht zu berichten.

Tristan hörte nur aufmerksam zu. Manchmal neigte er den Kopf zur Seite. So, wie er es immer tat, wenn er nachdachte. Als sie geendet hatte, fragte er: »Aris hat Christians Blut getrunken?« Elba nickte. Tristan stand auf, ging wieder zu dem Schrank mit den Getränken und schenkte sich nach.

»Und wo war Christian gestern Abend, bevor er wieder in unser Haus zurückgekehrt ist, um dich aus den Fängen der *bösen Vampire* zu befreien?«

Elba schüttelte den Kopf. »Weiß ich nicht.«

»Aber dein Onkel hat gesagt, dass sie ihr Wächterritual nicht durchgezogen haben?«

»Ich denke nicht. Nein.«

»Dann ist die Angelegenheit wahrscheinlich nur halb so wild!« Tristan grinste. »Wo ist unser Milchgesicht abgeblieben? Ich befürchte, wir müssen ihn wieder herbitten. Duris' kleines Ritual wird nicht funktioniert haben, wenn er noch nicht in den Kreis der Wächter aufgenommen wurde. Ich meine, so ganz offiziell und beglaubigt, feierlich formell. Das wird den Schweinehund zur Weißglut treiben!«

Elba war sich da nicht so sicher. Immerhin hatte Aris sich verändert. Irgendetwas war mit ihm geschehen.

»Das wird vermutlich nur an deinem Blut liegen. Eine Blutsverbindung zwischen einem Vampir und seinem Menschen wirkt äußerst berauschend. Sie raubt einem die Sinne. Wie eine Droge.« Tristan grinste. »Der Körper schreit nach mehr. Unbarmherzig und hartnäckig. Je stärker und mächtiger der Steinträger, umso intensiver und tief greifender wirkt das Blut, wenn es sich mit dem des Vampirs verbindet. Dieses exzessive Gefühl kann extrem fanatisches Verhalten auslösen.«

Wieder einmal wunderte Elba sich darüber, wie er ihre Gedanken lesen konnte.

»Du musst es auch gespürt haben, als du Aris' Blut gekostet hast. Der Unterschied in der Wirkungsweise ergibt sich lediglich durch den zwischen menschlichen und vampirischen Verhaltensgrundlagen, durch die im Inneren verborgenen Wesenszüge. Bei dir wird niemals solch animalisches Verhalten an den Tag treten wie bei uns.« Er grinste ein wenig schuldbewusst.

Elba fiel wieder ein, wie himmlisch sie sich gefühlt hatte, nachdem sie Aris' Blut getrunken hatte. Ein herrliches Gefühl hatte sich in ihr ausgebreitet, von dem sie nicht genug kriegen konnte. Ihre Wangen röteten sich bei dem Gedanken.

»Besser als Sex, hm?«

Jetzt lief sie knallrot an.

Tristan lachte und stieß sie belustigt von der Seite an.

»Lassen wir das!«, sagte er dann, noch immer über alle Maßen amüsiert. »Wir müssen dafür sorgen, dass er von diesem Trip wieder runterkommt. Von deinem Trip!«

Wie peinlich! Und wie seltsam, dass sie dazu fähig war, derartige Gefühle, ein derartiges Verhalten in Aris auszulösen.

»Was da am besten hilft, ist Nahrung«, erklärte Tristan. »Komm!« Was hatte er vor? »Frisches, warmes Blut wäre sicherlich am hilfreichsten. Aber das wollen wir dir noch nicht zumuten.« Elba verstand nicht. »Am besten wäre es, einen Menschen herzubringen.« Jetzt dämmerte ihr langsam, wovon er sprach.

Er ging zum Kühlschrank in der Küche – sie folgte ihm – und reichte ihr mehrere Flaschen. Sie waren randvoll mit Blut gefüllt.

Woher es wohl kam, wunderte sie sich.

»Vorräte sind immens wichtig, Elba.« Er angelte noch einige Flaschen aus dem Kühlschrank. Sie trugen sie ins Wohnzimmer. »Es gibt einige Menschen, die uns mit Vergnügen mit ihrem Blut versorgen.«

Aris begann sich zu regen. Elba stellte fest, dass seine Verletzung sich wieder vollkommen geschlossen hatte. Nur der Blutfleck und das Loch in seinem T-Shirt erinnerten noch daran. Er versuchte, die Augen zu öffnen.

Tristan setzte sich zu seinem Kopf und hielt ihn fest. Bevor Aris sich aufraffen konnte, flößte er ihm bereits die erste Flasche ein. Aris schluckte langsam. Nach der zweiten Flasche begann er, schneller zu trinken, fordernder. Seine Lebensgeister erwachten wieder. Schließlich nahm er die Flasche selbst in die Hand. Gierig kippte er den Inhalt hinunter.

Er setzte sich auf, atmete schwer und stöhnte, als der Schmerz ihn einholte. Irgendwann stützte er die Ellbogen auf den Oberschenkeln ab und vergrub den Kopf in den Händen.

Tristan klopfte ihm auf die Schulter. »Na, wieder bei uns? Wie fühlst du dich?« Er lachte kurz auf.

»Als hätte mich jemand mit einer Armbrust abgeschossen!« Er schaute Tristan ins Gesicht. Dann wollte er aufstehen, doch sein Freund hielt ihn zurück.

»Bleib, wo du bist! Wir müssen reden.«

Aris seufzte.

Tristan musterte ihn aufmerksam. »Wie sieht es mit deinen Bedürfnissen aus, Elba aufzufressen? Irgendein Verlangen, sie zu verschlingen?«

Elba schaute ihn besorgt an.

Aris schwieg einen Moment. Dann sah er sie an. »Es tut mir leid! Ich war nicht ich selbst. Ich wollte dich nicht verletzen.«

»Nein. Du wolltest ihr nur das Blut aussaugen. Bis auf den letzten Tropfen. Von ihr trinken, bis dein Hunger gestillt ist.« Tristan lachte. »Schwamm drüber, oder?« Er blickte fröhlich zwischen den beiden hin und her. Elba nickte zögerlich. »Er wird dich nicht auffressen. Zumindest heute nicht!«, bestätigte Tristan vergnügt. Daraufhin fügte er ernst an Elba gewandt hinzu: »Es war meine Schuld! Ich hätte dich nicht herbringen dürfen!«

»Und das Ritual?«, fragte sie.

»Ach ja, das Ritual!« Tristan rieb sich erfreut die Hände. »Armer, selbstherrlicher Schweinehund! Hat so einen guten Plan ausgeheckt, und dann war alles umsonst.« Aris sah Tristan skeptisch an.

»Christan hat sein Aufnahmezeremoniell noch nicht absolviert. War also unnötig, der ganze Mist! Aber das sollten wir Duris nicht verraten! Vielleicht lässt sich das zu unserem Vorteil nutzen. Bestimmt denkt er, dass du zu ihm zurückkehrst, wenn du erst mal so blutrünstig wirst wie früher. Wahrscheinlich stellt er sich auch noch vor, dass du ihm ein Stück Arbeit abnimmst und Elba gleich eigenhändig tötest. Er soll ruhig glauben, dass du wieder sein Buddy bist! Und Ofea, die Verräterin auch. Kriegst du das hin?«

Aris überlegte. »Ich kann mir kaum vorstellen, dass es Details gibt, über die er nicht im Bilde ist. Er ist nicht der Typ, der irgendetwas dem Zufall überlässt.«

»Du meinst, er wusste, dass Christian noch kein Wächter war?«, wunderte Elba sich. »Aber warum sollte er dann solch ein Spektakel veranstalten um ein Ritual, das gar nicht durchführbar ist? Was bezweckt er damit?«

»Er will die Lust am Töten wieder in mir wecken, und das damit verbundene Machtgefühl. Durch den Kick des Blutrausches meine dunkle Seite wieder hervorzerren. Er weiß, wie viel Kraft es kostet, sie zu unterdrücken.«

Elba runzelte die Stirn. Es schien ihr unlogisch, dass jemand so viel Aufwand in ein Theaterstück steckte.

»Seine Taten sind für Normalsterbliche nicht nachvollziehbar«, sagte Aris.

Tristan zuckte mit den Schultern. »Er benutzt dramatische Inszenierungen zur Selbstdarstellung und zur Beeinflussung.«

»Er spielt mit uns wie mit Marionetten«, bestätigte Aris.

»Wir haben eine Menge Scheiße am Hals.«
»Wir müssen deinen Stein finden, Tristan!«
»Yep.«
»Wenn Duris ihn findet, sind wir erledigt.«
»Ich auf jeden Fall.«
»Er hat noch eine offene Rechnung mit dir, die er gewiss begleichen will.«

Elba dachte an die Geschichte mit Tristans Frau, die er Duris unwissentlich gestohlen hatte, als er noch ein Mensch war.

»Als ob er seine Vergeltung nicht längst gehabt hätte!«, sagte Tristan kalt und emotionslos.

»Nicht in seinen Augen«, erwiderte Aris todernst. »Du hast ihm sein Eigentum gestohlen, das ist alles, was für ihn zählt.«

Elba stellte sich das unglaubliche Leid und den herzzerreißenden Schmerz vor, denen Tristan damals ausgesetzt gewesen sein musste. Die Tragödie musste tiefe Narben hinterlassen haben, die sein weiteres Leben nachhaltig beeinflussten. Das unerträgliche Gefühl von Ohnmacht und Kontrollverlust musste ihn gezeichnet haben, und die Schuld, die ihn gewiss bis heute verfolgte, ebenso. Er hatte seine Frau und sein Kind, sein eigen Fleisch und Blut, getötet. Wegen Duris. Was für ein Hass musste in ihm brodeln.

Als sie ihn nun ansah, meinte Elba, die Spuren dieses Traumas förmlich in seinen Zügen lesen zu können. Seine aquamarinfarbenen Augen waren voller Melancholie und Kummer. Sein verwegenes Aussehen, seine Anziehungskraft lenkten exzellent von der klaffenden Wunde in seinem Inneren ab. Doch bei genauerer Betrachtung zerriss sein Anblick einem beinahe das Herz.

Tristan zog die Skizze aus seiner Hosentasche, die Christians Mutter angefertigt hatte, und breitete sie auf dem Couchtisch aus. Anschließend öffnete er auf seinem Handy das Foto, das er von dem Rätsel aus dem Buch gemacht hatte, und las die Zeilen erneut laut vor.

»Lasst uns fahren. Suchen wir diesen Ort!«, forderte Aris sie auf. Er und Tristan erhoben sich.

Elba blieb als Einzige sitzen. Irgendetwas versuchte, sich aus ihrem Gedächtnis an die Oberfläche zu kämpfen. Und plötzlich fiel es ihr ein. »Ich glaube, Tristan sollte alleine gehen.«

Die beiden Männer starrten sie überrascht an.

»Nun, in dem Buch hat etwas davon gestanden. Wie war das noch mal?« Und allmählich taten sich die Zeilen vor Elbas innerem Auge auf:

Sei auf der Hut vor dunkler Macht,
die durch Hitze und Feuer wird entfacht.
Zurück an den Ursprung musst du kehren
und den Stein dort treu verehren.
Den Weg zurück kannst du nur alleine finden,
sonst wird die Macht der Finsternis ihn an sich binden.

»Ja, genau! Tristan muss den Weg alleine finden. So steht es geschrieben«, sagte sie schließlich, bevor sie die Textzeilen wiedergab.

Tristan ächzte. »Tja, das bedeutet wohl, dass nur du alleine den Weg finden kannst«, bestätigte Aris.

»Und du hast dich im Griff? Ist es sicher, Elba bei dir zu lassen?«, fragte Tristan ihn.

»Ich denke schon«, antwortete er und nickte zuversichtlich.

»Du denkst?«, hakte Tristan nach. Er überlegte. »Mir wäre wesentlich wohler, wenn das Milchgesicht hier wäre.«

»Wenn er tatsächlich seine Aufnahmezeremonie noch nicht hinter sich hat, wird er Elba sowieso nicht schützen können«, gab Aris zurück.

»Die Wächter werden bestimmt nicht mehr länger warten damit. Nicht nach dem, was geschehen ist. Ich wette, dass sie sich bereits an der alten Kirche versammelt haben«, erwiderte Tristan. »Am besten, ich fahre Elba zu ihnen!«

Aris schwieg. Er sah Elba abschätzend an.

Sie wich seinem Blick aus und richtete sich an Tristan: »Ja, gut.«

»Fürchtest du mich?«, fragte Aris. Trotz seines Verständnisses schien er verletzt zu sein.

Sie wusste nicht, wie sie reagieren sollte. »Aris, ich –«, begann sie.

»Schon gut, Liebes. Fahr mit Tristan. Er bringt dich in Sicherheit. Ich brauche Ruhe. Ich muss nachdenken.« Ohne sie anzuschauen, stand er auf und ging ins Obergeschoss. Elba fühlte sich hilflos. Nach allem, was geschehen war, hatte sie trotzdem das Gefühl, ihn gekränkt zu haben, und das tat ihr unendlich leid. Sie spürte seinen Schmerz. Sie wollte ihm nachgehen, Aris in die Arme nehmen, ihn küssen, ihm zeigen, dass sich nichts geändert hatte. Doch ihr Verstand ließ es nicht zu. Traurig sah sie Tristan an.

»Das wird schon wieder«, tröstete er sie. »Lass uns fahren. Er will es so. Vertrau mir, es ist momentan das Beste.«

Geknickt folgte Elba Tristan zu seinem Wagen. Sie musste an ihr Gespräch mit Hinrik denken, an seine Worte unter dem Eichenbaum an Mathildas Grab: »Er wird dich verletzen, Elba. Emotional und physisch. Das liegt in der Natur der Sache.«

Die Erzählungen über Mathildas schmerzhafte Beziehung zu Tristan drängten sich in ihr Gedächtnis. Die Gewissheit darüber, dass Hinrik recht gehabt hatte, gab ihr einen Stich mitten ins Herz. Sie warf einen letzten Blick zurück auf das Haus, dann stieg sie in Tristans schwarzen Buick.

Die beiden fuhren eine weite Strecke schweigend durch den Wald. Irgendwann griff Tristan langsam nach Elbas Hand. »Mach dir keine Sorgen. Ich werde Aris schützen. Immer. Das kriegen wir schon hin.«

Er umfasste ihr Handgelenk. »Dein Puls ist ja ganz schwach, Täubchen.« Besorgt ließ er ihre Hand los.

Elba hatte die ganze Zeit das Gefühl, weinen zu müssen, und seine Berührung hatte das gravierend verstärkt. Sie fühlte sich schrecklich. Vollkommen erschöpft, wie gerädert.

»Du brauchst Schlaf. Und Nahrung. Dein Körper tickt anders als unserer.« Beunruhigt schaute er zu ihr hinüber. Ärgerlich schlug er mit den Händen gegen das Lenkrad. Dann wendete er den Wagen.

»Was machst du?«, fragte sie.

»Ich fahre zurück in die Stadt. Du siehst gar nicht gut aus. Wir müssen dich wieder hinkriegen!«

»Aber –«

»Nichts aber. Dein Wohlergehen hat oberste Priorität. Ich besorge dir etwas zu essen und zu trinken und einen sicheren Ort, um zu schlafen! Unglaublich dumm von mir, dass ich nicht vorher daran gedacht habe! Dein Körper hat eine beachtliche Verletzung überwunden, und du hast sehr viel Blut verloren. Der Schlafentzug tut sein Übriges.«

Jetzt, nachdem er es ausgesprochen hatte, überfiel Elba eine unfassbare Müdigkeit, als hätte ihr Körper sich plötzlich an seine Grundbedürfnisse erinnert. Sie hatte Mühe, die Augen offen zu halten.

Ein Stück außerhalb der Ortschaft parkte Tristan den Wagen vor einem kleinen Motel. »Hier wird niemand Fragen stellen.« Er stieg aus und öffnete Elba die Beifahrertür.

Sie taumelte ein wenig, als ihre Füße die Erde berührten. Vor ihren Augen verschwamm alles, ihr Kreislauf schien zu versagen.

Tristan seufzte schuldbewusst und hob sie auf seine Arme. Ein rundlicher Mann kam von der Rezeption auf den Parkplatz geeilt. Tristan deutete mit dem Kopf auf die Zimmertüren.

Der Mann schloss mit einem Schlüssel aus dem großen Schlüsselbund, der an seiner Hose befestigt war, eines der Zimmer auf. »Alles in Ordnung mit ihr?«, fragte er, als er sie hineinließ. Hinter der Frage verbarg sich glücklicherweise kein aufrichtiges Interesse.

»Flitterwochen!« Tristan lächelte. »War eine lange Fahrt.«

Der Mann nickte und zog sich zurück. In die Angelegenheiten seiner Gäste wollte er generell nicht verwickelt werden. Das bedeutete nur Ärger, und den konnte er ganz und gar nicht brauchen.

Tristan legte Elba vorsichtig auf das Bett. »Schlaf, Süße! Ich erledige die Formalitäten.« Sie schlief auf der Stelle ein.

Als sie wieder aufwachte, lag Tristan neben ihr auf dem Bett. Sie musterte ihn von der Seite. Sein schwarzes Haar, die grünblauen Augen, die Kontur seiner Nase, die Lippen. Seine Brust hob und senkte sich in gleichmäßigem Rhythmus. Der Blick haftete an der Zimmerdecke, er schien nachzudenken, während er geduldig wartete, dass ihr Körper sich von den Strapazen erholte.

Wie facettenreich seine Persönlichkeit doch war. In einem Moment war er cholerisch und widerlich, im nächsten fürsorglich und liebevoll. Er schien egoistisch und herzlos seine Ziele zu verfolgen, im Endeffekt handelte er aber immer nur im Sinne der Personen, die ihm wichtig waren. Das war seine einzige Moral – eine andere kannte er nicht. Und dafür ging er über Leichen. Seine Handlungen konnte Elba die meiste Zeit über ganz und gar nicht gutheißen, aber irgendwo tief im Inneren verstand sie ihn.

Ihr Blick glitt vom Kinn aufwärts wieder über sein Gesicht. Es glich einem Kunstwerk. Die Lippen, der Amorbogen, die Nase, die Wangenknochen ... In diesem Augenblick drehte er den Kopf zu ihr.

»Ich habe dir etwas zu essen besorgt. Nur Trash. Aber besser als nichts.« Er stand auf und reichte ihr ein Sandwich, das in Plastikfolie eingewickelt war.

Dankbar nahm sie es, befreite es aus der Folie und verschlang es gierig. Fürsorglich gab er ihr eine Flasche Mineralwasser, die sie bis auf den letzten Tropfen leerte. Dann legte er sich wieder neben Elba, zog sie auf seine Brust, strich über ihr Haar und flüsterte: »Schlaf, Süße. Du bist hier sicher. Ich passe auf dich auf. Schlaf!«

Elba hatte keine Kraft, zu protestieren. Keine Kraft, um über diese seltsame Situation nachzudenken und zu überlegen, ob es unangebracht war, auf seiner Brust einzuschlafen. Sie vergaß einfach alles und schlief. Ihr Körper forderte seinen Tribut, und sie gehorchte.

Trotz der Erschöpfung wollte sich ihr Nervensystem jedoch nicht recht beruhigen, und sie wachte immer wieder auf. Jedes Mal schrak sie hoch und wusste nicht, wo sie sich befand. Jedes Mal erschrak sie kurz, wenn sie feststellte, dass sie auf Tristans Brust lag. Und jedes Mal flüsterte er: »Alles in Ordnung. Schlaf weiter. Es ist alles gut.«

Er hatte die Vorhänge zugezogen, daher war es ihr unmöglich, ein Gefühl dafür zu entwickeln, wie spät es war, oder wie lange sie geschlafen hatte. Sie spürte, dass sie schweißgebadet war. Hatte sie Fieber? War sie krank? Doch weiter kam sie in ihren Gedankengängen niemals. Schon schlief sie wieder ein.

Wirre Träume verfolgten sie – von ihrer Mutter und von Aris. Regelmäßig erwachte sie an derselben Stelle: Aris kniete mit schmerzerfülltem Blick über dem toten Körper ihrer Mutter. Und seine Hände ... Was war mit seinen Händen?

Sie waren getränkt mit Blut. Getränkt mit dem Blut ihrer Mutter!

Hatte Aris also tatsächlich etwas mit ihrem Tod zu tun? Oder war dies alles nur Duris' Werk? Hatte er diese grauenhaften Bilder in ihren Verstand gepflanzt, um sie zu quälen, damit sie sich von Aris entfernte?

Irgendwann, als sie aufwachte, fühlte sie sich aber deutlich besser. Erholter. Entspannter. Klarer. Tristan hatte recht behalten: Der Schlaf hatte ihr gut getan. Lächelnd öffnete sie die Augen einen winzigen Spalt, während sie sich instinktiv an Tristans Brust schmiegte. Sie spürte, wie er tief einatmete und anschließend die Luft anhielt. Als sie die Augen ganz öffnete und den Kopf hob, erkannte sie, dass eine Gestalt neben dem Bett saß.

Erschrocken fuhr sie hoch. Im Zimmer war es düster. Sie blinzelte mehrmals, um zu erkennen, wer da breitbeinig auf einem Stuhl zwischen Fenster und Bett saß. Tristan setzte sich auf. Dann hörte sie die Person sagen: »Elbarina. Wieder fit?«

Christian!

Himmel, war sie froh, ihn zu sehen! Wie erleichtert sie war, dass es ihm gut ging. Und noch mehr als das – er wirkte gelassen und stark, selbstsicherer als sonst. Sogar seine Stimme klang ein wenig verändert. Sie strahlte Ruhe aus, und eine gewisse Kraft.

Elba stieg aus dem Bett und ging auf Christian zu. Als er sich vom Stuhl erhob, umarmte sie ihn innig. Das war längst fällig gewesen. Sie drückte ihn fest und herzlich, ganz so, als wollte sie mit einer einzigen Umarmung all ihre Gefühle für ihn zum Ausdruck bringen.

»Ich bin so froh, dass du hier bist!« Die Normalität, das Vertraute, was er ausstrahlte, taten unendlich gut. Erst jetzt überlegte sie, ob es eigenartig auf Christian wirkte, sie mit Tristan im Bett vorzufinden. Nun ja, *auf* dem Bett, um genau zu sein! Natürlich war zwischen ihnen nicht das Geringste vorgefallen. Es gab also keinen Grund, sich zu schämen. Die Situation musste ihr überhaupt nicht unangenehm sein, dennoch regte sich ein seltsames Gefühl in ihr.

Tristan räusperte sich. »Ich habe Christian gebeten, herzukommen«, erklärte er. »Wir haben uns unterhalten.«

Elba löste die Umarmung. Sie hatten sich unterhalten? Wann war denn das geschehen? War sie in solch einen komatösen Zustand verfallen, dass sie überhaupt nichts mitbekommen hatte?

»Es gibt zweierlei gute Nachrichten, Elba«, fuhr er ernst fort. »Erstens: Christian ist jetzt ein Wächter. Das bedeutet, dass er über das Wissen und die Kraft verfügt, dich schützen zu können. Ich möchte daher, dass du bei ihm bleibst.«

Wie lange hatte sie wohl geschlafen? Es musste eine Ewigkeit gewesen sein, wenn Christian inzwischen die Aufnahmezeremonie hinter sich hatte. »Aber ich dachte, Wächtern ist es verboten, sich einzumischen«, sagte Elba und dachte an ihre Großeltern. Sie schienen sich vor irgendetwas ganz schrecklich zu fürchten. Einen anderen Grund konnte sie sich nicht vorstellen, aus dem sie sich weigerten, Aris und Tristan zu helfen. Und damit letztlich auch ihr. Es musste etwas mit diesem Schwur zu tun haben, den die Wächter leisten mussten, und dem Abkommen zwischen ihnen und den Vampiren.

Tristan verzog den linken Mundwinkel zu einem schiefen Grinsen. »Er nimmt den Wächter-Ehrenkodex mit seiner Nicht-Einmischen-Klausel wohl noch nicht gar so ernst wie deine Großeltern. Der Leichtsinn der Jugend. Sehr erfrischend.«

»Und die zweite Nachricht?«

»Er war noch keiner, als Aris ihn aufgespießt und sein Blut getrunken hat.«

Aris!, schoss es Elba sehnsüchtig durch den Kopf. Sie musste ihn sehen. Musste den Abgrund, der sich zwischen ihnen aufgetan hatte, überwinden und das Loch, das die Angst in ihr Herz gerissen hatte, wieder kitten. Jetzt würde alles wieder gut werden.

»Aber du bleibst trotzdem bei Christian, Elba.« Tristans Stimme riss sie aus ihren Gedanken. »Zumindest so lange, bis ich zurück bin. Gib Aris Zeit. Ich kann nicht dafür garantieren, dass es sicher ist bei ihm, nach diesem Blutrausch.« Er zwinkerte. Dennoch bestand kein Zweifel daran, dass es ihm todernst war.

Enttäuschung schlich sich für einen Moment in Elbas Herz. Aber sie wusste, dass sie jetzt vernünftig sein musste. Und sie war froh darüber, Zeit mit Christian verbringen zu können, vielleicht sogar einen ganz normalen Tag. Auch wenn dieser

Wunsch wahrscheinlich albern war. Sie glaubte ja nicht mal selbst daran, dass sie jemals wieder einen ganz normalen Tag verbringen würde. Ihr altes, gewöhnliches Leben war bereits so weit verdrängt worden, dass sie die Erinnerung kaum greifen konnte.

Sie begleiteten Tristan zur Rückseite des Motels, wo er seinen Wagen so geparkt hatte, dass man ihn von der Straße aus nicht sehen konnte.

Wieder fragte Elba sich, wann dies geschehen sein mochte. Wann hatte er den Buick umgeparkt? Und sie wunderte sich auch über den Stand der Sonne. Es musste Mittag sein. Doch wie war das möglich?

Bevor Tristan einstieg, zögerte er ein wenig. Sie konnte nicht beurteilen, weshalb. Er legte eine Hand auf ihre Schulter. Man hätte fast den Eindruck gewinnen können, dass es ihm schwerfiel, sie zurückzulassen. Er sah ihr schweigend in die Augen, als wüsste er nicht, was er sagen sollte. Wie bei einem wehmütigen, endgültigen Abschied.

Da stellte Elba sich auf ihre Zehenspitzen, hauchte einen flüchtigen Kuss auf seine Wange und flüsterte: »Danke. Es ist gut so. Wir sehen uns bald wieder.«

Tristan nickte. Dennoch beschlich sie ein komisches Gefühl. Es fühlte sich wirklich an wie ein trauriger Abschied. Sie bemühte sich, zu lächeln. Sie wollte sich nichts anmerken lassen und die Sache nicht noch schlimmer machen, als sie ohnedies schon war. Viel schlimmer als die Angst um ihr eigenes Leben war die um das Leben ihrer Freunde. Sie würde es nicht ertragen, wenn ihnen etwas zustieße.

Sofort spiegelte Tristan ihr Verhalten und lächelte zurück. Dann drehte er sich um, stieg in den Wagen und brauste davon.

Elba atmete tief ein und aus. Sie und Christian blieben in der Staubwolke zurück, die die Reifen des Wagens verursacht hatten.

Als der schwarze Wildcat außer Sichtweite war, legte Christian den Arm um sie. »Hunger?«

»Und wie!«

»Hab ich mir gedacht! Du hast über vierundzwanzig Stunden geschlafen.« Christian lächelte.

So war das also. Jetzt ordnete sich langsam wieder alles. Sie hatte den gesamten gestrigen Nachmittag verschlafen und die ganze Nacht. Und war erst heute Mittag wieder aufgewacht. Daher stand die Sonne im Zenit.

Elba sah an sich hinunter. Ihr Kleid war völlig hinüber. Sie musste sich unbedingt umziehen. Christian würde ihr in einem Laden der kleinen Stadt neue Kleidung kaufen müssen. Sie selbst konnte in diesem Aufzug ja schlecht unter Menschen gehen, sie sah aus wie nach einem Massaker.

Seufzend lehnte sie den Kopf an seine Schulter. Und so gingen sie zu Christians Pick-up, um ins Zentrum von Lebstein zu fahren.

10

Während der Fahrt kramte Tristan den Zettel mit der Wegbeschreibung aus seiner Hosentasche. Er klappte die Sonnenblende herunter und befestigte die Skizze so, dass er sie gut einsehen konnte.

Die Strecke führte eine einsame Landstraße entlang. Weit und breit war kein einziges Haus zu sehen, keine Menschenseele zu erkennen. Die Straße schlängelte sich durch grüne Hügel, vorbei an idyllischen Wiesen und Feldern. Einzelne Bäume wiegten sich im sanften Sommerwind. Bis auf das Gezwitscher fröhlicher Vögel und das Summen emsiger Insekten war es totenstill, lediglich das Geräusch des Motors surrte durch die Luft.

Nach einer Weile bog Tristan von der Landstraße in einen geschotterten Forstweg ein, der kurvenreich einen Berg hinaufführte. Als der Wagen an einem Plateau ankam, wurde der Weg schmaler, und zu Tristans Linken eröffnete sich ein dichter Wald. Am Wegrand beugten Laubbäume sich dem aufkommenden Wind. Tristan stellte fest, dass die meisten der Bäume Eichen waren. Der Skizze nach musste das der besagte Koboldsweg sein.

Er stellte den Motor ab, stieg aus und sah sich um. Dann zückte er sein Handy und öffnete das Foto aus dem Buch. Er blickte nach oben, um die Äste der Bäume zu beobachten, und dann zur Sonne. Zufrieden erkannte er, dass sich die Blätter im Wind in Richtung Osten bewegten. Abermals las er die Zeilen des Rätsels durch.

>»*Dort am alten Koboldsweg,*
>*wo blutend rot die Eiche steht,*
>*wenn starker Wind gen Osten weht,*
>*wirst du den Wald erspäh'n*
>*aus tausend schwarzen Kräh'n.*
>*Und wenn Gesang gar düster schallt,*

Lichtvogels helles Lied erhallt:
den rechten Weg wird er dir weisen,
und über Todesschwingen kreisen.
Geschmeide dort erweckt im Licht:
das Zeichen, welches er erpicht.

Wenn Blut des Waldes Krall'n berührt,
er dich sodann zur Lichtung führt.
So friedlich liegt er da, der See,
des' Lilien blühen selbst im Schnee.
Hier, wo Grün und Blau verführen,
wird dein Herz sich endlich rühren
und den Glanz der Ewigkeit erspüren.

Verborgen liegt, wo nichts sein darf,
worauf Drachwolf seinen Schatten warf.
Wenn Licht und Dunkelheit vereint sich lieben,
muss das Tor der Welt sich weit verschieben.
Wo Wasser nicht von Wellen zerrüttet,
ist der Weg zum Grunde auch nicht verschüttet.
Hier hütet Finsternis das Hell,
welches ist des Geheimnis' Quell.
Ein mutig Herz, das rein sein mag,
erkennt auch, wo der Ursprung lag.
Wenn Wasser und Steine sich berühren,
wirst du den Weg zur Lösung spüren.«

Es galt, die blutend rote Eiche zu finden. Tristan lief von Baum zu Baum, doch jede der Eichen sah aus wie die andere. Ihre Stämme waren dick, die alten Rinden braun, die unzähligen knorrigen Äste bewachsen mit großen grünen Blättern.

Er bezweifelte, dass es möglich war, auszumachen, welche der Eichen gemeint sein könnte. Keine unter ihnen war auch nur im Entferntesten rot gefärbt. Als er schon aufgeben wollte, wurde seine Aufmerksamkeit durch ein lautes, krächzendes Geräusch gefesselt. Hektisch drehte er sich um. Ein Stück entfernt kreiste eine Schar Krähen über dem Wald. Er lief in die Richtung des Vogelgeschreis, und da sah er sie!

Die blutend rote Eiche.

Ein mitgenommener, kahler Baum erhob sich aus all den vor Gesundheit strotzenden Artgenossen. Er wirkte zum Tode verurteilt. Aus seiner Rinde quoll an unterschiedlichen Stellen Harz. Sein Anblick erinnerte an einen sterbenden Menschen, der übersät mit blutenden Wunden langsam dahinsiechte. Das musste die beschriebene Eiche sein.

Vorsichtig berührte Tristan das Harz, und als er seine Finger ansah, erkannte er, dass die zähe Flüssigkeit sich rot gefärbt hatte. Der Lärm der Krähen wurde unerträglich. Düster und schmerzerfüllt sangen sie ihr unheimliches Lied, bis es nur noch panischem Gekreische glich. Wie das Kratzen von Kreide an Schultafeln. Seine Eingeweide zogen sich zusammen, die Haare an seinen Unterarmen stellten sich auf.

Als er an der Eiche entlang nach oben blickte, schaute ihm ein seltsamer Vogel direkt in die Augen. Er schien ihn zu beobachten und zu mustern. Sein Gefieder war weiß, nur an den Spitzen der Flügel waren die Federn grau gefärbt. Die goldenen Strähnen an seinem Haupt erinnerten an eine leuchtende Krone.

Unfassbar! Ein Lichtvogel!

Der Vogel neigte abschätzend seinen Kopf zur Seite, und blitzschnell geschah es: Als ein Sonnenstrahl auf Tristans Ring fiel, reflektierte der Aquamarin das Licht und leuchtete in reinem Hellblau. In diesem Augenblick reckte der Vogel den dünnen, langen Hals nach oben und breitete die Flügel aus. Er öffnete seinen Schnabel, und aus seiner Kehle erhob sich ein wundervoller, wohlklingender Gesang.

Ohne sich zu rühren, beobachtete Tristan den Vogel, und als dieser sich in die Lüfte schwang, konnte Tristan nicht anders, als ihm zu folgen.

Den Blick nach oben gerichtet, trat er in den dichten Nadelwald. Es gelang ihm kaum, sich durch die Äste zu kämpfen. Doch aus Angst, die Sicht auf den Vogel zu verlieren, rannte er mit aller Kraft durch sie hindurch. Die scharfen Astspitzen schnitten ihm in die Unterarme und Hände. Blut trat aus den Schnittwunden und Kratzern hervor. Die kleinen Verletzungen konnten sich gar nicht so schnell schließen, wie neue hinzukamen. Er nahm den Schmerz kaum war, hetzte nur durch das Geäst, immer tiefer in den dunklen Wald. Widerspenstig versperrten ihm die Bäume den Weg. Beinahe so, als versuchten sie, ihn aufzuhalten.

Ein besorgniserregender Gedanke huschte durch seinen Kopf: Er würde niemals wieder allein aus diesem Wald herausfinden! Was, wenn es eine Falle war? Was, wenn Duris ihn auf diese Fährte gelockt hatte?

Aber da stolperte er auch schon auf eine hellerleuchtete Lichtung. Die Dunkelheit blieb hinter ihm, und vor ihm lag ein wunderschöner, kleiner See, dessen Oberfläche in der Sonne glitzerte. Der Vogel kreiste ein letztes Mal über dem Gewässer und verschwand dann hoch hinauf in die Lüfte.

Tristan sah sich um. Der See war umgeben von prächtigen weißen Lilien, und im Wasser spiegelten sich grüne Laubbäume, die am Waldrand an der Lichtung wuchsen.

Langsam ging er auf den See zu. Das Wasser schimmerte friedlich in blaugrünen Farben. Hier sollte er den Stein finden? Im Ernst? Er konnte nichts erkennen, das auf einen Aquamarin hindeutete. Wieder las er die betreffende Stelle auf seinem Handy durch.

Tristan fuhr sich durchs Haar. »Verdammte Rätsel!«

Er sah keinen anderen Ausweg, als in den See zu steigen. Sein Wasser war nicht von Wellen zerrüttet. Wie in dem Rätsel beschrieben. Der See musste also damit gemeint sein. Und wohl oder übel würde er nachsehen müssen, was sich auf seinem Grund befand.

Mit großen Schritten stapfte er ins Wasser, das an ihm hochspritzte. Bald waren seine schwarzen Jeans bis zur Hüfte unter der spiegelnden Oberfläche verschwunden. Der See schien nicht sonderlich tief zu sein. Er ging weiter bis in seine Mitte, dabei hob er die Hände über den Kopf, damit zumindest die Arme trocken und das Handy verschont blieben.

Er wartete auf irgendein Zeichen. Doch nichts geschah. Er versuchte, auf den Grund des Sees zu sehen. Doch auch dort war nichts zu erkennen. Rein gar nichts.

Langsam wurde er wütend. Er stand pitschnass mitten in einem blöden Waldsee. Was hatte er sich eigentlich dabei gedacht? Was wollte er hier finden? Wie lachhaft! Wie dumm, zu glauben, dass irgendein uraltes Wächterrätselspiel ihn zu seinem Stein führen würde! Wie konnte er tatsächlich annehmen, ausgerechnet hier die Lösung ihrer Probleme zu finden?

Aufgebracht klatschte er mit beiden Händen gegen die Wasseroberfläche, sodass er bis auf die Haarspitzen nassgespritzt wurde. Das Handy glitt ihm aus der Hand und sank auf den Grund des Sees.

Als er untertauchen wollte, um es wieder aus dem Wasser zu fischen, traf ihn ein Sonnenstrahl. Das Licht fiel auf den Stein an seinem Ring und warf einen langen Strahl an die gegenüberliegende Uferseite, wo es von einem Gegenstand reflektiert wurde. Es folgte ein raschelndes Geräusch, als wäre Wild aufgescheucht worden. Irgendetwas erhob sich aus dem hohen Gras. Er konnte nicht erkennen, was es war – das Licht blendete seine Augen. Verdutzt schirmte er mit einer Hand die Augen ab, um besser sehen zu können. Es musste eine Gestalt sein. Eine lichtähnliche Gestalt, die sich erhoben hatte und nun davonhuschte.

So schnell er konnte, hechtete er durch das Wasser ans Ufer. Etwas Goldfarbenes sauste auf den Waldrand zu. Erkannte er Haare? War das ein Mensch? Eine zarte Gestalt lief leichtfüßig und schnell in den Wald.

Als Tristan das Ufer erreichte, konnte er sie nicht mehr sehen. Er rannte auf den Wald zu, genau in die Richtung, in die das Wesen verschwunden war. Sein Herz raste. Wie war es möglich, dass ein Mensch sich dermaßen schnell bewegen konnte? Er lief in den dunklen Wald. Keine Spur von dem Wesen. Er drehte sich im Kreis. Nichts. Hatte er sich geirrt? Hatte das Licht eine Sinnestäuschung verursacht?

Er rannte weiter, so schnell ihn die Füße tragen konnten. Doch er konnte nichts und niemanden finden. Schließlich gab er auf und ging zurück zum See. Kurz bevor er wieder auf die Lichtung trat, blieb er wie angewurzelt stehen. In dem hohen Gras stand ein Schimmel.

Er war groß und elegant, wirkte fein und gleichzeitig stark. Was für eine schöne, erhabene Kreatur! Wie ein Einhorn aus einem Märchen. Aber was machte ein Pferd hier? Er fühlte ganz instinktiv, dass an diesem Ort etwas äußerst Merkwürdiges vor sich ging.

Möglichst geräuschlos zog er sich hinter einen Baum zurück. Das Pferd hob den Kopf und blickte aufmerksam zum Waldrand. Tristan stellte jedoch fest, dass es nicht in seine Richtung schaute. Es schaute an eine Stelle des Waldes, die ein Stück weit von ihm entfernt lag. Staunend beobachtete er, wie ein weiteres Pferd genau an dieser Stelle aus dem Wald schritt. Sein lackschwarzes Fell glänzte in der Sonne. Pegasus selbst hätte nicht einvernehmender und prachtvoller sein können. Die beiden Tiere wieherten sich zu. Dann senkten sie die Köpfe und begannen, zu grasen.

Tristan beschloss, fürs Erste hinter dem Baum versteckt abzuwarten. Und nach geraumer Zeit gesellte sich ein weiteres Pferd zu den anderen. Dieses Mal ein kastanienbraunes.

Was zur Hölle war hier los? Es war doch nicht möglich, dass in dieser Gegend Wildpferde lebten. Ganz und gar unmöglich!

Das braune Pferd trabte ein Stück über die Wiese und schnupperte dann an einer Stelle im Gras. Tristan zuckte zusammen, als sich aus dem hohen Grün eine zierliche Hand streckte und das Pferdemaul berührte. Schneeweiße Finger streichelten den Kopf des Tieres. Dort im Gras musste ein Mädchen liegen!

Als das Pferd zufrieden schnaubend davontrabte, verschwand die Hand wieder. Tristan wartete gespannt. Doch nichts weiter geschah. Er überlegte, was er nun tun sollte, als sich plötzlich eine helle Stimme erhob: »Du kannst jetzt aus deinem Versteck kommen!« Die Worte klangen weich und sanft.

Tristan blickte sich um. War er gemeint? Er rührte sich nicht. Da setzte sich die Gestalt auf. Tristans Augen weiteten sich, sein Herz stockte. Noch niemals zuvor hatte er ein solch schönes Wesen gesehen.

Das lange Haar war leicht gelockt und strahlend blond. Es leuchtete in der Sonne wie pures Gold. Die Haut war schneeweiß. Wie die Unschuld selbst.

Das Mädchen drehte den Kopf und sah direkt in Tristans Richtung. Ihre Augen leuchteten tiefgrün, und trotz der Ferne konnte er sehen, wie das Sonnenlicht goldene Punkte darin zum Strahlen brachte. Stumm schaute sie zu dem Baum, hinter dem er sich verbarg, und sagte nichts weiter. Offenbar wartete sie auf seine Reaktion. Es bestand kein Zweifel mehr daran, dass sie ihn gemeint hatte. Wie konnte sie wissen, dass er dort stand? Konnte sie seine Anwesenheit spüren?

Die zauberhaft roten Lippen ihres unschuldigen Gesichts formten sich zu einem Lächeln, das Tristan tief im Inneren berührte. Sie strahlte wie die Morgensonne. Pur und rein, hell und warm. Der Drang, zu ihr zu gehen, verstärkte sich bis ins Unerträgliche. Aber seine Beine wollten sich nicht bewegen.

»Hast du den weiten Weg auf dich genommen, um hinter einem Baum zu stehen?«, fragte sie, machte jedoch keine Anstalten, aufzustehen. Als er nicht reagierte, ließ sie sich wieder ins Gras sinken.

Tristan atmete tief ein und trat ins Licht. Als er die Stelle erreichte, an der sie im Gras lag, schnürte ihr Anblick ihm die Kehle zu. Von unten herauf lächelte sie ihn an.

Er beugte sich vor, und als kleine Wasserperlen aus seinen pechschwarzen, feuchten Haarsträhnen auf ihre Haut tropften, öffnete sich ihr Mund zu einem solch breiten Lächeln, dass er ihre reinweißen Zähne sehen konnte.

Sie setzte sich auf und schaute ihn mit großen grünen Augen an. »Wie hast du hierher gefunden? Das ist noch keinem Menschen zuvor gelungen.«

»Das liegt vielleicht daran, dass ich kein Mensch bin.« Es wollte ihm nicht in den Sinn, warum er das laut ausgesprochen hatte.

Das Mädchen sah ihn überlegend an. »Nein, du bist kein Mensch.«

Tristan zog überrascht eine Braue hoch. Sie fixierte seine Augen. Er hatte das Gefühl, dass sie ihm direkt in die Seele blickte. Um die Pupille ihrer grünen Augen rankte sich ein goldfarbener Kranz, eine kleine Krone. Weiter außen im Grün lagen vereinzelte goldene Punkte, winzige Sterne.

»Du trägst einen grausamen, einsamen Schmerz in dir. Er ist tief verschlossen in deinem Innersten.« Ihr Gesicht wurde ernst und traurig. »Und du bist auf der Suche. Du denkst, dass sich dieser Schmerz dadurch auflöst.«

»Woher weißt du das?« Tristan war verwundert.

»Ich kann es fühlen.«

Er sah ihr an, dass sie selbst erstaunt darüber war. Sie stand auf und trat an ihn heran. »Wer bist du?«, fragte er.

Sie neigte den Kopf zur Seite, als sie ihn betrachtete. Wieder weiteten sich Tristans Augen. Seine schwarzen Pupillen verdrängten das Blaugrün darin.

»Du trägst ein schreckliches Geheimnis in dir«, flüsterte sie. »Es fühlt sich an, als wärst du lebendig begraben. Wie ist das möglich?« Ihre Augen suchten nach Hinweisen in seinem Gesicht. »Du bist lebendig und doch tot.« Sie legte ihre Hand auf seine Brust.

Ein Blitz durchzuckte ihn. Es fühlte sich an wie ein Stromschlag.

Das Mädchen zog ihre Hand zurück. »Du bist auf der Suche nach Lebensenergie. Nach einer Energie, die du selbst nicht in dir trägst, und die du nicht selbst erzeugen kannst. Sie soll dich wieder zum Leben erwecken.« Sie blickte auf Tristans Ring, dessen Leuchten gerade erlosch.

Er runzelte die Stirn. »Wer bist du?«, flüsterte er.

»Área«, erwiderte das Mädchen kaum hörbar.

Área wie das Gold. Überaus zutreffend.

»Ágrios«, sagte sie dann leise und sah Tristan tief in die Augen. Er nickte. »Ein wilder Panther«, murmelte sie. Wieder nickte er. »Wie ist dein Name, Panther?«

»Tristan.«

»Was für eine passende Bezeichnung für dich«, sagte sie lächelnd. In ihren Augen ging die Sonne auf und leuchtete so hell, dass sein Verstand aussetzte.

Wieder neigte sie den Kopf leicht zur Seite. Der Teil ihrer lockigen Mähne, der zuvor über ihrer Schulter gelegen hatte, fiel wie ein Wasserfall aus Gold ihren Rücken hinab. Ihr zierlicher, weißer Hals lag nun unbedeckt vor ihm.

Tristan konnte nicht anders, als ihn anzustarren. Fasziniert betrachtete er ihre Halsschlagader, die unter der dünnen Haut hervortrat. Ihr kleines Herz pumpte unentwegt rhythmisch Blut durch sie hindurch. Er fühlte sich unaufhaltsam angezogen von diesem empfindlichen Teil ihres Körpers. Er vergaß alles um sich herum. Vergaß, weshalb er gekommen war. Vergaß, was er suchte. Vergaß sich selbst. Er verspürte ein brennendes Verlangen nach ihrem Blut. Er beugte sich vor. Instinktiv entblößte er die Zähne.

Zu seiner Verwunderung berührte Área in diesem Moment zärtlich, mit warmen Fingern seine Wange.

»Das ist nicht die Art Energie, die du suchst, Tristan.«

Er zog die Augenbrauen zusammen. Dann spürte er, wie glühend heiße Energie durch ihn hindurchfloss. Ein hellblaues Licht umgab sie. Seine Augen erfassten seinen Ursprung: An ihrer Brust leuchtete ein blauer Stein durch den dünnen weißen Stoff ihres elfengleichen Kleides.

Sie griff nach seiner Hand mit dem Ring, der heller denn je erstrahlte. »Das ist es, was du suchst«, wisperte sie schließlich, bevor sie die Berührung löste und das Leuchten erlosch.

War das möglich? War es möglich, dass sie *seinen* Aquamarin trug? Er trat einen Schritt zurück. »Was bist du?«

»Ich weiß es nicht«, antwortete sie schüchtern.

»Woher hast du diesen Stein?«

»Ich weiß es nicht.«

»Was machst du allein hier draußen?«

»Nichts, Tristan. Nichts.«

»Nichts?«

»Ich lebe hier.«

»Im Wald?«

Sie lächelte und nickte.

»Allein?«

»Nein. Mit meinen Freunden.«

Sie zeigte auf die Pferde. Fassungslos starrte Tristan die Tiere an.

»*Was bist du?*« Seine Stimme wurde lauter und fordernder.

»Ein einfaches Mädchen. Das ist alles, Tristan.«

Er war verwirrt. »Du musst mit mir kommen!«, forderte er sie auf. Sie schüttelte den Kopf. »Ich werde dir nichts tun. Bitte, komm mit mir.«

Wieder schüttelte sie den Kopf. »Ich kann nicht.«

»Warum nicht?«

»Ich weiß es nicht.«

»Du weißt es nicht?«

»Ich kann diesen Ort nicht verlassen.«

Was zur Hölle ging hier vor? Er merkte, dass er auf diese Art nicht weiterkam.

»Wo wohnst du?«

»Hier.« Sie deutete auf den Wald. Er blickte sich suchend

um.« »Ich zeige es dir«, sagte sie und glitt mit feenhaften Bewegungen in den Wald. Nach kurzem Zögern folgte Tristan ihr.

Ein nicht allzu langer Fußmarsch führte sie zu einem kleinen Holzhäuschen. Es war rosa gestrichen, das Dach schneeweiß, die Fensterläden mintgrün.

Wie in einem verdammten Märchen, dachte Tristan.

Sie öffnete die Türe und bat ihn, einzutreten. Verblüfft sah er sich um.

»Tee?«, fragte sie.

Tristan nickte abwesend und nahm an dem schlichten Holztisch Platz. Als er sie bei der Zubereitung des Tees beobachtete, fiel ihm auf, dass sie barfuß war. Er schüttelte verwundert den Kopf. Dann wandte er sich von ihr ab und sah sich im Raum um. Keine Bilder, keine Fotos. Nur Kerzen und Blumen und die einfache, bescheidene Einrichtung.

Als der Teekessel zu pfeifen begann, stellte sie ihm von hinten eine Tasse auf den Tisch. Ihr Haar fiel dabei über seinen Arm, und ihr Busen streifte seine Schulter. Tristan zuckte zusammen.

»Entschuldige. Ich wollte dich nicht erschrecken«, hauchte sie verlegen.

Sie ihn erschrecken? Wenn jemand Grund hätte, sich zu erschrecken und Angst zu haben, war sie es doch. Sie war es, die einen Fremden, ein Raubtier, ein blutrünstiges Monster in ihr Haus gebeten hatte.

Sie setzte sich seelenruhig neben ihn und schaute ihn heiter an. »So schlimm bist du nicht.«

Konnte sie seine Gedanken lesen?

»Du hast ja keine Vorstellung«, entgegnete er. »Ich bin schlimmer! Übel. Richtig übel.«

Ihr Lachen brachte die Zellen seines Körpers zum Vibrieren. »Nein, bist du nicht.«

»Ah, ich denke doch! Du hast allen Grund, dich zu fürchten.

Du hast einen Fremden der übelsten Sorte in dein Haus gelassen.« Er grinste.

»Ein verwundetes Raubtier? Ich denke nicht, dass es Veranlassung zur Furcht gibt.«

»Bist du ein Mensch?«, wollte er wissen.

»Natürlich«, antwortete sie lachend. »Und du?«

»Nun ja, nicht direkt.«

»Nein, du bist ein Geschöpf der Nacht. Ein Raubtier. Ein schwarzer Panther.«

»Woher weißt du das?«

»Ich habe nicht die geringste Ahnung. Ich weiß es einfach. Ich habe es gesehen.«

»Gesehen?«

»Du hast mich oft in meinen Träumen aufgesucht. In Form einer schwarzen Raubkatze. Ich wusste sofort, dass du es bist, als du aus dem Wald kamst.«

Was für eine abgedrehte Unterhaltung! »Ich bitte dich, begleite mich zu meinen Freunden. Ich werde dir gewiss nichts tun«, bat er.

»Das weiß ich, Tristan. Aber es ist unmöglich.«

»Nichts ist unmöglich«, konterte er ernst.

»Damit magst du recht haben«, pflichtete sie ihm bei und zwinkerte. Ein Schwarm Schmetterlinge schwirrte durch seinen Körper. Wie stellte sie das bloß an?

Als er nach draußen sah, stellte er fest, dass die Sonne bereits unterging. Er war hin- und hergerissen. Was sollte er tun? Er konnte sie nicht hier zurücklassen. Eilig wollte er nach seinem Handy in der Tasche greifen. Verärgert erinnerte er sich daran, dass es am Grund des Sees lag. Er musste mit Aris sprechen. Der würde Rat wissen. Er musste zu ihm gehen. Aber er konnte Área nicht hierlassen. Sie zu zwingen, ihn gegen ihren Willen zu begleiten, schien allerdings auch nicht die passende Option zu sein.

Er legte den Kopf in den Nacken und stöhnte gequält. »Wirst du noch hier sein, wenn ich wiederkomme?«

»Natürlich.«

»Sicher?«

»Sicher«, bestätigte sie.

»Ich komme wieder, so schnell ich kann!«

»Ich weiß.«

»Du weißt? Ach, lassen wir das!«

Sie nickte lächelnd. Tristan stand auf. Er nahm für einen Moment ihre Hand. Wieder verschwand alles um ihn herum. Er sah nur sie. Sie mit ihrem goldenen Haar, den leuchtenden Augen, der zarten Haut. Wie konnte dieses Geschöpf ein Mensch sein? Sie glich vielmehr einer zauberhaften Fee, einer märchengleichen Elfe.

Die Dämmerung setzte ein. Beunruhigt verließ Tristan das Haus und lief zurück durch den dunklen, gespenstischen Wald. Und als er schon die Hoffnung verloren hatte, jemals wieder aus diesem Dickicht herauszufinden, erreichte er den Weg. Den Koboldsweg.

Vielleicht war auch sie ein Kobold? Eine Gestalt aus einem Märchen, ein Fabelwesen oder dergleichen. Vielleicht war sie überhaupt nicht real und entsprang lediglich seinen tiefsten Sehnsüchten. Seinen Wünschen nach Erlösung.

Er lief den Weg entlang, bis er sein Auto in der Ferne erkannte. Er durfte keine Zeit verlieren! Er musste Aris holen.

11

In der Zwischenzeit hatten sich Elba und Christian in einem kleinen Kaffee den Bauch vollgeschlagen. Satt und zufrieden beobachtete Elba Christian, der die letzten Reste seines Omeletts verschlang.

Sie hatten all ihre Sorgen beiseitegeschoben und sich über ganz alberne, alltägliche Dinge unterhalten. Über ihre Schulzeit, ihre Freunde, ihr altes, normales Leben. Doch Elba spürte, dass sie ihre Probleme nicht länger aufschieben konnten. Sie bemerkte bereits, dass Christian immer ernster wurde.

Und als er den leeren Teller zur Seite schob, fragte er: »Was nun, Elba? Was sollen wir nun tun?«

Sie atmete tief ein. »Du weißt, dass ich zu Aris zurückmuss.«

»Bist du sicher? Ich meine, wir könnten dies alles hinter uns lassen und abhauen!«

Eine reizvolle, verlockende Vorstellung. Sie und Christian. Unterwegs, von einem Ort zum nächsten. Ohne Ziel, ohne Druck, einfach sein. Hinfahren, wo der Wind sie hintrug, in kleinen Pensionen und Hotels übernachten, jeden Tag neu auf sich zukommen lassen. Die Welt entdecken, ohne Gefahren, ohne Aufregungen, ohne Zweifel, ohne Angst. Elba malte sich aus, wie sie beide einfach in den Tag hineinlebten und ihre Freiheit genossen.

»Ja, das wäre schön. Aber ich glaube nicht, dass es hilft, wegzulaufen. Ich muss nach ihm sehen. Ich muss sehen, ob es ihm gut geht. Ich muss ihm helfen. *Das* ist jetzt mein Leben, Christian!«

»Und meines«, er seufzte.

»Das ist nun unsere Aufgabe«, fügte sie hinzu und drückte kurz seinen Arm.

Sie zog ihr Handy aus der Tasche und wählte Aris' Nummer. Es klingelte eine gefühlte Ewigkeit.

Christian zuckte mit den Schultern. »Wir müssen zu ihm fahren, stimmt's?«

»Ja«, bestätigte sie gedämpft.

Als sie im Haus ankamen, war es stockfinster und still. Elba schaltete das Licht ein und rief nach Aris.

Christian blieb in der Eingangstüre stehen. »Er ist nicht hier«, sagte er.

Elba sah ihn verwirrt an und beschloss, nach oben zu laufen. Sie öffnete die Tür von Aris' Schlafzimmer. Es war leer. Keine Spur von ihm.

Als sie wieder nach unten kam, fragte sie Christian, woher er gewusst hatte, dass Aris nicht da war.

»Ich kann es spüren.« Überrascht blickte Elba ihn an. »Nun ja, ich fühle ihre Anwesenheit. Jetzt ...«

»Jetzt?«

Elba dämmerte bereits, was er meinte. Er war nun ein Wächter.

»Ich kann auch deine Anwesenheit spüren. Vielleicht liegt es an den Steinen. Oder an dir selbst. An der Verbindung, die zwischen uns besteht. Ich weiß es auch nicht.« Er grinste. »Ich mach das noch nicht so lange, Elbarina.«

Sie hatte schon festgestellt, dass sich irgendetwas an ihm verändert hatte. Aber sie konnte nicht beurteilen, was genau es war. Er wirkte selbstsicher, fröhlich und zuversichtlich. Aber das war er eigentlich immer gewesen. Allerdings strahlte er nun eine Ruhe und Kraft aus, die darüber hinausging. Und sie fragte sich, ob er sich auch körperlich verändert hatte. Vielleicht täuschte sie sich, aber irgendwie wirkte er stärker und kräftiger. Ein wenig muskulöser möglicherweise. Aber das war wahrscheinlich Blödsinn. Wie sollte denn das funktionieren? Von einem Tag auf den anderen.

Elba brannte darauf, alles über Christians neues Leben und die Aufgaben zu erfahren, die damit einhergingen. Und über die Aufnahmezeremonie. Aber zuerst mussten sie Aris finden. Es beunruhigte sie sehr, nicht zu wissen, wo er war.

Sie wählte Tristans Nummer. Auch er hätte längst wieder zurück sein müssen. Es waren Stunden vergangen, seit er sich auf die Suche gemacht hatte. Ein unangenehmes Gefühl beschlich sie. Aber vielleicht waren die beiden zusammen.

Sie presste das Handy an ihr Ohr. Nichts. Tristans Telefon war ausgeschaltet. Tot. Sicherlich kein gutes Zeichen. Fragend schaute Christian sie an. Auch er schien zu überlegen.

Allerdings ging in seinem Kopf etwas vollkommen anderes vor als in Elbas. Schließlich teilte er ihr mit: »Elba, dir ist bestimmt klar, dass ich die Truhe mitnehmen muss. Es ist furchtbar genug, dass wir davon ausgehen können, dass Duris im Besitz von zumindest zweien der Bücher ist. Seinem und Tristans. Wir können damit rechnen, dass er irgendetwas mit ihnen vorhat. Dass er einen Plan verfolgt, für dessen Umsetzung er die Bücher benötigt. Es sollten ihm nicht noch mehr Informationen zugespielt werden, als er ohnehin schon hat.«

Elba dachte an Aris' Worte. Er hatte mit Tristan darüber gesprochen, dass Duris eine offene Rechnung mit ihm zu begleichen hatte. Christians Schlussfolgerung schien ihr logisch. Er würde das Buch benutzen, um sich an Tristan zu rächen. Aber sie hatte keine Idee, wie er das anstellen wollte.

Und noch ein weiterer Gedanke kreuzte ihr Gehirn: Bei allem Verständnis für Christians Situation wollte sie doch unbedingt Aris' Buch behalten. Das Buch über die Heliotrop-Linie. Sie musste erfahren, was es mit Aris und ihrer Mutter auf sich hatte. Und vielleicht würde sie auch noch mehr über ihr eigenes Schicksal herausfinden. Sie musste Christian irgendwie dazu bringen, ihr den Inhalt zu erzählen. Bestimmt würde er nun die Texte entschlüsseln können. Aber sie wusste noch nicht, wie sie das anstellen sollte. Nur eines stand fest: Sie konnte ihn das Buch nicht mitnehmen lassen.

Christian ging an ihr vorbei ins Wohnzimmer. Er sah sich nach der Truhe um. Allerdings fehlte jede Spur von ihr. »Was meinst du, wo die Truhe sein könnte?«, fragte er.

Sie zuckte mit den Schultern. Christian sah sie missbilligend an. Glaubte er, dass sie wusste, wo Aris die Truhe versteckt hatte?

»Gibt es einen Tresor im Haus?«

»Nicht, dass ich wüsste«, antwortete sie wahrheitsgemäß.

»Sicherlich haben sie einen Tresor«, überlegte Christian. »Die Frage ist nur, wo …« Er schlug sämtliche Teppiche zurück, um zu kontrollieren, ob im Boden ein Tresor eingelassen war. Danach begann er, Bilder von der Wand zu nehmen.

Elba beobachtete ihn ruhig. Sie machte keine Anstalten, ihm zu helfen, das Haus auf den Kopf zu stellen. Sie musterte Christian von oben bis unten. Er wirkte energisch und entschlossen. Auf eine seltsame neue Art und Weise fast sexy. Warum fühlte sie sich plötzlich von ihm angezogen? Das war doch verrückt! Sie schüttelte über sich selbst den Kopf.

Nachdem die Suche ergebnislos verlief, kam Christian auf sie zu und packte ihre Hand. »Komm, lass uns oben nachsehen.«

»Ich glaube eher, dass wir herausfinden sollten, ob das Haus einen Keller hat«, schlug sie vor.

»Gute Idee!« Er zwinkerte ihr zu.

Wie verschwörerisch, dachte Elba. Himmel, was war plötzlich nur los mit ihr? War es ihr Unterbewusstsein, das sich so sehr die altbewährte Normalität herbeiwünschte, sich nach Frieden und Sicherheit sehnte?

Es dauerte nicht lange, bis sie die Türe fanden, die in den alten Keller führte. Ein modriger Geruch schlug ihnen entgegen, als sie die schwach beleuchtete Treppe hinabstiegen. Von dem langen Gang gingen mehrere Räume ab. Der erste diente als Lagerraum für gigantische Kühlschränke. Christian öffnete einen von ihnen. In den Schränken lagerten unzählige Flaschen mit Blut.

Allmählich bekam Elba einen Einblick in die Lebensumstände ihrer neuen Freunde. Allerdings wunderte sie sich, wo sie all das Blut herhaben mochten. Sie konnte sich kaum vorstellen, dass es sich lediglich um freiwillige Spenden handelte – bei diesen Unmengen.

Im nächsten Raum stapelten sich jede Menge Kisten und Truhen. Christian begutachtete eines der Vorhängeschlösser, mit denen sie verschlossen waren, nahm es in die Hand und riss es mit einem Ruck aus der Verankerung. Seine Kräfte hatten sich tatsächlich um ein Vielfaches gesteigert.

In der Truhe befanden sich uralte Fotos. Es mussten Erinnerungen aus Aris' Leben sein. Elba war nicht wirklich wohl dabei, heimlich in seinen Sachen zu stöbern. Auch wenn sie wahnsinnig neugierig war. »Lass uns weitersuchen, Christian«, bat sie. »Hier findest du sowieso nicht, wonach du suchst.«

Er grinste. »Interessiert es dich nicht, was für ein Leben dein neuer Freund bisher geführt hat?«

»Komm!«, forderte sie ihn auf und zog ihn weiter zur nächsten Tür.

Im Gegensatz zu den anderen war diese verriegelt. Christian rüttelte an ihr, doch das Schloss gab nicht nach.

»Jackpot, würde ich sagen!«

Er trat einen Schritt zurück, holte aus und trat gegen das Holz. Die Tür krachte, hielt jedoch stand. Wieder trat er dagegen. Dann noch einmal und wieder. Letztendlich gab das Schloss nach. Enttäuscht stellte er fest, dass der Raum leer war.

»Das muss es sein. Ganz sicher!«, sagte er und blickte sich um. Er tastete die Wände ab.

Es dauerte eine ganze Weile, aber schließlich fand Christian etwas. Die Innenseite des Raumes bestand aus gemauerten Steinen. Und einer von ihnen unterschied sich kaum wahrnehmbar von all den anderen. Seine Farbe wirkte ein ganz klein wenig blasser.

Christian drückte dagegen, und umgehend sprang der Stein aus der Wand. In dem Loch, das in der Mauer zurückblieb, ruhte ein durchsichtiges Plättchen. Es sah aus wie ein Stück Glas, das zur Analyse von Blut unter Mikroskopen diente, und war eingebettet in eine weiße Plastikhalterung, die mit dem Inneren des Gemäuers verbunden war.

»Natürlich!«, freute Christian sich.

»Was ist das?«, fragte Elba.

Im dem Moment hörte sie Aris' Stimme hinter sich: »Ein Blutdecoder.«

Er klang eiskalt. Elba lief knallrot an. Sie hatte ihn nicht kommen gehört. Und Christian hatte seine Anwesenheit in seinem Übereifer wohl auch nicht gespürt.

»Deine Fähigkeiten sind noch nicht ausgereift, Christian, hm?« Seine Züge verhießen nichts Gutes.

»Wo ist die Truhe der Wächter?«, fragte der zurück.

»Ganz recht, Christian, sie ist hier.« Aris blickte zur Decke. »Dort oben.«

Elba konnte nichts erkennen.

»Und dein Blut öffnet ihr Versteck«, überlegte Christian.

»So einfach werde ich es dir nicht machen, mein Freund!«

»Das musst du auch nicht.«

Christian zog unter seinem Shirt eine kleine gläserne Phiole hervor, die an einer Kette befestigt war. Gefüllt war sie mit Blut. Elbas Mund klappte auf. Er zerdrückte das kleine Fläschchen in seiner Hand. Als es zerbrach, tropfte er die Flüssigkeit auf das Plättchen in der Wand. Kurz darauf öffnete sich ein Stück der Decke, und die Truhe fiel von oben herab. Mit einem lauten Knall landete sie auf dem Steinboden.

Aris zuckte mit keiner Wimper. »Du bist schlauer, als ich angenommen habe«, sagte er ruhig und lächelte. »Haben dir das deine Wächterfreunde verraten, oder bist du selbst darauf gekommen?«

»Was ...?« Elba verstand nicht.

»Dein Freund hat sich selbst Blut abgenommen nach unserem Besuch bei Duris«, erklärte Aris.

Warum hätte er das tun sollen?

»Er hat Duris' Blut konserviert, das in seinem Kreislauf zirkuliert ist. Eigentlich öffnet der Decoder nur mit meinem Blut das Versteck. Aber Duris ist mein Macher. Wir sind verbunden. Wir haben unsere DNA vereinigt, das diente unserem Machtzuwachs. Duris hat davon geträumt, dass unsere Wesen sich vermengen und so ein weiteres Mischwesen entsteht, das unsere Kräfte in sich vereint. Das Experiment ist missglückt, aber ein Teil von uns wird wohl immer verbunden sein. Und das ist der Beweis dafür, dass es tatsächlich so ist.«

Die Hände vor der Brust verschränkt lehnte Aris gelassen an dem beschädigten Türrahmen. Elba schaute ihn skeptisch an.

»Zufrieden?«, fragte er Christian.

»Wenn du so willst ...«, gab dieser zurück.

»Dann nimm euren Kram und verschwinde!«, befahl Aris. »Ich brauche ihn sowieso nicht hier. Meine Intention war lediglich, die Truhe vor Duris' Leuten zu schützen.«

»Dein Buch hast du an dich genommen, nehme ich an?« Christian schien die Antwort auf seine Frage bereits zu kennen.

Aris nickte. »Ich möchte, dass ihr mein Haus verlasst!« Elba sah ihn ungläubig an. »Ganz recht, Liebes, du auch!«, sagte er ihr kühl.

Konnte es sein, dass er derart enttäuscht von ihrem Verrat war, dass er sie wegschickte? »Aris, bitte!«, sagte sie. »Ich wollte nicht, ich –«

»Verlass mein Haus!«, herrschte er sie an. »Auf der Stelle!«

Tränen traten in Elbas Augen. Sie erkannte Aris nicht wieder.

»Komm«, mischte Christian sich ein. Er hob die Truhe hoch und gab Elba zu verstehen, ihm zu folgen.

»Nein, ich bleibe!«, sagte sie trotzig.

»Raus, alle beide!«, wetterte Aris.

Elba erzitterte. »Aris, bitte. Lass mich erklären.«

»Es gibt nichts zu erklären! Es interessiert mich nicht im Geringsten, dass du mit ihm mein Hab und Gut durchwühlt hast. Aber was mich interessiert, ist deine Zuneigung zu ihm. Du traust ihm mehr als mir – nachvollziehbar. Du schnüffelst mit ihm in meinen Sachen – okay. Aber zum Narren halten lasse ich mich nicht. Das werde ich nicht dulden!«

»Meine *Zuneigung*?«, presste sie heraus.

»Ich fühle, was du fühlst! Ich spüre, was du spürst! Und du fühlst dich von ihm angezogen. Du solltest dir erst einmal über deine Gefühle klar werden! Überlegen, was du wirklich willst. Ich weiß, dass das Leben mit uns eine Zumutung ist, aber du musst dich schon entscheiden!«

Christian runzelte die Stirn, als er begriff, dass Aris ihn meinte. Er schaute Elba überrascht an.

»Das ist überhaupt nicht so, wie du denkst, Aris«, versuchte sie zu erklären. »Ich hege nicht solche Gefühle für Christian.«

»Genug jetzt«, fuhr Aris sie an.

»Genug?«, nun verlor auch sie die Beherrschung. »*Du* bist es doch, nicht ich! *Du* willst das alles nicht, nicht ich! *Du* hast ein Problem damit, das zuzulassen, nicht ich!«, schrie sie ihn jetzt an. »Ich habe versucht, dich zu erreichen. Ich bin herkommen, um nach dir zu suchen! Du warst es doch, der mich weggeschickt hat.«

»Weil du Angst vor mir hattest. Weil du dich gefürchtet hast, und das zu Recht!«, gestand er lautstark. »Aber ich habe nicht angenommen, dass du gleich mit dem Gedanken spielst, den einfacheren Weg zu wählen und dich mit ihm aus dem Staub zu machen.«

Darauf konnte sie nichts erwidern. Es stimmte: Sie hatte Zweifel bekommen. Und Angst. Aber das war nun vorbei.

»Das ist deine Entscheidung, Aris. Wenn du möchtest, dass ich mit Christian gehe, werde ich das tun. Aber wenn ich jetzt das Haus verlasse, werde ich nicht wiederkommen! Ist es das, was du dir wünschst?« Woher hatte sie plötzlich den Mut, so mit ihm zu sprechen?

»Genau das ist es!«

Elba konnte nicht glauben, was er sagte. Wie konnte er so kaltherzig sein? Sie spürte, wie Tränen über ihre Wangen liefen, allerdings konnte sie beim besten Willen nicht beurteilen, ob aus Wut oder Verzweiflung. Sie schluckte. Sie würde jetzt bestimmt nicht klein beigeben. Sie würde erhobenen Hauptes sein Haus verlassen. Und sie würde nicht zurückblicken. Es war sonnenklar, was Aris wollte. Und sie würde nicht dagegen ankämpfen.

»Seid ihr fertig? Können wir gehen, Elba?«, fragte Christian. Elba nickte. Er ging an ihnen vorbei ins Erdgeschoss. Elba fühlte, wie sich ihr Körper in Bewegung setzte. Aris blieb im Keller zurück.

Sie versuchte, gleichmäßig zu atmen. Sie würde nicht mehr weinen. Sie würde dies alles hinter sich lassen. Das wäre ohnedies besser für sie. Und sicherer, und ganz gewiss wesentlich weniger aufwühlend. Aber schon jetzt fühlte sie, dass sie sich das nur einredete, und dass sie das eigentlich gar nicht wollte. Ihr Verstand befahl ihr, zu gehen, ihr Herz wollte jedoch unbedingt bleiben. Aber wenn Aris es wünschte, würde sie es tun, sie würde nicht nur das Haus verlassen, sondern auch ihn. Sie würde ihn nicht überreden, bei ihm bleiben zu dürfen.

Christian öffnete die Eingangstür und ging hinaus zu seinem Pick-up. Elbas Schritte verlangsamten sich. *Nicht stocken, nicht zweifeln, einfach weitergehen! Du schaffst das!*

Plötzlich spürte sie, wie eine Hand sie am Arm packte. Energisch wirbelte Aris sie herum und drückte sie gegen die Wand. »Du treibst mich in den Wahnsinn, weißt du das?«, flüsterte er. Ehe sie antworten konnte, küsste er sie stürmisch. Seine Lippen wanderten fordernd ihren Hals hinab. »Ich teile nicht gerne. Ich will dich für mich. Ganz oder gar nicht!«

Sein rauer Atem streifte ihr Ohr. Sie schnappte nach Luft. Er sah sie durchdringend an. Dann beugte er sich vor und biss zu. Seine Zähne drangen in ihren Hals ein.

Wow, das tat weh! Er saugte und schluckte. Ein stechender Schmerz durchfuhr Elba. Sie stöhnte auf, begann, sich zu winden, versuchte, sich zu befreien.

Er ließ einen Augenblick von ihr ab, funkelte sie finster und gefährlich an, um sie anschließend am Hals zu packen und sie wieder gegen die Wand zu drücken. Er musterte sie.

Elba wagte nicht mehr, sich zu rühren. Dann ließ er sie los und stemmte seine Hände links und rechts neben ihren Schultern gegen die Mauer. Sie war gefangen. Seine Augen verdunkelten sich. Er beugte sich zu ihrem Gesicht. Mit seiner Zunge leckte er über ihre Lippen. Elbas Körper bebte.

»Ich will dich! Auf der Stelle!«, flüsterte er ihr mit verwegener, tiefer Stimme ins Ohr. Die heiße Luft seines Atems löste eine Gänsehaut auf ihrer Haut aus. »Und ich sorge dafür, dass du es auch willst!«, drohte er und grinste.

Seine Zunge wanderte den Hals bis zu ihrem Ohr hinauf, wo er sanft an ihrem Ohrläppchen saugte. Elbas Atmung beschleunigte sich. Ihr Unterleib begann sich zu regen. Dann biss er zärtlich zu. Sie schrie leise auf, aber diesmal nicht vor Schmerz.

Sie verstand nicht, was in ihr vorging, aber sie verstand, dass ihr Körper auf Aris' Körper mit einem eindeutigen Signal reagierte.

In diesem Moment kehrte Christian zurück ins Haus, um nach ihr zu sehen. Er starrte die beiden an und schüttelte verständnislos den Kopf, wandte sich aber umgehend wieder zum Gehen.

Wie peinlich!

Allerdings blieb Elba keine Zeit, sich weitere Gedanken darüber zu machen. Aris leckte über ihren Hals, dann schmeckte sie seine Zunge, welche Dinge mit der ihren anstellte, von denen sie nicht zu träumen gewagt hätte. Sie spürte, wie ihre Brüste sich spannten und ihr Unterleib nach ihm verlangte. Sie wollte die Beine um seinen Körper schlingen. Sie wollte ihn spüren. Sofort. Hier und jetzt.

Doch er ließ es nicht zu. Mit einem Knie drückte er ihre Beine auseinander und stellte sich fordernd zwischen sie. Hart und fest drängte er gegen ihren Unterleib. Wieder zogen sich ihre Muskeln zusammen, genau dort. Ihr Herz raste.

»Ich will dich. In meinem Bett. Sofort«, befahl er mit einem Unterton, der einfach unverschämt sexy klang.

Elba stockte der Atem. Er trat zur Seite und machte ihr den Weg frei. Sie folgte seinem Blick zur Treppe, die nach oben führte. Nach oben in sein Schlafzimmer. Nach oben in sein Bett. Ohne auch nur eine Sekunde nachzudenken, folgte sie seiner Forderung und lief hinauf.

Er folgte ihr nicht gleich, gab ihr einen süßen Vorsprung. Sie ließ sich auf das Bett fallen und hörte, wie von unten Musik erklang. Aris musste die Anlage im Wohnzimmer auf volle Lautstärke gedreht haben.

Und dann tauchte er im Türrahmen auf. Seine Augen brannten wie Feuer, als er sie ansah. Ein dunkles, ungezügeltes Verlangen loderte in ihnen. Er blieb an Ort und Stelle stehen, zog sein Shirt über den Kopf und ließ es fallen. Der Anblick seines nackten, muskulösen Oberkörpers bewirkte, dass sie scharf die Luft einsog.

»Zieh dich aus, ich will dich nackt«, er klang finster und sexy zugleich. Zum ersten Mal seit einer Ewigkeit umspielte ein verführerisches Grinsen seine Mundwinkel.

Elba konnte sich nicht rühren, war völlig fasziniert von ihm.

»Du willst also nicht gehorchen?«, fragte er grinsend, als sie keine Anstalten machte, sich auszuziehen.

»Bring mich dazu!«, entfuhr es ihr. Erschrocken presste sie sich die Hand vor den Mund. Sie konnte nicht fassen, dass sie das laut ausgesprochen hatte.

Aris hob eine Augenbraue und lachte dann. »Oh ja, das werde ich«, versprach er und kam bedrohlich wie ein Raubtier auf das Bett zu. »Komm her, du freches Ding!«

Er zog sie hoch, sodass sie vor ihm auf dem Bett kniete. Folgsam streckte sie die Arme nach oben, und Aris streifte ihr das Kleid über den Kopf.

Er umfasste ihre nackten Brüste, während er sie mit einem undeutbaren Blick ansah. Elba wimmerte leise. Wieder lächelte er. Jetzt war sie sich sicher: Zwischen ihnen war alles wieder in Ordnung.

»Ist das gut?«

Elba nickte atemlos. Ihr Mund hatte sich unwillkürlich geöffnet. Mit den Fingerspitzen umkreiste er rhythmisch und sanft ihre Brustwarzen. Ihre Atmung wurde heftiger.

Er drückte seinen Unterleib gegen sie. »Weiter?« Wieder nickte Elba keuchend. Er lächelte, beugte sich zu ihr und küsste sie langsam. Dann zog er mit einem Ruck ihre Beine nach vorn, sodass sie mit dem Hinterteil auf der Matratze landete und direkt vor ihm lag.

Er ließ sich vor ihr auf die Knie sinken. Den gesamten Weg nach unten sah er ihr vielversprechend in die Augen. Sie wagte kaum, zu atmen. Was hatte er vor?

Mit beiden Händen umfasste er ihr Becken. Langsam streifte er ihr Höschen ab, schob die Hände unter ihren Po, und ehe sie sich versah, hatte er sie vor bis zur Bettkante gezogen und hielt ihre gespreizten Beine fest. Als er sich hinabbeugte, kam er dem Eingang in ihr Inneres gefährlich nahe. Elba holte Luft. Aris grinste ein letztes Mal, dann neigte er sich vor und berührte mit der Zungenspitze vorsichtig diese winzige Stelle zwischen ihren Beinen. Elba stöhnte auf. Jetzt gab es kein Zurück mehr!

Er begann, mit kreisenden Bewegungen diese sensible Stelle ihres Körpers zu massieren. Elba lehnte sich zurück und krallte sich in der Bettdecke fest. Ihr gesamter Unterleib begann sich rhythmisch zusammenzuziehen, wieder und wieder. Ihr wurde so heiß, dass sie das Gefühl hatte, zu brennen. Sie spürte, wie eine Explosion in ihr ihre Kräfte sammelte. Ein unbeschreibliches Gefühl! Schweiß trat aus jeder Pore ihres Körpers.

Er hob den Kopf und fragte wieder: »Willst du, dass ich weitermache?«

»Ja!«, stieß sie hervor.

»Bist du sicher?«

»Ja, um Himmels willen, ja!«, keuchte sie. Wieder glitt seine Zunge über diese Stelle zwischen ihren Beinen.

»Was willst du, Liebes?«, fragte er dann unbarmherzig und zugleich unschuldig.

»Dich, ich will dich!«

Wieder leckte er über ihre erogene Zone. »Was willst du von mir?«

»Ich will dich, jetzt! Ich bitte dich, Aris!«

»Ja, das willst du«, flüsterte er zufrieden. »Und das will ich auch!«

Dann stand er auf und öffnete die Knöpfe seiner Jeans. Er spreizte behutsam ihre Beine mit seinen Händen, kam zu ihr aufs Bett und endlich, endlich drang er ganz langsam in sie ein. Ein kurzer, süßer Schmerz durchzuckte sie.

Er ließ sich Zeit, bis er sie vollkommen ausfüllte. Und als er begann, sich in ihr zu bewegen, stöhnte sie auf. Zuerst bewegte er sich ganz vorsichtig, zärtlich, schließlich fordernder und schneller. Er streichelte über ihr Gesicht und küsste sie intensiv.

Sie fühlte sich ihm so unendlich nahe, spürte, wie er immer und immer wieder gegen ihr Inneres stieß. Es fühlte sich an, als würden sie verschmelzen, eins werden – als würde die Welt um sie herum aufhören zu existieren. Ihre Steine begannen kräftig zu leuchten. So stark, dass ein grünliches Licht sie umhüllte, das sich schließlich rot färbte und bald in einem tiefen Blutrot erstrahlte.

Aris' Zunge glitt über die beiden kleinen Löcher der Bisswunde an ihrem Hals. Ein Schauer rieselte über ihren gesamten Körper. Sie fühlte sich vollkommen und ganz mit ihm verbunden. Und dann folgte das beängstigendste und gleichzeitig wunderbarste Empfinden, das sie jemals verspürt hatte. Sie kam. Lang und heftig. All ihre Muskeln spannten sich an, und sie explodierte in all ihre Einzelteile, zerfloss und fügte sich wieder zusammen, um in Aris' Armen Erlösung zu finden.

Dann wurde alles um sie schwarz, und sie fiel in einen friedlichen, erschöpften Schlaf.

12

»Aris!«

Tristan rannte ins Wohnzimmer. Irritiert betrachtete er die Musikanlage, aus der laute Töne dröhnten. Er schüttelte den Kopf, als ihm klar wurde, was das bedeuten könnte.

Schläfrig öffnete Aris die Augen. Doch noch bevor er aufstehen konnte, stürmte jemand in sein Schlafzimmer.

Tristan blieb abrupt stehen und starrte aufs Bett, wo Elba – offensichtlich nackt – neben Aris unter der Bettdecke schlummerte. Die Überraschung stand ihm untrüglich ins Gesicht geschrieben.

Aris sah ihn ruhig und gelassen an.

Sofort fing sich Tristan wieder und grinste. »Sorry, dass ich störe, aber ich brauche deine Hilfe!« Aris nickte.

Elba blinzelte. Als sie Tristan erkannte, vergrub sie verschämt das Gesicht an Aris' Schulter, der über ihr Haar streichelte und sie liebevoll auf die Stirn küsste. Sie hob das Kinn und schaute ihn verträumt an.

»Schlaf ruhig weiter, Elska min.« Er legte einen Kuss auf ihren Mund, dann stand er auf.

Es schien ihm in keiner Weise unangenehm zu sein, nackt vor Tristan durchs Zimmer zu spazieren. Seelenruhig suchte er die Kleidung zusammen und schlüpfte in seine Jeans.

Auch Tristan fühlte sich nicht im Geringsten veranlasst, den Raum zu verlassen. Als er Elba betrachtete, fielen ihm die Bissspuren an ihrem Hals auf. Er verdrehte die Augen. »Selbstbeherrschung ist gerade nicht so dein Ding, Aris, hm?«

Der lächelte verwegen. Er wirkte zufrieden, und Elba meinte, dass er beinahe glücklich aussah. Tristan schüttelte grinsend den Kopf. Im Anschluss verließen die beiden Männer das Zimmer.

Elba kuschelte sich in die Kissen. Sie musste lächeln, als sie daran dachte, was eben passiert war. Sie hatte mit Aris geschlafen. Einfach unbeschreiblich! Sie fühlte sich prächtig. Das leichte Ziehen an ihrem Hals nahm sie kaum wahr. Alles, was zwischen ihnen gestanden hatte, schien mit einem Mal geklärt zu sein.

Aber an Schlaf war nicht mehr zu denken. Sie ging ins Badezimmer, das direkt an Aris' Schlafzimmer anschloss, drehte das warme Wasser auf und stellte sich unter die Dusche. Die Wasserstrahlen kitzelten ihre empfindliche Haut. Sie genoss die Wärme, die sich in ihr ausbreitete. Das Duschgel roch nach ihm, nach Aris. Sie verteilte es über ihren ganzen Körper, und einmal mehr fühlte sie sich von ihm eingehüllt. Ein köstliches Gefühl.

Nachdem sie den Schaum wieder abgespült hatte, trocknete sie sich mit einem der flauschigen Handtücher aus dem Regal neben der Dusche ab und wickelte sich darin ein.

Als sie aus dem Badezimmer trat, stand Aris mitten im Raum. Er sah auf, und ein flaues Gefühl flatterte durch ihren Magen. Gott, er sah einfach großartig aus. Heiß und bedrohlich. Eine tödliche Mischung.

In seiner Hand hielt er ein dunkelblaues Kleid. »Ich habe mir gedacht, dass du bestimmt mal wieder etwas Neues anziehen möchtest!«

Wie fürsorglich.

Er küsste sie sanft. Dann blickte er besorgt auf ihren Hals. »Ich wollte dir nicht wehtun, Liebes. Ich wollte nicht so grob werden. Hoffentlich kannst du mir verzeihen.«

Und wie sie konnte! »Es ist nichts«, beruhigte sie ihn.

Er legte die Stirn in Falten.

»Wirklich nicht!« Sie stellte sich auf die Zehenspitzen und hauchte einen Kuss auf seine Lippen.

Immerhin hatte er ja diesmal auch nicht die Kontrolle verloren. Er hatte sie gebissen. Das war alles. Das kurze, warnende

Aufflackern in ihrem Unterbewusstsein erstickte sie sofort und schob seine erkalteten Überreste beiseite.

»Elska min«, flüsterte er mit rauer Stimme. »Es tut mir wirklich leid, dass wir nicht mehr Zeit füreinander haben. Aber Tristan braucht uns. Wir müssen mit ihm gehen.«

»Natürlich«, pflichtete Elba ihm unverzüglich bei. Tristan war die wichtigste Person in Aris' Leben.

Er küsste die Innenfläche ihrer Hand und schaute ihr dabei in die Augen. Sofort beschleunigte sich ihr Puls. Himmel, wie ihr Körper auf ihn reagierte! Dann gab er sie frei.

Nachdem sie sich angezogen hatte, begleitete Elba ihn nach unten.

Tristan saß breitbeinig auf dem Sofa im Wohnzimmer, die Arme lässig links und rechts auf der Sofalehne ausgebreitet. In seiner linken Hand hielt er zwischen Daumen und Zeigefinger ein Glas Bourbon.

Als Aris und Elba den Raum betraten, breitete sich ein unverschämtes Grinsen über sein gesamtes Gesicht aus. Elba war sofort klar, dass es ihr galt. Sie spürte, wie ihre Wangen sich röteten. Es war ein schiefes, schmutziges Grinsen. Ein Grinsen, das so viel hieß wie ›Willkommen in der Welt sexuell aktiver Vampire‹. Zumindest fasste Elba es so auf. Und sie war sich fast sicher, dass es auch genau so gemeint war. Es folgte ein kaum hörbares, spöttisches Lachen als Reaktion auf ihre Verlegenheit. Unvermittelt griff Aris nach ihrer Hand und zwinkerte ihr beruhigend zu.

»Nicht. Lustig.«, sagte Elba.

Tristan legte den Kopf zur Seite. »Ach, komm schon. Ein bisschen lustig ist es schon.«

Sie warf ihm einen strafenden, wenn auch nicht ganz ernst gemeinten Blick zu. Irgendwie war sie froh über Aris' Demonstration ihrer Zusammengehörigkeit. Und über seine Unbeschwertheit. Daher nahm sie es Tristan auch nicht sonderlich übel, dass er sich wieder einmal auf ihre Kosten amüsierte.

»Tristan hat vermutlich seinen Stein gefunden«, verkündete Aris. Unwillkürlich lächelte Elba.

»Und ein Mädchen!« Jetzt grinste Aris selbst belustigt. »Wir müssen ihn zu ihr begleiten.«

Das waren überaus gute Nachrichten! Elba freute sich aufrichtig. Alles schien sich zum Guten zu wenden. Nur irgendetwas in Tristans Gesicht passte nicht so recht zu dieser guten Nachricht und der Erleichterung, die Elba empfand. Was war es? Skepsis? Misstrauen? Angst? Sie blickte wieder zu Aris und stellte fest, dass dieser sich ebenso freute wie sie selbst.

»Nun, ich mag euren Optimismus. Ich teile ihn nicht! Aber ich *mag* ihn«, erklärte Tristan kopfschüttelnd und zog den rechten Mundwinkel hoch, während er die Augen zusammenkniff.

»Aber irgendetwas Merkwürdiges geht vor sich. Irgendetwas stimmt nicht. Natürlich. Wie sollte es auch anders sein?«

Er zuckte mit den Schultern. Aber hinter der aufgesetzten Lässigkeit konnte er seine Beunruhigung nicht so recht verbergen.

»Fahren wir also?«, fragte Elba gut gelaunt und schnappte sich Aris' Wagenschlüssel, der auf dem Tisch lag. Aris wollte nach dem Schlüssel in ihrer Hand greifen, doch Elba war schneller. »Ich fahre!«, rief sie lachend und flitzte zur Tür.

Die beiden Männer tauschten Blicke aus. Tristan hob wieder die Schultern, als er aufstand. Dann folgten sie Elba zu Aris' Dodge.

Sie kletterte in den Wagen, stellte den Sitz auf ihre Größe ein und startete den Motor. Tristan, der auf der Rückbank saß, sagte ihr den Weg an. Gleichzeitig berichtete er von seinem seltsamen Erlebnis.

»Meint ihr denn, dass wir in der Dunkelheit den Weg finden?«, überlegte Elba.

Aris, der neben ihr saß, presste die Lippen zusammen. Sie sah ihm an, dass er ebenfalls Zweifel hegte.

»Die Frage ist nicht unberechtigt, Tristan«, sagte er und drehte sich nach ihm um. »Vielleicht sollten wir bis morgen warten. Auf das Tageslicht.«

Tristans Miene verfinsterte sich. »Es wird schon gehen!«

Skeptisch hob Aris die Augenbrauen, wandte sich aber ohne Widerspruch wieder nach vorne.

Sie fuhren die Forststraße, die sich endlos hinzuziehen schien, den Berg hinauf. Ganz oben am Plateau stand bereits der Mond am Nachthimmel. Unmengen schwarzer Vögel kreisten über ihnen. Elba gruselte ein wenig bei dem Anblick der unheimlichen kreischenden Tiere, die den Mond verehrend umflatterten. Wollten die Vögel sie anlocken oder verschrecken? Jedenfalls erzeugte ihre Anwesenheit eine gehörige Unruhe bei diesen schaurigen Krähen.

Es dauerte nicht allzu lange, bis sie die kahle Eiche ausmachten. Tristan bedeutete Elba, das Auto anzuhalten.

Als sie ausstiegen, kramte Aris eine Taschenlampe aus dem Handschuhfach, schaltete sie ein und reichte sie Tristan. Der ging voran zu dem blätterlosen Baum, dessen kahle Äste in den mondhellen Nachthimmel ragten. Er strich über die Eichenrinde und drehte die Finger dann im Licht der Taschenlampe. Elba staunte, als sie erkannte, dass seine Fingerspitzen mit einer blutähnlichen Flüssigkeit überzogen war.

»Yep, wir müssen hier lang!« Tristan leuchtete in den dicht bewachsenen Wald.

Elba fühlte sich nicht besonders wohl bei dem Gedanken, unter dem grauenhaften Geschrei der Krähen in das dunkle Dickicht zu steigen. Sie kniff die Augen zusammen, konnte aber keinen Weg erkennen.

»Bereit?«, fragte Tristan.

Aris griff nach ihrer Hand und zog Elba an sich heran. Dann nickte er, und sie gingen los.

So gut es ihnen möglich war, versuchten Tristan und Aris, die struppigen, widerspenstigen Äste zu teilen. Bei jedem Schritt knackte und krachte es beängstigend. Elba konnte in der Dunkelheit überhaupt nichts sehen, das Licht aus Tristans Taschenlampe beleuchtete nichts als Gestrüpp und Geäst. Bald verlor sie sich in einer dunklen Orientierungslosigkeit. So fest sie konnte, schloss sie die Finger um Aris' starke Hand, ihren einzigen Anhaltspunkt. Sie verlor jegliches Zeitempfinden. Es kam ihr vor, als kämpften sie sich bereits eine Ewigkeit durch das heillose Schwarz. Sie mussten kreuz und quer durch den Wald irren. Elba glaubte nicht, dass sie jemals irgendwo ankommen würden. Vielmehr beschlich sie das untrügliche Gefühl, dass sie sich hoffnungslos verirrt hatten.

Sie fragte sich, ob Aris und Tristan ebenso empfanden, oder ob die beiden mit ihren Instinkten und Sinnen wesentlich besser mit dieser Situation zurechtkamen als sie. Doch dann fiel ihr wieder ein, dass Tristan den Weg nur allein finden konnte. So stand es in dem Buch. Alleine konnte er Área aber anscheinend nicht aus dem Wald holen. Sie steckten in der Zwickmühle!

Mit einem Mal hielt Aris an. »Tristan!«, rief er, damit dieser stehenblieb. »So wird das nichts!«

»Bestimmt haben wir es gleich geschafft!«

»Nein, Tristan!«, entgegnete Aris ruhig, aber bestimmt.

»Ach, komm schon, wir können jetzt nicht aufgeben!« Auch wenn kein Vogel zur Stelle war, um ihm zu helfen, und auch wenn es selbst für seine Augen viel zu dunkel war, um irgendwelche Anhaltspunkte auszumachen, die ihn an den Weg erinnerten: Er würde jetzt gewiss nicht umkehren.

Nach einer kurzen Denkpause stieß Aris ein zischendes, unverständliches Fluchen aus. »Elba?«, fragte er dann. »Elska?«

»Ja?«, antwortete sie unsicher. Was hatte er vor?

»Hör mir gut zu! Ich weiß, dass es zu früh ist, aber wir brauchen jetzt deine Hilfe.«

Wie sollte sie ihnen denn bitte helfen können?

Er zog sie näher an sich heran und legte seine Hand auf ihr Herz. Er blickte nach oben zum Himmel und atmete tief und lange ein. Elba fühlte, wie eine warme Energie sie durchströmte. Der Stein an ihrem Kettchen und der an Aris' Armreif begannen zu leuchten. Die Wärme, die ihr Herz durchzog, wurde immer heißer. Fragend sah Elba ihn an.

»Nicht nachdenken, Liebes! Lass es einfach zu. Lass dich fallen.«

Doch Elba fühlte sich nicht wohl in dieser befremdlichen Situation.

»Positive Energie funktioniert wohl noch nicht«, mischte Tristan sich ungeduldig ein. Er stieß einen scharfen Seufzer aus. »Versuchen wir es also mit negativer!«

Er neigte den Kopf kurz zu Boden, dann legte er los: »Wie war das denn heute Abend mit euch beiden? Euer erstes Mal, meine ich. War es schön für dich?«

Elba starrte ihn fassungslos an.

»Schöner, süßer Blümchensex? War er denn auch zärtlich, der große, starke Aris?«

»Tristan!«, ermahnte Aris ihn, aber der ließ sich nicht beirren.

»Oder war er grob und ungehobelt, so, wie er es mag? Darauf steht er nämlich! Auf schmutzigen, dreckigen Sex. Er mag es hart und heiß!« Tristan lachte schallend. »Hat er dich so richtig rangenommen?«

Elba wurde schlecht. Was sollte denn das jetzt?

»Wohl nicht, oder? Meinst du, dass ihm das Spaß gemacht hat? Denkst du, dass es gut für ihn war? Oder hat er es nur gelangweilt hinter sich gebracht? Aber vielleicht bist du ja auch eher von der wilden Sorte!«

Tristan blickte genervt nach oben. Doch dann fuhr er fort: »Ja, ich wette, dass du es hart magst. Das wolltest du doch auch von mir. Dass ich es dir ordentlich besorge! Hast du es ihm richtig gegeben?«

Was zur Hölle sollte das? Sie standen orientierungslos mitten in einem gespenstischen Wald, und ihm fiel nichts Besseres ein, als seine perverse Neugier auszuleben?

Elba merkte, dass sie langsam stocksauer wurde. Was nahm er sich heraus, so mit ihr zu sprechen? Wie widerlich konnte er denn eigentlich sein? Im Grunde waren sie nur seinetwegen in diesen Schlamassel geraten. Und sobald Schwierigkeiten auftauchten, brannten ihm gleich wieder die Sicherungen durch, und er musste die Gefühle, mit denen er selbst nicht umgehen konnte, an jemand anderem auslassen! Sie nahm kaum wahr, dass ein pfeifender Wind aufkam, dem sich die Äste knarrend beugten.

»Aris!«, rief Tristan laut, woraufhin dieser den Druck seiner Hand auf Elbas Brust verstärkte.

Es donnerte schallend. Der Sturm wirbelte lautstark durch den Wald und zerrte an ihrem Haar.

Dann lachte Tristan wieder. »Ich glaube, du bist unglaublich im Bett, Täubchen! Fast wie eine Professionelle!«

Elba wurde so unglaublich wütend auf Tristan, dass sie das Gefühl hatte, gleich zu explodieren. Ein unbändiger Zorn brodelte in ihr. Sie wollte sich von Aris losreißen und Tristan ins Gesicht springen.

Doch Aris ließ nicht locker. Ein gewaltiger Blitz erhellte die Nacht. Er presste Elba an sich. »Hör nicht auf ihn, Liebes, es war wunderschön! Überwältigend!« Mit großen Augen sah er sie durchdringend an, sodass sie alles um sich herum vollkommen vergaß und sich in ihnen verlor.

»Eins zu sein mit dir ... Hast du sie auch gefühlt, diese starke Verbindung zwischen uns?«

Seine Stimme klang verführerisch. Er küsste sie. Elbas Körper bebte vor Erregung bei der Erinnerung an ihre Vereinigung. All ihre Sinne flehten und bettelten um Wiederholung. Und mit einem Mal verebbte das Unwetter. Der Sturm legte sich, und der Mond begann so weiß zu strahlen, dass es taghell wurde.

»Na, wer sagt's denn? Geht doch!«, rief Tristan erfreut aus. »Nicht böse sein, Süße!«, bat er Elba unschuldig, zuckte schuldbewusst mit den Schultern und zwinkerte ihr zu.

Verwirrt starrte sie ihn an.

»Das ist unser Ding!«, lachte er und deutete mit der Hand zwischen sich und ihr hin und her. Dann lief er los.

Elba kapierte nicht, was er meinte. Da hob Aris sie jedoch schon auf seine Arme und rannte Tristan hinterher.

Als sie an der Lichtung am See ankamen, ließ der Mondenschein nach, und der Platz vor ihnen war nur noch matt beleuchtet. Aris setzte Elba ab und legte einen flüchtigen Kuss auf ihr Haar. »Gut gemacht, Liebes!«, lobte er sie.

Was hatte sie denn getan? *Natürlich!* Die beiden hatten sie dazu gebracht, ihre Energie mit Aris zu verbinden und so mit ihm gemeinsam die Naturgewalten zu beeinflussen.

Aber nichts von alldem hatte sie selbst vollbracht. Dennoch verspürte sie eine Art berauschendes Machtgefühl. Abartig, was mit ihr passierte. Sie konnte immer noch nicht fassen, wozu sie fähig zu sein schien. Gleichzeitig ärgerte sie sich ein wenig, wie leicht es Tristan fiel, sie zur Weißglut zu treiben.

Und plötzlich meinte sie, zu verstehen: Das war »ihr Ding«! Das hatte Tristan damit ausdrücken wollen: Es war ein lustiges Spiel für ihn, ihre Gefühle mit wenigen Worten zu beeinflussen. Seine wie auch ihre Emotionen bewegten sich rasend schnell von spitzen Höhepunkten zu abgründigen Tiefen und wieder zurück. Dadurch wusste er auch so gut, wie er ihre Gefühle steuern konnte. Weil sie sich in diesem Punkt so ähnlich waren.

Tristan eilte am Ufer des Sees entlang, und Aris folgte ihm mit energischen Schritten. Elba lief ihnen hinterher, ganz und gar nicht darüber erfreut, dass Tristan an der gegenüberliegenden Seite wieder im Wald verschwand. Sie verspürte wirklich nicht die geringste Lust, sich wieder in die trostlose Dunkelheit zu begeben. Allerdings wollte sie auch nicht allein zurückbleiben, und so beschleunigte sie ihre Schritte, um nicht den Anschluss zu verlieren. Sie holte Aris ein, und ganz selbstverständlich nahm er wieder ihre Hand, als sie sich in den Wald begaben.

Froh stellte Elba fest, dass dieser Teil des Waldes nicht so dicht bewachsen war wie der, durch den sie sich zuvor gekämpft hatten. Er wirkte überhaupt wesentlich freundlicher. Große Nadelbäume teilten sich den Raum mit riesigen Laubbäumen. Nach geraumer Zeit konnten sie auch schon ein dumpfes Licht ausmachen, das von den Fenstern eines kleinen Häuschens herrührte. Elba wunderte sich, dass in dieser einsamen, abgelegenen Gegend jemand wohnte.

Als sie an der Hütte ankamen, klopfte Tristan gegen die große Holztür. Niemand öffnete. Er klopfte abermals und drückte dann die Türe einen Spalt auf, um vorsichtig hineinsehen zu können.

»Área?«

Das Haus schien leer zu sein. Sie traten ein.

»Irgendjemand zu Hause?«, rief er und drehte sich im Kreis. Keine Antwort.

Elba sah sich um. Das Licht im Inneren wurde lediglich von einer Vielzahl verschiedener Kerzen erzeugt. An der Decke hing keine einzige Lampe. Sie vermutete, dass der Strom aus der Zivilisation nicht bis hierher an diesen verlassenen Ort reichte.

Tristan ging zur Tür eines Zimmers, das an den Hauptraum angrenzte, und öffnete zaghaft. »Área?« Er trat in das winzige Schlafzimmer. Aber auch dort war niemand zu finden.

Aris und Elba beobachteten ihn still. Ein Anflug von Verzweiflung schlich sich in Tristans Gesicht. Sein Anblick war mitleiderregend. Seine ebenmäßige Haut wirkte im Kerzenschein noch makelloser als sonst, die grünblauen Augen leuchteten intensiv in dem flackernden Licht. Er stöhnte und rieb sich über den Dreitagebart an seinem Kinn.

Als er sich durch das tiefschwarze Haar fuhr, erinnerte er an ein Kind, das befürchtete, seine Eltern hätten es vergessen. Der vertraute Schmerz des Verlassenwerdens, den seine Züge widerspiegelten, löste in Elba das Bedürfnis aus, ihn in den Arm zu nehmen und zu trösten. Der Facettenreichtum der Mimik, welche die Gefühle in seinem Gesicht auslösten, war faszinierend und mitreißend. Sie kannte keinen Menschen, dessen Empfindungen sich so deutlich an seinem Äußeren manifestierten, wie dies bei Tristan der Fall war.

Genau in diesem Augenblick hörten sie das Wiehern von Pferden vor dem Haus, und die Erleichterung war Tristan deutlich anzusehen.

Kurz darauf betrat ein feenähnliches Geschöpf den Raum. Elba musste den Atem anhalten. Das blonde Mädchen sah aus wie eine Elfe, die direkt aus einem Märchen entschwebt war. Was für eine Schönheit! Und sie hatte nur Augen für Tristan.

»Ich bin da!« Ihr Lächeln strahlte wie ein Sonnenaufgang, der über ihr Gesicht aufstieg und mit seiner Leuchtkraft jede Dunkelheit vertrieb.

Elba beobachtete mit Erstaunen Tristans unwillkürliche Reaktion: Er erstarrte in unverwandter Bewunderung. Diesen Gesichtsausdruck hatte sie noch niemals zuvor bei ihm gesehen. Sie verstand jetzt die Aufregung und die kindliche Begeisterung bei seinen Erzählungen über Área.

Als er sich wieder gefangen hatte, lächelte er zurückhaltend. Niemand außer ihm und diesem Feenwesen schien auf der Welt zu existieren.

Das Mädchen ging auf Tristan zu und legte ihm die Hand an die Wange. »Ich bin da«, flüsterte sie nochmals.

Elba bemerkte, wie Tristans Ring blau zu strahlen begann. Er hatte recht gehabt: Sie war es. Die Erlösung seines Sehnens, der Schatz, den er gesucht hatte. Der Schutz, die Rettung. Immerhin stand fest, dass sie den gleichen Stein trug wie er selbst.

Aber wie konnte das sein? Elba war sich sicher, dass Mathilda keine Blutsverwandten gehabt hatte. Wie war es also möglich, dass es eine weitere Steinträgerin gab? – Aber was brachte es schon, sich noch über irgendetwas zu wundern!

»Dem Himmel sei Dank«, stieß Tristan leise aus. »Ich habe mir das alles nicht nur eingebildet.«

»So misstrauisch? So ungläubig? Das musst du nicht sein«, gab das Mädchen zurück.

Ihre Stimme klang wie flüssiges Gold. Und es wirkte, als würden sie und Tristan sich bereits seit einer Ewigkeit kennen. Eigenartig!

»Das sind meine Freunde«, sagte Tristan. »Aris und Elba.«

Das Mädchen lächelte sie an. »Área.«

Aris reichte ihr die Hand.

»Du bist wie er«, sagte sie. »Beinahe ...«

Elba war überrascht.

»Du bist stark. Und mächtig. Wie ein Löwe.«

Aris nickte.

»Du bist mächtiger als das Unheil, das dir verkündet ist.«

»Welches Unheil?«, fragte Aris, aber Elba hatte den Eindruck, dass er selbst ganz genau wusste, wovon sie sprach.

»Das weiß ich nicht. Aber du weißt es«, antwortete sie. Aris runzelte die Stirn. Ihr Blick schweifte zu Elba. »Ihr gehört zusammen?« Wieder nickte Aris. »Und was führt euch hierher?«, fragte sie.

»Du führst uns her«, entgegnete Aris ernst.

»Ich?«

»Darf ich deinen Stein sehen?«, wollte Aris wissen, ohne auf ihre Frage einzugehen.

Sie zog die Kette mit dem Stein unter ihrem Kleid hervor.

»Was ist das für ein Stein?«, fragte Aris.

»Ein Aquamarin.«

»Kannst du ihn mir geben?«

»Nein. Es geht nicht.«

»Warum nicht?«

»Ich kann nicht.«

»Darf ich es probieren?«

»Nein. Niemand außer mir kann ihn anfassen.«

Aris überlegte. »Wollen wir uns setzen?«, schlug er schließlich vor und blickte auf den Holztisch im Raum.

»Natürlich.« Área lächelte freundlich.

»Mein Freund Tristan wünscht sich, dass du mit uns kommst«, erklärte Aris, nachdem sie alle Platz genommen hatten.

Área nickte. »Ich weiß.«

»Tust du ihm den Gefallen und begleitest uns in unser Haus? Als unser Gast.«

»Nein, ich kann nicht.«

»Du kannst nicht mit ihm gehen?«

»Nein.«

Aris stützte die Ellbogen auf den Tisch und verschränkte die Hände vor dem Mund. Área sah ihn erwartungsvoll an. »*Möchtest* du mit ihm gehen?«

»Ja!«, bestätigte sie strahlend.

»Aber du kannst nicht?«

»Nein.«

»Und weshalb nicht?«

»Ich weiß es nicht.«

»*Möchtest* du es denn wissen?« Aris versuchte, in ihren Augen zu lesen. »Darf ich dir helfen?«

»Ja«, antwortete sie ein wenig irritiert.

Aris richtete sich an Tristan. »Komm mal rüber zu uns.«

Tristan stand auf, nahm seinen Stuhl und setzte sich neben Área, gegenüber von Aris, wieder hin.

»Darf mein Freund dich berühren?«

Área stimmte zögerlich zu. Tristan rückte den Stuhl hinter sie und legte die Hände an ihre Schläfen. Ihr Körper entspannte sich.

Elba fragte sich, was die beiden vorhatten.

»Irgendjemand war in ihrem Kopf. Oder *irgendetwas*«, erklärte Aris.

Elba verstand nicht so recht. Wie meinte er denn das bitte?

»Irgendjemand hat ihr Verhalten manipuliert, und ihre Erinnerung.«

»Wächter?«, überlegte Tristan.

»Nein, ich denke nicht, dass sie dazu fähig wären. Und ich glaube auch nicht, dass ihre Moral solch eine Einmischung dulden würde.«

»Kannst du das wieder rückgängig machen?«, wollte Tristan wissen.

»Hängt davon ab, wie tief greifend die Beeinflussung war. Aber die Verhaltensblockade sollte sich zumindest dahingehend lösen lassen, dass sie einwilligen kann, mit uns zu kommen. Bereit?«

Tristan nickte und verstärkte den Druck seiner Hände.

»Ich möchte, dass du dich vollkommen entspannst, Liebes«, wies Aris sodann Área an.

Elba zuckte. Ein kleiner Stich bohrte sich durch ihr Herz, als Aris ihr Kosewort für eine andere Frau verwendete.

»Du fühlst dich leicht wie eine Feder«, fuhr er fort und sah Área tief in die Augen. »Ich werde jetzt bis hundert zählen. Und ich möchte, dass du bei jeder geraden Zahl die Augen schließt und bei jeder ungeraden wieder öffnest. Hast du mich verstanden, Liebes?«

Wieder dieser Stich.

Área nickte langsam, und Aris begann, rhythmisch und gleichmäßig zu zählen. »Eins.« Pause »Zwei.« Área schloss ihre Lider. »Drei.« Sie öffnete sie wieder. »Vier.« Sie schloss die Augen. »Fünf.« Sie öffnete sie wieder. »Sechs.« Sie schloss die Lider. »Sieben.« Sie öffnete sie. »Acht.« Augen zu. »Neun.« Augen auf.

Elba spürte, wie sie selbst müde wurde. Schon nach kurzer Zeit hatte sie Mühe, ihre Augen offen zu halten und nicht einzuschlafen. Plötzlich zuckte sie zusammen. Hatte Aris vor, das Mädchen zu hypnotisieren? Und mit einem Schlag war ihr auch klar, warum Tristan ihren Kopf hielt.

Sie erinnerte sich, welch entspanntes Gefühl Aris' Berührung in ihr auslöste. Wie er scheinbar ihren Herzschlag beeinflussen konnte. Es war unmöglich, sich dieser Kraft zu entziehen. Und Tristan musste die gleiche Wirkung auf Área haben.

Aris zählte unaufhörlich weiter, und zusehends verfiel Área in einen tranceähnlichen Zustand. Je tiefer sie in die unaufhaltsame Entspannung fiel, desto heller begannen die Aquamarine zu leuchten, bis der gesamte Raum in ein zartes Blau gehüllt war. Sobald Aris bei hundert angekommen war, begann er, mit monotoner Stimme die Informationsverarbeitung von Áreas Gehirn zu beeinflussen.

Elba war sich nicht ganz schlüssig darüber, ob sie es gutheißen konnte, dass die beiden in das Unterbewusstsein eines anderen Menschen eindrangen.

Schließlich startete Aris damit, einige Fragen zu stellen. Beispielsweise wollte er erfahren, was oder wer Área verbot, diesen Ort zu verlassen oder wie der Stein an ihrer Kette in ihren Besitz gekommen war. Schnell stellte sich jedoch heraus, dass sie darauf keine Antworten erhalten würden. Daher ging Aris dazu über, mit der Suggestion des Verhaltensmusters zu beginnen, das die beiden von Área wünschten.

»Ich möchte, dass du mit uns kommst. Ich möchte, dass du diesen Ort verlässt. Ich möchte, dass du Tristan begleitest und bei ihm bleibst. Ich möchte, dass du dich mit ihm verbindest und ihn schützt. Du willst mit uns kommen. Du willst diesen Ort verlassen. Du willst Tristan begleiten und bei ihm bleiben. Du willst dich mit ihm verbinden und ihn schützen.« Letztendlich forderte er: »Du wirst mit uns kommen. Du wirst diesen Ort verlassen. Du wirst Tristan begleiten und bei ihm bleiben. Du wirst dich mit ihm verbinden und ihn schützen.«

Er forderte sie dazu auf, seine Worte zu wiederholen, und sie tat es widerstandslos. Dann holte er sie mithilfe der Zahlen wieder langsam zurück in die Realität. Er zählte von hundert rückwärts und je näher er der Eins kam, desto häufiger betonte er, dass sie sich nach dem Erwachen frisch und erholt fühlen würde.

Und genauso geschah es. Sie erwachte frisch und munter und lächelte.

Tristan löste seine Berührung, das blaue Licht erlosch, und er sah Aris fragend an. Dieser deutete ihm zuversichtlich, Área anzusprechen.

Tristan nahm ihre Hand und sagte: »Área, ich bitte dich, mit uns zu kommen. Wirst du uns begleiten?«

Ein Anflug von Angst stand in seinen Augen. Angst vor Zurückweisung. Angst, dass das Leben ihm, wie sonst auch, übel mitspielen würde.

Doch Área bestätigte sofort: »Ja, ich werde mit dir kommen!«

Tristans angespannte Züge formten sich zu einem erleichterten Lächeln.

Aris musterte Elba. Sie sah müde aus. Die Ellbogen stützte sie auf der Tischplatte ab, das Gesicht hatte sie in beide Hände vergraben.

»Wie geht es dir, Elska min? Bist du sehr erschöpft?«

Langsam schüttelte sie den Kopf. »Es geht schon.«

Aris ging zu ihr und legte eine Hand auf ihre Schulter, beugte sich vor und küsste sie auf ihr Haar. »Die Anwendung deiner Kräfte kostete dich viel Energie.« Er sah Tristan an.

»Es ist dringend notwendig, dass du das mit ihr trainierst«, sagte der. »Sie muss stärker werden und lernen, ihre Energie richtig einzuteilen. Wenn sie Duris noch mal begegnet, muss sie ihre Kräfte gezielter einsetzen können. Es ist sonst zu gefährlich. Für alle von uns. Wir können nicht immer auf sie aufpassen.«

»Du hast recht«, stimmte Aris ihm zu.

»Duris?«, flüsterte Área, als versuchte sie, sich an irgendetwas zu erinnern. »Das ist das Unheil, das ihr fürchtet?«

Verwundert schaute Tristan sie an. In ihren Augen spiegelte sich eine unergründliche Furcht. »Kennst du diesen Namen?«, fragte er. Área verneinte, doch Tristan bemerkte, dass sich auf ihren Unterarmen eine Gänsehaut gebildet hatte. Er warf Aris einen vielsagenden Blick zu.

»Ich weiß«, bestätigte dieser. »Irgendetwas stimmt hier nicht. Ich habe das gleiche Gefühl wie du. Wir finden heraus, was es ist.«

»Die Wächter?«

Schon wieder sprachen die beiden von etwas, dem Elba nicht folgen konnte. Die zwei verstanden sich ohne viele Worte.

»Ich bin mir nicht sicher«, antwortete Aris. »Wir holen Christian, sobald wir zurück sind. Aber vorher brauchen wir Schlaf. Wir warten aufs Tageslicht. Hier wird uns nichts geschehen.«

Es war Tristan anzusehen, dass er sich dessen nicht so sicher war.

»Wir gehen morgen früh«, beschloss Aris. »Wenn du erlaubst, werden wir in deinem Haus übernachten, Área.«

»Natürlich«, entgegnete sie. »Ihr seid herzlich willkommen. Ich bringe euch einige Decken.« Sie verschwand in das kleine Schlafzimmer.

Tristan atmete hörbar aus. Er hatte Aris nicht widersprochen, aber es war nur allzu deutlich zu erkennen, dass er nicht unbedingt einverstanden war, die Nacht hier im Wald zu verbringen.

Aris klopfte ihm auf die Schulter. »Hab Geduld. Es ist besser so. Es ist momentan zu gefährlich, mit den beiden Mädchen in der Nacht umherzulaufen. Elba ist zu ausgelaugt, um ihre Kräfte noch mal einzusetzen, und Gott weiß, was mit Área nicht stimmt. Duris hat mit Sicherheit schon seinen nächsten Schlag geplant, und sie wären allzu leichte Opfer.«

»Es gefällt mir nicht, dass wir immer nur abwarten«, brummte Tristan. »Wir müssen aktiv werden. Wir müssen etwas gegen ihn unternehmen. Wir –«

In diesem Moment kam Área zurück. Sofort verstummte Tristan. Seine Lippen jedoch blieben einen winzigen Spalt geöffnet, als ob er vergessen hatte, was er sagen wollte.

Auf Áreas Armen stapelten sich mehrere Wolldecken. Aris nahm sie ihr ab. »Danke, Liebes.« Er begann, die Decken als Schlafunterlagen auf dem Holzboden auszubreiten.

Tristan beobachtete jede von Áreas Bewegungen. Sie half Aris, aus den Decken und Polstern ein gemütliches Lager für die Nacht zu bauen.

Als Área sich nach Tristan umwandte, blickte er aus einem der kleinen Fenster in die Nacht hinaus. Sie ging zu ihm und flüsterte: »Mach dir keine Sorgen. Die Pferde warnen uns, wenn ein Unheil bevorsteht. Du kannst beruhigt schlafen. Sie sind ganz ruhig und gelassen.«

Ihre Hand streifte wie zufällig Tristans Unterarm. Unwillkürlich stellten sich seine Haare darauf ein kleines bisschen auf. »Nein, ich bleibe wach und passe auf. Legt ihr euch schlafen.«

Er stellte einen der Stühle ans Fenster, setzte sich und streckte die Beine aus. Einen kurzen Augenblick hing sein Blick nachdenklich an der Decke. Er fuhr sich durch das pechschwarze Haar.

Auch Elba war nicht ganz wohl dabei, sich auf den Fußboden zu legen.

Doch Aris ließ sich schon auf dem Lager nieder, das er bereitet hatte. »Komm her, Elba. Du musst dich nicht fürchten. Wir bleiben alle zusammen, das ist am sichersten.«

Nach kurzem Zögern legte sie sich neben ihn auf den Fußboden. Er umarmte sie und küsste sie auf die Stirn. In seinen Armen war es warm. Und sicher. Umgehend fühlte sie sich geborgen und beschützt, niemals würde ihr hier ein Leid geschehen. Nicht, solange er bei ihr war.

Área löschte alle Kerzen bis auf eine einzige, die auf dem Holztisch stand. Dann ließ sie sich neben Aris und Elba auf die Decken sinken. Still beobachtete sie Tristan.

Er drehte sich nach ihr um und erwiderte ihren Blick. Nach einer gefühlten Ewigkeit neigte er schließlich den Kopf zur Seite, dann stand er auf, ging zu ihr und hockte sich neben sie auf den Boden.

»Warum schläfst du nicht in deinem Bett?«, fragte er leise.

»Ich muss dich schützen«, gab sie zurück und lächelte fast unmerklich. »Das kann ich besser, wenn ich dich sehe. Und wir sollten Aris vertrauen. Er ist der Mächtigste unter uns, und wenn er meint, wir sollen zusammenbleiben, sollten wir das tun.«

Tristan kniff die Augen zusammen. So, als könnte er sich dadurch in Áreas Kopf bohren und in ihrem Innersten lesen.

»Er hat die Kontrolle. Er wird sie immer haben. Er ist geboren, um zu führen. Solange wir bei ihm sind, brauchst du dir keine Gedanken zu machen. Das ist kein Kontrollverlust. Er hat die Kontrolle, und zwar für uns alle. Er weiß, was zu tun sein wird.«

Ihre Stimme klang zuversichtlich. Die Worte kamen so wahnsinnig selbstverständlich über ihre Lippen. Wie war das möglich? Tristan runzelte die Stirn und betrachtete Áreas Gesicht.

Hatte er das Gefühl, dass sie irgendetwas wusste?

Doch schließlich kehrte er wieder zu seinem Fensterplatz zurück. Wahrscheinlich war ihm klar, dass er sowieso nicht schlau aus ihr werden würde. Zumindest nicht jetzt.

In dem kleinen Fenster spiegelte sich das flackernde Feuer der Kerze. Unter den gleichmäßigen Atemzügen brannte das Licht langsam hinunter, bis es erlosch und die Dunkelheit der Nacht alles in ihr Schwarz hüllte.

Draußen im Wald waren die Rufe der Eulen zu hören, und hin und wieder ein Rascheln. Vermutlich Wild, das durch den Wald streifte.

Am nächsten Morgen erwachte Elba bei den ersten Strahlen des Tageslichts. Sie blinzelte müde. Neben ihr schlief Aris tief und fest, seine Züge wirkten entspannt und friedlich. Ein ungewöhnlicher Anblick. Sie kuschelte sich an seinen warmen Körper und ihr Mund suchte seine Lippen. Ohne die Augen zu öffnen, erwiderte er zärtlich ihren Kuss. Sie schmiegte sich an ihn und schlang hingebungsvoll ein Bein um seine Hüfte. Lächelnd legte er die Hand auf ihre Wange und streichelte über ihre Haut, als sie ihn näher an sich herandrückte. Ein herrlich ungezügeltes Gefühl flammte in ihrem Körper auf.

Sie fühlte sich vollkommen erholt und topfit. Sogar mehr als nur das. Ihr Körper und ihr Geist waren voller Tatendrang. Aris' Kuss wurde fordernder. Und als sie drohten, sich gänzlich zu vergessen – zu vergessen, wo sie waren, zu vergessen, dass sie nicht alleine waren –, wurden sie durch Tristans Ausruf aus ihrer Zweisamkeit gerissen.

»Verdammt! Wo ist sie?« Er kam quer durchs Zimmer zu ihnen gestürmt.

Jetzt erst bemerkte Elba, dass Áreas Platz neben ihr leer war.

Tristan beugte sich hinunter und griff auf die Decke. Er war sichtlich verärgert darüber, dass er auf seinem Stuhl am Fenster eingeschlafen war. »Die Decke ist bereits kalt. Sie muss schon länger weg sein! Wie kann es sein, dass wir das nicht gemerkt haben? Warum haben wir nicht gehört, dass sie aufgestanden ist?«

Als Elba anfing, zu überlegen, was der Aufstand sollte, fiel ihr ein, dass die beiden Vampire über wesentlich stärker ausgeprägte Sinne verfügten als sie selbst. Natürlich hätten sie hören müssen, dass Área das Haus verlassen hatte.

Tristan riss die Haustür auf und lief nach draußen. Hektisch blickte er sich um, Áreas Pferde waren ebenfalls verschwunden. Er rannte los, rannte durch den Wald, zwischen den Bäumen hindurch bis zur Lichtung am See. Die helle Morgensonne blendete ihn. Er musste innehalten und sich orientieren.

Das Wasser des Sees glitzerte im Morgenlicht. Áreas Pferde grasten friedlich auf der Lichtung. Tristan lief ans Ufer und suchte unruhig mit den Augen die Umgebung ab. Sein Blick schweifte über den klaren See, als Área mit einem Mal aus der Wassermitte auftauchte. Sie schien zu lächeln und winkte Tristan zu, in der Hand hielt sie einen kleinen schwarzen Gegenstand.

Sie schwamm auf das Ufer zu, und Tristan beobachtete mit offenem Mund, wie sie sich aus dem Wasser erhob. Ihre Erscheinung glich einer bezaubernden, märchenhaften Meerjungfrau: Das Kleid, auf dem die Nässe schimmerte, wirkte beinahe durchsichtig und verhüllte die Konturen ihres Körpers nicht mehr. Ihre Haut glitzerte in der Sonne. Wahrscheinlich eine Sinnestäuschung durch die Wasserperlen, die von der Sonne getroffen wurden. Fassungslos starrte er sie an. Er war überwältigt von dem Anblick und musste tief Luft holen, in seinen Augen standen Angst und Bewunderung gleichermaßen. Seine eigene körperliche Reaktion überforderte ihn – mit diesem Überschwang an Gefühlen konnte er kaum umgehen.

Área gönnte ihm jedoch keine Atempause. Als sie aus dem Wasser gestiegen war, bewegte sie sich leichtfüßig auf ihn zu. Sie strahlte so unschuldig und lebensfroh, als gäbe es rein gar nichts Böses auf dieser Welt, als gäbe es nichts und niemanden zu fürchten. Wie ein Kind, dem noch nie ein Leid widerfahren war. Wie das Gute selbst.

Er erkannte jetzt den Gegenstand in ihrer Hand. Es war sein Handy, das er im See verloren hatte.

Die goldenen Sprenkel in ihren grünen Augen funkelten. »Ich glaube, es ist hinüber«, sagte sie grinsend.

Er fand keine Worte.

Sie blieb stehen und musterte ihn. »Wie die Sonne deine Schönheit zum Strahlen bringt ...«, meinte sie dann beiläufig.

Er war vollkommen überrumpelt von dieser Aussage.

»Möchtest du schwimmen?«, wechselte sie das Thema. »Ich verspreche, dass ich dich nicht beiße«, fügte sie hinzu, als sie bemerkte, dass er erstarrt wie eine Salzsäule blieb. Sie lachte klar und hell.

»Ich wünschte, ich könnte dasselbe versprechen!«, erwiderte Tristan, als er seine Fassung wiedergefunden hatte.

Sie stieß ihn von der Seite an und lief auf den See zu. Ohne nachzudenken, folgte er ihr. Das Wasser spritzte hoch, als sie hineinsprangen.

Aris und Elba standen am Waldrand und beobachteten die beiden.

»Was ist denn mit denen los?«, fragte Elba kopfschüttelnd und musste lächeln. »Was haben die denn?«

»Ich glaube, das nennt man Spaß«, antwortete Aris lachend. Und bevor sie es sich versah, schnappte er sie, legte sie sich über die Schulter und lief mit ihr auf den See zu.

Elba kreischte und versuchte, sich zu wehren. »Nicht, Aris! Nicht!«

Zu spät. Mit einem gewaltigen Schwung warf er sie in das kalte Wasser.

Als sie prustend wieder auftauchte, war er auch schon bei ihr und küsste sie. »Kalt?«, fragte er lachend.

Elba nickte übermütig, als sie sich die nassen Haarsträhnen aus dem Gesicht strich.

»Das können wir ändern!«, versprach er.

»Ändern?«

Aris nahm ihre Hände und legte seine Handflächen auf die ihren. »Wünsch dir die Sonne herbei. Wünsch dir, dass sie heller und wärmer strahlt, als sie es jetzt tut. Stell dir die Mittagshitze vor. Ruf sie zu dir!«

»Wie sollte ich die Sonne herbeirufen?«

»Stell es dir einfach vor, es ist alles in deinem Kopf. Schließ die Augen. Stell dir vor, wie sie direkt über den See wandert. Versuch es!«

Elba fand die Aufforderung ein wenig lächerlich. Wie sollte *sie* die Sonne dazu bewegen, ihre Position zu ändern?

»Bitte!«, flüsterte Aris eindringlich. »Mir zuliebe! Probier es, ich helfe dir!«

Sie schloss die Augen. Ihre beiden Steine begannen rot zu leuchten. Elba fühlte, dass ein lauer Wind aufkam.

»Kein Wind, Liebes, die Sonne! Konzentrier dich nur darauf. Konzentriere dich auf die Vorstellung, dass sie direkt über uns scheint.«

Sie versuchte, das Bild in ihrem Kopf zu erzeugen. Stellte sich den leuchtenden Feuerball vor. Malte sich aus, wie er wanderte, wie er über den Wald auf die Lichtung wanderte. Sie sah vor ihrem inneren Auge, wie die Sonne glühend heiß über dem See schien.

Und nach einigen Momenten hörte sie Aris' begeisterte Stimme: »So ist es gut, Elska! Genau so – das ist es!«

Sie konnte es kaum fassen, als sie auf der nassen Haut spürte, wie es wärmer wurde.

»Öffne die Augen, Liebes!«

Sie folgte seinem Blick zum Himmel. Die Sonne stand nun direkt über ihnen. Was für ein Wunder!

»Tristan«, rief Aris ihm zu. »Das Wasser!«

Elba beobachtete, wie Tristan die Handflächen vorsichtig auf die Wasseroberfläche legte und dann selbstbewusst lächelte. Und tatsächlich spürte sie, dass das Wasser allmählich lauwarm wurde. Es erwärmte sich zusehends und bildete schließlich kleine Bläschen, als würde es zu kochen beginnen.

Tristan wandte sich zu Área um und griff nach ihrer Hand. Das Blau ihrer Steine breitete sich über der Wasseroberfläche aus und traf auf das tiefe Rot, das Aris' und Elbas Steine erzeugten. Als sich die Farben überschnitten, entstand ein zartes Lila.

Welch zauberhafte Farbmischung! Elba kam aus dem Staunen nicht mehr heraus. Mit einem Mal spritzte eine riesige Wasserfontäne in die Luft. Wie bei einem ausbrechenden Geysir. Das warme Wasser spie einen angenehmen Sprühregen über sie alle.

Ein himmlisches Gefühl durchströmte Elba. So musste es sich anfühlen, wenn man sich mit der Natur verband, eins mit ihr wurde und mit ihr verschmolz!

Tristans Blick traf sie. »Schluss mit den Kindereien«, rief er, ließ Áreas Hand los und hob die Hände über den Kopf. Das Farbenspiel erlosch, das Wasser kühlte ab und das gigantische Naturschauspiel fand ein jähes Ende.

»Siehst du, wozu wir gemeinsam imstande sind? Je mehr Übung du darin hast, desto schneller und gezielter wirst du deine Kräfte einsetzen können«, erklärte Aris. Er löste ihre Berührung.

Was für ein Spektakel! Elba konnte nicht fassen, wozu sie imstande war. Wozu sie *alle* imstande waren. Sie blickte nach oben und stellte fest, dass die Morgensonne wieder von weit entfernt ihre lauen Strahlen zu ihnen hinabsandte. War das eben gerade wirklich geschehen?

Tristan lachte sie an. Oder lachte er sie aus? Wahrscheinlich empfand er ihren Gesichtsausdruck wieder einmal als herrlich amüsant. Elba streckte ihm die Zunge entgegen und schüttelte den Kopf. Área schwamm an ihr vorbei ans Ufer. Sie schien sich kein bisschen zu wundern, sondern das Schauspiel von eben als ganz natürlich zu empfinden. Was für ein seltsames Mädchen.

Tristan kam auf Aris zu. Elba begann zu zittern, das Wasser war einfach zu kalt. Die Haut unter ihren Fingernägeln verfärbte sich bläulich, und Elba beschloss, ans Ufer zu schwimmen.

Área, die schon vor ihr aus dem Wasser gestiegen war, stand etwas weiter entfernt im hohen Gras auf der Wiese. »Inorog!« Das weiße Pferd hob den Kopf und wieherte ihr zu.

Elba beobachtete, wie Área eine kaum sichtbare Bewegung mit der Hand machte. Prompt kam das Pferd auf das Feenmädchen zugelaufen. Sie streichelte das große Tier am Hals und flüsterte ihm ins Ohr. Der Schimmel senkte den Kopf, und mit einer flinken Bewegung schwang Área sich auf seinen Rücken. Sie griff mit einer Hand in die Mähne, als er angaloppierte.

Der unwirkliche Anblick erinnerte Elba an eine Szene aus einem Märchen. Área ließ die Mähne los, und das Pferd rannte mit großen Sprüngen auf den See zu. Das lackschwarze Pferd machte sich auf und galoppierte ihnen hinterher durch das spritzende Wasser.

Als sie Aris und Tristan erreichten, hielten sie an. Elba konnte nicht hören, was die drei besprachen, aber nach einem kurzen Augenblick sprang Tristan auf den Rücken des Rappen.

Elbas erste Überraschung flaute sofort ab, als ihr einfiel, wie lange Tristan schon lebte. Natürlich konnte er reiten. Die beiden galoppierten zurück ans Ufer, Aris kam aus dem Wasser auf Elba zu. Er legte Daumen und Zeigefinger in den Mund, und sie hörte ein lautes Pfeifen. Das braune Pferd reagierte unverzüglich, trabte los und hielt vor ihr und Aris an.

»Wir reiten zur Straße«, teilte Aris ihr mit, und bevor sie noch richtig verstand, hob er sie auf den Rücken des Pferdes, um anschließend selbst hinter ihr aufzusitzen. »Halte dich einfach fest und lass dich mittragen!«

Ehe sie es sich versah, ging es auch schon los.

Geschickt ließ Aris das Pferd wenden, dann ritten sie Área und Tristan hinterher durch den Wald. Elba befürchtete anfangs, das Gleichgewicht zu verlieren, stellte jedoch fest, dass sie sich schnell in den Bewegungsrhythmus einfand. Sie spürte die Muskeln des Pferdes unter ihren nackten Beinen. Ein erhabenes, wunderschönes Gefühl.

Mit eleganten, geschmeidigen Bewegungen sausten die feurigen, stolzen Pferde zwischen den Bäumen hindurch. Sie wirkten wild und unberechenbar, und gleichzeitig doch zahm und freundlich. Sie vermittelten ein großartiges Gefühl von naturverbundener Freiheit. Elba spürte, dass sie sich ganz und gar auf die Tiere verlassen konnten.

Sie meinte, dass der Weg, den sie nun nahmen, ein anderer sein musste als der, den sie gekommen waren. Ein kleiner Bach schlängelte sich zu ihrer Linken durch den Wald. Sie galoppierten vorbei an moosbewachsenen Felsvorsprüngen und kräftigen Nadel- und Laubbäumen. Die Gegend hier wirkte keinesfalls so trostlos und düster wie der dichte, karge Wald, durch den sie sich in der Nacht gekämpft hatten.

Área hielt ihren Schimmel an und wartete auf die anderen.

»Inorog, Pegas, Bukefal!« Die Pferde spitzten die Ohren.

Elba gewann den Eindruck, dass Área wortlos mit ihnen kommunizierte. Der Schwarze, Pegas, begann, auf der Stelle zu traben. Bukefal, der Braune, auf dem sie und Aris saßen, schnaubte.

Aris verstärkte den Griff um Elbas Körper. Dann setzte sich Inorog, Áreas Schimmel, wieder in Bewegung. Die anderen folgten ihm.

Die Tiere schienen genau zu wissen, wo es hinging. Sie galoppierten auf den Bach zu, und mit einem gezielten Sprung überquerten sie das Wasser. Und weiter ging es durch den Wald, bis sie nach einer schier endlosen Strecke auf einer großen Wiese ankamen. Im gestreckten Galopp flogen sie über das Grün und erreichten schließlich die Forststraße.

Tristan deutete Área die Richtung zu Aris' Wagen, und nach kurzer Zeit befanden sie sich auf dem kleinen Pfad an der Spitze des Berges: dem Koboldsweg. Langsam ritten sie auf den grauen Dodge zu, der am Waldrand stand. Sobald sie am Auto ankamen, sprangen sie von den Pferden, die gemächlich wieder zwischen den Bäumen verschwanden. Aris zog den Schlüssel aus der Hosentasche und entriegelte den Wagen.

Elba kletterte gemeinsam mit Área auf die Rückbank, die nasse Kleidung klebte an ihrer Haut und den Ledersitzen. Aris zwinkerte ihr zu, als er den Motor startete und losfuhr. Sie musste lächeln. Was für ein Abenteuer!

Verstohlen musterte sie Área, die aus dem Fenster blickte. Elba hatte das Gefühl, dass Lichtjahre sie beide trennten. Sie spürte nicht den geringsten Hauch einer Gemeinsamkeit mit diesem weltfremden Wesen. Dennoch wusste sie ganz genau, dass sie ab heute den weiteren Weg gemeinsam gehen würden, daher versuchte sie, Área in ein unverfängliches Gespräch zu verwickeln, um sie besser kennenzulernen.

»Seit wann hast du denn deine Pferde?«

Área drehte sich zu Elba. »Seit sie Fohlen sind.«

»Und woher hast du sie?«

»Sie sind zu mir gekommen. Eines Tages waren sie einfach da und sind geblieben.«

»Wildpferde?«

»Vermutlich.«

»Und die Namen hast du ihnen gegeben? Inorog, Pegas, Bukefal?«

»Inorog ist die romanische Bezeichnung für ein Einhorn. Und ich bin mir eigentlich sicher, dass Inorogs Horn noch wachsen wird.« Ein offenes Lächeln breitete sich in ihrem Gesicht aus.

Elba konnte beim besten Willen nicht beurteilen, ob sie das, was sie da sagte, ernst meinte oder ob sie nur Spaß machte.

»Du musst wissen, dass einem Einhorn erst allmählich im Laufe seines Lebens das Horn wächst.«

Sollte das ein Scherz sein?

Tristan drehte sich um und grinste Elba an. »Und sie vermehren sich durch Jungfernzeugung. Also, indem eine Jungfrau ihr Horn berührt. Insofern ist Inorog wohl auch noch nicht geschlechtsreif.«

Área kicherte.

Typisch! Nun war klar, dass das nicht ihr Ernst sein konnte. Die beiden nahmen sie auf den Arm, dachte Elba und gab Tristan von hinten einen Schubs.

Er verzog beleidigt das Gesicht und lachte dann. »Kein Scherz, Elba. Das mit der Vermehrung stimmt wirklich! Außerdem sind Einhörner Freunde der Elfen, und sie tanzen mit ihnen bei Vollmond. Mit ihrem Horn sollen sie Tote zum Leben erwecken können. Sie werden auch ›Augen Gottes‹ genannt. Nun ja, ob sie wirklich existieren, oder ob sie lediglich der Fantasie diverser Fabelschreiber entspringen, darüber spalten sich die Geister. Aber wer weiß das schon?« Er hob vielsagend die Augenbrauen.

Área lächelte ihm zu und sagte dann mit elfengleicher Stimme: »›O dieses ist das Tier, das es nicht gibt. Sie wußtens nicht und haben jeden Falls – sein Wandeln, seine Haltung, seinen Hals, bis in des stillen Blickes Licht – geliebt.‹«

Tristans Miene gewann an Ernsthaftigkeit. Er kniff die Augen zusammen. »Rilke? Sonette an Orpheus?«

»Zweiter Teil, Vers vier«, antwortete Área. »Existenz durch Glaube und Liebe ...«

Nun gut, Área besaß also ein verdammtes Einhorn und eine ausgeprägte Vorliebe für Literatur. Und sie schien auf eine zauberhafte Art und Weise vollkommen durchgeknallt zu sein. Elba überlegte kurz, ob sie die Unterhaltung überhaupt in Schwung halten sollte, entschied sich dann aber dafür.

»Und Pegas?«

»Eine Form von Pegasos.«

»Das geflügelte Pferd?«

Área nickte. »Pegasos war das Kind des Meeresgottes Poseidon und der Gorgone Medusa.«

Tristan grinste wieder unergründlich. »Angeblich ist er aus jener Stelle der Erde entstanden, auf die Medusas Blut getropft ist, als Perseus ihr den Kopf abschlug.«

Die Vorstellung war schon ein wenig widerlich.

»Pegasos ist die Quelle aller Weisheit. Nicht wahr, Tristan?«, warf Área ein, und Elba erkannte, dass er sofort wusste, wovon sie sprach.

»Gottfried von Straßburgs Tristan, im Ernst?«, fragte er.

Offensichtlich ging es wieder um ein literarisches Werk.

Área lächelte ihn frech, aber irgendwie auch zurückhaltend an. »›Wem nie von Liebe Leid geschah, Dem geschah auch Liebes von der Liebe nie.‹«

Es war klar, dass die Worte nur Tristan allein galten. Und es war ebenfalls klar, dass ihm dies auf der Stelle bewusst war. Elba konnte es an seinem Mimik-Spiel erkennen. Er war sichtlich überrascht, dass Área ihn mit dem Zitat so zielsicher an einem wunden Punkt getroffen hatte. Es schien ihm beinahe unheimlich zu sein. Daher startete er umgehend ein Manöver, um den Worten die Ernsthaftigkeit zu nehmen.

»Der Name ist Programm, nehme ich an!«, sagte er achselzuckend und zwinkerte.

»Alles hat seinen Grund, seine Ursache und seine Bestimmung. Somit: Ja, der Name ist Programm, würde ich sagen.« Área lachte jetzt. »Und ja, die Liebe ist den Preis wert, Tristan.«

Himmel, was ging bloß vor zwischen den beiden? Sie hatten bereits Insider, obwohl sie sich erst gefühlte fünf Minuten kannten? Elba nahm wahr, dass Aris, der vor ihr saß, Área aufmerksam zuhörte und sie durch den Rückspiegel beobachtete.

Tristan wandte sich wieder an Área, um das Thema möglichst schnell zu wechseln: »Und Bukefal, der Braune, versinnbildlicht Bukephalos, nehme ich an ...« Er warf ihr einen kurzen Blick zu. »Das Pferd von Alexander dem Großen. Ein Ausnahmepferd, ein Gefährte und treuer Freund, der sprechen konnte. Alexander war der Einzige, der fähig war, ihn zu reiten. Das Pferd begleitete ihn in alle Schlachten, bis zum Tod. Ist wohl während der Schlacht am Hydaspes ertrunken. Manche Quellen bezeichnen auch dieses Pferd als Einhorn.«

Elba tat allein die kurze Erzählung weh. Das arme Tier. Und armer Alexander. Es musste schrecklich sein, seinen Wegbegleiter, einen lebenslangen Freund, hilflos ertrinken zu sehen.

13

Als sie im Haus ankamen, lief Tristan in den Keller. Er kehrte mit zwei Blutflaschen zurück und warf Aris eine zu. Der schien nicht gerade glücklich über Tristans lockeren Umgang mit ihren Bedürfnissen, öffnete jedoch die Flasche und nahm einen Schluck.

Erst jetzt überlegte Elba, wie oft und wie viel Blut die beiden wohl zu sich nehmen mussten, um zu überleben. Sie hatte sich bisher gar keine Gedanken darüber gemacht.

Tristan bat sie, Área das Haus zu zeigen. Wahrscheinlich wollte er mit Aris alleine sein. Irgendeinen schlauen Plan aushecken. Oder auch nur ihren Blutdurst stillen.

Sie ging mit Área ins Obergeschoss.

»Lebst du hier?«, fragte Área, als sie Aris' Schlafzimmer betraten.

»Eigentlich nicht. Ich kenne Aris und Tristan selbst noch nicht besonders lange«, gab Elba zurück. »Meine Großeltern und ich sind nur zu Besuch an diesen Ort gekommen. Verwandte von uns leben hier.« Ihre Stimme wurde dünn. Sie dachte darüber nach, wie viel sie preisgeben sollte.

»Der Tod hat dich hierher geführt?«

»Der Tod?«

»Tut mir leid«, erwiderte Área. »Ich kann das fühlen. Alle Erlebnisse eines Menschen sind in seinem Körper und seinem Geist abgespeichert und verändern ihn. Und seine Schwingungen.«

Aha.

Elba fuhr sich nachdenklich mit dem Zeigefinger über den Mund. Sie musste unbedingt mehr über Área erfahren. Daher beschloss sie, weiterzuerzählen, um ihre Reaktion beobachten zu können. Vielleicht konnte sie aus ihrem Gesichtsausdruck etwas ablesen, etwas über ihre Persönlichkeit in Erfahrung bringen.

»Meine Tante Mathilda ist vor Kurzem verstorben. Sie war Tristans Steinträgerin. Seit ihrem Tod suchen wir den Stein, den sie trug. Tristans Stein.«

»Ihr sucht ihn? Wisst ihr denn nicht, wo er ist?«

»Nein, wissen wir nicht. Ich dachte, dass meine Großeltern ihn an sich genommen haben.«

»Kannst du sie nicht nach dem Stein fragen?«

»Habe ich versucht. Aber sie sind Wächter. Sie dürfen sich in Vampirangelegenheiten nicht einmischen und sind Tristan gegenüber auch nicht besonders positiv eingestellt. Sie werden uns nichts verraten.«

»Aber den Stein zu verstecken wäre doch auch schon eine Einmischung, nicht wahr? Vielleicht haben sie ihn überhaupt nicht.«

»Natürlich habe ich überlegt, ob mein Onkel Hinrik, Mathildas Ehemann, ihn versteckt hat. Er kann Tristan nicht leiden. Wahrscheinlich, weil er denkt, dass Tante Mattie ihn insgeheim immer geliebt hat.«

»Und wo ist deine Tante jetzt?«

Was für eine seltsame Frage.

»Was meinst du? Sie ist unter einer ihrer Eichen beerdigt.«

»Dann fragen wir sie doch einfach selbst.«

»Wie sollten wir das anstellen?«

»Habt ihr nicht versucht, mit ihr Kontakt aufzunehmen? Tote lösen sich nicht einfach auf und verschwinden.«

»Nun ja, wir haben eigentlich gehofft, dass du jetzt ihren Stein hast.«

Área griff nach ihrer Kette. »Ich?«

»Also, ich habe verstanden, dass es immer nur einen Steinträger gibt. Und die Steine von Generation zu Generation weitergegeben werden. Was eigentlich auch bedeuten würde, dass du mit Mathilda verwandt bist. Allerdings ist dein Stein nicht derselbe, den sie trug. Er ist größer.«

Área überlegte. »Aber dann wären auch wir beide verwandt, nicht wahr?«

»Nein, ich bin keine Blutsverwandte der Familie. Meine Großeltern haben mich als Baby bei sich aufgenommen.«

Elba schwieg einen Moment, dann fragte sie: »Weißt du denn wirklich überhaupt nicht, woher du deinen Stein hast?«

Área schüttelte den Kopf. »Nein. Tut mir leid.«

»Und wie lange lebst du schon in diesem Wald? Ich meine, was war davor, und wo ist deine Familie?«

»Ich weiß es nicht. Seit ich mich erinnern kann, lebe ich in dem Haus im Wald. Ich kann mich einfach an nichts davor erinnern.«

»Wie alt bist du?« Elba hätte sie auf Anfang zwanzig geschätzt.

Área zuckte hilflos mit den Schultern. Offensichtlich war es ihr unangenehm, dass sie nicht in der Lage war, irgendwelche Auskünfte zu geben. Elba hatte nicht das Gefühl, dass sie ihr etwas vormachte. Sie musste unter Gedächtnisverlust leiden.

Soweit Elba wusste, wurde so ein Zustand durch ein massives psychisches oder körperliches Trauma ausgelöst. Allerdings mussten die Informationen und Erinnerungen noch irgendwo im Gedächtnis gespeichert sein. Sie konnten nur nicht ins Bewusstsein geholt werden. Solche Amnesien bewirkten sogar den ganzen oder teilweisen Verlust der Persönlichkeit. Zumindest hatte sie das in der Schule gelernt. Die Frage war nur, wie man die Erinnerungen wieder zurückholen konnte. Aris hatte angedeutet, dass eine Art psychologische Manipulation vorliegen könnte. Dass also irgendjemand Área einer Gehirnwäsche unterzogen hatte. Aber wer würde so etwas tun – und warum?

Der Grund musste in Zusammenhang mit den Steinen und mit Tristan stehen. Das stand für Elba fest. Aber wer sollte Interesse an einer derartigen Beeinflussung von Áreas Gehirn haben? Und wer wäre zu solch einer Handlung fähig? Sie kaute auf der Unterlippe, während sie Área beobachtete, die zum Fenster ging und hinaussah. Es musste ein schreckliches Gefühl sein, nichts über sich selbst zu wissen. Wenn der Zustand aber tatsächlich künstlich erzeugt worden war, musste er sich auch wieder umkehren lassen.

Ein abscheulicher Gedanke beschlich sie: Vielleicht hatte die Person, die dafür verantwortlich war, Área im Wald abgeladen und dort sich selbst überlassen. Was für eine unmenschliche Handlung! Sie wunderte sich, dass Área nicht wesentlich verstörter war. Scheinbar hatte sie sich mit ihrem Zustand abgefunden und sich so ihr sonniges Gemüt bewahrt.

Ein ohrenbetäubendes Donnergrollen riss Elba aus ihren Überlegungen. Sie sah an Área vorbei aus dem Fenster. Der Himmel hatte sich bedrohlich zugezogen, schwarze Wolken trieben am Haus vorbei. Die Bäume vor dem Haus bogen sich in einem gewaltigen Sturm. Im nächsten Moment erhellte ein gigantischer Blitz den Himmel. Área fuhr herum.

»Elba, Área!« Tristan kam nach oben gestürmt. »Los, wir müssen sehen, dass wir hier wegkommen!«

Als er Áreas Hand packte und loslief, meinte Elba, eine riesige, dunkle Kreatur am Fenster vorbeifliegen zu sehen. Panisch rannte sie Tristan und Área hinterher.

Im Haus war es stockfinster Aris hatte alle Fensterläden geschlossen, sodass kein Licht von draußen ins Hausinnere dringen konnte. Er winkte sie zur Kellertür.

Elba hörte ein animalisches Heulen. Das Heulen eines Wolfsrudels.

O Gott!

Sie rannten die Kellertreppe nach unten, durch den langen, dunklen Flur, in den hintersten Raum. Aris betätigte eine Fernbedienung. Mit einem klickenden Geräusch öffnete sich eine schwere Stahltüre. Sie schlüpften hindurch. Aris zog die Türe hinter ihnen zu, und sie verriegelte sich sofort wieder.

Außer Atem blickte Elba sich um. Was war das?

»Ein Panikraum«, erklärte Tristan grinsend. »Die Türe ist gepanzert und kann nur von innen geöffnet werden. Sollen sie doch das verdammte Haus abfackeln, wenn es ihnen Spaß macht. Hier drin können sie uns nicht ausräuchern!« Er lachte.

Elba fand die Situation gar nicht so spaßig. »Wer will das Haus abfackeln?«, fragte sie erschrocken.

»Niemand wird das Haus abfackeln«, beruhigte Aris sie.

Tristan schürzte die Lippen. »Wahrscheinlich nicht. Mal sehen.«

»Mal sehen? Was zur Hölle ist los?«

»Duris und seine Männer sind los. Sie sind hier. Er hat es auf dich abgesehen, Täubchen«, antwortete Tristan.

»Auf mich?«

»Aris hat sein Rufen gehört. Sein Sehnen. Und er sehnt sich nach dir. Und deiner Gesellschaft.«

Elba starrte Aris an. Der umfasste ihr Gesicht mit beiden Händen und sah ihr in die Augen. »Dir wird nichts geschehen, Liebes. Du bist hier sicher.« Tristan warf er einen bösen Blick zu.

»Was will er denn von mir?«

»Deine amüsante Gesellschaft, nehme ich an«, scherzte Tristan. »Oder deine Kräfte. Eines von beiden. Wer weiß das schon.« Er zuckte die Schultern. »Aber wahrscheinlich will er dich einfach töten, um seinen alten Kumpel, unseren Aris, zu quälen.«

»Tristan!«, knurrte Aris.

»Ach, komm schon! Es macht keinen Sinn, die Sache zu verharmlosen. Sag ihr die Wahrheit. Sag ihr, wie es wirklich ist. Er wird nichts unversucht lassen, um sie in seinen Besitz zu bekommen. Es ist deine Schuld, dass sie eine lebende Zielscheibe ist. Du bist schuld, dass sie nicht weiß, wie sie ihre Kräfte einsetzen kann! Sie muss ihre Fähigkeiten trainieren, damit sie sich verteidigen kann. Und du musst ihr dabei helfen! Daran führt kein Weg vorbei. Das musst du akzeptieren. Es wäre außerdem ganz nett, wenn sie das Feuer löschen könnte, bevor er unser gesamtes Hab und Gut verbrennt. Da könnte ein bisschen Regen nicht schaden.«

»Verbrennt?« Elba war völlig aufgelöst.

»Hast du es noch immer nicht geschnallt, Täubchen? Er ist ein verfluchter Drache, ein kleiner Grisu!«, fuhr Tristan sie an und lachte dann wieder. »Wenn er wütend ist, steckt er seine Umgebung in Brand.«

»Scheiß auf Duris!«, blaffte Aris.

»Scheiß auf Duris?«, schrie Tristan ihn jetzt an. »Was ist los mit dir? Er verspeist sie zum Frühstück! Und ich habe nicht die geringste Lust, dass wir alle als Grillplatte für seine Truppe enden!« Seine Augen blitzten bösartig.

»Niemand endet als Grillplatte!«, herrschte Aris ihn an. »Reiß dich zusammen, zur Hölle!«

Tristan hob die Arme und duckte sich ein kleines bisschen als Zeichen, dass er klein beigab. »Bitte!«

Ein lauter Knall drang bis zu ihnen in den Panikraum. Elba zuckte zusammen. War ein Baum auf das Haus gekracht?

Aris sah beiläufig auf den großen Monitor, der sich neben der Stahltür der Hochsicherheitszone befand. Auf ihm wurden Bilder aus allen möglichen Blickwinkeln des Hauses übertragen. Aber nichts Spezielles war zu erkennen.

»Was will er, Aris?«, wollte Elba wissen. Sie fürchtete die Antwort. Ahnte, dass tatsächlich *sie* es war.

»Er will mich als seinen Gefährten. Er will sich mit mir vereinen. Er will als Sieger aussteigen und die Oberhand gewinnen in dieser verqueren Beziehungskiste. Und mit dir wird er versuchen, genau das zu erreichen –, um mich zu manipulieren, mich in die Knie zu zwingen und dazu zu bringen, mich ihm freiwillig wieder anzuschließen.«

Tristan schüttelte den Kopf. »Ich glaube nicht, dass es das allein ist! Er zeigt ein viel zu ausgeprägtes Interesse an Elba. Ich bin mir nicht sicher, dass es dabei nur um dich geht, Aris. Vielleicht kann sie ihm bei einem seiner wahnhaften Pläne dienlich sein. Gott weiß, was der Mistkerl ausheckt!«

Aris sah ihn nachdenklich an. Als er nichts erwiderte, fuhr Tristan fort: »Was weiß ich! *Wenn* einer weiß, was in dem kranken Hirn dieses fanatischen Narzissten abgeht, bist du es! Irgendeinen Plan zur Kompensierung seiner Bedeutungslosigkeit wird der paranoide Scheißkerl schon haben.« Er rollte mit den Augen. »Dieser lächerliche Omnipotenzwahn ist zum Kotzen! Er geht wohl tatsächlich davon aus, absolute, gottgleiche Allmächtigkeit zu besitzen. Natürlich tut er alles dafür, um diese Illusion aufrechtzuerhalten. Wenn er dich also als Spielgefährten will, wird er nicht lockerlassen, bis du mit ihm spielst. Und wenn er dich quälen muss, ist es nur logisch, dass er sich erst das schwächste Glied in der Kette holen wird. Außerdem ist unser Täubchen nicht nur am schwächsten, sie ist auch dein wunder Punkt. Eine überdimensionale, menschliche Achillesferse. Aber warum sollte ihm das ausgerechnet jetzt einfallen? Warum nicht schon vor hundert Jahren? Natürlich bietest du jetzt eine größere Angriffsfläche. Du wirst stärker sein, so stark wie einst. Gemeinsam mit ihr. Und sie ist dir wichtig. Alles interessante Fakten. Aber auch ausreichend? Und an dem Zusammenhang mit Mathildas Tod kann ich auch nicht so recht Gefallen finden. Für sich alleine betrachtet, ist das zu bedeutungslos für ihn. Außer es geht um die Summe aller Teile, da sich jetzt die Möglichkeit bietet, mehrere Fliegen mit einem Schlag zu erledigen: dich, mich, uns. Aber ich weiß nicht. Das wirkt auf mich alles zu offensichtlich. Zu oberflächlich.«

»Du meinst, es geht um mehr?« Aris strich sich mit der Hand übers Kinn.

»Er ist davon überzeugt, alles und jeden beeinflussen zu können. Er denkt, es liegt in seiner Hand, Dinge zu erschaffen und auch wieder auszulöschen. Und dazu besitzt er in seinen Augen ein göttliches Recht. Und eine göttliche Fähigkeit, die ihn nicht von irgendwelchen naturwissenschaftlichen Gesetzmäßigkeiten abhängig macht.«

»Meinst du vielleicht«, Aris überlegte kurz, »er will diese psychische Vorstellung mit einer biologischen Tatsache untermauern? Etwas erschaffen, das nach einem natürlich ablaufenden Prozess funktioniert, eine biologische Grenze durchbrechen? Die Erweiterung seiner Macht um so etwas wie Totipotenz?«

»Totipotenz?«, fragte Elba.

Áreas Stimme drang leise und dünn aus der Ecke des Raums zu ihnen: »Die Fähigkeit einer Zelle, sich zu einem vollständigen Organismus zu entwickeln und zu allen Zelltypen dieses Lebewesens.«

Elba blickte verwirrt zu ihr hinüber. Aris und Tristan wechselten schnelle Blicke. »Hat er nicht versucht, ein neues Mischwesen zu erschaffen?«, erinnerte sich Elba plötzlich. »Hast du nicht gesagt, dass er eure DNA kreuzen wollte, Aris?« Ihr war eingefallen, was er ihnen erzählt hatte, als Christian und sie die Truhe der Wächter gesucht hatten.

»Vielleicht ist Elba der Schlüssel in dem abartigen Experiment«, warf Tristan ein.

Elba runzelte die Stirn. Musste denn ein neues Lebewesen mit gekreuzter DNA nicht erst geboren werden? Konnte es innerhalb der Körper der Vampire entstehen und sich mit ihnen vermengen? Ein äußerst befremdlicher Gedanke.

Aris wandte sich ihr zu. »Da sich Duris sowohl in einen Wolf als auch in einen Drachen verwandeln kann, hat er die fixe Idee geboren, ein weiteres Mischwesen aus diesen Tieren und dem Löwen in mir entstehen zu lassen. Er ging nicht nur davon aus, dass sich die körperlichen Kräfte unserer Tiere durch die jeweils anderen Attribute verstärken ließen, sondern war auch überzeugt, dass wir – er und ich – so auf mentaler Ebene eins werden könnten. Dass er dann sozusagen in mir existieren würde und ich in ihm. Oder Teile unserer selbst zumindest. In einem Kampf entstünde dadurch ein ungeheuerlicher Vorteil.«

»Die ultimative Kampfmaschine.« Tristan blickte grinsend in die Runde.

»Eine Stufe höher hinauf am Weg zur Allmächtigkeit«, pflichtete Aris ihm bei. »Mit einer gottähnlichen Erschaffung. Die Natur ein Stück weiter in die Knie zwingen.«

»Die Natur ...«, murmelte Tristan. »Elba hat Fähigkeiten in der Beeinflussung der Naturgewalten! Vielleicht wären diese Fähigkeiten in irgendeiner Form nützlich für ihn.«

Elba erschien die Überlegung absurd, nahezu an den Haaren herbeigezogen. Aber was wusste sie denn schon? Sie sah Aris aber an, dass er von dieser Möglichkeit auch nicht wirklich überzeugt war.

»Vermutlich dient das Spektakel lediglich dazu, mir seine Macht zu demonstrieren«, meinte der gerade.

»Darth Vader rechnet damit, dass du deine Menschlichkeit wieder ablegen wirst, wenn er dich erst einmal auf die dunkle Seite gezogen hat.« Tristan zuckte mit den Augenbrauen. »Vielleicht verfolgt er wirklich nur seinen ursprünglichen Plan von der Unterjochung der Menschheit und der gesamten irdischen Existenz. Wäre für ihn natürlich von Vorteil, wenn du wieder seiner Armee des Bösen beitrittst, schon klar. Aber wie gesagt: Das hätte er schon früher haben können. Andererseits ist er einfach ein rachsüchtiger Mistkerl. Vielleicht liegst du richtig. Wahrscheinlich will er einfach seine Versprechungen einlösen und zeigen, dass es nun so weit ist. Vielleicht ist er tatsächlich so einfach gestrickt.«

Sie schwiegen eine Weile, bis Área näher an sie herantrat. »Es ist plötzlich so still«, flüsterte sie, als würde sie befürchten, dass sie jemand belauschen könnte. Sie stellte sich so dicht neben Tristan, dass er sie verblüfft anstarrte.

Elba beobachtete ein wenig verwundert seine Reaktion: Sein Mund öffnete sich einen kleinen Spalt. Man sah förmlich, wie sein Puls sich beschleunigte und seine Atmung sich veränderte. Und sie hätte schwören können, dass sie Angst in seinen Augen sah. Sie fragte sich, was das bedeutete. Er fühlte sich ganz offensichtlich von ihr angezogen, dennoch bereitete ihm ihre

Nähe Unwohlsein. Der lockere Aufreißer verschwand sofort aus ihm, sobald sie sich ihm näherte. Allerdings konnte Elba nicht beurteilen, ob dies an Área lag oder nur an ihm selbst. Sie bemerkte, dass Tristans Reaktion auch Aris nicht entging.

Schließlich blickte sie auf den Monitor. Sie riss die Augen auf, als sich auf einem der Bilder etwas bewegte. Ein Fuchs huschte durch eine der Kameraeinstellungen. Sie stieß einen Schrei aus. Das musste Vulpes sein! Er war im Haus!

»Was ist?«, fragte Aris besorgt.

»Jemand ist im Haus«, flüsterte Elba mit erstickter Stimme.

Aris suchte den Bildschirm ab. Nichts. Er sah Elba fragend an.

»Ein Fuchs. Ich habe ihn gesehen. Ganz bestimmt.«

»Vulpes«, presste Tristan zwischen seinen Zähnen hervor. »Das elende Schlitzohr schleicht durchs Haus.«

»Vulpes«, murmelte Área.

Tristan wirbelte herum. »Sagt dir der Name etwas?«

Área runzelte die Stirn. Schließlich verneinte sie unschlüssig.

Aris kniff die Augen zusammen. Aufmerksam beäugte er jede noch so winzige Regung in ihrem Gesicht. Er griff nach ihrem Arm und legte seine Finger auf ihr Handgelenk. Elba überlegte, ob er ihren Puls messen wollte.

Ruhig und klar erhob er seine Stimme, während er sie unablässig fixierte: »Vulpes ist Duris' rechte Hand.«

Elba schauderte, als sie feststellte, dass sich auf Áreas Arm eine Gänsehaut bildete. Aris nickte Tristan bestätigend zu. Was hatte das zu bedeuten? Zeigte Áreas Körper eine Reaktion auf die Worte?

»Sie kennt die beiden?«, wollte Tristan wissen.

Área schüttelte wieder den Kopf.

»Jedenfalls lösen die Namen eine Erinnerung in ihrem Körper aus«, bestätigte Aris. »Área, denk an eines deiner Pferde. Stell dir Inorog vor«, bat er. »Das Wort ist für dich mit positiven Emotionen verknüpft. Und was fürchtest du? Vielleicht den Tod? Nein?« Er dachte nach. »Vielleicht Tristans Tod?« Er machte eine Pause. »Ja, diese Vorstellung ist negativ besetzt. Jetzt kann ich eine positive von einer negativen körperlichen Reaktion unterscheiden.« Dann wiederholte er den Namen seines Feindbildes: »Vulpes.«

Elba sah ihn fragend an.

»Der Name löst definitiv eine negative Reaktion aus«, erläuterte er. Dann fuhr er fort: »Duris.« Aris nickte. Allerdings spiegelte sich keine Freude über die neu gewonnene Erkenntnis auf seinem Gesicht wider. »Sein Name bewirkt eine massive Reaktion. Sie ist intensiver als jene auf Vulpes und weitaus negativer noch als die Vorstellung von Tristans Ableben.«

Tristan stöhnte. Er war alles andere als begeistert darüber, immerhin deutete das auf einen Zusammenhang zwischen Área und Duris hin.

Ein ohrenbetäubendes Krachen ertönte über ihnen. Es hörte sich an, als würde das gesamte Haus einstürzen. Dann wurde es totenstill.

Das Bild auf dem Monitor war ausgefallen. Ihr einziger Kontakt zur Außenwelt war unterbrochen, weißes Flimmern rieselte über den Bildschirm. Die Vorstellung, dass sie möglicherweise unter dem Schutt des großen Hauses begraben waren, löste Panik in Elba aus und schnürte ihr die Kehle zu. Waren sie lebendig begraben? Würden die weißen Wände des Panikraumes das Letzte sein, das sie in ihrem kurzen Leben zu sehen bekam?

»Verfluchte Scheiße!«, schrie Tristan. Er entriegelte die Tür des Raumes.

Erleichtert stellte Elba fest, dass die Mauern des Kellers unversehrt waren. Dennoch ahnte sie Schreckliches.

Aris öffnete den Schrank, der sich ganz hinten im Panikraum befand, ein vielfältiges Waffenarsenal kam zum Vorschein. Er warf Tristan eine Armbrust zu. Er selbst schnappte sich eine gewaltige Schusswaffe. Sie sah aus wie ein automatisches Gewehr. Ein Sturmgewehr.

Elbas Herz setzte für einen Schlag aus, als ihr klar wurde, dass ihnen ein Kampf bevorstand. Der dunkle, entschlossene Gesichtsausdruck der beiden Männer veranlasste keineswegs zur Beruhigung.

Aris nahm sie an der Hand. Sie rannten durch den Keller nach oben, in der Luft stand dichter graubrauner Nebel aus Staub.

Elba konnte kaum noch etwas erkennen, als sie die Treppe hinter sich ließen und das Erdgeschoss betraten. Tristan lief in den Vorraum. Als sie selbst dort ankam, starrte er nach oben. Elba traute ihren Augen nicht. Dort, wo einst die Decke und das Dach gewesen waren, klaffte ein ungeheuerliches Loch bis in den Himmel. Tristans schwarzes Haar war durch Staub grau gefärbt, ihre eigene Haut mit einer Schmutzschicht überzogen. Das Atmen fiel ihr schwer. Aris stürmte mit ihr ins Freie. Bestürzt stellte Elba fest, dass beinahe die Hälfte des Hausdaches fehlte. Ein Teil der Mauern des Obergeschosses war ebenfalls eingestürzt.

Und dann erstarrte sie in einem surrealen Schockzustand. Ein riesiges Wesen kreiste am Himmel und stob dann zu ihnen herab. Ein schwarzer Drache. Im Sinkflug steuerte er direkt auf sie zu.

Aris richtete seine Waffe auf ihn und zielte. Doch plötzlich verwandelte sich die grauenhafte, unwirkliche Kreatur und nahm menschliche Züge an. Dennoch war nichts menschlich an dieser Gestalt. Es war Duris.

Engelsgleich schwebte er das letzte Stück vom Himmel herab. Erhaben und federleicht landete er auf den Füßen, nur wenige Meter entfernt von ihnen. Mit eiskaltem Blick fixierte er den Hauseingang.

Tristan hatte sich instinktiv vor Área gestellt, sodass die Sicht auf sie versperrt blieb. Elba bemerkte, dass ein Rudel Wölfe in eindeutiger Angriffshaltung vor dem Haus lauerte, die Zähne gefletscht, die Nackenhaare aufgestellt. Sie hatten es auf Tristan abgesehen und knurrten feindselig. Elbas Atem stockte, eine plötzliche Vorahnung ergriff sie. Das war das Ende! Es waren einfach zu viele. Sie würden Tristan zerfleischen.

Die Tiere bewegten sich langsam, schleichend, die Köpfe gesenkt. Speichel triefte von ihren Lefzen. Tristan rührte sich nicht von der Stelle, die Armbrust schussbereit vor sich, Área versteckt hinter sich. Wachsam verfolgte er jede Regung der Wölfe, und seine Zähne kamen drohend zum Vorschein.

Auch Duris bewegte sich keinen Millimeter. Er schien mit stechendem Blick durch Tristan hindurchzusehen. Nach einer gefühlten Ewigkeit machte er eine unscheinbare Handbewegung und senkte die Handflächen ein winziges Stück gen Boden. Die Wölfe setzten sich augenblicklich.

Dann richtete er sich selbstgefällig lächelnd an Aris. Aber das Lächeln erreichte seine Augen nicht: Sie wirkten leidend und gequält, als würde *ihm* jemand etwas antun. So, als wäre er zu seinen Handlungen gezwungen, als würden sie ihm keineswegs Freude bereiten.

Die Geste, die folgte, wirkte befremdlich. In einer beinahe demütigen Verbeugung neigte er den Kopf einen Augenblick. »Ihr seid jederzeit in meinem Haus willkommen, Aris, wenn ihr genug habt«, verkündete er großzügig.

Elba spürte wieder, wie ihr Körper zu schwingen begann bei dem hellen Klang seiner Stimme. Als würde ein Engel sie zu sich rufen. Sein Mund lächelte in übernatürlicher Schönheit, seine hellen Augen erfüllte tiefer Schmerz. Ein unwiderstehlicher Anblick. Sie sehnte sich danach, zu ihm zu gehen. Ihm nahe zu sein. Er sah sie einen kurzen Moment an – sie wusste, dass ihm ihr Sehnen nicht entging.

Ohne eine Antwort abzuwarten, drehte er sich schwungvoll um. Sein Umhang wehte in dem Wind, der durch die Bewegung entstand, und Duris verschwand. Die Wölfe verzogen sich, liefen ihm hinterher.

Elba war nicht fähig, sich zu bewegen, als Aris langsam die Waffe sinken ließ. Sie konnte seinen Gesichtsausdruck nicht deuten. War es Verbitterung? Zorn? Oder gar Verwirrung?

Tristan trat ein Stück zur Seite und drehte sich nach Área um. Sie zitterte am ganzen Leib. Tränen standen in ihren Augen. War es eine Reaktion auf Duris' Erscheinung? Hatte sie sich dermaßen gefürchtet? Er versuchte, sie tröstend in seine Arme zu ziehen, doch Área zuckte zusammen und taumelte einen Schritt zurück.

Der blanke Horror spiegelte sich auf ihrem Gesicht wider. Sie atmete heftig. Plötzlich lief sie los, an Elba und Aris vorbei, in die Richtung, in die Duris verschwunden war.

Hatte sie vor, ihm nachzulaufen? Sofort rannte Tristan ihr hinterher und schrie ihren Namen. Die beiden verschwanden zwischen den Bäumen.

Elba wunderte sich, wie schnell Área laufen konnte, und sah Aris an. Der zuckte mit den Schultern. Auch er schien nicht zu wissen, was hier vor sich ging. Er stellte die Waffe ab, und sie eilten den anderen mit energischen Schritten hinterher. Als sie sie eingeholt hatten, versuchte Tristan noch immer, Área zu beruhigen. Er redete unentwegt auf sie ein.

Elba konnte nicht verstehen, was er sagte. Immer wieder streckte er die Hand nach Área aus, aber die schüttelte nur den Kopf und wich ihm aus. Was war bloß los mit ihr? Sie schien vollkommen hysterisch zu sein. Regelrecht panisch. Aris ging entschlossen auf sie zu, das schien ihr allerdings nur noch mehr Angst zu machen. Kurz bevor er sie erreichte, blickte sie nach oben zum Himmel, breitete die Arme aus, und der Stein vor ihrer Brust begann zu leuchten. Rings um sie bildete sich ein Kreis aus Wasser, der aus der Erde zu dringen schien.

Sie konnte ihre Kräfte ohne Tristan einsetzen? Ganz allein?

Das Wasser stieg immer höher empor, stülpte sich über Área, hüllte sie ein, bis sie von einer Blase umgeben war, die sie vom Rest der Welt trennte.

Aris versuchte, durch die Wand aus Wasser hindurchzusteigen, es wollte ihm aber nicht gelingen. Er steckte fest, war gefangen im Wasser, schnappte nach Luft, schluckte Wasser, und erkannte schließlich, dass sein Befreiungsversuch zwecklos war. Hilflos versuchte er, wieder aus dem Wasser hinauszutreten, doch auch das funktionierte nicht.

Elba bekam Angst. Was hatte Área denn vor? Wollte sie ihn ertränken?

»Hör auf!«, schrie sie. »Siehst du nicht, dass du ihn tötest?«

Sie versuchte, nach Aris' Arm zu greifen, um ihn zu sich ins Trockene zu ziehen. Es war chancenlos. Er steckte fest.

Geistesgegenwärtig blickte Tristan auf seinen Ring, berührte beiläufig den Stein mit dem Zeigefinger, sog die Luft ein und hielt den Atem an. Dann sprang er durch den Wasserwall zu Área und packte sie. Er legte die Hände auf ihre Wangen und flüsterte ihr eindringlich etwas zu. Mit einem Mal schwappte das Wasser zu Boden und versickerte in der Erde.

Gott sei Dank!

Aris war klatschnass. Er schüttelte sich, hustete und spuckte das Wasser aus seinen Lungen. Aber er war wohlauf. Área sackte zusammen, Tristan hob sie auf seine Arme. Sie war kaum noch bei Sinnen und murmelte unverständliche Worte.

»Alles in Ordnung?«, wollte Tristan von Aris wissen. Dieser nickte. »Dann lasst uns zurück zum Haus gehen.«

Aris rührte sich nicht von der Stelle. »Nein«, sagte er. »Es ist nicht mehr sicher dort.«

»Wo sollen wir dann hin? Zurück in den Wald?«

»Nein. Wir fahren zu Elbas Familie.«

»Die werden nichts mit uns zu tun haben wollen.«

»Sie werden auch nicht wollen, dass Elba etwas zustößt. Es ist an der Zeit, Farbe zu bekennen. Wir benötigen einen sicheren Ort, an dem wir uns auf Duris' nächsten Schlag vorbereiten können. Und wir brauchen jede Unterstützung, die wir kriegen können. Alleine haben wir keine Chance gegen Duris'

Leute. Es sind zu viele. Fahr du mit Área vor. Elba und ich packen ein paar Sachen und kommen nach.«

Gemeinsam eilten sie zu den Autos. Tristan setzte Área in den Buick und fuhr los.

Aris parkte den Dodge nahe am Hauseingang. »Setz dich in den Wagen, Liebes. Ich hole die restlichen Waffen aus dem Keller.« Er küsste Elba flüchtig auf den Mund. Als sie auf der Beifahrerseite Platz genommen hatte, verriegelte er von außen die Türen und verschwand im Haus.

Er ließ sie allein hier draußen? Was, wenn Duris zurückkam? Was, wenn –. Doch noch bevor sie den Gedanken zu Ende führen konnte, kehrte Aris zurück, verstaute alles auf der Ladefläche, kletterte zu ihr in den Wagen und startete den Motor. »Alles in Ordnung, Elska min? Geht es dir gut?«

Sie wusste wirklich nicht, wie sie diese Frage beantworten sollte. Körperlich fehlte ihr nichts. Allerdings fiel es ihr schwer, all die Dinge, die in den letzten Stunden geschehen waren, zu verarbeiten. Die Erlebnisse überschlugen sich, und in ihrem ganzen bisherigen Leben hatte sie nicht mit so vielen unterschiedlichen Gefühlen umgehen müssen wie in den vergangenen Tagen. Wie hätte sie beschreiben sollen, wie es ihr ging?

Sie beschloss daher, nicht länger darüber nachzudenken und fragte stattdessen: »Was ist mit Área? Hat Duris sie dazu gebracht, das zu tun? Hat er ihr irgendwie telepathisch befohlen, sich so zu verhalten?«

»Ich glaube nicht, dass er sie überhaupt bemerkt hat«, antwortete Aris ruhig.

Das konnte sie sich kaum vorstellen. Elba überlegte. Wie konnte sie ihm beschreiben, was Duris in ihr auslöste? »Wenn er spricht, wenn er ...« Sie fand nicht die richtigen Worte, wusste nicht, wie sie Aris erklären sollte, welche Wirkung Duris auf sie hatte.

»Ich weiß, Liebes, ich weiß«, entgegnete Aris. »Er will, dass seine Opfer ihn begehren, ihm hörig sind, sich nach ihm sehnen. Diese Reaktion auszulösen, gehört zu seinen wirkungsvollsten Fähigkeiten. Aber nichts von alledem ist real. Er spielt mit seiner Beute wie die Katze mit der Maus. Das ist alles.«

»Aber Área – sie hätte dich sterben lassen!«

Aris sah zu ihr hinüber. »Daran wäre ich nicht gestorben«, beruhigte er sie, ergriff ihre Hand und küsste ihre Fingerknöchel.

»Nein?«

»Nein. Selbst wenn mein Körper ertrunken wäre, hätte er sich nach einiger Zeit erholt, und ich wäre wieder zum Leben erwacht.«

»Meinst du, dass sie das weiß?«

»Ich denke nicht, dass sie sich darüber Gedanken gemacht hat. Ich glaube nicht, dass sie mir etwas antun wollte. Área wollte sich schützen. Es hat vielmehr nach einer Panikreaktion ausgesehen. Sie hat nur versucht, uns abzuwehren.«

»Aber warum sollte sie das tun?«

»Das werden wir herausfinden, Elba.« Er gab ihre Hand frei.

»Können wir nicht einfach von hier verschwinden? Könnten wir nicht irgendwohin gehen, wo er uns nicht findet? Wo niemand uns findet?«

»Er wird uns überall finden. Früher oder später. Es macht keinen Sinn, wegzulaufen.« Aris blickte ernst auf die Straße.

»Was können wir denn dann tun? Vielleicht sollten wir zu ihm fahren, ihn fragen, was er wirklich will. Vielleicht können wir mit ihm verhandeln?«

»Eine Lösung finden?« Aris sah sie wieder an. »Nein, Elba. Er wird nicht ruhen, bis er bekommt, was er begehrt. Ganz gleichgültig, was das auch sein mag. Es gibt nur eine einzige Lösung.«

Gott im Himmel! Sie kannte die Lösung. Und das Szenario, das in ihr hochstieg, erleichterte sie ganz und gar nicht.

»Wir müssen ihn töten.« Aris' Stimme klang nüchtern, fast schon kalt.

»Aber wie sollten wir das anstellen? Er ist so stark. Er ist unverwundbar.«

»Niemand ist unverwundbar, Liebes. Wir müssen nur seinen wunden Punkt finden.«

Elba konnte sich nicht vorstellen, wie ihnen das gelingen sollte. Zu viel stand auf dem Spiel. Ein Krieg mit diesem Wesen würde sie alle vernichten, dessen war sie sich sicher. Es war viel zu gefährlich, sich mit ihm anzulegen.

»Mach dir keine Sorgen«, beschwichtigte Aris sie.

Sie musterte ihn. Er war fest entschlossen. Sein Ausdruck hatte sich verändert, und als ihr klar wurde, woran dies lag, bekam sie es mit der Angst zu tun. Er hatte einen Plan. Aber was hatte er vor? Was, wenn er sich ihnen zuliebe opfern, sich Duris ausliefern würde?

»Fürchte dich nicht, Liebes.«

Zu spät, dachte Elba.

Sie bogen in die geschotterte Einfahrt ein, am Ende des Weges erwartete sie das alte Haus. Vor dem Eingang parkte der schwarze Buick. Elba sah Tristan und Onkel Hinrik ausufernd diskutieren. Sie fühlte sich an jenen ersten Abend erinnert, an dem sie Tristan unangekündigt zum Essen eingeladen hatte.

Área stand unter der großen Eiche, unter der Tante Mathilda begraben lag. Elba hatte jedoch keine Zeit, das Mädchen weiter zu beachten.

Als sie aus dem Wagen stiegen, fluchte Tristan. »Mir reißt der Geduldsfaden mit diesem Typ!« Er wandte sich an Aris: »Wenn du nichts unternimmst, werde ich das jetzt ein für alle Mal erledigen.«

Aris warf ihnen einen strengen Blick zu. »Þetta er nóg! Genug jetzt!«, herrschte er. »Ins Haus! Alle!« Gebieterisch ging er an ihnen vorbei. Widerstandslos folgten ihm die anderen.

Die Großeltern kamen langsam die Treppe herunter. Die Großmutter musste Edwin stützen: Stufe für Stufe humpelte er zu ihnen. Die Schussverletzung würde ihm noch länger als Andenken an die Begegnung mit Duris bleiben.

Aris bat alle, am Esszimmertisch Platz zu nehmen. Er blickte von einem zum nächsten und begann, mit ernster Stimme ihre missliche Lage zu schildern. Er erzählte von seiner Vergangenheit mit Duris, tonlos und ohne Emotionen. Dann ging er dazu über, zu erklären, dass Duris es auf Elba abgesehen hatte. Dass er versuchen würde, sie für sich zu gewinnen – und das auf jede nur erdenkliche Art und Weise. Dabei strich er deutlich heraus, dass es Duris' Absicht sein würde, Elba zu quälen, um ihn selbst zu verletzen und zu manipulieren.

»Warum gehst du nicht mit ihm und lässt Elba hier bei uns?«, fragte Hinrik gereizt.

»Weil ihm das nicht reichen wird!«, gab Tristan genervt zurück. »Weil er keinen Frieden geben wird, bis er seine Rache ausgelebt hat.«

Hinrik blickte zwischen Tristan und Área hin und her. »Schon klar, dass *du* das so siehst, Tristan. Vielleicht ist die Situation aber eine andere als damals bei dir. Aris hat ihm ja auch nicht die Braut gestohlen.«

Elba sah Tristan an, dass er gleich die Beherrschung verlieren würde.

Er schlug mit der Faust auf die Tischplatte. Seine Augen verdunkelten sich. »Willst du es darauf ankommen lassen, du Schwachkopf? Willst du riskieren, dass wir unseren stärksten Mann verlieren? Wirst *du* sie dann schützen? Kannst du für ihre Sicherheit garantieren?«

»Tristan!« Aris gab ihm zu verstehen, sich zu beherrschen.

»Er hat recht«, mischte Edwin sich ein. »Wir können es uns nicht leisten, zu pokern. Es geht um Elba.«

Die Großmutter räusperte sich. »Es ist uns nicht erlaubt, uns einzumischen.«

Der Großvater sah sie über seine Brillengläser hinweg an. »Ich glaube nicht, dass wir eine Wahl haben. Es steht zu viel auf dem Spiel. Ruf Christian an. Bitte ihn, zu uns zu kommen.«

Helene seufzte, stand jedoch auf und verließ den Raum. Aris nickte Edwin dankbar zu.

Hinrik sah Tristan verächtlich an und deutete auf Área. »Und wer ist das Mädchen? Eine deiner Gespielinnen?«

Erneut kochte Wut in Tristan hoch. Es war offensichtlich, dass die beiden Männer nichts füreinander übrig hatten. Da legte Área sanft eine Hand auf Tristans Schulter. Verblüfft von der unerwarteten Berührung, starrte er sie an. Er wirkte irritiert.

»Wir haben gehofft, dass ihr uns das sagen könnt«, erwiderte Aris, bevor Tristan etwas sagen konnte. »Sie trägt Tristans Stein.«

Die Antwort schlug ein wie eine Bombe.

»Aber wie ist das möglich?«, rief Edwin entgeistert. Er drehte sich zu Hinrik um.

»Unmöglich!«, rief der aus.

»Unmöglich?« Tristan blickte die beiden geringschätzig an. Als er sich an Área wandte, änderte sich sein Ausdruck jedoch wieder schlagartig. Seine Augen schimmerten mild und liebevoll. »νεράιδα μου«, begann er.

War das Griechisch? Elba hatte sich noch niemals Gedanken über Tristans Herkunft gemacht.

»Bitte zeige ihnen deinen Stein.« Unverzüglich zog Área die Kette mit dem Aquamarin unter ihrem Kleid hervor.

Skeptisch beäugte Hinrik den Stein. »Ein Aquamarin. Na und?«

Tristan stöhnte gequält auf. Dann griff er nach Áreas Hand und atmete tief ein und aus. Sofort erhellten sich beide Steine in einem zarten Blau. »Zufrieden?«

Elba hörte ein seltsames Geräusch aus Richtung des Fensters, es klang wie ein Glucksen oder ein Blubbern. Sie suchte mit den Augen nach dem Ursprung. Es kam aus den durchsichtigen Blumenvasen, die am Fensterbrett standen. Das Wasser in ihnen bildete Blasen und brodelte vor sich hin. Faszinierend!

»Wie kann das sein?«, wollte Hinrik von Edwin wissen.

»Genau das ist die Frage! Also: Wie kann das sein, Edwin?«, echote Tristan mit hochgezogenen Augenbrauen.

»Vielleicht wüssten wir es, wenn ihr uns nicht die Truhe mit den Büchern geklaut hättet«, ertönte es hinter ihnen. Christian betrat das Esszimmer. »Und ihr euch nicht das einzige Buch hättet stehlen lassen, in dem wir die Antwort finden könnten.«

Christian ging um den Tisch herum und begrüßte Elba, indem er sie kurz auf den Kopf küsste.

»Wer hat das Aquamarin-Buch jetzt?«, fragte die Großmutter, die Christian gefolgt war und sich wieder an den Tisch setzte.

»Duris«, antwortete Elba. »Wir nehmen an, dass Ofea es ihm gebracht hat.«

»Warum sollte ihn genau dieses Buch interessieren?«, überlegte Hinrik und musterte Tristan mit zusammengekniffenen Augen.

Elba war nicht sicher, ob die Frage ernst gemeint war oder ob er ohnedies glaubte, die Antwort zu kennen und Tristan nur wieder verärgern wollte.

Área betrachtete Hinrik ruhig und freundlich. Sie schien über irgendetwas nachzudenken, und es machte den Eindruck, als suchte sie die Lösung in Hinriks Gesicht. Schließlich erhob sie leise die Stimme: »Fragen wir Mathilda.« Sie ließ Hinrik nicht aus den Augen.

Wie vom Donner gerührt fuhr dieser herum und starrte Área an.

Elba bemerkte, dass die Großmutter tief einatmete und für einen Augenblick die Luft anhielt. Misstrauisch beobachtete Elba sie. Die Großmutter wusste etwas, dass sie nicht preisgeben wollte. So viel stand fest.

Keiner sagte ein Wort. Es war klar, dass nahezu niemand im Raum dem anderen vertraute, und Elba bezweifelte, dass eine Allianz auf dieser Basis viel bringen würde. Für sie ging aus den Reaktionen ihrer Verwandten unmissverständlich hervor, dass ihnen Áreas Vorschlag auf den Magen schlug, und es interessierte sie brennend, woran das lag. Daher sagte sie laut und entschlossen: »Genau das sollten wir tun. Was benötigen wir dafür? Wie können wir das anstellen?«

Área warf Tristan einen langen Blick zu, dann fragte sie: »Erinnerst du dich an das Nekromanteion bei Ephyra?«

Tristan neigte den Kopf zur Seite und lächelte. »Das Totenorakel aus dem antiken Griechenland? Nein, ganz so alt bin ich nicht. Aber ich verstehe, was du meinst. Wir könnten à la Moody versuchen, ein Psychomanteum nachzustellen.«

Área nickte. Auf ein Neues war Elba erstaunt über ihr Wissen. Sie musste sehr gebildet sein und ein ausgeprägtes Interesse für Übernatürliches hegen. Zu schade, dass sie nur über sich selbst nichts zu wissen schien.

»Ein Psychomanteum?«, hakte Elba nach.

Tristan schmunzelte. »Es dient der Kontaktaufnahme mit den Toten. Man benötigt einen Spiegel, um in die Unendlichkeit zu sehen – ohne aber in sein eigenes Spiegelbild zu blicken –, und gedämpftes Licht. Ein hypnotischer Zustand wäre auch hilfreich. Die Methode wurde von einem Nahtodforscher namens Dr. Moody praktiziert. Er wollte ein Nekromanteion nachstellen. Sein Erfolg in der Kontaktaufnahme mit Verstorbenen dürfte wohl spektakulär gewesen sein.«

Die Großmutter schien diese Idee nicht gerade gutzuheißen. Und sie fand, im Gegensatz zu Tristan, auch nichts Belustigendes daran. »Die Ruhe der Toten zu stören kann schwerwiegende Konsequenzen nach sich ziehen, die nicht abzuschätzen sind«, gab sie zu bedenken. »Außerdem können wir nicht sicher sein, dass Mathilda uns überhaupt behilflich sein kann. Vielleicht sollten wir noch nach einer anderen Möglichkeit suchen, bevor wir diesen Schritt wagen.«

»Aber sie ist die Einzige, die etwas über die Aquamarine wissen könnte«, warf Elba ein. »Ich denke, wir sollten es versuchen. Vielleicht weiß sie sogar über Área Bescheid. Was meinst du, Onkel Hinrik?«

Er hatte die ganze Zeit über geschwiegen. »Ich glaube nicht, dass eine Kontaktaufnahme so einfach zu bewerkstelligen ist. Ohne ein starkes Medium.«

»Du kannst das, nicht wahr?«, wandte Elba sich an Área.

»Ich kann es versuchen. Ich habe schon öfter mit dem Totenreich kommuniziert. Aber ich kann das nur schwer steuern. Normalerweise rufe ich nicht gezielt nach einer Person. Die Toten kommen zu mir. Ich habe noch nie versucht, das zu beeinflussen.«

Edwin richtete sich an Tristan: »Sie hat das zweite Gesicht?«

»Das zweite Gesicht?«, fragte Elba.

»Eine angeborene Hellsichtigkeit.«

»Jeder Mensch ist medial veranlagt«, erklärte Área, »und wird mit der Fähigkeit geboren, mit der geistigen Welt zu kommunizieren. Sie verkümmert nur bei den meisten. Ähnlich, wie es sich mit der angeborenen Intuition verhält. Viele Menschen trauen sich nicht, auf ihre innere Stimme zu hören. Obwohl diese ihnen den Weg weisen würde.«

»Aber Medialität muss trainiert werden«, entgegnete die Großmutter. »Ohne Übung ist es, wie mit einem Stock in einem Teich zu stochern und zu hoffen, dass ein Fisch anbeißt.«

Nach einem Moment des Schweigens erhob sich Aris. »Wir probieren es.«

Tristan lachte. »Lasst uns sehen, ob ein Toter anbeißt!«

Die Großmutter und Hinrik warfen ihm gleichzeitig vernichtende Blicke zu.

Elbas Großvater stand auf und legte seiner Frau besänftigend die Hand auf die Schulter. »Wahrscheinlich wird es am besten sein, es in Mathildas Zimmer zu versuchen. Helene, bitte sei so gut und triff die nötigen Vorbereitungen.«

Die Großmutter legte ihre Hand auf die seine und nickte resignierend. Sie bat Elba und Área, sie nach oben zu begleiten.

Ein beklemmendes Gefühl beschlich Elba, als sie das herrenlose Schlafzimmer betraten. Den Tod der Tante hatte sie noch immer nicht verarbeitet. Zu viele Ereignisse waren auf sie eingeströmt, als dass sie sich mit dem Verlust hätte beschäftigen können. Es erschien ihr unwirklich, dass die Tante für immer fort sein sollte.

Sie blickte sich im Zimmer um. Alles war noch genauso wie vor ihrem Tod, Mathilda hätte ebenso gut noch hier wohnen können. Das Bett war überzogen und frisch gemacht. Die Kerze auf ihrem Nachttisch, die zur Hälfte hinuntergebrannt war, schien auf ihren nächsten Einsatz zu warten. Selbst das Puderdöschen lag noch auf dem Schminktisch.

Die Großmutter nahm den großen langen Wandspiegel ab und stellte ihn in den Flur. Sie kehrte mit einem etwas kleineren, quadratischen Exemplar zurück.

»In der Kommode befinden sich Kerzen, Elba«, wies sie die Enkelin an und zeigte auf ein antikes Schränkchen.

Nachdem Elba sämtliche Kerzen daraus hervorgekramt hatte, stellte sie fest, dass Aris mitten im Raum stand. Tristan lehnte mit verschränkten Armen am Türstock und beobachtete das Geschehen. Sie hatte die beiden nicht kommen gehört, hätte aber wetten können, in Tristans Augen ein Funkeln zu erkennen. Sie war nicht sicher, was es bedeutete, ging aber davon aus, dass es von Belustigung herrührte. Wahrscheinlich hieß er das Spektakel lediglich gut, weil es Hinrik und den Großeltern nicht recht zusagte. Sie konnte sich kaum vorstellen, dass er sich tatsächlich Erfolg von der Sache versprach.

Bei Aris hingegen schien sich die Lage anders zu verhalten. Entweder glaubte er wirklich an einen bedeutenden Informationsgewinn, oder er wollte nur testen, wie die Wächter sich verhalten würden. Er nahm Helene den Spiegel ab und hängte ihn gut anderthalb Meter über dem Boden an einen großen Nagel in der Wand.

Die Großmutter zog einen kleinen Stuhl in die Nähe des Spiegels, dahinter stellte sie ein rundes Holztischchen und bedeutete Elba, die Kerzen darauf abzustellen. Sie nahm eine Streichholzschachtel aus der Rocktasche und zündete die Kerzen an, dann zog sie die schweren, dunklen Samtvorhänge zu. Bis auf den flackernden Schein der Kerzen war es stockdunkel im Raum, den die Großmutter nun kommentarlos verließ.

Área ließ sich auf den Stuhl vor dem Spiegel sinken und legte die Hände links und rechts auf die Armlehnen. Ihr eigenes Spiegelbild war nicht zu erkennen, da sie niedriger saß als der Spiegel angebracht war. Tristan hockte sich vor sie auf den Boden, legte seine Hände auf die ihren und sah ihr tief in die Augen. Nach einem Moment tat sich eine weitere schwache Lichtquelle im Raum auf: das Leuchten der beiden Aquamarine. Área verlor sich in Tristans Augen und versank in eine tiefe, meditative Entspannung.

An diese tief greifende Wirkung, diese unerklärliche Zustandsveränderung, die sie – die Vampire – allein durch eine Berührung auszulösen vermochten, würde Elba sich wohl niemals gewöhnen.

»Erzähl mir von ihr«, forderte Área Tristan auf. »Etwas von Bedeutung, ein emotionales Erlebnis.«

Damit hatte er bestimmt nicht gerechnet. Er atmete hörbar aus. Offensichtlich wusste er nicht recht, wie er beginnen sollte. Zweifelsohne war er nicht der Typ, der gern in der Vergangenheit rührte, und schon gar nicht einer, der freiwillig seine Gefühle preisgab.

Área beugte sich vor, sodass ihre Gesichter sich beinahe berührten. Sie nahm die Hände von der Armlehne und umschloss ermutigend sein Gesicht. »Erzähl mir, wie ihr euch kennengelernt habt.«

Das sollte eine Aufgabe sein, die er bewältigen konnte. Er atmete wieder ein.

Die Geschichte, die folgte, hätte Stoff für eine ganze Serie an Liebesfilmen hergegeben. Tristan erzählte, dass er Mathilda bereits in ihrer Kindheit immer wieder besucht und beobachtet hatte. Über Jahre hinweg hatten sie sich regelmäßig einmal im Jahr an einem bestimmten Platz am Waldrand unweit von Mathildas Elternhaus getroffen. Heimlich natürlich – immer am selben Tag, zur selben Zeit.

Sie hatten sich stundenlang unterhalten. Mathilda hatte ihm von alltäglichen Ereignissen und Erlebnissen mit Schulfreunden erzählt, oder von ihren Eltern, die Freuden ihres Lebens mit ihm geteilt und ihm ihr kindliches und später jugendliches Leid geklagt. Im Laufe der Zeit hatten sich Geschichten über männliche Verehrer hinzugesellt.

Mathilda hatte niemals Fragen über Tristans Herkunft gestellt oder über seine Existenz. Seit sie denken konnte, traf sie ihn einmal im Jahr an diesem Ort. Die restliche Zeit über hielt er sich bedeckt und verfolgte ihr Aufwachsen aus der Entfernung. Beschützte sie unauffällig, wenn dies vonnöten war.

Hätte es sich nicht um Tristan gehandelt, würde man von einer epischen, unvergleichlichen Liebesgeschichte ausgehen. Mathilda muss ihr ganzes Leben lang in ihn verliebt gewesen sein, dachte Elba. *Wie schön und wie unendlich traurig zugleich.*

Als Mathilda älter wurde, entwickelte sich eine stürmische Liebesbeziehung voller Leid und intensiver Gefühle zwischen den beiden, die von Anfang an zum Scheitern verurteilt war. Tristan schien nicht imstande gewesen zu sein, ihr zu geben, was sie wirklich brauchte.

Área ließ ihn während der Erzählung kein einziges Mal aus den Augen. Ihr Blick war aufmerksam und doch ruhig und liebevoll.

Fasziniert stellte Elba fest, dass der Spiegel sich langsam zu trüben begann. Sie erschrak, als sie meinte, eine Bewegung darin zu sehen, und fuhr herum, als sie hinter sich ein Geräusch hörte. Was war das? Ihr Blick streifte Aris. Er schien es nicht gehört zu haben, betrachtete nur Tristan und Área.

Da war es wieder! Ein Flüstern?

Ein Luftzug streifte Elbas Wange. Sie blickte um sich, konnte aber nichts erkennen. Es hatte sich angefühlt, als wäre jemand an ihr vorbeigegangen. Dann wurde das Geräusch deutlicher. Es hörte sich an wie das Säuseln einer Stimme. Ja, es musste eine Stimme sein! Sie flüsterte dünn wie der Wind. Elba versuchte, die Worte zu verstehen. Wieder huschte etwas an ihr vorbei.

Als sie sich umdrehte, schaute Aris sie mit zusammengezogenen Augenbrauen an. Er hatte bemerkt, dass etwas mit ihr nicht stimmte. Elba konnte nicht darauf eingehen. Da war sie wieder. Die Stimme. Die Stimme einer Frau. Aber was sagte sie? War es ein Name? Sie konnte es nicht verstehen.

Área wandte sich ein wenig um. »Es ist jemand hier«, sagte sie.

Genau in diesem Augenblick verstand Elba die Worte. Es war ein Name. *Ihr* Name. Die Stimme flüsterte ihren Namen!

»Elba«, drang es dünn und schwach an ihr Ohr. »Elba.«

Aber es war nicht Mathildas Stimme. Der Saum der Vorhänge bewegte sich kaum merklich. Ein Rascheln. Ein weiterer Luftzug. Dann vernahm sie die Worte klar und deutlich: »Elba, du darfst ihn nicht gehen lassen.«

Nicht gehen lassen?

»Du darfst nicht zulassen, dass er zu ihm geht. Das ist das Ende, und das Ende verändert alles.«

Wer durfte nicht gehen? »Was soll das bedeuten?«, fragte sie laut.

An der verwunderten Reaktion der anderen erkannte sie, dass sie offenbar die Einzige gewesen war, die die Stimme gehört hatte.

»Was meinst du, Elba?«, fragte Aris.

Sie konnte nicht antworten. Sie sah sich um, lauschte aufmerksam, suchte in der Finsternis den Raum ab. Doch alles war ruhig und still. Keine Bewegung, kein Lufthauch, kein Flüstern. Nichts.

Plötzlich erhob sich Áreas Stimme in der Dunkelheit: »Mathilda.«

Alle starrten auf den Spiegel. Da war sie. Mathilda war in dem Spiegel zu sehen.

Elba war irritiert. Noch jemand musste hier gewesen sein, jemand anderes als Mathilda. Allerdings blieb ihr keine Zeit, weiter darüber nachzudenken. Sie erstarrte und riss die Augen auf. Das Unfassbare geschah: Mathilda stieg aus dem Spiegel! Ein Schrei erstickte in Elbas Kehle. Sie war es! Leibhaftig! Mathilda stand direkt vor ihr und lächelte sie seelenruhig an. Elbas Herz pochte. Passierte das tatsächlich? Oder war es eine Vision?

Tristan erhob sich. Er schien ebenfalls mehr als überrascht, dass es ihnen gelungen war, seine alte Liebe tatsächlich zu rufen.

»Mathilda«, flüsterte er.

»Mein lieber, ungläubiger Tristan«, erwiderte sie sanft.

»Hast du nun endlich gefunden, wonach du gesucht hast?«

»Wonach ich gesucht habe?«

Mathilda lächelte ihn an, dann fiel ihr Blick auf Área.

»Weißt du, wer sie ist?«, fragte er.

Mathilda wanderte zu dem Stuhl, auf dem Área saß. »Die Frage ist vielmehr, *was* sie ist und welche Bedeutung sie hat.«

»Welche Bedeutung?« Ungeduld zeichnete sich nun auf seinen Zügen ab.

»Eine dunkle Kraft hat von ihr Besitz genommen. Hat sie aus dem Licht gezerrt. Hält sie gefangen.«

»Was meinst du?«, wollte er wissen.

Aris trat einen Schritt nach vorn. »Kannst du uns sagen, welche Verbindung es zwischen ihr und Duris gibt? Gibt es einen Zusammenhang zwischen den beiden?« »Alles im Leben hat einen Zusammenhang. Alles wiederholt sich, bis es aufgelöst werden kann. Du musst das besser wissen als irgendjemand sonst, Aris. Es ist ein ewiger Kreislauf.«

Mathildas Blick fiel auf Elba. »Aus diesem Grund ist Elin gestorben. Es ist an der Zeit, Aris. An der Zeit, die Auflösung zu finden. Du musst die Aufgabe lösen, die dir gestellt wurde. Wenn du es nicht tust, wird er es tun. Indem er auch Elba tötet. Dann wird nichts mehr bleiben. Die Geschichte wird ein Ende finden, und du wirst mit ihr enden.«

»Er hat Elin getötet?«, fuhr Elba aufgeregt dazwischen. »Meine Mutter Elin? Hat Duris meine Mutter getötet, Tante Mathilda?«

»Wie können wir den Kreislauf aufhalten?«, mischte Aris sich ein, ohne die Antwort abzuwarten.

Mathilda blickte einen Moment auf Área. »Der Weg wird hart und schmerzvoll. Mein armer, geliebter Tristan. Du musst in diesen Schmerz eintauchen, dich ihm stellen. Es gibt keinen Ausweg. Jetzt nicht mehr, für keinen von euch beiden. Aris, du musst sie vorbereiten. Du musst sie führen. Das ist der Grund deiner Existenz. Du bist der Einzige, der die Macht und die Stärke besitzt, um diese Aufgabe zu erfüllen. Du bist geboren, um zu führen, du musst dein Schicksal annehmen. Área ist der Schlüssel.«

»Der Schlüssel?«, Aris runzelte die Stirn.

Mathilda schwieg, während sie weiterhin sanftmütig lächelte.

»Um Himmels Willen, Mathilda!«, rief Tristan aus. »Was für ein Schlüssel? Was will Duris? Wenn du es weißt, dann sag es uns. Ich bitte dich!«

»Er wünscht sich einen Nachfolger. Einen Nachfolger aus seinem eigen Fleisch und Blut.«

Was? Wie sollte das möglich sein? Soweit Elba wusste, war es Vampiren unmöglich, sich zu vermehren. Zumindest auf die herkömmliche, menschliche Art und Weise. Was war also damit gemeint?

»Hab ich es doch gewusst!«, stöhnte Tristan. »Was für eine kranke Scheiße! Der Verrückte plant sein nächstes abartiges Experiment. Der hat sie nicht alle!«

In gewisser Weise hatten sie also recht gehabt. Duris wollte etwas erschaffen. Aber es war kein neues Mischwesen. Es war ein Nachkomme, nach dem er sich sehnte.

»Wie will er das anstellen?«, wollte Aris nun wissen.

Mathilda beugte sich zu Área vor. »Du weißt es, mein Kind. Tief verschüttet in dir liegt die Antwort verborgen. Sie ist in deinem Kopf.«

Hilfe suchend schaute Área zu Tristan. »Sie kann sich an nichts erinnern, Mathilda.«

»Das Rätsel, Tristan!«, erinnerte sich Aris.

In diesem Moment öffnete Christian die Zimmertür. Alle wandten sich nach ihm um, im nächsten Augenblick war Mathilda verschwunden.

»Herrgott, Milchgesicht! Was willst du?«, fuhr Tristan ihn an.

»Ich wollte sehen, was ihr hier treibt.«

»Sie ist weg!«, blaffte Tristan. »Schließ die Türe. Wir müssen zusehen, dass sie wieder erscheint. Área?«

»Mathilda ist weg. Und sie kommt nicht wieder«, antwortete sie.

Tristan stöhnte gequält auf. Beim Hinausstürmen rempelte er Christian an, wütend stieß dieser zurück. Área stand auf und folgte Tristan.

»Lasst uns nach unten gehen und mit den anderen sprechen«, schlug Aris vor.

Die beiden verbliebenen Männer marschierten los. Gerade, als Elba ebenfalls den Raum verlassen wollte, fühlte sie wieder diesen Luftzug. Und hörte das Flüstern.

»Deflagratio.«

Wie angewurzelt blieb sie stehen.

»Deflagratio!«

Immer wieder dieses Wort. Deflagratio – ein Wort, dessen Bedeutung sie nicht kannte.

»Was?«, flüsterte sie.

Umgehend kehrte Aris zurück. »Was hörst du, Liebes?«

»Ein Wort, ein einziges Wort«, entgegnete sie unsicher.

»Welches Wort?«

Sie lauschte. »Deflagratio«, wiederholte sie langsam.

»Deflagratio? Bist du sicher?«

Elba nickte. »Was soll das heißen?«

»Völlige Vernichtung durch Feuer«, entgegnete Aris. »Das Wort bedeutet ›völlige Vernichtung durch Feuer‹.« Sie runzelte die Stirn. »Nichts weiter? Hörst du sonst noch etwas, Elba?«

Sie lauschte. Doch die Stimme war verschwunden. Aris musterte sie aufmerksam. Sie schüttelte den Kopf. »Sie ist weg. Die Stimme.«

»Wessen Stimme?«

»Ich weiß es nicht.«

Aris zog die Vorhänge zurück, sodass wieder das matte Licht der einsetzenden Dämmerung ins Zimmer drang. Dann löschte er die Kerzen.

Sie war froh, dass die unheimliche Stimmung wieder durch die Realität ersetzt wurde. Aris küsste Elba, die sich nicht von der Stelle bewegte, auf die Stirn. »Was könnte das bedeuten?«, überlegte sie.

Aris holte tief Luft. »Duris hatte einen Bruder«, erklärte er. »Sein Name war Flagrus. Die beiden liebten es, mit ihren Gefangenen ein grausames Spiel zu treiben, um sie zum Reden zu bringen. Oder um ein abschreckendes Exempel zu statuieren. Flagrus folterte sie mit einer Art Peitsche. Ihre Riemen waren an den Enden mit Widerhaken aus scharfen Knochenstücken versehen. Aus den Knochenstücken seines letzten Opfers. Später bauten die beiden ihre Foltermethode zur Todesstrafe aus, die sie gleichermaßen für Menschen wie auch für abtrünnige Vampire einsetzten. Am Ende der Folter durch Flagrus, die er wohlwissend genau so dosierte, dass die Gegeißelten gerade noch am Leben blieben, zündete Duris die Gefangenen mit seinem eigenen Feuerstrahl an, und sie verbrannten.

Diese schmerzhafte Methode wurde Deflagratio genannt. Ein Wort, das sich aus den Namen der beiden zusammensetzte. Bald wurden auch nur ihr gemeinsames Auftreten oder ihre gemeinsamen Handlungen damit bezeichnet. Als Warnruf beispielsweise schrien Dorfbewohner, die durch die beiden angegriffen wurden, ›Deflagratio‹, sobald sie auftauchten.«

»Und was ist mit seinem Bruder geschehen? Wo ist er heute?«

»Duris wollte niemals über ihn sprechen. Ich denke, er ist tot. Duris hat zumindest immer behauptet, er sei nicht mehr. Ich habe nur ein einziges Mal eine Zeichnung von ihm zu Gesicht bekommen, bin ihm aber nie persönlich begegnet. Daher habe ich angenommen, dass dies der Wahrheit entspräche.«

Christian saß mit den Großeltern und Onkel Hinrik am Esszimmertisch und berichtete, was er von der Séance mitbekommen hatte.

Tristan, der am Fenster stand und in den Garten blickte, ergänzte Christians Ausführungen. Área stand neben ihm, eine Hand auf seinem Rücken, als wollte sie ihn trösten oder besänftigen.

Aris erklärte schließlich, dass er es für sicherer hielte, die Nacht gemeinsam zu verbringen.

»Natürlich«, kommentierte der Großvater. »Ich bin sicher, dass Hinrik nichts dagegen hat, euch als Gäste zu beherbergen.«

Er sah Hinrik entschlossen an, wohlwissend, dass dieser gewiss etwas dagegen hatte, dass die Vampire in seinem Heim übernachteten. Aber da es um Elbas Sicherheit ging, wollte Edwin ihm keine Gelegenheit zum Protest geben.

Und auch wenn Hinrik vor allem Tristan am liebsten mit einem Tritt vor die Tür befördert hätte, sah er ein, dass er keine Wahl hatte.

Höflich bedankte Aris sich bei ihm, während Tristan die Augen verdrehte. Dann teilte er sie alle für die Nacht in Zweierteams zu Schichten ein. Diejenigen, die jeweils Wache hielten, sollten die Schlafenden bei drohender Gefahr wecken.

Elba wurde etwas unheimlich zumute bei dem Gedanken, in dem Raum neben Mathildas Zimmer zu übernachten. Sie war froh, dass Aris sie ganz selbstverständlich nach oben begleitete. Es schien außer Frage zu stehen, dass er mit ihr im selben Raum übernachten würde.

Er zündete die schmale Kerze auf dem Nachttisch an. Elba war die Situation irgendwie ein wenig peinlich. Sollte sie sich einfach ausziehen und ins Bett legen? Sie ging zum Fenster und schaute hinaus in den weitläufigen Garten. Wie friedlich es dort draußen aussah. Sie spürte, dass Aris sich ihr von hinten näherte und seine Arme um sie schlang. Erleichtert ließ sie sich an seine Brust zurücksinken.

Sie merkte, dass er sein Shirt bereits ausgezogen hatte und nur noch die ausgewaschenen Jeans trug. Und den silbernen Armreif an seinem muskulösen Oberarm. Sie musste an die Tätowierung auf seinem Rücken denken. Unvorstellbar, dass er einst so eng mit Duris verbunden war. War er selbst tatsächlich einmal genauso grausam und böse wie dieses Monster gewesen? Vielleicht war auch Aris wirklich weitaus gefährlicher, als es momentan den Anschein hatte. Oder war es denkbar, dass es auch gute Seiten an Duris gab, die solch eine enge Bindung ermöglicht hatten? Vielleicht lagen Gut und Böse immer nur im Auge des Betrachters.

Sie spürte, dass Aris ihren Nacken küsste. Eine Gänsehaut überzog die Stelle, die er mit seinen Fingerspitzen streichelte.

»Woran denkst du, Elska min?«

Die Berührung löste ein wohliges Kribbeln aus. Sie drehte sich um und betrachtete sein markantes Gesicht. Die harten Wangenknochen, die raue Männlichkeit verkörperten. Die symmetrisch geschwungenen Lippen, die nach den ihren riefen. Die grünen Augen, die ihr Befinden zu ergründen versuchten. Nicht einmal im Traum hatte sie sich ausgemalt, dass sie einmal mit solch einem Mann zusammen sein würde.

Unweigerlich musste sie an Ofea denken. Sie konnte sich nicht vorstellen, dass die Vampirin einfach auf Aris verzichten würde – unvorstellbar, dass Ofea Aris kampflos ziehen lassen würde, ihr Verlangen nach ihm und ihre Liebe waren echt gewesen. Ofea kannte Aris in- und auswendig, seine wahren Bedürfnisse und Sehnsüchte, mehr, als Elba ihn wohl jemals kennen würde. Und sie wollte ihn gewiss zurückgewinnen. Dieses Vorhaben würde sie bestimmt nicht ohne Weiteres aufgeben. Das konnte Elba sich nicht vorstellen.

Ihr graute vor einer Begegnung mit ihr. Ofea musste sie hassen. Aber vielleicht war sie auch gar nicht wichtig genug für sie, um solch intensive Gefühle auszulösen. Wer war sie denn schon? Viel eher würde Ofea sie als Eintagsfliege betrachten, wohl kaum als Konkurrentin. Andererseits war sie ein alter und überaus mächtiger Vampir, der wahrscheinlich über einen ausgeprägten Jagdsinn verfügte. Elba würde keine Chance gegen sie haben, wenn sie es darauf anlegte. Und alles, was bisher geschehen war, war bestimmt nur der Anfang des Spieles gewesen.

Aris beugte sich vor und flüsterte ihr mit rauer Stimme ins Ohr: »Ich bin dein.«

Wie stellte er es nur an, immer genau zu wissen, woran sie dachte?

Sein Atem auf ihrer Haut brachte eine Lawine an Gefühlsregungen in ihr in Gang. Ihr Körper verlangte nach ihm. Nach seiner Nähe. Nach seiner Berührung. Sie konnte nicht anders, als sich umzudrehen und ihn zu küssen.

Leidenschaftlich erwiderte er den Kuss, umfasste mit beiden Händen ihre Taille und zog sie an sich heran. Elba musste sich jetzt auf die Zehenspitzen stellen, um ihn küssen zu können. Aus diesem Grund umfasste Aris ihr Hinterteil und hob sie hoch. Elba umschlang seine Hüften mit den Beinen und legte einen Arm um seine kräftigen Schultern, um das Gleichgewicht nicht zu verlieren. Sanft berührte sie sein Gesicht. Er war tatsächlich real. Und er gehörte ihr.

Es schien ihm nicht die geringste Mühe zu bereiten, sie zu halten. Sie fühlte sich federleicht in seinen Armen. Er hielt einen Moment inne und lächelte sie an.

Es war ein vollkommen unbeschwertes Lächeln. Herausfordernd und unglaublich sexy. In diesem Augenblick gab es nur sie beide. Keine Sorge, keine Schwermut, keine Angst. Nur ihre gegenseitige Anziehungskraft. Ihr Verlangen nacheinander. Die Vertrautheit zwischen ihnen beiden.

Elba fühlte sich sicher bei ihm. Automatisch erwiderte sie das Lächeln. Langsam fing Aris an, sich rückwärts zu bewegen. Er ließ sich mit ihr auf das Bett fallen, sodass sie nun auf ihm saß.

»Wir sollten zusehen, dass wir etwas Schlaf bekommen«, meinte er grinsend.

»Später«, hauchte Elba lächelnd und küsste ihn begierig. Seine Atmung beschleunigte sich hörbar, als sie sich auf seinem Schoß bewegte. Er griff in ihr volles Haar und zog energisch ihren Kopf zurück, sodass ihr Hals vollständig entblößt vor ihm lag. Wieder grinste er, dann verdunkelten sich seine Augen, und er fuhr mit der Zunge über ihre Kehle. Sie machte sich frei, neigte sich vor, presste die Lippen auf seine, und ihre Zunge drängte in seinen Mund.

Plötzlich drückte er sie ein Stück von sich weg. Er hielt sie fest fixiert. Sie wollte sich ihm wieder nähern, ihn küssen, aber er ließ es nicht zu. »Nicht, Elba.«

»Wieso nicht?«, keuchte sie außer Atem und versuchte, sich aus seinem Griff zu befreien.

»Es ist zu gefährlich. Ich habe zu wenig Blut getrunken. Ich weiß nicht, ob ich mich beherrschen kann. Das könnte außer Kontrolle geraten.«

Überrascht sah sie ihn an. Natürlich! Tristan und er mussten heute sehr wenig getrunken haben. »Du kannst von meinem Blut trinken«, schlug sie zögerlich vor.

»Nein, Elba. Das ist zu gefährlich. Ich bin mir nicht sicher, ob ich mich kontrollieren kann. Nicht, nachdem ich mich längere Zeit nicht genährt habe. Nicht bei dir. Dein Blut wirkt wie eine unbeherrschbare Droge auf mich.«

»Aber Tristan hat auch von mir getrunken! Und er hatte offensichtlich keine Probleme damit.«

»Das ist nicht dasselbe. Er ist nicht auf die gleiche Art und Weise mit dir verbunden wie ich.«

»Wir sollten es trotzdem probieren. Du bist unglaublich stark. Du wirst mich nicht in Gefahr bringen.«

»Du weißt nicht, wovon du sprichst.«

»Das denke ich schon. Du brauchst Blut, und ich habe Blut. So einfach ist das.«

»Ich werde dich keinesfalls wissentlich einem Risiko aussetzen.«

»Aber ich will es so. Ich bitte dich, lass es uns wenigstens probieren!«

»Elba, bitte!«, mahnte er. »Bitte mich nicht auch noch darum. Es ist schon schwer genug für mich, diesem Drang zu widerstehen.«

»Aber das musst du auch gar nicht«, flüsterte sie und küsste ihn wieder lange und intensiv. Sie konnte selbst kaum glauben, wie sehr sie ihn begehrte. Wie sehr sie sich danach sehnte, sich mit ihm zu verbinden und ihm seine verborgensten Wünsche und Sehnsüchte zu erfüllen.

»Ich will dich nicht … zu meiner Nahrung machen«, presste er hervor.

»Bitte, Aris«, flehte sie zwischen den Küssen. Er stöhnte. »Ich will es. Wirklich.« Wieder stöhnte er unter ihren Küssen und den provozierenden Bewegungen ihres Beckens auf. »Bitte«, flüsterte sie wieder.

Er küsste sie am Hals. An der Stelle, an der ihr Herz aufgeregt das Blut durch die Schlagader durch ihren Körper pumpte. Die Berührung seiner Zunge ließ sie erregt zusammenzucken. Und schließlich gab er nach.

Sie spürte seine Zähne. Zuerst ganz vorsichtig, dann mit mehr Druck. Und letztendlich versenkte er sie mit einem Ruck in ihrem Fleisch.

Sie fühlte die Wärme des Blutes an ihrem Hals und das Ziehen, als Aris davon zu trinken begann. Es war weniger schmerzhaft als die ersten Male, aber dennoch alles andere als angenehm. Das eher unbehagliche Gefühl des Ziehens wurde jedoch bald durch ein ekstatisches, herrlich berauschendes Empfinden ersetzt. Wie eigenartig ... Lag es an ihrer eigenen Befriedigung, ihm geben zu können, was er brauchte und begehrte? Oder war es eine ganz eigenständige, darüber hinausgehende körperliche Reaktion?

Ein keuchendes Geräusch der Lust drang aus ihr, als plötzlich jemand die Tür aufriss, hereinstürmte und sie wieder hinter sich zuschlug. Elba fuhr erschrocken zusammen.

»Aris!«, rief Tristan gedämpft und doch so laut, dass seine Verärgerung deutlich zum Ausdruck kam.

Aris funkelte ihn finster an. »Hinaus!«, herrschte er ihn ungehalten an und versenkte die Zähne umgehend wieder in Elbas Hals.

»Schluss jetzt, hör auf!«, wetterte Tristan unbeeindruckt.

Woher wusste er, was hier vor sich ging – hatte er sie belauscht? Waren sie so laut gewesen?

Unsanft stieß Aris sie zur Seite und sprang auf Tristan los. Er packte ihn an der Kehle und presste ihn gegen die Wand.

Tristan wehrte sich nicht. »Verschwinde!«, rief er Elba zu.

Gab es Veranlassung, sich zu fürchten? Sie erinnerte sich an die Szene vor dem Haus der beiden, kurz nachdem sie bei Duris gewesen waren. Wie ein kleines Kind erhob sie sich artig und ging zur Türe.

Aris ließ von Tristan ab und griff blitzschnell nach ihrer Hand. »Geh nicht, Liebes. Es besteht kein Grund, sich zu ängstigen. Er hat recht. Ich muss aufhören, bevor ich es nicht mehr kann.« Dann wandte er sich wieder Tristan zu. »Es ist nicht deine Aufgabe, auf sie aufzupassen.«

»Es ist nicht *sie*, auf die ich aufpasse!«

Aris warf ihm einen Blick zu, der Tristan veranlasste, aus dem Raum zu gehen. Dann setzte er sich aufs Bett und deutete Elba, wieder zu ihm zu kommen. Unsicher näherte sie sich ihm. Er zog sie auf seinen Schoß und betrachtete die Bissspuren an ihrem Hals.

»Habe ich dir wehgetan?«, fragte er ernst.

»Nein. Ich wollte es ja so.«

»Die Wunde sieht abscheulich aus«, stellte er verärgert fest.

»Nein. Es geht schon. Wirklich!«

Aris zog umständlich ein kleines Taschenmesser aus seiner Hosentasche. »Es tut mir leid. Ich wollte dich nicht erschrecken.«

»*Du* hast mich auch nicht erschreckt.«

»Tristan meint es nur gut.«

»Ich weiß«, bestätigte sie und überlegte, weshalb Tristan es so schnell geschafft hatte, dass sie Aris' Handeln in Frage stellte, dass sie wider ihr Gefühl glaubte, dass es Veranlassung zur Furcht gab.

»Ihr seid euch auf eine gewisse Art sehr ähnlich, Elba. Und du vertraust ihm.«

Ja, das stimmte. Sie vertraute Tristan. Aber weshalb traute sie ihm mehr als ihrem eigenen Gefühl? Und mehr als Aris? So sollte das sicherlich nicht sein! Das war gewiss kein gutes Zeichen.

Mit der Spitze der Klinge des Taschenmessers bohrte Aris ein winziges Loch in die Haut seines Handgelenks. Kleine Blutstropfen quollen daraus hervor.

»Trink«, forderte er sie auf und streckte ihr den Arm entgegen.

Sie beugte sich vor und leckte mit der Zungenspitze das Blut von seinem Handgelenk. Ein warmes Kribbeln wanderte durch ihren Körper, gefolgt von einer heftigen, sinnlichen Welle, die sich allmählich in ihr aufbaute und schließlich ihren gesamten Körper überflutete. Mit ihr wurde jeder Schmerz weggeschwemmt, jedes Leid ausgespült. Sogar das Gefühl für ihren eigenen Körper, ihre einzelnen Gliedmaßen, das Empfinden, wo sie anfing und wo sie endete, wurde mit dieser Woge mitgetragen und zerfloss. Jedes Empfinden für sich selbst löste sich in einem einzigen Rausch auf. Für einen kurzen Moment befürchtete sie, die Besinnung zu verlieren.

Im nächsten Augenblick fühlte sie sich jedoch, als würde sie schweben. Ihre Sinne waren geschärft. Gespitzt, ja, beinahe überreizt. Sie fühlte sich leicht und unverwundbar. Als Aris sie nun küsste, meinte sie, zu explodieren. Sie wollte zerspringen, um sich augenblicklich mit ihm zu vereinen, sich zu einem neuen, gemeinsamen Ganzen zusammenzusetzen.

Sie kniete sich über ihn, bäumte sich vor ihm auf. Er ließ sich rücklings aufs Bett fallen, und sie folgte ihm wild und ungezügelt: küsste ihn, neckte seine Lippen mit der Zunge, ließ die Finger über seine Arme gleiten. Seine Muskeln zuckten, als ihr langes Haar auf seinem Oberkörper kitzelte, während ihr Mund über seine breite Brust glitt. Sie arbeitete sich langsam abwärts, ihre Hände schienen sich zu verselbstständigen, wanderten tiefer und öffneten Knopf um Knopf seiner Hose. Seine Erregung steigerte ihre Lust ins Unermessliche.

Sie setzte sich auf, warf das glänzende Haar in den Nacken und streifte sich das Kleid über den Kopf. Aris zog sie wieder zu sich und rollte sie beide mit einem Ruck herum, sodass nun sie auf dem Rücken lag. Er stützte sich neben ihrem Kopf ab, und sie schloss die Augen, als er mit der Zunge erneut den Weg in ihren Mund suchte.

Ein süßes Flüstern drang in ihr Ohr: »Wie köstlich du schmeckst, Schönheit. Gemeinsam werden wir unbesiegbar sein. Ich zeige dir ein Leben, von dem du nicht einmal zu träumen gewagt hast. Du musst es nur zulassen!«

Jedes Molekül in ihr begann rhythmisch zu schwingen bei dem Engelsgesang seiner Stimme. Jedes noch so winzige Teilchen, aus dem sie bestand, begann, wie ein Schwarm Schmetterlinge zu flattern, erhob sich und löste ein Empfinden aus, als würde sie selbst fliegen. Ein Gefühl von Stärke durchdrang Elba. Sie fühlte sich erhaben. Unbezwingbar. Und auf eine alles verschlingende Art und Weise glückselig.

Sie schlug die Lider auf und sah in faszinierend blassblaue Augen, die einen bittersüßen, verführerischen Schmerz verbargen. Das Chaos aus widersprüchlichen Gefühlen spitzte sich zu einem emotionalen Feuerwerk zu. Ihre gesamte Welt bestand nur noch aus dem gewinnenden Lächeln, das ihr entgegenstrahlte und sie in ein gleißend helles Licht hüllte. Diesem Lächeln, das nur ihr allein galt. *Seinem* Lächeln. Einem unwiderstehlichen, verheißungsvollen Lächeln. Duris' Lächeln.

»Ich warte draußen auf dich, Schönheit. Ich bringe dich fort. Fort von all dem Leid und der Traurigkeit, von all dem Schmerz und der Ungewissheit.«

Ein verlockendes Versprechen. Und sie wusste, dass es wahr war. Sie sah es in seinen Augen. Hörte es in seiner Stimme. Fühlte es in der Wärme seines Körpers. Er würde dafür sorgen, er würde für *sie* sorgen, und sie würde ihn glücklich machen, ihm alles geben, wonach er verlangte.

Erschrocken riss Elba die Augen auf. Sie starrte auf die hölzerne Zimmerdecke über sich. Ein Traum? War das wirklich nur ein Traum gewesen? Sie spürte ein quälendes Sehnen in ihrem aufgewühlten Herz. Himmel! Sie sehnte sich nach *ihm*!

Nach Duris.

Sie erschrak über sich selbst, konnte sich aber dieser intensiven Gefühle nicht erwehren. Es hatte sich so real angefühlt. *Er* hatte sich so real angefühlt: seine Stimme, seine Berührung und die Gefühle, die er in ihr auslöste. Sie spürte tief in sich einen unerträglichen Drang, ein Ziehen, ein Zerren. Er war dort draußen. Sie wusste es. Und sie wollte unbedingt zu ihm. Sie *musste* zu ihm.

Ihr Herz klopfte wie verrückt, ihr ganzer Körper war in Aufruhr. Doch ihr Verstand war vollkommen klar. Glasklar. Und er wurde nur von dem einen Gedanken beherrscht: Sie gehörte zu ihm. Sie durfte Duris nicht warten lassen!

Unsicher blickte sie sich um. Aris schlief neben ihr. Vorsichtig kletterte sie über ihn und bemühte sich, kein Geräusch zu erzeugen. Dann streifte sie ihr Kleid über. Auf Zehenspitzen schlich sie zur Tür, öffnete sie langsam und schlüpfte hinaus in den Flur.

Überrascht stellte sie fest, dass Tristan vor der gegenüberliegenden Zimmertür am Boden saß. Vor der Türe des Zimmers, in dem Área schlief. Mit dem Rücken an die Wand gelehnt, die Beine quer über den Flur ausgestreckt, musterte er sie. Entschlossen stapfte Elba los.

»Wo willst du hin?«, wollte Tristan wissen.

Sie beschloss, nicht zu antworten. Wenn sie schnell genug war, konnte sie den Garten erreichen, bevor irgendjemand sie aufhielt. Konnte *ihn* erreichen, bevor die anderen etwas dagegen unternehmen konnten. Gott, wie sie sich nach ihm sehnte!

Sie begann zu laufen, hörte, dass Tristan aufsprang, und beschleunigte. Eilig hastete sie die Stufen hinunter in den dunklen Flur. Tristans Schritte hallten hinter ihr, er lief ihr hinterher, die Treppe hinab. Sie musste schneller laufen!

»He! *He!* Was hast du vor?«, rief er ihr nach.

Sie rannte an dem hell erleuchteten Esszimmer vorbei, in dem Christian saß. Er sprang auf und starrte sie fragend an, als sie vorbeirauschte.

»Halte sie auf!«, schrie ihm Tristan zu. »Halt sie auf, bevor sie nach draußen gelangt!«

Aber es war zu spät. Elba hechtete hinaus in die Nacht, nahm die Steinstufen am Eingang mit einem einzigen Sprung und lief den Eichen entgegen. Und da stand er. Duris. Er war wunderschön. Und er wartete nur auf sie. Lächelnd stürmte sie auf ihn zu.

Tristan erstarrte bei seinem Anblick.

Aris kam von oben heruntergelaufen und drängte sich an ihm und Christian vorbei. Barfuß, nur mit Jeans bekleidet, lief er hinter ihr her durch die Dunkelheit. Doch nicht Elba war sein Ziel. Mit glühendem Blick fixierte er Duris, der reglos zwischen den Bäumen stand. Er holte Elba ein, raste an ihr vorbei auf ihn zu, sprintete mit fliegenden Schritten entschlossen auf sein Ziel zu. Kurz bevor er Duris erreicht hatte, stieß er sich vom Boden ab, sprang energisch in die Höhe – und noch mitten im Sprung verwandelte sich in einen riesigen Löwen. Als er direkt vor Duris wieder landete, brüllte er so laut, dass die Erde bebte.

Elba musste sich die Ohren zuhalten.

Als Nächstes sah sie einen pechschwarzen Panther an sich vorbeilaufen. Es musste Tristan sein. Er verschwand wendig und geräuschlos im Schwarz und tauchte hinter Duris wieder auf.

Der breitete grinsend und mit einem Blick in den Augen, in dem der blanke Wahnsinn stand, seine Arme aus, die sich unverzüglich in zwei schwarze Schwingen verwandelten. Die ganze Aufregung schien ihm sichtlich Vergnügen zu bereiten. Mit einer eleganten Bewegung erhob er sich in die Luft und landete direkt vor Elba am Boden.

Seine Arme nahmen wieder ihre menschliche Form an, er legte die Hände auf ihre Wangen, küsste sie auf die Stirn und flüsterte lächelnd: »Bald, Schönheit. Bald.«

Dann erhob er sich wieder in die Luft, noch bevor Aris und Tristan ihn erreichen konnten, und verschwand in der Nacht.

Außer Atem erreichte Tristan Elba, dicht gefolgt von Aris, beide wieder in menschlicher Gestalt. Sie starrten sich einen Augenblick wortlos an.

Elba fühlte sich wie benommen.

Dann fluchte Tristan los: »Verfluchter Scheißkerl!« Er kickte mit dem Fuß einen Stein weg, der im Gras lag.

Aris untersuchte Elba nach Verletzungen. Als er feststellte, dass sie unversehrt war, hob er sie auf die Arme und trug sie schweigend zum Haus zurück.

Er war offensichtlich ziemlich verärgert, sie konnte es ihm nicht verdenken. Sie war an ihm vorbeigeschlichen, um zu Duris zu gelangen. Sie hatte bei ihm sein wollen, mit ihm gehen, ihr Leben mit ihm teilen. Eine unfassbare Aktion! Wie konnte sie nur? Sie verstand sich selbst nicht mehr. Wie würde sie Aris je wieder in die Augen sehen können?

»Ich bin nicht auf dich böse, Elba«, sagte er. Aber die Verbitterung in seiner Stimme war unüberhörbar. Die Worte klangen hart und distanziert. Es fiel ihm schwer, seine Wut im Zaum zu halten.

»Ich hätte das vorhersehen müssen«, knurrte er. »Nicht auszudenken, was hätte passieren können!«

Machte er sich selbst Vorwürfe? Gab er sich die Schuld an diesem Debakel, weil er nicht wachsam genug gewesen war?

»Er demonstriert uns seine Macht. Ich kenne ihn so lange, ich hätte wissen müssen, dass er uns nicht zur Ruhe kommen lässt. Typisch, dass er sich in den Kopf des leichtesten Opfers schleicht. Er spielt mit uns, bringt mich dazu, die Beherrschung zu verlieren, mich in ein Tier zu verwandeln.«

Dieses Beben in seiner Stimme. Das alles war nur ihre Schuld.

Im Esszimmer setzte Aris sie auf einem der Stühle ab.

Besorgt lief die Großmutter auf sie zu. Sie beäugte Elba aufgeregt, streichelte und liebkoste sie. »Geht es dir gut, mein Kind? Antworte doch! Geht es dir gut? Bitte, so sag doch irgendwas!«

Aber Elba konnte nicht. Sie hatte nur Augen für Aris. Für die Enttäuschung in seinem Gesicht. Für den Zorn in seinem Blick.

Aufgebracht fragte die Großmutter ihn: »Was hat sie denn? Geht es ihr nicht gut?«

»Es ist alles in Ordnung mit ihr«, erwiderte Aris kalt. »Lasst uns allein!«

Die Großeltern und Hinrik, der auch hinzugeeilt war, tauschten verdutzte Blicke aus. Tristan und Christian hatten den Raum erst gar nicht betreten. Scheinbar wusste Tristan inzwischen allzu gut, wann es besser war, Aris aus dem Weg zu gehen. Und Área musste wohl noch im Obergeschoss sein.

Als die drei nicht reagierten, wiederholte Aris wütend: »Lasst uns alleine! Sofort!«

Edwin legte seiner Frau die Hand auf die Schulter und forderte sie auf, ihn zu begleiten. Hinrik hielt im Hinausgehen Christian zurück, der zu Elba ins Esszimmer wollte.

Es missfiel Christian eindeutig, sie mit Aris in dieser Stimmung alleine zu lassen. Aber Aris warf ihm einen unmissverständlichen Blick zu, der besagte, dass es jetzt zweifelsohne nicht an der Zeit war, sich einzumischen, mit ihm zu diskutieren oder sich mit ihm anzulegen.

Christian verdrehte die Augen, zog sich aber ohne Widerworte zurück.

Elba fühlte, dass Tränen in ihr hochstiegen. »Es tut mir leid«, flüsterte sie mit erstickter Stimme.

»Ich habe dir bereits gesagt, dass ich nicht auf dich böse bin.« Die Härte in seiner Stimme flößte Elba Furcht ein.

»Ich wollte nicht ...«, begann sie wieder. »Ich weiß nicht, warum ich das getan habe. Ich verstehe nicht ...« Tränen liefen über ihre Wangen.

»Ich bitte dich, Elba, hör auf zu weinen«, unterbrach er sie barsch. »Du musst endlich lernen, dich zu kontrollieren! Du darfst deinen Gefühlen nicht immer nachgeben. Und ich darf das auch nicht.«

»Aber ich wollte nicht –«

Sie sah in seinen Augen, dass er mit sich haderte, sich fragte, ob er das Gespräch überhaupt fortsetzen sollte. Er schien so unheimlich wütend.

»Was wolltest du nicht?«

»Ich wollte dich nicht hintergehen.«

»Warum hast du mich dann nicht geweckt?«

Sie hob hilflos die Schultern. »Ich verstehe es selbst nicht. Das Gefühl war so stark, so intensiv. Er –«

»Was hat er dir gesagt?«

»Es war weniger, was er gesagt hat ...« Ihre Stimme versagte.

»Er hat etwas *getan*?« Aris' Augen glühten vor Zorn. »Er war bei dir? Er war mit dir zusammen – in dem Bett, indem wir beide ...? Hat er dich angerührt?«

Sie konnte nicht antworten.

Aber Aris verstand offenbar genau. Er kannte Duris nur zu gut. Blind vor Wut griff er unter die Platte des großen Esstisches und warf ihn mit einem lauten Knall um.

Elba schluchzte und zitterte, als Aris auf sie zukam. Sie zuckte zusammen, als er sie berührte.

Als sie aufsah, hatte sich sein Ausdruck jedoch verändert. Die Härte war aus seinem Gesicht verschwunden. Es tat ihm leid, dass er die Beherrschung verloren hatte. »Du kannst nichts dafür. Es ist er. Und ich. Ich bin schuld daran, schuld an alledem, schuld daran, dass du dieser Gefahr ausgesetzt bist. Ich hätte das alles gar nicht erst zulassen dürfen und mich von dir fernhalten müssen. Das Ganze hier muss jetzt ein Ende finden. Und ich werde dafür sorgen!« Er küsste sie auf die Stirn und wandte sich zum Gehen.

Was hatte er vor?

Die Stimme aus Mathildas Zimmer schlich sich in Elbas Gedächtnis. Diese Stimme hatte sie davor gewarnt, ihn gehen zu lassen. Sie musste ihn aufhalten!

»Nicht, Aris! Bitte geh nicht!«

»Ich muss, Elba.«

Sie spürte, dass es zwecklos war. »Dann komme ich mit dir!«

»Nein!«

»Warum nicht?«

»Du bleibst! Siehst du denn nicht, dass du mich verwundbar machst und schwach. Ich brauche einen klaren Kopf, und meine Gefühle für dich lassen das nicht zu!«

Das saß. Was sollte sie darauf erwidern? Es stimmte. Sie würde ihn nur aufhalten.

Als er das Haus verließ, dehnte sich ein entsetzliches Gefühl der Ohnmacht und Einsamkeit in ihr aus. Sie konnte sich nicht von der Stelle rühren. Eigentlich wusste sie, dass sie das Chaos, das Aris angerichtet hatte, aufräumen sollte. Stattdessen weinte sie jedoch einfach im Stillen. In sich zusammengesunken, saß sie auf dem Stuhl und weinte.

Tristans Augen weiteten sich, als er das Zimmer betrat. Er hockte sich vor sie auf den Boden, nahm ihre Hände und suchte ihren Blick. »Komm schon«, bat er liebevoll. »Nicht weinen. Das wird schon wieder. Aris weiß ganz genau, was er tut. Ihm wird nichts geschehen.«

»Das ist es nicht«, gestand sie leise. »Ich kann ihn einfach nicht erreichen. Ich bin nicht gut genug für ihn. Ich bin nichts als eine Last für ihn. Ich –«

»Niemand von uns kann Aris das Wasser reichen, Elba«, unterbrach er sie. »Niemand wird ihm jemals ebenbürtig sein. Das liegt in der Natur der Dinge. Er ist Hunderte Jahre alt, und er entstammt einem uralten Königsgeschlecht. Einem Geschlecht aus Anführern und Kriegern.«

»Ich habe immer das Gefühl, dass er etwas zurückhält. Dass er sich mir nicht öffnet. Selbst wenn ich mit ihm zusammen bin, fühlt es sich einsam an.«

»Wir alle halten einen Teil von uns zurück. Das hat uns die Erfahrung über die Zeit gelehrt. Wir dürfen nicht alles so nah an uns heranlassen. Alles ist vergänglich, Elba. Was bleibt, sind nur der Schmerz und Leid und Schuld. Das bleibt ewig. Niemand kann so lange überleben, wenn er das zulässt. Es frisst ihn sonst auf!«

»Es ist meine Schuld. Ich kann ihm nicht geben, was er braucht.«

»Daran liegt es nicht. Wir haben gelernt, unsere Gefühle zu kontrollieren. Sie abzuschalten.«

»Das ist doch gar nicht möglich. Wie sollte man seine Gefühle abschalten?«

»Es ist möglich, glaube mir! Und umso schwieriger ist es, mit ihnen umzugehen, wenn man sie wieder zulässt. Aris hat seine Gefühle über all die Jahre komplett ausgeblendet. Er denkt, dass es ein Fehler ist, sie zuzulassen. Eine Schwäche. Er gibt sich die Schuld daran, dass du dieser tödlichen Gefahr ausgesetzt bist.«

Seine Offenheit erstaunte sie. »Ich habe ihn enttäuscht«, wisperte sie verzweifelt und weinte hemmungslos.

»Das hast du nicht!« Tristan strich ihr eine Haarsträhne aus dem Gesicht und sah ihr tief in die Augen. »Ganz gewiss nicht.« Er streichelte über ihre Wange.

In diesem Augenblick tauchte Área in der Türe auf. Sie beobachtete die beiden nachdenklich. Bei genauerer Betrachtung bemerkte Elba aber, dass Áreas Blick nur auf Tristan ruhte. Sie musterte ihn. Schien ergründen zu wollen, was in ihm vorging.

Er erhob sich und sah sie wortlos an.

Área ging quer durch den Raum an ihnen vorbei. Sie nahm zwei Gläser aus dem Esszimmerschrank und füllte sie zur Hälfte mit Bourbon. Eines davon reichte sie Elba, das andere behielt sie selbst. Die Flasche gab sie Tristan. Sie nahm einen Schluck und bedeutete Elba, es ihr gleichzutun.

»Eure Freunde sind überaus besorgt«, teilte sie ihnen dann mit. »Ich habe ihnen nicht gesagt, was Aris vorhat.«

Tristan neigte den Kopf zur Seite. »Und was hat Aris vor?«

»Er sucht Ofea. Er wird versuchen, das Buch zu finden.«

»Das hat er gesagt?«

»Das musste er nicht.«

Tristan runzelte verwundert die Stirn, als er die Flasche ansetzte und einen kräftigen Schluck nahm.

14

Als Elba am nächsten Tag in ihrem Bett die Augen aufschlug, spürte sie einen dumpfen Schmerz, der von ihrem gesamten Körper Besitz ergriffen hatte. Ihr Kopf pochte, eine leichte Übelkeit braute sich in ihrer Magengegend zusammen. Ihre Glieder schmerzten, und die Haut fühlte sich an, als wäre sie von Tausenden blauen Flecken übersät.

Schlagartig wurde ihr wieder bewusst, dass Aris weg war, und ein Gefühl der Einsamkeit, der völligen Unzulänglichkeit überkam sie. Wo er wohl war? Ob es ihm gut ging? Sie hätte ihn nicht gehen lassen dürfen! Sie hätte sich mehr anstrengen müssen, ihn zurückzuhalten. Sie hätte nicht so schnell aufgeben dürfen, nur weil sie sich selbst schwach gefühlt hatte.

Wütend auf sich selbst stand sie auf und ging zum Fenster. Im Garten sah sie Área und Tristan in der Wiese sitzen. Sie saßen dicht beieinander und unterhielten sich angeregt. Er so dunkel und schwarz wie die Nacht, sie so hell und leuchtend wie der Tag. Área trug hautenge Jeans, die ihre schlanke Figur betonten, und ein weites weißes Shirt, dessen Ausschnitt über ihre linke Schulter gerutscht war und ihre zarte helle Haut freigab. Das goldene Haar hatte sie mit einem hellblauen Stoffband locker nach hinten gebunden. Sie sah einfach zauberhaft aus. Tristan trug Schwarz – wie immer eigentlich. Área lachte von Zeit zu Zeit ausgelassen. Gewiss versprühte Tristan all seinen mitreißenden Charme. Es stand außer Zweifel, dass er sie anhimmelte, das war selbst über diese Entfernung zu erkennen. Sie wirkten wie ein frisch verliebtes Paar. Keine Spur von Angst. Keine Spur von Gefahr.

Elba verspürte einen scharfen Stich in der Herzgegend. Wie konnten sie nur so fröhlich sein nach alledem, was geschehen war? Sie selbst ertrug schon allein den Anblick der beiden, ihre Fröhlichkeit, ihre Verliebtheit kaum.

Nachdem sie sich geduscht und die Haare zu einem Pferdeschwanz zusammengebunden hatte, gesellte sie sich in Jeans und einem knappen weinroten Top, mit einer Tasse Kaffee bewaffnet, zu den beiden.

Tristans Augen funkelten in der Sonne, als er zu ihr aufblickte. Das Licht bewirkte, dass ihr Blaugrün beinahe türkis strahlte und einen wunderschönen Kontrast zu dem Schwarz seiner Wimpern, Augenbrauen, Haare und Kleidung bildete. Wie Edelsteine, wie Sterne, die sich aus der Dunkelheit hervorkämpften.

Vergnügt strahlte er Elba an, griff lässig in seine Hosentasche und präsentierte ein nagelneues iPhone. »Nach der Aktion im See wieder online!«

Die beiden mussten einkaufen gewesen sein, während Elba geschlafen hatte. Das erklärte auch Áreas neue Kleidung, die sie trotz der Schlichtheit unverschämt gut aussehen ließ.

Tristan berichtete außerdem, dass der Wiederaufbau ihres Hauses bereits geplant war. Dann streckte er seine Hand nach Elba aus und zog sie mit einem verschmitzten Grinsen zu sich auf den Boden.

»Hat dein Großvater dich den Umgang mit Waffen gelehrt?«, fragte er in einem theatralischen Flüsterton, als würde es sich um ein Geheimnis handeln.

Elba war irritiert. Sie schüttelte den Kopf.

»Wäre auch zu schön gewesen, wenn er mal was Sinnvolles zustandegebracht hätte.« Und noch bevor sie protestieren und ihren Großvater verteidigen konnte, fuhr er belustigt fort: »Dann lasst uns mal sehen, was der große Aris alles in seiner Karre verstaut hat.«

Erst jetzt fiel Elba auf, dass der große Dodge noch immer vor dem Haus parkte. Wieder dieser Stich.

»Komm schon, Täubchen«, forderte er sie auf. »Es lohnt nicht, sich in Herzschmerz zu suhlen. Schaff das Milchgesicht her. Es ist an der Zeit für eine Einführung in den Umgang mit großen Kalibern!« Tristan lachte und zog die schwarzen Augenbrauen hoch. Dann stand er auf und ging zu dem Dodge.

Elba machte sich auf den Weg ins Haus, um Christian zu suchen. Área folgte ihr, drehte jedoch auf halber Strecke um und schritt mit elfenhaftem Gang, der nun aufgrund der modernen Kleidung auch noch umwerfend sexy wirkte, zu Mathildas Grab, wo sie sich zu den Wurzeln der gewaltigen Eiche niederließ.

Im Haus fand Elba Christian, den Großvater und Onkel Hinrik im Esszimmer vor. Sie standen um den Tisch herum und begutachteten die Pläne eines Hauses, offenbar dem von Aris und Tristan. Neben dem Wiederaufbau sollte noch ein zusätzliches Gebäude für Stallungen entstehen. Bestimmt hatte Tristan vor, Áreas Pferde zu holen.

Als Elba nach draußen sah, stellte sie fest, dass Área und Tristan neben dem Auto miteinander sprachen. Tristan reichte Área eine Schaufel, kramte in der Hosentasche und gab ihr ein silbernes Feuerzeug. Außerdem hob er einen kleinen Benzinkanister von der Ladefläche und reichte ihn weiter. Etwas verdutzt beobachtete Elba, dass Tristan dann seinen Ring vom Finger zog und ihn Área hinstreckte.

Mit diesen Dingen ausgestattet, ging Área wieder zu Mathildas Grab. Sie kniete unter der Eiche nieder, nahm ihre Kette ab, löste den Stein darauf und steckte ihn ein. Danach befestigte sie Tristans Ring an der Kette und hielt ihn über die Grabstelle. Sie stand auf und machte ein paar Schritte um den Baum herum, trat ein Stück zurück und stellte sich wieder knapp neben den Stamm. Den Ring, der an der Kette baumelte, ließ sie dabei nicht aus den Augen: Er pendelte munter hin und her. Schließlich begann sie, mit der Schaufel zu graben. Sie zog eine Furche rund um den Baum, legte die Schaufel ins Gras und schüttete das Benzin aus dem Kanister direkt auf die Grabstelle. Anschließend drehte sie sich nach Tristan um, der ihr motivierend zunickte.

Was hatten die beiden vor? Elba stockte der Atem, als sie erkannte, dass Área die Klappe des silbernen Feuerzeuges aufschnappen ließ und eine kleine Flamme entzündete.

Jetzt hatte auch Hinrik bemerkt, was draußen vor sich ging.

»Was ...?« Er sprang auf und lief aus dem Haus. Elba rannte ihm hinterher. »Was tut sie da?«, schrie Hinrik Tristan an.

Der zuckte amüsiert mit den Schultern. »Ich denke, sie fackelt den verdammten Baum ab.«

Hinrik warf Tristan einen strafenden Blick zu und stürmte in Richtung des Baumes. Doch da war es bereits zu spät. Área ließ das Feuerzeug fallen, und die Erde über dem Grab begann zu brennen.

Elba wollte zu ihr laufen, doch Tristan schnappte nach ihrem Arm und hielt sie zurück. Als Área ihren Stein in das Feuer warf, veränderte sich schlagartig sein Gesichtsausdruck. Offensichtlich hatte er *damit* nicht gerechnet. Mit einem Mal ließ er Elbas Arm los und eilte in Áreas Richtung. Die Flamme hatte sich blutrot gefärbt.

Was als Nächstes geschah, veranlasste Elba, Tristan und Hinrik, abrupt stehenzubleiben. In dem kleinen Graben um den Baum sammelte sich Wasser, das immer höher stieg – und mit einem Mal schoss eine Wasserfontäne aus Mathildas Grabstätte. Das Feuer erlosch, und eine winzige Metallschachtel wurde mit dem Wasser aus der Erde in die Luft katapultiert. Área fing die Schachtel auf und wandte sich lächelnd zu Tristan um.

Seine Züge entspannten sich unmittelbar, und ein breites, siegessicheres Grinsen erhellte sein Gesicht. »Das ist mein Mädchen!«

»Seid ihr völlig geisteskrank?«, brüllte Hinrik.

Ohne auf ihn zu achten, öffnete Área die Schachtel. Sie nahm den Inhalt heraus und warf ihn Tristan zu.

Elba staunte nicht schlecht, als sie erkannte, was er da gefangen hatte: In seiner Hand lag Mathildas Aquamarin! Ganz offensichtlich hatten ihre Verwandten den Stein unter dem Baum vergraben. Darauf hätten sie eigentlich auch selbst kommen können.

Área brachte Tristan seinen Ring. Ihr eigener Stein war vollkommen schwarz und verkohlt. Tristan reichte ihr Mathildas Aquamarin. Sie befestigte ihn an ihrer Halskette, stellte sich auf die Zehenspitzen und flüsterte Tristan etwas ins Ohr. Ihren eigenen verschmutzten Stein steckte sie in die Hosentasche. An Tristans Reaktion erkannte Elba, dass ihn Áreas Nähe irritierte. Sein Körper blieb auch noch erstarrt, als sie bereits wieder einen Schritt zurückgetreten war.

»A-aber w-wie ...?«, stotterte Elba.

»Tristans Stein hat ihn gefunden«, strahlte Área. »Die Steine streben nach Vereinigung. Und da es zwei Menschensteine gibt, habe ich meinen verbrannt, damit der andere zum Vorschein kommt. Die Natur würde niemals zulassen, dass ihnen unrechtmäßiger Schaden widerfährt, es würde die Ordnung des Universums stören. Alles auf der Welt ist verbunden. Die Steine müssen ursprünglich aus einem einzigen bestanden haben und geteilt worden sein.«

Natürlich. Anders ließe es sich auch nicht erklären, dass sowohl Mathilda als auch Área einen Stein besaßen. Trotzdem blieb nach wie vor offen, was dahintersteckte.

»Ist sie nicht unfassbar schlau?«, fragte Tristan stolz.

»Ihr mischt euch in Dinge ein, die euch nichts angehen!«, schimpfte Hinrik, als er an ihnen vorbeiging. »Versteht ihr immer noch nicht, dass das Folgen haben wird? Das ist ein Eingriff in den natürlichen Kreislauf!«

»Danke dir für diese Wortmeldung, Hinrik. Jetzt, wo das geklärt ist, würde ich vorschlagen, dass wir uns daran machen, auf irgendwas zu schießen«, verkündete Tristan amüsiert. »Milchgesicht!«, rief er aus voller Lunge. »Komm raus, komm raus und spiel mit uns!«

Christian tauchte am Hauseingang auf. »Was willst du, Arschloch?« gab er zurück, musste dann aber selbst lachen.

Elba stellte fest, dass auch Tristan lachte. Ganz offensichtlich verstanden sich die beiden wieder. Würden sie sich nun nie mehr mit ihren eigentlichen Vornamen ansprechen?

»Wir zeigen den Chicks ein paar Tricks mit den Schießeisen!«, forderte Tristan ihn auf und zwinkerte Elba zu.

Hinrik schüttelte den Kopf und ging zurück ins Hausinnere. Christian und Tristan luden einige der Waffen aus Aris' Wagen in den schwarzen Buick. Die vier stiegen ein und fuhren ein Stück am Garten entlang, um dann auf die große Wiese einzubiegen. Tristan brauste mit dem Auto durch das hohe Gras und hielt schließlich an der Stelle an, wo ein alter Biertisch mit einigen Blechdosen aufgestellt war. Christian und er mussten ihn in der Früh bereits vorbereitet haben. Neben dem Tisch befand sich auch eine Zielscheibe, wie sie üblicherweise zum Bogenschießen eingesetzt wurde.

Tristan drehte das Autoradio auf volle Lautstärke, als sie ausstiegen. Er reichte Christian eines der Gewehre. »Milchgesicht wird euch mal vorführen, wie das geht«, kommentierte er grinsend.

Christian entsicherte das Gewehr, zielte und schoss auf eine der Dosen, die mit einem Knall vom Tisch flog.

»Jetzt du«, forderte er Elba auf.

Sie trat zögerlich vor. Ihr war ein wenig mulmig zumute, sie verstand aber inzwischen, dass es wichtig sein könnte, den Umgang mit Waffen zu erlernen, um sich zu verteidigen. Sie bezweifelte zwar, dass das gegen die Mächte gewisser übernatürlicher Wesen etwas ausrichten konnte, aber es war immerhin ein Anfang.

Christian gab ihr die Waffe, stellte sich hinter sie und zeigte ihr, wie sie zielen sollte. Er klemmte ihr das Gewehr an die Achsel und legte ihre Hände an die richtigen Positionen. Nachdem sie eine der Dosen anvisiert hatte, betätigte er mit ihrem Finger den Abzug. Als der Schuss losging, versetzte ihr der Rückstoß einen kräftigen Schlag in die Achselgegend.

Verdammt, tat das weh!

Tristan lachte, als sie einen Schmerzensschrei ausstieß.

»Oops, mein Fehler! Vielleicht sollten wir es für den Anfang lieber mit einer automatischen Handfeuerwaffe probieren. Die, die wir hier haben, funktionieren mit verriegeltem Verschluss als Rückstoßlader.«

Elba warf ihm einen bösen Blick zu, während sie sich die Schulter rieb.

»Er hat recht, Elbarina. Entschuldige«, bestätigte Christian schmunzelnd. Sie hatten wohl beide nicht daran gedacht, dass die Aktion für sie als ungeübte Schützin schmerzhaft ausgehen könnte.

Área hüpfte zum Kofferraum, kramte eine halb automatische Pistole hervor, steckte geschickt das Magazin hinein und hielt sie in die Luft. »So eine?«

Erschrocken duckten sich Tristan und Christian. »Wow-wow-wow, vorsichtig, Goldstück!«, rief Tristan.

Doch da zielte sie bereits und schoss aus der weiten Entfernung eine der Dosen ab. Erstaunt richtete Tristan sich wieder auf. »Okay! So viel dazu ...«

Christian stieß einen anerkennenden Pfiff aus.

Herrgott noch mal, dachte Elba. *Ist sie das verdammte Supergirl höchstpersönlich?*

Área grinste und reichte Christian die Waffe. Dann nahm sie ein Schwert aus dem Wagen und warf es Tristan zu. Sie selbst schnappte sich ebenfalls eines und forderte Tristan zum Kampf auf.

Die beiden alberten eine Zeit lang herum, schließlich lieferten sie sich jedoch ein heißes Gefecht. Im Handumdrehen beförderte Área Tristan auf den Boden, setzte sich auf ihn und hielt ihm die Klinge an den Hals. Als sie ihn überlegen angrinste, griff Tristan aber blitzschnell nach ihren Schultern, ihr fiel das Schwert aus der Hand, und er warf sie unter sich auf den Boden.

»Was nun?«, fragte er.

Sie sah keuchend zu ihm auf, und Tristans Ausdruck wurde ernst. Er beugte sich nach unten, näherte sich ihren Lippen. Es war unverkennbar, was er vorhatte. Kurz bevor sie sich küssten, schüttelte Área jedoch den Kopf. Sofort ließ er von ihr ab, stand auf und klopfte sich den Schmutz von der Hose. Er wirkte verwundert, enttäuscht – beinahe gekränkt.

Elba überlegte kurz, warum Área ihn zurückwiesen hatte. Zweifelsfrei mochte sie ihn sehr, wollte sich aber wohl aus irgendeinem Grund nicht auf zu viel Nähe einlassen. Eine seltsame Atmosphäre entstand, und sie war dankbar, dass Christian sich fröhlich zu Wort meldete.

»Elbarina, hast du nicht bald Geburtstag?«

Sie nickte. »Morgen.«

Tristans Miene hellte sich augenblicklich wieder auf. »Perfekt! Das schreit nach einer Party!«

Elba war nicht im Geringsten nach Feiern zumute.

»Das ist genau, was du jetzt brauchst, Täubchen!« Tristan war Feuer und Flamme. »Was meinst du, Milchgesicht?«

»Arschloch hat recht. Wir haben früher jeden Sommer deinen Geburtstag hier gefeiert, Elbarina. Warum sollten wir darauf verzichten, nur weil ein paar kranke Freaks uns zur Strecke bringen wollen? Davon sollten wir uns wirklich nicht die Laune verderben lassen.«

Elba fand die Argumentation wenig schlüssig, obwohl sie die wundervollsten Erinnerungen an die Geburtstagsfeiern hatte: Es waren märchenhafte Feste in dem großen Garten ihrer Tante gewesen. Mathilda hatte ihr das Haar immer mit hübschen Wiesenblumen geschmückt, und Elba zog Kleider an, die sie sonst nie trug. Überall an den Bäumen hingen damals bunte Lampions, unzählige Kerzen spendeten warmes Licht in der lauen Sommernacht. Alle Nachbarn und Bekannten waren aus dem Dorf gekommen und hatten Geschenke mitgebracht.

»Und das Motto für große Mädchen lautet?«, fragte Tristan.

»Hell's Bells«, gab Elba trocken und ein wenig trotzig zurück, um ihre Abneigung zum Ausdruck zu bringen. Aber es war das Erste, das ihr eingefallen war.

Tristan presste die Lippen zusammen, um sich ein Lachen zu verkneifen. »AC/DC – im Ernst?« Er schüttelte den Kopf. »Aber warum eigentlich nicht? Ein höllisches Fest!«

Es war ihm sehr wohl bewusst, dass Elba es nicht wirklich ernst gemeint hatte, er wollte ihr jedoch nicht die Chance geben, das Ganze abzuwenden. Denn er war davon überzeugt, dass sie alle diese Aufmunterung gerade jetzt brauchten.

Die Vorstellung entsprach ganz und gar nicht Elbas Erinnerungen an die Märchengeburtstage längst vergangener Zeiten. Sie musste aber zugeben, dass das Motto wunderbar zu ihrer aller derzeitigen Situation passte und wirklich etwas für sich hatte.

Den restlichen Tag verbrachten sie damit, die Party zu organisieren. Seinem Stil entsprechend, verfasste Tristan pompöse Einladungen, die sie an alle verschickten, die sie kannten. Die Textvorlage kritzelte er mit einem breiten Grinsen auf ein Stück Papier:

Elba läutet ihren Geburtstag ein!

»I got my bell
I'm gonna take you to hell [...]«
To all friends of mine
»I'll give black sensations up and down your spine [...]«
»Hell's bells, gonna split the night
Hell's bells, there's no way to fight [...]«

Auf Euer Kommen freut sich
Elba

Ab 22:00 Uhr erwarten wir Euch schwarz wie die Seele des Teufels in der Unterwelt.

Tristan hatte vor, eine riesige Feier in großem Stil zu veranstalten. Die Großeltern zeigten sich nicht gerade begeistert von seinen Plänen, stimmten aber letztendlich zu, dass er das Spektakel in Tante Mathildas und Onkel Hinriks Haus inszenieren dürfe. Sie wollten Elba die Party nicht verwehren. Wahrscheinlich nahmen sie an, dass ihr kleines Mädchen ohnedies schon betrübt und verwirrt genug war und dass die Ablenkung ihr gut tun würde. Und sie freuten sich über Elbas Elan, an stinknormalen Aktivitäten teilzunehmen und mit Freunden ihres Alters zu feiern. Ihre Furcht vor dieser plötzlichen und tief greifenden Veränderung in Elbas Leben war so groß, dass sie sie selbst noch nicht akzeptieren wollten. Zu gern hätten sie Elba vor dieser eigenartigen Welt geschützt. Das konnte sie spüren. Die Großeltern wünschten sich nichts mehr als ein normales, sorgenfreies Leben für sie, fernab von all dem Unheimlichen und Übernatürlichen. Das verstand Elba schon. Aber es rechtfertigte nicht ihre Verschwiegenheit und all diese Lügen.

Tristan besorgte für Elba ein umwerfendes rotes Kleid und dazu passende rote Stilettos mit viel zu hohen Absätzen.

Am Abend der Party übergab er ihr in ihrem Zimmer das Geschenk in einem pechschwarzen Karton, der mit einer glänzend roten Schleife verschnürt war. Er wartete geduldig, bis sie das Kleid angezogen hatte und wieder aus dem Badezimmer kam.

Es war ihr ein wenig unangenehm, sich vor ihm zu präsentieren, aber sein Gesichtsausdruck bestätigte umgehend, wie gut ihr das Outfit stand.

»Du siehst umwerfend aus«, sagte er mit einem Zwinkern. »Die Braut des Teufels selbst könnte nicht heißer sein!«

Jetzt, wo Aris weg war, vergegenwärtigte Tristan sich selbst die Aufgabe, zu der er sich während dessen Abwesenheit verpflichtet sah: Es lag an ihm, die Truppe beisammenzuhalten und zu schützen. Für ihn war klar, welches Ziel Duris mit seinen Aktionen verfolgte: Er versuchte, sie einzuschüchtern und zu zermürben, bis sie vollkommen von Furcht erfüllt waren. Er würde erst ernsthaft angreifen, wenn seine Gegner klein und schwach waren – und leicht zu beeinflussen. Furcht war mit Sicherheit der größte Feind im Krieg gegen einen übermächtig wirkenden Gegner. Sie würde Duris einen wesentlichen Vorteil verschaffen. Vielleicht würde ihm dadurch sogar ein Sieg ohne wirklichen Kampf gelingen.

Tristan war bewusst, dass er nicht zulassen durfte, dass die Gruppe sich schlecht fühlte, in Angst erstarrte und überlegte, ob klein beizugeben ihre einzige Chance war. Es lag an ihm, die Freunde bei Laune zu halten, sie abzulenken, dafür zu sorgen, dass sie sich gut fühlten. Und die Aufmunterung eines unbeschwerten Festes kam da genau zur rechten Zeit.

Er ging außerdem davon aus, dass Ofea keinesfalls von Aris vernichtet werden würde. Aris würde sich mit ihr verbünden, sie auf seine Seite ziehen, um so an wertvolle Informationen zu kommen. Und es war sonnenklar, was er dafür würde tun müssen. Damit würde er aber Elba zerstören, sie würde sich klein und schwach fühlen, enttäuscht und verletzt. Sie würde nicht imstande sein, sich mit Aris zu verbinden und ihre Kräfte einzusetzen, geschweige denn, sie auszubauen. Dies wiederum bot eine gefährliche Angriffsfläche. Aris war zwar ein großer Krieger, das alleine würde aber für einen Krieg mit Duris nicht ausreichen.

Draußen war es bereits stockdunkel.

»Wir erwarten dich pünktlich um halb elf vor dem Haus«, teilte Tristan Elba mit, bevor er den Raum verließ. »Roter Lippenstift!« Die Art und Weise, wie er dies sagte, verdeutlichte, dass dies kein Vorschlag, sondern eine exakte Anweisung war.

Elba musste unwillkürlich lächeln. Sie warf einen Blick auf die Uhr. Gerade noch genügend Zeit, um sich zu frisieren und ein Abend-Make-up aufzulegen. Sie beschloss jedoch, als Erstes die hochhackigen Schuhe anzuziehen und bemerkte sofort, dass die Entscheidung richtig gewesen war. Ihre Füße mussten sich in der verbleibenden Zeit erst noch an die hohen Absätze gewöhnen. Sie spazierte einige Male im Zimmer auf und ab, um das Gehen wenigstens soweit zu üben, dass der Auftritt nicht peinlich werden würde. Sie wollte keinesfalls unbeholfen stolpern oder stürzen. Man sollte ihr nicht anmerken, wie schwer es ihr fiel, sich elegant zu bewegen. Nun ja, oder sich zumindest aufrecht zu halten.

Schließlich steckte sie das Haar zu einem Knoten hoch, um den sie ein samtenes rotes Band feststeckte, tuschte die Wimpern und zog sich den Mund mit Lippenstift knallrot nach.

Sie hörte bereits das rege Stimmengewirr aus dem Garten, das einen Hinweis auf die große Anzahl an Gästen gab, und sie hörte rockige Musik, die ihren Großeltern mit Sicherheit missfiel. Ein letzter Blick in den Spiegel ließ sie Gewissheit gewinnen: Sie sah höllisch gut aus! Sie erkannte sich kaum selbst wieder.

Dann atmete sie durch und machte sich auf den Weg nach unten. Große Auftritte lagen ihr ganz und gar nicht, aber sie wollte den anderen nicht die Freude verderben. Sie hatten sich so viel Mühe gegeben mit der Planung der Feier. Es war gewiss nicht einfach gewesen, in der kurzen Zeit eine anständige Party auf die Beine zu stellen. Aus irgendeinem Grund war ihnen die Feier ihres Geburtstages wahnsinnig wichtig.

Als sie vom Flur aus zur offenen Haustüre hinausblickte, stockte ihr der Atem. Ein Meer aus kleinen schwarzen Pavillons zierte den Garten. Unter jedem von ihnen stand ein runder Tisch mit Kerzen, und Fackeln brannten überall. Unzählige schwarz gekleidete Gäste erwarteten sie, und als Elba aus der Tür auf die kleine Steinstiege trat, ertönte der Glockenschlag des AC/DC-Songs *Hell's Bells*, um die Feier einzuläuten.

Sie war dankbar, Tristan in der Menge ausfindig zu machen.

Lächelnd kam er in einem schwarzen Anzug auf sie zu, ergriff ihre Hand, verbeugte sich und hauchte einen Kuss auf ihren Handrücken. Dann grinste er sie auffordernd an, und nach einem verschwörerischen Augenzwinkern biss er sich verheißungsvoll auf die Unterlippe, was sie zu einem konspirativen Lächeln veranlasste.

Er flüsterte ihr mit dem Liedtext leise zu: »I got my bell and I'm gonna take you to hell«, und im Handumdrehen drehte er sich mit ihr der Menge zu, riss schwungvoll ihren Arm in die Höhe und schrie laut die Songzeilen mit, während sie im Takt der Musik wild in die Höhe sprangen, und alle ausgelassen zu tanzen begannen.

»Hell's Bells, you got me ringing Hell's Bells!«

Er verstand es wirklich, andere Menschen mitzureißen und eine Party zu feiern! Elba machte Marie und Sarah aus, die inmitten all der anderen übermütig zur Musik abrockten. Sämtliche Bekannte aus der Nachbarschaft hatten sich ihnen angeschlossen und wirbelten ebenfalls unbefangen umher.

Als die ersten Takte des nächsten Liedes erklangen, erblickte Elba die Live-Band. Sie spielten in den heruntergekommensten Outfits *Paranoid* und danach *Highway to Hell* – alte, abgedroschene Rocksongs aus den Siebzigern, die aber fantastisch zum Motto der Party passten. Unfassbar, was Tristan und Christian in die Wege geleitet hatten!

Und noch ein Detail fesselte ihre Aufmerksamkeit: Alle Gäste waren tatsächlich vollkommen schwarz gekleidet, nur sie selbst stach in leuchtendem Rot hervor.

Christian tanzte mit Área auf sie und Tristan zu. Einmal mehr musste Elba eingestehen, wie unglaublich schön Área war. Sie trug ein enges schwarzes Kleid, dessen Saum ihr locker übers Knie fiel. Ihre Augen waren schwarz geschminkt, die blonden Locken geglättet und leger zusammengebunden.

Tristan deutete ihnen, dass er etwas trinken wollte. Sie folgten ihm zur Bar, die im Garten aufgestellt worden war und von einem Barkeeper betreut wurde, der emsige Beschäftigung darin fand, die Gäste zu bewirten. Ganz selbstverständlich griff Tristan hinter die Theke, zog eine Flasche Bourbon – zweifelsfrei sein Lieblingsgetränk – und vier Gläser hervor, schenkte ein, und sie stießen an.

In diesem Augenblick machte Elba eine weitere Gruppe junger Leute aus. Um ein Haar hätte sie sich verschluckt. Kaum zu glauben: Es waren Sophia, Hanna, Claudia und einige weitere Mädchen aus ihrer alten Clique – ihre Freundinnen aus der Schule.

»Happy birthday, Täubchen«, gratulierte Tristan und prostete ihr zu.

Ihr blieb keine Zeit zu antworten, sich zu bedanken, ihm zu sagen, wie sehr sie sich freute, denn schon fielen ihr die Mädchen eines nach dem anderen um den Hals. Nach der ausgiebigen Begrüßung und dem ersten Smalltalk verzog Elba sich mit ihnen an einen Tisch unter einem der schwarzen Zelte.

Als sie sich außer Tristans Hörweite wähnten, wollte Sophia sofort alles über ihn erfahren. »Wer ist das dunkle Sahneschnittchen? Gott, ist der heiß! Wo hast du den denn her?«

»Jetzt ist auch klar, warum du dich nie gemeldet hast«, mischte Hanna sich ein, während sie Tristan einen sehnsüchtigen Blick zuwarf.

»Himmel, sieht der gut aus! Ich würde töten, um mit einem wie dem ein paar schöne Stunden zu verbringen, du Luder«, Claudia lachte.

Und noch bevor Elba antworten konnte, wollte Sophia mit einem ihr ganz eigenem schmutzigen Grinsen wissen: »Habt ihr …? Sag schon, hast du mit *dem* –?«

»Beruhige dich! Wir haben gar nichts«, flüsterte Elba ermahnend. Sie wusste, dass Tristan jedes Wort verstand, wenn er es darauf anlegte. Sie blickte zu ihm hinüber und stellte erleichtert fest, dass er sich blendend mit Christian und Área unterhielt. Sie schienen sich köstlich zu amüsieren.

»Was? Ihr habt gar nichts? Das glaubt dir kein Mensch!«,

kreischte Sophia, und Elba musste lächeln. Sie lächelte einen Moment zu lange. Es war nur dieser kleine Bruchteil einer Sekunde, der sie verriet. Ihr war ihre erste Begegnung mit Tristan eingefallen. Sie war ebenso fasziniert von ihm gewesen wie ihre Freundinnen gerade eben.

»Natürlich hast du! Du kleine Bitch!« Sophia stieß gegen ihre Schulter, als erwartete sie, dass Elba dadurch mit der Sprache herausrücken und eine spannende Story ausspucken würde. »Ich will alle Details!«

Elba erinnerte sich an den Abend, als Tristan sie das erste Mal besucht und sie sich in dem dunklen Flur geküsst hatten. Die Erinnerung war durch all die Ereignisse bereits weit weg in die Untiefen ihres Gehirns gerückt und erschien ihr heute beinahe unwirklich. Der Zwischenfall schien auch Aris niemals gestört zu haben. Niemand von ihnen hatte jemals wieder ein Wort darüber verloren. Dennoch war es passiert. Sie und Tristan hatten sich leidenschaftlich geküsst.

Und jetzt war Área zu ihnen gestoßen, für die Tristan ganz offensichtlich große Gefühle zu hegen schien. Und Aris war weg. Und nur Gott allein wusste, ob er jemals wieder zurückkommen würde.

Hanna riss sie aus ihren Gedanken. »Erzähl schon, Elba!«

»Wir haben uns nur einmal geküsst. Nicht der Rede wert. Wirklich nicht«, gab sie schließlich zu, genoss allerdings die neidischen Blicke ihrer Freundinnen.

»Hab ich's doch gewusst!«, rief Sophia aus.

»Und jetzt?«, wollte Claudia wissen, die fast vor Neugierde platzte.

»Gar nichts jetzt!«

»Was heißt das denn? *Den* lässt du so einfach entwischen? Du hast sie ja nicht alle«, wunderte sich Sophia.

»Er ist ein Aufreißer. Der Inbegriff eines Womanizers«, antwortete Elba und hoffte, dass das genug Erklärung sein würde. Sie verspürte nicht die geringste Lust, ihnen von Aris zu erzählen. Sie konnte einfach nicht. Und was hätte sie auch sagen sollen?

»Oh ja, das kann ich mir vorstellen!«, schmunzelte Hanna begeistert und musterte Tristan unverhohlen von oben bis unten.

Fehlte nur noch, dass sie sich die Lippen leckte. Tatsächlich wartete Elba fast darauf, dass zumindest Sophia ein winziger Tropfen Speichel aus dem Mundwinkel laufen würde – wie einem Wolf beim Anblick seiner Beute. Ihre Freundin ließ sich niemals die Chance auf einen guten Fang entgehen. Oft hatte Elba ihren Mut in diesen Angelegenheiten bewundert. Sophia flirtete für ihr Leben gern und nahm sich immer, was sie wollte.

Unerfreulicherweise schien Elbas Aussage Tristan für die Mädchen nur noch attraktiver zu machen. Und sie hatten ja recht: Er sah wirklich unverschämt gut aus, das war nicht zu leugnen. Seiner Wirkung auf Frauen war er sich vollkommen bewusst. Aber die Freundinnen hatten ja keine Ahnung, wie gefährlich er tatsächlich war. Sein Aussehen setzte er für gewöhnlich ein, um seine Beute zu blenden, sie zu bezirzen, sie zu umschleichen und am Ende wie ein Raubtier zuzubeißen. Und das wortwörtlich. Nicht auszudenken, dass sie ihnen erzählen könnte, was er wirklich war!

Elba war dankbar, dass Christian herüberschlenderte und sich zu ihnen an den Tisch gesellte. Schnell war Tristan vergessen, und die Aufmerksamkeit der Mädchen galt nur noch ihrem neuen Opfer. Sie flirteten, was das Zeug hielt. Lachten viel zu laut über seine Witze, hingen an seinen Lippen, strichen sich durchs Haar, schnatterten wild durcheinander. So kannte Elba ihre Truppe. Armer Christian. Doch er wusste durchaus, eloquent und gewitzt mit der Situation umzugehen, er schien die Mädchen gerne zu unterhalten.

Sie selbst beobachtete Tristan und Área. Die beiden entfernten sich langsam von der Menschenmenge und wanderten die geschotterte Auffahrt entlang, bis sie in der Dunkelheit verschwanden.

Elba musste sich eingestehen, dass sie sich schrecklich alleingelassen fühlte. Sie war umgeben von all den fröhlichen Leuten, von ihren engsten Freunden und Bekannten, und fühlte sich wie der einsamste Mensch der Welt. Irgendetwas schien sie von den anderen zu trennen, sie kam sich unendlich isoliert vor.

Tristan und Área gingen schweigend nebeneinander her, an den dunklen Bäumen vorbei. Die Musik wurde leiser, je weiter sie sich vom Haus entfernten. Der Schotter knirschte unter ihren Schuhen, und hier und da war der Laut eines Nachtvogels zu hören.

Plötzlich fragte Área aus dem Nichts heraus: »Du ernährst dich vom Blut anderer Lebewesen?« Ihre Stimme klang erstaunlich ruhig. Tristan konnte nicht die geringste Spur von Aufregung oder Angst vor seiner Antwort orten.

»Ja«, antwortete er.

»Und wie ist das?«

Er wusste nicht recht, wie er darauf antworten sollte. »Es ist lebensnotwendig«, sagte er daher.

»Das ist mir klar. Aber wie fühlt es sich an?«

Er verstand jetzt, dass sie nicht wissen wollte, wie der Geschmack war. Auch nicht, wie sich die Wärme anfühlte, die sich in ihm ausbreitete, sobald er aus der Arterie eines Menschen trank. »Wie das Leben selbst. Wie pure Energie. Es erfüllt uns mit Leben. Leben, das wir selbst nicht in uns tragen.«

»Du trinkst Menschenblut?«

»In der Regel ja. Tierblut funktioniert auch. Aber es ist nicht das Gleiche. Blut aus Blutkonserven ist auch eine Möglichkeit, aber das frische Blut direkt aus der Ader eines Menschen ist am besten. Am wirkungsvollsten.«

Er bemühte sich, ehrlich zu sein, ohne sie zu verschrecken. Er spürte, dass alles andere sinnlos gewesen wäre. Sie schien sich nicht vor ihm zu fürchten. Und er schämte sich seiner nicht. So wenig wie das Raubtier sich für seine Existenz und deren Erhaltung schämte. Er hatte sich dieses Leben nicht ausgesucht, aber er hatte sich längst damit arrangiert. Und genoss durchaus auch dessen Vorteile.

»Aber du isst und trinkst auch Menschennahrung?«

»Ja, wir können wie jeder andere auch essen und trinken, allerdings müssen wir es nicht, und es ernährt uns auch nicht. Am einfachsten lässt es sich mit Alkoholkonsum vergleichen oder dem Konsum sonstiger Genussmittel. Der Mensch trinkt Alkohol, weil es ihm schmeckt, oder weil es ihm Spaß macht, aber allein davon kann sein Körper nicht überleben. Ähnlich verhält es sich bei uns mit fester Nahrung. Wir nehmen sie zu uns, genießen den Geschmack, können uns aber nicht von ihr ernähren.«

»Tötest du die Menschen, von denen du trinkst? Sterben sie dadurch?«

»Nein, in der Regel nicht. Aber es kommt vor. Und wenn die eigentliche Frage ist, ob ich schon Menschen getötet habe, so ist die Antwort: Ja.« So einfach war das, und es war nicht zu leugnen. Besser, sie wusste gleich, womit sie es zu tun hatte.

»Ja. Ich fühle das in deiner Gegenwart.«

Auch das war ihm klar. Es musste irgendwo an ihm haften. Das Verderben. Der Tod. Doch die Zeit, als ihm dieser Umstand zu schaffen gemacht hatte, die Zeit, als er noch religiös gewesen war – damals als Mensch – war längst vergessen. Und er fühlte sich nicht schuldig.

»Verängstigt dich das?«

Sie überlegte einen Moment. »Nein. Es ist wohl natürlich. Du bist ein Raubtier.«

»Das war nicht immer so«, entgegnete er.

»Nein. Wie war es, ein Mensch zu sein?«

Jetzt musste er lachen. »Sterblich, würde ich sagen. Das Bewusstsein irgendwann zu sterben, krank zu werden, sich zu verletzen, jeden Tag auszukosten, weil es der letzte sein könnte, weil die Zeit unaufhaltsam immer weiterlief, auf ein unvermeidbares Ende zu, all das hat sich unendlich weit von mir entfernt.«

»Du hattest eine Familie?«

»Natürlich.«

»Eine eigene Familie, meine ich?«

»Auch das«, antwortete er wahrheitsgemäß.

»Erzähl mir von ihr!«

Tristan atmete tief ein und aus. »Das würde zu lange dauern«, sagte er, damit er nicht zugeben musste, dass er nicht darüber sprechen wollte, weil es einfach zu schmerzhaft war. Er wollte nicht über seine Frau sprechen, die er mehr geliebt hatte als das Leben selbst, und auch nicht über seinen kleinen Sohn, dessen Leben viel zu kurz gewesen war.

»Verstehe. Der Schmerz lässt sich nicht verstecken, Tristan. Und er wird auch nicht vergehen.«

Allerdings nicht, dachte er bei sich, verdrängte aber sofort jede Erinnerung und jedes Gefühl, das damit verbunden war.

»Wünschst du dir wieder eine Familie?« fragte sie.

»Das ist nicht möglich. Wir können keine Kinder zeugen. Ganz gleich, was wir uns wünschen.«

»Verstehe«, sagte sie wieder, und er hoffte, dass sie wirklich verstand, denn dieses Gespräch hatte er schon zu oft geführt und festgestellt, dass die Endgültigkeit seiner Zeugungsunfähigkeit trotzdem nicht richtig ankam. Es war viel zu menschlich, viel zu tief genetisch verankert, dass Sterbliche sich Kinder wünschten, ihre Gene weitergeben wollten. Das war der einzige Hauch von Unsterblichkeit, an den Menschen sich klammern konnten. Ihre einzige Verbindung zur Unendlichkeit. Und Unsterblichkeit war es wohl auch, wonach sie strebten, selbst wenn sie gar nicht ermessen konnten, was sie wirklich bedeutete.

»Und wie ist es, wenn du dich verwandelst? Ist es schmerzhaft?«

Tristan überlegte. »Nein. Es ist so selbstverständlich wie jeder andere körperliche Prozess, der automatisch und unwillkürlich abläuft, ohne bewussten Aufwand oder Anstrengung. Es fühlt sich auch in meiner menschlichen Gestalt so an, als würde das Tier immer in mir ruhen, als permanenter Bestandteil meiner selbst. Nicht nur meines Körpers, auch meiner Seele. Je älter wir werden, desto mehr werden wir zu dem Raubtier in uns und umso anstrengender wird es, sich nicht wie ein Tier zu verhalten. Viele Vampire, gerade wenn sie in größeren Gruppierungen zusammenleben, zelebrieren dieses Dasein in grausamer Art und Weise. Sterbliche bedeuten ihnen nichts. Sie sehen sie lediglich als Beute, als Nahrung, sie spielen mit ihnen wie die Katze mit der Maus, bevor sie sie endgültig töten. Sie verlieren mit der Zeit jeden Bezug zu ihrer Menschlichkeit, vergessen, was sie einst waren, schaukeln sich gegenseitig auf, bis nichts mehr übrig ist von ihnen als ein Tier. Auch ich bin nicht zwei Lebewesen, der Panther und ich sind eins, eine Einheit.«

Er musterte sie von der Seite, um festzustellen, wie sie die Information aufnahm. Allerdings ließ sich aus ihrer Mimik nicht die geringste Gefühlsregung ablesen. Er war froh, dass sie sich zumindest weder zu fürchten noch zu ekeln schien, was für ihn jedoch überraschend war. Die meisten Menschen benötigten längere Zeit, um die Wahrheit über ihre Existenz zu verarbeiten, wenn sie erfuhren, dass sie es mit Vampiren zu tun hatten. Sie waren schockiert, konnten nicht fassen, dass ihre schöne, liebliche Erscheinung einherging mit solch abgrundtief hässlichen Wesenszügen. Oft fürchteten sie sich, gerieten sogar dermaßen in Panik, dass die Situation eskalierte und gröbere Mittel zur Beruhigung der Lage ergriffen werden mussten. Nicht selten bedeutete dies ihr Ende, da die Gefahr zu groß war, dass sie in ihrem Bekanntenkreis nicht nur das Geheimnis um die vampirhaften Existenzen verrieten, sondern großflächige Panik verbreiteten.

»Fürchtest du dich nicht? Findest du uns nicht abstoßend?«, wollte er wissen.

»Wie könnte ich mir anmaßen, über euch zu urteilen? Jede Form des Lebens hat seine Daseinsberechtigung. Und ausgerechnet ich kann mir bestimmt kein Urteil über normabweichende Lebensformen erlauben. Aus welchem Grund auch immer lebe ich in einem Wald, gemeinsam mit Tieren. Das entspricht sicher nicht der Vorstellung eines normalen Lebens. Ich teile mein Leben mit den Pferden – und so seltsam es klingen mag, aber auch ich fühle mich als Teil von ihnen. Wenn ich auf ihrem Rücken sitze, werde ich eins mit ihnen, verschmelze mit ihnen zu einem einzigen Lebewesen«, antwortete sie ganz selbstverständlich. »Du musst dich weder schämen noch dich schuldig fühlen. Und ganz gewiss fürchte ich dich nicht. Meine Instinkte zeigen mir Gefahr ganz eindeutig an, und von dir geht keine Gefahr aus. Auf alle Fälle nicht für mich.«

Tristan spürte, dass er erleichtert war, auch wenn er sich wunderte. Was für ein seltsames Wesen sie doch war! Er wunderte sich auch über sich selbst. Denn für gewöhnlich war es ihm absolut gleichgültig, was andere von ihm dachten.

»Ich fühle mich sicher bei dir. Ich weiß, dass ich dir trauen kann«, fügte sie hinzu.

»Mir geht es ebenso«, versicherte er.

»Das Gefühl geht sogar darüber hinaus«, sagte sie leise. »Es fühlt sich an, als würden wir zusammengehören. Als hätte ich mein Leben lang auf dich gewartet. Als wäre es meine Aufgabe, mein Schicksal, mit dir zusammen zu sein und dich zu schützen.«

Sie hatte das Gefühl, ihn schützen zu müssen? Tristan wunderte sich ein Mal mehr. So etwas hatte er wahrlich noch niemals zuvor gehört. »Das sind die Steine«, überlegte er.

Área schüttelte den Kopf. »Nein, das allein ist es bestimmt nicht. Es geht weit darüber hinaus. So, als wäre es der Sinn meines Daseins!«

Tristan berührte beiläufig ihre Hand, während sie weiter nebeneinanderher gingen, durch die Dunkelheit der Nacht. Als sie nicht zurückzuckte, strich er mit den Fingern sanft über ihren Handrücken. Die Berührung schien in Ordnung zu sein für sie. Área erwiderte sie sogar, indem sie ihre Finger langsam über die seinen legte. Ihre Atmung beschleunigte sich. Ein unmissverständliches Zeichen für ihn, dass sie sich zu ihm hingezogen fühlte, so wie er sich auch von ihr angezogen fühlte. Er überholte sie, stellte sich vor sie und stoppte ihre Bewegung.

Sie sah ihm nur ruhig in die Augen. Eine ganze Unterhaltung lag in dem Blick, den sie schweigend tauschten. So standen sie eine ganze Weile da und sahen sich an, während ihre Finger einen Tanz der Berührung vollführten, sich streichelten und sich schließlich ineinander verschlangen.

Mit den Fingerspitzen berührte er ihre Wange, strich eine Haarsträhne aus ihrer Stirn, tastete sich vor zu ihren Lippen. Sie waren so weich und zart, so unschuldig und anmutig. Ihr Atem, der seine Fingerspitzen streifte, löste Gefühle in ihm aus, die er seit einer Ewigkeit nicht mehr verspürt hatte. Ein Schwall der Erregung durchflutete seinen Körper, eine Erregung, die über pure Lust und Leidenschaft weit hinausging. Er wollte mit ihr zusammen sein – er wollte, dass sie ihm gehörte, und er ihr. Er fühlte, dass es richtig war. Dass es genau so sein musste, dass er noch niemals etwas so sehr gewollt hatte.

Er beugte sich vor, sodass der warme Hauch ihres Atems nun über seine Lippen glitt. Er wünschte sich nichts sehnlicher, als sie zu küssen. Ihre Nasen berührten sich vorsichtig.

Ganz plötzlich erstarrte sie. Er spürte, dass sie sich innerlich von ihm entfernte. Er begriff nicht, warum sie nicht zulassen wollte, dass seine Lippen die ihren berührten. Sie zog sich vollkommen von ihm zurück. Er fühlte die Distanz und die Kälte, die mit einem Mal von ihr ausströmten wie ein Meer aus Eis. Sofort ließ er sie los. Er starrte sie an und versuchte, zu erahnen, was in ihr vorging.

»Es tut mir leid«, flüsterte sie und wandte sich ab.

Sofort fing er sich wieder. »Du musst dich nicht entschuldigen«, erwiderte er ruhig und gab ihr Zeit, sich zu erholen.

Er fühlte, dass sie mit sich kämpfte, hatte aber keinen blassen Schimmer, weshalb sie ihn verschmähte.

Elba ließ den Blick über die tanzende Menge schweifen. Alle schienen sich köstlich zu amüsieren. Ihre Freundinnen schnatterten aufgeregt durcheinander, versuchten, sich in der Unterhaltung mit Christian gegenseitig zu übertrumpfen. Jede wollte seine Aufmerksamkeit für sich gewinnen. Sie starrte auf ihre Hände, auf die rot lackierten Fingernägel.

Was für ein Maskenball. Nur sie selbst schien nicht wirklich dazuzugehören, nicht zum Rest der Welt zu passen. Hatten sie die Erlebnisse der letzten Zeit wirklich dermaßen verändert? Sie ertrug das ausgelassene Treiben kaum, bemühte sich, gute Miene zum bösen Spiel zu machen und sich nicht anmerken zu lassen, wie es in ihrem Inneren tatsächlich aussah.

Schließlich entschuldigte sie sich bei den anderen mit der fadenscheinigen Ausrede, etwas zu trinken holen zu wollen. In Wirklichkeit wollte sie nichts anderes als einen Moment alleine sein, um sich auszuruhen, um wieder Kraft zu tanken für die muntere Fassade, die sie aufgesetzt hatte, obwohl sie sich schrecklich fühlte.

Sie stolzierte in Richtung Bar, bog jedoch unauffällig ab und verschwand im Dunkel des Gartens zwischen den Eichen. Sie ging immer weiter, bis sie die Musik kaum noch hörte, und stoppte abrupt, als sie ein Rascheln in den Ästen über sich wahrnahm. Was war das?

Sie lauschte. Nichts.

Wahrscheinlich hatte sie sich das nur eingebildet. Sie atmete erleichtert aus. Dann erstarrte sie, als ein leises Lachen erklang. Es kam direkt aus den Ästen der Eiche, unter der sie stand. Sie blickte nach oben. Und da war er.

Duris.

»So alleine, Schönheit? An deinem Geburtstag?«

Der Klang seiner Stimme ließ sie zittern. Der Teufel verkleidet als Engel, dachte sie beim Anblick seiner atemberaubenden Erscheinung.

»Ein Engel verkleidet als Teufel«, entgegnete er laut.

Scheiße! Wusste er, was sie dachte? Konnte er etwa auch noch ihre Gedanken lesen? Sie war nicht fähig zu antworten. Und obwohl es nicht Furcht war, die sie lähmte, vermochte sie sich nicht aus seinem fesselnden Bann zu lösen.

Lächelnd schwebte er zu ihr herab. Sie nahm wahr, dass ein anderer Song gespielt wurde: Die Band gab Elvis Presleys *Devil in Disguise* zum Besten, und aus irgendeinem Grund wusste sie, dass dies *sein* Werk war.

Er lächelte verwegen, als er federweich vor ihr landete, so als könnte er das Rattern in ihrem Gehirn förmlich hören.

»Alles Gute, Schönheit!«, flüsterte er ihr ins Ohr. Dann warf er einen Blick auf die Lichter, die vom Haus zu ihnen herüberschimmerten. »Ihr Sterblichen mit euren irdischen Ritualen.« Ganz selbstverständlich ergriff er ihre Hände und begann mit ihr, zum Rhythmus der Musik zu tanzen. Sie hätte sich ihm nicht entziehen können, selbst, wenn sie es gewollt hätte. »Wie viel Mühe sie sich gegeben haben«, fuhr er samtweich fort.

Wie ein Magnet folgte ihr Körper seinen Bewegungen.

»So traurig, so einsam?«, fragte er dann unvermittelt, ohne jedoch eine Antwort zu erwarten. »Aris kommt nicht wieder, Schönheit.«

Sie spürte, dass es wahr war. Die Bestätigung dessen, was sie längst geahnt hatte.

»Er wollte dich nicht verletzen. Er kann es nur nicht mehr länger leugnen, hat es endlich selbst eingesehen, dass es unentrinnbar ist. Sein ihm vorbestimmtes Schicksal. Er ist dazu bestimmt, mit Ofea zusammen zu sein. Das ist ihrer beider Schicksal. So, wie es unser beider Schicksal ist, Schönheit. Eines Tages wirst auch du es sehen, so wie Aris es gesehen hat. Ich weiß es. Ich weiß, was Aris weiß, und er weiß, was ich weiß. Wir sind miteinander verbunden, seit Jahrhunderten, über unser Blut, unsere DNA. Er weiß es längst, auch wenn er es nicht zugeben will. Noch nicht. Aber es wird nicht mehr lange dauern, ich spüre es.«

Sie schluckte. Die widersprüchlichen Gefühle, die auf sie einströmten, lösten Panik in ihr aus. Ihr Puls beschleunigte so rasend schnell, dass ihr schwindelig wurde.

Duris bewegte sich seelenruhig weiter. Sie wollte sich von ihm befreien, doch seine Anziehungskraft war so stark, so mächtig wie ein alles verschlingendes Feuer, dass in seiner Intensität ihr gesamtes Dasein zu verbrennen drohte.

»Eines Tages, Schönheit, wirst du es sehen, wirst deinem Instinkt, deinem Gefühl trauen. Du bist zu viel Höherem bestimmt! Du gehörst unausweichlich zu uns. *Du* bist das letzte Verbindungsglied. Dein Schicksal ist es, Aris und mich zu einem einzigen Lebewesen zu verbinden. Aris weiß das längst.«

Was wusste Aris längst? Er wusste von Duris' Plänen? Er wusste es, und hatte es ihnen nicht mitgeteilt?

»Pst, Schönheit. Das ist kein Verrat.«

Scheiße! Er war in ihrem Kopf!

»Er wollte es nicht wahrhaben. Um Ofeas Willen. Deshalb hat er auch deine Mutter getötet, im Glauben, dass er sein Schicksal abwenden könnte, es überlisten. Er hat angenommen, dass ihr Tod die Möglichkeit vereiteln würde, uns zu vereinen.«

Sie verstand kein Wort.

»Und auch Ofea wollte unsere Vereinigung verhindern. Sie wusste, dass dies das Ende ihrer Verbindung mit Aris bedeutet hätte. Ich habe noch niemals viel für sie übriggehabt. Sie wusste, dass das bedeutet hätte, Aris zu verlieren. Sie konnte nicht zulassen, dass er sich von ihr löst, indem wir uns zu einem einzigen Wesen vereinigen. Und so ist es auch heute noch.«

Herrgott, wovon sprach er? Wie wollte er sich denn mit Aris zu einem *einzigen* Lebewesen vereinigen?

»Die letzte Zutat, um das längst in Gang gesetzte Ritual zu beenden, ist das Verschmelzen der Steine, Elba. Seines Heliotrops«, er hob ihre Hand und betrachtete den Heliotrop an ihrem Armkettchen, Aris' Stein, »und meines Hämatits. Die Steine werden eins mit deinem Blut und meinem Feuer. Zu einem einzigen Stein. Einem Hämotrop.«

Und ganz plötzlich war alles sonnenklar. Alles, was Duris wollte. Alles, was Aris abzuwenden versuchte. Und alles, was ihre Rolle in dieser Sache betraf.

Mit einem Mal ließ Duris von ihr ab, sah auf und blickte lächelnd in die Dunkelheit. Elba drehte sich um und folgte seinem Blick.

Tristan stand hinter ihnen.

»Komm schon, Duris!«, erhob er genervt seine Stimme. »Müssen wir diesen Sprechdurchfall noch lange ertragen?« Tristan grinste. Aber es war ein weniger höhnisches und spöttisches Grinsen als sonst, sondern vielmehr bösartig und angriffslustig.

Elba wusste genau, in welche Gefahr er sich bereitwillig begab. Ihretwegen. Es wäre ein Leichtes für Duris, Tristan mit einem einzigen Schlag zu vernichten, schließlich war er ihm um Jahrhunderte überlegen. Dennoch würde Tristan nicht von der Stelle weichen, es sei denn mit ihr.

Duris lächelte, lächelte Elba ruhig und gelassen an, küsste ihre Stirn und verabschiedete sich. »Bald, Schönheit, bald!«

Mit diesen Worten verschwand er, ohne weitere Absichten einer Konfrontation, in der Nacht. Er war auf keinen Kampf aus gewesen. Noch nicht.

Elba starrte Tristan an. Und dann brach sie zusammen.

Als sie wieder zu sich kam, lag sie in Tristans Armen, der neben ihr im Gras saß und ihr über den Kopf streichelte. Sie begann, hemmungslos zu weinen. Das alles war zu viel für sie. Sie war froh, dass er nur schweigend über ihr Haar strich, tröstende Worte hätte sie jetzt wohl kaum verkraftet.

Sie hatte keine Ahnung, wie lange sie so dalag und weinte. Aber sie schämte sich ihrer Tränen nicht, zu lange hatte sie ihre Verzweiflung geschluckt.

Aris war weg. Und er würde nicht wiederkommen. Alles, was blieb, war ein großes klaffendes Loch in ihrer Brust. Sie hatte ihm vertraut, und er hatte sie alle verraten und war zu Ofea zurückgekehrt. Wie konnten sie sich dermaßen in ihm täuschen?

Sie hörte ein Räuspern. Schnell richtete sie sich auf und wischte sich die Tränen aus den Augenwinkeln. Auf keinen Fall wollte sie, dass ihre Freunde sie so sahen.

Doch aus dem Schatten der Eiche trat keiner ihrer Freunde, sondern ein großer braunhaariger Mann in einem, wie es schien, sündhaft teuren schwarzen Anzug. Seine Eleganz verriet sofort, dass er ganz gewiss nicht aus der Gegend stammte.

Tristan sprang auf und fletschte die Zähne.

Die Gesichtsmuskeln des Fremden zuckten kaum merklich, und Elba meinte, kurz die Spitzen von Zähnen zu erkennen. Von Vampirzähnen!

Mit einer beschwichtigenden Geste sagte er: »Ich suche keinen Streit. Ich suche Elba.«

Sie? Er suchte sie?

»Dein Vater schickt mich.«

Sie traute ihren Ohren nicht. Tristan verharrte in Angriffshaltung.

»Ich bin Florus. Ein alter Freund deines Vaters.«

»Sie empfängt keinen Besuch! Mach, dass du verschwindest!«, schnauzte Tristan ihn an. Die Art und Weise, wie er das sagte, verdeutlichte, dass die Situation auf einen Kampf hinauslaufen würde, wenn der Fremde nicht freiwillig verschwand. »Warum scheint überhaupt jeder zu denken, dass er kommen und gehen kann, wie es ihm gefällt?«, zischte er. »Steht irgendwo ein Schild mit der Aufschrift *Tag der offenen Tür?*«

»Ich sage die Wahrheit. Ich kann es beweisen.« Der Fremde griff in seine Hosentasche.

Die Bewegung war zu viel. Tristan stürmte auf ihn zu und packte ihn an der Gurgel. Sofort hob der Braunhaarige die Hände, um zu signalisieren, dass er keine bösen Absichten hegte und sich kampflos ergab.

»Lass ihn zeigen, was er da hat«, bat Elba.

Ohne ihn loszulassen, bedeutete Tristan dem Mann, zu tun, wozu sie ihn aufforderte.

Dieser zog langsam ein Foto aus seiner Hosentasche und streckte es ihr entgegen. Vorsichtig nahm sie das Bild. Ihre Augen weiteten sich. Das Foto zeigte ihre Mutter, einen Mann, den sie nicht kannte, und sie selbst als kleines Baby.

Mit einer Hand gab Tristan ihr zu verstehen, dass er das Bild sehen wollte, mit der anderen hielt er weiterhin die Kehle des fremden Vampirs fest umschlossen.

»Ist das deine Mutter, Täubchen? Und bist du das?« Sie nickte. Tristan wandte sich wieder Florus zu. »Und was willst du? Weshalb bist du hierhergekommen?«

Florus schaute an Tristan vorbei Elba an. »Deine Tante Mathilda hat mich gerufen.«

»Ach, Bullshit!«, knurrte Tristan. »Warum denkt jeder, dass er uns für dumm verkaufen kann?«

Elba sagte nichts. Sie war müde und leer.

Tristan hingegen war hellwach. Er kaufte dem Fremden kein Wort ab. Absurd, dass Mathilda diesen Vampir gekannt haben sollte und er selbst nicht. Absurd, dass sie ihn auf eigene Faust gerufen hätte, ohne jemanden zu informieren. Das passte einfach nicht zu ihr.

»Sie kannte deinen Vater und wusste, dass ich ihm einst ein Versprechen gegeben habe. Damals, als er im Sterben lag«, fuhr Florus fort.

Ihr Vater war also tot. Auch diese Nachricht kam nicht mehr wirklich bei Elba an. Und sie löste nicht den kleinsten Funken Gefühl in ihr aus. Sie hatte ihren Vater nicht gekannt und auch nicht damit gerechnet, ihm jemals zu begegnen. Natürlich hatte sie immer interessiert, von welchen Vorfahren sie abstammte, aber gerade jetzt hatte sie keinen Nerv dafür.

Wieder drehte Tristan seinen Kopf nach ihr um, um seine weitere Vorgehensweise von ihrer Reaktion abhängig zu machen. Sie zuckte gleichgültig mit den Schultern.

»Also – welches Versprechen?«, fragte er den Vampir dann genervt.

»Er hat mich darum gebeten, darauf zu achten, dass dir nicht das gleiche Schicksal widerfährt wie deiner Mutter«, antwortete Florus, wieder als unterhielte er sich mit Elba und nicht mit Tristan.

»Und welches Schicksal wäre das?«, wollte sie nun unbeteiligt wissen. »Dass Aris mich tötet?«

Jetzt starrte Tristan sie ungläubig an.

»Ganz so einfach ist es nicht, Elba«, erwiderte Florus. »Auch wenn Aris gewiss seinen Anteil am Tod deiner Mutter trug, so hat er sie mit Sicherheit nicht getötet.«

Langsam wurde die Sache interessanter für sie.

»Sie fühlte sich Aris verbunden. Wie hätte es auch anders sein können? Diese Steine haben einfach eine zu große Wirkung, als dass man sich ihnen entziehen könnte. Deine Mutter war stets unglücklich, weil Aris sie nicht liebte, sich nicht mit ihr verbinden wollte. Das hat auch einen großen Schatten auf die Beziehung deiner Eltern geworfen. Dein Vater hat deine Mutter sehr geliebt. Er hätte alles für sie getan. Aber er konnte nicht, sie ließ ihn nicht.«

Elba musste an Hinrik denken und an das, was er ihr über Tristan und Mathilda erzählt hatte. Auch seine Beziehung hatte unter Mathildas Zuneigung zu Tristan gelitten.

»Komm zur Sache!«, schnauzte Tristan.

Jetzt blickte der Vampir ihm direkt in die Augen. »Können wir uns nicht zivilisiert unterhalten?«

Seine stolze Haltung, die Art und Weise, wie er sprach, seine Gestik und nicht zuletzt seine Kleidung deuteten darauf hin, dass er aus feinem Hause stammte und über tadellose Manieren verfügte.

Tristan warf Elba einen fragenden Blick zu. Sie nickte müde, und er ließ den Fremden los.

Umgehend fuhr dieser fort: »Sie hat sich das Leben genommen.«

Wie bitte? Elbas Lippen öffneten sich, aber ihre Stimmbänder wollten keine Laute formen.

»Sie hat sich umgebracht, als Duris sie dazu zwingen wollte, das Ritual zu seiner Vereinigung mit Aris zu vollziehen. Sie wusste, dass Aris dies nicht wollte, und es keinen anderen Ausweg gab. Sie wollte Aris – Aris allein –, aber diese Sehnsucht war zum Scheitern verurteilt. So versuchte sie, zumindest Aris seine eigenständige Identität zu erhalten. Sie hätte niemals zugelassen, dass er unglücklich geworden wäre und gegen seinen Willen für den Rest seiner Unendlichkeit mit Duris hätte leben müssen. Außerdem hätte der sie wahrscheinlich sowieso getötet, nachdem sie ihren Zweck erfüllt hatte. Bei dir gestaltet sich die Sachlage allerdings anders. Deine Mutter verabscheute Duris, und er interessierte sich nicht im Geringsten für sie, aber du hast eine starke Verbindung mit ihm. Das musst du selbst spüren. Ihr seid nicht nur über eure Blutlinie verbunden.«

Elba schluckte. Es stimmte also tatsächlich, was sie fühlte. Sie fühlte sich auf eine übermächtige Art und Weise zu Duris hingezogen.

»Tatsächlich trägt Duris wohl die Schuld am Tod deiner Mutter. So haben es jedenfalls dein Vater und Mathilda gesehen. Und sie wünschten sich nichts weniger, als dass dir das gleiche Schicksal widerfährt.«

In diesem Moment erinnerte Elba sich an Mathildas Worte. Sie hatte angedeutet, dass Duris sie töten wollte. Aber sie hatte auch gesagt, dass er sich einen Nachkommen wünschte. Elba wurde schlecht, als sie zu kombinieren begann. Vielleicht hatte er vor, sie für eines seiner kranken Experimente zu benutzen.

»Nun, du Held«, meldete sich Tristan zu Wort, »und wie willst du das verhindern?«

»Die Antwort wird euch nicht gefallen«, warnte Florus.

»Komm schon, spann uns nicht auf die Folter!« Es war unüberhörbar, dass Tristan nicht glaubte, eine zielführende Lösung präsentiert zu bekommen.

»Elba muss ein Vampir werden.«

Nun, dann wäre zumindest der Zug mit der Vermehrung abgefahren, dachte Elba. Sie schüttelte sich bei der Vorstellung, ein Kind von diesem Monster auszutragen. Oder gar von beiden. Von Duris und Aris, nachdem sie sich vereint hätten. Vielleicht hatte Duris einen Weg gefunden, auch das möglich zu machen.

Ach, hör schon auf, forderte sie von sich selbst, das ist doch verrückt!

»Keine Option«, erwiderte Tristan kühl.

»Ihre Blutlinie wäre damit beendet – und somit auch jede Möglichkeit für Duris, sein Vorhaben umzusetzen.«

»Keine Chance«, antwortete Tristan.

»Dann werde ich den Stein an mich nehmen und ihn von hier wegschaffen.«

»Und wo willst du ihn bitte hinschaffen?«

»Du wirst dir gewiss im Klaren darüber sein, dass es wenig Sinn machen würde, das zu verraten, nicht wahr?«

»Und du wirst dir gewiss im Klaren darüber sein, dass das niemals auf unser Einverständnis stoßen wird, nicht wahr?«, konterte Tristan.

»Kein Stein – kein Ritual – keine Vereinigung«, entgegnete Florus knapp, und seine Worte ergaben Sinn.

Aber Elba wusste, dass Tristan niemals zuließe, dass ein Fremder Aris' Stein an sich nahm. Aris war sein Gefährte, sein Macher, sein Verbündeter, sein Freund. Undenkbar, dass er ihn dieser Gefahr aussetzen würde. Und auch sie selbst war in Wirklichkeit nicht imstande dazu. Außerdem setzte dieses Vorhaben sie selbst einem nicht abschätzbaren Risiko aus. Wenn der Fremde den Stein nun vernichtete, würde das möglicherweise auch ihr eigenes Dasein beenden. Irgendetwas veranlasste sie zwar, Florus zu glauben, aber sie konnte sich nicht leisten, einem Vampir zu vertrauen, den sie überhaupt nicht kannte. So viel Menschenverstand besaß sogar sie.

Tristan war der Einzige, dem sie momentan vertraute, und er stand dem Fremden äußerst skeptisch gegenüber. Andererseits wollte sie sich die Chance nicht entgehen lassen, mehr über ihre Familie und ihre Herkunft zu erfahren.

»Hast du noch weitere hilfreiche Vorschläge auf Lager, oder können wir den Teil des Smalltalks dann beenden?« In Tristans Stimme schwang Angriffslust.

Die Augen des Fremden verengten sich zu schmalen Schlitzen. »Dein Beschützerinstinkt in allen Ehren, Tristan, aber eines sollte vorweg klar sein: Es steht nicht zur Debatte, dass ich euch wieder verlasse, solange Elba in Gefahr ist!«

Elba runzelte die Stirn. Der Vampir kannte Tristans Namen? Sie konnte sich nicht erinnern, dass er sich vorgestellt hatte.

Tristan lachte. »So? Ist das so? Und du meinst, dass diese Entscheidung bei dir liegt?«

»Gewiss nicht. Die Entscheidung liegt bei Elba«, sagte Florus und warf ihr einen Blick zu, der sie zu einer Entscheidung zwang.

Konnten sie nicht morgen darüber nachdenken? Ihr schwirrte der Kopf. Doch die beiden Männer warteten auf ihren Entschluss.

»Er kann bleiben«, nuschelte sie schließlich gleichgültig.

Tristan stöhnte widerwillig. Aber er war nicht dumm. Wenn auch nur eine winzige Chance bestand, einen weiteren Kämpfer gegen Duris auf ihrer Seite zu haben, konnten sie kaum darauf verzichten. Und er verstand sehr wohl, dass Elba ihre ganz eigenen Gründe hatte, die für Florus' Bleiben sprachen. Trotzdem traute er dem Typ nicht über den Weg. Auch ihm war es nicht entgangen, dass er seinen Namen kannte. Allerdings gab es nicht viele Möglichkeiten, was seine Person betraf. Wenn dieser Vampir Mathilda wirklich gekannt hatte und möglicherweise auch Aris kannte, konnte er leicht darauf schließen, wer er war.

»Nun denn«, begann Tristan lächelnd, »wie wollen wir also den Abend ausklingen lassen?«

Es war ihm anzusehen, dass er etwas Bestimmtes im Sinn hatte. Und während Elba noch überlegte, was das wohl sein könnte, stürzte er sich auf Florus.

Der Angriff kam so überraschend, dass Florus unter Tristan zu Boden ging, ohne reagieren zu können. Tristan hielt ihn mit dem Knie auf der Brust fixiert. Langsam beugte er sich vor zu seinem Ohr und flüsterte: »Und eines sollte dir klar sein: Für uns bist du ein Fremder, ein Außenseiter. Ich werde jede einzelne deiner Bewegungen beobachten, und bei der kleinsten Andeutung eines Fehltritts werde ich dich töten, ohne mit der Wimper zu zucken.«

Jetzt lachte der fremde Vampir. »Tristan, der große Beschützer!«

Dann ging alles so schnell, dass Elbas Augen viel zu langsam waren, um genau zu sehen, was passierte. Mit einem Mal stieß Florus Tristan so brutal von sich, dass dieser durch die Luft flog und gegen einen Baum knallte. Im selben Augenblick sprang Florus auf und versetzte ihm einen unbarmherzigen Schlag. Dann putzte er sich gemächlich den Schmutz von seinem Anzug.

Er sprach mit Tristan, ohne den Blick anzuheben: »Und eines sollte dir klar sein: Meine Absichten sind ehrenhaft, aber ich bin wesentlich älter als du, und somit auch stärker, und ich werde kein ungehobeltes Verhalten dulden.«

Die Wut stand Tristan ins Gesicht geschrieben. Offensichtlich galt es, die Rangordnung zwischen ihnen zu klären. Er brach einen Ast vom Baum und warf sich auf Florus. Während sie beide zu Boden stürzten, rammte er ihm das Holzstück in die Schulter, um es umgehend wieder aus dem Fleisch des Unbekannten zu ziehen und erneut auszuholen. Diesmal zielte er auf sein Herz, und Elba wurde bewusst, was er vorhatte. Er wollte den Ast durch Florus' Herz stoßen und ihn töten. Unwiederbringbar und endgültig.

So laut sie konnte, schrie sie: »Nicht, Tristan! Nicht! Du darfst ihn nicht töten!«

Verblüfft drehte er sich nach ihr um. Sein Blick besagte, dass er wieder zurück in ihre Welt kam, sich wieder unter Kontrolle hatte. Die Situation war entschärft. Fürs Erste.

Er stand auf und reichte Florus die Hand, um ihm aufzuhelfen.

»Impulskontrolle gehört wohl nicht zu deinen Stärken«, stellte Florus fest und hob lächelnd die Augenbrauen. »Nun wissen wir auch, wo Elba steht«, fügte er dann zufrieden hinzu.

»Lasst uns zurückgehen«, schlug Tristan trocken vor, ohne darauf einzugehen. Ihn beschäftigte irgendetwas, allerdings konnte Elba nicht beurteilen, was das sein mochte. Aber er machte sich über irgendetwas Gedanken, das stand zweifelsfrei fest.

Als sie losgingen, schnappte er sich ihre Hand und blieb dicht neben ihr, während er den Fremden nicht aus den Augen ließ. Seine Körpersprache demonstrierte, dass Elba zu ihm gehörte, zum inneren Kreis der Personen, die ihm wichtig waren. Ein Kreis, in den nicht jeder ohne Weiteres aufgenommen wurde. Und mit Sicherheit kein Fremder.

Florus schritt erhobenen Hauptes neben ihnen her. Eine Hand lässig in der Anzugtasche, bewegte er sich stolz und selbstsicher.

Als sie sich dem Haus näherten, hörte Elba, dass die Musikrichtung sich geändert hatte: weg von altem Rock, hin zu oberflächlicher Partymusik. Ihre Freunde vollführten im Gleichschritt lustige Tänze zu *Blurred Lines*. Mitten unter ihnen Área und Christian, die ausgelassen und bis über beide Ohren grinsend die Textzeilen mitsangen.

Als Tristan sie entdeckte, blieb er stehen und betrachtete Área fasziniert. Ihr blondes Haar wirbelte wild umher und das enge schwarze Kleid betonte jede ihrer Bewegungen.

Tristan wirkte auf Elba wie ein kleiner Junge vor dem Weihnachtsbaum. Wie seltsam. Sie hätte sich nicht im Traum vorstellen können, ihn jemals so zu sehen. Den unverschämten Aufreißer, den unnahbaren Frauenheld.

»Los, Täubchen, lass uns tanzen!«, forderte er sie verschmitzt grinsend auf.

So kannte sie ihn. Bereit, zu jagen. Mit einem sexy Grinsen und diesem stechendem Blick, der unbändigen Tatendrang ausdrückte und der die schmutzigsten und zugleich aufregendsten Dinge versprach.

Bevor Elba sich versah, kniete er sich vor sie auf den Boden und half ihr aus den unbequemen Schuhen. Was für eine Spitzen-Idee, dachte sie. Er stellte die Schuhe auf einen der Tische, tanzte rückwärts auf die Menge zu und gab ihr lustig gestikulierend zu verstehen, ihm zu folgen. Wie hätte sie dieser Aufforderung nicht Folge leisten können?

Sie reihten sich neben Área und Christian ein. Die beiden waren begeistert, dass sie zu ihnen stießen. Sofort ging Área dazu über, mit Tristan zu tanzen.

Florus lehnte sich gegen die Bar, bestellte ein Getränk und beobachtete sie.

Área und Tristan fielen sich immer wieder um den Hals, berührten sich so aufreizend, dass für jeden ersichtlich schien, worauf dieses Spiel hinauslaufen würde.

Beschämt stellte Elba fest, dass sich im Inneren ihres Herzens Eifersucht regte. Allerdings konnte sie nicht beurteilen, ob sie nun auf Área eifersüchtig war, die mit einer derartigen Leichtigkeit Tristans Herz stürmte, oder ob sie im Grunde lediglich auf das eifersüchtig war, was die beiden hatten – und sie nicht.

Irgendwann fiel ihr auf, dass Área sich jedes Mal, wenn Tristan ihr zu nahe kam, ein klein wenig zurückzog. Sie glaubte nicht, dass es einer der anderen überhaupt bemerkte, aber sie selbst hatte dieses Verhalten nun schon öfter beobachtet.

Tristan tanzte Elba an, und sie einigten sich darauf, an die Bar zu gehen. Dort reichte er ihr eine Flasche Bier. Sie unterhielten sich eine Weile über belanglose Dinge, hauptsächlich über den Umstand, dass ihre Freundinnen sich prächtig damit amüsierten, wettzueifern, welche von ihnen bei Christian landen würde.

»Die haben sowieso keine Chance bei ihm«, kommentierte Tristan das Spektakel.

»Meinst du? *Ich* würde auf Hanna tippen!«

»Nicht in diesem Leben«, gab Tristan lachend zurück.

»Warum nicht?«

»Weil er in dich verknallt ist.«

»Blödsinn!«

»Das ist so offensichtlich, das sieht wirklich jeder!«

»Bullshit!«, stieß Elba hervor, und sie mussten beide lachen.

»Im Ernst, Täubchen, er wird kein Mädchen an sich ranlassen, solange das mit euch noch nicht durch ist. Das kann ich dir versichern, da kenne ich mich aus.« Er zwinkerte ihr zu.

Ja, in solchen Dingen kannte er sich aus.

»Genauso wenig, wie Área mich an sich heranlassen wird.«

Hoppla!

»Ich denke sehr wohl, dass sie das tun wird. Dich an sich heranlassen.«

Tristan schüttelte den Kopf. »Sie ist nicht interessiert.«

»Sie *ist* interessiert, und *das* sieht wirklich jeder!«, konterte sie lachend.

Florus, der noch immer ein Stück von ihnen entfernt mit einem Drink an der Bar lehnte, sagte: »Sie ist interessiert. Und ja, das sieht jeder. Aber was nicht jeder sieht, ist, dass sie sich trotzdem nicht darauf einlassen wird.«

Überrascht drehten Elba und Tristan sich nach ihm um.

Als Elba ihm widersprechen wollte, erreichten Área und Christian die Bar. Sofort richtete Tristan sich auf.

Christian musterte Florus, dann wandte er sich mit verächtlicher Stimme an Tristan: »Du bringst einen fremden Vampir hierher?« Seit er in den Kreis der Wächter eingegangen war, witterte er einen Vampir wohl auf kilometerweite Entfernung.

Tristan hob zum Zeichen seiner Unschuld die Hände. »Der hat sich ganz allein hier eingeschlichen mit seiner kleinen Mission.«

»Welcher Mission?«

»Unruhe, Blutrunst, Machtgier – das Übliche eben. Ach ja – und Elbas Rettung.«

Christian starrte Tristan an. Sein Vampirradar war hochgefahren, sein System bereit, zu feuern. Da war kein Platz für Ironie und Sarkasmus.

Florus stellte sich vor und reichte Christian die Hand, der diese, verwirrt durch das manierliche Benehmen, wortlos schüttelte.

Als Florus auch Área seine Hand entgegenstreckte, fiel Elba auf, dass sie einen merkwürdigen Gesichtsausdruck aufgesetzt hatte. Sie wirkte verstört, schien sich sogar ein wenig zu fürchten. Fast machte es den Eindruck, als würde sie Florus kennen. Ihr Körper reagierte, als würde sie diesen Fremden wiedererkennen, und dieser Umstand schien nicht unbedingt positive Gefühle in ihr zu wecken. Als Florus nach ihrer Hand griff, zog sie diese blitzschnell zurück.

Auch Tristan beobachtete die beiden scharf.

Erneut fragte Christian ihn: »Welche Mission?«

Bevor Tristan etwas sagen konnte, antwortete Florus: »Haben wir nicht alle unsere Mission?«

»Mhm ...«

»Ich bin hier, um Elba zu schützen.«

»Oh bitte!«, stöhnte Christian, hörte sich jedoch geduldig seine Geschichte an.

»Der ganz normale Wahnsinn eben«, schmunzelte Tristan, als Florus geendet hatte, und nahm einen Schluck aus seiner Flasche.

»Du kaufst ihm die Story doch nicht ab?«, wollte Christian von ihm wissen.

Tristan zuckte gleichgültig mit den Schultern. »Ein Freiwilliger.«

»Ein Bauernopfer?« Christian zog die Augenbrauen zusammen.

Jetzt musste Tristan lachen. Er lachte, weil Christian ohne Umschweife laut ausgesprochen hatte, was er selbst dachte. »Milchgesicht!«, prustete er und spielte den Entrüsteten.

»Arschloch hat dich also eingeladen, zu bleiben?«, wandte Christian sich Florus zu.

»Um ehrlich zu sein, war ich das«, meldete Elba sich leise zu Wort.

Damit hatte Christian nicht gerechnet. »Ihr spinnt doch! Alle beide!«, sagte er dann kopfschüttelnd.

»Dem ist nichts hinzuzufügen«, lachte Tristan. »Jetzt, da wir Spinner es endlich geschafft haben, dass sich jemand freiwillig mit uns anfreundet, bleibt nur noch die Frage, wo Blumensträußchen übernachtet. Wir können keineswegs erlauben, dass er uns wieder verlässt. Ich hab ihm doch versprochen, ihn im Auge zu behalten.« Er zwinkerte Florus zu.

»Im Haus ist genug Platz. Christian, du könntest auch hier übernachten«, lud Elba die beiden freundlich ein.

Sie überlegte kurz, was ihre Großeltern dazu sagen würden, allerdings führte sowieso kein Weg daran vorbei. Tristan würde schon wissen, weshalb es besser war, Florus nicht wieder gehen zu lassen. Seine Freunde sollte man nahe bei sich halten, und seine Feinde noch näher. Und ob Florus Freund oder Feind war, würden sie sicherlich bald herausfinden.

Als die Gäste sich nach und nach alle auf den Heimweg gemacht hatten, und Tristan Área davon überzeugt hatte, dass es ein notwendiges Übel war, Florus ins Haus einzuladen, saßen Elba und er noch eine Weile in der stillen Dunkelheit auf den Steinstufen vor dem Eingang.

»Ich glaube, dein Vater war ein Wächter, Elba«, sagte Tristan leise. »Ich denke nicht, dass er sich mit einem Vampir angefreundet hätte.«

Elba nickte nachdenklich.

»Und Área fürchtet ihn. Sie traut ihm nicht.«

Danach verlor er kein einziges Wort mehr darüber. Sie verstand genau, was er ihr damit mitteilen wollte. Er zeigte sich zwar einverstanden, dass Florus blieb, um ihretwillen, aber er traute ihm nicht.

Tristan seufzte müde. Elba betrachtete sein ebenmäßiges Gesicht. Selbst in der Dunkelheit zeichneten seine Züge sich faszinierend schön vom fahlen Mondlicht ab. Aber er schien ausgelaugt zu sein, wie seine Augen verrieten. Dieses Gefühl konnte sie gut nachvollziehen. Doch sie wusste, dass seine Erschöpfung einen ganz anderen Ursprung hatte als ihre eigene, auch wenn er es sich nicht anmerken ließ. Sein Körper forderte seinen Tribut. Den Tribut nach Blut. Und ohne wirklich darüber nachzudenken, streckte sie ihm ihr Handgelenk entgegen und sagte: »Ich weiß, dass du aufpasst. Trink!« Er hatte sie beschützt, sein Leben für sie riskiert, und sie wollte ihm etwas zurückgeben. Das Einzige, das sie ihm geben konnte. Das Einzige, das er jetzt brauchte, das, wonach sein Körper verlangte. Außerdem erschien es fragwürdig, einen ausgehungerten Vampir im Haus zu beherbergen.

Sie rechnete eigentlich damit, dass er ablehnen oder sich zumindest zieren würde, aber im Grunde hätte sie Tristan inzwischen besser kennen müssen.

Er sah sie nur einen Augenblick an. Nur, um sicherzugehen, was in ihr vorging. Dann legte er die Finger um ihr Handgelenk und biss zu.

Ungewohnt zärtlich und vorsichtig, ganz langsam versenkte er die Zähne in ihrem Fleisch und durchdrang die Pulsader. Er trank in kleinen Schlucken. Es tat zwar nicht weh, war aber auch nicht gerade angenehm. Es fühlte sich ein wenig an wie das Blutabnehmen beim Arzt.

Und dann fühlte sie es plötzlich. Sie spürte, wie seine Atmung sich beschleunigte, sein Puls in die Höhe schnellte, wie das Leben, ihr Leben, in seinen Körper zurückkehrte.

Er sah sie wieder an, und das Leuchten, das in seinen Augen aufblitzte, ließ sie wissen, dass er es unschätzbar genoss. Und dass eine ganz eigene, besondere Beziehung zwischen ihnen bestand. Erst jetzt wurde ihr bewusst, wie intim dieser Augenblick war. Er war in sie eingedrungen, nährte sich von ihrem Lebenssaft, von ihrer Energie, und das fühlte sich gut und richtig an. Nun verstand sie all die willigen Mädchen, die sich ihm und Aris bereitwillig zur Verfügung stellten. Genau zu diesem Zweck: um den Hunger zu stillen oder die Lust.

Bevor er die Kontrolle verlor, löste er sich von ihr, legte den Kopf in den Nacken und stöhnte leise. Er schloss die Augen und atmete tief ein.

Es musste sich anfühlen wie ein sinnesraubender Rausch, dachte sie. Ein Rausch, den sie verursacht und ihm geschenkt hatte.

Er beugte sich vor und küsste ihr Handgelenk an der Stelle, an der er sie gebissen hatte. Dann legte er ihre Hand in ihren Schoß und küsste sie auf die Stirn. »Danke, Täubchen. Du erstaunst mich wirklich. Auch wenn du es heute noch nicht siehst, du bist ein außergewöhnlich starker und mutiger Mensch. Und ich liebe dein mitfühlendes Wesen!«

Die Worte klangen ehrlich. Elba war erstaunt. Erstaunt von der Vielschichtigkeit seines Charakters. Erstaunt, dass das Wesen, bei dem sie sich am wohlsten fühlte, bei dem sie sie selbst sein konnte, dem sie vertraute und von dem sie sich akzeptiert und geschätzt fühlte, ein Vampir war.

Tristan biss sich in sein eigenes Handgelenk und sah sie auffordernd an.

Das Angebot war zu verlockend. Und das vollkommen unabhängig von der heilenden Wirkung seines Blutes. Elba konnte einfach nicht widerstehen, sie berührte mit der Zunge seine Haut. Dann umschloss sie mit ihrem Mund die Stelle und saugte die warme Flüssigkeit ein. Das Gefühl, das sie sofort übermannte, war mit Worten nicht zu beschreiben. Ihr Körper reagierte anders auf sein Blut als auf das von Aris. Die Wirkung kam schnell und scharf, trug sie hoch hinaus und ließ sie wieder zurück zur Erde schnellen. Es war wie Achterbahnfahren.

Als sie zurück in die Realität sauste, schoss ein unbarmherziges Kribbeln durch ihren ganzen Körper. Und schon war sie wieder da, als wäre nichts geschehen. Sie war weder erschöpft noch entspannt, sondern fühlte sich frisch und hellwach.

Tristan grinste anzüglich. Er war sich seiner Wirkung nur allzu bewusst. Und es gefiel ihm, wie Frauen auf ihn reagierten. Zufrieden betrachtete er ihr Handgelenk. Die Bissspuren waren verschwunden, die Wunde zugeheilt.

15

Einmal mehr suchten Albträume sie heim, als sie in dieser Nacht in einen unruhigen Schlaf fiel. Sie träumte von Duris und von Aris – davon, wie sie ungeniert abartige Orgien feierten und ihre Blutgier gemeinsam mit Ofea auslebten. Sie sah ihre Mutter, die mit aufgeschlitzten Pulsadern im Raum stand und die drei beobachtete. Ihre Lippen bewegten sich. Aber Elba konnte nicht hören, was sie sagte. Sie wusste, dass es wichtig war. Was flüsterte sie nur? Als es ihr endlich gelang, zu verstehen, was ihre Mutter ihr so dringend sagen wollte, wachte sie schweißgebadet auf.

»Deflagratio!«

Sie riss die Augen auf, stellte entsetzt fest, dass die Stimme gar nicht aus ihrem Traum stammte. Sie war hier. Hier bei ihr im Zimmer!

Hektisch schaltete sie die Nachttischlampe ein und blickte sich um. Nichts. Der Raum war vollkommen leer. Niemand war hier.

Da hörte sie die Stimme ein weiteres Mal: »Deflagratio!«

Jetzt geriet sie in Panik. Sie sprang aus dem Bett, rannte aus dem Zimmer und prallte geradewegs gegen Tristan, der in dem dunklen Flur stand. Sie stieß einen leisen Schrei aus.

Herrgott! Musste er denn niemals schlafen?

»Was ist los?«, fragte er besorgt.

»Deflagratio!«, antwortete sie.

»Deflagratio?«

»Ja!«

»Ist Duris hier? Mit seinem Bruder?« Offensichtlich wusste er, wovon sie sprach.

»Nein. Diese Stimme –«

»Welche Stimme?«

»Sie ist hier, und sie flüstert unentwegt dieses Wort.«

»Wer ist hier? Elba! Wer ist hier?«

Áreas Zimmertür öffnete sich, und sie schlüpfte zu ihnen auf den Flur. »Die Toten. Sie versuchen, uns zu warnen.«

Im Gegensatz zu ihr wurde Elba übel bei der Vorstellung, dass ein Haufen Toter durch das Haus schlich und zu ihnen sprach.

Jetzt tauchte auch Hinrik noch auf. Hatte sie denn so laut geschrien?

»Ich habe euch gewarnt! Die Ruhe der Toten zu stören zieht Folgen nach sich. Solch eine Tat bleibt nicht ungestraft. Ihr habt ein Tor geöffnet, das sich nicht so einfach wieder schließen lässt.«

Tristan atmete durch. Konnte dieser Kerl wirklich nie die Klappe halten? Musste er hier mitten in der Nacht diesen verängstigenden Müll ablassen?

Doch bevor er ihm etwas an den Kopf werfen konnte, entgegnete Área: »Das ist doch Blödsinn! Dieses Tor ist sowieso immer offen. Ob wir das mitbekommen, hängt nur davon ab, ob unsere Wahrnehmung es zulässt, Geschöpfe aus einer Parallelexistenz zu bemerken.«

Tristan fand es herrlich, dass sie Hinrik die Meinung geigte, auch wenn das Ganze in höfliche Worte verpackt war und er den Inhalt nicht unterschrieben hätte.

Als er zu lachen begann, hörte Elba wieder die Stimme. »Hört ihr das auch?«

»Ich glaube kaum, dass sich jemand aus dem Totenreich freiwillig mit mir unterhalten würde«, antwortete Tristan. »Ich habe zu viele Menschen dorthin geschickt. Wenn die alle hier auftauchen, würde das wahrscheinlich nicht gut ausgehen.«

Elba hatte keine Zeit, sich mit dieser Aussage auseinanderzusetzen. Das Flüstern wurde immer lauter.

Hinrik hingegen fühlte sich sehr wohl zu einem Kommentar veranlasst: »Genau das meine ich! Es hat gerade noch gefehlt, dass eine Meute Racheengel aus dem Jenseits hier auftaucht.«

Elba hörte ihm nicht zu. Die Stimme kam vom Ende des Flures. Von dort, wo Florus' Zimmer lag. Sie ging entschlossen darauf zu. Als sie die Türe erreichte, schrie die Stimme. Sie schrie das eine Wort: »Deflagratio!«

Elba musste sich die Ohren zuhalten, so laut und schrill dröhnte es in ihrem Kopf.

Tristan lief zu ihr. »Kommt die Stimme von hier? Von hier drinnen?«

Ohne die Antwort abzuwarten, holte er aus und trat die Türe auf. Im Inneren des Raumes saß Florus ruhig auf dem Bett und schaute Tristan an. Auf dem Nachttisch flackerte das Licht einer kleinen Kerze.

Da fiel es Elba auf! In dem schwachen Schein des Feuers kamen ihr seine Gesichtszüge nun irgendwie bekannt vor. Sein Gesicht erinnerte sie an jemanden. Aber das war absurd! Sie hatte Florus mit Sicherheit noch nie zuvor gesehen. Wenn sie nur wüsste, an wen …

Sein braunes Haar war kurz geschnitten, seine Haut wirkte blass im Kerzenlicht, fast weiß. Die Lippen waren sinnlich und voll, die Augen schimmerten hellbraun. Seine kantigen, aber edlen Züge wirkten hart und doch zerbrechlich. Die Wangenknochen waren hoch geschnitten, die Nase jedoch fein, das Kinn elegant und doch männlich.

Es wollte ihr einfach nicht einfallen, an wen er sie erinnerte.

Das Fenster des Zimmers stand weit offen, weshalb die Flamme der kleinen Kerze wild im Nachtwind flackerte.

Elba, die nur mit Tristan eingetreten war, blickte in alle Winkel des Raumes. Es war nichts zu erkennen. Niemand war hier, und auch die Stimme war verschwunden.

»Ich habe sie überredet, zu gehen«, sagte Florus ruhig. Er sah dabei auf seine Hände, in denen er etwas Weißes hielt. Etwas, das aussah wie kleine Steine.

Als er merkte, dass Elba darauf starrte, legte er sie beiläufig auf den Nachttisch. »Deine Mutter macht sich große Sorgen um dich, Elba. Sie ist hierhergekommen, um dich zu warnen. Aber ich habe ihr erklärt, dass ihre Sorge unbegründet ist und sie nun zur Ruhe kommen kann, da ich hier bin, um dich zu schützen. Wie ich es deinem Vater versprochen habe.«

Die Stimme hatte also ihrer Mutter gehört.

Elba konnte ihren Blick nicht vom Nachttisch abwenden, und mit einem Mal erkannte sie, was dort lag. Es waren keine Steine, es waren kleine Knochenstückchen. Ihre Augen weiteten sich.

Florus sah sie an. »Kein Grund zur Sorge, Elba. Es sind Überreste der Gebeine deines Vaters. Ich weiß, dass das auf euch Menschen abstoßend wirkt, aber sie sind ein effektives Hilfsmittel, um im Totenreich die Person zu finden, der sie einst gehörten. Ich habe deiner Mutter ein Knochenstück mitgegeben, damit sie deinen Vater suchen kann. Damit sie zur Ruhe kommen können.«

»Was für eine abgefuckte, abergläubische Scheiße!«, entfuhr es Tristan.

»Dir wird dieser Brauch sicherlich nicht unbekannt sein, Tristan.«, warf Florus seelenruhig ein.

»Natürlich nicht. Und mir ist auch nicht unbekannt, dass Krieger die Knochenfragmente ihrer Feinde aufbewahren und sie sich als Schmuckstücke um den Hals hängen!«

Elba überkam ein plötzlicher Würgereflex. Sie versuchte, die körperliche Reaktion zu unterdrücken, die diese bildliche Vorstellung auslöste, aber es wollte ihr nicht gelingen. Sie rannte auf den Flur, an Hinrik vorbei, um sich auf der Toilette zu übergeben.

»So misstrauisch, mein Freund?«, fragte Florus währenddessen Tristan.

»Das hat überhaupt nichts mit mir zu tun! Könnt ihr alle nicht mal eure Schnauze halten? Ihr seht doch, was das anrichtet!« Ein Mann musste wissen, was er einem jungen Mädchen zumuten konnte und was nicht. Manchmal war es einfach besser, nicht alles laut auszusprechen. Er konnte nicht brauchen, dass sich Angst und Panik verbreitete. »Wag es ja nicht, dich hinter deinen feinen Manieren zu verstecken! Das zieht vielleicht bei den anderen, aber den Mist kaufe ich dir nicht ab!«

Wütend knallte Tristan die Zimmertür hinter sich zu.

Área stand vor ihm im Flur. »Du weißt, dass er nicht die Wahrheit sagt, oder?«

»Ich weiß«, entgegnete er. »Aber es ist besser, wenn er hier ist, wo wir sehen, was er vorhat.«

Als Área am nächsten Morgen im Bett die Augen öffnete, sah sie Tristan mit aufgeknöpftem Hemd und in Jeans vor dem Fenster stehen. Er schaute in den Garten an der Hinterseite des Hauses hinaus.

Als er sich umdrehte, blieb ihr Blick auf seinem nackten Oberkörper haften, da sein Hemd aufgeknöpft war. Er grinste sie an, und sie setzte ebenfalls ein breites Grinsen auf.

Nach einer Weile sagte sie: »Du bist *so wild-thing* ...«

Tristan wusste genau, auf welches Lied sie anspielte, biss sich auf die Unterlippe und lachte.

Área stand auf und ging in ihrem knappen Nachthemd lächelnd auf ihn zu. Mit ihrer linken Hand berührte sie seine Brust, ungefähr dort, wo sein Herz lag.

Tristan sog die Luft ein und wagte nicht, sich zu bewegen. Er befürchtete, sie gleich wieder zu verschrecken.

Sie schaute ihm kurz in die Augen, dann neigte sie sich vor und küsste seine Brust. Aus Tristans Mund drang ein kaum hörbares Stöhnen. Sie griff mit beiden Händen unter seinen Hemdkragen und streifte ihm das Kleidungsstück ab.

»Wie schön du bist«, flüsterte sie, während ihre Lippen seinen Hals hinaufwanderten.

Seine Atmung beschleunigte, er zwang sich jedoch dazu, sie nicht anzufassen.

Als ihre Zunge über seinen Hals glitt, schoss ihm das Blut in den Unterleib. Er hielt es nicht mehr aus und streichelte über ihr Haar. In dem Moment konnte er nicht anders, als mit einer Hand ihr Kinn leicht anzuheben und sie zu küssen. Doch als seine Lippen kaum spürbar die ihren berührten, versteifte sich ihr Körper.

Tränen traten in ihre Augen. »Ich ... kann nicht«, presste sie hervor.

»Warum nicht?«, flüsterte er zärtlich.

»Ich weiß nicht, ich kann einfach nicht!«

»Willst du nicht mit mir zusammen sein?«

»Das ist es nicht. Ich will. Aber ich –.«

Er begriff nicht. »Was?«

»Ich wünsche mir so sehr, dich zu küssen. Ich will mit dir zusammen sein. Aber es geht nicht, ich kann es nicht. Es tut mir so leid.«

Er sah die Verzweiflung in ihren Augen. Das hatte er noch nie erlebt. Viele Frauen verabscheuten ihn, hassten ihn regelrecht, aber keine hatte sich ihm jemals entzogen oder ihn verschmäht. Noch niemals war es einer Frau gelungen, seinem Körper zu widerstehen – und den Freuden, die er ihr bescheren konnte. Nicht, wenn er es darauf anlegte.

»Wie fühlt es sich an?« Er ahnte, dass die Frage dumm war, stellte jedoch fest, dass sie genau wusste, was er meinte.

»Es fühlt sich an, als ob ich dich verschlingen wollte. Mit Haut und Haar. Es fühlt sich an, als wollte ich, dass du mir gehörst. Deine Seele, dein Körper, dein Blut. Es fühlt sich an, als würde ich brennen, und als würde ich dieses Feuer nur löschen können, wenn ich dich besitze. Und es fühlt sich an, als wäre das falsch. Als wäre es ... verboten.«

Dieses Gefühl kannte er nur zu gut. Es beschrieb exakt das, was er fühlte, wenn er Durst hatte. Durst nach Blut. Wenn er von einem Menschen trinken wollte. Er kannte das Gefühl, etwas Unrechtem nicht widerstehen zu können. Er kannte das unbändige Verlangen und das Verzücken, das die Verzögerung der Stillung dieser Gier mit sich brachte. Allerdings versagte er sich selbst letztlich nie die Befriedigung dieser Gelüste, ganz gleich, was Moralvorstellungen vorschrieben. Er stillte sein Verlangen stets ausführlich. Und er verstand nicht, warum es falsch sein sollte, dass sie sich liebten, hier und gleich.

Aber er wusste genau, dass das Gefühl des Verzichts schmerzhaft und brennend sein konnte und allein schon körperlich schwer zu ertragen war. Und er sah auch, dass sie nicht verstand, was mit ihr los war.

»Mach dir keine Sorgen. Es ist schon in Ordnung«, erwiderte er schließlich. Etwas anderes fiel ihm zu diesem Zeitpunkt nicht ein. Aber er würde schon noch herausfinden, was hier eigentlich los war.

Als sie ein wenig später im Untergeschoss des Hauses ins Esszimmer traten, sah Elba auf. Gemeinsam mit allen anderen saß sie bereits am üppig gedeckten Frühstückstisch. Florus, ihr geheimnisvoller Gast, hatte für dieses reichliche Mahl gesorgt – eine Geste des guten Willens. Er trieb höflich und zurückhaltend Konversation mit Elbas Großeltern. Der Rest schmiedete Pläne für den Wiederaufbau von Aris' und Tristans Haus.

Nach dem Frühstück verabschiedete Tristan sich von ihnen und verschwand mit Aris' Dodge. Er wollte nicht verraten, was er vorhatte, versicherte jedoch, bald wieder zurück zu sein.

Christian fuhr mit Elba, Área und Florus los, um die Bauarbeiten am zerstörten Haus aufzunehmen. Er hatte eine ganze Truppe Freunde zusammengetrommelt: alles erfahrene und geschickte Handwerker, die dafür sorgten, dass die Arbeiten rasch vorangingen. Christan hatte die Anlage von Aris und Tristan in Gang gesetzt, und die laute Musik beflügelte sie alle regelrecht.

Später am Nachmittag tauchte Tristan irgendwann mit dem Dodge in der Einfahrt auf. An der entsprechenden Vorrichtung war ein riesiger Anhänger befestigt, und Elba war sofort klar, was er getan hatte: Er hatte Áreas Pferde aus dem Wald geholt.

Als er hupte, trat Área aus dem Haus, und ihr Gesicht hellte sich in faszinierend kindlicher Freude auf.

Himmel, er wusste wirklich, wie er ein Mädchen beeindrucken konnte!

Gemeinsam luden sie die Pferde eines nach dem anderen aus. Área begrüßte jedes einzelne, dann fiel sie Tristan um den Hals und küsste ihn auf den Mund. So flüchtig nur, dass nicht mal ihr selbst aufgefallen war, was sie getan hatte. Tristan allerdings hatte es nur allzu deutlich bemerkt. Ihre Lippen hatten sich berührt, wenn auch nur kurz. Und Elba hatte es auch registriert.

Allerdings bemerkte sie nicht, dass Christian sie beobachtete, während sie selbst Tristan und Área anstarrte.

»Du stehst auf Arschlöcher, was?«, sagte er, und es klang nicht wie eine Frage. Es war eine Feststellung. In seiner Stimme zeichnete sich weder ein Urteil noch ein Vorwurf ab.

Sie wollte verneinen, wollte ihm erklären, dass sie ganz gewiss nicht auf Tristan stand. Und auch nicht auf die bösen Jungs im Allgemeinen. Bei genauerer Betrachtung war die Angelegenheit aber doch wesentlich komplizierter, als sie auf den ersten Blick erschien, das musste Elba zugeben.

Wie hätte sie das Christian erklären sollen? Wie hätte sie ihm erklären sollen, dass es nicht Tristan war, den sie sich wünschte, sondern das, was er für Área tat? Das, was er für sie empfand, wie er sich ihr gegenüber verhielt. Wie hätte sie das Christian begreiflich machen sollen? Denn tief in ihrem Inneren wusste sie, dass der ohne zu zögern bereit gewesen wäre, dasselbe für sie zu tun. Der Unterschied war nur, dass Elba sich nicht wünschte, dass *er* es für sie tat. Sie schätzte Christian – und auf eine gewisse Art und Weise liebte sie ihn –, aber das war nicht dasselbe.

Oder war es wirklich das Böse, das Gefährliche, das sie anzog?

Weil sie sich darüber nicht so recht im Klaren war, sagte sie lieber nichts. Vielleicht nahm er jetzt an, dass sie wirklich in

Tristan verliebt war. Und sie wollte ihn gewiss nicht verletzen, aber sie hatte momentan genug andere Probleme, als sich auch darüber noch Gedanken zu machen.

»Lass uns weitermachen. Dann kriegen wir den verdammten Kasten vielleicht heute noch fertig«, meinte Christian schließlich, als wohl feststand, dass sie nichts dazu sagen würde.

Und er sollte recht behalten. Kurz nach Sonnenuntergang waren die gröbsten Bauarbeiten beendet, und sie alle ließen den Abend mit einer wohlverdienten Flasche Bier ausklingen.

Elba war froh, dass Tristan darauf bestand, dass Área, Christian, Florus und sie selbst bei ihm im Haus übernachteten. Ihr gruselte inzwischen vor Tante Mathildas und Onkel Hinriks Heim, ungern hätte sie noch einmal eine solche Nacht verbracht wie die letzte.

Ganz selbstverständlich ging Tristan davon aus, dass sie in Aris' Zimmer schlafen würde. Als Elba aber in der Zimmertür stand und das große Bett betrachtete, schlug der Schmerz so überraschend und hart zu, dass ihr übel wurde.

In diesem Bett hatten sie gemeinsam geschlafen, sich geliebt, sie hatte sich hier sicher gefühlt. Glücklich. In Aris' Armen hatte sie seine Wärme gespürt, war ihm so unendlich nahe gewesen. Sie hatte ihm blind vertraut: ihm nicht nur ihren Körper und ihr Herz anvertraut, nein, auch ihr Leben. Und jetzt war er weg, hatte sie im Stich gelassen. Sie alle. Und wahrscheinlich hatte er sie auch verraten.

Eigentlich passte das überhaupt nicht zu dem Bild, das sie von ihm im Kopf hatte. Es passte nicht zu dem Mann, den sie liebte. Das war wahrscheinlich auch der Grund, weshalb es sich anfühlte, als wäre dieser aufrichtige, starke Mann gestorben. Tot und begraben. Und als wäre der Aris, der noch existierte, ein vollkommen anderer.

Tristan tauchte hinter ihr auf. Er umschloss sie mit seinen Armen und hielt sie fest. Bei der innigen Berührung lösten sich die Tränen aus ihren Augen und liefen über ihre Wangen.

»Ist schon gut, Täubchen. Du kannst bei mir schlafen.« Er ärgerte sich darüber, dass er nicht schon vorher daran gedacht hatte, dass sie nicht in Aris' Bett schlafen konnte. Sie war viel zu jung und unerfahren. Die Gefühle, die ihre Erfahrungen mit Aris ausgelöst hatten, waren von zu jugendlicher Intensität, als dass sie sachlich mit ihnen umgehen konnte. Ihr Herz hob ihren Verstand vollkommen aus den Angeln. Und das war ganz normal. Es war menschlich.

Er führte sie in sein Zimmer, bereitete ihr das Bett und küsste sie zum Abschied auf die Stirn. Bevor er den Raum verließ, drehte er sich noch einmal zu ihr um. »Er kommt wieder, Elba«, sagte er überzeugt. Dann zog er die Türe hinter sich zu.

Wenn Tristan seinem Freund dermaßen vertraute, sollte sie selbst das vielleicht auch tun, dachte Elba noch, bevor sie erschöpft einschlief.

Área, Tristan und Florus saßen noch einige Zeit im Wohnzimmer und unterhielten sich, Área und Tristan auf der einen Couch, und Florus ihnen gegenüber auf der anderen. Florus erzählte ihnen von seinem Leben. Davon, dass er die letzten Jahre in Frankreich verbracht hatte, fernab von jeder Vampirgemeinde. Nach all den Jahren wollte er sich nicht mehr mit irgendwelchen Raubtieren umgeben. Er versuchte, wieder zu leben wie ein Mensch. Auch wenn das natürlich nicht gänzlich möglich war, so besaß ein schlichtes Leben ohne den Einsatz seiner übernatürlichen Kräfte doch einen gewissen Charme für ihn. Er fühlte sich angewidert von der Überheblichkeit anderer Vampire. Und er langweilte sich, sehnte sich fast nach seiner eigenen Sterblichkeit. Die Vorstellung, jeden Augenblick auszukosten im Angesicht des Todes, den Wert der Dinge wieder herzustellen, den sie durch ihre Vergänglichkeit erst bekamen, übte einen unwiderstehlichen Reiz auf ihn aus.

Er hatte bereits vor langer Zeit einer seiner Steinträgerinnen den Stein abgenommen, sodass er nicht mit ihr leben musste und sie nicht mit ihm. Seit vielen Jahren ging er einer normalen Arbeit nach unter Menschen, die sich abrackerten, um ihren Lebensunterhalt zu finanzieren. Es verschaffte ihm eine gewisse Art von Genugtuung, ihnen zu helfen, ihre Ziele zu verfolgen, und die Bandbreite ihrer Gefühlswelt zu beobachten und mitzuerleben. Einer Gefühlswelt, zu der er selbst keinen Zugang mehr hatte.

Área schlief irgendwann im Laufe der Erzählungen in Tristans Armen ein. Als Florus sich schließlich verabschiedete, um zu Bett zu gehen, legte er fürsorglich eine Decke über ihren Körper. Tristan taxierte ihn. Er spürte, dass Florus etwas verheimlichte. Seine Erzählungen hatten jedoch ehrlich geklungen.

Und dann fiel auch er endlich in einen tiefen Schlaf. Er hatte eine Ewigkeit nicht mehr geschlafen, hatte es sich nicht erlaubt, die Augen zu schließen. Aber Áreas gleichmäßige Atemzüge zogen ihn mit in das Land der Träume. Er ließ sich fallen. Hier und jetzt, auf der Couch, mit ihr im Arm.

Als Tristan am kommenden Morgen aufwachte, war Área verschwunden. Sein Puls schnellte in die Höhe. Wie hatte er es nicht bemerken können, dass sie aufgestanden war?

Doch da hörte er schon das fröhliche Treiben, das aus der Küche kam. Er machte die Stimmen von Elba und Christian aus, die herumalberten und stritten, wie Rührei zuzubereiten war. Und er hörte auch Áreas Stimme, die vergnügt mit Florus über französisches Essen plauderte. Er wunderte sich, dass sie sich plötzlich auf diesen Vampir einließ, dem sie so misstrauisch gegenüberstand. Aber er war froh, dass alle wohlauf und gut gelaunt waren.

Hastig stand er auf und ging zu ihnen in die Küche. Fasziniert beobachtete er Área, die Geschirr in den Schränken suchte. Ihr blondes Haar leuchtete in der Sonne, die durch das Küchenfenster strahlte. Ein atemberaubender Anblick, wie sie sich beschwingt zu der Musik bewegte, die aus Christians Smartphone drang!

Als sie Tristan erspähte, der grinsend am Türrahmen lehnte, hüpfte sie lächelnd auf ihn zu. Sie biss sich auf die Unterlippe, so, wie er es sonst immer tat. »Guten Morgen! Frühstück?« Er konnte nicht antworten. Daher sang sie leise, während sie zur Musik auf ihn zu tanzte: »Ich weiß, du willst es. Ich weiß, du willst es.« Sie griff nach seiner Hand, hob sie zu ihren Lippen und küsste die Innenfläche.

Tristan blieb der Mund offen stehen. Der nächste Song startete. Anya Marina sang darüber, dass Männer versprachen, dass ihre Mädchen bekämen, was auch immer sie wollten.

Belustigt über seine Verwirrung zwinkerte Área ihm zu und sang dem Song entsprechend laut weiter: »Du kannst haben, was auch immer du willst ...«

Ihr Gesichtsausdruck war sexy, und er hätte schwören können, auch ein klein wenig anzüglich.

Als er immer noch nicht reagierte, lachte sie. Ein Lachen, dass sie vollkommen zum Strahlen brachte. Sie tanzte zur Anrichte, nahm einen Teller Rührei, den Christian und Elba vorbereitet hatten, und tanzte an Tristan vorbei zum Esszimmertisch. Die anderen folgten ihr. Sie nahmen Platz und begannen, fröhlich plappernd zu essen. Tristan schüttelte verwundert den Kopf und gesellte sich zu ihnen.

Elba neckte Christian damit, dass er trotz der hartnäckigen Versuche ihrer Freundin keines der Mädchen auf der Party abgeschleppt hatte.

Tristan fiel auf, dass Florus unentwegt versuchte, ein Gespräch mit Área aufrechtzuerhalten. Dabei sah er sie für seinen Geschmack immer ein klein wenig zu lange an. Área schien das jedoch gar nicht zu bemerken. Und Tristan beschloss, diesen Umstand einfach zu ignorieren.

Nach dem ausgiebigen Frühstück machten sich Elba, Christian und Florus daran, die Wände des neu errichteten Eingangsbereiches zu streichen. Tristan und Área räumten das Frühstücksgeschirr ab.

Schließlich lehnte sich Área gegen die Anrichte in der Küche und versuchte, ihr Haarband, das sich gelockert hatte, wieder anständig zu befestigen. Tristan stellte sich vor sie und griff danach. Anstatt es jedoch wieder zu fixieren, löste er es vollständig, sodass ihr das lange Haar über die Schultern fiel. Er betrachtete sie. Dieses zarte Geschöpf raubte ihm den Atem. Ihre makellose Haut, die leuchtenden Augen, das goldene Haar, ihr unwiderstehlicher Duft … Sie roch so süß und verlockend, dass sein Verstand auszusetzen drohte, und er fragte sich, ob ihr Geruch auf jeden eine solch anziehende Wirkung hatte oder nur auf Vampire. Oder reizte dieser Duft gar nur ihn selbst bis ins Mark? Er konnte einfach nicht widerstehen, sie zog ihn magnetisch an. Doch als er versuchte, sie zu küssen, wich sie seinem Mund aus und küsste ihn stattdessen auf den Hals.

»Entschuldige«, murmelte sie. »Ich kann nicht.«

Als sie unter seinen Armen hindurchschlüpfte, um der Situation zu entkommen, stieß sie gegen eines der Gläser, die auf der Anrichte standen. Es fiel klirrend zu Boden und zersprang. Área kniete sich nieder und hob die Splitter auf.

Tristan atmete aus und beobachtete sie für eine Sekunde. Es mochte ihm nicht in den Sinn, was in ihr vorging. Dann bückte er sich ebenfalls und half ihr, die Glassplitter einzusammeln. Als er eine größere Scherbe auf der Anrichte ablegte, schnitt er sich an dem scharfen Glas. Das Blut schoss aus der kleinen Wunde an seinem Zeigefinger.

»Verdammt!«, fluchte er.

»Das tut mir leid«, sagte Área abwesend, während sie seinen Finger betrachtete. »Wir sollten das unter kaltes Wasser halten.«

Sie nahm seine Hand und sah den blutenden Finger einen Moment an. Aber anstatt ihn unter das Wasser des Spülbeckens zu halten, steckte sie ihn in den Mund. Tristan erstarrte. Vorsichtig leckte sie das Blut von der kleinen Wunde. Die Schnittverletzung hörte umgehend auf zu bluten. Área ließ seinen Arm wieder sinken und lächelte Tristan entschuldigend an.

Plötzlich hielt sie inne, wurde ernst und schaute ihn an, als würde irgendetwas mit ihr nicht stimmen. Sie hielt die Luft an und schluckte.

War ihr übel? Lag es am Geschmack des Blutes? Sie verzog das Gesicht. Hatte sie Schmerzen? Beunruhigt versuchte Tristan zu deuten, was mit ihr los war. Ihre Atmung ging stoßweise, und ihr Gesichtsausdruck änderte sich wieder. Tristan starrte sie an. Glitzerte ihre Haut? Er kniff die Augen zusammen. War das möglich? Die goldenen Punkte in ihren Augen leuchteten auf. Und noch bevor er begriff, was geschah, zuckte ihre Oberlippe.

Tristan riss die Augen auf. Er konnte nicht fassen, was da zum Vorschein kam. Es waren Reißzähne! Zähne wie die eines Vampirs! Und ehe er begriff, was geschah, holte sie aus und biss ihn in den Hals.

Herrgott! Was war das? Was war *sie*?

Der stechende Schmerz löste eine reflexartige Reaktion in ihm aus. Er neigte sich zielsicher vor und bohrte nun seinerseits die Zähne in ihren Hals. Gierig tranken sie voneinander.

Das Gefühl war berauschend, das Geschmackserlebnis so sagenhaft süß und intensiv, dass jede vorherige geschmackliche Erfahrung schal und öde dagegen verblasste. Die ekstatische Euphorie, die die körperliche Reaktion darauf hervorrief, war unbeschreiblich. Ein beglückender, exzessiver Begeisterungstaumel strömte durch Tristans Körper, trieb seinen Erregungszustand an die Spitze. Er befürchtete, jeden Augenblick zu explodieren, hemmungslos die Beherrschung zu verlieren. Es kostete ihn alle Kraft, die er besaß, sich nicht in diesem orgasmischen Trip zu verlieren.

Er riss sich los, fixierte sie glühend und dunkel, während das Blut von seinen Zähnen troff, und holte Luft. Dann küssten sie sich, wild und leidenschaftlich. Das Blut in ihren Mündern vermischte sich mit dem Geschmack ihrer Zungen.

Er fasste in ihre Haar, krallte sich darin fest. Ihre Hände glitten über seinen Rücken. So fest, dass es wehtat. Er hob sie auf die Anrichte, teilte energisch ihre Schenkel, presste den Unterleib gegen ihren Schoß, strich über ihre Oberschenkel und leckte das Blut von ihrem Hals. Sie legte den Kopf in den Nacken und stöhnte hingebungsvoll, um dann direkt wieder mit der Zunge den Weg in seinen Mund zu suchen.

In diesen Augenblick ertönte eine Stimme hinter ihnen: »Ich weiß, wer sie ist.«

Tristan und Área sahen auf. Da stand er. Aris. Mit dem Buch in der Hand und Ofea an seiner Seite.

»Aber das habt ihr wohl schon selbst rausgefunden«, sagte er.

16

Sofort veränderte sich Área wieder, wurde zu der unschuldigen Schönheit, die sie bis vor einigen Minuten noch gewesen war. Sie starrten sich eine Weile gegenseitig an, dann kam Florus in die Küche.

»Was ...?« Er verstummte sofort, als er Aris sah.

»Was zur Hölle!«, fluchte Aris. »Was macht *er* hier? Seid ihr verrückt? Ihr habt ihn ins Haus gelassen?«

Offensichtlich wusste Aris, wer der unbekannte Vampir war.

»Die Frage ist vielmehr, ob *ihr* verrückt seid?«, stieß Florus hervor. »Wie konntet ihr sie hierherbringen? Ihr habt ja keine Ahnung, was ihr damit angerichtet habt! Sie ist der Schlüssel!«

Er schien Área zu meinen.

»Wer zur Hölle bist du?«, schrie Tristan ihn an. Er war wie von Sinnen. Von Sinnen von dem Rausch, den Áreas Blut ihm noch immer bescherte. Von Sinnen von der Lust und dem Verlangen nach ihr. Von Sinnen von der Wut, die in ihm hochstieg.

Als Florus nicht antwortete, brüllte Aris verärgert: »Das ist Flagrus!«

Im gleichen Atemzug riss er die Axt von der Wand, die neben der Türe hing. Und ohne jegliche Vorwarnung versetzte Tristan dem enttarnten Vampir einen dermaßen heftigen, gezielten Tritt, dass dieser direkt in Aris' Richtung flog. Aris holte aus und schlug mit der Axt auf den Vampir ein. Dieser wich geschickt aus, schnappte sich Área, sah ihr tief in die Augen und keuchte: »Erinnere dich! Erinnere dich jetzt!«

Und mit einem Mal flutete alles zurück. Alles, was tief in ihr verschüttet lag. Alles, was sie nun war. Und alles, was sie je zuvor gewesen war. Die Erinnerung traf sie wie ein Vorschlaghammer. Tristan sah es in ihren Augen. Der Schlag kam so hart und schnell. All die Informationen, die auf sie einströmten, die

Erinnerungen und die damit verbundenen Gefühle konnte ihr Gehirn kaum verarbeiten, ihr Herz kaum ertragen.

Wieder holte Aris aus, doch kurz bevor die Axt auf Flagrus traf, bremste Área die Wucht des Schlages mit ihrer rechten Hand ab.

»Nicht!«, hauchte sie. Dann verlor sie das Bewusstsein und sank zu Boden.

Christian und Elba stürmten in die Küche. Das Geschrei war so laut gewesen, dass selbst Elba jedes einzelne Wort verstanden hatte. Hektisch wanderte ihr Blick von einem zum nächsten.

Sie sah Ofea am anderen Ende der Küche in der Terrassentür stehen, sah Área am Boden liegen und Aris mit einer Streitaxt in der Hand neben ihr stehen. Sah, dass Tristans Augen glühten, und all das Blut an seinem Mund. Sie sah den neuen Vampir in ihrem Leben, dessen besorgter Blick auf Áreas reglosem Körper ruhte.

Und mit einem Mal erkannte sie das Gesicht. Die Züge, die sie an irgendjemanden erinnert hatten. Sie wusste plötzlich, warum er ihr so bekannt vorgekommen war. Es war diese Ähnlichkeit. Sie fragte sich, warum ihr das nicht schon früher aufgefallen war. Flagrus sah Duris ähnlich! Seinem Bruder.

Sie glichen einander nicht unbedingt auf den ersten Blick, doch die Ähnlichkeit war unverkennbar. Duris' Haut war blasser, seine Augen heller, das Haar länger, die wesentlichen Gesichtszüge jedoch, die Form der Knochen, die eleganten Konturen der beiden, ähnelten sich unübersehbar. Allerdings unterschieden die zwei sich in ihrer Ausstrahlung, wie sie sich nicht noch mehr hätten unterscheiden können. Duris war kühl und distanziert, weltfremd und überlegen, und wirkte dabei doch zerbrechlich wie Glas, während Flagrus äußerlich warmherzig erschien, zugänglich, stark und stabil. Wahrscheinlich hatte sie die Ähnlichkeit deswegen nicht erkannt. Sie wirkten wie Tag und Nacht, wie Feuer und Eis, die jedoch aus demselben Ursprung entstanden waren.

Erst im darauffolgenden Augenblick verarbeitete Elba wirklich, dass Aris in der Küche stand. Er war tatsächlich hier. Allerdings blieb ihr auch jetzt keine Zeit, ihre Gefühle diesbezüglich zu sortieren. Ihr Blick fiel wieder auf Área, die auf dem Küchenboden lag, sie sah, dass ihr Hals blutverschmiert war, und sie sah ebenfalls, dass Tristans Mund vor Blut triefte. Sie sah wieder die Waffe in Aris' Hand und sie sah, dass Flagrus verletzt war.

Was zur Hölle war passiert?

Flagrus kniete sich neben Área auf den Boden und strich ihr das Haar aus dem Gesicht.

»Finger weg, Drecksack!«, knurrte Tristan und versetzte ihm einen kräftigen Stoß. Dann hob er Área hoch und trug sie ins Wohnzimmer. Dort legte er sie auf das Sofa und musterte sie.

Aris zerrte Flagrus am Arm hinterher. »Setzen!«, wies er ihn an und knallte das Buch vor ihn auf den Couchtisch, nachdem dieser Folge geleistet hatte. Es war das Buch der Aquamarin-Linie. »Ich denke, du möchtest uns ein paar Zeilen daraus erläutern.«

Flagrus lehnte sich zurück. »Du hast Ofea angeschleppt, großer Aris?«, fragte er unbeeindruckt. »Ich hätte angenommen, dass Duris' Liebling klüger ist.«

»Konzentrier dich!«, herrschte Aris ihn an und versetzte ihm einen Schlag ins Gesicht. »Wenn du nicht redest, werden wir das hier auf der Stelle beenden!«

»Das Ende würde nicht zu deinen Gunsten ausgehen«, drohte Flagrus überlegen lächelnd. »Ich lege keinen Wert darauf, mich wie ein Tier zu benehmen, aber wenn ihr es herausfordert, werde ich diesem Wunsch durchaus entsprechen.«

Elba fragte sich, ob Flagrus über die gleichen Kräfte verfügte wie Duris. Es war davon auszugehen, dass er sich bisher bloß zurückgehalten hatte.

Área schlug langsam die Augen auf. Erschöpft flüsterte sie: »Nicht. Bitte nicht.«

»Keine Angst. Ich werde nicht zulassen, dass er dir irgendein Leid zufügt«, sagte Tristan beschützend zu ihr und warf Flagrus einen warnenden Blick zu.

»*Mir* wird er kein Leid zufügen«, entgegnete Área schwach und richtete sich auf.

»Ich werde sie mitnehmen müssen, Tristan«, erklärte Flagrus ruhig. »Nicht auszudenken, dass Duris sie findet.«

»Einen Dreck wirst du, du überheblicher Scheißkerl!«

»Ich weiß, dass das schwer für dich ist, Tristan. Aber es ist das Beste für sie. Und ich bin mir sicher, dass ihr Bestes auch in deinem Sinne ist.«

Aris schlug ungeduldig das Buch auf. »In unserem Sinne wäre, dass du uns etwas daraus erzählst! Du kennst den Code der Wächter, nehme ich an?«

»Es ist nicht notwendig, dass ich euch den Inhalt vorlese. Ich weiß auch so, worum es geht. Ich bin dabei gewesen. Aber vielleicht möchte Área euch nun selbst erzählen, wer sie ist.« Er sah sie prüfend an, doch sie erwiderte seinen Blick nicht.

Stattdessen blickte sie zu Boden, der Glanz aus ihren Augen war verflogen, ihr Blick leer. Sie atmete tief ein und aus. Tristan schaute sie erwartungsvoll an, doch ihr Gesichtsausdruck verriet ihm, dass sie nichts sagen würde. Ihr Zustand sorgte ihn.

»Zu gegebener Zeit. Wenn sie so weit ist«, fügte Flagrus schließlich hinzu.

Jetzt hob sie langsam den Kopf. »Es stimmt. Ich muss mit ihm gehen. Oder mit Duris. Alles andere wäre undenkbar. Zu gefährlich. Zu gefährlich für uns alle.«

»Du wirst weder das eine noch das andere tun, Liebling«, entgegnete Tristan.

»*Er* denkt, dass du tot bist«, wandte Flagrus sich an Área.

»Das glaube ich nicht«, sagte sie müde. »Er muss etwas ahnen. Sonst wäre er nicht hier.«

»Er ist wegen Aris hier und wegen Elba.«

Sie schüttelte den Kopf. »Er hatte das Buch«, entgegnete sie. »Nicht wahr?« Die Frage galt Ofea. »Wenn er seinen Inhalt kennt, weiß er, dass ich am Leben bin. Und er weiß, dass wir ihn verraten haben. Dass *du* ihn verraten hast, Flagrus. Wir alle haben ihn verraten. Ich, du, Aris und nun auch Ofea. Und er wird jeden einzelnen von uns dafür büßen lassen.«

»Er kann die Bücher lesen?«, fragte Elba erstaunt.

»Wir können davon ausgehen, dass er nach all der Zeit herausgefunden hat, wie sich der Code entschlüsseln lässt. Und die Wächter haben alles dokumentiert.«

»Es tut mir leid«, flüsterte Ofea beschämt.

Aris ging zu ihr und drückte ihre Schulter. Ein Zeichen dafür, dass er ihr nicht böse war.

Elba spürte wieder diesen Stich in ihrem Herz. Die Beziehung der beiden musste sich verändert haben in der Zeit, in der Aris weg war. Er war nicht wütend auf Ofea. Im Gegenteil – er schien sie zu verstehen. Elba versuchte, sich nicht auszumalen, was zwischen den beiden vorgefallen war. Sie versuchte, sich auf das gegenwärtige Geschehen zu konzentrieren. Die emotionale Katastrophe in ihrem Inneren musste warten, denn sie würde sie zerstören, wenn sie sie jetzt an die Oberfläche ließe. Es galt, den Tag zu überleben und den nächsten und den darauffolgenden.

»Aber die Ereignisse der letzten Tage kann er nicht kennen«, beruhigte Flagrus Área. »Wenn das Buch bei ihm war, konnte von den Wächtern nichts aufgezeichnet werden. Er weiß also nicht, dass du hier bist. Und er weiß auch nicht, wo der Ort ist, der in dem Rätsel beschrieben wird. Sonst hätte er dich dort gefunden.«

»Er wird uns alle töten.« Área sah Flagrus an.

»Soll er es doch versuchen! Das wäre nicht das erste Mal«, warf Tristan ein.

Área legte die Hand auf seine Wange. Sie wollte ihm zeigen, dass sie seinen Mut und seine Loyalität zu schätzen wusste, ihr war aber auch klar, dass ihnen diese Attribute in diesem Fall nicht helfen würden. Nichts würde ihnen helfen. Nichts würde *ihr* helfen. Und es stand ihr fern, alle anderen mit ins Verderben zu reißen.

»Tristan hat recht, Área«, meldete sich Aris zu Wort. »Wir werden nicht kampflos aufgeben. Ofea und ich kennen Duris seit einer Ewigkeit, und wir werden eine Lösung finden. Wir finden seine Achillesferse.«

»Lasst uns Klartext reden«, mischte Christian sich ein. »Womit haben wir es zu tun? Was ist Área und weshalb ist sie so interessant für Duris?«

»Du bist gemeint, Scheißkerl«, wetterte Tristan und trat gegen Flagrus' Stuhl. »Ist sie ein Vampir?« Er ahnte, dass das nicht der Fall sein konnte. Er hätte es gespürt. Sie konnten sich ja gegenseitig förmlich riechen, ihresgleichen erkennen, noch bevor es einem Menschen je möglich sein konnte. Und sie war anders. Ganz anders als die Vampire, die er kannte. »Oder ist sie ein Mensch?« Aber auch das konnte nicht zutreffen. Das hatte ihre Wandlung eindeutig bestätigt.

»Nun, sie ist beides, würde ich sagen«, antwortete Flagrus.

»Wie soll das möglich sein?« Tristan schüttelte ungläubig den Kopf.

»Sie ist ein Mensch, der sich in einen Vampir verwandeln kann und wieder zurück.«

»Unmöglich!«, stieß Aris aus.

»Es ist möglich«, erklärte Flagrus. »Es ist das Blut. Das Blut eines Vampirs, das die Verwandlung in Gang setzt. Das Blut eines Vampirs, der sie liebt und den auch sie liebt. Ich habe versucht, diese Bürde von ihr zu nehmen. Ich habe ihr die Erinnerung genommen und dafür gesorgt, dass sie sich auf keinen Mann einlässt. Aber offensichtlich war diese Manipulation nicht stark genug. Ich habe nicht erwartet, dass ihr Herz den

Verstand je besiegt. Ich habe die Kraft der Liebe unterschätzt. Allerdings hätte ich auch nicht gedacht, dass sie irgendjemand finden kann. Dort im Wald.«

Jetzt wurde Elba einiges klar. Sie verstand plötzlich Áreas seltsames Verhalten gegenüber Tristan. Es war ihr anzusehen, wie viel sie für ihn empfand. Und jetzt begriff Elba, warum Área seine Annäherungsversuche abgeblockt hatte.

»Es ist nicht möglich, dass ein Vampir sich in einen Menschen verwandelt«, warf Aris ein. »Es gibt kein Wesen, das gleichzeitig sterblich und unsterblich ist. Das zur selben Zeit lebendig und tot ist.«

»Das war bestimmt nicht so gedacht, nein. Aber es ist geschehen. Área wurde zu solch einem Wesen. Vor Hunderten von Jahren, so weit zurück, dass es beinahe nicht mehr wahr ist«, entgegnete Flagrus.

»Aber warum sollte Duris das interessieren?«, wollte Christian wissen.

Flagrus und Área sahen sich an. Die Stille, die sich ausbreitete, wurde unerträglich. Jeder der beiden schien darauf zu warten, dass der andere antwortete. Área holte Luft.

»Ich bin seine Frau«, sagte sie schließlich leise. »Zumindest war ich das.«

Erschüttert starrten alle sie an. Nur Aris sah nicht ganz so überrascht aus. Er musste diese Information bereits von Ofea erhalten haben.

Tristan legte den Kopf in den Nacken und fuhr sich mit beiden Händen durchs Haar. »Herrgott im Himmel, willst du mich dermaßen strafen? Ist es denn niemals genug?«

Elba musste an den Kreislauf denken, von dem Mathilda gesprochen hatte. Sie hatte prophezeit, dass sich im Leben alles wiederholen würde, bis es sich auflöst. Bis es gelöst wird. Erst Tristans Frau Mina und jetzt Área. Armer Tristan!

»Sie stammt aus derselben Blutlinie wie deine Frau Mina und wie auch Mathilda«, erklärte Flagrus, an Tristan gerichtet.

»Oder besser gesagt, stammten sie von Áreas Blutlinie ab. Deshalb trägt sie auch den Aquamarin.« Offensichtlich wusste er auch darüber Bescheid.

»Aber darum geht es ihm nicht«, wandte nun Área sich an Tristan. »Er hegt kein persönliches Interesse an mir.«

»Wie beruhigend«, erwiderte Tristan sarkastisch.

Área blickte wieder zu Boden. Sie konnte ihn nicht ansehen. »Wir hatten ein Kind.«

Was denn noch?

»Ein Kind?«, fragte Tristan entgeistert. »Darum geht es ihm?«

Da Área offensichtlich nicht imstande war, weitere Erklärungen abzugeben, fuhr Flagrus fort mit der Schilderung, wie es damals dazu gekommen war: »Es ist unsere Schuld. Unsere ewige Schuld. Unter all unseren Sünden wird dies auf ewig die größte bleiben, ein unverzeihbarer Frevel, der uns in der Hölle für immer gefangen halten wird.« Offenbar meinte er damit Duris und sich selbst.

Er schaute Área an, als wolle er sie um Verzeihung bitten, als warte er auf ihr Einverständnis, die Geschichte erzählen zu dürfen. Sie nickte kaum merklich, und er fuhr fort.

»Duris und ich sind regelrecht über das Volk der Menschen hergefallen. Wir haben alles und jeden vernichtet, der sich uns in den Weg gestellt hat, und die unterjocht, die sich uns ergeben haben. Weil wir es wollten und weil wir es konnten. Weil wir uns aufschwingen wollten über jegliche irdische Existenz, weil wir davon überzeugt waren, dass es uns zustand. Getrieben von einem ohnmächtigen Hunger nach Macht. Von demselben Machthunger, den Duris später mit Aris weiter ausgelebt hat und den er auch heute noch ausleben möchte. Es entstand ein blutrünstiger Krieg zwischen dem Geschlecht der Vampire und dem der Menschen, der sich über ganz Europa ausbreitete. Wir konnten einfach nicht akzeptieren, dass diese schwachen Wesen die gleiche Existenzberechtigung haben sollten wie wir.

Áreas Vater war ein großer König, den zu besiegen sich Duris als ganz spezielles Ziel gesetzt hatte. Er war wie besessen von der Idee, ihn zu entthronen und zu entmachten. Der Kampf war langwierig, hart und unerbittlich – und als Duris sein Ziel endlich erreicht hatte, forderte er Área, die älteste Tochter des Königs, zur Frau, als Zeichen der Unterwerfung. Und zu seinem Vergnügen. Área war jedoch nicht frei. Als Steinträgerin war sie mit einem Vampir verbunden. Darüber hinaus willigte auch der alte König nicht ein, ihm seine Tochter zu übergeben.

Schließlich richtete Duris den König und dessen Gemahlin hin. Und weil er den Nebenbuhler nicht dulden konnte, nahm er den Aquamarin, den Área trug – den Stein des Vampirs also – an sich und spaltete ihn. Da die Seele des Vampirs an diesen Stein gebunden war, nahm er an, dass dieser dadurch sterben würde. Das war durch das reine Spalten des Steines in zwei Hälften allerdings nicht der Fall, da der Stein nicht gänzlich vernichtet war. In grenzenlosem Zorn darüber quälte Duris den Vampir grausam, folterte ihn unbarmherzig. Eine Ewigkeit. Wir beide folterten ihn. Duris wollte ihn elendig verrecken sehen. Ihn, der das besaß, was er selbst besitzen wollte: Área.

Aber Área als Person, als Tochter des Königs, war ihm längst nicht mehr genug. Er wollte nicht nur ihren Körper, er wollte ihr Herz, ihre Seele. Der Überlebenswille des Vampirs war jedoch über alle Maßen stark, er wollte nicht aufgeben, nicht loslassen, und so bereitete Duris ihm schließlich ein Ende, indem er ihn mit seinem eigenen Feuer zugrunde richtete. Den Ring mit Áreas Stein, den der Vampir getragen hatte, behielt Duris als grausames Andenken. Daraufhin nahm Área sich das Leben.

Da der Akt des Selbstmordes in der christlichen Welt aber als Sünde angesehen wurde, verwehrte ihr Volk seiner Königstochter die Totenwache. Sie bahrten sie zwar auf, warteten jedoch darauf, dass die Tiere sich ihres Leichnams annahmen.

Durch die fehlende Totenwache gelang es Áreas Geist nicht, ihren Körper zu verlassen. Dämonen, die Geschöpfe der Dunkelheit, bemächtigten sich ihrer Seele und schlossen sie in ihrem toten Leib ein.

Duris war verwundert über die Tatsache, dass ihr Körper sich nicht veränderte, nicht ins Stadium der Verwesung überging. Tagelang verbrachte er an ihrer Seite, steigerte sich in den Wahn, dass sie für ihn auserwählt sein musste, dass dies der Grund war, weshalb sie nicht von uns ging. Das ging so weit, dass er sich einbildete, sie zu lieben, da sie offensichtlich für ihn bestimmt sein musste und deshalb diese Welt nicht verließ. Er versuchte, sie zurück ins Leben zu rufen, indem er ihr sein Blut einflößte. Er rief die Geister der Unterwelt an, forderte, dass sie sie freigaben. Als ihr Zustand jedoch unverändert blieb, trug er sie aber schließlich nach sieben Tagen und sieben Nächten zu Grabe. Den einen Teil des gespaltenen Steines legte er Área um den Hals, den zweiten überreichte er ihrer Verwandtschaft als Mahnmal.

Da Áreas Seele jedoch noch lebendig in ihrem Körper steckte, überwand sie irgendwann die äußere Hülle, brachte sie wieder zum Funktionieren und befreite sich aus der Erde. Die Kraft dazu verlieh ihr das Böse, das sich in ihrer Seele manifestiert hatte. Duris sah diese Auferstehung als Zeichen dafür, dass die Unterwelt sie zu ihm zurückgeschickt hatte. Er machte es sich zum Ziel, Área für sich zu gewinnen, ihr Herz für sich zu erwärmen, einen Zugang zu ihr zu finden. Und dank seiner Kräfte und seines einvernehmenden Wesens gelang ihm dieses Vorhaben auch irgendwann. Sie begann, ihn – oder das, was er zu sein vorgab – tatsächlich zu lieben. Und aus dieser Verbindung entstand letztlich ein Kind. Ein Sohn.«

»Ich habe tatsächlich gedacht, dass er mich liebt. Er hat mir alles zu Füßen gelegt. Alle Schätze dieser Welt, sein Leben und seine Liebe. Zu spät habe ich erkannt, dass es keine echte Liebe war, dass er gar nicht fähig war, zu lieben. Selbst, wenn er es aufrichtig versucht hat«, erklärte Área. Der Schmerz war ihr ins Gesicht geschrieben.

»Er hat sie gequält und ihr unbeschreiblichen Schmerz zugefügt, weil er sie besitzen, sie beherrschen wollte. Selbst ich konnte das irgendwann nicht mehr tatenlos mit ansehen«, fuhr Flagrus fort. »Und ich habe Vieles gesehen in meinem Leben.«

»Und wo ist dieses Kind jetzt?«, fragte Tristan.

»Tot«, antwortete Área mit erstickter Stimme. »Es ist tot. Gestorben. Vor einer halben Ewigkeit.« Sie musste eine Pause einlegen, um sich zu sammeln. »Flagrus hat mich schließlich aus dieser Hölle befreit, aus der ich nicht aus eigener Kraft entkommen konnte.«

»Nachdem ihr erstes Kind gestorben war und Duris nach einem weiteren Sohn verlangte, musste ich diesem Wahnsinn ein Ende bereiten. Ich machte ihm weis, dass sie sich selbst entzündet hätte – in der Trauer, den der Verlust des geliebten Sohnes ausgelöst hatte.« Er atmete durch, bevor er sagte: »Und als Beweis führte ich ihn zu dem brennenden Körper eines Mädchens, das Área ähnlich sah. Ich hatte dem Mädchen eines von Áreas Kleidern angelegt und sie entzündet, bevor ich ihn holte, damit er es mit eigenen Augen sehen konnte. Er versuchte verzweifelt, sie zu löschen und sie zu retten, doch die Verbrennung war bereits so weit fortgeschritten, dass von dem Leichnam schließlich nicht viel mehr blieb als ein Haufen Asche.«

Niemand schien sich Gedanken zu machen über die Grausamkeit dieser Tat, die Flagrus zu Áreas Befreiung begangen hatte. Nur Christians Gesichtsausdruck besagte, was er davon hielt. Davon und von dem unmenschlichen Verhalten der Vampire im Allgemeinen.

Elba erinnerte sich an Mathildas Worte. Sie hatte ihnen gesagt, dass Duris sich einen Nachkommen wünschte.

»Er will einen Nachfolger«, sprach Tristan die Worte laut aus.

»So ist es. Er wird alles dafür tun. Und ich meine *wirklich alles*«, gab Flagrus zurück.

Ofea nickte bestätigend.

»Er weiß, dass ich lebe?«, fragte Área sie emotionslos.

Wieder nickte Ofea.

»Er will, was scheinbar jeder auf dieser gottverdammten Erde will:«, sagte Tristan. »sich reproduzieren.«

»Er will Aris, er will Elba, und er will einen Sohn«, fasste Ofea zusammen.

Flagrus gab jedoch zu bedenken: »Was er sich in Wirklichkeit wünscht, ob es ihm nun bewusst ist oder nicht, sind Liebe und Verbundenheit. Worin würde er das eher finden als in seinem eigenen Fleisch und Blut?« Nach einer kurzen Pause sagte er: »Den Stein, den Duris behalten hatte, den Ring, den Áreas Vampir getragen hatte, übergab er irgendwann Aris. Der sollte ihn für Duris wegschaffen, jedes Andenken an Área vernichten. So sehr musste Duris der Verlust geschmerzt haben. So sehr, dass er nicht einmal diesen Stein in seiner Nähe ertrug.«

Aris erinnerte sich daran. »Ich habe damals keine Fragen gestellt, den Stein jedoch nicht vernichtet. Stattdessen habe ich den Ring bei mir aufbewahrt.«

»Der Stein hat Aris später zu Tristan geführt«, erklärte Flagrus. »Natürlich hat Duris ihm niemals die Wahrheit über diesen Aquamarin erzählt, er sprach nie wieder über Área, nachdem sie weg und ihm das Wichtigste auf Erden entglitten war. Da Duris aber scheinbar eine wahnhafte Fixierung auf Áreas Blutlinie entwickelt hatte, beanspruchte er anfangs sämtliche Frauen ihrer Blutlinie für sich. So auch Mina. Wahrscheinlich hoffte er, in einer von ihnen Área wiederzufinden. Ich denke sehr wohl, dass er auf seine eigene Art und Weise tiefe Gefühle für sie gehegt hat und sich nach dem zurücksehnte, was er einst in ihr gefunden hatte. Etwas, zu dem er selbst nicht fähig war. Das Einzige, das die Natur, das Leben im Gleichgewicht hielt.«

Flagrus' Stimme klang, als wüsste er, wovon er sprach. Elba vermutete, dass es ihm ähnlich erging. Sie fragte sich nur, weshalb die Brüder sich entzweit haben mochten. Im Grunde hatten sie ja, wonach sie sich sehnten: die Bande einer Familie. Doch als sie Flagrus beobachtete und merkte, wie er Área ansah, wurde es ihr verständlich. Er liebte sie! Auch er liebte Área, sie war es, die ihn verändert hatte. Sie war die Ursache für seine Wandlung gewesen und der Grund, warum er sich von seinem Bruder abgewandt hatte. So, wie es sich mit Aris in Bezug auf Ofea verhalten haben musste.

Die Erkenntnis schmerzte Elba. Aber sie konnte Aris nicht böse sein. Auch wenn deshalb wohl ihre Mutter sterben musste. Eine Mutter, die sie niemals gekannt hatte. Und tief in ihrem Inneren fürchtete sie, dass auch sie selbst daran zugrunde gehen würde.

Jetzt, da Aris sich im selben Raum mit ihr befand, spürte sie sofort wieder ihre Verbindung zu ihm. Die schier unerträgliche Anziehungskraft, die von ihm ausging. Selbst wenn sie irgendwo tief drin wusste, dass die Steine dafür verantwortlich waren, fühlte es sich an, als würden ihre Gefühle weit über diese Bindung hinausgehen. Sie liebte ihn, und sie wollte ihn für sich. Sie wollte ihn nicht teilen. Nicht mit Ofea und nicht mit sonst irgendjemandem.

Sie sah Ofea an. Elba war sich sicher, dass diese nur eingewilligt hatte, sich gegen Duris zu wenden, weil sie davon ausging, dass Aris sie, Ofea, liebte und mit ihr zusammen sein wollte. Das allein musste der Grund sein, weshalb sie hier war.

»Er wird den Verrat nicht dulden, Flagrus«, sagte Área nach einer Weile gefasst. »Er wird mich holen. Dich wird er töten, und wahrscheinlich auch Ofea. Und er wird Aris und Elba vor die Wahl stellen, sich ihm anzuschließen oder zu sterben.«

»Ich glaube kaum, dass er seinen Bruder töten wird, Área«, entgegnete Aris. »Ich kenne ihn. Er wird ihn für seine Taten büßen lassen, aber er wird sein eigen Fleisch und Blut nicht vernichten. Ich bin mir nicht einmal sicher, ob er es zu einem Kampf mit ihm kommen lassen würde. Als Krieger wird er sich nicht ohne Weiteres einem Kampf stellen, den er verlieren könnte. Er ist nicht so dumm, auf verlorenem Boden zu kämpfen. Flagrus ist ein zu mächtiger Gegner, beinahe ebenso stark wie Duris selbst, und der wird nicht riskieren, sein Gesicht zu verlieren.«

Das hörte sich durchaus logisch an, fand Elba.

»Aber wie sollen wir verhindern, dass er Área an sich reißt und uns andere tötet?«, fragte Christian. »Uns und alle, die uns wichtig sind? Er ist uns weit überlegen. Meint ihr nicht, dass er uns dafür bezahlen lassen wird, dass wir uns gegen ihn stellen?«

»Es gibt eine Schwachstelle. Eine einzige winzige Chance für uns«, warf Flagrus ein. Er sah Aris an.

»Sein Stein«, sprach der aus, was Flagrus meinte. »Sein Stein ist seine einzige Schwachstelle.«

»Und seine gottverdammte Arroganz«, ergänzte Tristan.

»Wir müssen seinen Stein zerstören«, sagte Aris entschlossen.

»Aber wie sollen wir an den rankommen?«, wollte Christian wissen.

Elba fiel ein, was Duris ihr auf der Geburtstagsfeier von dem Ritual erzählt hatte. Er wollte seinen Hämatit und Aris' Heliotrop verschmelzen und mit ihrem Blut vermengen.

»Ich weiß, wie wir an den Stein kommen«, murmelte sie.

Die anderen schauten sie verwundert an. Elba hatte ihre ungeteilte Aufmerksamkeit. Sie wiederholte Duris' Worte, berichtete ihnen von seinem Vorhaben.

»Das wäre einen Versuch wert«, stimmte Flagrus zu. »Wenn er die Steine einschmilzt, müssen wir es schaffen, sie an uns zu nehmen. Wenn der Hämatit flüssig ist, wird Duris geschwächt sein, und wir hätten eine Chance, ihn zu vernichten. Ich kann das Gesteinsgemisch zum Gefrieren bringen, es schockfrosten sozusagen. Das wird seine Struktur sprengen und Duris zu einem Menschen machen. In dieser Gestalt wird er verwundbar sein, und es wird ein Leichtes, ihn zu vernichten.«

Elba wunderte sich, dass Flagrus in aller Seelenruhe darüber sprach, seinen Bruder zu töten. Sie fragte sich, ob er das tatsächlich durchziehen würde. Área hin oder her – Blut war dicker als Wasser und würde es immer sein. Aber was wusste sie schon darüber?

Als sie Aris ansah, erkannte sie jedoch, dass er sich dasselbe dachte, sich fragte, ob sie Flagrus wirklich trauen konnten. Woher sollten sie wissen, ob Duris ihn nicht bei ihnen eingeschleust hatte? War dies nicht bei Ofea ähnlich gewesen, auch wenn ihre eigenen Motive vielleicht andere gewesen waren? Vielleicht verfolgten sie ein gemeinsames Ziel. Immerhin hatte Flagrus sie belogen, was seine Person betraf. Elba war fast sicher, dass auch die Geschichte mit ihrem Vater nur erfunden war. Vielleicht hatte er ihren Vater sogar höchstpersönlich getötet. Tristan jedenfalls schien davon auszugehen: Er schien anzunehmen, dass Flagrus die Knochenfragmente ihres Vaters als Trophäe behalten hatte. Und es besagte vielleicht auch nicht sonderlich viel, dass Área Flagrus kannte und ihm vertraute. Das, was sie früher zusammen erlebt hatten, lag unendlich weit zurück. Außerdem erwiderte sie seine Liebe ganz offensichtlich nicht. Als Elba zu Flagrus blickte, bemerkte sie, dass er sie kritisch begutachtete. Sie fühlte sich ertappt.

»Elba, Liebste«, sagte er ernst, »du wirst es schon riskieren müssen, mir zu vertrauen, denn eine andere Möglichkeit wird es wohl kaum geben, nicht wahr?«

Verflucht! Ahnte er, was in ihr vorging? Oder konnte er etwa ebenfalls ihre Gedanken lesen? Natürlich konnte er das! Er war Duris' Bruder.

»Und es ist entscheidend, dass gerade du voll und ganz hinter dieser Sache stehst. Denn du wirst es sein, die ihn davon überzeugen muss, dass du seinen Plan unterstützt, und du wirst es sein, die ihm das Gefühl geben muss, dass du dich an ihn binden willst.«

»Elba soll den Lockvogel spielen?«, fragte Tristan und kniff die Augen zusammen. Flagrus nickte.

»Wenn der Plan nicht funktioniert, bedeutet das ihren sicheren Tod«, bemängelte Tristan das Vorhaben.

»Er wird funktionieren. Wir werden dafür sorgen, dass er funktioniert«, entgegnete Flagrus.

»Der Plan hat allerdings noch einen Haken«, gab Tristan zu bedenken. Elba überlegte.

»Meinen Tod«, sagte Aris unvermittelt und vollkommen gelassen.

Natürlich! Daran hatte Elba nicht gedacht. Aris hingegen schon, und es schien ihm nichts auszumachen. Wenn der Hämatit mit Aris' Heliotrop vermengt war, würde seine Zerstörung auch die Zerstörung von Aris' Stein bedeuten. Eine Selbstmordaktion wollte Elba allerdings bestimmt nicht unterstützen.

»Nicht unbedingt«, fiel Christian ein. »Hat Duris nicht den Stein von Áreas Vampir gespalten? Und das hat den Vampir nicht getötet, oder? Könnten wir den Stein also nicht in zwei Hälften teilen und Duris nur die eine Hälfte übergeben?«

Tristan war ganz und gar nicht begeistert von diesem Vorschlag. »Die Folgen wären unvorhersehbar. Denn es würde bedeuten, dass die eine Hälfte des Steines trotzdem zerstört wäre – und die Konsequenzen davon kennen wir nicht.«

»Wir werden es herausfinden. Das ist wahrscheinlich unsere einzige Chance, Tristan. Flagrus hat recht. Wir werden das Risiko schon eingehen müssen«, bestimmte Aris.

»Und Elba und dich opfern? Was für ein ausgewachsener Schwachsinn!«, rief Tristan verärgert.

Elba betrachtete Ofea und Aris. Der Schmerz, den ihre Zweisamkeit in ihr auslöste, war so widerlich, dass ihr schlecht wurde. Allerdings schienen die beiden nichts gegen den Plan einzuwenden zu haben. Daher wandte Elba sich an Tristan: »Es ist schon gut. Wir probieren es.«

Sie hatte nichts zu verlieren. Und wenn es ihren Freunden half, würde sie das Risiko bereitwillig eingehen. Nur eines verstand sie nicht genau: Wie wollte Flagrus das Gesteinsgemisch zum Frieren bringen?

»Duris und ich sind uns in vielen Dingen sehr ähnlich, während wir in anderen genau gegensätzlich gepolt sind«, nahm Flagrus ihre Frage auf. »Er trägt Feuer in sich, ich Eis. Vielleicht eine gewisse Absicherung unserer Koexistenz. So wie Duris gleißend heißes Feuer entfachen kann, kann ich Stickstoff von fast minus zweihundert Grad erzeugen, versprühen und so alles Material in meiner unmittelbaren Umgebung einfrieren. Mitunter so sehr, dass es gesprengt wird.«

»Die Fähigkeit kannst du auch ohne Steinträger nutzen?«, hakte Elba nach.

»Diese Kraft hängt wahrscheinlich schon mit dem Stein zusammen, er allein ist jedoch nicht ausschlaggebend.« Flagrus zog unter seinem Hemd eine Kette hervor, an der ein schwarzer Stein baumelte.

»Hrafntinna«, murmelte Aris. »Ein Rabenstein.«

Flagrus nickte zustimmend. »Ja, er stammt aus dem Hrafntinnuhryggur, einem Berg an der Südseite des Vulkansystems Krafla auf Island. Es handelt sich um einen Obsidian, der durch rasche Abkühlung von Lava entsteht. Einen Stein, der in extremer Weise die geistige Ebene beeinflusst. Er fördert die spirituellen Fähigkeiten seines Trägers, er vermag Verdrängtes hervorzuholen und bewusst zu machen und ebenso Erlebtes vergessen zu lassen und unterstützt somit seinen Träger, auf das Unterbewusstsein anderer Wesen Einfluss zu nehmen.«

Elba dachte daran, was Flagrus mit Áreas Gehirn angestellt hatte.

»All unsere Kräfte lassen sich mit den auserwählten Menschen vervielfachen, aber sie bleiben auch ohne diese bestehen.

Eine meiner Steinträgerinnen besaß die Fähigkeit, Gefühle anderer Lebewesen zu beeinflussen. Ein äußerst hilfreiches und effektives Mittel zur Manipulation.«

»Wäre also ganz angenehm, wenn du deinen Menschen herschaffen könntest, wenn du uns wirklich behilflich sein willst, nicht wahr?«, überlegte Tristan. »Wo finden wir ihn?«

»Ich denke nicht, dass wir noch ein weiteres Lebewesen in diese Schlacht schicken sollten«, gab Flagrus zurück.

»Ach, komm schon! Je mehr, desto lustiger!« Tristan lehnte sich zurück, zog einen Mundwinkel hoch und grinste ihn herausfordernd an. Dann beugte er sich vor und fixierte Flagrus mit bitterernster Miene. »Im Ernst, schaff sie her! Es ist notwendig.« Flagrus zögerte. »Wir wollen dich an Bord dieser Mission sehen. Mit allen Konsequenzen«, forderte Tristan.

»Nun gut, ich werde sie ausfindig machen. In der Zwischenzeit solltet ihr eure Kräfte trainieren. Vor allem Elbas. Ich spüre ihre Kraft, aber sie ist diffus und ungebündelt, und sie wird all ihre Fähigkeiten brauchen, wenn wir uns mit Duris anlegen.«

»Kriegst du das hin, Aris?«, wollte Tristan wissen. Und es war klar, dass er damit nicht meinte, ob er das irgendwie hinbekam, sondern ob er mit Elba *gemeinsam* trainieren konnte, angesichts der derzeitigen Situation.

»Der Showdown wird in Duris' Anwesen stattfinden, daran führt kein Weg vorbei«, fuhr Flagrus fort.

»Heimvorteil«, kommentierte Tristan belustigt.

»Heimvorteil«, wiederholte Flagrus ernst, »für ihn. Wir müssen es schaffen, zu gegebenem Zeitpunkt alle gemeinsam vor Ort zu sein, und auch zusehen, dort wieder lebend herauszukommen. Was kein Leichtes sein wird bei der Überzahl von Duris' Untergebenen. Seine Männer sind treue und erfahrene Kämpfer. Es ist entscheidend, dass jeder Einzelne von uns seine Fähigkeiten maximieren und gezielt einsetzen kann, wenn es darauf ankommt.«

Elba wurde übel bei dem Gedanken, mit Aris ihre Kräfte zu trainieren. Sie würden sich vereinen müssen, ihre Energie austauschen. Und dazu würden sie sich berühren müssen.

»Und wie schaut es mit Ofeas Menschen aus? Kann der uns unterstützen?«, fragte Área.

»Er ist ein Kind«, antwortete Ofea knapp.

»Dann kommt das nicht in Frage«, bestimmte Flagrus. »Es gibt Grenzen.«

Da war Elba sich nicht so sicher. Sämtliche Grenzen hatten sich verschoben. Moralvorstellungen, wie sie sie kannte, schienen nicht mehr zu existieren oder nur in abgeänderten Versionen.

»Wie steht es mit unserem Wächter?«, wollte Flagrus wissen, und sein Blick fiel auf Christian.

»Milchgesicht?«, Tristan zog die Augenbrauen hoch.

»Arschloch?«, gab Christian zurück.

»Bist du drinnen oder draußen?«, lachte Tristan.

»Ich denke, die Frage ist nicht ganz so einfach zu beantworten«, gab Flagrus zu bedenken. »Es ist ihm als Wächter nicht gestattet, sich einzumischen. Auch das würde Konsequenzen nach sich ziehen.«

»Nun denn, wenn jeder mit unvorhersehbaren Konsequenzen zu rechnen hat, dann will ich auch eine Portion davon abbekommen«, antwortete Christian. »Ich bin dabei!«

»Ausgezeichnet! Ich mag diese Harakiri-Einstellung!« Tristan klopfte Christian anerkennend auf die Schulter. »Also los: Game on!«

17

Sie wanderten auf eine große Wiese unweit des Hauses. Sie alle bis auf Flagrus, der sich verabschiedete, um seine Steinträgerin zu suchen.

Der Abschied fiel ihm offensichtlich schwer. Er befürchtete wohl, dass Área ohne ihn nicht ausreichend geschützt werden konnte. Vor dem Verlassen des Hauses sprach er lange mit Aris und Tristan, um sich zu vergewissern, dass sie Área, so gut es ging, vor Duris versteckten. Sie sollten sich bei einem Angriff nach Möglichkeit nicht auf einen Kampf einlassen, sich notfalls lieber für einen sicheren Rückzug entscheiden und vor allem darauf achten, dass Área niemals von Tristan getrennt wurde. Sie musste Flagrus wirklich viel bedeuten.

Elba und Christian mussten ihre Fertigkeiten im Umgang mit diversen Waffen weiter schulen. Elba war erleichtert, dass dieses Vorhaben die Schulung ihrer Kräfte gemeinsam mit Aris hinauszögerte. Sie war auch froh, dass es bisher weder Raum noch Zeit für ein Gespräch mit ihm gegeben hatte. Aber sie erkannte bereits an der Art und Weise, wie Aris sie immer wieder verstohlen ansah, dass kein Weg daran vorbeiführen würde. Bei dem Gedanken daran, mit ihm allein zu sein, zog sich jetzt schon ihr Magen zusammen.

Sie versuchte, sich möglichst in Tristans Nähe aufzuhalten. Bei ihm fühlte sie sich sicher aufgehoben. Er würde nicht zulassen, dass irgendjemand ihr wehtat. Sie begriff zwar nicht so ganz, weshalb Tristan sie dazu auserkoren hatte, sie zu schützen, aber es war so. Und das beruhigte sie zumindest ein wenig.

Allerdings musste sie der Tatsache ins Auge sehen, dass er Aris' bester Freund war. Man konnte sich leicht ausrechnen, auf welcher Seite er letztendlich stehen würde.

Tristan und Aris zeigten ihnen reihum den Gebrauch der Waffen ihres Arsenals, Elba stellte fest, dass ihr der Umgang mit der Armbrust am meisten lag. Nach einiger Übung gelang es ihr sogar, die Zielscheiben zu treffen.

Bald aber gingen Tristan und Área dazu über, ihnen den Einsatz ihrer Fähigkeiten vorzuführen. In Windeseile zog Área einen Kreis auf dem Erdboden und stellte sich mit Tristan hinein. Sie bat Christian, sie anzugreifen.

Der jedoch zögerte.

»Mach nur, Milchgesicht!« Tristan zeigte auf seine Brust. »Ziel direkt auf mein Herz!«

Langsam hob Christian die Armbrust an und zielte. Er brachte es jedoch nicht über sich, zu schießen.

»Komm schon! Du kannst mich nicht verletzten«, versicherte Tristan.

Nachdem Christian immer noch unsicher in derselben Position verharrte, nahm Ofea ihm ungeduldig die Waffe aus der Hand, zielte und feuerte den Pfeil ab. Blitzschnell ergriff Área Tristans Hand, und noch ehe der Pfeil sie erreichte, stieg ein Wasserwall aus dem Kreis am Boden empor und hüllte die beiden ein. Der Pfeil prallte daran ab.

Wahnsinn!

Elba bezweifelte, dass sie selbst jemals ihre Kraft so schnell und gezielt einsetzen könnte.

»Jetzt du, Täubchen!«, ermutigte Tristan sie. »Du wirst Aris schützen müssen, wenn die Angelegenheit mit dem Stein den Bach runtergeht.« Er zwinkerte Elba zu.

Ofea beäugte Elbas Reaktion mit Argusaugen. Es war Elba mehr als unangenehm, dass sie jede ihrer Bewegungen genau beobachtete. Was ging wohl in ihr vor? Würde sie auf sie losgehen, wenn sie Aris zu nahe kam?

»Konzentrieren wir uns für den Anfang darauf, Feuer zu löschen«, bestimmte Tristan. »Für den Fall, dass der kleine Drache wieder zündelt.« Er lachte.

Er schüttete Benzin aus einem kleinen Kanister auf den Boden und entfachte die Flamme seines Feuerzeuges. Er deutete

Aris, zu Elba zu gehen. Der sah jedoch zuerst Ofea an, die bestätigend nickte.

Herrgott! Brauchte er jetzt ihre Erlaubnis?, ärgerte Elba sich.

Aris streckte ihr seine Hände entgegen. Sie wusste, was er von ihr verlangte. Aber sie fühlte sich wie gelähmt. Jede Faser ihres Körpers sträubte sich gegen die bevorstehende Berührung.

Ungeduldig kam Ofea auf sie zu. Als sie nach ihrem Arm griff, um ihr auf die Sprünge zu helfen, explodierte Elba.

»Fass mich nicht an«, zischte sie.

Tristan lachte kopfschüttelnd und ließ das brennende Feuerzeug fallen. Prompt entzündete sich der Erdboden.

»Du musst schon mitmachen, Liebes«, sagte Ofea zuckersüß.

Muss ich das, du arrogantes Miststück?, dachte Elba und funkelte sie bitterböse an.

»Kannst du deine menschlichen Empfindungen nicht ein einziges Mal hinten anstellen?«, fragte Ofea.

Du wirst schon sehen, was ich kann, dachte Elba, stürmte auf Aris zu und ergriff seine Hände.

All die angestauten Gefühle stiegen in ihr hoch. Was glaubte Ofea überhaupt, wer sie war? Sie würde sich gewaltig täuschen, wenn sie meinte, dass Elba einfach so klein beigeben würde!

Ein tosender Sturm brachte die Flammen des Feuers zum Lodern. Elba drückte sich an Aris' Körper und sah ihm in die Augen. Die Berührung konnte ihre Wut nicht besänftigen. Dieses Mal nicht! Sie würde nicht zulassen, dass Aris ihre Gefühle steuerte.

Er erwiderte ihren Blick, versuchte ein wenig überrascht, ihre Gefühle zu ergründen. Sie streckte sich nach oben, und sofort reagierte Aris. Sein Körper antwortete ganz unwillkürlich auf sie. Die Steine taten ihre Wirkung und stellten umgehend die Verbindung zwischen ihnen her. Elba sah ihm an, dass er ihr ausgeliefert war. Die Rollen hatten sich geändert. Dieses

Mal war nicht sie es, die der Situation willfährig ausgesetzt war. Sie würde nicht passiv abwarten, was als Nächstes geschah. Nein, dieses Mal würde sie die Kontrolle behalten und die Geschehnisse steuern!

Sein Mund kam verdächtig nahe, und kurz bevor sich ihre Lippen berührten, drehte sie sich ruckartig um. Ein gewaltiges Donnern hallte über ihnen, der Himmel färbte sich schwarz. Aris' Arme hielt Elba überkreuzt vor ihrer Brust, sie sog die Luft ein, sammelte all ihre Energie, und schon prasselte ein unbarmherziger Regenschwall auf sie nieder. Das Wasser löschte das Feuer.

Doch noch war sie nicht fertig! Sie saugte förmlich an Aris' Energie, nährte sich von ihr, nutzte sie für sich. Es war ihm dieses Mal unmöglich, ihren Energiefluss zu leiten. Blitze durchzuckten den dunklen Himmel.

Elbas Blick fiel auf Ofea, auf die schöne Geliebte, die sie erst eiskalt verraten und ihr dann den Mann gestohlen hatte. Sie würde sich nicht über sie lustig machen! Sie würde sie nicht mehr wie ein Kind behandeln. *Niemand* würde sie mehr als kleines, schwaches Mädchen hinstellen. Dafür würde sie ein für alle Mal sorgen. Plötzlich krachte ein gleißend heller Blitz direkt neben Ofea in die Erde.

»Aris!«, schrie Ofea panisch auf.

Noch bevor Aris sich aus Elbas Griff befreien konnte, löste sie sich von ihm. Entschlossen marschierte sie auf Ofea zu.

»Du fasst mich nicht an! Nie wieder!«, brüllte Elba sie an.

Das Unwetter verebbte. Sie alle waren patschnass. Da Ofea nichts zu erwidern wusste, drehte Elba sich um und stapfte an Aris vorbei zurück auf das Haus zu. Sie hatte eindeutig genug für heute. Sie wollte die beiden nicht mehr sehen.

Tristan klopfte seinem Freund grinsend auf die Schulter. »Das hast du prima hinbekommen, Aris. Ein Bitchfight erster Sahne!« Er lachte kurz auf und lief Elba hinterher.

Als sie in Tristans Zimmer angekommen war und sich das nasse Shirt über den Kopf zog, tauchte er im Türrahmen auf. Er schien nicht darauf zu achten, dass sie im BH vor ihm stand.

»Zufrieden?«, fragte er.

»Ich könnte kotzen!«, rief sie wütend.

»Dann kotz, Täubchen! Kotz dir die Seele aus dem Leib, und dann schluck es runter. Wir brauchen jeden Kämpfer, jede Unterstützung, die wir kriegen können. Wir haben keine Zeit, uns gegenseitig ans Bein zu pissen. Das ist scheiße und ungerecht, aber die Energie benötigen wir für sinnvollere Dinge!« Elba funkelte ihn böse an. »Beruhige dich«, wies er sie an.

Ausgerechnet er wollte ihr erzählen, dass sie ihre Gefühle bändigen sollte?

»Aris tut, was notwendig ist. Ich weiß, was du annimmst, aber solche Gefühle hegt er ganz sicher nicht für sie«, sagte er.

Woher wollte er das wissen?

»Aris ist ein Krieger, und er weiß, wann es unausweichlich ist, Opfer zu bringen. Das bedeutet nicht, dass ihm das Spaß macht oder dass es seinen wahren Gefühlen entspricht.«

Elba blickte aus dem Fenster. Die Dämmerung brach an. Wie würde es dann weitergehen? Würde Aris mit Ofea das Bett teilen? Würde er mit ihr im Bett liegen, während sie selbst nebenan schlief? Sie spürte, wie Tränen der Verzweiflung in ihr emporstiegen.

Tristan folgte ihrem Blick. »Du musst dich damit abfinden. Er muss sie an sich binden oder sie töten. Das sind die einzigen Optionen.«

»*Ich* töte sie! Ich werde sie eigenhändig ins Jenseits befördern!«, platzte es aus ihr heraus.

»Das wirst du nicht, Täubchen. So bist du nicht.«

»Wie soll ich das überstehen, Tristan? Sag mir, wie ich das überleben soll!« Ihre Stimme erstarb.

Tristan schloss sie in die Arme. »Lenk dich ab«, schlug er vor. »Milchgesicht wäre nur allzu froh, wenn du dich ein wenig mit ihm befassen würdest.«

Elba stieß ihn verärgert von sich weg. »Du bist widerlich!«

Er zuckte die Schultern. Doch als sie zu weinen begann, strich er ihr die Tränen von den Wangen. »Nicht doch. Du bist nicht mal halb so einsam, wie du dich momentan fühlst. Wie wäre es denn, wenn du bei mir schläfst? Jede Gesellschaft wird jetzt besser sein als keine. Sogar meine.«

Elba sah ihn verständnislos an.

»Ich werde dich schon ablenken.« Seine Augen glitzerten, sein freches Grinsen entlockte ihr nun ein Lächeln. »Ablenken ist mein Spezialgebiet!«

Wie stellte er sich das vor? Sollte sie bei ihm und Área im Bett schlafen? Natürlich wollte sie nicht alleine sein und in der dunklen Einsamkeit die Vorstellung ertragen müssen, wie Aris mit Ofea weiß Gott was trieb. Aber Tristans Vorschlag ging eindeutig zu weit, auch wenn sie sich bei ihm sicher fühlte. Gewiss war das Angebot verlockend, die Nacht in seiner Obhut zu verbringen. Doch es würde wahrscheinlich mehr Probleme schaffen, als dass es half.

Da wäre die Option, mit Christian in einem Raum zu übernachten, noch eher vorstellbar. Sie hatten schon oft das Bett geteilt seit ihrer Kindheit. Sie waren seit einer Ewigkeit befreundet. Warum sollte es jetzt anders sein? Vielleicht würde Aris sogar eifersüchtig werden, vielleicht würde er sich dann genauso fühlen, wie sie jetzt gerade, vielleicht würde er den gleichen Schmerz empfinden wie sie selbst. Und sie wollte, dass er sich schlecht fühlte. Sie wünschte sich nichts mehr, als ihm weh zu tun. Aber das war verrückt! Typisch für Tristan, dass er ihr vorschlug, sich auf so ein Spiel einzulassen.

Was Elba jedoch nicht ahnte, war, was tatsächlich in Tristan vorging. Er wollte sie so verletzlich und angreifbar nicht alleinelassen. Allerdings nicht, weil er befürchtete, dass sie mit dem Schmerz nicht umgehen konnte. Nein, vielmehr glaubte er, dass sie in diesem Zustand ein leichtes Opfer für Duris' Übergriffe darstellte. Er würde sich nur zu einfach in ihren Kopf schleichen und sie gefügig machen können.

Tristan überlegte angestrengt, wie er das verhindern sollte. Aber da ihm für den Moment keine Lösung einfiel, sagte er nur: »Komm, zieh dir etwas Trockenes an, und lass uns nach unten gehen.«

Elba gehorchte. Es brachte ja doch nichts, sich weiter im Elend zu suhlen. Und als sie im Wohnzimmer ankamen, stellte sie fest, dass alle anderen bereits dort warteten.

Tristan drehte die Anlage auf und holte eine Flasche Bourbon aus dem Schrank. Erst jetzt fiel Elba auf, dass er Área alleine gelassen hatte. Ihretwegen. Sie schämte sich. Mit ihrem Herzschmerz hatte sie Áreas Leben aufs Spiel gesetzt, Flagrus hatte unmissverständlich klar gemacht, dass sie nicht von Tristan getrennt werden durfte.

Elba beobachtete, wie Aris in die Küche ging. Sie langte nach der Flasche in Tristans Hand und nahm einen kräftigen Schluck, dann folgte sie Aris. Es machte keinen Sinn, das Unausweichliche noch weiter hinauszuzögern. Im Augenwinkel nahm sie wahr, dass Tristan sofort Ofea zurückhielt, die ihr nachgehen wollte.

Aris öffnete den Kühlschrank und holte eine Flasche Blut heraus. Als er sich wieder umdrehte, sah er Elba nur schweigend an, während er trank.

Sie spürte, wie ihre Knie weich wurden und der Mut sie verließ. Es mochte ihr beim besten Willen nicht mehr einfallen, was sie ihm hatte sagen wollen.

»Du hättest sie töten können«, sagte Aris ruhig.

»Ich weiß«, gestand sie beschämt.

»Du bist nicht auf sie wütend. Deine Wut gilt mir«, fuhr er in der gleichen ruhigen Tonlage fort.

»Stimmt«, antwortete sie. Unweigerlich fühlte sie sich wie ein kleines Schulmädchen.

»Du vertraust mir nicht«, stellte er fest.

Wie sollte sie ihm denn vertrauen? Er hatte sie verlassen, sie nicht in seine Pläne eingeweiht. Und er war mit *ihr* an seiner Seite zurückgekehrt. Mit Ofea. Seiner großen Liebe.

»Ich werde nicht mit dir über die Notwendigkeit meines Vorgehens diskutieren«, unterrichtete er sie. Seine Stimme klang nach wie vor gelassen.

Sein Blick fiel auf die offene Küchentür, und plötzlich verstand Elba, dass Ofea jedes Wort hören konnte.

Aris stellte die Blutflasche ab. »Ich brauche den Stein«, sagte er dann und deutete auf ihr Handgelenk.

Elba verstand sofort, was er vorhatte: Er wollte den Stein teilen. Sie starrte ihn fassungslos an. Warum jetzt? Sie hatten doch noch Zeit. Sie waren doch noch gar nicht ausreichend vorbereitet. Ihr Plan war doch noch gar nicht richtig ausgereift. Und Flagrus war noch nicht zurückgekehrt. Warum hatte er es auf einmal so eilig? Blieb ihnen tatsächlich so wenig Zeit?

»Bitte, Elba. Gib mir den Stein«, forderte er sie erneut auf.

»Aris«, flüsterte sie eindringlich.

»Nicht. Lass es uns einfach hinter uns bringen.« Fast schon zärtlich nahm er ihre Hand und sah Elba in die Augen.

Was sie in seinem Blick erkannte, verstörte sie zutiefst. Sie meinte, etwas Schreckliches darin zu lesen: Er hatte mit dem Leben abgeschlossen. Er war bereit, sein Leben zu geben. Für sie und für jeden von ihnen.

»Aris ...«, flüsterte sie wieder. Sie wollte ihm so viel sagen, doch nichts anderes als sein Name wollte über ihre Lippen.

»Es ist gut, Elba«, erwiderte er nur und nahm ihr das Kettchen vom Arm.

Schnell griff sie nach seiner Hand. Er küsste sie auf die Stirn.

»Fürchte dich nicht, Liebes«, sagte er so leise, dass es kaum hörbar war.

Ein grausamer Schmerz durchzuckte ihr Herz, und unwillkürlich ließ sie seine Hand los. Sie fühlte sich hilflos.

Aris atmete tief ein, dann rief er laut: »Tristan!«

Als Tristan in der Küche auftauchte und sie fragend musterte, hielt Aris das Armkettchen mit dem Stein in die Höhe. Tristan schien sofort zu verstehen, und die beiden Männer verschwanden.

Panik überfiel Elba. Sobald sie ihre Beine wieder im Griff hatte, rannte sie los, Tristan und Aris hinterher. Sie musste die zwei aufhalten! Niemand von ihnen konnte wissen, was geschehen würde, wenn sie den Stein teilten. Die einzigen Informationen dazu stammten von Flagrus, aus einer Erzählung zu einem Einzelfall. Sie mussten doch wenigstens Nachforschungen anstellen, bevor sie eine derart bedeutende, möglicherweise folgenschwere Tat begingen!

»Das ist doch Irrsinn!«, schrie sie. Es konnte niemandem damit geholfen sein, wenn Aris durch einen derart vorschnellen Entschluss geschwächt oder gar getötet würde.

Die Haustür stand sperrangelweit offen. Keine Spur von Tristan und Aris. Elbas Herz raste wie verrückt, kalter Schweiß bildete sich auf ihrer Stirn. Sie rannte um das Haus herum auf dessen Holzschuppen zu. Als sie außer Atem dort ankam, war es jedoch bereits zu spät.

Mit einer Schutzbrille ausgerüstet, betätigte Aris eine kleine, elektrisch betriebene Säge. Ein unerträglich schrilles Geräusch entstand, als ihr Blatt den Stein teilte.

Elba versuchte, zu Aris zu gelangen, doch Tristan versperrte ihr den Weg. Sie versuchte, sich an ihm vorbeizukämpfen. Vergebens. Tristan war einfach zu stark. Sie schrie irgendetwas, ohne selbst zu verstehen, was es war. Sie hörte ihre eigenen Worte nicht, hörte das Geräusch der Säge nicht mehr. Hörte nicht, was Tristan sagte.

Wie in Zeitlupe sah sie Aris zu Boden sinken. Er sackte einfach zusammen.

Oh mein Gott! Aris war tot.

Hysterisch schreiend strampelte sie in Tristans Armen. Er schüttelte sie. Schüttelte sie, bis ihre Schreie verebbten. Dann ließ er sie los.

»Was habt ihr getan?« Elba riss sich von Tristan los und warf sich neben Aris auf den Boden. Sie hörte, dass Tristan hinter ihr sprach, er redete mit ihr, aber sie verstand kein Wort. Tränen schossen ihr in die Augen, rannen über ihre glühend heißen Wangen.

Hastig zog sie Aris die Schutzbrille vom Kopf, strich ihm die Haarsträhnen aus dem Gesicht und schrak zurück, als sie sah, dass seine Augen weit aufgerissen waren. Sie waren wie erstarrt. Und er atmete nicht.

Tristan packte unsanft ihre Hand, öffnete gewaltsam ihre zusammengeballte Faust und legte das Armkettchen mit dem zerkleinerten Heliotrop in ihre Handfläche.

Sie schlug nach ihm, verfehlte ihn jedoch. Wie konnten sie nur? Wie konnten sie!

Bebend vor Zorn trommelte sie gegen Aris' Brust. »Wie kannst du es wagen?«, schrie sie seinen leblosen Körper an. »Wie kannst du uns das antun? Wieso lässt du uns im Stich? Wieso lässt du *mich* im Stich?« Ihre Stimme überschlug sich.

Verzweifelt presste sie ihre tränennassen Lippen auf seinen Mund.

Und mit einem Mal begannen die Steine, hell zu leuchten: Der kleine Stein an ihrem Kettchen und der Heliotrop an Aris' Armreif hüllten sie in ein kräftiges rotes Licht.

Und nach einigen Sekunden bewegte Aris die Augen. Er lebte!

Sein Blick wirkte erschöpft, doch auf seinem Mund spiegelte sich ein mattes Lächeln. »So schnell wirst du mich nicht los, Elska.«

Als Elba sichergestellt hatte, dass er unversehrt war, versetzte sie ihm einen Stoß, stand auf und brüllte die beiden an: »Ihr seid krank! Krank!«

Beschwichtigend legte Tristan die Hand auf ihre Schulter. »Ach komm schon, Täubchen!«

»Nimm deine Finger weg«, schnauzte sie ihn an.

Als sie aus der Scheune stürmen wollte, fiel ihr auf, dass Aris nach wie vor am Boden hockte und nicht aufstand. Er war kreidebleich, seine Lippen spröde, die Augen glanzlos. Was war los mit ihm? War er tatsächlich dermaßen geschwächt?

Sie stöhnte gequält, als sie sich wieder zu ihm kniete, und schaute Tristan hilflos an. »Was ist mit ihm?«

»Du weißt, was mit ihm ist«, antwortete er.

Und sie wusste es wohl wirklich. Aris brauchte Blut. Er war geschwächt und ausgelaugt. Genervt beugte sie sich zu ihm vor und entblößte ihren Hals.

Aris griff nach ihrem Nacken und zog sie zu sich heran. Dann biss er zu. Er trank erst langsam, Schluck für Schluck, dann begieriger. Mit einem Ruck grub er die Zähne tiefer in ihren Hals.

In diesem Moment tauchten Ofea, Área und Christian auf. Ofeas Blick traf Elbas. Es wollte ihr nicht gelingen, ihre Überraschung hinter der stolzen Maske ihres Porzellangesichtes zu verstecken. Sie wusste offensichtlich nicht, wie sie die Situation einschätzen sollte.

Aris ließ von Elba ab. Er atmete schwer.

Im Grunde stand ihr der Sinn danach, einfach aufzustehen und zu gehen, doch irgendetwas in Ofeas Blick veranlasste Elba, genau das nicht zu tun. Eigentlich wollte sie auch überhaupt nicht von Aris' Blut trinken, wollte sich nicht von ihm heilen lassen, aber eine Demonstration ihrer Verbundenheit vor Ofeas Augen konnte ja nicht schaden. Sie sollte ruhig sehen, dass zwischen Elba und ihm eine unauflösbare Verbindung bestand. Daher griff sie nach einem Messer, das neben der Säge auf der Werkbank lag.

Bevor sie ihn aber verletzen konnte, nahm er ihr das Messer aus der Hand und legte es beiseite. Er sah ihr in die Augen und biss sich dann in sein Handgelenk.

Schon nach dem ersten Schluck breitete sich dieses wunderbare, sinnesraubende Gefühl aus, das sein Blut immer in ihr erzeugte. All die Scham darüber, was aus ihr geworden war, die Scham darüber, dass sie sich selbst vor den anderen zur

Schau stellte, schwand augenblicklich dahin. Sie löste sich in vollkommene Gleichgültigkeit auf. Elba fühlte sich stark. Stark und überlegen. Die prickelnde Wärme strömte durch jede Faser ihres Körpers und verlieh jedem Molekül in ihr die Fähigkeit, zu fliegen, zu tanzen, zu springen. Sie spürte Aris' Lebensenergie in sich, fühlte, wie sie sich mit ihrer eigenen vermengte, vereinte, sie zum Glühen brachte, zum Kochen und schließlich zum Explodieren. Sie stöhnte leise, als sie sich von ihm löste.

In Aris' Blick erkannte sie, dass er genau dasselbe empfand. Dass ihr Blut genau dasselbe Gefühl der lustvollen Zusammengehörigkeit in ihm aufkommen ließ wie das seine in ihr.

Sie leckte sich mit der Zunge über die Lippen, während sie mit dem Daumen die Kontur seines leicht geöffneten Mundes nachzeichnete. In diesem Moment wusste sie genau, dass er sie begehrte – und sie begehrte ihn. Und wären sie allein gewesen, sie hätte ihn leidenschaftlich geküsst. Stattdessen verharrte sie aber lediglich einen Moment in dieser Position, so nahe an seinem Mund, dass sie seinen warmen Atem spürte. Dann gab sie sich einen Ruck und stand auf.

An Ofeas Gesichtsausdruck erkannte sie, dass diese ganz genau mitbekommen hatte, was zwischen Aris und ihr geschehen war. Selbstzufrieden stolzierte Elba zum Ausgang des Schuppens, und da Ofea keine Anstalten machte, ihr den Weg freizugeben, streifte sie sie unsanft mit der Schulter, als sie an ihr vorbeiging und hinaus ins Freie trat.

Tristan zog belustigt eine Augenbraue hoch und grinste. Christian runzelte die Stirn. Er erkannte Elba nicht wieder. Ofea machte auf dem Absatz kehrt und eilte ihr hinterher.

Elba hörte ihre Schritte hinter sich und ärgerte sich jetzt ein wenig über sich selbst. Es war vorhersehbar gewesen, dass Ofea das nicht auf sich sitzen lassen würde. Eine direkte Konfrontation konnte nicht gut ausgehen. Ofea war ihr weit überlegen. Sie war klug und schön. Und ihr an Erfahrung meilenweit voraus.

Sie beschleunigte, aber noch bevor sie die Haustüre erreichte, hatte Ofea sie eingeholt und verstellte ihr den Weg. Sie legte es also wirklich darauf an.

»Du musst aufhören, dich zu benehmen wie ein eifersüchtiges Kind«, tadelte sie Elba. »Du bist jung, und daher ist vieles an deinem Verhalten verständlich, denn es benötigt Zeit und Erfahrung, die wirklich wichtigen Dinge von den unwichtigen unterscheiden zu können. Ebenso benötigt es Zeit und Erfahrung, das Wesen wahrer Liebe zu erfassen. Antoine de Saint-Exupéry hat ihren Kern auf den Punkt gebracht, als er sagte: ›Die Erfahrung lehrt uns, daß Liebe nicht darin besteht, daß man einander ansieht, sondern daß man gemeinsam in gleicher Richtung blickt.‹«

Elba wusste schon, dass viel Wahres in diesen Worten lag, und sie hatte sich bis dato auch noch nie so aufgeführt. Eigentlich hatte sie für Mädchen, die ihre Eifersucht öffentlich zur Schau stellten und all ihre Reize ausspielten, um einen Kerl an sich zu binden, bisher nichts übrig gehabt als Mitleid. Bis jetzt. Bis sie sich selbst in dieser Situation befand. Aber das hätte sie Ofea gegenüber nicht zugegeben. Nie im Leben! Um nichts in der Welt!

»Ist das deine Art, wie du versuchst, mich loszuwerden? Willst du mich mit Literaturzitaten zu Tode langweilen?«, fragte sie stattdessen spitz und zog streitlustig eine Augenbraue hoch.

»Es geht um mehr als nur um dich oder um mich«, erwiderte Ofea unbeeindruckt. »Aris ist der Einzige, der uns in dieser Schlacht führen kann, und du irritierst ihn mit deinem kindischen Verhalten. Mehr als alles andere benötigt er jetzt einen klaren Kopf.«

Was sollte das nun wieder? Sie würde sich von dieser Person bestimmt nicht erklären lassen, wie sie sich zu verhalten hatte! Sollten die doch bleiben, wo der Pfeffer wächst, alle beide. Sollte diese Verräterin Aris doch mitnehmen und verschwinden! Elbas Bauchgefühl sagte ihr sowieso, dass Ofea irgendetwas im Schilde führte. Sie hatte sie schon einmal betrogen und würde es wieder tun. Elba wunderte sich nur, dass Aris dies nicht auch erkannte. War er dermaßen geblendet von seinen Gefühlen für Ofea? Oder steckte er gar mit seiner Geliebten unter einer Decke? Elba war sich ganz und gar nicht sicher, ob die beiden nicht tatsächlich gemeinsame Sache mit Duris machten und sie alle ins Verderben führen würden.

Ofea musterte Elba. »Du zweifelst an ihm? Tatsächlich? Du kennst ihn wirklich nicht!«

Das schon wieder! Ofea brauchte wirklich nicht mehr zu erwähnen, dass sie Aris wesentlich besser kannte als sie selbst, dachte Elba.

»Aris hat mehr Männer in den Krieg geführt als jeder andere auf dieser gottverdammten Erde. Er hat mehr Schlachten ausgefochten als sonst jemand und er hat immer gewonnen. Sein taktisches Geschick ist unvergleichlich, seine Kampfkunst grandios. Seine Siege waren episch, gewaltig, sensationell. Er hat sein Leben riskiert, um seine Männer zu schützen und niemals einen von ihnen zurückzulassen. Aber von diesen Dingen hast du natürlich keine Ahnung. Wie solltest du auch?«

Ofea sah sie verächtlich an. Elba blitzte angriffslustig zurück, und während sie noch überlegte, was sie erwidern sollte, knackte es hinter ihnen im Gebüsch. Ofea fuhr herum. Elba zuckte zusammen. Was war das? War Duris hier?

Es raschelte, und aus den Sträuchern stieg Vulpes, der Fuchs, Duris' rechte Hand, in Vampirgestalt! Er räusperte sich, fegte einige Blätter von seiner Lederjacke, schüttelte das rote Haar und setzte dann ein breites Grinsen auf, das sein gesamtes Gesicht in Besitz nahm.

Er war wirklich ein widerwärtiges Geschöpf, dessen abscheuliches animalisches Inneres sich deutlich in seiner äußeren Erscheinung abzeichnete.

»Sieh an, wen wir hier haben«, richtete er das Wort an Ofea. »Wenn das nicht die Verräterin ist, nach der Duris geschickt hat.«

Elba sah Tristan und Área um die Ecke biegen. Sie wollte ihnen signalisieren, zu verschwinden, doch es war zu spät.

Blitzartig drehte Vulpes sich nach ihnen um. Er klatschte begeistert in die Hände. »Das muss mein Glückstag sein!«, rief er aus. »Was hat der große Aris nur an sich, dass sich alle Frauen um ihn scharen? Duris wird entzückt sein! Seine abtrünnige Gemahlin, die verräterische Brut und seine zukünftige Gefährtin – alle vereint an einem Ort.« Er lachte. »Wenn ich die Damen des Hauses bitten darf, mich zu begleiten? Duris verlangt nach Ihnen!«

»Zum letzten Mal, du dreckiger Windhund, scher dich zum Teufel!«, fluchte Tristan.

Vulpes lachte auf. Es war ein unheimliches Lachen, aus dem eine gehörige Spur Irrsinn schallte.

»Wünscht ihr euch wirklich, dass Duris sie höchstpersönlich abholt? Dass ihr noch am Leben seid, verdankt ihr einzig und allein seiner Großmut. Aber ihr solltet seine Geduld nicht strapazieren, auch sie hat irgendwann ein Ende. Und auf die eine oder andere Art wird er unausweichlich bekommen, wonach er begehrt. Ihr solltet die Chance einer friedlichen Lösung nutzen, solange ihr noch in seiner Gunst steht.«

Er schaute Aris, der hinter Tristan und Área hervorgetreten war, in die Augen. »Aris, alter Kamerad, er ist dein Erzeuger. Du bist sein Kind, sein Zögling. Bedeutet dir das rein gar nichts?«

Sein Blick schweifte über Área und Tristan. »Und letztlich ist er euer aller Macher. Der Erste, der Einzige, der Allmächtige. Euer aller unbedeutendes Leben liegt einzig in seiner Hand.«

Wieder richtete er sich an Aris: »Stellst du dich gegen deinen wahrhaftigen Gott, wenn er dich ruft?« Vulpes breitete die Hände aus und blickte zum Himmel. »Sein Reich komme, und sein Wille geschehe. Denn Sein ist das Reich und die Kraft und die Herrlichkeit in Ewigkeit.«

Bei den Worten rötete sich seine Haut, und seine katzenförmigen Augen begannen zu glühen. Für die frevelhafte Verwendung dieses abgeänderten Gebetsauszuges wurde er offensichtlich mit körperlichen Schmerzen bestraft. Es sah beinahe so aus, als würde er zu brennen beginnen.

Elba fiel ein, dass Vampiren der Zugang zu religiösen Ritualen verwehrt war. Allerdings schien Vulpes auf eine kranke Art und Weise die Schmerzen fast zu genießen, und als sie abgeklungen waren, lachte er wieder dieses irrsinnige, pervertierte Lachen.

»So einfach ist das. Es ist zwecklos, dagegen anzukämpfen.«

Für Elba stand endgültig fest, dass er vollkommen wahnsinnig sein musste. Er hörte sich an wie ein fanatisches Mitglied einer Sekte. Wie ein unberechenbarer, besessener Psychopath. Er glaubte tatsächlich daran, dass sein Anführer ein Gott war. Was sollten sie nun tun?

Die Situation ließ ihnen im Grunde nur zwei Möglichkeiten: Sie konnten mit ihm gehen, ihn zu Duris begleiten und versuchen, Flagrus' Plan umzusetzen. Die Steine waren schließlich bereits geteilt. Allerdings war unklar, wann Flagrus zurückkehren würde. Und er spielte die tragende Rolle bei Duris' Vernichtung.

Oder sie mussten Vulpes töten. Das würde zwar bedeuten, dass Duris früher oder später hier auftauchte, da er höchstwahrscheinlich wusste, wo Vulpes sich in diesem Moment befand, aber immerhin bliebe ihnen Zeit, Área in Sicherheit zu bringen. Denn Duris wusste bisher nicht, dass sie bei ihnen war, und wenn Vulpes tot wäre, würde er es nicht erfahren. Auch wenn Vulpes ein starker, alter Vampir war, würden sie ihn gemeinsam besiegen können, ihm den Garaus machen.

Beide Möglichkeiten jagten Elba allerdings eine Heidenangst ein. Keinesfalls konnten sie Vulpes aber einfach verjagen. Sie versuchte, angestrengt nachzudenken, konnte jedoch keinen klaren Gedanken fassen, da sie nur ihren eigenen Herzschlag hörte. Sie musste sich beruhigen! Sie zwang sich selbst, ihre körperlichen Reaktionen runterzufahren.

Und da wurde ihr eines plötzlich ganz klar: Sie würde nicht in der Lage sein, ein anderes Wesen umzubringen, selbst nicht so eines wie Vulpes. Er hatte sie nicht angegriffen, und außerdem waren sie in der Überzahl. Von einem fairen Kampf konnte also nicht die Rede sein. Wenn sie ihn jetzt erledigten, käme das einem hinterhältigen Mord gleich.

Sie fühlte sich gezwungen, zu handeln, etwas zu sagen und war überrascht über das Zittern in ihrer Stimme, als sie anbot: »Ich werde dich zu Duris begleiten.«

Vulpes lächelte sie an. »Gutes Kind, du duftender, süßer Engel, der Meister hat dich auserwählt, und er hat gut daran getan. Noch irgendjemand?«

Schweigen.

Aris senkte den Blick einen Moment, er atmete durch, und Elba begriff, dass er genau dieselben beiden Möglichkeiten abwog wie sie selbst: die Begegnung mit Duris oder Vulpes' Tod.

Offenbar war seine Entscheidung jedoch zugunsten der zweiten Möglichkeit ausgefallen. Als er den Kopf anhob, kamen seine Reißzähne zum Vorschein. Und noch bevor er auf Vulpes losging, sah Elba das gesamte folgende Szenario vor sich, sah es vor ihrem inneren Augen ablaufen wie einen Film, und sie wusste, dass Vulpes sterben würde.

Im Gegensatz zu ihrer Vorstellung davon mischte sich jedoch keiner der anderen in den Kampf ein. Wenigstens so viel Anstand besaßen sie. Und wäre Aris ein anderer gewesen als der Wikinger, der er war, als der begnadete Krieger, zu dem er bereits in seiner Kindheit ausgebildet worden war, und der geschickte Kämpfer, zu den ihn letztlich nicht nur sein Vampirdasein, sondern auch seine ureigenen Gene machten, hätte Vulpes vielleicht eine faire Chance gehabt. So allerdings dauerte es nicht lange, bis er zu Boden ging, und Aris ihm das Genick brach. Mit seinem letzten Atemzug verwandelte sich Vulpes in den Fuchs, der er war.

Was für ein mitleiderregender Anblick, dieses harmlos wirkende Tier am Boden liegen zu sehen! Elba presste die Hand vor den Mund und begann zu weinen. Sie erkannte in Christians Gesichtsausdruck, dass auch ihn der Anblick nicht kaltließ.

Aris griff schließlich nach einem Holzstock, der am Boden lag, und rammte ihn Vulpes an der Stelle, an der sein Herz liegen musste, durch den Leib. Elba schloss die Augen. Auch das noch! Aber natürlich verendete ein übernatürliches Wesen wie ein Vampir nicht, nur weil sein Genick gebrochen war.

»Wir müssen den Körper wegschaffen«, sagte Ofea mit glasklarer Stimme. Die Ermordung dieses Mannes, den sie zutiefst verachtete, schien sie nicht im Geringsten zu berühren.

Wie abgebrüht sie doch war. Wie abgebrüht sie doch alle waren!

Aris erhob sich und kam auf Elba zu. An seinen Händen zeichneten sich kleine Blutspritzer ab. Als er die blutigen Hände an Elbas Wangen legte, war sie aber nicht imstande, ihrem Ekel Ausdruck zu verleihen. Stattdessen stand sie wie versteinert da. Dennoch war sie dankbar. Dankbar, dass Aris mit seiner Berührung ihren Herzschlag beruhigte und ihre Emotionen besänftigte.

»Wir hatten keine andere Wahl, Liebes«, erklärte er mit weicher Stimme. »Es wäre zu gefährlich gewesen, ihn gehen zu lassen.«

Sie verstand das. Sie verstand das wirklich. Die Notwendigkeit dieser Vorgehensweise erfasste sie sehr wohl, aber ihr Herz konnte es dennoch nicht begreifen. Es fühlte sich schlecht an. Schlecht und falsch und grausam. Noch bevor sie sich sammeln konnte, machten die anderen sich daran, den toten Körper zu verscharren, während Aris Elba ins Haus führte.

Im Wohnzimmer ließ sie sich auf eines der Sofas fallen und

starrte auf ihre Hände. Sie fühlten sich schmutzig an. Schuldig.

Aris wusch sich in der Küche die Hände, dann brachte er eine Wasserschale und ein Tuch und setzte sich vor sie auf den Couchtisch. Sanft reinigte er ihr Gesicht. Seine blutigen Hände mussten Spuren auf ihrer Haut hinterlassen haben.

Ohne ihr in die Augen zu sehen, sagte er, während er mit dem feuchten Tuch ihre Wange abtupfte: »Du darfst nicht an das tote Tier denken. Das war nicht er. Er war kein unschuldiger, niedlicher Fuchs. Er war ein grausamer, kaltblütiger Vampir. Ein Mörder und Schänder, ein grauenhaftes, monströses Geschöpf ohne Herz und ohne Seele. Wir hatten keine andere Wahl. Er hätte Duris von Área berichtet, und unser Plan wäre zum Scheitern verurteilt gewesen. Sie hätten sie geholt und dazu gezwungen, mit Duris das Bett zu teilen. Und sie hätten Ofea bestraft und hingerichtet. Duris hätte sie Vulpes überlassen, und der hätte Gott weiß was mit ihr angestellt, bevor er sie getötet hätte. Du wirst dich bald wieder besser fühlen, das geht vorbei, Elba. Vertraue mir.«

Das hoffte sie inständig. Sie hoffte von ganzem Herzen, das Bild des sterbenden Waldtieres in ihrem Kopf wieder loszuwerden.

Nach einer Weile versammelten sich die anderen ebenfalls im Wohnzimmer.

Área schien über irgendetwas nachzudenken und schließlich sagte sie: »Ich verstehe nicht, weshalb Duris dies alles in die Länge zieht. Er hätte längst bekommen können, was er will.«

Genau darüber hatte sich auch Elba schon Gedanken gemacht.

»Es macht keinen Sinn, zu überlegen, was in ihm vorgeht«, brummte Ofea.

»Wäre aber schon gut, zu wissen, was er vorhat«, konterte Christian.

»Vulpes hat angedeutet, dass Duris ein Gott ist«, murmelte Elba. »Wie sollen wir denn gegen einen Gott ankommen?«

Tristan stöhnte. »Ja, ja, seine Wege sind unergründlich, ich hab's geschnallt! Hört schon auf, den Mistkerl zu glorifizieren. Genau das will er doch! Respekt vor seinem Feind zu haben ist gut und richtig, aber Furcht frisst nur innerlich auf und lähmt. Lähmt euren Körper und euren Verstand. Und Ehrfurcht vor diesem narzisstischen, machthungrigen Drecksack ist vollkommen fehl am Platz. Er ist weder Gott noch sonst irgendein gottähnliches Wesen, im Inneren ist er genau wie wir, er hat Wünsche und Sehnsüchte wie jeder andere auch. Im Grunde ist er nichts als einsam. Na ja okay, und fanatisch. Und verrückt. Aber sonst genau wie wir.«

Aris stimmte ihm zu: »Duris will, dass seine Opfer sich ihm ergeben. Auf mentaler und emotionaler Ebene. Er will in ihre Köpfe, in ihre Herzen, in ihre Seelen. Sie sollen sich ihm hingeben und ihn als allmächtig akzeptieren. Er will sie überzeugen, in ihnen den Wunsch pflanzen, sich ihm anschließen zu dürfen. Er ist ein Meister der psychologischen Kriegsführung. Und seine übernatürlichen Fähigkeiten machen es fast unmöglich, sich ihm nicht hinzugeben. Körperlich kann er alle besiegen, jeden. Aber das reicht ihm nicht mehr. Er will sehen, wie weit er es treiben kann. Aber letztendlich wird er wie jeder andere von seinen Gefühlen nach Selbstverwirklichung, Anerkennung und Zugehörigkeit geleitet – genau das macht ihn verletzlich und angreifbar. Und es stellt ihn auf eine Ebene mit uns. Denkt daran, wenn ihr ihm begegnet. Er ist ebenso verwundbar, wie ihr es seid, an dieser einen Stelle, tief in seinem Inneren.«

Wieder schoss Elba die Definition einer Sekte durch den Kopf. Und die Gefahr, die von solchen Gruppierungen und ihren Anführern ausging.

18

Mitten in der Nacht wachte Área auf. Es war dunkel, nur der Mond warf einen schmalen Streifen Licht in Tristans Schlafzimmer. Und genau in ebendiesem fahlen Lichtstrahl saß Tristan mit aufgeknöpftem Hemd auf einem Stuhl und beobachtete sie.

Eine ganze Weile schauten sie einander schweigend an, dann richtete Área sich langsam auf, schlug die Bettdecke zurück und streckte die nackten Beine dem Boden entgegen. Als sie aufstand, knarrte das Holz. Tristan rührte sich keinen Millimeter, sagte kein Wort, betrachtete sie nur still.

Auf Zehenspitzen ging sie auf ihn zu und kniete sich zwischen seine Beine. Sie sah zu ihm auf, während ihre Hände auf seinen Oberschenkeln ruhten.

»Du bist wirklich ein Hauptgewinn«, sagte sie, als sie seine Gesichtskonturen musterte.

Er hob überrascht eine Braue. Dann zog er die Mundwinkel hoch, beugte sich vor und küsste sie zärtlich.

Sie legte die Hand auf seine Brust. »Du solltest ein wenig schlafen«, riet sie sanft.

Tristan schüttelte kaum merklich den Kopf. Wie konnte sie in diesem Moment an Schlaf denken? Außerdem würde er gewiss nicht ruhen, solange er nicht hundertprozentig sicher sein konnte, dass keine Gefahr für sie bestand. Wieder versuchte er, seine Gefühle hinter einem Grinsen zu verbergen, das seine leuchtenden Augen unter den schwarzen Haarsträhnen zum Glühen brachte.

»Ich danke dir«, flüsterte Área, die durch seine Fassade blickte wie durch Glas, legte die Hände in seinen Nacken und zog ihn zu sich.

Er stöhnte, als sich ihre Lippen berührten. Sie küssten sich lange und zärtlich, dann hingebungsvoller und schließlich voller Leidenschaft. Er vergrub die Finger in ihrem Haar und zog Área energisch hoch auf seinen Schoß. Seine Hände wanderten über ihre nackten Oberschenkel und schoben ihr Nachthemd hoch, sodass er ihr Hinterteil umfassen konnte. Sie spürte seine Erregung unter sich und legte den Kopf in den Nacken, während seine Zunge über ihren Hals glitt.

»Ich will von deinem Blut trinken«, warnte er sie vor. Mit den Zähnen strich er über ihre Haut, und ohne eine Antwort auf seine Warnung abzuwarten, biss er vorsichtig zu.

Was dann geschah, erstaunte ihn über alle Maßen: Er war in ihrem Kopf!

Er spürte ihre Gedanken. Alles, was sie empfand. Es fühlte sich an, als wäre er in ihr Inneres eingedrungen, und er stellte fest, dass sie ihn ebenso begehrte wie er sie. Das Gefühl ging weit über ein körperliches Verlangen hinaus. Es fühlte sich so an, als wären sie füreinander geschaffen, als wären sie ein Teil des jeweils anderen und würden sich gegenseitig vervollständigen. Aber wie war es möglich, dass er spürte, was sie dachte? Lag es an dem Blut?

Sie rückte ein Stück nach hinten, um seine Hose zu öffnen. Sofort glitten seine Finger zwischen ihre Beine, und er schob ihr Höschen beiseite. Sie stöhnte auf, als sie sich auf ihn setzte und ihn in sich aufnahm. Ein animalisches Keuchen drang aus Tristans Kehle. Área nutzte den Moment, in dem er, gefesselt von seiner Erregung, von ihrem Hals abließ, um ihn nun ihrerseits zu beißen. Gierig grub sie die Zähne in seinen Hals, während sie sich rhythmisch auf- und abbewegte.

Er ächzte rau und sog scharf die Luft ein. Ihr Blut zirkulierte heiß und ungezähmt durch seinen Körper, und die Vielzahl der Emotionen, die es in ihm auslöste, all die Gefühle, die es auf ihn übertrug, waren kaum zu ertragen. Er rang mit sich selbst, ob er sich trauen sollte, sich ihnen voll und ganz hinzugeben. Aber all die Schranken, die er in seinem Leben aufgebaut hatte, um sich zu schützen, ließen sich nicht hochfahren. Área ließ ihm keine Möglichkeit, sich ihr zu entziehen, und der

Rausch, den sie bewirkte, setzte seinen Geist außer Gefecht, schoss seinen Verstand explosionsartig in ein schwarzes Loch, das ausschließlich aus triebgesteuertem, unmenschlichem Hunger bestand. Hunger nach Blut, Hunger nach Sex, Hunger nach der Stillung all der tierischen Bedürfnisse, die in ihm lauerten und nun nach Befreiung lechzten.

Tristan erhob sich, nahm sie mit in die Höhe und trug sie zum Bett, wo er sie unter sich niederließ, um kurz darauf noch tiefer in sie einzudringen. Er hielt ihre Arme oberhalb des Kopfes fest, verharrte einen Moment und grinste sie anzüglich und finster an. Im nächsten Augenblick leckte er herausfordernd über ihren Mund, küsste sie und stieß dann hart und unerbittlich zu. Ein heiseres, raues Stöhnen drang gemeinsam mit seinem warmen, erregten Atmen wieder und wieder über die Haut ihres erhitzten Gesichtes. Sie wand sich unter ihm, presste die Hüften fordernd gegen die seinen und zog ihr angewinkeltes Knie so hoch sie konnte, damit er möglichst tief in sie eindrang.

Wieder grub sie die Zähne in sein Fleisch, als er ihre Arme losließ – dieses Mal in seine Schulter, bis unaufhörlich warmes Blut in ihren Mund strömte. Er keuchte, drehte sie mit einem Schwung herum, sodass nun er unter ihr lag, und befreite sie aus ihrem Nachthemd. Seine Hände glitten über ihren Körper, er umfasste ihre Brüste, während sich ihr Becken unaufhaltsam vor- und zurückbewegte.

Als sie sich vorbeugte, um ihn zu küssen, hüllte ihr langes blondes Haar ihn vollkommen ein und legte einen goldenen Schleier um seine Welt. Er war ihr näher als jemals irgendjemandem zuvor. Er gehörte nur ihr. Und genau in diesem Moment der Nähe kam er. Dieser Orgasmus fühlte sich komplett anders an als jeder Orgasmus zuvor, und als sie gleichfalls Erlösung in seinen Armen fand, begriff er, dass er ihr hilflos ausgeliefert war und dass es genau diese Nähe war, die ihn tiefer verletzen würde, als ihn irgendetwas jemals verletzt hatte.

Schweißnass und zitternd lag sie auf ihm, bis die Nachbeben verebbten. Sie beide atmeten schwer, während Área seine Brust mit Küssen bedeckte.

Als sie sich allmählich entspannten und er ihr Haar streichelte und küsste, fragte er sich, ob er stark genug sein würde, um mit diesen Gefühlen umzugehen. Ob er sich erlauben sollte, sich in diese schier unglaubliche Liebe zu stürzen, die zweifelsfrei zwischen ihnen aufkeimte. Denn wie sollte er dieses glanzvolle goldene Licht, das sie war, vor dem Dunkel bewahren, das sie verschlingen wollte? Er hatte gesehen, dass sie von ihm geträumt hatte. Lange Zeit, bevor sie sich begegnet waren. Und dass sie voller Zuversicht auf ihn gewartet hatte.

Er wünschte, dass er diese Zuversicht hätte teilen können, aber er hatte in seinem bisherigen Leben gelernt, dass alles seinen Preis hatte, und er fragte sich, was der Preis hierfür sein mochte. Was würde es kosten, wenn er sich darauf einließe, für einen Augenblick wieder wahrhaft glücklich zu sein?

Sonnenstrahlen, die durch die große Fensterfront fielen, kitzelten sein Gesicht. Tristan riss die Augen auf und blickte hektisch um sich. Beruhigt stellte er jedoch fest, dass Área nach wie vor friedlich schlief.

Sie lag halb auf seiner Brust, ihre Atmung ging gleichmäßig, und auch wenn er ihr Gesicht unter dem goldenen Meer ihrer Haare, das sich von seinem Hals abwärts ausbreitete und beinahe seinen gesamten Oberkörper bedeckte, nicht sehen konnte, so spürte er eindeutig, dass sie wohlbehütet und zufrieden schlief. In dieser Gewissheit entspannte er sich wieder.

Sein Blick ruhte auf den geschnitzten Ornamenten der Holzdecke über ihm, und er sehnte sich danach, für immer diesen Augenblick zu bewahren.

Er wurde aus seinen Gedanken gerissen, als Área aufwachte und zu ihm aufblickte. Sein Atem stockte, als sie ihm ein verschlafenes, einfach umwerfendes Lächeln schenkte. Beinahe ärgerlich stellte er fest, dass ein flaues, flatterhaftes Gefühl durch seinen Magen jagte. War es denn wirklich notwendig, dass sein Körper sich aufführte wie der eines verliebten Teenagers?

Noch bevor er sich sammeln konnte, hob sie den Kopf, um ihn zu küssen. Sein Körper reagierte so stark auf sie, dass sein Herz flackerte und seinen Verstand schneller außer Kraft setzte, als es ihm lieb war. Aus der verspielten Berührung entwickelte sich im Nu wilde, ungezügelte Leidenschaft, und sie liebten sich erneut. Und Tristan spürte die fast schmerzhafte Gewissheit, dass diese Art von Sex weit über rein körperliche Begierde hinausging. Das hier hatte rein gar nichts zu tun mit der Art von sexuellen Aktivitäten und Begegnungen, die er seit seinem Vampirdasein ausgelebt hatte. Es ähnelte den bedeutungslosen Abenteuern zur Befriedigung seiner Gelüste in keiner Weise.

Der Schmerz, den die tief verschüttete Erinnerung an solche Gefühle in ihm aufbrach, traf ihn unvorbereitet, scharf und schnell wie der Schnitt einer Rasierklinge und raubte ihm die Luft zum Atmen.

So etwas hatte er das letzte Mal erlebt, als er noch ein Mensch war. Es war dasselbe Gefühl, das er in den gemeinsamen Nächten mit seiner Frau Mina empfunden hatte. Ein Gefühl, von dem er geglaubt hatte, dass es niemals wieder in ihm entstehen würde, und das er seither niemals mehr an sich herangelassen hatte, ein Gefühl, das nur echte Liebe hervorrufen konnte.

Er rang um Selbstbeherrschung, spürte den unbändigen Drang, zu laufen, zu fliehen, doch sein Geist leitete die Befehle nicht an seinen Körper weiter. Er konnte nicht ankämpfen gegen dieses übermächtige Gefühl – und in dem explosionsartigen Höhepunkt, der alles hinwegfegte wie ein unbarmherziger Sturm, kapitulierte sein Schmerz und zersprang in Tausende Splitter, die der Wind in alle Himmelsrichtungen wegblies. Und als er sich endlich fallen ließ, war alles, was blieb, ein Gefühl von Geborgenheit und Glück, das nicht zuletzt die Achterbahnfahrt seiner Hormone in jeden Winkel seines Körpers schoss.

Als Área ihn nun glücklich anlächelte, lächelte er voller Liebe zurück, bevor er sie erneut küsste. Er fühlte sich unbeschreiblich und – unverständlicherweise – stärker als je zuvor.

Schließlich grinste er sie verwegen an. »Dusche?« Sie nickte.

Er ging voraus ins Bad, das an sein Schlafzimmer anschloss, drehte das Wasser auf, ließ es laufen, bis der gesamte Raum dampfte, und stieg unter die Dusche. Dort stützte er sich mit beiden Händen an der Steinwand ab, sodass nur der Blick auf seine Hinterseite sichtbar war, senkte den Kopf und ließ das heiße Wasser über seinen Rücken prasseln.

Wenige Sekunden darauf war Área bei ihm. Sie ließ die Hände langsam über sein knackiges Hinterteil hoch zu seinem Nacken gleiten und zeichnete mit der Zunge den Weg seiner Wirbelsäule von den Schultern bis zum Haaransatz nach. Er presste hörbar die Luft aus seiner Lunge, als die Erregung durch seine Nervenbahnen bis in seinen Unterleib schoss.

Er drehte sich um, packte Área und hob sie hoch. Während er sich zwischen ihre Beine drängte, drückte er sie gegen die Wand und grinste sie so schmutzig an, dass es dem Teufel leibhaftig die Schamesröte ins Gesicht getrieben hätte. Seine Augen funkelten sie warnend an, bevor er erneut in sie eindrang. Ungezügelt stöhnte sie auf, und bereits nach wenigen gezielten Stößen kamen sie in einem energischen, exzessiven Orgasmus. Das pure Leben strömte durch ihre Adern, dessen Kribbeln sie beide veranlasste, laut zu lachen. Nichts existierte in diesem Augenblick – nichts außer ihrer eigenen intimen Zweisamkeit.

Als Tristan sich anzog, hörte er das Wiehern von Áreas Pferden. Er unterbrach sein Vorhaben und stellte sich lediglich mit schwarzen Jeans bekleidet vor die große Glasfront des Raumes. Von dort aus beobachtete er, wie die drei Tiere Área, die unten auf der Wiese stand, umkreisten und zufrieden schnaubten. Der Reihe nach stupsten sie sie mit den Köpfen an.

Die bedingungslose Zuneigung, die zwischen ihr und den Pferden bestand, hatte eine solch magischen Reinheit, dass Tristan sich unwillkürlich fragte, womit er es verdient hatte, dass dieses wunderbare Geschöpf auch ihm sein Herz schenkte. Wie war es möglich, dass ein solch zauberhaftes Wesen ihn liebte?

Er war sich seiner körperlichen Anziehungskraft auf Frauen durchaus bewusst, aber dass ein anderes Lebewesen sein verqueres, dunkles Inneres liebte, war schwer vorstellbar. Und er überlegte, ob es egoistisch war, irgendjemandem zuzumuten, sich auf das emotionale Wrack einzulassen, das er war. Ohne dass er das wirklich wollte, befürchtete er doch, dass er sie verletzen könnte.

Área blickte zu ihm hoch und lächelte ihn an. Er unterdrückte ein Seufzen und zwang sich zu einem Lächeln. Sofort wurde Áreas Blick ernst und fragend. Sie sah ihm offenbar an, dass sein Lächeln nicht echt war und dass irgendetwas Beunruhigendes in ihm vorging. Weil er befürchtete, seine Bedenken nicht vor ihr verbergen zu können, drehte er sich um, zog sich ein schwarzes Shirt über und machte sich auf den Weg nach unten. Zu ihr. Zu dem Licht, das es unvorstellbarerweise geschafft hatte, seine innere Finsternis zu vertreiben und sein Herz mit Wärme zu fluten.

Als er draußen eintraf, saß sie unter einem der Bäume, den Rücken an den dicken, alten Stamm gelehnt.

Noch bevor er etwas sagen konnte, ermahnte sie ihn mit leiser Stimme: »Mach es nicht kaputt, Tristan. Nicht wegen ein paar Selbstzweifeln. Das ist nicht der richtige Grund, um Liebe zu vergiften.« Er runzelte die Stirn. »Meinst du, dass du in meinen Kopf kommst und ich nicht in deinen?«, fragte sie lächelnd.

»Aber wie ...?« Er stockte. Es war also keine Einbildung, kein Hirngespinst gewesen. Er hatte tatsächlich gesehen, gefühlt, was sich in ihrem Inneren abspielte.

»Es ist das Blut«, erklärte sie. »Es beinhaltet alle Informationen über ein Lebewesen. Es breitet völlig offen aus, was du bist.«

So etwas in der Art hatte er sich schon gedacht. Sie hatte also seine Zweifel gespürt und seinen Impuls, sich zu distanzieren. Er hoffte, dass er ihr damit nicht wehgetan hatte.

»Ich ...« Er suchte nach den richtigen Worten. »Ich will dich nicht verletzen. Ich –«

»Nicht!«, unterbrach sie ihn, zog ihn zu sich und küsste ihn. »Du verletzt mich nicht.« Er setzte sich neben sie und zog sie in seine Arme. Sie lehnte sich gegen seine Brust. »Es ist geradezu lächerlich, dass du dich fragst, wie ich dich lieben kann«, sagte sie. »Einen so starken und wundervollen Mann. Du bist selbstlos und ehrlich und loyal. Du bist mutig und hast eine seltene Gabe, die Dinge auf Anhieb so zu sehen, wie sie sind. Ohne Grauzonen. Klar und deutlich. Schwarz oder weiß.« Sie lachte, bevor sie hinzufügte: »Und du bist *wahnsinnig* sexy!«

Sie grinste und biss sich auf die Unterlippe, als sie den Kopf nach ihm umdrehte, um ihn unter dem Kinn auf den Hals zu küssen. »Und du bist schlau und gewieft, und ich *liebe* deinen Humor.« Dann seufzte sie ganz leise, während sie sich wieder in seine Arme schmiegte.

»Und worüber machst du dir Gedanken?«, wollte er wissen.

»Ich hasse es, dass ich mich verstecken muss. Ich hasse es, dass ich Sorge und Schmerz über andere bringe. Über dich und über die, die du liebst. *Ich* bin es, die sich von anderen fernhalten sollte, die eine Zumutung für andere ist, nicht du. Ich bin ein Freak, eine Missgeburt der Natur. Ich bin weder natürlich noch übernatürlich, weder gut noch böse, weder lebendig noch tot. Sozusagen nicht Fisch noch Fleisch, nicht einmal eine Bezeichnung gibt es für jemanden wie mich!«

Wie sehr sie sich doch irrte, dachte Tristan. Sie war einfach einzigartig! Doch er begriff, dass sie genau unter dieser Einzigartigkeit litt. »Du bist keine Missgeburt, Área. Du bist ein metaphysisches Phänomen! Ein einzigartiges Wunder wie das Licht. Und alles Leben sehnt sich nach Licht. Das ist nur natürlich.«

Wieder seufzte Área. »Manchmal denke ich, ich sollte mich ihm stellen. Vielleicht ist genau das mein Schicksal.«

Tristan wusste genau, dass sie Duris damit meinte. Und er erschrak, als sich ganz plötzlich ein Gedanke in sein Gehirn pflanzte. Das Gespräch rief etwas in sein Gedächtnis, worüber er früher oft nachgedacht hatte. Etwas, worüber er in langen Nächten endlose betrunkene Diskussionen mit Aris geführt hatte. Diskussionen, die sie aufgrund zu hoher Alkoholspiegels immer wieder aufgeschoben hatten. Etwas, das Martin Luther King einmal gesagt hatte: ›Dunkelheit kann Dunkelheit nicht vertreiben. – Das kann nur das Licht.‹

Wäre es denkbar, dass sie es war? Dass Área allein Duris bezwingen konnte? Ihm fielen Mathildas Worte ein. Sie hatte gesagt, Área sei der Schlüssel. Er schüttelte den Gedanken sofort wieder ab. Jetzt war nicht der Zeitpunkt, über die Bedeutung dieses Satzes nachzudenken. Es war zu verrückt. Absurd! Er würde mit allen Mitteln verhindern, dass Duris sie bekam!

Zum ersten Mal war Tristan froh, dass er Flagrus sah.

Unangekündigt tauchte der an der Hausecke auf und kam auf sie zu. Er war schneller zurückgekehrt als erwartet. In seiner Begleitung befand sich ein sehr junges Mädchen. Es konnte nicht älter als sechzehn Jahre sein, hatte langes schwarzes Haar und scheue dunkle Augen.

Unvermittelt dachte Tristan, dass die Zeit ihrer Unschuld nun vorüber war.

Área stand auf. Als sie Flagrus und das Mädchen begrüßte, kehrte sich ihr Innerstes nach außen: Ein schmerzhaftes Schuldgefühl trat in ihre Augen. Sie sah aus, als würde sie dieses junge Leben eigenhändig in den Tod führen, und ganz offensichtlich litt sie darunter, dass sie sich dafür verantwortlich fühlte.

Aris trat zu ihnen auf die Wiese, und Tristan erkannte, dass er beim Anblick des Mädchens genau dieselben Bedenken hegte wie Área. Auch er fragte sich, wie es richtig sein konnte, ein solch unschuldiges, junges Leben ins Verderben zu führen. Nur Christian und Ofea, die ihm folgten, kamen offenbar nicht auf diese Gedanken. Fröhlich stellten sie sich einander vor.

Sie erfuhren, dass der Name des Mädchens Flora war, und sie schien vollkommen auf Flagrus fixiert zu sein. Sie ließ ihn niemals aus den Augen, auch nicht, wenn sie mit einem von ihnen sprach. Es war, als glaubte sie sich in Sicherheit, solange sie nur Blickkontakt mit ihm hielte.

Flagrus war es, dem als erstes Elbas Abwesenheit auffiel.

»Ich denke, dass sie noch schläft«, antwortete Christian unbekümmert auf seine Frage nach ihrem Aufenthaltsort.

Aris legte die Stirn in Falten. Er schien zu lauschen. In Wirklichkeit versuchte er jedoch, Elba zu spüren. »Sie schläft nicht«, sagte er schließlich, und seinem Gesichtsausdruck war zu entnehmen, dass er das Unheil, das sich abzeichnete, sofort erfasste. Und auch wenn er losrannte, um sich Gewissheit zu verschaffen, wusste er bereits, dass sie nicht hier war. Er spürte, dass sie sich nicht im Haus aufhielt.

Christian lief ihm hinterher in Elbas Schlafzimmer. Es war leer, das Bett nicht angerührt.

Aris sah Christian fragend an. »Ich dachte, sie hätte in deinem Zimmer übernachtet?«

»Ja, schon. Ich meine, sie war bei mir, bis ich eingeschlafen bin. Als ich aufwachte, war sie weg. Ich habe gedacht, sie wollte wahrscheinlich lieber in ihrem eigenen Bett schlafen.«

»Du hast nicht gehört, dass sie das Zimmer verlassen hat?«

»Nein. Aber ...« Er verstand nicht. War sie tatsächlich nicht hier? Weshalb sollte sie allein das Haus verlassen haben?

Christian rief Elbas Namen, eilte von Zimmer zu Zimmer, stieß jede Türe auf, doch sie blieb verschwunden.

Flagrus trat ins Obergeschoss. »Du kannst aufhören«, versicherte er. »Sie ist nicht hier.«

Christian schaute ihn verständnislos an, Aris schlug mit der Faust gegen die Wand und fluchte irgendetwas auf Isländisch. Christian verstand die Worte nicht, aber er wusste auch so, dass sie nichts Gutes verhießen. Ofea versuchte, Aris zu beruhigen, sie redete auf ihn ein. Auch ihre Worte verstand Christian nicht. Aber er kapierte sofort, dass sie nicht zu Aris' Beruhigung beitrugen: Aris schien ihr kaum zuzuhören, sah sie nicht einmal an. Die Situation löste eine panikartige Besorgnis in Christian aus.

Flagrus legte seine Hand auf Christians Schulter und bat ihn, noch immer in demselben gelassenen Tonfall, ihn nach unten zu begleiten und ihm genau zu berichten, wie der gestrige Abend verlaufen war.

19

Als Elba aufwachte, schwirrte ihr der Schädel. Wo war sie? Was war geschehen? Sie versuchte, die Erinnerungen an die gestrige Nacht in ihrem Kopf zu ordnen.

Sie erinnerte sich, dass Aris Vulpes getötet hatte. Und auch an die Nähe, die sie zwischen sich und Aris gespürt hatte, als er ihr die Blutspuren von der Wange gewaschen hatte. Sie hatte sich mitgenommen gefühlt, traurig und schwach, und sich danach gesehnt, dass er sie in die Arme nahm und ihr versprach, dass nun alles wieder gut sein würde zwischen ihnen beiden. Und überhaupt. Sie hätte einfach vergessen, dass er sie verlassen hatte, und dass Ofea eine Rolle in seinem Leben spielte.

Die Szenen, die sich zwischen ihnen an ihrem letzten gemeinsamen Abend in Mathildas Haus abgespielt hatten, waren natürlich nicht gerade schön gewesen. Aris hatte sie weinend und verzweifelt zurückgelassen, ohne sie in seine Pläne einzuweihen. Sie hatte sich gesorgt, sich geängstigt, dass ihm etwas zugestoßen war, als er nicht einmal zu ihrem Geburtstag wieder auftauchte. Schließlich war sie wütend geworden, weil sie sich hatte einreden lassen, dass er sie verraten, sie im Stich gelassen hatte. Und sie hatte gelitten, weil sie annahm, dass er in Wirklichkeit nur Ofea liebte, war gekränkt und verletzt.

Aber in diesem Augenblick, alleine mit ihm und dem tröstenden Klang seiner Stimme, zweifelte sie, ob er sie denn wirklich im Stich gelassen hatte, oder ob sie sich das alles nur zusammenreimte. Tristan war die ganze Zeit über davon überzeugt gewesen, dass Aris auf ihrer Seite stand. Und er hatte ein feinfühliges Gespür, auf das man sich in der Regel verlassen konnte. Und sie fragte sich an dem Abend sogar, ob Aris sie nicht doch liebte, denn genau so hatte es sich angefühlt in diesem Moment. Und auch wenn ihre weibliche Intuition ihr ganz genau sagte, dass Ofea ihn liebte und ihn für sich allein haben wollte, so musste es umgekehrt noch lange nicht so sein.

Elba erinnerte sich, dass Aris das feuchte Tuch in die Wasserschale legte und ihre Hände nahm. Sie saßen sich schweigend gegenüber und sahen sich an. Ihre Steine begannen warm zu leuchten, und es fühlte sich ganz wundervoll an – nah, vertraut und sicher. Bis die anderen ebenfalls das Wohnzimmer betraten, allen voran Ofea, und sie aus ihrer Zweisamkeit rissen. Sofort ließ Aris sie los und machte sich daran, die kleine Schüssel in die Küche zu tragen.

Als er zurückkam, hatten die anderen sich bereits auf die Sofas verteilt. Alle bis auf Ofea, die stehen blieb, bis Aris sich auf den großen Wohnzimmerstuhl am Ende des Couchtisches niederließ, um sich dann direkt an seine Seite zu stellen. Demonstrativ legte sie die Hand auf seine Schulter.

Elba hatte sie angestarrt. Diese zierliche Hand mit den formvollendeten porzellanenen Fingern und den gepflegten manikürten Fingernägeln. Und sie musste zugeben, dass sie begann, Ofea regelrecht zu verabscheuen, dass sie fürchterlich eifersüchtig auf sie war. Und nicht nur das. Sie war auch neidisch.

Sie kannte den Unterschied zwischen diesen beiden Gefühlen gut, zwischen Eifersucht und Neid. Sie war eifersüchtig, da sie befürchtete, dass Ofea ihr etwas wegnahm, das sie bereits besessen hatte: Aris. Und sie war neidisch, weil sie etwas haben wollte, das Ofea besaß und sie selbst nicht: Schönheit, Klasse, Eleganz. All die Attribute, die es einer Frau erlaubten, einen Mann wie Aris zu erobern und zu halten. Ofea war wirklich ein vollkommen anderes Kaliber als sie selbst. Elba musste sich eingestehen, dass Aris' Geliebte schlichtweg atemberaubend war. Intelligent, geistreich, welterfahren. Schön, elegant und stilvoll. Wie Aris. Und sie war noch etwas: sinnlich, anmutig und stolz. Sich selbst hingegen sah Elba als ein dümmliches, naives Kind, das man an seinen besten Tagen allenfalls als niedlich bezeichnen konnte.

Ihr Magen drehte sich wieder um, als sie Aris und Ofea gemeinsam in ihrer überwältigenden Perfektion vor sich sah. Am liebsten hätte sie sich übergeben, erlaubte es sich aber nicht, sich gehen zu lassen. Keinesfalls wollte sie sich den Schmerz anmerken lassen, der versuchte, ihr Herz gewaltsam zu zerquetschen.

Sie war dankbar gewesen, dass Tristan ihr von hinten ein Glas reichte, an dem sie sich festhalten konnte und dessen Inhalt den Krampf in ihren Eingeweiden löste. Er zwinkerte ihr beiläufig zu, bevor er sich neben Área setzte, und Elba tat die Gewissheit gut, dass wenigstens er sie verstand und dass zumindest ihm ihre Gefühle wichtig waren.

Sie erinnerte sich, dass sie dann über Duris sprachen und dass Tristan ihnen einbläute, dass sie ihn nicht glorifizieren durften. Sie hatte überlegt, wie lange es wohl dauern würde, bis Duris auftauchte, um nach Vulpes zu suchen, und war zu dem Schluss gekommen, dass ihnen nicht viel Zeit bleiben würde.

Aris und Ofea waren irgendwann nach draußen auf die Terrasse gegangen, um über irgendetwas zu diskutieren. Área machte einen müden Eindruck, und sie und Tristan zogen sich in sein Zimmer zurück. Elba war mit Christian im Wohnzimmer sitzen geblieben. Sie sprachen über seine Eltern und ihre Mutter, und über das Schicksal, das offensichtlich über Generationen weitergegeben wurde. Darüber, wie gravierend sich ihr Leben in diesen Sommertagen schlagartig verändert hatte.

Da Aris und Ofea nicht den Anschein erweckten, als würden sie bald wieder zu ihnen stoßen, ging Elba auf Christians Vorschlag ein, in dem Gästezimmer, das ihm zur Verfügung stand, einen Film anzusehen. Sie waren beide der Meinung, dass die Ablenkung ihnen gut tun würde.

Auf dem breiten Bett starrten sie auf den Flatscreen an der Wand, und Elba war sich sicher gewesen, dass Christian genauso wenig wie sie selbst die Handlung des Filmes verfolgte.

Sie ließen sich einfach berieseln, während sie versuchten, die Ereignisse zu verarbeiten, denen sie ausgeliefert waren.

Christian schlief irgendwann ein. Elba war zu unruhig, um sich zu entspannen. In regelmäßigen Schüben krampfte sich ihr Magen zusammen, und sie überlegte verzweifelt, ob sie gegen diese schmerzhaften Attacken ihres Herzens irgendetwas unternehmen konnte.

Sie wusste noch, dass sie ernsthaft überlegt hatte, ob sie die Nacht überstehen würde, sollte Aris tatsächlich mit Ofea in seinem Bett schlafen. Sie versuchte, sich zu verbieten, andauernd zu lauschen, aber es wollte ihr nicht gelingen. Bei jedem Geräusch hielt sie die Luft an und lauschte, ob es die beiden waren, die ins Obergeschoss traten, oder ob sie das Geräusch von Aris' Schlafzimmertür ausmachen konnte. Aber nichts dergleichen geschah. Trotzdem konnte sie in ihrem Kopf die Bilder der beiden in inniger, nackter Umarmung nicht unterdrücken, und sie fragte sich, ob sie die Geräusche dieses Aktes dann ertragen müsste. Bestimmt war Ofea erfahren genug, um Aris all seine Wünsche zu erfüllen. Ekelhaft!

Das war das Letzte, an das sie sich erinnern konnte, solange sie im Haus gewesen war.

Als Nächstes hatte Elba sich in der stockdunklen Nacht vor dem Haus wiedergefunden. Aber wie sie dorthin gelangt war, konnte sie beim besten Willen nicht rekonstruieren. Was wollte sie dort bloß? Und weshalb brummte ihr Kopf dermaßen? Weshalb fühlte sich ihr Körper an, als hätte sie einen furchtbaren Muskelkater?

Und plötzlich überflutete sie die Erinnerung: Sie war Duris begegnet!

Ihr Herz begann zu rasen, als ihr wieder einfiel, was passiert war. Sie erinnerte sich an den fahlen Mondschein, der alles in ein unwirkliches Licht getaucht hatte. Sie war über das Grundstück geschlendert, zwischen den großen Bäumen hindurch. Sie hatte bei sich gedacht, dass die alten Äste ganz anders wirkten als bei Tageslicht – unheimlich und düster –, und gespürt, dass sich ein Unheil ankündigte. Es war nur so ein Gefühl gewesen. Sie hatte sich auch nicht gefürchtet oder gesorgt und war immer weitergegangen, als würde sie von irgendetwas magisch angezogen werden. Es fühlte sich an, als hätte sie ein Ziel vor Augen. Sie wusste aber nicht, welches. Doch als sie aus dem Schatten der Bäume trat, war es ihr klargeworden. Denn da hatte sie ihn gesehen! Duris.

Unbeweglich und ohne sich nach ihr umzuwenden, stand er dort – genau an der Stelle, an der Tristan und die anderen Vulpes verscharrt hatten. Duris stand einfach nur dort und blickte auf den Erdboden, unter dem sich Vulpes' toter Körper befand.

Ohne Furcht trat Elba zu ihm, und als er sie anschaute, meinte sie, dass seine Augen grauenhaft schmerzerfüllt waren. Wesentlich mehr als sonst. Der Schmerz, den sie sonst immer in sich trugen, hatte sich massiv verstärkt, war offensichtlicher geworden, und sie erkannte, dass reine Trauer in ihnen stand. Die Art einsamer, stiller, unbarmherziger Trauer, die nur der Verlust eines engen Freundes auslöste.

Er atmete tief ein, als ihre Blicke sich trafen. »Schönheit«, flüsterte er kaum hörbar und senkte den Blick wieder.

Seine Erscheinung und der Klang seiner Stimme zerrissen ihr fast das Herz.

»Ich habe ihn beinahe mein ganzes Leben lang gekannt.«

Sie wusste nicht, was sie erwidern sollte. Der Schmerz in seiner Stimme raubte ihr den Atem. So, wie sonst alle Moleküle in ihrem Körper zu schwingen begannen, wenn er sprach, zersplitterten sie nun qualvoll. Jede Faser ihres Körpers wand sich unter dem Leid, das er ausstrahlte. All sein Schmerz übertrug sich auf sie.

»Ein unerträgliches Gefühl, nicht wahr?«, fragte er, ohne sie anzusehen. »Wir dürfen es nicht zulassen«, fuhr er dann fort. »Wir dürfen nicht zulassen, dass es uns schwächt. Dürfen nicht zulassen, dass uns irgendetwas schwächt. Oder irgendjemand. Wir dürfen uns nicht mit Lebewesen umgeben, die uns ein solches Leid zufügen, Schönheit. Es ist Zeitverschwendung.«

Und als er sie nun wieder ansah, erlebte sie mit, wie die Trauer aus seinen Augen wich und allmählich verschwand. Genau in diesem Moment stellte sie fest, dass auch all ihr eigener Schmerz von ihr abfiel und jeder Zweifel, jede Sorge mit ihm. Es war wundervoll, so einfach und ganz selbstverständlich, und sie spürte, wie sich ein Wunsch in ihr Herz schlich. Der Wunsch, mit ihm zu gehen. Der Wunsch, alles andere hinter sich zu lassen. Elba spürte, dass die Zeit gekommen war, sie wusste, dass sie ihn überallhin begleiten würde. Sie fühlte sich sicher. Schön und geliebt. Dieses Gefühl wollte sie um keinen Preis der Welt wieder aufgeben. Aber das war alles, woran sie sich erinnern konnte.

Wo zur Hölle war sie also?

Sie lag in einem gigantischen eleganten Himmelbett. Die Pfosten bestanden aus edlem dunklem Holz, der exquisite Stoff des Himmels sowie die Vorhänge waren blütenweiß, ebenso wie die Bettwäsche. Irgendetwas sagte ihr, dass es sich um sündhaft teure Laken handelte, auf denen sie da lag. Aber wie war sie hierhergekommen?

Elba setzte sich auf und rieb sich die Schläfen. Ihr Kopf pochte wie verrückt. Sie blickte sich um. Das Bett stand auf einem Steinfußboden. Das Zimmer sah in seiner Schlichtheit nobel aus, es wirkte trotz der puristischen Ausstattung luxuriös. Ihr wurde schwindelig, als eine beängstigende Befürchtung in ihr emporkroch. Befand sie sich in Duris' Anwesen?

O Gott! Lag sie etwa in seinem Bett?

Panisch riss sie die Augen auf, als die hölzerne Flügeltür aufschwang. Ihr Puls raste. Dann setzte ihr Herz für einen Schlag aus, als Duris den Raum betrat.

Himmel! Sie musste sich wirklich in seinem Haus befinden, sie war tatsächlich bei ihm! Und sie war vollkommen alleine hier, ihm schutzlos ausgeliefert. Die Gedanken in ihrem Kopf überschlugen sich. Was sollte sie tun? Aufspringen? Laufen? Versuchen, ihre Fähigkeiten einzusetzen?

Sie spürte, wie das Herz ihr bis zum Hals schlug, und es kostete sie all ihre Kraft, sich den Panikanfall nicht äußerlich anmerken zu lassen. Sie ermahnte sich, an etwas Neutrales zu denken. Das Risiko, dass er sich in ihren Kopf einklinkte und wusste, woran sie dachte, war zu groß. Also versuchte sie, an rein gar nichts zu denken.

Aber wie sollte sie das anstellen? An nichts denken – war das überhaupt möglich? Sie stellte sich vor, wie dieses Nichts aussehen könnte. Wie sah ein Nichts aus? Weiß? Bunt? Regenbogenfarben? Welche Farben hatte der Regenbogen?

Sie musste Ruhe bewahren.

Konzentrier dich, Elba, konzentrier dich, befahl sie sich selbst. *Stell dir den Regenbogen vor!* Doch als sein Blick sie traf, fiel es ihr plötzlich ganz leicht, sich zu beruhigen, ihr Körper entspannte sich automatisch, und es existierte tatsächlich rein gar nichts mehr bis auf seine Gestalt. Wie konnte ein einziges Wesen so verflucht schön sein?

Seine Erscheinung glich nicht ansatzweise dem erhabenen, mystischen Geschöpf, als das er für gewöhnlich auftrat. Er trug ausgewaschene hellblaue Jeans und ein schneeweißes Hemd, das aufgeknöpft seine nackte Brust entblößte. An einem langen Lederband um seinen Hals baumelte der schwarze Hämatit.

Barfüßig kam Duris auf sie zu – elegant, selbstbewusst, geschmeidig – wie ein Typ, der soeben einer Modezeitschrift entstiegen war. Er sah aus wie ein verdammtes französisches Männermodell! Nichts an ihm wirkte unheimlich oder monströs. Die Aura, die ihn umgab, weckte Sehnsüchte in ihr, von denen sie nicht einmal zu träumen gewagt hätte. Seine blassblauen Augen bohrten sich direkt in ihre Seele und wirbelten die Moleküle, aus denen sie bestand, wild durcheinander. Ihre

Nerven fühlten sich an wie elektrische Leitungen, die Strom durch ihre Körperteile jagten und an deren Enden Funken sprühten, die ein unbändiges Feuer anfachten.

Als er das Bett erreichte, sagte er mit leiser Stimme: »Guten Morgen, Schönheit«, und reichte ihr ein Glas. »Wie fühlst du dich? Kopfschmerzen?«

Woher wusste er das?

»Das kommt vom Blutverlust«, erklärte er.

Blutverlust? Sie blickte auf ihre Arme und erkannte tiefe lange Schnitte an den Innenseiten. Und sie erkannte noch etwas: Ihr Armband mit dem Stein war verschwunden.

Was war bloß passiert?

»Du hattest es verflixt eilig, das Ritual durchzuführen«, sagte er und deutete ihr, einen Schluck aus dem Glas zu nehmen.

Sie roch zaghaft daran und probierte dann tatsächlich von dem zähflüssigen Getränk. Es war Blut. Sein Blut!

»Gleich wird es dir besser gehen, Schönheit«, versicherte er und lächelte engelsgleich.

Das Blut strömte kraftvoll durch ihren Körper. Gierig nahm sie noch einen Schluck und noch einen. Sie konnte gar nicht genug davon bekommen. Noch niemals hatte sie sich so stark und mächtig gefühlt. Es war überwältigend.

»Langsam, Schönheit, langsam. Das ist genug. Dein Körper muss sich erst an die Wirkung gewöhnen.« Ein unverschämtes, ein wenig selbstherrliches Lächeln huschte über sein Gesicht. »Wenn wir eins sind, dann wirst du dich immer so fühlen.«

Was für ein Versprechen!

Und da erinnerte sie sich wieder: Sie hatte ihn in sein Haus begleitet und dort an einem riesigen Holztisch mit ihm gesessen, in einem übergroßen, kahlen Raum. Sie hatten im Schein unzähliger Kerzen Wein getrunken und sich unterhalten. Kurz hatte sie sich gefragt, ob es in dem Haus überhaupt elektrisches Licht gab. An den Wänden brannten Fackeln, am Tisch standen Kerzenständer. Aber sie hatte nicht danach gefragt, denn im Grunde war es ihr egal, und sie beide hatten Wichtigeres zu besprechen.

Zu ihrem Erstaunen hatte es sich angefühlt, als würden sie sich schon ewig kennen. Sie hatte über alles mit ihm sprechen können, über Gott und die Welt – und sich kein bisschen dumm oder unerfahren gefühlt. Er nahm sie ernst, er verstand sie. Er akzeptierte sie, ja, sie schien ihm sogar zu gefallen. So, wie sie war.

Elba hatte sich unwahrscheinlich wohl gefühlt in seiner Gesellschaft. Er hatte aufrichtiges Interesse daran gezeigt, sie kennenzulernen, und seinem Wunsch Ausdruck verliehen, dass auch sie ihn kennenlernte. Sie hatten stundenlang diskutiert, gelacht und festgestellt, dass unzählige Parallelen zwischen ihnen bestanden. Sie hatte sich ihm näher gefühlt als sonst irgendwem auf dieser Welt. Es war so selbstverständlich gewesen, so unkompliziert.

Irgendwann hatte er sie gefragt, ob sie von seinem Blut kosten wolle. Er hatte sich nicht aufgedrängt, aber sie war neugierig gewesen und so hatte sie einen winzigen Tropfen probiert. Und es war gigantisch.

Das war auch der Grund, weshalb sie jetzt sofort wusste, dass das Blut in dem Glas von ihm stammte. Und es war der Grund gewesen, weshalb sie in der Nacht zuvor mit einem Mal gewusst hatte, dass sie bei ihm bleiben wollte.

Und dann hatte sie eingewilligt. Nein, sie hatte von sich aus darauf bestanden, das Ritual zu beginnen, von dem er ihr auf der Geburtstagsfeier erzählt hatte. Sie *wollte* sich mit ihm verbinden, ihm seinen Wunsch erfüllen, eins mit Aris zu werden. Wie sehr sie sich wünschte, dieses spannende Leben mit den beiden zu führen, das seine Augen ihr versprachen!

Er hatte es mit keiner Silbe erwähnt, es war ihre Idee gewesen. Er hatte sogar darauf bestanden, noch zu warten. Doch sie hatte sich mächtig gefühlt, unverwundbar, und nach mehr verlangt, denn sie hatte gespürt, dass da noch viel mehr war, das sie kennenlernen wollte. Aber er hatte sich geweigert – er versuchte, ihr klarzumachen, dass die Zeit noch nicht gekommen sei und sie das Ausmaß ihres Wunsches noch gar nicht abschätzen konnte.

Als er den Raum für einen Augenblick verlassen hatte, um eine weitere Flasche Wein zu holen, hatte sie ihre Chance gesehen, Initiative zu ergreifen. Sie nahm ihr Armband ab und legte es neben einen der Kerzenständer. Griff sich ein Messer vom Tisch und schnitt sich die Arme auf, um ihn zum Handeln zu zwingen. Er brauchte ihr Blut, um das Ritual durchzuführen, und wenn er es wollte, würde er nun reagieren müssen.

Als Duris den Raum wieder betrat, weiteten sich seine Augen. Elba hätte nicht beurteilen können, ob er erschrocken oder verärgert gewesen war. Und dann verlor sie das Bewusstsein.

Himmel, hatte sie das tatsächlich getan? Glücklicherweise machte Duris keine Anstalten, darüber reden zu wollen. Er erwähnte die Vorfälle mit keiner Silbe. Vielleicht war es nur einer ihrer abartigen Träume gewesen.

Er zog einen Stuhl ans Bett heran und nahm Platz. Die Schnitte an ihren Armen hatten sich geschlossen, jede Spur von ihnen war verschwunden.

Er sah ihr tief in die Augen und sagte ohne den Hauch einer Bewertung: »Du weißt, dass es gefährlich ist, sich in Gegenwart eines Vampirs die Adern aufzuschlitzen?« Er grinste sie an, ein belustigtes Funkeln huschte durch seine Augen.

Also doch! Ihre Wangen röteten sich.

»Nicht doch, Schönheit. Ich verehre Frauen, die wissen, was sie wollen.« Jetzt lächelte er. »Ich habe dir schon einmal versprochen, dass ich dir deine Wünsche erfüllen werde. Und ich halte meine Versprechen!«

Elba fiel ein, wie er sie im Traum besucht und ihr von dem Leben erzählt hatte, das sie gemeinsam führen könnten. »Macht sucht immer ihresgleichen, und Macht ist eindeutig deine Bestimmung. Du wirst mächtiger sein, als du es dir jemals vorstellen konntest!«

Elba bemerkte, dass es ihr schwerfiel, sich auf seine Worte zu konzentrieren. Sein Äußeres lenkte sie einfach zu sehr vom Wesentlichen ab. Ihn als attraktiv zu bezeichnen entsprach nicht einmal ansatzweise der passenden Beschreibung. Alle Schönheit, mit der die Natur aufwarten konnte, sammelte sich in dieser einen Gestalt. Mit einem Mal begriff sie, weshalb sich ihm nichts und niemand entziehen konnte.

»Ich möchte, dass wir uns vereinen. Genau so, wie du es auch möchtest. Aber es bedarf Zeit, und es bedarf Vertrauen.« Sein Gesicht nahm einen ernsten Ausdruck an. »Ich weiß, dass du dich zu mir hingezogen fühlst, Schönheit. Aber diese Anziehungskraft basiert auf nichts anderem als auf Äußerlichkeiten.«

Ach?

Ein kurzes Lächeln zuckte über seine Mundwinkel. »Und auf meinen Fähigkeiten. Sie ermöglichen mir, die Gefühlswelt anderer Lebewesen zu beeinflussen, sie zu manipulieren. Aber nichts davon ist real, nichts davon vermag eine echte Verbindung zu knüpfen. Eine Beziehung, welcher Art auch immer, auf solch einem Gerüst zu bauen ist eine äußerst zerbrechliche Angelegenheit. Das habe ich am eigenen Leibe erfahren, und diesen Fehler werde ich nicht wiederholen. Du musst begreifen, wer ich wirklich bin. *Was* ich wirklich bin. Erst dann kannst du beurteilen, ob du diese Verbindung eingehen möchtest. Ich habe viele dunkle, abgrundtiefe Geheimnisse. So, wie auch du Geheimnisse vor mir hast. Erst wenn wir beide bereit sind, unser wahres Gesicht zu zeigen, wird die Zeit reif sein.«

Er zog Elbas Armband aus der Hosentasche und reichte es ihr. Sie war überrascht, damit hatte sie nicht gerechnet. Mit nichts von alledem.

»Frühstück?«, fragte er dann und stand auf.

Elba nickte verblüfft. »Gern.«

Sie war verwirrt. *Er* verwirrte sie. Seine Worte, sein Verhalten, sein Wesen.

Bevor er den Raum verließ, wandte er sich noch einmal um. Mit dem Kopf deutete er auf den Holzschrank.

»Darin findest du Kleider in deiner Größe. Und das hier ist übrigens dein Zimmer. Ich hoffe, ich habe deinen Geschmack getroffen und du wirst dich hier wohlfühlen.« Wieder lächelte er und schloss die Flügeltür hinter sich.

Elba atmete durch.

Er hatte ein Zimmer für sie eingerichtet? Er hatte gewusst, dass sie hier sein würde?

Bevor sie sich rühren konnte, kehrte Duris noch einmal zurück. Er blieb im Türrahmen stehen und schien zu überlegen. Dann sagte er: »Noch etwas: Ich liebe Aris. Aber zwischen uns ist eine Brücke eingestürzt, über die wir nicht wieder gehen können. Und ich weiß nicht, ob wir in der Lage sind, eine neue aufzubauen. Ich möchte, dass du dir dessen bewusst bist.«

Elba ließ den Blick über den reich gedeckten Tisch schweifen. Duris saß ihr gegenüber am Kopfende der Tafel. Er trug nach wie vor das weiße Hemd, das nun aber zugeknöpft war, und die hellen Jeans. Allerdings hatte er Schuhe angezogen.

Ihr fiel auf, dass vor ihm weder Teller noch Besteck lagen.

»Bitte, Elba«, forderte er sie auf, »iss!«

Sie zögerte. »Isst du nichts?«

»Ich weiß, es ist nicht höflich, aber ich esse schon lange nicht mehr.«

Sie runzelte die Stirn.

»Unser Körper braucht diese Form der Nahrung nicht. Ich ernähre mich ausschließlich von Blut«, erklärte er und nahm einen Schluck aus einer Tasse.

Sie fühlte sich nicht wohl bei dem Gedanken, dass sie allein essen sollte, während er sie dabei beobachtete.

»Ich verstehe«, sagte er schließlich. »Wenn du dich dann wohler fühlst, werde ich auch etwas zu mir nehmen!« Er beugte sich über den Tisch, langte nach einem Croissant und biss ein Stück davon ab.

»Nein. Das ist wirklich nicht nötig«, winkte sie rasch ab.

Wieso sollte er ihretwegen Nahrung zu sich nehmen, die er gar nicht brauchte?

»Es ist nur ungewohnt für mich. Das ist alles.«

Sie kappte das gekochte Ei, das vor ihr stand, und begann zu essen. Er legte das angebissene Croissant vor sich auf den Tisch und widmete sich wieder seiner Tasse.

Nachdem Elba eine Weile schweigend gegessen hatte, sagte sie: »Aris wird mich suchen.« Davon war immerhin auszugehen.

»Natürlich«, erwiderte er. »Möchtest du ihn anrufen?«

Sie überlegte, was sie Aris hätte sagen sollen.

»Nein«, gab sie schließlich zurück. Sie hatte eigentlich ja auch nur Duris' Reaktion auf diese Information sehen wollen.

»Nein. Er weiß auch so, wo du bist. Er wird hierherkommen.«

Sie nickte.

»Er liebt dich.«

Nun, das wagte sie zu bezweifeln.

»Du zweifelst daran?« Er sah sie durchdringend an.

»Er liebt Ofea«, entgegnete sie.

»Das ist möglich«, gab er zurück. »Aber es bedeutet nicht, dass er dich nicht liebt.«

Herrje! Eigentlich wollte sie sich darüber keine Gedanken machen. Es war auch so schon kompliziert genug.

»Und er wird das hinter sich lassen. Was hat es ihm gebracht? Verrat, Betrug, Enttäuschung. Wahrscheinlich hat er das bereits eingesehen.«

Seine Stimme triefte vor Verachtung. Sie drang bis in ihren eigenen Körper, und sie fühlte förmlich die Grausamkeit, mit der er Wesen strafte, die seine Verachtung verdienten. Ofea hatte auch ihn betrogen und hintergangen.

Unwillkürlich musste sie an Tristans Frau Mina denken, die Duris sozusagen auf dem Gewissen hatte.

»Ich hätte sie nicht getötet«, sagte er, und Elba wusste, dass er von Mina sprach. »Nun, um ehrlich zu sein, vielleicht doch«, revidierte er nach einer kurzen Pause seelenruhig. »Ich weiß es nicht.«

Sie fragte sich, ob er tatsächlich jederzeit einfach so in ihren Kopf spazieren und erfahren konnte, woran sie dachte. Denn das wäre wirklich gar nicht gut. Und unangenehm. Und peinlich. Und schlichtweg doch auch gar nicht richtig.

»Nein, Elba. Das kann ich nicht«, antwortete er auf ihre Gedanken. »Es ist mehr wie bei einem erweiterten Dialog. Der Mensch nutzt nur einen Bruchteil seiner geistigen Fähigkeiten. Ich hingegen habe über die Jahre gelernt, sie alle zu nutzen. Ich nehme wahr, wenn du mit mir kommunizieren willst, selbst wenn es dir gar nicht bewusst ist. Ich spüre es. Deine Schwingungen strömen auf mich ein und verdichten sich zu einer greifbaren, hörbaren Materie. Ich höre dann deine Gedanken, um es einfach auszudrücken. Aber nur, wenn dein Geist, dein Inneres es zulässt.«

Na toll!

»Du wirst mit der Zeit lernen, deine Gedanken und deine Gefühle besser zu sortieren, sie zu unterscheiden und dich abzuschirmen.«

Hoffentlich!

»Und das ist ja auch kein Unterfangen, das auf Einseitigkeit beruht. Keine Einbahnstraße, sozusagen, das hast du sicherlich schon selbst bemerkt. Kannst du nicht auch manchmal spüren, wie andere sich fühlen, was sie vorhaben? Du kannst es bei mir, nicht wahr? Du musst nur deinem Gefühl vertrauen!«

Das stimmte allerdings. Aber Elba war weit davon entfernt, seine Gedanken zu hören. Schade eigentlich! Um mehr über ihn zu erfahren, war sie wohl oder übel auf den herkömmlichen Weg der Kommunikation angewiesen.

»Und Aris? Ihn willst du nicht töten? Hat er dich nicht auch verraten?«, wollte sie wissen.

»Er hat mich nicht verraten, Elba. Er hat mich verlassen. Das ist etwas vollkommen anderes. Er ist ein Teil von mir, und er hat versucht, sich von mir zu lösen. Das ist schmerzhaft. Allerdings kann ich damit leben, ich kann es ertragen. Aber es liegt in unserer Natur, nach Einigkeit zu streben, nach Vollständigkeit. Der Schmerz wird erst nachlassen, wenn wir wieder vereint sind. Ihm geht es übrigens ebenso wie mir, auch wenn er es sich nicht eingestehen will. Es gibt einen Grund für seine Unruhe, für sein fehlendes Gleichgewicht. Der Grund ist, dass er gegen seine eigene Natur ankämpft. Und Ofea hat einen wesentlichen Beitrag zu diesem Umstand geleistet.«

Elba erschrak, als ihr etwas bewusst wurde. Sie hatte keine Ahnung, wie sie es wissen konnte. Aber sie wusste, dass Duris sie vernichten würde: Er würde Ofea töten.

»Siehst du?«, sagte er lachend. »Du kannst es doch! Du weißt, woran ich gedacht habe.«

Herr im Himmel!

»Du denkst, dass ich verrückt bin? Du denkst, dass die Verbindung zwischen Aris und mir ein Hirngespinst ist, das nur in meiner kranken Fantasie existiert?« Er lachte. »Das kann ich dir nicht verübeln. Komm, ich möchte dir etwas zeigen!«

Er war so schnell bei ihr, dass ihre Augen seinen Bewegungen nicht folgen konnten, und reichte ihr die Hand. »Möchtest du es sehen?«

Was sehen? Skeptisch schaute sie ihn an.

»Der Fairness wegen muss ich dich vorwarnen: Es wird an deine körperlichen Grenzen gehen, aber ich gebe dir mein Wort, dass ich dich nicht verletzen werde.«

Nein zu sagen wäre keine Option gewesen, das war Elba klar. Und sie wollte zu gerne wissen, was Duris ihr zeigen wollte. Daher ergriff sie seine Hand.

Er war so anders, als ihn Aris und Ofea beschrieben hatten. Das Bild von ihm, das sich in Elbas Kopf gebildet hatte, passte so überhaupt nicht zu dem Mann, der sie durch sein Heim führte. Vielleicht war er gar kein abscheuliches Monster. Vielleicht standen hinter seinen Handlungen überhaupt keine bösen Absichten. Vielleicht irrten sie sich grundlegend in dem, wie sie ihn sahen. Vielleicht versuchte er einzig und allein, seinen lang vermissten Freund zurückzugewinnen, auch wenn seine Methoden unkonventionell waren und nicht dem herkömmlichen Muster menschlicher Verhaltensweisen entsprachen. Aber schließlich war er ja auch kein Mensch.

Duris brachte sie in ein prunkvolles Zimmer. Sobald sie sich umgesehen hatte, wusste sie, dass dies sein Schlafgemach war.

Mit einer höflichen Geste lud er sie ein, auf dem Bett Platz zu nehmen. »Es ist besser, wenn du dich hinlegst, deine Beine werden nicht in der Lage sein, deinen Körper aufrecht zu halten.«

Hm ...

»Hab keine Furcht, ich werde dir nichts tun.«

Warum auch immer, aber sie wusste, dass sie nichts zu befürchten hatte, und deshalb folgte sie seiner Einladung und krabbelte auf das hohe Bett. Er selbst zog die Schuhe aus, ging auf die andere Seite des Bettes und nahm ebenfalls darauf Platz, bevor er etwas näherrückte.

»Ich werde dir mein Blut geben. Viel Blut. Sehr viel Blut. So viel, dass du selbst siehst, dass Aris und ich körperlich verbunden sind.« Er biss sich in die Schlagader des linken Armes und führte ihren Kopf an sein Handgelenk.

Jetzt gab es kein Zurück mehr.

Sie schloss die Lippen um die Stelle, aus der das Blut quoll. Es pumpte regelrecht in ihren Mund, schnellte durch ihren Körper und erfüllte ihre dunkelsten Sehnsüchte. Sie trank und trank, bis ihr schwarz vor Augen wurde.

Duris zog sie näher an sich heran und setzte sich hinter sie, sodass sie zwischen seinen Beinen an seiner Brust lag. Sie hielt seinen Arm fest umklammert, konnte nicht aufhören zu trinken, konnte sich nicht beherrschen.

Mit der rechten Hand strich er über ihren Kopf. Sie spürte, dass sich ein unbeherrschbares Verlangen in ihr sammelte. Die Erregung schoss auf und ab durch ihren Körper, bis sich ihre Beckenmuskulatur dermaßen anspannte, dass sie sich nichts sehnlicher wünschte als Erlösung.

Und da geschah es: Der Heliotrop an ihrem Armband begann zu leuchten. Duris grinste. Elba konnte es nicht glauben: Vor ihrem inneren Auge entstand das Bild von dem Mischwesen, das auf Aris' Rücken tätowiert war, dem Drachenlöwen.

Das Tier schüttelte sich, schlug mit den Flügeln und brüllte. Sie spürte seine Kraft, seine Macht, und die Verbundenheit, die zwischen Aris und Duris bestand. Eine gewaltige Energie baute sich in ihrem Inneren auf, eine unfassbare Spannung, die sich entladen wollte. Der Raum verdunkelte sich, die Luft zog sich zusammen, begann sich zu drehen und zu wirbeln. Ein Sturm kam auf, ein Sturm, den sie mit ihrer eigenen geistigen Energie zum Leben erweckte. Ein Sturm, in dessen Auge sie mit Duris auf dem Bett lag.

Sie sah, wie der Drachenlöwe seine Schwingen ausbreitete. Er fixierte sie, und sie verstand, was seine Augen ihr sagen wollten. Sie schwang sich auf seinen Rücken, und mit wenigen imposanten Schlägen erhoben sie sich in den Sturm und flogen davon. Das Wesen dieses außergewöhnlichen Tieres übertrug sich auf sie. Sie verschmolz mit ihm, mit seiner titanenhaften Seele. Und sie begriff erstmals das Ausmaß von Unsterblichkeit, von Unendlichkeit, von Erhabenheit über die Welt. Und von dem, was sie war.

Dann verlor sie die Besinnung.

Irgendwann wurde Elba von einem lauten Krach geweckt. Sie stellte fest, dass sie sich wieder in dem Himmelbett befand, in dem sie heute Morgen aufgewacht war.

War das, was sie gespürt und gesehen hatte, real gewesen? Hatte sie mit ihrer eigenen Kraft tatsächlich die Elemente angerufen und im Inneren eines Raumes einen Sturm erzeugt, oder war das alles nur Duris gewesen? Hatte er eine Illusion in ihrem Kopf entstehen lassen? Aris hatte sie ja vor seinen Fähigkeiten diesbezüglich gewarnt. Und weshalb befand sie sich überhaupt hier in diesem Zimmer?

Allerdings blieb ihr keine Zeit zu überlegen, wie sie von Duris' Bett hierhergekommen sein mochte. Der Tumult draußen vor der Tür hielt sie davon ab. Der Lärm rührte von zwei Personen her, die sich anschrien. Sie lauschte. Es waren die Stimmen von Duris und Aris.

Aris! Er war gekommen! Und er brüllte wie von Sinnen, forderte, sie zu sehen.

»Wo hast du deine Manieren verloren, Aris?«, machte sie Duris' Stimme aus. »Du kommst in mein Haus und brüllst mich an?«

Dann hörte sie, wie jemand energisch auf das Zimmer zueilte. Sie sprang aus dem Bett.

»Sie ist hier. Und es geht ihr gut«, verkündete Duris, als die Flügeltür aufschlug und Aris an ihm vorbei in den Raum stürmte. Er lief zu ihr und musterte sie.

»Keine Sorge, ich habe nichts mit ihr angestellt«, bekundete Duris. »Auf jeden Fall nichts, das sie nicht wollte«, fügte er dann süffisant grinsend hinzu.

Aris warf ihm einen wütenden Blick zu.

»Ihr ist nichts geschehen, Aris. Ich bin kein Tier.« Duris lachte. »Zumindest meistens nicht.«

Aris legte eine Hand an Elbas Wange, so als würde die Berührung ihm Auskunft über ihr Wohlergehen geben.

»Es ist wahr«, bestätigte sie.

»Können wir uns nun wieder zivilisiert benehmen?«, wollte Duris wissen.

Wieder funkelte Aris ihn dunkel an, allerdings schien die Forderung auf sein Einverständnis zu treffen.

»Ihr seid gekommen, um mir einen Vorschlag zu unterbreiten«, fuhr Duris fort. »Ich will mir anhören, was ihr zu sagen habt. Außerdem lasse ich meine Gäste nur ungern warten.«

Gäste? Wer hatte Aris denn begleitet?

Duris wandte sich zum Gehen. Aris und Elba folgten ihm. Sie gingen hinter ihm her in den großen Saal, in dem Elba und Duris gefrühstückt hatten. Mitten im Raum stand Ofea.

Das ist mutig, dachte Elba, und töricht!

Ofea wirkte unsicher, und Elba überlegte, woran das lag. Sie hatte Ofea noch nie so erlebt. Und dann wurde ihr klar, was es war: Sie hatte Angst. Und das konnte Elba ihr nicht verdenken.

»Bitte setz dich, meine Liebe«, wandte Duris sich an Ofea und wies auf einen der Stühle an dem dunklen Holztisch.

Sie zögerte, die Angst verlangsamte ihre Reaktionen. Duris beachtete sie nicht weiter.

»Bitte«, forderte er auch die anderen beiden auf, und sie alle setzten sich.

»Ihr seid gekommen, um Frieden zu schließen?«

Aris nickte.

»Ein Friedensangebot, weniger aus ehrlichem Begehren hervorgerufen, als vielmehr aus Furcht um deine geliebte Elba«, stellte Duris emotionslos fest. Dann lächelte er. »Warum sollte ich darauf eingehen?«

»Wir wissen, dass es nur den einen Weg gibt.«, antwortete Ofea mit dünner Stimme. »Deinen Weg.«

»Ist das so?«

Ofea nickte demütig, die Nasenflügel vor Angst gebläht, die Augen unruhig.

Duris betrachtete seine Hände, und Elba gewann den Eindruck, dass er seinen Zorn unterdrücken musste. Dann richtete er sich an Aris. »Teilst du diese Ansicht, mein Bruder?«

»Voll und ganz«, stimmte Aris zu. Im Gegensatz zu Ofea klang er kein bisschen verängstigt. Seine Stimme war stolz, sein Blick fest.

»Nun, ich will kein Spielverderber sein. Ihr erwartet Großmut und Vergebung. Was habt ihr mir im Gegenzug anzubieten?« Ein selbstgefälliges Lächeln umspielte Duris' Lippen.

»Was du begehrst«, antwortete Aris. »Vereinigung.«

Duris schwieg einen kurzen Moment, aber Elba meinte, dass es sich wie eine Ewigkeit anfühlte. Die Stille war unerträglich.

Endlich holte er Luft. »Ich verstehe deine Beweggründe, Aris.« Er sah Elba an. »Sie ist faszinierend.«

Er wartete auf Aris' Reaktion, und als dieser keine Miene verzog, wandte Duris sich wieder an Ofea. »Und deine Beweggründe verstehe ich auch, meine Liebe. Du willst bei Aris sein. Dein Leben mit ihm teilen. Aber weshalb sollte mich das interessieren? Denkst du, es kümmert mich auch nur im Geringsten, was du fühlst? Denkst du, es interessiert mich, welche Sehnsüchte dein verräterisches Herz hegt?«

Jetzt wurde es ernst!

»Bitte, Duris«, flehte Ofea.

»*Bitte, Duris*?«, fragte er ungläubig. Der Zorn schwang nun unverkennbar in seiner Stimme, auch wenn er sie nicht anhob.

Der Ausdruck in seinen Augen jagte jetzt auch Elba Angst ein.

»*Du* bittest mich? Du? Hast du mich nicht belogen und betrogen?« Jetzt wurde er lauter. Er stand auf und ging auf Ofea zu. »Und habe ich dir nicht verziehen? Habe ich dir nicht vergeben, dass du Zwietracht gesät hast zwischen Aris und mir? Und bist du daraufhin nicht wie eine Schlange in mein Bett gekrochen?«

Das war neu!

Hatte Ofea tatsächlich mit Duris geschlafen? Waren sie etwa ein Paar gewesen?

Duris warf Elba einen kurzen Blick zu. Sie hatte das Gefühl, dass er ihr damit sagen wollte, dass sie ihre Gedanken im Zaum halten sollte. Himmel, er konnte einen wirklich einschüchtern!

Dann sprach er wieder mit Ofea: »Und hast du mich nicht trotz allem hintergangen?«

»Duris, bitte«, Ofeas Stimme zitterte. »Ich wollte nicht ... Ich —«

»Was wolltest du nicht?«, herrschte er sie an.

»Ich habe ...«, versuchte sie wieder einzulenken.

»Was? Hast du gedacht, dass ich mich in meinem eigenen Haus ficken lasse?« Seine Stimme bebte vor Geringschätzung und Verachtung. Doch dann schien er sich wieder zu sammeln. Er lächelte sie samtweich an.

»Nein, meine Liebe, du wirst verstehen, dass ich das nicht zulassen kann.« Er beugte sich vor und streichelte über ihr Gesicht. »Das kann ich wirklich nicht.« Er legte ihr einen Kuss auf die Lippen.

Dann griff er blitzschnell nach einem der schlanken silbernen Kerzenständer auf dem Tisch, riss die Kerze aus ihm heraus und rammte Ofea das Silberstück mit voller Wucht in die Brust, durch das Herz. Ihre Pupillen blitzten erschrocken auf, bevor das Leben aus ihren Augen wich.

Elba presste sich mit aller Kraft die Hände auf den Mund, sodass sie nicht laut schreien konnte. Aris wandte sich gequält ab. Er hatte das kommen sehen. Und nichts dagegen unternommen! Er musste abgewogen haben, ob es die Sache wert war, einzuschreiten, und zu dem Schluss gekommen sein, dass es zwecklos sein würde. Elba fragte sich, ob er schon gewusst hatte, dass sie dieses Opfer bringen müssten, bevor er Ofea hierhergebracht hatte.

Duris stieß Ofeas leblosen Leib vom Stuhl und nahm seelenruhig darauf Platz. Er lächelte, als wäre rein gar nichts geschehen.

»Jetzt können wir uns unterhalten, Aris«, verkündete er heiter. »Jetzt kann ich darüber hinwegsehen, dass du meinen Weggefährten sinnlos getötet hast.«

Elba zitterte am ganzen Körper.

»Schönheit«, flüsterte er mitfühlend und wandte sich Aris zu. »Willst du sie nicht beruhigen? Wenn du es nicht tust, werde ich es tun müssen.«

Ohne zu antworten, griff Aris über den Tisch und nahm Elbas Hand. Sofort verlangsamte sich ihr Herzschlag. Sie hatte sich eigentlich gar nicht beruhigen lassen wollen, aber ihr Körper entspannte sich ganz automatisch, und allmählich folgte ihr Geist ihm.

»So ist es besser«, stellte Duris zufrieden fest.

Aris ließ Elbas Hand los. »Wie bist du auf das fehlende Element gekommen?«, wollte er von Duris wissen. »Woher weißt du, dass das Ritual funktionieren wird?«

Duris grinste. »Das Buch hat es mir verraten«, antwortete er, und es stand fest, dass er nicht näher darauf eingehen würde. Aber immerhin war nun klar, dass er die Bücher der Wächter lesen konnte.

»Mein Stein, dein Stein und Elbas Blut. Das ist alles. Wir schmelzen die Zutaten ein und lassen sie dann wieder erhärten, zu einem neuen Gesteinsgemisch.« Er blickte fröhlich zwischen Elba und Aris hin und her. Irgendetwas an seinem Ausdruck war gekünstelt.

»Hell's Kitchen!«, rief er dann laut lachend und zog belustigt die Augenbrauen hoch.

»Und wenn es nicht funktioniert?«, fragte Aris.

»Dann wird es uns auf direktem Weg in die Hölle befördern!« Wieder lachte er. »Hab doch ein wenig Vertrauen. Wo bliebe denn sonst der Spaß?«

Aris atmete tief aus.

»Elba hat nichts zu befürchten, wenn das deine Sorge ist, mein Freund«, beruhigte Duris ihn. »Außer Unsterblichkeit vielleicht.«

»Und Tristan?«, fragte Aris.

»Was ist mit Tristan?«, wollte Duris wissen. »Du kannst dich nicht von deinem impulsiven Spielgefährten trennen?«

Jetzt zuckte Aris grinsend mit den Schultern.

»Du meinst, dass er seinen Stolz überwinden kann und sich uns anschließen wird? Du meinst, dass er sich beherrschen kann?« Duris klang spöttisch.

»Er wird tun, was ich ihm sage.«

»Ja, du bist sein Macher, und er liebt dich. Aber es liegt in deiner Verantwortung! Ich werde ihn töten, wenn er –«

»Wird er nicht!«

»Dann rufe ihn zu dir. Er soll mit eigenen Augen sehen, was geschieht, mein Bruder.«

Aris nickte.

»Elba?«, fragte Duris, als wollte er wissen, ob sie an Bord war.

Sie nickte ebenfalls und rang sich mit aller Gewalt ein Lächeln ab.

»Wundervoll!«

Aris und Duris standen auf und besiegelten ihre Übereinkunft mit einem Handschlag.

»Das müssen wir feiern!«, sagte Duris, während er auf Aris' Schulter klopfte.

Er rief nach einem seiner Untergebenen, einem groß gewachsenen, etwas dümmlich wirkenden Vampir, und befahl ihm, Ofeas Körper wegzuschaffen. Der Vampir nickte flüchtig, hob den Leichnam vom Boden auf und entfernte sich mit ihm.

Dann sagte Duris ganz beiläufig zu Aris: »Tristan soll die Bücher mitbringen.«

Natürlich gab es einen Grund, weshalb er sich darauf einließ, dass Tristan zu ihnen stieß. Es war vorhersehbar gewesen, dass er nicht uneigennützig in Aris' Bitte einwilligte. Doch bevor Aris etwas erwidern konnte, drehte er sich um und rief nach seiner Steinträgerin.

»Wir besiegeln unseren Pakt mit Blut. Dramatisch und wirkungsvoll, so wie es sein sollte!«

Das junge blonde Mädchen erschien.

»Komm zu uns, Liebchen.« Er winkte sie näher. »Ich möchte dir meinen alten Freund Aris vorstellen. Und ich möchte, dass du nett zu ihm bist.«

Was sollte das nun bedeuten?

Im Gegensatz zu Elba schien das Mädchen allerdings ganz genau zu verstehen, was er meinte. Unverzüglich ging sie zu Aris und bot ihm ihr Handgelenk an.

»Nur zu!«, forderte Duris ihn auf.

Aris sah Elba kurz an, dann nahm er den Arm des Mädchens und biss zu.

»Schönheit«, richtete Duris sich an Elba und lud sie ein, zu ihm zu kommen.

Ihr Puls beschleunigte. Würde er nun ihr Blut trinken wollen?

Sie warf Aris einen schnellen Blick zu, doch der war vollends damit beschäftigt, seinen Durst an Duris' Steinträgerin zu stillen.

Würde Aris sie nun einfach weiterreichen an seinen wiedergefundenen Freund? Musste sie auch dieses Spiel mitspielen?

Es war ja nicht so, dass sie nicht bereit dazu gewesen wäre, zu erleben, wie Duris auf ihr Blut reagierte. Die Vorstellung fand sie sogar höchst spannend, aber sie würde sich nicht wie ein Gegenstand behandeln lassen von den beiden, wie einen Kelch, den man durch die Runde reichte. Schließlich war sie niemandes Eigentum!

Aber Duris hatte offensichtlich überhaupt nicht vor, von ihr zu trinken. Er reichte ihr die Hände und begann mit ihr zu tanzen. Er zwinkerte ihr zu, drehte sie im Kreis und machte Witze über Gott und die Welt – zumeist selbstironische Scherze über ihr Vampirdasein –, bis sie sich wieder entspannte.

Nach und nach füllte sich der Raum mit den übrigen Bewohnern des Anwesens, Duris' Gefolgschaft. Es waren eine ganze Menge Vampire, von denen Elba sich plötzlich umgeben sah. Unter ihnen waren aber auch einige Menschen. Blutspender, nahm sie an. Und Steinträger natürlich.

Sie alle umringten Aris. Viele der Vampire kannten ihn offenbar von früher, die übrigen hatten von ihm gehört und wollten ihn kennenlernen. Sie begrüßten ihn überschwänglich, zumeist mit einer gehörigen Portion Ehrfurcht.

Duris zog Elba an sich heran und flüsterte ihr ins Ohr: »Ich würde nie etwas mit dir anstellen, das du nicht willst.«

Sie sah ihn überrascht an.

»Ganz gleich, was man sich über mich erzählt, ich habe noch niemals eine Frau zu etwas gezwungen, das sie nicht wollte.«

Elba runzelte die Stirn.

Er hielt inne. »Du musst wirklich schreckliche Dinge über mich gehört haben.«

Das stimmte allerdings!

»Komm!«, forderte er sie auf. »Ich will, dass du mehr über mich erfährst.«

Offensichtlich wollte er mit ihr den Raum verlassen. Sollte sie einfach mit ihm gehen? Wieder warf sie Aris einen Blick zu.

»Es ist schon in Ordnung, Schönheit. Er wird noch eine ganze Weile beschäftigt sein.«

Duris lächelte sie an, und dann stahlen sie sich davon. Sie gingen durch einen langen Flur und eine breite Wendeltreppe aus dunkelgrauem Stein hinauf, bis sie in einer gigantischen, warm erleuchteten Bibliothek ankamen.

Elba fühlte sich fast magisch angezogen von Duris, der direkt vor ihr lief. Das war doch verrückt! Woran lag es wohl, dass er eine solche Wirkung auf sie hatte?

Hinter einer massiven Glasscheibe erkannte sie das Buch, das sie bereits in Aris' Haus gesehen hatte. Das Hämatit-Buch.

Duris zog einen Schlüssel aus der Hosentasche, öffnete die panzerglasverstärkte Vitrine, hob das Buch heraus und wandte sich Elba zu.

Seine Augen funkelten, und fast hätte sie bei ihrem Anblick vergessen, weshalb sie hier waren. Er wollte ihr offenbar etwas zeigen.

Was war denn nur los mit ihr?

»Es ist der Stein«, sagte Duris ganz nebenbei, ohne sie anzusehen. Er war damit beschäftigt, die Vitrine wieder zu schließen.

Sie war verwirrt. Was war der Stein?

Verdammt! War er etwa wieder in ihrem Kopf?

»Der Blutstein ist von allen Steinen der älteste und mächtigste Stein. Er besteht aus dem Blut der Götter. Und sein Blut fließt durch meine Adern, es hat mich in die Unendlichkeit geführt und mir Unsterblichkeit verliehen.«

Sie fand, dass sich das reichlich durchgeknallt anhörte. Sollte das bedeuten, dass Duris nicht von einem anderen Vampir erschaffen wurde, sondern von den Göttern selbst? Dachte er, dass göttliches Blut durch seine Adern floss?

Duris lachte. »Nun ja, die Alternativerklärung wäre natürlich, dass du mich ganz einfach heiß findest! Vielleicht stehst du auf durchgeknallte Typen.«

Sie kniff die Augen zusammen. An Selbstsicherheit mangelte es ihm gewiss nicht. Aber sie musste sich eingestehen, dass sie den Anflug von Wahnsinn, der sich in seinen Augen spiegelte, durchaus anziehend fand. Gemischt mit dem selbstherrlichen Herrschaftsanspruch einerseits und dem verborgenen Schmerz andererseits ergab sich ein tödlicher Cocktail, der durch seine Augen nach außen drang.

Grinsend bat er sie, auf dem Ledersofa der Bibliothek Platz zu nehmen. Dann setzte er sich direkt neben sie und schlug das Buch auf. »Ich möchte, dass du selbst liest, wer ich bin«, sagte er dann ernst. »Vielleicht stellst du fest, dass ich nicht der bin, für den du mich hältst.«

Jetzt musste *sie* grinsen. »Oh, das bist du ganz bestimmt! Aber meine Neugierde ist geweckt, das muss ich zugeben.«

Erwartungsvoll betrachtete sie die alten Seiten des Buches. Sie waren handbeschrieben mit schwarzer Tinte, was ihnen einen überaus geheimnisvollen Touch verlieh.

»Ich kann das nicht lesen«, gestand sie schließlich. »Ich kann die verschlüsselten Texte nicht entziffern.«

Sein unergründlicher Blick traf sie. »Natürlich nicht. Ich werde es dir vorlesen«, meinte er. »Aber nicht laut. Die Wände hier haben Ohren. Und ich möchte dir von der einzigen Frau erzählen, die ich jemals wirklich geliebt habe. Diese Geschichte möchte ich mit niemand anderem teilen als mit dir. Schließlich wollen wir nicht, dass die Raubtiere ihren Anführer für schwach halten.« Er zwinkerte ihr zu.

»Aber wie soll das funktionieren?«

»Du musst in meinen Kopf. Du musst in meine Gedanken.«

Sie sah ihn skeptisch an. »Das kann ich nicht.«

Wieder lachte er. »Natürlich kannst du. Du musst es nur zulassen.«

»Zulassen?«

»Hab Vertrauen in deine Fähigkeiten. Und in meine. Und in die Verbindung, die zwischen uns besteht. Lass einfach los, lass dich fallen.«

Er blätterte in dem Buch bis zu einer Stelle, an der sie Áreas Namen erkannte. Ihr Körper verkrampfte sich unwillkürlich. Sie war sicher, dass Duris ihr das Geheimnis über Áreas Verbleib entlocken wollte. Er wusste, dass sie etwas vor ihm verbarg. Bestimmt war seine eigentliche Absicht, ihr dieses Geheimnis zu entlocken, es aus ihrem Kopf zu saugen.

Sie starrte auf die Buchstaben und las, so laut sie konnte, in ihrem Kopf einen Buchstaben nach dem anderen:

Is moicvi Área echuivvotdj, apf eadj ojsi moici ba ojn xes hsipbipmut.

Sie durfte keinesfalls zulassen, dass irgendein falscher Gedanke in ihrem Geist entstand. Sie würde alles tun, was in ihrer Macht stand, um Tristan zu schützen. Áreas Verlust würde ihn umbringen. Er hatte ihr sein Herz geöffnet, und sie würde nicht zulassen, dass Duris es zerquetschte. Ganz gleich, ob er wirklich das grausame, skrupellose Monster war, für das ihn alle hielten, oder ob sie sich irrten.

Was konnten die Worte bedeuten? Wieder und wieder las sie diese eine Zeile.

»Hör auf damit«, befahl Duris plötzlich barsch. »Auf diese Weise klappt das nicht. Du musst dich auf *mich* konzentrieren. Der Verschlüsselungscode ist so simpel, dass es schon wieder schwer ist, darauf zu kommen. Es geht um eine einfache Verschiebung der Buchstaben im Alphabet, der einzige Clou daran ist, dass die Verschiebung getrennt nach Konsonanten und Vokalen erfolgt. Doch selbst wenn ich dir die Lösung präsentiere, müsstest du jedes Wort Buchstabe für Buchstabe entschlüsseln. Das würde zu lange dauern. Daher sollten wir den nonverbalen Weg der Kommunikation nutzen. Du solltest ohnedies das Ausmaß deiner Fähigkeiten entdecken. Aber wenn sich dein Geist dagegen sträubt, sich mir zu öffnen und sich mit mir zu verbinden, müssen wir ihm einen kleinen Schubs geben.«

Himmel! Gewiss wusste er, dass sie ein Geheimnis vor ihm zu hüten versuchte. Allerdings gelang es ihm doch auch sonst immer, sich in ihren Kopf zu schleichen und Bilder und Gefühle in ihr zu erzeugen. Was sollte also das Katz-und-Maus-Spiel? Er hatte irgendetwas vor, das stand fest.

»Dein Wille ist sehr stark, Elba. Stärker, als du meinst. Irgendwann wird es mir auch in deinen schwachen Momenten nicht mehr möglich sein, in deinen Kopf einzudringen. Noch weißt du nicht, wie du die Schranke aufrechterhalten kannst, die den Weg in deine Gedanken versperrt, wenn du beispielsweise schläfst oder wenn Angst die Herrschaft über deinen Körper ergreift. Allerdings wirst du irgendwann die Grenzen deines Wachbewusstseins auch in derartigen Zuständen überwinden können. Bald wirst du fähig sein, auch dann deinen Geist aktiv zu kontrollieren und zu verschließen. Niemand wird mehr in deinen Kopf können, wenn du es nicht wünscht, niemand wird deine Gefühle beeinflussen können, wenn du es nicht zulässt. Selbst Aris nicht.«

Wieder ein herrliches Versprechen! Die Vorstellung von aktiver Kontrolle ihrer selbst gefiel ihr.

»Allerdings verstehe ich nicht, weshalb du es jetzt nicht zulässt. Wovor fürchtest du dich, Schönheit? Möchtest du nicht mehr über mich erfahren?«

Ihr Blut begann zu kochen. Wie lange würde sie die Barriere halten können? Sie musste antworten.

Sag etwas, sag irgendetwas!

»Daran liegt es nicht.«

»Woran liegt es dann?« Duris sah sie unverwandt an.

Die Gedanken rasten unausgesprochen durch ihren Kopf: *Es liegt daran, dass ich nicht will, dass du irgendetwas in meinem Kopf entdeckst, das dir einen Vorteil verschafft! Herrgott!*

Sie musste antworten! Woran lag es? Woran lag es?

»Aris«, presste sie schließlich hervor.

Duris legte die Stirn in Falten. Sein prüfender Blick bohrte sich in ihre Seele. »Aris?«

»Ich bin mir nicht sicher, ob er gutheißen würde, dass ich den Inhalt meiner Gedanken – und somit mein Inneres – mit jemand anderem teile als mit ihm.«

Ob er ihr das abnahm?

»Deine Loyalität in allen Ehren. Ich schätze Loyalität. Aber Aris ist auf eigenen Wunsch hierhergekommen, um einen Neuanfang zu wagen. Um Frieden zu schließen. Um unsere Vereinigung zu vollenden. Weshalb sollte es nicht in seinem Sinne sein, dass wir uns näherkommen? Er will, dass wir unser Leben teilen, Elba. Oder denkst du, dass er aus einem anderen Grund hier ist?«

Oje! Das ging in eine *ganz* falsche Richtung. Sie lief rot an.

»Ich habe das Gefühl, dass ich ihn betrüge.«

Sie konnte ihn nicht ansehen. Er würde erkennen, dass dies eine fadenscheinige Ausrede war. Er würde ihre Reaktion nicht missverstehen und auch nicht als naives Verhalten eines unerfahrenen Mädchens interpretieren. Auch wenn ein kleiner Funke Wahrheit darin lag.

»Ich verstehe«, erwiderte Duris langsam. »Könntest du damit leben, dass nur du in meinen Kopf dringst?«

War er am Ende doch auch nur ein Mann? Ließ er sich tatsächlich von ihr täuschen?

»Ich werde dir meinen Geist offenbaren.«

Offenbaren? Im Ernst? Offenbaren?

»Unser Gehirn ist zu so viel mehr fähig, als uns bewusst ist. Die Grenzen, die es uns vorgaukelt, existieren in Wirklichkeit überhaupt nicht. Daran ist weder etwas Mystisches noch etwas Magisches. Aber solange du dir deiner Fähigkeiten nicht bewusst bist oder ihnen nicht traust, werden wir uns eines Hilfsmittels bemächtigen müssen. Mein Blut wird dein Bewusstsein erweitern, und du wirst sehen, was ich sehe.«

Herrje! Natürlich war er viel cleverer als sie. Das Angebot könnte sie ja nun schwer ausschlagen. Und eigentlich wollte sie durchaus gern erfahren, was in dem Buch stand. Sie musste den Schein wahren, musste sein Vertrauen gewinnen. Schließlich hing das Gelingen ihres Planes davon ab. Vielleicht konnte sie so auch erkennen, wie die Buchtexte zu entschlüsseln waren, und dieser Umstand konnte nur von Vorteil für sie alle sein. Also willigte sie ein.

Duris lächelte und biss sich vorsichtig in den Mittelfinger seiner rechten Hand. Dabei ließ er Elba nicht aus den Augen, und sie fand den Anblick unerwartet anziehend.

Zweifelsfrei konnte er wirklich bei jeder Handlung sexy wirken. Es war nicht zu bestreiten, dass er genau wusste, wie er bei anderen die unterschiedlichsten Gefühle hervorrufen konnte. Und da ahnte sie bereits, dass seine Persönlichkeit wesentlich vielschichtiger war, als die Beschreibungen von ihm wiedergaben. Keine noch so detaillierte Erzählung konnte seinem wahren Wesen gerecht werden.

Ein Tropfen Blut quoll aus seiner Haut. Behutsam legte er den Finger auf ihre Unterlippe und als er ihn wieder wegzog, blieb ein wenig von seinem Blut an ihrer Haut haften. Sie zog die Lippe in ihren Mund, und als sie sein Blut schmeckte, begann ihre Haut sofort zu prickeln. Das Gefühl, das sein Blut früher am Tag in ihr erzeugt hatte, flammte wieder auf.

Duris lächelte anzüglich. »Backflash?«

Sie tauchte in eine schwindelerregende Tiefe an Empfindungen ein, die mit einer gewaltigen Geschwindigkeit durch ihren Körper rasten, bis sich ein Gefühl erhebender Zufriedenheit in ihr ausbreitete.

Weit entfernt vernahm sie Duris' Stimme: »Das sollte reichen.« Doch sie sah nicht, wie seine Lippen sich bewegten. Sie sah nur sein Lächeln. Tatsächlich hörte sie seine Gedanken!

Und als sie nun auf die Seiten des Buches schaute und ihre Augen wieder über die Textstelle glitten, änderte sich die Reihenfolge der Buchstaben in den Wörtern.

Aus *Is moicvi Área echuivvotdj, apf eadj ojsi moici ba ojn xes hsipbipmut* wurde *Er liebte Área abgöttisch, und auch ihre Liebe zu ihm war grenzenlos.*

Satz für Satz entschlüsselte sich vor ihren Augen. Und was sie da las – oder vielmehr, was er ihr da vorlas – unterschied sich in einigen Details grundlegend von den Erzählungen, die sie bisher gehört hatte.

Sie erfuhr, dass Área und Duris sich bei ihrer ersten Begegnung unsterblich ineinander verliebt hatten. Die Version deckte sich insofern mit der Geschichte, die ihr bekannt war, dass Duris nach der Herrschaft über das Reich von Áreas Vater verlangte. Allerdings wurde nach diesem Text ihre Familie bereits von einem anderen Dämon beherrscht: von Calidus, dem Vampir, dessen Stein Área trug. Einem starken, bösartigen Vampir, der Área als sein Eigentum betrachtete.

Als Duris herausfand, dass dieser es eigentlich war, der über das Reich und das Volk regierte, musste er sich überlegen, wie er ihn vernichten konnte, ohne Área dabei zu schaden.

Sie überließ Duris den Stein in der Annahme, dass der ihn vernichten und somit ihre Familie von dem Tyrannen erlösen würde. Die Gefahr war jedoch nicht absehbar. Es hätte das Ende von Áreas menschlicher Existenz bedeuten können. Schließlich überredete sie Duris aber, den Stein zu spalten. Lieber wäre sie gestorben, als weiterhin an diesen Vampir gebunden zu bleiben. Sie konnte jedoch nicht ahnen, dass Calidus zwar keineswegs daran sterben, die Spaltung des Steines aber dennoch spüren würde.

Sein Zorn über Áreas Verrat war so groß, dass er sie in seine Gewalt brachte und Duris dazu zwang, vor ihren Augen ihre Eltern zu töten. Er drohte, Área sonst eigenhändig zu ermorden und den Schaden, den er dadurch selbst erleiden könnte, in Kauf zu nehmen. Also tat Duris, wonach Calidus verlangte.

Aus Schuldgefühlen darüber, für den Tod der Eltern verantwortlich zu sein, nahm sich Área das Leben. Daraufhin richteten Duris und Flagrus den hasserfüllten Vampir hin.

Duris konnte Áreas Tod jedoch nicht akzeptieren. Daher verbot er, mit den üblichen Bestattungsritualen zu beginnen und sie zu beerdigen. Er fühlte sich schuldig, weil er Calidus nicht früher vernichtet und sie nicht geschützt hatte. Er versuchte, sie wieder zurückzuholen, flößte ihr sein Blut ein, setzte all seine Kräfte ein, um sie wiederzubeleben. Erfolglos.

Verzweifelt beschwor er die Götter, Área zu retten, sie wieder zum Leben zu erwecken. Als sie aber sein Flehen nicht erhörten, wandte er sich von ihnen ab und entschloss sich, die Geister der Unterwelt anzurufen.

Er schloss einen Pakt mit Dwojeduschnik, dem finstersten und abscheulichsten aller Dämonen, einem überaus mächtigen Wesen, das sich einst selbst zu dem gemacht hatte, was er war: zu einem Geschöpf, das halb Mensch war, halb Vampir.

Da Dwojeduschnik als Vampir einst den zu ihm gehörenden Menschen bei lebendigem Leibe verschlungen hatte und die beiden Steine – seinen und den des Menschen – miteinander verschmolzen hatte, wurde er zu einem Wesen mit zwei Herzen und zwei Seelen: einer menschlichen und einer dämonischen. Um sich zu ernähren, reichte es ihm fortan nicht mehr, die Lebensenergie in Form von Blut aus anderen Lebewesen zu saugen, er musste sie als Ganzes in sich aufnehmen, ihren Körper und ihren Geist.

Man erzählte sich, dass diese Dämonenart ihre Seele unter dem verschmolzenen Stein versteckte und nur dann getötet werden konnte, wenn diese aufgespürt wurde. Angeblich konnten sich diese Wesen auch kurzfristig von einer der beiden Seelen trennen, um für kurze Zeit entweder als Vampir oder als Mensch aufzutreten.

Ein Wesen, das sowohl den Tod als auch das Leben in sich trug und dieses Phänomen aus eigener Kraft geschaffen hatte, schien Duris genau über die notwendigen Fähigkeiten zu verfügen, um ihm zu helfen. Und so war es schließlich auch. Dwojeduschnik willigte ein, Área zu retten. Im Gegenzug sollte Duris ihm den Erstgeborenen aus ihrem neu erweckten Leib schenken, das erste Kind aus ihrer Verbindung.

Da Duris davon ausging, dass es ihm als Vampir unmöglich war, ein Kind zu zeugen, willigte er in den Pakt ein. Und als Área tatsächlich zurück ins Leben kehrte, vergaß er bald seine Abmachung.

Duris und sie besiegelten ihre Liebe mit einer Heirat. In ihrer Hochzeitsnacht stellte sich allerdings heraus, dass Área kein gewöhnlicher Mensch mehr war.

Indem sie Duris' Blut getrunken hatte, verwandelte sie sich in einen Vampir. Am nächsten Morgen, nachdem sie sich vereinigt hatten, wurde sie aber wieder zu einem Menschen – und auf dem Weg zurück in dieses irdische Leben erwachte nicht nur jede Zelle ihres eigenen Körpers wieder zum Leben.

Duris' toter Samen, den sie in sich trug, wurde ebenfalls zu neuem Leben erweckt, und so erschufen sie ein Kind. Einen Sohn.

Área hätte nicht glücklicher sein können. Ihre Liebe zu Duris wurde mit einem Kind gekrönt, und sie hatte wieder eine Familie. Es dauerte allerdings nicht lange, bis Dwojeduschnik seinen Anspruch geltend machte und Duris' Sohn forderte.

Das Unglück nahm seinen Lauf. Nachdem Duris sich weigerte, ihm seinen Sohn zu übergeben, und einen Weg suchte, den Dämon zu vernichten, offenbarte Dwojeduschnik ihm, dass Áreas Leben an dieser Abmachung hing. Er drohte Duris, ihr die Lebenskraft zu entziehen, wenn er ihm das Kind nicht überließe. Und wenn Duris ihn tötete, würde mit seinem Tod auch Área sterben.

Letzten Endes übergab ihm Duris seinen Sohn. Dwojeduschnik war jedoch dermaßen erzürnt über Duris' anfängliche Weigerungen und darüber, dass er sein Versprechen brechen wollte, dass er das Kind tötete.

Er legte den kleinen Leichnam gemeinsam mit einer Nachricht in Áreas Bett: »Ein Leben für ein Leben.«

Als Área von dem Pakt erfuhr, gab sie Duris die Schuld für den Tod ihres Kindes. Gleichzeitig sehnte sie sich nach einem neuen Kind. Da ihr Körper aber von diesem Tage an Duris' Blut abstieß, konnte sie sich nicht mehr verwandeln. So sehr sie sich auch dazu zwang, sie konnte sein Blut nicht bei sich behalten. Jedes Mal, wenn sie es trank, erbrach sie es umgehend.

Wieder und wieder suchte sie den Weg in Duris' Bett, ohne ihm jedoch verzeihen zu können, und Nacht für Nacht endete es in derselben Tragödie. Área wurde halb wahnsinnig bei den Versuchen, sich mit Duris zu vereinen, und bei dem Wunsch nach einem Kind – dem Wunsch, dass die Liebe in ihr wieder auferstehen und sie wieder in das Leben, das sie bis vor Kurzem noch gehabt hatten, zurückfinden möchte. Sie war wie besessen.

In Wirklichkeit wollte sie nur ihren Sohn wieder zurück. Ihr verlorenes Kind. Sie konnte dessen Tod einfach nicht verkraften. In ihrer Trauer machte sie Duris für all den Schmerz und das Leid verantwortlich, sodass ihre Liebe zu ihm erstarb, und es ihnen für immer verwehrt sein sollte, wieder eine Familie zu gründen.

Duris gab sich ebenfalls die Schuld am Tod ihres Sohnes – und an Áreas Zustand. Er versuchte mit allen Mitteln, ihr zu helfen. Gleichzeitig geißelte er sich selbst, quälte sich, um für seine Sünde, seine Verfehlung zu büßen. Doch als er schließlich erkannte, dass jede Mühe vergebens war, suchte er nur noch nach Wegen, seine eigenen Gefühle zu betäuben. Er wandte sich von Área ab, weil er den Schmerz nicht mehr ertrug, nicht ihren und nicht seinen.

Eines Tages rief Flagrus ihn, berichtete ihm, dass Área sich selbst entzündet hätte, und gebot zur Eile. Verzweifelt versuchte Duris, sie zu retten, doch es war zu spät. Alles, was blieb, war ein Haufen Asche, den er neben seinem beerdigten Sohn zu Grabe trug.

Die Geschichte unterschied sich wirklich nicht unerheblich von der, die Elba von Flagrus kannte. Sie spürte Duris' Schmerz. Sie hatte das Gefühl, dass ihr das Herz brach. Und mit einem Mal verstand sie, weshalb er Área wiederfinden musste, jetzt, da er wusste, dass sie lebte. Sie fühlte, dass er sie nicht zwingen würde, bei ihm zu bleiben, und schon gar nicht, ein Kind mit ihm zu zeugen. Seine Liebe war echt. Alles, wonach er sich sehnte, war Vergebung. Sie musste ihm sagen, wo Área war!

Genau in diesem Augenblick betrat Aris den Raum und riss Elba aus ihrem tranceähnlichen Zustand.

»Habe ich etwas verpasst?«, fragte er laut.

Duris klappte das Buch zu. »Keineswegs, mein Freund, keineswegs.« Er war wieder wie ausgetauscht. Dann wandte er sich an Elba: »Aris und ich müssen unsere Abmachung besiegeln. Du erlaubst?«

Ja, in der Tat, sie erlaubte. Sie erlaubte, wonach auch immer er begehrte. Zärtlich strich er ihr das Haar zur Seite, beugte sich vor zu ihrem Hals und biss zu. Er nahm nur einen winzigen Schluck ihres Blutes, strich ihr über die Wange und stand auf.

Sie wollte nicht, dass er ging. Sie sehnte sich nach seiner Nähe, nach seiner Berührung.

Er legte das Buch zurück an seinen Platz hinter dem Glas. »Ich lasse euch beide allein. Ihr habt gewiss viel zu besprechen.«

Als er die Bibliothek verlassen hatte, fand Elba langsam wieder in die Realität zurück.

Aris nahm ihre Hand. Ganz leise flüsterte er: »Du machst das ganz hervorragend, Liebes. Er hegt keinen Verdacht. Pass nur auf, dass er dich nicht in seine Welt zieht. Er kann jede auch nur denkbare Illusion in dir entstehen lassen. Er kann dich jede Vision sehen lassen und jedes Gefühl in dir erzeugen, das er will.«

»Ich denke, er weiß, dass wir etwas verheimlichen.«

»Dann müssen wir dafür sorgen, dass er nicht erfährt, was es ist!«

»Das wird uns nicht lange gelingen, Aris.«

»Ich werde dafür sorgen, dass wir möglichst rasch mit dem Ritual beginnen.«

Aus seiner Hosentasche zog er einen winzigen Stein. Es war die zweite Hälfte seines Heliotrops, den er gespalten hatte. Er legte ihn in Elbas Handfläche und deutete ihr, ihn einzustecken. Sie überlegte einen Moment, wo sie ihn verstauen sollte und stopfte ihn schließlich in ihren BH. Möglichst nah an ihrem Körper sollte er noch am sichersten versteckt sein.

Aris nickte bestätigend, dann sagte er in normaler Lautstärke: »Ich habe Tristan informiert. Er wird noch heute hier sein.«

Sie zog ihr Handy heraus, tippte ein Wort ein und zeigte es Aris. Auf dem Display stand: *Flagrus?* Diese Methode schien ihr sicherer als zu sprechen. Aris nickte. Trotzdem war sie nicht überzeugt, dass es eine gute Idee war, dass Tristan zu ihnen kam und Área alleine ließ. Aber wahrscheinlich führte kein Weg daran vorbei.

Als Duris unerwartet die Türe aufstieß und strahlend in die Bibliothek zurückkehrte, löschte Elba schnell die Buchstaben auf dem Handy. Aris streifte ihre Finger, als er es ihr aus der Hand nahm und unauffällig in seiner Hosentasche verschwinden ließ. Seine Berührung fühlte sich so vertraut, so warm an. Und sie verschaffte ihr die Gewissheit, dass zwischen ihnen beiden alles wieder gut werden würde.

Hinter Duris tauchte seine Steinträgerin auf.

»Was sollen die ernsten Gesichter? Habt ihr eure Differenzen begraben? Ich möchte dir Selina vorstellen, Elba. Aris hat ja bereits ihre Bekanntschaft gemacht.« Duris lächelte wölfisch.

Sollte dieses Lächeln besagen, dass die beiden irgendetwas Unanständiges getrieben hatten? Aris hatte doch lediglich von ihrem Blut getrunken. Und auch das wahrscheinlich nur, weil Duris es wünschte. Oder war dieser Austausch von Körperflüssigkeiten doch wesentlich intimer, als Elba es sich eingestand? Versuchte Duris, einen Keil zwischen sie und Aris zu treiben?

Das blasse Mädchen reichte ihr ihre feingliedrige Hand. Ihre Augen waren vollkommen ausdruckslos. Elba konnte nicht das geringste Zeichen einer Emotion darin erkennen. Sie war sich nicht im Klaren darüber, ob sie das unheimlich oder erschreckend finden sollte. Es musste entweder jahrelange Übung voraussetzen, ein solches Pokerface aufsetzen zu können, oder deutete auf vollkommene gefühlsmäßige Abgestumpftheit hin, die infolge totaler emotionaler Überreizung in absoluter Gleichgültigkeit gipfelte.

Duris stellte eine Flasche Rotwein und vier Gläser auf den Tisch. »Unten ist viel zu viel los. Alle wollen mit uns feiern! Hier können wir uns ungestört unterhalten.« Er schenkte ein, und sie stießen an.

Aris war auf der Hut, wie seine Augen Elba verrieten. Er musste ahnen, dass Duris etwas im Schilde führte.

»Mir ist eine wunderbare Idee gekommen!«, verkündete Duris auch schon begeistert. Er blickte verschmitzt in die Runde, um die Spannung zu steigern. »Bloodsharing!«

Elba war sich sicher, dass dies nichts Gutes verheißen konnte.

»Jetzt, wo die Entscheidung gefallen ist, spricht nichts dagegen, dass wir unsere Körper und unsere Geister teilen.«

Ein weiterer Test?

»Trinkt aus, meine Freunde! Wir wollen in eine neue Ära eintauchen. Unser Blut wird uns in einmaliger Ekstase verbinden!«

So etwas hatte Elba befürchtet. Er würde es auf die Spitze treiben. Er würde herausfinden wollen, wie es um ihre wahren Absichten stand.

Duris stand auf und holte einen goldenen Kelch aus einem der Regale. »Hierin werden wir unser Blut vermischen.«

Seine Augen glänzten. »Ein Bund, der mit Blut geschlossen wird, hält für alle Ewigkeit.«

Natürlich!

Er zog eine flache silberne Dose aus seiner Hosentasche und kippte ihren Inhalt, ein Häufchen Erde, auf den Tisch. Dann reichte er Aris ein Messer. Ohne zu zögern schnitt dieser sich damit in den Unterarm. Das Blut aus der Schnittwunde ließ er in den Kelch tropfen und gab das Messer Duris zurück. Dieser streckte eine Hand nach Selinas Arm aus, führte die Klinge an der Innenseite ihres Armes entlang und ließ das Blut in den Kelch fließen. Umgehend fügte er sich selbst einen langen, tiefen Schnitt zu. Die Wunde schloss sich sofort wieder, nachdem das Blut in das Gefäß geronnen war.

»Elba«, forderte er sie schließlich auf und gab ihr das Messer.

Sie atmete tief ein. Und als sie das Messer ansetzte, um es den anderen gleichzutun, erschien ein weiterer Gast.

»Ich bin einfach dem Geruch der Friedenspfeife gefolgt – und sieh an, wen ich gefunden habe!«

Elba war noch niemals so froh gewesen, Tristan zu sehen. Unverschämt grinsend stand er im Türrahmen.

Sein Blick fiel auf den Kelch. »Blutsbrüderschaft, Duris? Ernsthaft? Wie alt sind wir? Zehn?« Er blitzte Duris herausfordernd an.

Sie ließ das Messer sinken.

»Wie ich sehe, ist deine ungläubige Gefolgschaft eingetroffen, Aris«, sagte Duris kalt, jedoch mit einem Grinsen im Gesicht.

»Und wie *ich* sehe, vereinst du dich mit deinem abergläubischen Bruder, Aris«, entgegnete Tristan spitz. »Bin ich hier im Pfadfinderlager gelandet?«

»Tristan!«, ermahnte Aris ihn.

»Ach, komm schon! Du musst zugeben, dass dieses Ritual schon etwas von einer großartig kindischen Lächerlichkeit hat.«

»Genug!«, befahl Aris.

Duris lachte. »Lass gut sein, Aris. Er hat ja recht. Wir sind wegen eines viel epochaleren Rituals hier. Bitte, Tristan, setz dich doch! Du hast etwas für uns, nehme ich an?«

Tristan winkte schelmisch mit den Büchern in seiner Hand, kam zu ihnen und legte sie auf den Tisch.

»Damit steht unserer Vereinigung nichts mehr im Weg«, erklärte Duris.

Er nahm Elba beiläufig das Messer aus der Hand. »Trotzdem muss ich auf diesen Bund bestehen!«

Mit einer schnellen Bewegung ergriff er Elbas Arm und schnitt in ihr Fleisch. Sie verzog das Gesicht, als der scharfe Schmerz sie traf. Duris träufelte das Blut in den Kelch und nahm einen Schluck. Er fixierte Tristan, während er Aris den Kelch reichte.

»Für Bedenken ist es nun zu spät«, teilte er ihm mit und bedeutete Elba und Selina, ebenfalls von dem Blut zu trinken. Dann nahm er den Kelch und leerte den restlichen Inhalt auf das Häufchen Erde am Tisch.

»Der letzte Schluck gehört den göttlichen Mächten.«

»Natürlich«, kommentierte Tristan sarkastisch. »Und wann willst du ernst machen? Oder ist das ganze Geschwafel über die Vereinigung nur leeres Geschwätz? Befürchtest du, dass es gar nicht funktioniert, weil es nur einem deiner verrückten Hirngespinste entspringt? Ich hoffe, dass mein Herkommen nicht umsonst war und ich für meinen Aufwand auch eine entsprechende Show geboten bekomme.«

Wieder lachte Duris. »Die Show wird dich im wahrsten Sinne des Wortes umhauen, mein Freund! Das verspreche ich dir!« Ein Schimmer huschte durch Duris' Augen. »Du hast dein menschliches Pendant immer noch nicht gefunden, Tristan?«, wechselte er dann das Thema.

»Touché!«, gab Tristan lachend zurück. »Also wie geht es weiter?«, wollte er anschließend wissen. »Soll ich schon mal die Steine einsammeln und durchmischen?« Er grinste Duris selbstgefällig an.

Tristan hatte Mut, das musste man ihm lassen!

»Wozu die Eile?«, fragte Duris lächelnd.

»Ach«, winkte Tristan ab. »Ich bin einfach ein Adrenalin-Junkie, ich brauche den Nervenkitzel. Und langsam wird die Party öde, das musst du zugeben.« Er wich Duris' Blick nicht aus. »Schöne Frauen und Alkohol kann ich überall bekommen!«

Duris betrachtete Aris prüfend. »Was meinst du, Aris? Bist du so weit? Sollen wir beginnen?«

»Wann auch immer, bróðir minn.«

»Das ist die richtige Einstellung!« Tristan klatschte begeistert in die Hände. »Lassen wir die Spiele beginnen!«

Wieder lachte Duris auf. »Ganz recht! Lassen wir die Spiele beginnen!« Er nahm Selina den Hämatit ab. »Ich brauche den Stein, Schönheit«, wandte er sich an Elba.

Aris nickte zustimmend, als Elbas Blick ihn traf. Sie öffnete den Verschluss des Armkettchens und gab es Duris.

»Lasst uns gehen«, bestimmte Duris und stand auf.

Sie folgten ihm nach unten, durchquerten die Eingangshalle und marschierten in den riesigen Saal mit dem Steinbrunnen, in dem Elba zum ersten Mal auf Duris getroffen war.

Ein flaues Gefühl kroch in ihr empor und biss sich in ihrer Magengegend fest. Irgendetwas stimmte nicht. In ihrem Kopf entstand das Bild von Schafen, die zur Schlachtbank geführt wurden. Wo kam dieses Bild her? Kam es aus Duris' Kopf? Oder erzeugte es nur ihre eigene Angst?

Aris nahm ihre Hand, und sie war erleichtert über seine Berührung und die Ruhe und Sicherheit, die aus ihr hervorgingen. Es fühlte sich seit Langem wieder so an, als gehörten sie zusammen.

Duris rief nach zweien seiner Männer und ließ sich von ihnen eine große, massive Schale bringen. »Feuerfest«, bekundete er. Mit einer flüchtigen Kopfbewegung signalisierte er, dass seine Gefolgschaft fortfahren sollte, und eine schöne junge Frau brachte ein weißes Kleid aus dünnem Stoff, das sie Elba übergab. Offensichtlich hatte Duris seine Leute genauestens instruiert, was zu tun war.

Verdutzt schaute Elba ihn an.

»Passende Kleidung verleiht die nötige Dramatik und würdigt die Einzigartigkeit jeder Veranstaltung!«

Tristan verdrehte die Augen. Duris selbst legte sein Hemd ab, und auch Aris entblößte seinen Oberkörper. Elba stellte fest, dass sie wirklich beide dieselbe Tätowierung am Rücken trugen.

»Darf ich euch bitten, die Augen abzuwenden? Wir wollen Elba ein wenig Privatsphäre gönnen, wenn sie sich umzieht«, wies Duris die anderen an.

Die Männer im Raum drehten sich um. Trotzdem fühlte Elba sich nicht wohl bei dem Gedanken, sich in deren Beisein zu entblößen. War das denn wirklich nötig? War es denn nicht egal, welche Kleidung sie trug? Ihr Blut würde sich durch ihre äußere Erscheinung ja wohl kaum verändern! Aber was machte es schon für einen Sinn, sich wegen einer Lappalie zu zieren? Quasi öffentlich die Kleider zu wechseln würde heute mit Sicherheit ihr geringstes Problem darstellen. Nur gut, dass sie den Heliotrop in ihrer Unterwäsche verstaut hatte.

Nachdem sie also das weiße Kleid mit den goldenen Stickereien unter der Brust angezogen hatte, legte Duris die Steine in die Schale.

Ihr war aufgefallen, dass Tristans Ausdruck sich vollkommen verändert hatte, seit er sich umgedreht und sie in dem weißen Kleid gesehen hatte. Er wirkte verstört. Im ersten Augenblick kam es ihr sogar so vor, als würde er um Fassung ringen. Doch dann strafften sich seine Züge sofort wieder, er schien sich den inneren Gefühlsausbruch nicht anmerken lassen zu wollen. Allerdings wich er dem Blickkontakt mit Elba aus, fast so, als würde er vermeiden wollen, dass sie in seinen Augen las, was in ihm vorging – was er verbarg, zweifelsohne gerade hinuntergeschluckt hatte und womit er noch rang, es nicht wieder hochzuwürgen.

Was mochte es sein? Wenn er sie nur anschauen würde, sie würde es wissen, dachte Elba. Andererseits gab es bestimmt einen guten Grund, weshalb er genau das vermeiden wollte.

Duris unterbrach ihre Überlegungen. »Fehlt nur noch eine Zutat. Elbas Blut!«

Er ließ sich auf einem Tablett einen Dolch reichen. »Das ist dann wohl dein Stichwort, Tristan! Wir wollen schließlich nicht, dass du dich langweilst, nicht wahr? Und wie wir beide wissen, weißt du mit einem Messer umzugehen.«

Duris übergab Tristan das Werkzeug. »Nur zu. Aber bitte achte diesmal darauf, dass du ihr nicht gleich das Leben nimmst. Sie vertraut dir.«

Elba sah plötzlich Tristan vor sich, wie er seiner Frau Mina die Kehle durchtrennte. Sie schrak zurück. Mit einem Mal war sie sicher, dass sie in Duris' Kopf war. Oder war er in ihrem?

Sie stieß die angestaute Luft aus ihrer Lunge, als sie nun sah, dass das Kleid, das Tristans Frau an dem Tag getragen hatte, dem, welches sie selbst gerade trug, bis ins Detail glich. Ein widerwärtiger, abscheulicher Verdacht beschlich sie: Was, wenn es tatsächlich Minas Kleid war? Was, wenn Duris es aufbewahrt hatte, und nun veranlasste, dass sie Tristan damit quälte? War er wirklich solch ein Monster?

Sie wusste nicht mehr, was sie glauben sollte. Tristans Blick wirkte gequält, all der Sarkasmus und der Übermut waren daraus verschwunden.

»Mach schon, Tristan!«, forderte Duris ihn auf und eilte mit der Schale zu Elba.

Tristan schaute ihr in die Augen, ergriff ihren Arm am Handgelenk und setzte den Dolch an.

»Nicht hier!«, unterbrach Duris ihn. »Wir benötigen das Blut direkt aus der Halsschlagader!« Tristan sah ihn ungläubig an. »Oops. Habe ich vergessen, das zu erwähnen? Nun ja. Gut, dass du in der Durchtrennung der Arteria carotis geübt bist. Sollte dir also nicht zu schwer fallen, die richtige Stelle zu finden.«

»Ist das wirklich notwendig?«, fragte Tristan.

»Ist es!«

»Aber das kann sie töten!«

»Dann würde ich vorschlagen, dass du ganz besonders vorsichtig bist.«

Tristan zögerte, er suchte Aris' Blickkontakt.

»Tristan.« Duris' Stimme klang ermutigend, als würde er einem kleinen Kind gut zureden. »Sie ist nicht Mina. Sie sieht nur so aus. Du musst sie nicht töten, mein Lieber. Ich meine, außer natürlich, du willst es. Aber das musst du dann mit Aris klären. Diesmal ist es ja seine Frau, der du vor den Augen ihres Mannes die Halsschlagader aufschneidest!«

Tristan starrte immer noch Aris an, der ohne Worte versuchte, ihm zu sagen, dass er Duris nicht ernst nehmen, ihn ignorieren und tun sollte, was er verlangte. Duris würde ja sowieso keine Ruhe geben, bis er bekam, was er wollte.

»Andererseits habe ich heute keine Lust auf Drama. Also versuche einfach, vorsichtig zu sein«, fügte Duris kaltherzig hinzu.

»Tristan, sieh mich an«, bat Elba. Irgendwie musste es ihr gelingen, ihn aus seiner Starre zu befreien. Sie konnten sich nicht leisten, dass Duris dahinterkam, dass alles nur ein abgekartetes Spiel war. »Mir wird nichts geschehen!«

Mit einem intensiven Blick versuchte sie, Tristan mitzuteilen, dass er das konnte, dass er stark genug war. Er konnte die Erinnerung an Mina ausblenden, er war doch sonst so furchtlos. Er musste sich nur auf sie konzentrieren. Ein Schmerz aus der Vergangenheit würde nicht ihren Plan zunichtemachen. Das würde sie nicht zulassen! »Sieh mir in die Augen«, forderte sie.

Er schaute auf. Und endlich sah er es: Es waren Elbas Augen, die ihn trafen, und nicht Minas.

Er stellte sich direkt vor sie. »Das wird wehtun, Täubchen. Aber nur für einen Moment, ich verspreche es.«

»Ich weiß.«

Sie hatte in der letzten Zeit so viel Schmerz ertragen, dass sie auch das noch verkraften würde. Und der körperliche Schmerz war dabei ohnedies der weitaus geringere gewesen im Vergleich zu den Spuren, die die Erlebnisse in ihrer Seele hinterlassen hatten.

Der Schnitt kam dann aber so schnell, beinahe unerwartet, dass sie Halt in Tristans Augen suchte. Vielleicht würde sie dieser Halt davor bewahren, ohnmächtig zu werden. Sie tauchte ab in das Aquamarinblau wie in einen süßen See, während das Blut ihren Hals hinabrann.

Duris klopfte mit der Schale gegen Tristans Schulter. Wortlos nahm dieser ihm das Gefäß ab und fing einen Teil der roten Flüssigkeit auf, während der Rest den weißen Stoff des Kleides allmählich rot färbte.

Elba wunderte sich, dass sie nichts fühlte außer der Wärme, die über ihre Haut lief. Keinen Schmerz, kein Ziehen und kein Anzeichen des erwarteten Kreislaufversagens. Sie gewann die erstaunliche Gewissheit, dass ihr der Blutverlust nichts anhaben konnte. Und als Duris Tristan die Schale aus der Hand nahm, schloss sich die Schnittwunde langsam wieder.

Sie tastete ihren Hals ab und erkannte in Aris' und Tristans Gesichtern, dass sie ihren Augen nicht trauten, als sie sahen, dass die Wunde sich schloss.

Was zur Hölle ging hier vor?

»Bitte! Habt doch wenigstens ein bisschen Vertrauen zu mir!«, sagte Duris lachend. »In ihrem System zirkuliert so viel von meinem Blut, dass ihr Körper seine Selbstheilungskräfte maximiert hat. Wie fühlt sich die Unverwundbarkeit an, Schönheit? Ist sie nicht herrlich? Ich habe dir doch versprochen, dass ich jeglichen Schmerz von dir nehmen werde, wenn du mich lässt.« Er lächelte Elba unschuldig an.

Aber wenn ihr Blut mit seinem vermischt war, würde es dann überhaupt brauchbar sein, um das Ritual durchzuführen?

Duris lächelte sie nach wie vor an, als sich in ihrem Kopf eine Melodie abzuspielen begann. Sie erkannte das Lied sofort. Es war *The Unforgiven* von Metallica. Und sie wusste auch, dass Duris sie dieses Lied hören ließ. Sollte das die Antwort auf ihre Frage sein? Was sollte das bedeuten?

Er wandte sich von ihr ab, und das Lied verstummte. Langsam legte er die Steine in die Schale und stellte sie auf dem Rand des Brunnens ab. Dann legte er den Kopf in den Nacken und atmete tief ein. Unter ohrenbetäubendem Stampfen verwandelte er sich in denselben schwarzen Drachen, den Elba in ihren Träumen gesehen hatte.

Ein Sturm erhob sich, als er die vernarbten Schwingen bewegte, sich vom Boden löste und gleißend heißes Feuer auf die Schale spie, bis ihr Inhalt zu brennen begann. Danach verwandelte er sich ebenso schnell wieder zurück. Die Steine verflüssigten sich, das Feuer erlosch.

Mit offenem Mund betrachtete Elba den zähflüssigen Inhalt des Gefäßes. Er hatte es tatsächlich getan! Er hatte die Steine eingeschmolzen. Wie von selbst bewegte sich die Masse, zog sich in sich zusammen.

Duris drehte sich nach Aris um. Er schien auf irgendeine Reaktion zu warten. Was erwartete er, das passierte? Er kniff die Augen zusammen. Gleich würde er bemerken, dass etwas nicht stimmte!

In diesem Augenblick schlug die gewaltige Tür des Saals auf. Flagrus stürmte herein, an seiner Seite das junge Mädchen: Flora, seine Steinträgerin.

Elba meinte, Überraschung in Duris' Gesicht zu lesen, gefolgt von Wut. Flagrus' Augen waren eiskalt, seine Haltung zeugte von Stolz und Autorität und einer solchen Kälte, dass sie kurz den Atem anhielt. Dann lief sie in Aris' Richtung.

Noch während Flagrus Hand in Hand mit Flora auf sie alle zulief, schwoll sein Brustkorb an, und im nächsten Moment schoss ein Eisstrahl aus seinem Mund.

Der Strahl traf die Schale, vereiste sie und sprengte sie in Tausend Splitter. Jetzt mussten sie handeln!

Aris' Gesicht verzerrte sich zu der grauenvollen Maske eines Raubtieres. Hinter Flagrus lief nun auch Área in den Saal, auf Tristan zu. Sie ergriff seine Hand. Der Raum erleuchtete blau, unter Duris' Füßen sammelte sich Wasser, das in Windeseile emporstieg und seinen gesamten Körper einschloss. Aris streckte einen Arm nach Elba aus, sie hechte, sprang und packte seine Hand. Die Energie, die durch ihren Körper strömte, war um vieles stärker als die Male zuvor, als sie Aris berührt hatte. Mitten im Raum sammelten sich dunkle Wolken, und ein dröhnendes Donnern grollte über ihnen. Ein Blitz zuckte direkt auf Duris hinab, der in der Wassersäule gefangen war. Die Funken sprühten so hell, als der Energiestrahl auf das Wasser prallte, dass Elba nicht sehen konnte, was passierte. Hatte der Stromschlag Duris zerschmettert?

Doch als die Funken erloschen, entglitten Elba die Gesichtszüge. Duris breitete seine Arme aus und sprengte die Wassersäule um sich herum. Wie war das möglich? Weshalb konnte er seine Kräfte nutzen, obwohl der Stein vernichtet war?

Duris lachte.

Aris ließ Elbas Hand los und hechtete vor, an ihr vorbei, zu der Wand, an der Duris' Waffenarsenal hing. Mit einem gewaltigen Satz sprang er hoch und schnappte sich ein riesiges Schwert.

Duris starrte Área an. Seine Verwunderung war zu groß, als dass er schnell genug reagieren konnte. Aris führte das Schwert mit einem gezielten Schwung durch seine Kniekehlen. Duris sackte zu Boden.

Flagrus hielt die Männer in Schach, die in den Saal gestürmt kamen. Christian, mit einem Schwert bewaffnet, tauchte auf, um ihm und Flora zu Hilfe zu eilen.

Aris trat um den knienden Duris herum, sodass er ihm direkt ins Gesicht sehen konnte. Er holte aus, um ihm den Kopf von den Schultern zu schlagen, und Elba hätte schwören können, dass sich das Mischwesen, das auf seinen Rücken tätowiert war, bewegte. Es war mehr als das bloße Muskelspiel von Aris' Oberkörper. Es bewegte sich selbstständig! Und Duris' Tätowierung tat es ihm gleich!

Dann geschah es: Duris zog einen Dolch aus seinem Schuhschaft und rammte ihn knapp über der Stelle in Aris' Schulter, wo die Beine des tätowierten Tieres endeten. Sie erstarrten, bewegten sich nicht mehr. Duris sprang auf, warf sich auf Aris und fixierte ihn am Boden, als er mit dem Dolch noch weiter zustieß.

Elba stürmte auf die beiden zu, um Aris zu helfen, doch Duris streckte seinen rechten Arm nach ihr aus, während er sich erhob, und packte sie mit eisernem Griff an der Kehle. Sie baumelte in der Luft, während er mit ihr losging und sie grob gegen die Wand drückte.

»Ich werde dich töten!«, brüllte er. »Ich schwöre, ich werde dich töten!«

Weshalb war er so stark? Weshalb hatte ihn die Zerstörung seines Steines nicht geschwächt?

Duris wandte den Kopf nach Aris um. »Habt ihr noch immer nicht verstanden, dass ich mich nicht verarschen lasse?«, schrie er wie von Sinnen. »*Niemand fickt mich in meinem eigenen Haus!*« Dann biss er mit voller Wucht zu. Er riss eine klaffende Wunde in Elbas Hals und spuckte das Blut zu Boden, das dabei in seinen Mund geströmt war.

Panik ergriff sie, aber sie spürte immer noch keinen Schmerz. Mit weit aufgerissenen Augen starrte sie Duris an.

Aris zog sich unter einem lauten Stöhnen den Dolch aus der Schulter und sprang auf.

»Du bewegst dich keinen Millimeter!«, brüllte Duris ihn an und wandte sich wieder Elba zu. Langsam schnürte ihr sein Griff die Luftzufuhr ab.

»Ach, Schönheit, guck doch nicht so verstört! Ich habe dich doch gewarnt, dass die Brücke zwischen mir und Aris eingebrochen ist. Du musst doch gewusst haben, dass es mich nicht interessiert, mich mit ihm zu vereinen! Ich habe dir so viele Hinweise gegeben. Ich habe zweihundert Jahre mit ihm verbracht und beinahe tausend ohne ihn. Was meinst du, wie lange ich einer Verbindung hinterherhechle?« Er vergrub das Gesicht in ihrem Haar und sog ihren Duft ein. Dann biss er erneut zu, saugte das Blut aus ihrer Wunde und spuckte es wieder aus.

»Es tut nicht weh, meine Schöne? Das sollten wir ändern!« Er öffnete seine Hand, und Elba prallte auf den Boden. Als er sich zu ihr hinunterbeugte, sagte er: »Was denkst du, Schönheit, weshalb du keinen Schmerz empfindest? Denkst du, das liegt an meinem Blut? Oder liegt es vielmehr daran, dass du genau das spürst, was ich deinem Körper zu spüren befehle? Und wäre es nicht auch möglich, dass du genau das siehst, was ich deiner Wahrnehmung befehle, zu sehen? Wäre es vielleicht sogar möglich, dass jeder von euch nur genau das sieht, was ich euch vorgebe zu sehen?« Er strich ihr das Haar aus dem Gesicht. »Es wäre einen Versuch wert, das herauszufinden, nicht wahr?«

Einen Augenblick betrachtete er sie ruhig. Und plötzlich schoss der unvorstellbarste Schmerz in ihren Körper, den sie sich ausmalen konnte. Duris lachte. Zu beiden Seiten ihres Halses quoll Blut hervor.

Aber er hatte sie doch nur an einer Stelle gebissen!

»Glaubst du, ich kann zaubern?«, fragte er belustigt. »Tristan hat dir die Halsschlagader aufgeschnitten – und nur, weil ihr es nicht sehen konntet, heißt das nicht, dass der Schnitt nicht da war. Ich kann nur beeinflussen, was ihr seht. Ich kann doch deinem Körper nicht befehlen, ein solch schwerwiegendes Trauma selbst zu bewältigen!«

Jetzt drehte er sich nach Tristan um. »Oje. Ich befürchte, daran wird sie sterben. Und am Ende wirst du es gewesen sein, der sie getötet hat.«

Tristan rannte zu ihr, doch Duris versetzte ihm einen dermaßen heftigen Tritt, dass er quer durch den Raum flog.

»Nicht bewegen, habe ich gesagt!«, schrie er.

Tristan verlor das Bewusstsein, als er aufschlug.

»Ég bölva Þér!«, schleuderte Aris Duris an den Kopf.

»Du kannst mich verfluchen, so viel du willst«, erwiderte Duris lächelnd. »Ich habe auch dich oft genug gewarnt. Schuld an deiner Situation ist einzig und allein dein weiches Herz. Es macht dich schwach. Und blind. Und was hast du nun davon? Du hast Ofea geopfert, deine große Liebe. Für Elba. Und nicht einmal jetzt siehst du, dass nicht du es bist, den sie liebt.« Duris blickte zwischen Tristan und Elba hin und her, bevor er sich wieder Aris zuwandte. »Was ist aus dir geworden? Du warst einst so stark und mächtig. Unbezwingbar! Dies alles wirfst du weg für ein paar vergängliche Gefühle?«

Elba stöhnte, ihr wurde schwarz vor Augen. Sie kämpfte mit aller Macht dagegen an, die Besinnung zu verlieren. Sie musste hier weg! Sie musste weg!

Wimmernd versuchte sie, sich aufzurappeln und über den Boden zu robben.

Duris sah sie mitleidig an. »Sieh nur, was du angerichtet hast, Aris. Das arme Ding! Spar dir die Kräfte, Elba. Es hat ja doch keinen Sinn. Du stirbst. Und genau so fühlt sich das an!«

Er kniete sich zu ihr. Seine Stimme klang jetzt sanft und liebevoll: »Weißt du, ich habe Aris ein Versprechen gegeben. Ich habe ihm versprochen, dass ich jede seiner Steinträgerinnen, mit der er sich einlässt, töten werde. Und ich halte meine Versprechen. Immer!«

Er stand wieder auf. »Weshalb glaubt mir das eigentlich niemand? Ich habe selbst schmerzhaft gelernt, dass man sich an seine Versprechen halten muss. Und das tue ich seither auch.«

Duris blickte sich um. »Wie ich sehe, habt ihr einen Wächter angeschleppt. Wisst ihr denn nicht, dass Wächter sich nicht in unsere Angelegenheiten einmischen dürfen? Das hat immer Konsequenzen!«

Er signalisierte seinen Männern, den Kampf einzustellen, und sie gehorchten unverzüglich.

»Flagrus, geliebter Bruder, ich denke es ist an der Zeit, ihnen das zu verdeutlichen.«

Flagrus grinste.

Er steckte mit Duris unter einer Decke? Wieso?

»Wieso? Wieso?« Duris ging wieder in die Knie. Seine Finger glitten über Elbas Haupt, dann packte er sie am Haaransatz. »Du weißt, wieso, Elba. Blut ist dicker als Wasser. So einfach ist das! Das hast du doch selbst gewusst.«

Er ließ sie los. »Flagrus hat deinen Vater getötet. Er hat ihn getötet und sich zum Andenken seine Knochen behalten. Ist das nicht krank? Nun ja, jeder hat seine Macke, seinen ganz eigenen Tick.«

Aber das war überhaupt nicht möglich! Ein Vampir konnte keinen Wächter töten, ohne selbst zu sterben.

»Er kann es. Er ist der Einzige, der es kann. Es liegt an dem Eis, das er in sich trägt. Er ist immun gegen den Hokuspokus der Wächter. Er kann nicht in Flammen aufgehen. Hat deine Mami nicht selbst versucht, es dir zu zeigen? Hat sie dich nicht gewarnt, damals im Haus deiner Verwandten? Du solltest auf dein Gefühl hören. Das habe ich dir so oft gesagt, Schönheit. Er hat deinen Vater getötet, damit der Aris und deiner Mutter nicht im Wege stand, und ich mein Versprechen Aris gegenüber einlösen konnte. Wegen ihm, wegen Aris, hat sie sich das Leben genommen. Weil sie ihn schützen wollte! Ist das nicht romantisch? Eigentlich habe ich erwartet, dass du es ihr gleichtun wirst. Wer hätte ahnen können, dass deine Liebe zu ihm nicht annähernd so groß ist, wie die ihre es war? Sie hat sich so sehr mit ihm verbunden gefühlt – und das, ohne dass sie ihn wirklich kannte.«

Er stand wieder auf. »Wo waren wir? Ach ja, bei einer kleinen Demonstration dessen, was passiert, wenn man seine Nase in fremde Angelegenheiten steckt. Bitte, Flagrus, hole unsere Gäste!«

Flagrus verschwand für einen Moment.

Himmel! Was denn noch? Was konnte denn noch geschehen?

Als Flagrus zurückkehrte, begann Elba zu schreien. Sie presste die Hände auf ihren Hals und schrie, so laut es ihr die letzten Lebenskräfte erlaubten.

Flagrus zerrte ihre Großeltern in den Saal! Kaum noch am Leben, fielen sie auf den Steinboden, als Duris' Bruder sie losließ. Ihre Kleidung war zerrissen, ihre Rücken übersät mit blutigen Striemen. Was hatte er mit ihnen angerichtet?

»Was denkst du denn, wo er all die Zeit war? Denkst du, er hat seine Steinträgerin gesucht?«, antwortete Duris auf die Frage in ihrem Kopf. »Und woran liegt es überhaupt, dass du nicht wusstest, wo deine Großeltern waren? Hat es dich etwa gar nicht gekümmert, wie es ihnen geht? Elba! Familie ist das Wichtigste auf der Welt! Aber andererseits sind sie ja gar nicht deine echte Familie. Das sollten wir der Fairness halber natürlich nicht unerwähnt lassen.« Er ging auf die beiden zu.

Wieder schrie Elba. Sie wollte aufstehen, wollte sie beschützen. Aber es war zwecklos. Sie hatte einfach nicht genug Kraft.

Allerdings hatte Christian die. Er rannte los, das Schwert bereit. Aber es war zu spät. Die Vampire aus Duris' Gefolgschaft schrien im Chor: »Deflagratio!«

Und dann verbrannte Duris ihre Großeltern. Mit einem gewaltigen Feuerstrahl entzündete er sie.

Elba schloss die Augen. Dieses Monster hatte ihre Großeltern getötet! Der Raum füllte sich mit dem ekelerregenden Geruch verbrannten Fleisches.

Flagrus fing Christian ab, bevor der auf Duris losgehen konnte.

»Ach ja, und ich kann es natürlich auch. Wächter töten, meine ich. Ist doch unsinnig, Feuer mit Feuer zu bekämpfen – völlig zwecklos! Was sollte es mir ausmachen, wenn sie ein Feuer in mir entfachten? Wo das Feuer ohnehin schon in mir brennt«, richtete Duris sich wieder entschuldigend grinsend an Elba.

Área, die neben Tristan kniete, starrte Flagrus entgeistert an.

»Liebling«, wandte Duris sich ihr mit zuckersüßer Stimme zu. »Hast du wirklich gedacht, dass seine Liebe zu dir stärker ist als die Blutsverbindung zu mir? Und ist unerwiderte Liebe nicht etwas Abscheuliches? Sie ist ein grauenhafter Motivator! Weißt du das nicht selbst?« Er lachte schallend. Sein Blick fiel auf Tristan, der immer noch am Boden lag. »Und jetzt ist es an der Zeit, die offene Rechnung zwischen mir und deinem Liebhaber zu begleichen.«

Grenzenlose Furcht spiegelte sich in Áreas Augen. Als Duris auf die beiden zutrat, legte sie ihre Hand auf Tristans Schulter. Eine Wasserblase bildete sich um Tristans Körper. Dann zog sie ihre Hand aus dem Schutzwall und funkelte Duris an.

»Du bist immer noch die kluge Frau, die ich einst geheiratet habe«, gab Duris zu.

»Du fasst ihn nicht an!«, drohte Área.

Duris berührte die Wasserblase, doch er konnte nicht hindurchgreifen. »Deine Kraft habe ich immer bewundert, Liebling«, gestand er leise. »Ich will dir ein Angebot machen. Ich werde deinem geliebten Tristan nichts tun, wenn du hier bei mir bleibst.«

Er sah Área in die Augen, und Elba meinte kurz, tatsächlich Zuneigung und sogar Bewunderung darin zu erkennen.

»Ich verspreche es«, flüsterte er.

Er hoffte wirklich, dass sie bei ihm blieb! Er liebte sie.

Diesen winzigen Moment der Unachtsamkeit nutzte Aris. Er stürzte sich auf Duris und stieß ihm den Dolch, den er sich zuvor aus der Schulter gezogen hatte, von hinten ins Herz.

Das würde Duris nicht töten, setzte ihn aber außer Gefecht. Im gleichen Augenblick ließ Flagrus jedoch Christian los, sog die Luft ein und vereiste die Wasserblase, die Tristan einhüllte. Das sollte es Área unmöglich machen, ihn zu befreien.

Christian holte aus und rammte die Klinge seines Schwertes in Flagrus' Bauch. Aris stürmte zu Elba, hob sie hoch, lief zurück zu Área, schnappte ihre Hand und rannte mit den beiden aus dem Saal. Christian folgte ihnen. Duris' Männer liefen ihnen hinterher, verfolgten sie. Área zerrte an Aris' Hand und wollte sich losreißen.

»Tristan!«, schrie sie. »Ihr dürft ihn nicht zurücklassen!«

Aris hielt ihr Handgelenk fest umklammert.

»Ich bleibe! Er wird Tristan gehen lassen, wenn ich bleibe!«

»Das wird er nicht.«

»Er hat es versprochen!«

Doch Aris blieb eisern.

Erst jetzt merkte Elba, wie viel Kraft in ihm steckte. Es war Área unmöglich, sich zu befreien. Er verlangsamte ob ihres Gezeters und Gezerres nicht einmal seine Schritte, sondern lief, was das Zeug hielt. Área musste mit ihm Schritt halten, damit sie nicht fiel.

Draußen angekommen, riss Aris die hintere Tür seines Wagens auf, schob Elba und danach Área auf die Rückbank und kletterte selbst hinterher. Er gab Christian zu verstehen, dass der fahren sollte. Er selbst würde Área festhalten müssen, bis sie außer Reichweite waren, bis sie sich beruhigt hatte.

Christian warf sich auf den Fahrersitz, startete den Motor und drückte aufs Gas. Duris' Männer rannten noch eine Weile hinter dem Wagen her, ehe sie aufgaben.

Christian erkannte einen riesigen weißen Drachen im Rückspiegel. »Was zur Hölle?«

»Flagrus«, antwortete Aris.

Der Wagen beschleunigte. Unruhig kontrollierte Christian den Rückspiegel und war froh, als er sah, dass das weiße Ungeheuer abdrehte. Er verstand nicht genau, weshalb Flagrus sie nicht weiter verfolgte; er verstand auch nicht, warum Duris' Männer so schnell aufgegeben hatten, aber damit konnte er leben.

Aris biss sich in sein Handgelenk, beugte sich über Área hinweg und presste es an Elbas Mund, sodass sie sein Blut schlucken konnte.

Ihre Augen suchten das Auto ab. Wo war Tristan? War er nicht bei ihnen? Hatte Duris ihn getötet?

Dann wurde alles um sie herum schwarz.

20

Elba wusste nicht, wie lange sie geschlafen hatte, als sie in Aris' Bett aufwachte. Die schweren Vorhänge des Zimmers waren zugezogen, auf dem Nachttisch brannte das matte Licht einer kleinen Lampe.

Sie hatte nicht den geringsten Schimmer, ob es Tag oder Nacht war, fühlte sich schwach, konnte die Augen kaum offen halten. Ihre Lider wollten ihr nicht gehorchen, und sie dämmerte wieder weg.

Tristan erschien in ihren Träumen. Um ihn herum war es stockdunkel. Stockdunkel und ...

Sie versuchte zu orten, was es war. Es war stockdunkel und ... *feucht*. Sie spürte die Feuchtigkeit auf ihrer Haut. Es roch nach Erde. Und es war verdammt kalt.

Wo waren sie? Sie konnte kaum etwas erkennen.

Tristan lag irgendwo und konnte sich nicht rühren. Seine Lippen waren so ausgetrocknet, dass die Haut aufgesprungen war. Er flüsterte irgendetwas, aber sie konnte ihn nicht verstehen. Sie wachte auf, konnte den Wachzustand jedoch nicht aufrechterhalten und schlief wieder ein.

Erneut hörte sie Tristans Stimme, er flüsterte ihren Namen. Immer wieder. Sie musste zu ihm. Wo war er? Wo war sie?

Sie stand auf einem Hügel. Den Ort kannte sie nicht. Ringsum gab es keinerlei Hinweise, wo sie sich befand. Es hätte überall sein können.

»Elba.«

Wo kam die Stimme her? Sie hörte ihn unentwegt ihren Namen flüstern. Verwirrt drehte sie sich im Kreis, konnte ihn aber nirgends sehen.

»Elba.«

Unentwegt rief er ihren Namen. Sie musste ihn finden! Sie blickte auf ihre Füße. Sie war barfuß. Wieder hörte sie ihn, ganz leise nur. Und plötzlich wusste sie, wo die Stimme herkam: Sie war unter ihr! Sie kam aus der Erde. Er musste unter der Erde sein! Sie musste ihm helfen!

Kurz riss sie die Augen auf, schlief aber sofort wieder ein. Ihr Körper war einfach zu geschwächt, er kämpfte mit den Verletzungen, die er davongetragen hatte, und mit dem Blutverlust. Versuchte, zu heilen.

Sie fand sich in der Dunkelheit wieder. Es war kalt. Kalt und feucht. Da erkannte sie Tristan. Er war gefangen, unter der Erde, begraben in der Finsternis. Er flüsterte ihren Namen.

Elba öffnete die Augen. Wie spät war es? Wie lange hatte sie geschlafen?
Regungslos blieb sie liegen und blickte zur Zimmerdecke. Sie wünschte nun, sie könnte wieder einschlafen. Sie wollte sich nicht erinnern, nicht daran denken, was passiert war, doch sie konnte es nicht aufhalten: Die Erinnerung strömte zurück in ihren Kopf. Ihre Großeltern waren tot. Duris hatte sie getötet. Ofea war tot. Duris hatte sie getötet. Tristan ...

O Gott! War Tristan tot?

Ihr Herz begann zu rasen. Er konnte nicht tot sein! Wie sollte sie es überleben, wenn er nicht mehr bei ihnen war?

Sie tastete ihren Hals ab. Die Wunden hatten sich geschlossen, Aris' Blut hatte sie geheilt. Äußerlich. Aber die Bilder in ihrem Inneren würde sie nie wieder loswerden.

Sie musste Tristan finden! Hastig setzte sie sich auf und stellte fest, dass sie ein weißes Leinennachthemd trug. Aris musste es ihr angezogen haben. Ihr Kopf schmerzte, ihre Glieder waren steif und schwer wie Blei, jeder Knochen im Leib tat ihr weh. Schwankend stand sie auf und wankte zur Zimmertür. Die Helligkeit im Flur sagte ihr, dass es Tag sein musste.

Sie schleppte sich zu Tristans Zimmer. Es war leer. Und mit einem Schlag erlangte sie die schreckliche Gewissheit: Er war nicht hier! Er war wirklich nicht hier. Sie würde ihn auch nirgendwoanders im Haus finden. Tristan war bei Duris, sie hatten ihn zurückgelassen.

Elba mühte sich die Stufen hinab ins Untergeschoss. Dort fand sie Aris im Wohnzimmer vor. Er stand am Fenster und blickte hinaus. Als er sie hörte, drehte er sich langsam nach ihr um und eilte dann blitzschnell zu ihr, um sie zu stützen. Sie war dankbar, dass er sie auffing, denn ihre Beine wollten ihren Körper einfach nicht länger tragen.

»Du musst dich hinlegen. Du bist noch zu schwach«, ermahnte er sie sanft und legte sie auf eines der Sofas. Er setzte sich zu ihr, und sie lehnte ihren Kopf an seine Brust.

»Wie lange habe ich geschlafen?«

»Lange. Wie fühlst du dich?«

»Ich weiß es nicht«, antwortete sie. »Schrecklich«, gab sie daraufhin zu.

»Ja«, flüsterte Aris nur und streichelte ihren Kopf. Er wirkte abwesend.

Sie fühlte, wie ein Teil ihrer Lebensenergie in sie zurückströmte. Oder war es seine Lebensenergie?

Mit neuer Kraft setzte sie sich auf und schaute ihm in die Augen. Plötzlich war sie hellwach. »Ihr müsst Tristan holen! Ihr holt ihn, sofort! Ihr holt ihn und bringt ihn hierher! Ihr bringt das wieder in Ordnung!«

»Elba, das können wir nicht.«

Warum nicht? »Ihr tauscht ihn gegen Área aus!«

Aris schüttelte müde den Kopf. »Das würde er nicht wollen. Er würde eher sterben, als Área an Duris ausgeliefert zu wissen.«

»Aris, es geht um Tristan!«

»Ich weiß, Elba. Ich weiß!« Sie sah ihm an, dass er mit sich rang.

»Du musst es tun«, forderte sie.

»Ich bitte dich! Verstehe doch, es geht nicht.«

»Natürlich geht es!«

»Wir können nicht einfach wieder dort reinspazieren und ihn rausholen. Nicht alleine. Nicht so.«

Sie holte tief Luft, dann sah sie Aris direkt in die Augen. Es lag kein Vorwurf in ihrem Blick, aber er musste verstehen! Er musste es einfach verstehen, daher sagte sie, so klar und deutlich sie konnte: »Es ist Tristan. Er ist es! Es ist Tristan!«

Aris schaute sie müde an und seufzte. »Er ist was? Er liebt Área, Elba.«

»Ich weiß, aber sie liebt ihn nicht!«

»Ich denke doch.«

»Nein, Aris. Denk nur einen Moment darüber nach: Was, wenn ...« Sie überlegte, wie sie es Aris sagen sollte. »Was, wenn sie ihn überhaupt niemals geliebt hat? Was, wenn sie niemals die Absicht hatte, sich mit uns zu verbünden?«

»Das ist absurd.«

»Das ist es nicht! Was, wenn sie uns alles nur vorgespielt hat? Was, wenn nichts von alledem wahr war? Was, wenn sie ihren Gedächtnisverlust nur vorgetäuscht hat und Tristan nur vorgemacht hat, dass sie ihn liebt? Ich denke, dass sie uns nur benutzt hat, um ihr eigentliches Ziel zu erreichen.«

»Welches Ziel?« Aris' Stimme klang weit weg, so als wäre er gar nicht wirklich hier. Er wirkte beinahe unbeteiligt.

Überlegte er? Dachte er über irgendetwas nach, während er sich mit ihr unterhielt?

»Duris zu vernichten, sich an ihm zu rächen. Mathilda hat es uns gesagt. Sie hat gesagt, dass Área der Schlüssel ist – und sie hat gesagt, dass Tristan leiden wird. Das ergibt nun alles einen Sinn!«

»Das glaubst du nicht wirklich!«

»Aber was, wenn ich recht habe? Was, wenn sie uns getäuscht hat? Wir können Tristan nicht wegen ihr in einer Kiste unter der Erde verrotten lassen! Das könntest du dir nie verzeihen.«

»In einer Kiste?« Aris verstand nicht.

Christian stieß zu ihnen. »Ich denke, sie hat recht, Aris«, pflichtete er Elba bei. Er musste ihren Wortwechsel mit angehört haben. »Wir müssen ihn holen!«

»Von welcher Kiste sprichst du, Elba?«, wollte Aris wissen.

»Ich glaube, Duris hat ihn in einer Kiste vergraben. Er hat Tristan bei lebendigem Leibe begraben!«

»Woher willst du das wissen?«

Wie sollte sie ihm das erklären? »Ich habe es gesehen.«

»Du hast es gesehen?«

»Er hat es mir gezeigt.«

»Wer hat es dir gezeigt?«

»Tristan. In meinen Träumen.«

»Er war bei dir, in deinen Träumen?« Sie nickte, und Aris seufzte wieder. »Woher willst du wissen, dass es Tristan war? Woher willst du wissen, dass es nicht Duris war, der dir diesen Traum eingepflanzt hat?«

Sie holte Luft, um ihm zu sagen, dass sie es einfach wusste und dass es im Grunde auch vollkommen gleichgültig war, woher sie es wusste. Wenn Tristan in einer Kiste unter der Erde begraben war, würde sie ihn gewiss nicht dort verrotten lassen. Sicherlich würde ein Vampir das lange Zeit überleben, aber bestimmt nicht ewig. Es würde ihn aushungern. Ohne Blutzufuhr würde seine Lebensenergie versagen. Er würde mehr tot als lebendig vor sich hin vegetieren, und das weiß Gott wie lange!

Sie musste Aris den Ernst der Lage verdeutlichen. Er schien nicht er selbst zu sein, er schien einfach nicht zu begreifen, was auf dem Spiel stand.

Allerdings kam Área ihr zuvor: »Es stimmt. Er hat ihn begraben.«

Aris zog die Augenbrauen hoch.

»Duris hat es mir gesagt. Und ich werde jetzt zu ihm gehen und Tristan auslösen!« Sie wandte sich zum Gehen.

Aris sprang auf. »Warte! Was genau hat Duris dir gesagt?«

»Seine genauen Worte waren: ›Dein Geliebter wartet hübsch verpackt in einer Kiste auf dich, und wenn du nicht möchtest, dass er qualvoll in dieser Geschenkverpackung verreckt, kommst du besser und packst ihn aus.‹«

»Du wirst auf keinen Fall zu Duris gehen, Área! Wir finden ihn. Wenn Tristan irgendwo begraben ist, dann finden wir ihn!«

Área blickte aus dem Fenster, dann schaute sie Aris wieder an. Der Ausdruck in ihren Augen hatte sich verändert. Er wirkte fremd, fand Elba. Das musste daher kommen, dass sie noch niemals Kälte in Áreas Augen gesehen hatte.

»Elba hat es erfasst. Ich habe euch benutzt. Ich wollte, dass ihr Duris vernichtet. Er sollte für seine Taten bezahlen. Und erst als ich ihn am Boden liegen sah, mit einem Dolch im Rücken, ist mir bewusst geworden, dass ich gar nicht wollte, dass er wirklich stirbt.« Sie blickte zu Boden und als sie wieder aufschaute, sagte sie leise: »Ist Liebe nicht eigenartig?« Diesmal fiel ihr Blick auf Elba. Aber nur für einen winzigen Augenblick, denn Aris forderte ihre Aufmerksamkeit ein.

»Das ist nicht dein Ernst! Das ist doch nicht wahr.«

Der Argwohn in Aris' Augen war unverhohlen und echt. Er war sich sicher, dass sie log. Dass sie um Tristans willen log. Aber er sah auch die Entschlossenheit in ihren Augen. Sie würde sich nicht davon abbringen lassen, zu Duris zu gehen. Sollte er sie zum Bleiben zwingen oder nicht?

Área ignorierte seinen Einwurf. »Wir hätten wissen müssen, dass er schlauer ist als wir. Der Duris, den ich kenne, hätte niemals seinen richtigen Stein eingeschmolzen. Das hätten wir wissen müssen. *Ich* hätte es wissen müssen. Ich kenne ihn. Er mag weltfremd sein, aber er ist gewiss nicht verrückt. Die einzige Absicht, die ihn dazu verleitet hat, dieses Spektakel zu inszenieren, war, dich zu töten, Aris, indem er deinen Stein zerstört.«

Sie verließ das Haus.

Aris konnte es offenbar immer noch nicht fassen. Doch als er sich umdrehte, deutete Christian ihm, Área gehen zu lassen. Und tatsächlich unterdrückte er seinen Instinkt und hielt sie nicht auf.

»Duris liebt sie, Aris«, beruhigte Elba ihn. »Er wird ihr nichts tun.«

»Duris liebt *niemanden*! Niemanden außer sich selbst!« Verärgert starrte er sie an. »Dass ihr das immer noch nicht begreift! Er ist ein Soziopath! In ihm existieren keine wahren Gefühle. Er spielt sie nur vor. Damit er bekommt, was er will.«

Elba sah die Verbitterung in seinem Gesicht, die die widersprüchlichen Gefühle in ihm erzeugten. Er wusste scheinbar nicht, was er tun sollte. Fühlte sich hilflos. Er war wütend auf Duris und auf sich selbst. Und wahrscheinlich war er auch wütend auf sie, weil sie seinen Standpunkt nicht teilte.

»Er wird Tristan gehen lassen. Er hat es versprochen. Und seine Versprechen sind wohl das Einzige, auf das wir uns verlassen können«, fuhr Elba unbeirrt fort.

Damit wiederum lag sie richtig. Duris hielt seine Versprechen. Aber das war gar nicht der Knackpunkt dieser Angelegenheit. Auch Aris wollte Tristan zurück, aber den Preis für seine Freiheit würde er nicht zahlen wollen. Es würde Tristan zerreißen, Área bei Duris zu wissen. Er würde seine eigene Freiheit gewiss nicht gegen Áreas tauschen wollen.

»Es wird ihm das Herz brechen«, entgegnete Aris vorwurfsvoll. »Das wird Tristan nicht überstehen.«

»Er wird es überstehen. Er ist stärker, als du meinst, Aris. Wenn du das nicht selbst glauben würdest, hättest du sie niemals gehen lassen.«

Aris wusste, dass Elba recht hatte. Vielleicht würden sie auch mit Tristan gemeinsam einen Weg finden, Área wieder zu befreien.

Elba allerdings würde begreifen müssen, dass Tristan und Área sich liebten. Aris wusste, dass Área sich nicht hätte verwandeln können, wenn sie Tristan nicht wirklich liebte. Und bei ihrer Flucht hatte sie ihn angefleht, Tristan mitzunehmen. Auch das hätte sie nicht getan, wäre ihre Liebe nicht echt. Aber das musste Elba selbst herausfinden, diese Erfahrung konnte er ihr nicht abnehmen. Er würde sie loslassen und ihr Zeit geben. Und dann würde sie schon erkennen, dass sie eigentlich ihn liebte, und sie würde zu ihm zurückkehren.

Aris hatte zwar immer schon gesehen, wie ähnlich sich Tristan und Elba waren, dass zwischen ihnen etwas war. Aber Liebe? – Wohl kaum.

Im Nachhinein betrachtet, war Aris auch klar, weshalb Flagrus sie verraten hatte. Er hatte sich zunächst gegen seinen Bruder gewandt, weil er Área liebte. Dennoch von ihr verschmäht zu werden, solange sie ein einsames Leben im Wald fristete, war eine Sache – auf eine gewisse Art und Weise hatte Flagrus sie dort ja auch besessen –, sie nun aber wieder bei einem anderen Mann zu sehen, eine ganz andere. Dass sie nicht nur Duris mehr geliebt hatte als ihn, sondern jetzt sogar Tristan vorzog, musste über alle Maßen enttäuschend für Flagrus sein. Er musste eingesehen haben, dass es keinen Zweck hatte, um sie zu kämpfen.

Und es war ihrer aller Schuld, dass sie nicht eher daran gedacht hatten. Flagrus hatte sich bei ihnen als Florus vorgestellt. Einer Form des Namens seiner Steinträgerin Flora. Er musste ihnen vorgemacht haben, keinen Kontakt zu ihr zu haben.

Stunden vergingen, und nichts geschah. Aris lief unentwegt im Wohnzimmer auf und ab, machte sich Vorwürfe, machte Christian und Elba Vorwürfe. Schwankte zwischen Wut und Verzweiflung. Schmetterte ein Glas Blut an die Wand. Starrte den roten Fleck auf der weißen Mauer an. Als würde er irgendetwas darin entdecken, als würde er darin irgendetwas erkennen.

Er machte keinerlei Anstalten, sich wieder von der Stelle zu rühren. Was war bloß los mit ihm? Elba hatte ihn noch nie so gesehen. Und gerade, als Christian sich daran machen wollte, die Wand zu reinigen, piepte Elbas Handy in Aris' Hosentasche. Er reichte es ihr. Endlich bewegte er sich wieder!

Das Display zeigte eine Nachricht ohne Absender an. Ihr Inhalt bestand lediglich aus ein paar Buchstaben und Zahlen:

47°32'30.9"N 15°03'29.9"E

Es mussten Koordinaten sein. Elba streckte Aris das Handy mit fragendem Blick entgegen.

»Das ist die Stelle, an der sich Tristan befindet«, teilte er ihr nach einem kurzen Blick auf das Handy mit. Sie versuchte aufzustehen. »Du bist zu schwach. Du bleibst hier, Christian wird auf dich achten. Ich gehe. Ich habe ihn zurückgelassen, ich hole ihn nach Hause!«

Das war deutlich. Und noch bevor sie etwas einwenden konnte, war er weg.

Sie hörten nur noch, wie er eine Schaufel auf die Ladefläche des Pick-ups warf und kurz darauf losfuhr.

Als der Wagen einige Zeit später wieder die Auffahrt hochfuhr, rappelte Elba sich auf. Durch das Fenster sah sie, wie Aris ausstieg und Tristan aus dem Dodge half.

Sie sammelte all ihre Kraft und ging, so aufrecht es ihr nur möglich war, zur Haustür hinaus. Christian, der sie begleitete, beäugte jede ihrer Bewegungen, bereit, sie im Bedarfsfall zu stützen.

Tristans Blick traf sie. Ihr Magen verkrampfte sich, ihr Herz stockte. Er sah schrecklich aus! Seine Haut wirkte blutleer, spröde, blass. Das schwarze Haar war verklebt und schmutzig. Aber das Schlimmste waren seine Augen. So schillernd und verführerisch sie sonst stets leuchteten, so stumpf und farblos erschienen sie nun. Als wäre jedes Leben aus ihnen gewichen.

Elba lief los. Nicht sonderlich schnell, aber sie musste zu ihm. Sofort! Trotz seiner furchtbaren Erscheinung, war sie unglaublich erleichtert, ihn zu sehen. Und als sie ihn umarmte, löste sich die Starre und sie begann, vor Erleichterung zu weinen – die unerträgliche Angst und Furcht, die sie um sein Leben gehabt hatte, fielen von ihr ab.

Tristans Umarmung war schwach, und seine Stimme kaum hörbar, als er flüsterte: »Täubchen ...« Er hauchte ihr einen Kuss auf die Wange. Und obwohl er sich kaum aufrecht halten konnte, wollte er sie nicht loslassen.

Sie spürte, dass auch er um ihr Leben gebangt hatte. »Nicht weinen, Täubchen«, flüsterte er liebevoll. »Du weißt, dass ich das nicht ertrage.« Er versuchte zu lächeln, schaffte es aber nicht wirklich. Der Schmerz in seinen Augen, den der Verlust zurückgelassen hatte, war herzzerreißend.

»Wir überstehen das, Elba!«

Aber seine Stimme und seine Augen sagten ihr etwas anderes als seine Worte. Er war gebrochen, und die Einzelteile seiner selbst wehten in dem düsteren Wind, der sich an diesem trüben Tag erhoben hatte, davon. Aber Elba würde sie suchen, würde sie finden und wieder zusammensetzen.

Er war stark. Er würde heilen. Und sie würde ihm dabei helfen.

21

Auf ganz unerklärliche Weise spiegelte das Wetter seit dem Tag, an dem sie Duris entkommen waren, ihre Gefühlslage wider. Die Sonne hatte sich seither kein einziges Mal gezeigt. Aber es regnete auch nicht, Tag für Tag war es lediglich bewölkt gewesen, trüb und leicht windig.

Elbas Körper hatte sich von den Verletzungen erholt, die Wunden waren verheilt, und zu ihrer Überraschung fühlte sie, dass auch ihre Seele heilen würde. Es würde unendlich viel Zeit beanspruchen, bis sie das erlebte Trauma verarbeitet haben und über den Verlust, den sie erlitten hatte, hinwegkommen würde. Doch sie spürte, dass sie es schaffen konnte.

Noch konnte sie nicht schlafen, ohne dass grauenhafte Albträume sie heimsuchten. Noch nicht. Aber auch das würde vergehen.

Sie würde von nun an bei Aris und Tristan leben. Sie hatte beschlossen, dieses andersartige Leben mit den beiden zu führen, und akzeptiert, dass sie den Weg in ihr altes, normales Leben nicht wieder zurückfinden würde. Sie hatte ihr eigenes Zimmer in dem Haus der beiden bekommen. Und auch Christian war ein Teil ihrer Gemeinschaft geworden. Die Freundschaft, die sie alle nun verband, der Bund, den sie geknüpft hatten, war tief greifender, als ihnen es irgendein auferlegtes Schicksal hätte diktieren können. Und dieser Bund bestand einzig und allein aus ihrem freien Willen!

Vom Fenster aus beobachtete sie Tristan, der an einem Baumstamm im Garten lehnte und auf die verlassene Wiese blickte, auf der Áreas Pferde stets gegrast hatten.

Seit Área gegangen war, waren auch ihre Pferde nicht mehr da. Elba ging davon aus, dass sie zu ihr gelaufen waren. Sie liebten Área und waren loyale Freunde.

Elba fühlte sich zurückversetzt an den Tag, als sie Tristan zum ersten Mal gesehen hatte: Er hatte mit der Schulter an einer großen Eiche gelehnt, die Arme locker vor der Brust verschränkt, die Beine lässig überkreuzt. In einem pechschwarzen Hemd und schwarzen Jeans.

Er hatte zu ihr heraufgestarrt – damals, von Mathildas Garten aus. Als ihm bewusst geworden war, dass sie ihn sah, hatte er ganz langsam den Kopf zur Seite geneigt, den Blick jedoch nicht abgewandt. Verdutzt und erschrocken hatte Elba von oben zurückgestarrt. Wie lange hatten sie sich wohl angesehen? Mit einem Mal hatte sie ihr Herz gespürt, es hatte mit aller Kraft das Blut durch ihre Adern gepumpt, ihr war dabei ganz heiß und schwindelig geworden.

Und auch heute spürte sie ihr Herz, aber nicht, weil er es willentlich beeinflusste. Alles, was sein Anblick heute in ihr auslöste, kam nur von ihr selbst. Oder war es auch damals schon so gewesen?

Aris stand mit verschränkten Armen neben Tristan. Sie sah, dass seine Lippen sich bewegten. Er sprach mit ihm, doch Tristan antwortete nicht.

Sein Gesichtsausdruck brach Elba das Herz. Wie gerne hätte sie ihm geholfen, seinen Schmerz gelindert. Aber sie konnte es nicht. Dabei wünschte sie sich nichts mehr, als dass er glücklich war. Sie hätte sein Leid auf sich genommen, hätte sie es gekonnt.

Immer noch bangte sie um ihn, befürchtete, dass er etwas Dummes anstellen und versuchen würde, seine Liebe aus den Fängen der Finsternis zu befreien. Er wusste nicht, dass das Licht auch allein mit der Dunkelheit zurechtkam. Sie brachte es nicht übers Herz, ihm zu sagen, was sie in jener Nacht in Duris' Buch gelesen hatte. Sie konnte ihm nicht sagen, dass Área ihn nicht liebte und zu Duris gehörte. Er würde es nicht verkraften. Noch nicht.

Oder war der eigentliche Grund, weshalb sie nicht mit Tristan darüber sprach, diese leise Stimme, die sich in ihrem Kopf meldete? War es diese Stimme, die ihr zuflüsterte, dass Duris ihr vielleicht nur seine Version der Geschichte erzählt oder sie gar belogen hatte?

Aris hatte sie oft genug vor ihm gewarnt. Aber Duris' Erzählung hatte sich so wahr angefühlt. Elba war sicher, dass er Área liebte. Und immerhin stand es ja auch so dort: im Buch der Wächter, deren Aufgabe es war, alles so zu dokumentierten, wie es sich zutrug. Aber hatte Duris ihr Gehirn vielleicht veranlasst, etwas anderes wahrzunehmen, etwas anderes zu sehen, als tatsächlich in dem Buch stand? Natürlich war das möglich, allerdings wollte sie das nicht wahrhaben, daher verdrängte sie diese leise innere Stimme.

Zu gerne hätte sie gehört, worüber Aris mit Tristan sprach. Plötzlich blickte Tristan zu ihr auf und schaute ihr direkt in die Augen. Langsam neigte er den Kopf zur Seite und kniff die Augen zusammen.

Ihre Farbe war so ungewöhnlich, dass sie ihren Blick nicht von ihnen abwenden konnte. Sie waren hellblau, schimmerten jedoch beinahe grün. Wie bei ihrer ersten Begegnung musste Elba an zwei blaugrüne kristallene Aquamarine denken, durch die das Sonnenlicht schien. Tristans Schönheit wirkte selbst unter all dem Leid so anziehend, dass es beinahe wehtat.

Worüber redete Aris bloß mit ihm? Ging es um Área? – Nein, das war unwahrscheinlich, sie hätte es an Tristans Gesichtsausdruck erkannt. Ging es etwa um *sie*? Ihre Augen weiteten sich. Da wandte Tristan sich zum Gehen.

Er bewegte sich geräuschlos auf seinen schwarzen Buick zu, die Schultern zurückgenommen, das Kinn stolz aufgerichtet. Die geschmeidige Eleganz seiner Bewegungen bewirkte, dass das Bild eines schwarzen Panthers in Elbas Kopf auftauchte. Er glitt mit der ihm eigenen selbstbewussten, lässigen Lockerheit auf den Fahrersitz und fuhr mit einem Aufheulen des Motors davon.

Elba atmete durch. Am Ende hatte sich alles wiederholt:

Tristan hatte seine Liebe verloren. Duris hatte sie ihm genommen. Aris hatte sich von Duris abgewandt und darüber Ofea verloren. Duris hatte sie getrennt. Und Duris selbst kämpfte um Áreas Liebe und seinen Wunsch nach einer Familie. Flagrus war bei seinem Bruder geblieben, weil er Área liebte. Diese erwiderte seine Liebe jedoch nicht.

Am Ende hatte sich nichts geändert. Unsterblichkeit war ein grausames Schicksal. Verdammt bis in alle Ewigkeit, dasselbe Schicksal wieder und wieder zu durchleben, dieselben Fehler wieder und wieder zu begehen. Sie musste an Tante Mathildas Worte denken und an den Kreislauf, von dem sie gesprochen hatte. Sie hatte es ihnen prophezeit: Es würde sich im Leben alles wiederholen, bis es aufgelöst werden konnte.

Und schlagartig sah sie sonnenklar! Sie selbst war die einzig neue Komponente in diesem Kreislauf. Sie hatte überlebt! Ihr Schicksal hatte sich geändert. *Sie* hatte es geändert. Sie hatte sich ihrer vorgegebenen Bestimmung gestellt, hatte sie angenommen und sie überwunden. Sie hatte beschlossen, zu überleben, und genau das hatte sie auch getan. Und genau das war die Lösung!

Vielleicht würde sie es sein, die den Kreislauf auflösen konnte. Sie gewann die Gewissheit, dass sich alles zum Guten wenden würde.

Oder war das Spiel noch gar nicht zu Ende?

Aber darüber musste sie sich jetzt keine Gedanken machen. Noch nicht.

Sie legte sich auf das Bett, stöpselte sich die Kopfhörer ihres iPods ins Ohr, und zu den Klängen von Indianas *Bound* schlief sie ein.

> »*I feel your touch, under my skin*
> *Where you stop, that's where I begin*
> *I'm feeling weak, take pity on me*
> *This isn't love, it's dangerous*

*I bear this cross, I am immune
Desensitised, be kind and be cruel
I will abide, you make the rules
This isn't love, it's dangerous*

*My hands are tied, admitting defeat
You have corrupted, the innocent me
I didn't fight, it was always beneath
This isn't love, it's dangerous
This isn't love, it's dangerous
This isn't love, it's dangerous*

*I'm tangled up, beautifully crushed
I'm torn to pieces, scattered like dust
I am addicted, to the limits you push
This isn't love, it's dangerous
Dangerous
Dangerous*

*I felt my way, into the dark
I am converted, I treasure my scars
Once your creation, now I'm in charge
This isn't love, it's dangerous
This isn't love, it's dangerous
This isn't love, it's dangerous
This isn't love«*

Im Schlaf kämpfte sie gegen den dunklen Schmerz, der sie heimsuchte und sie quälte. Irgendwann würde sie ihn besiegen. Noch nicht jetzt. Noch nicht heute. Aber irgendwann.

Epilog

Ruckartig öffnet sie die Augen – entsetzt, erschrocken. Wagt es nicht, sich zu bewegen. Hält den Atem an. Adrenalin schießt durch ihre Adern. Der Geist will ihr entspringen. Der Körper ist wie erstarrt. Gespannt. Versteinert.

Sie versucht, in der Dunkelheit etwas zu erkennen. Durch die Finsternis zu sehen. Die Lunge presst und pumpt, das Herz springt und pocht. Klopft und hämmert.

Unsicher tastet sie um sich, spürt die Wärme der Bettdecke. Nur ein Traum?

Sie fürchtet sich vor dem Griff zum Lichtschalter. Noch will der Körper nicht, liegt ganz still und starr, während sich ihre Atmung allmählich beruhigt.

Mit einem Mal setzt sie sich auf und holt tief Luft. »Tristan«, flüstert sie.

»Tristan?« Etwas lauter.

Sie atmet wieder schneller. Will seinen Namen schreien. Hält die Luft an. Ihr Brustkorb brennt – droht, zu zerspringen.

Sie greift neben sich. Nichts. Ein Traum.

Und doch fühlt sie die Wärme seiner Nähe. Ein sanftes Glühen auf ihrer Haut. Niemals wird sie sich daran gewöhnen ...

Vorsichtig dreht sie am Schalter der Lampe neben dem Bett. Schleichend langsam wird es heller.

Mit dem Licht schwindet das Gefühl seiner Nähe. Ganz sacht entweicht es, wie ein warmer Nebeldunst. Zieht von ihr weg, schleicht aus dem Zimmer, unter dem Türspalt hindurch und ist fort. Erloschen. Ein weiteres Mal.

Die Erinnerung bleibt. Spielt ihrem Herz noch immer einen grausamen Streich. Und da ist es wieder: dieses Gefühl.

Leidenschaft, Verzweiflung, Liebe, Enttäuschung vereinen sich zu einem brennenden Knoten. Er drängt empor, schnell und scharf. Brennt und pocht. Wie um ihre Brust zu sprengen.

Tristan.
Ganz still, in ihrem Kopf. Die Lippen wagen nicht, sich zu bewegen, die Stimmbänder wollen sich nicht formen. Es hat ja doch keinen Sinn. Der Körper schützt das Herz.

Die Erinnerung verdrängt das intensive Gefühl des Traums. Die Vergangenheit ersetzt die Gegenwart. Der Schmerz wird dumpfer, weicht zurück, zieht sich zusammen. Nach innen in diese dunkle Ecke ihres Körpers.

Tristan!
Der Nebel will zurückströmen in jede einzelne Faser. Will bis in die Spitzen ihrer Finger drängen. Bis das Herz zerbirst.

Steh auf! Der Geist schützt den Körper. *Steh auf, beweg dich! Tu es! Jetzt!*

Fast hört es sich an wie seine Stimme. Doch der Verstand lässt sich nicht länger täuschen.

Sie weiß es längst: aufstehen, Fenster öffnen, Musik anstellen, weitermachen.

Sobald der Körper sich bewegt, immer weiter in eine Richtung, verzieht sich der Schmerz. Krümmt sich. Kauert sich zusammen in dieser dunklen Ecke. Tief unten im Verborgenen. Und lauert dort. Wartet geduldig. Wartet. Auf seine Zeit. Auf die Dunkelheit.

In der Finsternis schürt er seine Kraft. Im Schwarz gewinnt er Energie. In der Nacht.

***

**Wahrlich, keiner ist weise,
Der nicht das Dunkel kennt,
Das unentrinnbar und leise
Von allen ihn trennt.**

(Hermann Hesse, Im Nebel)

Lesen Sie weiter:
Thordis Hoyos
STONEBOUND 2
Vom Wasser gefesselt
ISBN 978-3-9504335-1-7
www.stonebound.at

Quellenverzeichnis

Zitat vorne und hinten: Auszug des Gedichts »Im Nebel« (1905) von HESSE, Hermann. In: Die Gedichte. Suhrkamp, Berlin, 2013, S. 236.

Zitat auf S. 514: KING, Martin Luther: Frieden ist kein Geschenk: von der Kraft der Gewaltlosigkeit. Aus den Reden, Predigten, Artikeln und Interviews ausgew., übers. und eingeleitet von Norbert Lechleitner. Wien: Herder Verlag, 1984, S. 76. [Originaltitel der Passage: Where do we go from here. New York: Harper & Row 1967. Dt.: Wohin führt unser Weg. Düsseldorf: Econ Verlag, 1968].

Zitat auf S. 169: Klappentext aus: RICE, Anne: Der Fürst der Finsternis. Deutsche Übersetzung Michael Schulte und Charlotte Franke. München: Goldmann Verlag, 2008. [Originaltitel The Vampire Lestat. The Second Book in the Chronicle of Vampires.]

Zitat auf S. 362: RILKE, Rainer Maria. Die Sonette an Orpheus. Wiesbaden: Insel-Verlag, 1952, S. 36.

Zitat auf S. 498: SAINT-EXUPÉRY, Antoine de: Wind, Sand und Sterne. Deutsche Übersetzung Henrik Becker. Dessau, Karl Rauch Verlag, 1941. S. 216. [Originaltitel: Terres des Hommes.]

Zitat auf S. 362: STRASSBURG, Gottfried von: Tristan. Nach der Übertragung von Hermann Kurz, hrsg. von Alfred Heinrich, überarbeitet von Stephan Dohle. Köln: Anaconda Verlag GmbH, 2009, S. 13.

Dank

Es gibt so viele Menschen, die mich während der Umsetzung dieses Projekts unterstützt haben, dass es unmöglich ist, sie alle einzeln aufzuzählen. Einige von ihnen *muss* ich aber einfach trotzdem erwähnen:

Anna hat alles in Gang gesetzt, das ich versucht habe, in Worte zu fassen. Und es ist nur ihr zu verdanken, dass diese Reise begonnen hat, in eine Welt, die mir zeitweise realer erschien als meine eigene – und natürlich wesentlich aufregender.
 Liebe Anna, es ist ganz wundervoll, mit Dir dieses Abenteuer zu erleben. Du bist wahrlich das A!
 Über all die Unterstützung von Familie und Freunden war ich sehr berührt. Sie haben es nicht nur lächelnd ertragen, dass ich an unzähligen Abenden stundenlang neben ihnen am Tisch saß – hinter dem Notebook – und keiner Unterhaltung folgen konnte, sie haben auch mit mir gelitten und sich sagenhaft mit mir gefreut.
 Mein aufrichtiger Dank gilt Sunshine, B, Nadinsky und Mogli, die mir als Leserinnen der ersten Stunde nicht nur wertvolle Kritik entgegengebracht, sondern mir in der Phase des Schreibens auch den Weg freigeschaufelt und den Rücken gestärkt haben. Danke für Euren jugendlichen Elan und Eure Ehrlichkeit!
 Ganz besonders möchte ich mich bei Mayara bedanken, die mit mir unzählige Nächte in meinem Arbeitszimmer verbracht und das Manuskript bearbeitet hat. Danke für Deine unermüdliche Kraft. Auf Dich kann man sich einfach immer verlassen!
 Außerdem möchte ich mich von Herzen bei Anja bedanken, ihrerseits Königin der Formulierungen und Kriegerin der Rechtschreibung. Du hast mich in Erstaunen versetzt mit Deiner Gabe, immer sofort zu erkennen, was ich auszudrücken versuchte.
 Ich danke der außergewöhnlichen Gwen, deren Herz so schnell Feuer fängt und in Begeisterung lodert. Danke, dass Du mich

an Deiner dramaturgischen Begabung teilhaben hast lassen und mehr als jeder andere an die Geschichte geglaubt hast. Deine Lebensfreude ist ansteckender als jeder Virus, und Dein Glaube daran, dass alles möglich ist, infiziert Deine Umgebung auf ganz wunderbare Art und Weise. Ich danke Dir für Deinen Einsatz und Deine Bemühungen, eine kleine Geschichte in die große Welt hinauszutragen.

Mein Dank gilt zudem Babsi, dem aufrichtigsten und vertrauenswürdigsten Menschen auf diesem Planeten. Danke, dass Du für mich versucht hast, die Verlage dieser Erde von Elbas Welt zu überzeugen. Du bist ein wundervoller Mensch, für dessen Freundschaft der Dank eines einzigen Herzens nicht ausreicht. Ich danke Dir und Deinem Victor für Eure Zeit und Inputs und dafür, dass Du nicht nur in dieser Phase meines Lebens für mich da warst – sondern es immer bist.

Nicht unerwähnt darf natürlich Thorsten bleiben, der – während er unfallbedingt ans Bett gefesselt war – nicht auskonnte, sich doch noch eines Fantasy-Romans anzunehmen, darüber ein klein wenig seine Begeisterung für die Vampirwelt entdeckt hat und schließlich ritterlich in die Schlacht um Musiklizenzen ausgezogen ist. Danke für Deinen Mut und Deine Unerschütterlichkeit!

Dem lieben Höski und seiner Frau Michi danke ich dafür, dass sie Aris die isländischen Worte korrekt auf die Zunge gelegt haben.

Und Xandi – was soll ich sagen? – ich bin davon überzeugt, dass die Welt in Zukunft durch Dein kreatives Talent noch unschätzbar bereichert werden wird!

UND natürlich danke ich Christine Weber von Herzen für das professionelle Lektorat und das wertvolle Feedback.

Ihr alle – jeder von Euch und gerade Ihr namentlich Unerwähnten – habt mir das Gefühl gegeben, nicht alleine zu sein. Und alleine dafür hat es sich schon gelohnt!

Die Autorin

Thordis Hoyos, geboren 1980, studierte Psychologie und arbeitete im Anschluss mehrere Jahre in Projekten der psychologischen Forschung an der Universität Graz. Aufgewachsen auf dem österreichischen Familien-Gestüt in der Steiermark hat sie seit jeher eine besondere Leidenschaft für das Islandpferd entwickelt. So lebt sie auch heute auf einem Gestüt, gemeinsam mit Familie und Freunden, Hunden und Katzen und natürlich einer riesigen Menge Pferde.

Stonebound ist der Debütroman der Autorin und Auftakt einer Fantasy-Reihe. Die Idee zum Buch entwickelte sie gemeinsam mit ihrer jüngeren Schwester Anna-Katharina.

Dieses Buch ist auch als eBook erhältlich.

www.stonebound.at